LA PRISONNIÈRE

A LA RECHERCHE DU TEMPS PERDU
est publié intégralement
dans la collection GF Flammarion et comprend :

DU CÔTÉ DE CHEZ SWANN.
A L'OMBRE DES JEUNES FILLES EN FLEURS (2 volumes).
LE CÔTÉ DE GUERMANTES (2 volumes).
SODOME ET GOMORRHE (2 volumes).
LA PRISONNIÈRE.
LA FUGITIVE OU ALBERTINE DISPARUE.
LE TEMPS RETROUVÉ.

MARCEL PROUST

**A LA RECHERCHE
DU TEMPS PERDU**

LA PRISONNIÈRE

*Édition du texte,
Chronologie, Introduction, Bibliographie*
par
Jean MILLY
Professeur à la Sorbonne Nouvelle
Deuxième édition revue et mise à jour

GF-Flammarion

Cette édition est publiée avec
l'autorisation de Madame MANTE-PROUST
et des ÉDITIONS GALLIMARD.

© 1984, FLAMMARION, Paris.

ISBN 2-08-070376-5

INTRODUCTION

SIGLES ET ABRÉVIATIONS

A.D.	*Albertine disparue* (ou *La Fugitive*)
BIP	*Bulletin d'Informations proustiennes*
BN	*Bibliothèque nationale*
BSAMP	*Bulletin de la Société des Amis de Marcel Proust*
CSB	*Contre Sainte-Beuve* (Gallimard, coll. de la Pléiade, 1971)
« *1re*, *2e*, *3e dactylographie* »	dactylographies de *La Prisonnière* d'après le classement établi par la Bibliothèque nationale
Fug.	*La Fugitive* (ou *Albertine disparue*), GF Flammarion, Paris, 1986
Gu. I et *II*	*Le Côté de Guermantes* (2 tomes) GF Flammarion, Paris, 1987
JFF Ire p. et *2e p.*	*A l'ombre des jeunes filles en fleurs* (2 tomes), GF Flammarion, Paris, 1987
J.S.	*Jean Santeuil* (Gallimard, coll. de la Pléiade, 1971)
Ms	Manuscrit « définitif »
NAF	Nouvelles acquisitions françaises (classement de la B.N.)
Pris.	*La Prisonnière*, GF Flammarion, Paris, 1984
RTP	*A la Recherche du temps perdu* (Gallimard, Bibl. de la Pléiade, 1954, 3 volumes; le chiffre romain, dans les références, indique le volume, les chiffres arabes les pages)
SG vol. 1 et *vol. 2*	*Sodome et Gomorrhe* (2 tomes), GF Flammarion, Paris, 1987
Sw.	*Du côté de chez Swann*, GF Flammarion, Paris, 1987
TR	*Le Temps retrouvé*, GF Flammarion, Paris, 1986

NOTE SUR LA PRÉSENTE ÉDITION

L'édition originale d'*A la recherche du temps perdu* étant épuisée et ayant été généralement reconnue comme assez fautive, les lecteurs actuels disposent du texte de la collection de la Pléiade, refait avec soin en 1954 sur les documents manuscrits, et de celui de la collection Folio (Gallimard), identique au précédent mais n'offrant pas, comme lui, une introduction et des notes sur les variantes. Il reste que, depuis bientôt trente ans, les études proustiennes et, en particulier, celles qui portent sur la genèse, les manuscrits et les autres « avant-textes » ont connu un grand essor, accroissant la quantité des données disponibles et en renouvelant l'approche.

Mais le public manque toujours d'une édition de grande diffusion qui lui apporte un texte amélioré et plus authentique grâce à une nouvelle lecture du fonds manuscrit (où les éléments conjecturaux abondent), à une plus grande fidélité à l'écriture spontanée de Proust (le texte connu jusqu'ici, modifié dans ses paragraphes et sa ponctuation dans le sens de la tradition scolaire, est privé de sa véritable « voix »), et qui fournisse sur chacune des parties des dossiers documentaires et des notes éclairant les détails et situant les problèmes. C'est à ce besoin, qu'il est possible de satisfaire aujourd'hui, que nous voulons répondre ici.

Le choix de *La Prisonnière* comme premier volume publié a été déterminé par des exigences juridiques et des raisons scientifiques. La loi veut que seuls les volumes de Proust publiés après le 24 octobre 1920 commencent à tomber dans le domaine public, et puissent être repris par de nouveaux éditeurs. Parmi ces livres, *La Prisonnière* est le premier posthume. Il inaugure la série des parties dont la mise au point et la correction n'ont pas été le fait de l'auteur lui-même (Proust est mort à la tâche, ayant tout juste commencé de corriger le début des dactylographies faites d'après un manuscrit touffu), et à propos desquelles se rencontrent de grandes difficultés de lecture et de montage, encore non totalement résolues. Il se trouve enfin que les études de genèse sont particulièrement avancées sur cette partie du roman.

La publication, provisoirement séparée, de *La Prisonnière,* est la première pierre d'une édition d'ensemble selon les principes qui viennent d'être posés. Un bref rappel de la fin de *Sodome et Gomorrhe II* permet de se replacer dans la continuité de la *Recherche ;* les notes marquent nettement la solidarité des différentes parties. Dès qu'aura paru la partie suivante, *La Fugitive,* les lecteurs disposeront au complet du sous-ensemble cohérent qu'est le cycle d'Albertine, pourvu d'une relative autonomie dans le roman et fortement centré sur deux personnages et une aventure amoureuse particulière.

Pour laisser suffisamment de place à l'abondant dossier, nous avons renoncé à regret à l'étude proprement littéraire de ce livre, dont quelques contemporains ont tout de suite perçu le caractère tout à fait exceptionnel.

GENÈSE DE « LA PRISONNIÈRE »

Historique du roman

La genèse de *La Prisonnière* ne peut pas être suivie dans sa continuité, étant donné que nous ne possédons qu'une partie des écrits préparatoires, et que les procédés de composition et d'écriture de Proust étaient assez étrangers à la linéarité. Les documents exploitables se trouvent, pour l'essentiel, déposés au Département des Manuscrits de la Bibliothèque nationale et comprennent quatre carnets de poche, soixante-quinze cahiers de brouillon (numérotés 1 à 75, cotes *NAF* 16641 à 16702 et 18313 à 18325, dans un ordre qui ne correspond pas à la chronologie véritable, et avec des lacunes dues à la disparition de cahiers), vingt cahiers suivis dits de « Manuscrit au net », correspondant à la partie du roman qui va de *Sodome et Gomorrhe* au *Temps retrouvé* inclus (et numérotés en chiffres romains de I à XX, cotes *NAF* 16708 à 16727), et trois séries successives de dactylographies corrigées de *La Prisonnière* (cotes *NAF* 16742 à 16747). Les épreuves d'imprimerie, également déposées à la Bibliothèque nationale, n'ont pas été revues par Proust, mort pendant le travail, resté très incomplet, de correction des dactylographies.

Il faut d'abord remarquer l'absence totale du personnage de la «prisonnière», Albertine, dans le premier volume de la *Recherche, Du côté de chez Swann* (novembre 1913) et dans les projets, déjà très avancés, des volumes suivants, dont Proust énumère les chapitres à l'occasion de cette publication. Ce n'est qu'en 1915 qu'apparaît dans les cahiers d'ébauches une rédaction suivie, encore qu'incomplète, de ce qui deviendra *La Prisonnière*. Dans l'intervalle, de nombreux fragments des brouillons abordent les thèmes et les personnages du roman, surtout à partir de la deuxième moitié de 1914. C'est que des événements personnels, ce qu'on appelle le « drame d'Agostinelli », ont intensément marqué et bouleversé la vie de Proust, et ont pour une large part donné naissance, à travers un certain nombre de transpositions, au « cycle d'Albertine », c'est-à-dire à *La Prisonnière* et à *Albertine disparue*. Mais l'importance, bien réelle, des éléments biographiques a été surévaluée par la critique, qui tend à voir dans ce cycle une excroissance contingente de l'œuvre, alors qu'on ne peut le comprendre que dans le cadre d'une restructuration, d'ailleurs progressive et accompagnée de fréquentes remises en question, de l'ensemble de la *Recherche* depuis 1913. Nous nous appuierons largement, dans cette étude, sur la remarquable thèse de 3e cycle d'un chercheur japonais, Kazuyoshi Yoshikawa : *Études sur la genèse de « La Prisonnière » d'après des brouillons inédits* (Université de Paris-IV, exemplaires dactylographiés, 2 vol., 1976[1]).

Etat de la Recherche *au moment de la publication de* Du côté de chez Swann.

Le volume édité par Grasset en 1913 annonce « pour paraître en 1914 » les deux volumes suivants qui compléteront *A la recherche du temps perdu*, et donne leurs titres et ceux de leurs chapitres :
Le Côté de Guermantes (Chez Mme Swann. — Noms de pays : le pays. — Premiers crayons du baron de Charlus et de Robert de Saint-Loup. — Noms de personnes ; la duchesse de Guermantes. — Le salon de Mme de Villeparisis).

---

1. Trois larges extraits de cette thèse ont été publiés : 1" « Genèse du leitmotiv ''Fortuny'' dans *A la recherche du temps perdu* », *Études de Langue et Littérature françaises*, n" 32, mars 1978, Tokyo, p. 99-119 ; 2" « Remarques sur les transformations subies par la *Recherche* autour des années 1913-1914, d'après des Cahiers inédits », *BIP*, n" 7, printemps 1978 ; 3" « Vinteuil ou la genèse du septuor », *Études proustiennes III*, Gallimard, 1979.

Le Temps retrouvé (A l'ombre des jeunes filles en fleurs. — La princesse de Guermantes. — M. de Charlus et les Verdurin. — Mort de ma grand-mère. — Les Intermittences du cœur. — Les «Vices et les Vertus» de Padoue et de Combray. — Madame de Cambremer. — Mariage de Robert de Saint-Loup. — L'Adoration perpétuelle.)

Le premier de ces volumes est entièrement rédigé au printemps de 1913; son début devait même faire partie de *Du côté de chez Swann,* mais en a été retranché pour éviter un livre d'un trop grand nombre de pages [1]. Le second n'est encore qu'en chantier. Sont alors rédigés: «l'Adoration perpétuelle», dans les *Cahiers 58 et 57,* écrits vers 1910-1911, et des fragments correspondant aux «chapitres» de «M. de Charlus et les Verdurin» au «Mariage de Robert de Saint-Loup», dans les *Cahiers 47, 48, 50,* écrits vers la même époque. Certains de ces fragments seront repris plus tard dans *La Prisonnière:* celui où le marquis de Gurcy (futur baron de Charlus) amoureux d'un pianiste est introduit grâce à lui dans le salon Verdurin, où il a une longue conversation avec Brichot sur l'homosexualité; — une longue rêverie du héros sur Venise; — une nuit d'insomnie du même héros, pendant laquelle il revoit des scènes de sa vie d'autrefois (en écho à l' «ouverture» de «Combray»).

On suppose, à partir de ces éléments, qu'il existe, en 1911 déjà, un état à l'échelle du roman entier, avec des parties non encore mises au net. Mais cet état ne mentionne nulle part le personnage d'Albertine, sauf dans des ajouts, manifestement postérieurs, aux cahiers que nous venons de mentionner.

Première apparition d'Albertine.

Le nom d'Albertine apparaît pour la première fois dans une note tardive, que l'on situe entre avril et août 1913, du *cahier 13* (f⁰ 28r⁰): il s'agit d'un plan pour une

---

1. Voir A. Feuillerat, *Comment Marcel Proust a composé son roman,* Yale University Press, 1934.

« 2e année à Balbec », au cours de laquelle le héros fait, par l'intermédiaire d'un peintre, connaissance de jeunes filles et tombe amoureux de l'une d'elles, nommée d'abord Maria, puis, après rature, Albertine. Ce plan mentionne des scènes où elle intervient : « Jeu de furet. Espoir. Déception. Scène du lit. Déception définitive » ; et dans une partie suivante, située « à Paris » : « Visite d'Albertine où elle me chatouille [...] Visite d'Albertine [biffé] ». Enfin semble suivre un nouvel épisode à Balbec où l'on retrouve Albertine, cette fois dans une situation préfigurant « Gomorrhe » : « Je vais à Balbec parce que j'y connais tout le monde. Je remarque l'attitude d'Albertine et d'Andrée. Danse contre seins. »

D'autres indices, selon lesquels des thèmes importants de *La Prisonnière* sont abordés antérieurement au « drame d'Agostinelli » de mai 1914, sont fournis par deux phrases du texte publié de *Swann,* placées juste avant la scène homosexuelle et sadique de Montjouvain : « C'est peut-être d'une impression ressentie aussi près de Montjouvain, quelques années plus tard, impression restée obscure alors, qu'est sortie, bien après, l'idée que je me suis faite du sadisme. On verra plus tard que, pour de tout autres raisons, le souvenir de cette impression devait jouer un rôle important dans ma vie. » (Pléiade I, 159.) La première de ces phrases n'apparaît pas avant la première dactylographie de *Swann* (1911-1912) et les idées du héros qu'elle annonce sur le sadisme seront manifestées seulement dans *La Prisonnière* (voir p. 365 sqq). La deuxième phrase, encore plus tardive, ne figure que dans le texte définitif et n'existait pas encore dans les 5es épreuves non corrigées (datées du 6 août 1913) que possède la Bibliothèque nationale : sa fonction, par rapport à la suite du roman, ne semble pouvoir être autre que d'annoncer de façon voilée la fin de *Sodome et Gomorrhe II* où le héros, apprenant qu'Albertine connaît bien Mlle Vinteuil et son amie, se rappelle la scène de Montjouvain, soupçonne Albertine d'homosexualité et décide brusquement de rentrer à Paris avec elle et d'en faire sa « prisonnière ». Il nous faut nous rappeler, d'autre part, une phrase d'un ancien plan inscrit dans l'un des quatre carnets d'ébauches, le *Carnet de 1908* publié par Ph. Kolb, disant à propos d'une jeune fille : « Dans la deuxième partie du roman, la jeune fille sera ruinée, je l'entretiendrai sans chercher à la posséder par impuissance du bonheur. » Situation qui n'est pas sans analogie avec celle du roman publié.

Nous pouvons même remonter bien avant les premières ébauches pour rencontrer dans les premiers écrits proustiens la présence de l'homosexualité et de la jalousie. Un essai paru dans *La Revue blanche* de décembre 1893, « Avant la nuit », raconte la confession d'une jeune fille qui a tenté de se suicider par amour et par jalousie d'une autre femme. L'un des textes des *Plaisirs et les Jours* (1896), « La fin de la jalousie », décrit les affres d'un amant jaloux, l'alternance de ses accès de soupçons et de l'apaisement, sa mort enfin, des suites d'un accident de cheval.

Il existe donc déjà, au moment de la publication de *Swann*, des projets pour la suite du roman, des thèmes narratifs présents dans les brouillons, un nom de personnage secondaire, des pôles d'intérêt manifestés dans des écrits anciens, qui n'ont pas encore cristallisé ensemble, mais qui sont destinés à fournir un fonds de matériaux pour *La Prisonnière*.

Métamorphose de la Recherche *en 1913-1914. Le drame d'Agostinelli.*

Une série de cahiers écrits entre la fin de 1912 et le printemps 1913 contient des ébauches consacrées à une « première année » de séjour à Balbec (sans qu'y figurent de jeunes filles), une grande partie de ce qui deviendra *Le Côté de Guermantes I* et, dans la deuxième partie du *Cahier 34* et le *Cahier 33*, une « deuxième année à Balbec » où est développé un thème des jeunes filles qui revenait souvent, mais de façon inorganisée, depuis le début de la genèse : le héros est pris de curiosité pour un groupe de jeunes filles aperçues sur la digue à Balbec, et surtout pour l'une d'elles, une « golfeuse brune » ; en même temps il cherche à se faire connaître du peintre

Elstir. Le nom d'Albertine apparaît plusieurs fois dans ces deux cahiers et en général, semble-t-il, dans des additions faites après coup. Mais les problèmes de datation exacte de ces fragments sont particulièrement ardus. Toujours est-il que les jeunes filles apparaissent après « le salon de Mme de Villeparisis », là où les annonce, pour le début du *Temps retrouvé*, le plan qui accompagne l'édition de *Swann* de 1913 [1].

C'est pendant cette période de 1913-1914 que se renoue et se dénoue l'aventure avec Alfred Agostinelli [2]. Proust avait connu ce jeune homme, alors âgé de 19 ans, pendant ses vacances à Cabourg en 1907 : c'était l'un des trois chauffeurs qui conduisaient alternativement le taxi qu'il avait loué pour visiter la Normandie. Il l'avait revu et employé l'été suivant encore. Près de cinq ans après, en janvier 1913, Agostinelli se présente chez lui à Paris, à la recherche d'un emploi de chauffeur ; mais c'est comme secrétaire qu'il l'engage, pour dactylographier la seconde partie de son roman. Il l'installe chez lui, avec celle qu'il présente comme sa femme, Anna, et il prodigue ses générosités au couple pour se l'attacher. Mais il n'en retire, dit-il parfois dans ses lettres, que des chagrins, et l'animosité d'Anna. Le couple séjourne avec lui en août à Cabourg ; cependant l'aller et le retour, que Proust accomplit tous deux seul avec Alfred et de façon brusquée, ressemblent à des fuites. En fait, on ne sait rien sur leurs relations exactes à ce moment-là, si ce n'est la « tendresse » que Marcel avouait pour son secrétaire, et son admiration pour son intelligence. Vers l'automne de 1913, Agostinelli manifeste l'intention d'apprendre à piloter un avion, tandis que Proust multiplie dans ses lettres à ses amis les plaintes sur les malheurs personnels qui l'accablent à ce moment et l'empêchent de prendre aucun plaisir à la publication de *Swann*. Au début de décembre, Alfred s'enfuit de Paris avec Anna et se réfugie dans sa famille, à Monaco, toujours avec l'intention d'apprendre à piloter, au désespoir de Proust qui multiplie les démar-

---

1. Voir ci-dessus, p. 10-11.

2. Voir sur ce point G. Painter, *Marcel Proust*, t. II, p. 115-120, 143-148, 241-270.

ches pour le convaincre de revenir. Néanmoins Alfred commence son apprentissage à Antibes en mars 1914. Lors de son second vol, le 30 mai, il s'abîme en mer avec son avion et meurt noyé. Alors Proust laisse éclater un immense chagrin.

Il est hors de doute qu'il a intégré cette expérience à son roman, en la transformant et en transposant le sexe d'Alfred; ce sont surtout, d'ailleurs, les situations romanesques d'*Albertine disparue,* de la fuite à la mort d'Albertine, suivies des enquêtes du héros, de sa douleur et de sa consolation, qui bénéficient de cet apport. En particulier, on a retrouvé une lettre de Proust à Agostinelli (*Lettres retrouvées,* n° 35, Plon, 1966) réutilisée presque textuellement (voir *A.D.,* p. 89-92, 105). Mais nous ne devons pas négliger pour autant tout ce que nous avons vu plus haut et qui fournissait déjà des matériaux littéraires antérieurement aux événements de 1913-1914; ni d'autres données biographiques possibles que celles d'Agostinelli : ainsi Painter voit-il dans certains traits d'Albertine des traits empruntés à Henri Rochat, que Proust prit comme secrétaire de 1918 à juin 1921, et qui fut lui aussi un nouveau «prisonnier». Le drame vécu par Proust a certes fourni d'abondantes et poignantes données d'expérience, mais il a sans doute aussi déclenché des séries de rappels anciens et récents, et cristallisé des éléments narratifs encore à l'état d'ébauches et dispersés.

On ne sait à partir de quel moment précis et de quel avant-texte déterminé cette convergence s'opère, si tant est qu'elle ait pu s'opérer ponctuellement. Elle fut sans doute plutôt progressive. En tout cas, la construction du projet romanesque d'ensemble évolue et se présente sous des formes plus élaborées dans les *Cahiers 46* et *54,* écrits aussi en 1914. Le dispositif des «trois années» à Balbec disparaît, remplacé par «deux séjours», pour lesquels le *Cahier 46* ne donne que le début du second, avec les visites d'Albertine et sa danse indécente avec Andrée au casino. Vraisemblablement les anciennes première et deuxième «années» à Balbec, l'une sans jeunes filles et l'autre avec, ont fusionné pour donner le «premier séjour», gonflant celui-ci plus qu'il n'était prévu et préparant la remontée vers le début du roman de l'ensemble « A l'ombre des jeunes filles en fleurs ». Mais il se trouve que le manuscrit des *Jeunes filles* a disparu pour l'essentiel, et l'étude de la formation de ce premier séjour est encore difficile. Le *Cahier 46* ne donne ni la fin du deuxième séjour, ni le récit primitif de ce qui deviendra *La Prisonnière*. Le *Cahier 54* donne un fragment sur les inquiétudes et les jalousies que fait éprouver à M. de Charlus un jeune protégé appelé ici Félix ; puis vient l'histoire de la fuite et de la mort d'Albertine, écrite nécessairement après la mort d'Agostinelli. Il manque donc, à ce niveau chronologique, au moins un cahier d'ébauches correspondant à la fin du second séjour à Balbec et au contenu de *La Prisonnière*. Néanmoins on perçoit nettement, à partir des brouillons possédés, la formation de relations d'opposition ou de complémentarité entre les deux séjours à Balbec : lors du premier le héros vient « y chercher l'inconnu », lors du deuxième « le connu » ; le premier soir du premier séjour est marqué par la présence réconfortante de la grand-mère du héros ; le premier soir du second séjour provoque, alors qu'elle est morte dans l'intervalle, sa résurrection par le souvenir. A l'intérieur du deuxième séjour, l'avènement du couple de Charlus et de son protégé correspond à celui du héros avec Albertine, traçant ainsi pour la première fois les deux axes parallèles de Sodome et de Gomorrhe.

La version de 1915 de La Prisonnière *et le « Manuscrit au net ».*

Alors que *Le Côté de Guermantes*, annoncé lors de la publication de *Swann*, est en préparation pour la fin de l'été 1914, la déclaration de guerre arrête net tous les projets d'édition. Et Proust, que son état de santé empêche d'être mobilisé, continue son activité de préparation, de révision et de gonflement de son œuvre. En ce qui concerne *La Prisonnière*, en l'absence d'une version primitive qui ne nous est pas parvenue, on possède une rédaction partielle dans les *Cahiers 53 et 55*, écrits avant

novembre 1915 [1]. Elle présente le commencement et la
fin de l'histoire d'Albertine, avec une lacune correspondant à la soirée Verdurin, très probablement rédigée dans
un autre cahier non retrouvé, et indiquée simplement par
des mots de renvoi (« les Verdurin » et « soirée Verdurin »). Ainsi, même incomplet, ce texte a déjà le plan en
trois parties de l'édition finale. Le récit d'*Albertine disparue* s'enchaîne directement et sans titre à ce qui deviendra
La Prisonnière (qui ne possède pas de titre non plus à ce
moment-là). A quelques lacunes importantes près, la série des *Cahiers 53, 55, 56 et 57* constitue un brouillon
relativement suivi de la *Recherche* correspondant au texte
définitif de la fin de *Sodome et Gomorrhe* au *Temps
retrouvé* inclus [2]. (Yoshikawa transcrit dans sa thèse ce qui
des *Cahiers 53 et 55* correspond à *La Prisonnière*.)

C'est à partir de ces brouillons qu'a été établi le « manuscrit au net », (dans les *Cahiers* numérotés en chiffres
romains VIII à XII) ainsi appelé par commodité et eu-
phémiquement, car s'il a bien le caractère d'un texte suivi
et rédigé, qui a été ensuite dactylographié pour l'édition,
il n'en est pas moins extrêmement surchargé et parfois
incohérent. Il comprend plusieurs couches : 1°) une rédaction continue, parfois nouvelle (sur les rectos des
cahiers), parfois constituée par des pages arrachées aux
Cahiers 53 et 55 (écrits recto verso) et collées dans les
nouveaux cahiers ; cette rédaction semble avoir été effectuée entre la fin de 1915 et 1917 (peut-être avant pour
cette dernière date) ; 2°) des additions marginales ; 3°) des
« paperolles », feuillets ou morceaux de papier rédigés
postérieurement et collés en accordéon aux feuilles des
cahiers ; elles semblent postérieures aux premières additions, comme le suggère le nom du violoniste aimé de
Charlus, nommé Santois dans le texte continu et les
additions marginales, et Morel dans les paperolles seule-

1. Ainsi que permet de les dater une dédicace d'un volume de *Swann*
envoyé en novembre 1915 à Mme Scheikévitch. Voir p. 45-47.
2. Note de la seconde édition : deux nouveaux cahiers (*71* et *73*), acquis
en 1985 par la Bibliothèque nationale parmi les treize du fonds Guérin,
comportent aussi des rédactions partielles de *La Prisonnière*, dont celle de la
soirée Verdurin.

ment. Ces deux séries d'ajoutages ont dû continuer jusqu'au moment où Proust est passé à la correction des dactylographies (vers 1921-1922).

Ces ajoutages sont innombrables et gonflent démesurément le texte initial : on peut avoir des paperolles mesurant jusqu'à deux mètres. Parfois, les papiers qui les constituent ont été collés sans respecter la continuité du texte, qu'il faut rétablir. Souvent les points d'insertion des additions sont incertains, et il arrive que leur dimension fasse éclater la cohérence narrative et logique de la rédaction précédente. Ou encore les feuillets surchargés présentent des amalgames d'additions successives difficilement déchiffrables. On comprend ainsi les incohérences des dactylographies prises sur ce manuscrit, et l'embarras des éditeurs sur bien des points.

Parallèlement à cette rédaction « au net », Proust écrivait sur des cahiers séparés (numérotés 59 à 62) des notes ou des fragments additionnels destinés à être intégrés après coup. Certains, parfois très importants, comme la mort de Bergotte, passeront dans les additions au « Manuscrit au net » ou dans les dactylographies, d'autres ne sortiront pas de ces cahiers (voir la transcription de ces fragments dans le deuxième volume de la thèse de K. Yoshikawa).

Les dactylographies.

Le « Manuscrit au net » est donc tellement surchargé et illisible que Proust le fait dactylographier. C'est Yvonne Albaret, nièce de sa gouvernante Céleste, qui est chargée de cette tâche. Il va même jusqu'à proposer à Gaston Gallimard, dans sa hâte de voir publier *La Prisonnière,* d'utiliser directement ces copies pour l'impression, en se passant d'épreuves. C'est de l'utopie pure, surtout étant donné les innombrables surcharges qu'il y apporte de nouveau. Ce travail de mise au point et de révision, intense sur le début du roman, ne put être conduit à son terme. Proust l'abandonna en cours de route ; il comptait l'achever sur épreuves, comme il l'écrivit à Gaston Gallimard à la fin d'octobre 1922 : « L'espèce d'acharnement

que j'ai mis pour *la Prisonnière* (prête mais à faire relire
— le mieux serait que vous fassiez faire les premières
épreuves que je corrigerais), cet acharnement, surtout
dans mon terrible état de ces jours-ci, a écarté de moi les
tomes suivants. » Mais la mort devança ses intentions : les
tout derniers jours, il dictait encore des notes supplémentaires sur la mort de Bergotte.

On a retrouvé trois jeux de dactylographies, qui ont
déjà été utilisés par les précédents éditeurs du roman
avant l'acquisition des papiers de Proust par la Bibliothèque nationale en 1962.

Dans leurs notes à l'édition de la Pléiade (III, 1057-
1058), Clarac et Ferré font état de ces copies sous les
sigles D1, D2, D3 et D. Selon eux, Proust aurait d'abord
fait dactylographier les toutes premières pages du manuscrit et les aurait corrigées et augmentées (D1); puis il
aurait fait faire une deuxième copie, reprenant la précédente avec ses corrections, recopiant ensuite le manuscrit
et atteignant au total 123 feuillets (D2). Après de nouvelles corrections, il en aurait fait faire une nouvelle mise
au net qu'il était en train de retoucher encore au moment
de sa mort, et dont les corrections apparaissent avec
continuité sur les 136 premiers feuillets (D3). Il semble
que ces éditeurs appellent D la suite de la dactylographie
non revue en détail par Proust, mais où l'on trouve,
d'après eux, deux importantes adjonctions autographes
et, de loin en loin, quelques minimes retouches.

La Bibliothèque nationale a classé ces dactylographies
en 6 volumes (sous les cotes NAF 16742 à 16747) qui se
présentent de la façon suivante, assez différemment de ce
qu'avaient décrit Clarac et Ferré :

« *1re dactylographie* » : *NAF 16742* : f°s 1 à 123 corrigés de la main de Proust; f°s 124 à 209 non corrigés
(pagination de la B.N.);

$\qquad\qquad\qquad\qquad$ *NAF 16743* : 241 feuillets non
corrigés;

« *2e dactylographie* » : *NAF 16744* : f°s 1 à 11 corrigés
par Proust; f°s 12 à 34 non corrigés; f° 35 corrigé; f°s 36
à 100 non corrigés; f°s 101 à 104 corrigés. En fait, outre
les déclarations des éditeurs de la Pléiade, de nombreux

indices fournis par la pagination originale des feuillets, leur papier, les caractères de la dactylographie, l'ordre des corrections, nous conduisent à penser que c'est bien sur la première dactylographie que Proust a corrigé seulement une dizaine de pages, et que la deuxième a été corrigée, avec des lacunes, jusqu'à la fin du roman. Mais de nombreuses pages des premières dactylographies ont été transférées directement dans la troisième. Nous proposerons, ailleurs, une rectification des classements de la Bibliothèque nationale.

« *3ᵉ dactylographie* » : *NAF 16745* : fᵒˢ 1 à 136 : nouvelle dactylographie tenant compte des corrections précédentes et soigneusement corrigée elle-même ; fᵒˢ 137 à 213 : seulement trois corrections très brèves de Proust (fᵒˢ 151, 194, 213) ; fᵒˢ 214 à 219 : série de feuillets corrigés (sur les cris de Paris) provenant d'une dactylographie antérieure.

NAF 16746 : fᵒˢ 1 à 34 (et le feuillet 35 faisant double emploi) : transférés, tout corrigés, à la suite des fᵒˢ 214-219 du volume précédent. Du fᵒ 36 à la fin (fᵒ 237), on n'a plus que des corrections par d'autres mains, sauf aux fᵒˢ 81 (sur la mort de Bergotte), 158 et 159, provenant de dactylographies antérieures.

NAF 16747 : 239 pages de dactylographie dont les corrections ne sont en général pas autographes, sauf sur 37 folios (où elles sont minimes, sauf dans deux ou trois cas).

C'est cette « troisième dactylographie » qu'ont utilisée, pour la publication du roman à la NRF, Jacques Rivière et Robert Proust. Mais de nombreuses parties non corrigées se trouvant lacunaires, ou interverties, ou obscures par suite d'erreurs de lecture du dactylographe, ou encore les doubles emplois de fragments étant assez fréquents, ils ont été amenés assez souvent à supprimer, réécrire, ajouter des transitions, donnant un texte suivi mais pas toujours authentique.

C'est également à partir de cette « troisième dactylographie » que nous établissons le début de la présente édition, mais avec un recours aux états antérieurs, comme nous l'expliquons dans la Note sur l'établissement du texte.

La dernière bataille : l'annonce, le titre, les extraits.

Nous sommes relativement bien renseignés sur les relations que Proust entretient avec la NRF au sujet de la publication de son livre par les recueils de correspondance intitulés *Lettres à la NRF* (Gallimard, 1932) et Marcel Proust et Jacques Rivière, *Correspondance (1914-1922)*, Plon, 1955. Le premier contient les lettres adressées à Gaston Gallimard, responsable de la maison d'édition, et le second celles qu'il échange avec le directeur de la revue, ardemment désireux de faire connaître la *Recherche* par de longs extraits en prépublication.

Si l'on remonte jusqu'au début de 1921, on constate que Proust ne donne encore comme titres aux parties qui suivront *Sodome et Gomorrhe II* que *Sodome et Gomorrhe III* et *Sodome et Gomorrhe IV* ; par ailleurs, il varie sur la longueur du volume, qu'il annonce tantôt long, tantôt bref, et ne lui donne pas les limites que nous lui connaissons. Ainsi, écrit-il à Gallimard, vers le 11 janvier 1921 [1] :

> Après ce volume [*Sodome I*], dont la fin, du reste, sera annonciatrice de la suite, nous serons définitivement débarrassés des mondanités, lenteurs, etc. (dont l'utilité se comprendra d'ailleurs après coup), et *Sodome II*, *Sodome III*, *Sodome IV* et le *Temps retrouvé*, quatre longs volumes qui se succéderont à intervalles espacés (si Dieu me prête vie) vous donneront, je l'espère, de ce qu'on pourra peut-être alors appeler mon talent, une idée qui ne vous fera pas regretter de m'avoir appelé parmi vos auteurs. (*Lettres NRF*, p. 136.)

Tandis qu'en octobre, il lui annonce qu'avant de commencer à mettre au point *Sodome III*, il enverra à J. Rivière, pour la revue, la fin de ce volume « où il n'y a rien à changer et qui est, dit-il, ce que j'ai écrit de mieux (*La mort d'Albertine, l'oubli*) » (p. 153). Les limites entre

1. Pour les *Lettres à la NRF*, datées très approximativement par les premiers éditeurs (Proust lui-même ne datait pas ses lettres), nous adoptons les datations corrigées proposées par Philip Kolb dans sa thèse, *La Correspondance de Marcel Proust*, Urbana, The University of Illinois Press, 1949.

Sodome III et IV sont encore incertaines, et l'incertitude ne sera jamais résolue entièrement par Proust lui-même. En décembre, il écrit que *Sodome III* « sera un volume bref et d'action dramatique » (p. 178, 185).

En juin 1922, il évoque l'échéance encore incertaine, du fait d'ennuis de santé (« je ne puis vous dire à quand mon livre »), et décrit son travail sur la dactylographie faite d'après le manuscrit : « le travail de réfection de cette dactylographie, où j'ajoute partout et change tout, est à peine commencé ». Du moins prévoit-il les titres des deux volumes à venir : *La Prisonnière* et *La Fugitive* :

> [...] Tronche, il y a quelque temps, m'avait dit que j'avais tort de ne pas varier mes titres, que les gens étaient si bêtes que, lisant une œuvre intitulée comme la précédente *Sodome et Gomorrhe*, ils se disaient : mais j'ai déjà lu cela (je croyais qu'il exagérait, mais un exemple que je vous raconterai semble lui donner raison). Aussi, depuis que j'ai été tenté par les propositions de Prévost, j'ai repensé à ce que m'a dit Tronche et j'ai pensé que je pourrais peut-être intituler *Sodome III*, *La Prisonnière* et *Sodome IV*, *La Fugitive*, quitte à ajouter sur le volume (suite de *Sodome et Gomorrhe*). (*Lettres NRF*, p. 224-225.)

Mais au début de juillet, il insiste sur le fait que les deux prochains volumes ne sont pas prêts à être envoyés, mais ne devraient tout de même pas trop tarder, de crainte que l'attente du public ne s'émousse :

> Si vous désirez, *dans le doute*, annoncer mes deux volumes suivants pour 1923, bien volontiers, cher ami. Mais si de les avoir annoncés vous oblige à les publier à date fixe, je ne peux prendre aucun engagement. Car aucune des deux parties n'est « prête », ce qui s'appelle « prête ». [...] Cependant il vaudrait mieux que l'intervalle ne soit pas trop long, car tout le monde ne gardera pas présent à l'esprit qu'à la fin de *Sodome II* je pars vivre avec Albertine, et cette vie constituant *Sodome III* (qui n'aura pas ce titre), il est préférable (dans la mesure de mes forces) qu'on n'ait pas eu le temps d'oublier. (p. 234-235.)

Dans la même lettre, il déclare renoncer aux titres prévus pour ces deux volumes parce qu'un ouvrage de Tagore vient d'être traduit sous le titre de *La Fugitive* :

> [...] Je pensais appeler la première partie *La Prisonnière*; la deuxième, *La Fugitive*. Or, Madame de Brimont vient de traduire un livre de Tagore, sous le titre *La Fugitive*. Donc, pas de *Fugitive*, ce qui ferait des malentendus. Et du moment que pas de *Fugitive*, pas de *Prisonnière* qui s'opposait nettement.

Néanmoins, Proust continue ensuite de parler indifféremment, dans ses lettres, de *Sodome III* et *IV* ou de *La Prisonnière* et *La Fugitive*, comme dans celle-ci du 29 juillet 1922, où il manifeste encore des incertitudes sur la longueur de *La Prisonnière* :

> J'ai l'intention de vous envoyer d'ici peu le manuscrit de *Sodome et Gomorrhe IV* [1] *(La Prisonnière)*, afin d'en avoir les premières épreuves que je remanierai fort. Le grand intérêt pour moi est de me rendre compte si cette *Prisonnière* sera assez courte pour que je puisse faire paraître en même temps sa suite, *La Fugitive*, car si matériellement il est certain que les livres courts se vendent mieux, dans mon cas, comme j'ai réussi jusqu'ici à ne pas dégringoler, il ne faudrait pas, pour avoir un ouvrage moins long, faire dire : « il est très en baisse ». (p. 246.)

Et, sur la dactylographie, il ajoute de sa main le titre de *La Prisonnière,* bien qu'au début d'octobre il fasse toujours état de son abandon :

> Non, il ne faut pas donner actuellement un autre titre que *Sodome et Gomorrhe III* à mes prochains volumes. Comme vous l'avez très bien vu, le titre de *La Fugitive* disparaissant, la symétrie se trouve bousculée. (p. 271.)

Les derniers mois que Proust consacre à son travail de mise au point se passent dans la fièvre des révisions (le 3 septembre, il signale à Gaston Gallimard qu'il recommence « pour la troisième fois » sa *Prisonnière* et qu'il a « un mal infini à déchiffrer les corrections et les surcharges » qu'il a apportées aux feuilles de sa dactylographie) et dans des discussions interminables avec Jacques Rivière à propos des extraits qu'il doit fournir pour la revue. Il lui a promis ces extraits, mais il a été aussi sollicité par la *Revue de France,* à laquelle finalement il refuse, et par *Les Œuvres libres* qui lui proposent de donner en prépublication l'ensemble de *La Prisonnière* et de *La Fugitive,* moyennant une rétribution alléchante (*Corr. J. Rivière* p. 272, 275, 276, 277; *Lettres NRF* p. 252-254, du 2 septembre 1922; p. 262-263, du 4, 5 ou 6 septembre; p. 265-266, du 8 ou 9 septembre; p. 272, du début d'octobre). Finalement, il décide de donner aux *Œuvres libres* un long morceau de 125 pages imprimées, qui

---

1. Lapsus pour *Sodome et Gomorrhe III.* Proust le rectifie dans une lettre ultérieure (*Lettres NRF,* p. 261).

couvre une grande partie de la vie avec Albertine, et qui
paraîtra dans la livraison de février 1923 sous le titre :
« Précaution inutile. Roman inédit par Marcel Proust. »
Quant à Rivière, il réclame avec insistance que Marcel
tienne sa promesse, notamment en lui envoyant « Le
Sommeil d'Albertine » et « Les Cris de Paris », et il lui
faut batailler un mois et demi pour obtenir d'un Proust
épuisé le premier de ces fragments intitulé « La regarder
dormir », réduit à six pages, et un second, « Mes réveils »,
de deux pages et demie, dimensions bien surprenantes
comparées aux longs extraits des parties précédentes parus dans la *NRF*. Encore lui faut-il jusqu'au jour de
l'impression faire face aux exigences vétilleuses de
l'écrivain concernant le découpage de son texte et les
corrections (Voir *Corr. J. Rivière* p. 270 à 299, du 13
août au 25 octobre, et *Lettres NRF*, p. 252 à 255, 262,
267). Enfin les deux extraits paraissent dans la *NRF* du
1er novembre 1922. Mais les plaintes de Proust sur sa
santé déclinante et les difficultés croissantes qu'il
éprouve à avancer ses corrections ne sont que trop fondées, puisqu'il meurt le 18 du même mois [1].

Dans le numéro d'hommage qu'elle lui consacre le
1er janvier 1923, la *NRF* donne deux autres extraits du
roman, « Une matinée au Trocadéro » et « La mort de
Bergotte ». Un autre est encore donné dans le numéro du
1er juin : « Le septuor de Vinteuil ». Le livre est achevé
d'imprimer le 14 novembre. Tous ces extraits sont en fait
des montages, dus à Proust pour les fragments de novembre 1922, à la *NRF* pour les suivants : l'entrelacement des
fils narratifs du roman oblige à des découpages et à des
transitions nouvelles, ce qui faisait écrire à Proust, qui
aurait bien préféré avancer l'ensemble du roman : « Composer pour moi ce n'est rien. Mais rafistoler, rebouter,
cela passe mon courage » (*Lettres NRF*, p. 153). Dans
« La regarder dormir », il modifie le prénom de l'héroïne
en Gisèle, pour éviter tout risque de confusion avec
l'extrait donné aux *Œuvres libres*.

---

1. D'après G. Gabory, Proust avait remis peu avant sa mort ses
dactylographies à la NRF, pour les faire corriger. Il aurait donc pu
commencer la révision de *La Fugitive*.

Genèse des grands motifs narratifs

Les matinées.

Dès les premiers cahiers d'ébauches de la période 1908-1909 *(Cahiers 3, 2, 5, 4 et 6)* où figurent des fragments à destination mixte, tantôt préparant un essai sur Sainte-Beuve (et qui seront publiés en 1952 sous le titre de *Contre Sainte-Beuve*), tantôt se rapportant à une tentative romanesque, on trouve le thème fréquemment récurrent du réveil d'un personnage principal dans une chambre baignée par le soleil matinal. Trois motifs principaux l'accompagnent : celui des bruits de la rue indiquant le temps qu'il fait et suscitant des désirs de voyage ; celui de jeunes filles aperçues par la fenêtre (au *Cahier 6* l'une d'elles, fille de fournisseur, est introduite dans la chambre) ; celui des odeurs venues du dehors, entre autres « l'odeur de pétrole d'une automobile ». Ces sensations font vivre le personnage couché plus intensément que celles de la vie réelle, parce qu'elles mettent en mouvement son imagination.

Parallèlement à cette matinée présentée comme unique (*singulative,* selon la terminologie de Genette), nous trouvons un thème *itératif* (selon la même terminologie) de diverses chambres du passé évoquées par le souvenir. Au fil des différentes ébauches de la matinée, une hésitation se produit entre son caractère unique (elle doit précéder l'événement particulier qu'est l'arrivée du *Figaro* contenant un article du personnage) et les impressions de bruits, spectacles et odeurs de la rue, qui tendent à être présentés comme habituels.

Plus tard, le *Cahier 50* (1910-1911) apporte un début d'organisation à ces éléments dispersés : la série des souvenirs évoqués lors des réveils est close par un retour à la nuit du personnage insomniaque, puis par l'apparition du jour, à laquelle se rattache la matinée présentée, elle, comme itérative. Cette matinée apporte au héros des désirs de voyage qui le détournent de se mettre au travail littéraire et anticipe par là sur ce qui sera *Le Temps retrouvé.* S'accompagnant elle aussi de nombreuses réminiscences du passé, elle se charge à l'inverse d'une fonction « rétroactive ».

Les journées.

Dans le *Cahier 53*, après plusieurs tentatives, se constitue un schéma qui deviendra celui des six «journées» du texte définitif de *La Prisonnière* (six journées décrites, et non six journées que durerait l'histoire). Et cela par éclatement de la matinée itérative du *Cahier 50* en fragments identiquement constitués d'un réveil accompagné de bruits extérieurs et suivi d'une longue rêverie, de l'après-midi et de la soirée avec Albertine. Les deux premières journées forment un diptyque antithétique : la première, entièrement itérative, est placée sous le signe de l'apaisement de la jalousie du héros. La deuxième décrit la renaissance de sa jalousie, mais il faut alors un événement singulatif (le désir d'Albertine d'aller le lendemain chez les Verdurin) pour la justifier, et le texte oscille, pour la soirée, entre le singulatif et l'itératif, utilisant parfois ce que Genette appelle le «pseudo-itératif», imparfait désignant un acte qui ne peut être qu'unique, du type : «pendant qu'elle allait ôter ses affaires, je téléphonais [une seule fois] à Andrée». De nombreux ajouts et modifications postérieurs modifient la structure antithétique de ces deux journées : la première se gonfle de très nombreux éléments concernant les habitudes de la vie en commun avec Albertine (renforcement du caractère itératif), tandis que la seconde, itérative au début (réveil sous un nouveau climat), prend dans la soirée le caractère d'une transition avec la troisième journée, à caractère singulatif. En effet, celle-ci, au bout de trois essais, trouve son organisation déjà définitive : réveil sous un ciel d'Italie, épisode du Trocadéro, promenade avec Albertine au Bois et à Saint-Cloud, dîner dans la chambre de la jeune fille, sortie du héros pour aller voir les Verdurin, retour avec Brichot, conversation nocturne avec Albertine et proposition de la quitter. La suite, formée plutôt de séries de journées que de journées (mais toutes ordonnées du matin au soir), évoque d'autres faits de la vie commune espacés sur plusieurs mois (Albertine jouant au pianola les œuvres de Vinteuil, les révélations sur le télégramme d'Andrée à Albertine à la fin des vacances précédentes, l'évolution des baisers du soir d'Albertine). Ces journées évoquées, qui dans le *Cahier 50* se déroulaient indifféremment à diverses saisons, se succèdent désormais de l'automne (retour de Balbec) au printemps (départ d'Albertine). Ce rapide aperçu de la genèse des journées fait apparaître un processus fréquent de la formation du récit chez Proust : tout commence par des fragments épars (premiers cahiers), puis est fait un assemblage cohérent de ces éléments (*Cahier 50*, la matinée itérative), enfin, ce dernier éclate et ses morceaux sont repris dans une organisation nouvelle (*Cahiers 53 et 55*, les journées).

La mère du héros et Albertine.

Dans le premier jet du *Cahier 53*, la mère est présente à la maison, comme elle l'était dans les ébauches, de la naissance du roman au *Cahier 50*. Dans les tout premiers cahiers, « Maman » jouait un rôle important auprès de son fils, comme mère et comme partie prenante à la conversation littéraire sur Sainte-Beuve (voir *Contre Sainte-Beuve*). Dans le *Cahier 53*, elle n'a plus que la fonction modeste de servir de compagnie à Albertine ; c'est cette dernière et Françoise qui se partagent les rôles maternels : apporter *Le Figaro* au réveil, protéger le héros, en ce qui concerne Françoise ; et pour Albertine, accorder ou refuser le baiser du soir, citer *Esther*, et, plus tard dans le « Manuscrit au net », prendre part à la conversation littéraire. Dans les additions au *Cahier 53*, la mère doit aller à Combray ; de là, elle reprend une existence plus indépendante en écrivant tous les jours à son fils, en lui exprimant discrètement ses opinions sur sa vie avec Albertine, en rappelant son amour et celui de la grand-mère par des citations de Mme de Sévigné. Ainsi s'oppose-t-elle à l'usurpatrice. Enfin, son retour à Paris est annoncé comme imminent au moment où le récit aborde les préliminaires du départ de la jeune fille.

Albertine et le motif de Fortuny.

Mariano Fortuny y Madrazo (1871-1949) était un peintre espagnol qui avait travaillé à Rome et à Paris, et s'était installé définitivement à Venise en 1902 (soit après les voyages que Proust y avait faits en 1900); il était encore sculpteur, décorateur de théâtre, couturier, et notamment créateur de vêtements féminins d'après des tableaux des maîtres vénitiens. L'emprunt de son nom et son association à Venise, à Mme de Guermantes et à Albertine est d'un grand intérêt pour connaître les procédés de création et de composition proustiens. Auparavant, l'attrait du héros pour Venise, d'abord de caractère archéologique et esthétique, probablement à la suite des lectures ruskiniennes de Proust *(Les Pierres de Venise),* est, dans le *Cahier 48* (vers 1910-1911), provoqué par le désir de posséder la femme de chambre de Mme Putbus : l'annonce du prochain départ de celle-ci pour Venise le plonge dans une longue rêverie sur cette cité. Il finit par y aller avec sa mère, visite la ville et y retrouve la femme de chambre convoitée. Dans la version nouvelle des *Cahiers 53, 55 et 56* (1915), la rêverie sur Venise et le voyage sont dissociés l'un de l'autre, et font place, entre eux, aux souffrances et à l'oubli consécutifs à la mort d'Albertine. C'est que l'histoire d'Albertine s'est introduite dans le roman. La rêverie sur Venise est maintenant présentée comme due au désir du héros de fuir sa vie prisonnière. La jeune fille apparaît d'abord comme une maîtresse qui trouble sa solitude, un objet d'art qui, en captant son temps et son attention, gêne sa vocation ; mais elle acquiert peu à peu des traits de caractère propres, des goûts pour la peinture, la musique, la poésie, le théâtre. Un peu plus tard lui est attribué un goût pour les toilettes raffinées, qui entraîne son ami à lui prodiguer des cadeaux, et à aller se renseigner, avant de les choisir, auprès de la duchesse de Guermantes, considérée comme « la femme de Paris qui s'habillait le mieux ». C'est dans les additions à ces cahiers qu'apparaissent des dons de peignoirs, puis de « robes d'une grande beauté », d' « une nouvelle robe » qui devient, après une rature, « les nouvelles robes de Fortuny» *(Cahier 55)*; dans une autre addition, le nom et les robes de Fortuny éveillent chez le héros un désir d'évasion vers Venise : «Mais tout d'un coup le décor changea; ce ne fut plus le souvenir d'anciennes impressions, mais le souvenir d'un ancien désir encore éveillé quelques jours auparavant par la robe bleue et or de Fortuny qui étendit devant moi un autre printemps, un printemps subitement dépouillé de ses arbres et de ses fleurs par ce nom auquel je venais de penser, Venise...» *(Ibid.)*; une autre, beaucoup plus loin, se situe lors du voyage à Venise effectué après la mort d'Albertine : «A Venise [...] les oiseaux du Palais des Doges me font souffrir en me rappelant le peignoir de Fortuny» *(Cahier 56)*; elle fait allusion à une scène antérieure où le héros embrassait Albertine, vêtue d'un peignoir offert par lui : «Je l'embrassai une seconde fois, serrant contre mon cœur l'azur miroitant et doré du grand canal et les oiseaux accouplés, symboles de mort et de résurrection. Mais une seconde fois, elle s'écarta au lieu de me rendre mon baiser avec l'espèce d'entêtement instinctif et néfaste [...] des animaux qui sentent la mort.» Ainsi l'allusion à Fortuny, survenue à propos des toilettes d'Albertine et de Mme de Guermantes, en vient-elle à s'appliquer également au désir de voyage à Venise, à la mort d'Albertine et à sa résurrection par le souvenir, formant un lien entre des motifs originellement indépendants les uns des autres. Proust découvre après coup — comme il écrit lui-même dans *La Prisonnière* (p. 258-259) que l'ont fait Balzac pour *La Comédie humaine* et Wagner pour sa *Tétralogie* — par une «illumination rétrospective», l'«unité ultérieure» et «qui s'ignorait» entre des séries narratives «qui n'ont plus qu'à se rejoindre». Voilà donc Fortuny devenu, rétrospectivement, clé de voûte dans la construction de cette partie du roman.

C'est vers ce moment, semble-t-il, que Proust écrit, en février et mars 1916, à la sœur de son ami Reynaldo Hahn, Maria de Madrazo, qui se trouvait tante par alliance de Mariano Fortuny, d'abord pour lui demander «si jamais Fortuny dans des robes de chambre a pris pour motifs de ces oiseaux accouplés, buvant par exemple

dans un vase, qui sont si fréquents à Saint-Marc, dans les
chapiteaux byzantins », ajoutant, pour le cas où ils figureraient dans un tableau : « Je rechercherais la reproduction du tableau et je verrais s'il peut moi m'inspirer ¡ »
Puis, ayant appris que le couturier s'était inspiré d'œuvres de Carpaccio, il s'enquiert dans une seconde lettre
« de quels Carpaccio [...] et dans ces Carpaccio de quelle
robe exactement et dans quelle mesure », après quoi il
résume pour sa correspondante l'histoire d'Albertine et
insiste sur le rôle capital, « tour à tour sensuel, poétique et
douloureux », de ce qu'il appelle « le leitmotiv Fortuny ».
Dans une troisième lettre, accompagnant le renvoi à Maria de Madrazo d'un livre contenant des reproductions de
Carpaccio, il la prie de demander à Fortuny lui-même « la
description la plus plate de son manteau, comme ce serait
dans un catalogue disant étoffe, couleurs, dessin » (nous
donnons en annexe, p. 47-50, le texte de ces lettres de
Proust). Le leitmotiv, résumé dans la seconde lettre, se
présente dans toute son ampleur, comme une construction, selon le mot cher à Proust, « à large ouverture de
compas » et sous la forme d'un triptyque : dans le premier
volet, annoncé pour le début du « deuxième volume »
(celui qui aurait dû paraître en 1914 sous le titre *Le Côté
de Guermantes*), Elstir déclare devant Albertine, à Balbec, qu'un artiste, Fortuny, « a découvert le secret des
vieilles étoffes vénitiennes » ; dans le second volet, situé
dans le « troisième volume » (et dernier selon les projets
d'alors), le héros (que dans sa lettre Proust ne distingue
aucunement de lui-même, écrivant aussi bien « mon
deuxième volume » que « Albertine est fiancée avec
moi », etc.) offre des robes de Fortuny à la jeune fille,
mais ces robes pour lui « évoquent surtout Venise, le désir
d'y aller, ce à quoi elle est un obstacle » ; enfin, « longtemps après », Albertine s'étant enfuie et étant morte, le
héros va à Venise et retrouve, dans les tableaux de Carpaccio, le modèle d'une robe qu'il lui a donnée et cette
vue la ressuscite douloureusement par le souvenir. Dans
ce texte se trouvent rapprochés deux peintres, Elstir et
Carpaccio, et deux villes au bord de la mer, Balbec et
Venise. Et justement Elstir, dont l'art repose sur les

« métaphores » picturales, notamment sur l'échange entre la terre et la mer, comme dans sa composition sur le port de Carquethuit, se réfère, dans sa conversation, à la peinture vénitienne de Véronèse et de Carpaccio, « où on ne savait plus où finissait la terre, où commençait l'eau, ce qui était encore le palais ou déjà le navire » (*JFF 2ᵉ p.*, p. 294). Nous saisissons bien, par ces rapprochements, quel lien puissant à l'échelle du roman entier est fourni par le motif Fortuny.

Mais il reste à Proust à insérer ce développement dans le récit déjà rédigé. Il le fait sous forme d'additions multiples, dont le tableau suivant (emprunté à K. Yoshikawa) donne la répartition :

— Introduction (*A l'ombre des jeunes filles en fleurs, JFF, ibid.*) : Elstir parle de Fortuny devant Albertine. L'état le plus ancien qu'on ait retrouvé de ce passage se situe dans une dactylographie postérieure à la rédaction d'ensemble des *Jeunes filles*.

— Développement (*La Prisonnière*) :

A (voir ici, p. 124) : les robes de Fortuny de Mme de Guermantes. Ajout marginal au *Cahier VIII* du « Manuscrit au net », fᵒ 24 rᵒ.

B (p. 135) : une robe de Fortuny de la duchesse. Ajout sur dactylographie.

C (p. 253) : achat de robes de Fortuny pour Albertine. Sur une ligne principale du « Manuscrit au net » (*Cahier IX*, fᵒ 34 rᵒ).

D (p. 309) : propos de Charlus sur l'élégance d'Albertine, qui évoquent Fortuny pour le héros. Feuilles collées à la fin du *Cahier IX* (fᵒ 103 rᵒ).

E (p. 478-480) : les robes de Fortuny de Mme de Guermantes, leur description. Feuilles collées au *Cahier XI* (fᵒˢ 82 rᵒ-83 rᵒ) et rédigées entre le *Cahier 55* et le « Manuscrit au net ».

F (p. 504-505) : « la robe de chambre bleu et or de Fortuny » Feuille collée au *Cahier XI*, fᵒ 123 rᵒ, identique aux feuilles de E.

G (p. 509) : Albertine ne quittera probablement pas le héros car elle doit essayer « dans huit jours [...] les nouvelles robes de Fortuny ». Addition au *Cahier 55*,

puis feuilles détachées et collées dans le *Cahier XI*
(f°s 126 r°-127 r°).

H (p. 516) : la randonnée à Versailles au cours de
laquelle Albertine porte un manteau bleu sombre de Fortuny par-dessus son peignoir. Ajout marginal au « Manuscrit au net » (*Cahier XI*. f° 134 r°).

I (p. 524) : « un ancien désir [de Venise], tout récemment réveillé encore par la robe bleu et or de Fortuny ».
Addition au *Cahier 55*, recopiée dans le *Cahier XII*,
f° 9, r^{o}.

— Conclusion (*A.D.*, p. 305-306) : passage sur les
   tableaux de Carpaccio écrit sur les lignes principales du
   « Manuscrit au net » (*Cahiers XIV,* f°s 114 r°-116 r°).

Ainsi, Proust ayant trouvé, dans les ajouts tardifs du
Cahier 55, la construction à donner au motif, il rédige
tout un morceau séparément, sur des feuilles volantes,
puis scinde celui-ci en deux parties (E et F) qu'il insère
dans la suite déjà rédigée du « Manuscrit au net ». L'introduction et la conclusion, à Balbec et à Venise, pourraient être un peu postérieures. Puis viennent des ajouts
comme A, B, et D, qui multiplient les occurrences du
motif, et H qui prépare la conclusion.

Mais les robes de Fortuny ont encore une fonction
structurante dans le récit. Elles suivent Albertine depuis
le premier Balbec et tout au long de *La Prisonnière*. Cet
accompagnement, que certains appelleront métonymi-
que, voire synecdochique (car les vêtements font partie
du personnage, ou le contiennent) devient à Venise une
substitution, lorsque le héros reconnaît dans le tableau de
Carpaccio le manteau qu'Albertine portait pour l'accompagner à Versailles : l'objet d'art évoque la réalité absente. Mais n'est-ce pas la métaphore inverse qu'avait à
l'origine pratiquée Fortuny, en créant des vêtements destinés à rappeler les tableaux vénitiens ? L'ensemble Fortuny repose donc entièrement sur une métaphore générale
et réversible de l'art et de la réalité, s'intégrant par là à
l'un des thèmes fondamentaux de la *Recherche*. Et le
récit déroule cette métaphore, métonymiquement, au
cours de l'histoire d'Albertine.

Facteur de cohérence interne du personnage de l'héroïne, le motif fait encore « tenir » celui-ci aux personnages et lieux principaux du roman : à Elstir, premier informateur sur Fortuny, et à son art pictural « métaphorique », largement redevable à la peinture vénitienne ; par lui, à Balbec ; à la duchesse de Guermantes et, par elle, à son milieu raffiné ; au baron de Charlus, préoccupé de l'élégance de la jeune fille, et, par le contexte où se situent ses propos, au milieu Verdurin ; à Venise ; à la mère du héros, dans le fragment « G » ; et, bien entendu, et principalement, au héros lui-même. De sorte que le cycle d'Albertine, d'introduction tardive dans le roman, ne reste pas une excroissance, mais se trouve par ce moyen enraciné dans des structures antérieures à son arrivée.

C'est particulièrement net si l'on étudie, dans les occurrences successives du motif, ses composantes sémantiques et actancielles. Nous posons que, dans chaque cas, le rôle des vêtements de Fortuny peut apparaître dans une phrase de base simplifiée rendant compte des rapports principaux entre les personnages et les objets. Le modèle actanciel de Greimas[1] ne nous a pas paru le plus opératoire pour cela : il est très souvent impossible, dans la pratique, de distinguer clairement un sujet et un destinateur différents ; d'autre part, ce modèle aboutit à estomper la notion de procès, trop sommairement rendue par les opérations de conjonction et de disjonction. Nous retiendrons plutôt un modèle syntaxique plus proche des structures linguistiques, comportant essentiellement un sujet, un procès, un objet, un destinataire, un ou plusieurs circonstants. Après plusieurs tentatives moins satisfaisantes, il nous paraît que la phrase de base qui rend compte de la façon la plus élémentaire et la plus générale de l'ensemble du motif, peut être posée sous la forme :

(A) « Marcel donne des robes de Fortuny à Albertine », avec un sujet, un procès attributif, un objet et un

1. Exposé essentiellement dans *Linguistique structurale*, Larousse, 1966, *Du Sens*, Le Seuil, 1970, et dans C. Chabrol, *Sémiotique narrative et textuelle*, Larousse, 1973.

destinataire. La relation de don (ou attributive) est présente ou implicite dans toutes les occurrences. Nous observons des variations de sujet selon les cas, tandis que l'objet et le destinataire (direct ou indirect) restent stables :

(a) Elstir décrit les robes de Fortuny à Albertine
(b) Carpaccio fournit le modèle des robes de Fortuny pour Albertine
(c) Mme de Guermantes présente les robes de Fortuny pour Albertine
(d) M. de Charlus conseille des robes du même type que celles de Fortuny pour Albertine.

Partout se retrouve le schéma : X + verbe impliquant une attribution + les robes de Fortuny + Albertine (destinataire). Les sujets des deux premières phrases renvoient au monde des artistes dans la *Recherche,* et ceux des deux autres à l'univers des Guermantes, aristocratique et maître du goût. Leur ensemble représente symboliquement une importante catégorie des personnages du roman : le héros n'est pas seul à offrir les robes, mais il est accompagné, d'une manière ou d'une autre, par la cohorte des êtres supérieurs par l'art ou la mondanité (Swann a presque disparu à ce moment du récit, Bergotte également, Vinteuil est mort et n'intervient dans la vie d'Albertine qu'indirectement et d'une tout autre façon, comme nous le verrons). Il semble que ces personnages accueillent et fêtent ensemble la nouvelle héroïne.

Relativement à Venise, le rôle des robes est différent, ou du moins plus complexe. Il est vrai que la cité, comme patrie de Carpaccio, est impliquée parmi les donateurs des robes. Mais il existe une relation d'un autre type, dans laquelle entrent les robes, et qui concerne le désir ancien, antérieur même à l'introduction du personnage d'Albertine, du héros pour Venise. Les robes de Fortuny stimulent ce désir, et en même temps Proust précise que, de manière opposée, Albertine y fait, involontairement, obstacle. Nous avons donc là un sous-système sémantique dans lequel Albertine et les robes, loin d'être associées, tiennent des rôles contraires d'adjuvant et d'opposant au désir de Marcel :

(e) « les robes de Fortuny stimulent le désir de Marcel pour Venise »

(f) « Albertine contrarie le désir de Marcel pour Venise ».

Dans *Albertine disparue*, le motif revient, mais il y a eu un retournement de situation, puisqu'il répond au schéma :

(g) « les robes de Carpaccio recréent Albertine pour Marcel ».

Les robes de Carpaccio appartiennent bien au même paradigme que les robes de Fortuny. Mais le don est inversé : l'objet devient sujet, Albertine morte objet et Marcel, de sujet destinateur, devient destinataire. C'est lui qui reçoit une gratification (même douloureuse), et il la reçoit, symboliquement, de l'art.

Une autre occurrence met en contact, quoique de façon très indirecte, les robes de Fortuny, Albertine et la mère : « Je savais bien qu'elle ne pouvait me quitter sans me prévenir ; d'ailleurs elle ne pouvait ni le désirer (c'était dans huit jours qu'elle devait essayer les nouvelles robes de Fortuny), ni décemment le faire, ma mère revenant à la fin de la semaine et sa tante également » (p. 509). De ces deux explications fournies à l'impossibilité d'une fuite prochaine, la première est explicitement le désir d'essayer les robes, la seconde présuppose le devoir, pour Albertine, de saluer ou d'accueillir la mère à son retour. Nous posons les deux phrases sous-jacentes, parallèles l'une à l'autre :

(h) « essayer les robes de Fortuny empêche Albertine de s'enfuir »

(i) « saluer ma mère empêche Albertine de s'enfuir ».

Les robes, comme la mère d'un autre point de vue, sont des « dons » du héros. Les deux sous-phrases à l'infinitif sont toutes deux sujet de « empêche », mais la première est de l'ordre du *vouloir* (désir), la seconde de l'ordre du *devoir* (contrainte morale). Par rapport à Albertine, la mère, à la différence des personnages donateurs que nous avons rencontrés, représente ici la contrainte morale et sociale, c'est-à-dire en fait un autre aspect de l'action de Marcel sur Albertine (action dont Françoise est aussi un agent zélé) qui est opposé à l'apparente générosité du don, et pourtant en même temps en est complémentaire. La phrase qui sous-tend l'ensemble du leit-motiv serait à dédoubler en :

(A′) « Marcel donne des robes de Fortuny à Albertine ; ce don empêche celle-ci de s'enfuir. »

Quant à la relation d'apparence contradictoire qui existe entre les phrases (e) et (h), elle rend bien compte de la situation réciproque paradoxale des deux personnages : plus Marcel veut retenir Albertine auprès de lui, par le don des robes, plus s'exacerbe son propre désir de s'échapper seul vers Venise ; mais il est retenu auprès d'elle comme donateur. Ils sont tous deux prisonniers l'un de l'autre, l'un comme victime, l'autre comme geôlier. Et ce geôlier en vient à désirer aussi fort l'évasion de la captive que son maintien à sa disposition. En attendant, leur situation morale n'est pas la même en raison de leur attitude différente devant l'art, matérialisé ici par les robes : pour Albertine elles sont un objet à posséder, et cette possession est le piège dans lequel elle se laisse longtemps enfermer. Pour le héros elles représentent une aspiration vers quelque chose qui les dépasse : Venise et l'art vénitien, d'où une possibilité pour lui d'évasion (imaginaire pour le moment, mais d'autant plus gratifiante qu'il vit toujours plus intensément le désir que la réalité) qui repousse sans cesse les murs de sa prison, tandis que l'absence de liberté physique de mouvement finira par être insupportable à l'« être de fuite » qu'est Albertine.

Vinteuil et son septuor.

Certes Vinteuil est mort au moment où se déroule *La Prisonnière*. Mais il y est constamment évoqué, par les allusions à sa fille et à son amie, couple gomorrhéen qui n'apparaît pas directement lui non plus mais est constamment présent en filigrane (il existe dans une sorte d'envers, ou de doublure du récit, car dès qu'Albertine s'absente elle est censée aller les retrouver), et par son œuvre, le septuor, dont l'exécution et l'analyse forment une pièce essentielle de cette partie du roman. L'intrigue même de *La Prisonnière* est déterminée par le souvenir de la scène homosexuelle de Montjouvain (*Sw*, p. 270-277)

qui, à la fin de *Sodome et Gomorrhe II,* quand Albertine déclare connaître parfaitement les deux jeunes
femmes, revient brusquement à l'esprit du héros et l'entraîne à rentrer à Paris avec elle et à la soumettre à une
surveillance constante. D'autre part, le septuor de Vinteuil, œuvre jusque-là inconnue et qui a pu être portée au
jour grâce à la compétence et au dévouement de l'amie de
Mlle Vinteuil, réunit lors de son exécution un grand
nombre de personnages principaux du roman, laisse les
autres dans une absence significative (la duchesse de
Guermantes derrière son refus dédaigneux, Albertine
victime de l'interdit, Swann et Odette dont l'amour est
rappelé en même temps que la sonate), orchestre la plupart des thèmes de la *Recherche,* entraîne des réflexions
théoriques du héros sur l'art et le fait avancer dans sa
vocation. C'est dire que Vinteuil absent se trouve à l'origine et au centre d'un ensemble de fonctions de premier
plan qui déterminent les rapports de l'art, de la société, de
l'amour et de la littérature.

Il n'est pas inutile de rappeler l'origine du personnage
de Vinteuil. Elle est double. La scène de Montjouvain
(appelé alors la Rousselière) apparaît dans un complément à « Combray » de 1910-1911 *(Cahier 14).* Vinteuil,
déjà mort, y est appelé Vington. Il n'est pas musicien
mais naturaliste. C'est l'amie de sa fille qui sera plus tard
la continuatrice de son œuvre interrompue et lui fera
connaître le succès. Par ailleurs, dans un autre développement consacré à « Un amour de Swann » *(Cahier 18),* il
est question de la sonate, mais son compositeur est
nommé Berget. Les deux personnages restent distincts et
associés à des récits différents dans tous les cahiers, dans
la dactylographie remise sans succès aux éditeurs en
1912, et même dans les premières épreuves établies par
Grasset en avril 1913. C'est dans les secondes épreuves
que le Vington de Combray devient professeur de piano
et que la famille du héros sait qu'il compose. Quant à
l'auteur de la sonate, il y est appelé d'abord Vindeuil;
puis Proust corrige les deux noms de Vington et Vindeuil
en un même Vinteuil, faisant des deux un seul et même
personnage. Ce dernier conserve en lui la grande distance

morale et sociale qui sépare le modeste vieillard de Combray et l'auteur d'une sonate célèbre, illustrant d'une nouvelle manière la séparation de l'homme et de l'œuvre déjà traitée abondamment dans les ébauches antérieures qui deviendront *Contre Sainte-Beuve*.

Dès lors, Proust doit remplacer l'œuvre scientifique posthume de Vington par une œuvre musicale de Vinteuil, dont la révélation éclipsera les «premiers travaux». Il annonce, dans une interview qui suit la publication de *Swann*, «qu'on apprendra qu'il [Vinteuil] est un musicien de génie, auteur d'une cantate sublime». Il jette dans ses carnets *(Carnets 3 et 4)* des notes très fragmentaires «pour Vinteuil dans le second volume», donnant des indications de modèles réels (Franck, Schubert, Beethoven, Wagner, Chopin) ou portant sur des points d'esthétique générale (l'art exprimant la «différence qualitative des sensations», la «monotonie» des œuvres différentes d'un même artiste, etc.). La première rédaction suivie concernant cette grande œuvre consiste en une «note» du *Cahier 57* écrite vers 1914 (f°s 2 v°-4 r°; reproduite ici en annexe p. 56) et destinée au *Temps retrouvé :* le héros, invité à la réception finale de la princesse de Guermantes, entend depuis la bibliothèque l'exécution d'un *quatuor* de Vinteuil, qui lui fait comprendre, après les réminiscences qu'il vient d'avoir, suscitées par des pavés inégaux de la cour et le bruit d'une cuiller, que l'essence commune du souvenir se réalise par l'art. Il rattache le couple sonate-quatuor de Vinteuil au couple aubépines-épine rose de Combray, chacun des deux manifestant la relation du simple au complexe. La note effectue un montage à partir des notes éparses des *Carnets 3 et 4,* et développe un raisonnement surtout théorique en trois temps : 1° audition du quatuor, 2° retour des mêmes motifs dans l'œuvre de Vinteuil, 3° conclusion (l'art seul peut réaliser «cette qualité particulière des émotions de l'âme») ; les éléments romanesques, comme le motif du génie méconnu, celui du dévouement de l'amie de Mlle Vinteuil, ne sont pas encore intégrés.

Dans le *Cahier 55* (qui contient, rappelons-le, la première version connue de *La Prisonnière*), la nouvelle œuvre de Vinteuil apparaît, s'étant déplacée du *Temps retrouvé* jusque-là. Il s'agit cette fois d'un texte plus romanesque et décrivant une orchestration différente, puisque Albertine joue au pianola pour son ami la « symphonie de Vinteuil et certaines dernières œuvres de lui que je ne connaissais pas ». Proust a fait éclater sa version du *Cahier 57*, dont il ne reprend que les deux dernières parties, en revenant souvent aux phrases fragmentaires des *Carnets* plutôt qu'à la rédaction suivie. L'ancienne première partie a pu être intégrée à la soirée Verdurin, dont le premier texte, nous l'avons vu, est perdu. L'originalité de la nouvelle version est d'illustrer la thèse de l'identité profonde des œuvres d'un même artiste par un développement romanesque, le portrait d'Albertine au pianola, la jeune fille opposant ses aspects changeants à la permanence des œuvres d'art.

Dans le « Manuscrit au net », Proust déplace presque tous les éléments de la séance de pianola vers le septuor (ou sextuor : le manuscrit donne tantôt l'un, tantôt l'autre, parfois même « quatuor ») joué chez les Verdurin, tandis que ces éléments sont remplacés auprès d'Albertine par la conversation littéraire qu'elle a avec son ami et qui a la même fonction : montrer que les grands artistes (les écrivains au lieu des musiciens) n'ont jamais fait qu'une seule œuvre. Il y a donc encore éclatement de la séance du pianola, et nouveau montage des parties enlevées pour constituer la scène du septuor. Si l'on suit depuis le début la genèse de ce dernier texte, on a donc eu tour à tour : des fragments *(Carnets 3 et 4)*, un montage *(Cahier 57)*, un éclatement entre la soirée Verdurin et la séance de pianola, et un nouvel éclatement de cette dernière correspondant au montage définitif du septuor. Cette évolution non linéaire des avant-textes n'a rien de fortuit, et correspond chaque fois à la découverte de nouvelles fonctions des éléments. Nous l'avons déjà constatée à propos de la formation des « matinées » et des « journées » : elle est une constante de l'écriture de Proust, qui produit par son mouvement même de nouvelles données qui amènent à réorganiser ce qui existait antérieurement, et cela indéfiniment.

Les morts de Bergotte et de Swann.

Ce n'est pas par hasard que ces deux initiateurs du
héros meurent au cours de *La Prisonnière*. Leur disparition a été délibérément replacée à cet endroit, alors
qu'elle était primitivement prévue ailleurs. Bergotte devait encore vivre dans le *Temps retrouvé* et écrire sur la
guerre (additions au *Cahier 57*). La mort de Swann est
mentionnée dans le *Cahier 47* (1910-1911) comme déjà
survenue avant la présentation du héros aux Verdurin.
Dans le *Cahier 55* elle est rappelée, mais non comme un
fait récent, lorsque Albertine joue Vinteuil au pianola
(« si Swann avait été encore vivant »).

La mort de Bergotte devant la *Vue de Delft* de Ver
Meer a été inspirée à Proust par un malaise qu'il éprouva
lui-même à l'exposition hollandaise du Jeu de Paume en
mai 1921. Mais il est très possible que le fragment correspondant (*Cahier 62*, f°s 57 r°-58 v°) ait été écrit postérieurement à un autre texte sur la mort de Bergotte, déjà
rédigé et dans lequel il se serait inséré. Toujours est-il que
la première apparition du récit de cette mort dans *La
Prisonnière* ne se produit que dans la troisième dactylographie, celle même que Proust était en train de corriger
lorsqu'il mourut. Une des fonctions de cet épisode est
d'opposer le cheminement de l'écrivain vers la mort à
celui de ses ouvrages qui, eux, vont vers l'immortalité :
victoire de l'art sur la mort physique. Une autre fonction,
peut-être plus importante encore, est de faire disparaître
définitivement du nombre des personnages du roman cet
initiateur littéraire du héros, dont l'influence, à vrai dire,
est déjà depuis longtemps décroissante. La leçon qu'il lui
a donnée, de transformer les phrases écrites en un maté-
riau d'art, comme Ver Meer le fait de son pan de mur, ne
suffit plus. Elle va être relayée et amplifiée par la leçon
de Vinteuil, dont les phrases, répétant au fond indéfiniment le même chant, s'organisent en motifs récurrents et
largement orchestrés, à la manière des leitmotive de Wagner (voir notre *Phrase de Proust*).

Si Swann a été déclaré mort dans des cahiers déjà
anciens, la description de sa mort n'apparaît que très

tardivement, dans le *Cahier 59* (1921-1922). Les lignes
où Swann apparaît dans le tableau de Tissot (p. 299) ne
figurent même que dans le texte définitif, comme une
sorte de clé de dernière minute (clé fragmentaire, comme
toutes les clés chez Proust), puisque le tableau existe
réellement et que la place de Swann y est tenue par
Charles Haas. La place où Proust fait figurer l'annonce de
cette mort, tombant en plein milieu de la conversation
avec Brichot, est surprenante et révèle sans doute quelque
précipitation dans le montage. C'est qu'il faut faire disparaître officiellement Swann, qui fut un initiateur mais
ne sut pas lui-même aller jusqu'à la production artistique,
avant la révélation du septuor qui va avoir lieu dans la
scène suivante, et il faut qu'il meure sans même connaître
l'identité du nouvel et véritable initiateur, qui n'est pour
lui que la «vieille bête» de Combray. Une note du *Cahier 57* (f⁰ 19 r°) destinée au *Temps retrouvé* et que
Proust signale comme «capitalissime, issime, issime,
peut-être le plus de toute l'œuvre», situe bien le rôle
fondateur de la musique du «sextuor» dans la vocation
artistique du héros et la place assignée à Swann, qui doit
s'arrêter — comme les Juifs devant l'Évangile — au
seuil de sa révélation : «quand je parle du plaisir éternel
de la cuiller, tasse de thé, etc. = art : était-ce cela ce
bonheur proposé par la petite phrase de la sonate à Swann
qui s'était trompé en l'assimilant au plaisir de l'amour et
n'avait pas su où le trouver (dans l'art) ; ce bonheur que
m'avait défini comme plus supraterrestre encore que
n'avait fait la petite phrase de la sonate, l'appel mystérieux, le cocorico du sextuor que Swann n'avait pu
connaître car cet évangile-là n'avait été divulgué qu'un
peu plus tard et Swann était mort comme tant d'autres
avant la révélation qui les eût le plus touchés».

ANNEXES

Textes de Marcel Proust
Annexe nº 1

Lettre de Proust à Mme Scheikévitch de novembre 1915.
(Voir ci-dessus page 17, note 1).

Madame,

Madame, vous vouliez savoir ce que Mme Swann est
devenue en vieillissant. C'est assez difficile à vous résu-
mer. Je peux vous dire qu'elle est devenue plus belle.

«Cela tenait surtout à ce qu'arrivée au milieu de la vie,
Odette s'était enfin découvert, ou inventé, une physionomie personnelle, un "caractère" immuable, un
"genre de beauté"; et sur ses traits décousus — qui,
pendant si longtemps, livrés aux caprices hasardeux et
impuissants de la chair, prenant, à la moindre fatigue, des
années pour un instant, une sorte de mollesse passagère,
lui avaient composé, tant bien que mal, selon son humeur
et selon sa mine, un visage épars, journalier, informe et
charmant — elle avait appliqué ce type fixe comme une
jeunesse immortelle.»

Vous verrez sa société se renouveler; pourtant (sans en
savoir la raison qu'à la fin) vous y retrouverez toujours
Mme Cottard qui échangera avec Mme Swann des propos comme ceux-ci:

«Vous me semblez bien belle, dit Odette à Mme Cottard. *Redfern fecit?*

— Non, vous savez que je suis une fidèle de Raudnitz.
Du reste, c'est un retapage.

— Hé bien, cela a un chic!

— Combien croyez-vous?... Non, changez le premier
chiffre...»

«Oh! c'est très mal, vous donnez le signal du départ, je vois que je n'ai pas de succès avec mon thé. Prenez donc encore un peu de ces petites saletés-là, c'est très bon.»

Mais j'aimerais mieux vous présenter les personnages que vous ne connaissez pas encore, celui surtout qui joue le plus grand rôle et amène la péripétie, Albertine. Vous la verrez quand elle n'est encore qu'une «jeune fille en fleurs» à l'ombre de laquelle je passe de si bonnes heures à Balbec. Puis, quand je la soupçonne sur des riens, et pour des riens aussi lui rends ma confiance, «car c'est le propre de l'amour de nous rendre à la fois plus défiant et plus crédule».

J'aurais dû en rester là. «La sagesse eût été de considérer avec curiosité, de posséder avec délices cette petite parcelle de bonheur à défaut de laquelle je serais mort sans avoir jamais soupçonné ce que le bonheur peut être pour des cœurs moins difficiles ou plus favorisés. J'aurais dû partir, m'enfermer dans la solitude, y rester en harmonie avec la voix que j'avais su rendre un instant amoureuse et à qui je n'aurais dû plus rien demander que de ne plus s'adresser à moi, de peur que par une parole nouvelle qui ne pouvait plus être que différente, elle vînt blesser d'une dissonance le silence sensitif où, comme grâce à quelque pédale, aurait pu survivre la tonalité du bonheur.» Du reste, peu à peu, je me fatigue d'elle, le projet de l'épouser ne me plaît plus; quand, un soir, au retour d'un de ces dîners chez «les Verdurin à la campagne» où vous connaîtrez enfin la personnalité véritable de M. de Charlus, elle me dit en me disant bonsoir que l'amie d'enfance dont elle m'a souvent parlé, et avec qui elle entretient encore de si affectueuses relations, c'est Mlle Vinteuil. Vous verrez la terrible nuit que je passe alors, à la fin de laquelle je viens en pleurant demander à ma mère la permission de me fiancer à Albertine. Puis vous verrez notre vie commune pendant ces longues fiançailles, l'esclavage auquel ma jalousie la réduit, et qui, réussissant à calmer ma jalousie, fait évanouir, du moins je le crois, mon désir de l'épouser. Mais un jour si beau que pensant à toutes les femmes qui passent, à tous les

voyages que je pourrais faire, je veux demander à Albertine de nous quitter, Françoise en entrant chez moi me
remet une lettre de ma fiancée qui s'est décidé à rompre
avec moi et est partie depuis le matin. [...]

[La suite de la lettre est consacrée au contenu d'*Albertine disparue*.]

Correspondance, Plon, t. XIV, p. 280.

Annexe n° 2

Extraits des lettres de Proust à Maria de Madrazo en
février-mars 1916 (publiées dans le *BSAMP*, n° 3, 1953).

6 février 1916.

[...] J'ai voulu bien des fois vous demander des
conseils de toilette féminine, pour aucune maîtresse, mais
pour des héroïnes de livre. La même raison m'a rendu
fatigant d'écrire. Savez-vous du moins si jamais Fortuny
dans des robes de chambre a pris pour motifs de ces
oiseaux accouplés, buvant par exemple dans un vase, qui
sont si fréquents à St Marc, dans les chapiteaux Byzantins. Et savez-vous aussi s'il y a à Venise des tableaux (je
voudrais q.q. titres) où il y a des manteaux, des robes,
dont Fortuny se serait (ou aurait pu) s'inspirer. Je rechercherais la reproduction du tableau et je verrais s'il peut
moi m'inspirer. [...]

17 février 1916.

[...] Quant à Fortuny j'aimerais beaucoup savoir de
quels Carpaccio il s'est inspiré ou a pu s'inspirer, et dans
ces Carpaccio de quelle robe exactement et dans quelle

mesure. Voici pourquoi. En principe dans la suite de mon
Swann, je ne parle d'aucun artiste puisque c'est une
œuvre non de critique mais de vie. Mais il est probable, si
du moins je laisse les derniers volumes tels qu'ils sont,
qu'il y aura une exception unique et pour des raisons de
circonstance et de charpente romanesque, et que cette
exception sera Fortuny. Si cela peut vous intéresser voici
très sommairement pourquoi. Vous vous rappelez peut-
être que vous m'avez aidé aussi à faire autrefois pour des
jeunes filles des petites choses d'élégance que cela me
faisait plaisir de donner à l'une. Je crois que c'est vous ou
Mme Seminario qui a vu pour moi Boni, et Mme Straus
le fourreur. L'héroïne de mes deux derniers volumes,
Albertine, n'a aucune espèce de rapport avec ces jeunes
filles, d'ailleurs il n'y a pas une seule clef dans mon livre.
Mais ce désir de la parer, avec la ressouvenance de ses
parures, dans un voyage à Venise, après qu'elle sera
morte et où la vue de certains tableaux me fera mal, j'ai
construit les choses ainsi [sic]. (Mais ne parlez pas de
cela) (sauf à Fortuny si vous voulez). Dans le début de
mon 2e volume un grand artiste à nom fictif qui symbolise le gd peintre dans mon ouvrage comme Vinteuil
symbolise le gd musicien genre Franck, dit devant Albertine (que je ne sais pas encore être un jour ma fiancée
adorée) que à ce qu'on prétend un artiste a découvert le
secret des vieilles étoffes vénitiennes etc. C'est Fortuny.
Quand Albertine plus tard (3e volume) est fiancée avec
moi, elle me parle des robes de Fortuny (que je nomme à
partir de ce moment chaque fois) et je lui fais la surprise
de lui en donner. La description très brève, de ces robes,
illustre nos scènes d'amour (et c'est pour cela que je
préfère des robes de chambre parce qu'elle est dans ma
chambre en déshabillé somptueux mais déshabillé) et
comme, tant qu'elle est vivante j'ignore à quel point je
l'aime, ces robes m'évoquent surtout Venise, le désir d'y
aller, ce à quoi elle est un obstacle etc. Le roman suit son
cours, elle me quitte, elle meurt. Longtemps après, après
de grandes souffrances que suit un oubli relatif je vais à
Venise mais dans les tableaux de X X X (disons Carpaccio puisque vous dites que Fortuny s'est inspiré de *Car*.

paccio), je retrouve telle robe que je lui ai donnée. Autrefois cette robe m'évoquait Venise et me donnait envie de quitter Albertine, maintenant le Carpaccio où je la vois m'évoque Albertine et me rend Venise douloureux.

Donc à moins d'un remaniement (possible d'ailleurs, si je le juge nécessaire) à mon sujet, le « leitmotiv » *Fortuny*, peu développé, mais capital jouera son rôle tour à tour sensuel, poétique et douloureux. Madame Straus avait voulu me prêter un manteau (qui doit être pareil au vôtre d'après ce que vous me dites du vôtre) mais je n'en ai pas eu besoin et décline de même votre proposition de m'en montrer. Ce me serait inutile, j'en connais un ou deux, je regrette du reste de ne pas avoir parlé de cela à Mme de Chevigné qui m'a si gentiment renseigné pour des choses de toilette et de cuisine. Mais peut-être n'a-t-elle pas de Fortuny. Ce qui me serait le plus utile serait s'il existe un ouvrage *sur* Fortuny (ou des articles de lui) d'avoir le titre (remarquez que le résultat sera çà et là une ligne, mais même pour dire un mot d'une chose, et quelque fois même n'en pas parler du tout, j'ai besoin de m'en saturer indéfiniment). A défaut un renseignement précis sur telle robe, tel manteau (il n'a jamais fait de *souliers ?*) de tel Carpaccio. Carpaccio est précisément un peintre que je connais très bien, j'ai passé de longues journées à San Giorgio dei Schiavoni et devant Ste Ursule, j'ai traduit tout ce que Ruskin a écrit sur chacun de ses tableaux, tout etc. Au point de vue de mon roman un autre peintre, vénitien ou surtout padouan, eût été plus commode. Mais il n'y a pas de jour que je ne regarde des reproductions de Carpaccio, je serai donc en terrain familier. [...]

9 mars 1916.

Chère Amie

Tous les jours j'espère être le lendemain en état d'aller vous rapporter moi-même le « *Carpaccio* ». Et comme ce « lendemain » tarde trop je me résigne à vous le renvoyer par la poste. J'ai tout de suite reconnu le tableau extraor-

dinaire qui s'appelle je crois la Ste Croix et représente
une cérémonie d'exorcisme par le patriarche de Venise,
un des Carpaccio où ce peintre divin a le plus librement et
le plus réalistement évoqué la Venise de son temps. C'est
à ce point de vue, documentaire comme du Gentile Bellini tout en étant comme art infiniment supérieur et du
plus ravissant Carpaccio. Si vous vous rappelez le manteau, il y a là toute une floraison de cheminées évasées,
aussi belles qu'une floraison de tulipes, et dont je ne
serais pas surpris qu'elle ait q.q. peu inspiré certains
petits « Venise » de Whistler. Quant aux compagnons de
la Calza je me les rappelais mieux dans la vie de Ste Ursule où Carpaccio n'a eu garde de les oublier et en
retrouver ici avec joie [sic]. Mais je n'ai pas le tableau
assez présent à l'esprit pour me rappeler les couleurs.
Donc quand vous verrez Fortuny vous me ferez grand
plaisir en lui demandant la description la plus plate de son
manteau, comme ce serait dans un catalogue disant
étoffe, couleurs, dessin, (c'est le personnage qui tourne le
dos n'est-ce pas ?). Cela me serait infiniment précieux car
je vais faire tout un morceau là-dessus. […]

(Voir *Correspondance*, Plon, t. XV, p. 49, 56-58, 62-
63.)

Annexe n° 3

Fragment du *Cahier 57* (f°s 2 v° à 4 r°) sur le « quatuor »
de Vinteuil :

Je pourrai sans doute quand j'ai compris ce qu'il y a de
réel dans l'essence commune du souvenir et que c'est cela
que je voudrais conserver (mais ne sachant pas encore
que cela se peut par l'art, sachant seulement que cela ne
se peut ni par le voyage, ni par l'amour, ni par l'intelligence), dire que j'entends à travers la porte un quatuor de
Vinteuil (aux œuvres de qui la matinée sera consacrée).
Et je dirai à peu près ceci :
    Comme jadis à Combray quand ayant épuisé les joies

que me donnait l'aubépine et ne voulant pas en demander à une autre fleur, je vis dans le chemin montant de Tansonville un centre de nouvelles joies naître pour moi d'un buisson d'épine rose, ainsi n'ayant plus de joie nouvelle à éprouver dans la sonate de Vinteuil, je sentis tout d'un coup en entendant commencer son quatuor que j'éprouvais de nouveau cette joie, la même et pourtant intacte encore enveloppant, et dévoilant à mes yeux un autre univers, semblable mais inconnu ; et la ressemblance s'achevait dans ce que le début si différent de tout ce que je connaissais de ce quatuor, s'irradiait, flambait, de joyeuses lueurs écarlates ; c'était un morceau, incarnadin, c'était la sonate en rose. La sonate de Vinteuil m'avait paru tout un monde, mais un monde que je connaissais entièrement et voici que le Dieu qui l'avait créée n'y avait pas épuisé son pouvoir et en faisait une seconde, c'est-à-dire une tout autre, aussi originale qu'était la sonate, de sorte que la sonate qui m'avait semblé une totalité n'était plus qu'une unité, que je dépassais maintenant la notion de l'un et comprenais ce qu'était le multiple grâce à la richesse de ce génie qui me prouvait que la beauté dont il avait manifesté l'essence dans la sonate avait encore bien d'autres secrets à dire, bien d'autres paradis à ouvrir. Je ne concevais pas que le genre de beautés qu'elle contenait ne fût pas entièrement épuisé et consumé en elle ; quand j'essayais d'en imaginer, je les imaginais d'après elle, je retouchais de languissants pastiches. Et voici que cette phrase rose, aussi merveilleuse que m'avait paru la première fois celle de la sonate, mais tout autre, que je n'eusse jamais pu imaginer, venait de naître comme à côté d'une jeune fille, une sœur toute différente. Elle [*biffé :* créait devant moi, elle tirait du silence et] de la nuit, dans une rougeur d'aurore la forme d'un monde inconnu, délicieux, qui se construisait peu à peu devant moi. Et ce monde nouveau était immatériel, cette forme singulière qu'il projetait devant moi dans une lueur empourprée c'était celle d'une joie différente des autres joies, comme la joie mystérieuse et embuée qui émanerait de la bonne nouvelle annoncée par l'Ange du matin. Certes il y avait entre la sonate et le quatuor de grandes ressemblances. Sans doute Swann avait eu raison jadis d'appeler la phrase de la sonate une créature immatérielle, une fée captée par Vinteuil, arrachée par lui au monde surnaturel. Mais ces créatures surnaturelles, il est curieux qu'une certaine affinité, une mystérieuse correspondance entre un cerveau humain et leurs phalanges immortelles, fasse que ce seront toujours les mêmes qui se plaisent dans l'œuvre d'un même artiste, tandis que dans l'œuvre d'un autre ce seront d'autres qui auront élu domicile. Vinteuil avait ainsi certaines phrases qui de quoi qu'il parlât, quelque sujet qu'il traitât habitaient son œuvre dont elles étaient comme le peuple familier, les dryades et les nymphes, divines étrangères dont nous ne savons pas la langue et que nous comprenons si bien! si caressantes et si belles que quand je les sens passer et repasser sous le masque nocturne des sons qui me dérobe à jamais leur visage mon cœur se serre en sentant si près de moi les seuls êtres qui m'aient jamais dit un mot nouveau d'amour et que mes yeux se remplissent de pleurs. Ce n'était pas que des phrases à la Vinteuil qu'on reconnaissait dans le quatuor, ainsi de ces harmonies qui commençaient à embuer toute son œuvre à l'époque attristée où il écrivit la sonate, ces mêmes brumes qui s'élèvent le soir et qui, après cette heure de sa vie, flottent ici et là sur son œuvre. Mais ce que je sentis là n'était-ce pas justement quelque chose comme cette qualité particulière à une impression, à une joie, que je n'avais pu trouver ni à Balbec où ne restait rien de ce qui faisait la particularité de son nom [*biffé :* ni chez Albertine]. L'amour ne me l'avait pas donné davantage. [*En addition :* La phrase pouvait être parfois titubante ou boiteuse elle sonnait à toute volée comme des cloches une joie qui ruisselait de soleil plus que tous les pays que j'avais vus, et déjà dans la sonate, le déferlement de certains accords ne déployait-il pas plus de soleil que les vagues de Balbec à midi. Ce que j'éprouvais là n'était-il pas ce que j'avais ressenti tout à l'heure en entendant la cuiller, en marchant sur les dalles inégales, et n'est-ce pas une nécessité de notre esprit de ne sentir vraiment la pure saveur [?] d'une chose que quand elle est évoquée par une autre ; et en effet je n'avais jamais senti la douceur de la mer embuée du matin comme dans l'auge de pierre blanche d'une fresque d'Elstir où elle était si pâle et embrumée.] Je l'avais retrouvé tout à l'heure en écoutant le bruit de la cuiller et en sentant la différence des dalles. C'était donc quelque chose d'une telle essence que j'entendais dans ce quatuor; et il me souvint que parfois aussi dans certaines phrases de Bergotte, dans la couleur d'un tableau d'Elstir, j'avais senti cette révélation de cette qualité particulière des émotions de l'âme que nous ne trouvons pas dans le monde réel. Ainsi donc c'était l'œuvre d'art qui comme le spectre révélait la composition des [*ébauche interrompue*].

Nous donnons ici la liste chronologique des comptes rendus de *La Prisonnière* que nous avons pu retrouver pour l'année 1924, en caractérisant rapidement leur contenu, ou en le citant à la suite dans la partie « Textes ».

9 février 1924   Albert Thibaudet, «*La Prisonnière*, de Marcel Proust », *L'Europe nouvelle*, p. 178-179. Cité intégralement comme « Texte n° 1 ».

id.   Edmond Jaloux, rubrique « L'esprit des livres », *Les Nouvelles littéraires*, p. 2. La jalousie du héros diffère de celle de Swann, qui était plus « normale », car celui-ci découvrait qu'Odette était une cocotte. Dans *La Prisonnière*, elle est injustifiée et remplace l'amour absent. La « mobilité » d'Albertine en fait à juste titre une « grande déesse du Temps » ; son ambiguïté finit par la faire « ressembler à ces êtres androgynes des comédies shakespeariennes, qui participent à la fois de tant de natures et qui semblent nés avant tout de l'imagination des poètes ; ou, comme les centaures et les satyres du Paganisme, de la Nature et de l'Humanité réunies ». Le comique de Proust est « très XVIIIe siècle » ; ce n'est pas de l'humour, mais un comique amer, né de l'observation des êtres et des mœurs et de la disproportion ridicule qu'il y a entre l'homme tel qu'il est et l'énormité de ses prétentions. » Dans l'admirable mort de Bergotte, Proust utilise pour l'hypothèse de la survie et d'une existence meilleure des arguments analogues à ceux que Goethe employait, dans l'appendice des *Conversations* avec Eckermann, pour admettre la survie de Wieland.

21 février   Paul Souday, rubrique « Les Livres », *Le Temps*, p. 3 (repris dans son volume *Marcel Proust*, Kra, 1927, p. 67-72). L'argumentation présente peu d'intérêt, et signale un Proust pas comme tout le monde, passionné de mystère plus que de rationalité.

26 février   Louis Laloy, rubrique « Les Livres », *Comœdia*, p. 4. Proust a ressuscité deux traditions anciennes : celle du roman long (*Clélie*, *Le Grand Cyrus*), et celle du roman de mœurs contemporaines. Il n'y a pas un mot inutile dans une phrase de Proust, pas une digression qui n'ait son intérêt, qui n'ait une portée plus ou moins lointaine et grave. La sensibilité est extrême et pénètre tout le récit. On peut rapprocher des scènes contiguës de la tragédie antique cette « suite d'événements aussi fatale, et déjouant avec autant de dérision la prudence humaine que celle de ces incidents disséminés au cours de onze volumes et de plusieurs années, et dont quelques-uns, posés dès le début, n'étaient que les prémices d'une action qui trouve ici sa principale catastrophe, mais non son dénouement encore ».

1ᵉʳ mars   Robert Kemp, rubrique « Livres nouveaux », *La Revue universelle*, p. 636-

637. Proust est un «micropathe», merveilleux découvreur de détails, et un «mage de la psychologie». *La Prisonnière* n'ayant pas été revue, elle est encombrée de phrases longues, embarrassées de redites. Il y a de beaux portraits de jeune fille, mais Albertine «se compromet horriblement». Proust s'attache trop à «certains égarements de la sensibilité», on le préférerait plus orienté sur le terrain de la «psychologie normale». La soirée Verdurin est un intermède comique. On trouve beaucoup d'ajoutages, parfois inutiles, comme les cris de Paris (rapproché de *Louise* [1] de Charpentier), les discussions sur Dostoïevski, sur la musique.

id. Pierre Valjean, rubrique «Échos de partout», *La Semaine littéraire* de Genève, p. 108. Reprend, en les citant longuement, les arguments de P. Souday dans *Le Temps*. (On remarque dans cette même revue, à la date du 10 mai 1924, une remarque incidente et élogieuse de René Boylesve sur Proust, qui a su s'affranchir de la pureté de la composition; «il donnera toujours des regrets aux écrivains qui sont riches et qui ne croient pas avoir le droit de montrer leurs richesses».)

19 mars Pierre Lœwel, rubrique «La Vie littéraire», *L'Éclair* p. 3. Après un long verbiage extérieur au sujet, quelques lignes

---

1. Nous avons recherché le livret de ce «roman musical» de 1900, et y avons trouvé effectivement, à l'acte II, premier tableau, une scène de cris de Paris, où l'on reconnaît entre autres «marchand d'habits», «à la tendresse à la verduresse», «marchand de chiffons, ferraille à vendre», «v'là d'la carotte», et la flûte du chevrier. Mais la description de Proust est nettement plus riche que celle de Charpentier.

sont consacrées à *La Prisonnière* dont est
remarquée la composition volontairement négligée parce que le roman est
« un long vagabondage dans le pays de la
pensée » ; la conception de l'art chez
Proust emprunte à l'idée de relativité.

Mars   Georges Thialet, « A propos de *La Pri-
              sonnière* de Marcel Proust », *Sélection*
              nº 5, Anvers, p. 497-501. Il y a un pro-
              blème de la connaissance des personna-
              ges féminins comme Albertine : leur
              connaissance par l'intelligence n'est pos-
              sible que quand ces jeunes filles cessent
              de nous intéresser ; et il y a une connais-
              sance non intellectuelle, violente et non
              moins instructive, qu'on peut prendre
              d'elles dans leurs changements perpé-
              tuels. Le héros disant : « ma jalousie
              naissait par des images, pour une souf-
              france, non d'après une probabilité »,
              Thialet pense qu'il ne suit pas « d'après
              une probabilité » « cette route incertaine
              où nous ne distinguons que des points de
              repère et tant de spéculations ! c'est en
              vue d'une probabilité ; c'est en vue d'une
              vérité appréhendable et conçue hors de
              lui ». Proust est incapable de trouver une
              solution satisfaisante à la crise du
              concept littéraire, mais c'est « parce qu'il
              y avait cherché une solution, parce qu'il
              était optimiste ».

1er avril   Henri de Régnier, rubrique « La Vie lit-
              téraire », *Le Figaro,* p. 3. Il regrette les
              difficultés de l'édition posthume (co-
              quilles, etc.), souligne l'originalité de la
              phrase de Proust : « Une passion presque
              maladive de tout dire, de tout faire en-
              tendre, conduit Proust à une phrase ex-
              traordinairement compliquée, surchargée

d'incidentes, qui se développe en sinuo-
sité, se rétracte, s'allonge, s'effile, se
casse. Cette phrase de Proust, si caractéristique, parfois agaçante par sa prolixité,
mais toujours intensément expressive, est
toujours merveilleusement vivante. »
L'art de Proust est inimitable, d'ailleurs il
n'a pas de disciples. Comme peintre de la
société, il est moins balzacien que sten-
dhalien, par son égotisme, le désir de la
connaissance de soi-même ; mais il faut
noter entre Stendhal et lui l'opposition
entre le nomade et le sédentaire, ce dernier ayant le loisir de développer une
prodigieuse mémoire et une prodigieuse
sensibilité, avec une imagination non
moindre. La peinture de la jalousie est
étonnante : « C'est d'ailleurs, plus qu'une
jalousie de jaloux, une jalousie de maniaque et de malade, une jalousie pathologi-
que. Cette impression d'exceptionnel et
d'anormal est augmentée d'un apport de
traits et de détails que l'on sent quelque
peu arbitraires et factices, plus ingénieux
qu'observés. Nous sommes en face de ce
que j'appelle volontiers chez Proust la
virtuosité psychologique qui, sans com-
promettre la vérité de l'étude, y ajoute une
sorte d'excès qui le dénature quelque peu
et lui fait outrepasser son but. »

id.   François Mauriac, « La Prisonnière »,
             NRF, p. 489-493.
             Pour Mauriac, *La Prisonnière* nous
             oblige à réviser en partie notre jugement
             sur l'œuvre de Proust : certes, ses per-
             sonnages « ne s'étaient jamais détachés
             de lui tout à fait », mais désormais ils
             semblent l'intéresser de moins en moins,
             il étudie l'amour chez eux non plus vrai-

ment en romancier, mais «presque abs-
traitement et comme un clinicien».
Après les avoir fait sortir de lui, il les
réincorpore, «ils se perdent dans son
ombre». Car lui-même occupe de plus en
plus le devant de la scène, immobile dans
son lit, d'où il capte l'univers et le retient
prisonnier. Françoise même a changé, et
en vient à parler comme le héros; et bien
plus encore Charlus, qui ne dissimule
plus son homosexualité, mais l'étale et
l'amplifie: «ce n'est plus un malade,
c'est une maladie. Nous connaissions un
cancéreux, nous ne voyons plus que le
cancer.» Ce qui importe à Proust, ce
n'est plus que de nous livrer son analyse
de l'amour, au-delà de toute vraisemblance des personnages et des situations.
«Sous le nom d'amour, Proust a toujours
désigné la souffrance que lui donnent les
rapports connus, ou devinés, ou suppo-
sés, ou pressentis de l'être aimé avec
d'autres êtres. Son activité amoureuse se
ramène à des manœuvres, à des investigations, à un immense jeu d'espionnage
que complique encore l'état maladif de
l'amant claustré. L'alcôve se mue en un
cabinet de juge d'instruction». Rien
n'échappe à ce «jeu d'espionnage» gé-
néralisé et porté à son paroxysme: le
passé d'Albertine comme son présent,
ses pensées comme ses actions, ses
amies comme les personnes chargées de
la surveiller.
Mais en même temps cette investigation
se restreint à ne porter que sur un cas
exceptionnel, celui d'un amant dont
l'amour cesse dès qu'il n'est plus inquiet, un amour qui, selon Proust lui-
même, «consiste seulement dans notre

besoin de voir nos souffrances apaisées par l'être qui nous a fait souffrir». Autrement dit, l'amour non partagé. Mais Mauriac, prêt à faire grief à Proust d'avoir présenté à tort cet amour comme universel, se ravise, en pensant sans doute à son propre univers romanesque, et lui accorde, «s'il est vrai que c'est là l'espèce [d'amour] la plus répandue parmi les pauvres hommes», d'avoir su atteindre à l'universalité.

id. Dominique Braga, «Admiration pour Marcel Proust, *Le Crapouillot*, p. 7-10. Article intégralement cité comme «Texte n° 2».

3 avril Orion, rubrique «Le Carnet des Lettres, des Sciences et des Arts», *L'Action française*, p. 6. L'article ne dit rien de précis sur *La Prisonnière*, mais discute seulement sur la présence ou l'absence de composition, et propose l'hypothèse suivante: «L'auteur, en avançant dans la forêt qu'il avait conçue, loin de s'y égarer, en prenait mieux possession. Il l'explorait à fond et ses découvertes valant d'être rapportées, il s'étendait de plus en plus». Il n'y a pas de vice de composition, mais du moins un défaut de proportion. C'est un roman «à grande longueur d'onde», laquelle a augmenté peu à peu.

15 mai Norbert Guterman et Henri Jourdan, rubrique «Notes et Commentaires», «La Prisonnière (Sodome et Gomorrhe III), par Marcel Proust», *Philosophies*, n° 2, p. 206-211. Texte de Norbert Guterman, cité intégralement comme «Texte n° 3». Henri Jourdan souligne à son tour que l'œuvre est «dense, dure, musclée». Les

personnages s'y emplissent de complexité ou de mystère, l'invention verbale devient lyrique dans les « monolo-
gues sodomiques » de Charlus. Les
préoccupations esthétiques tiennent une
place importante. Il est néanmoins faux
de vouloir ranger Proust, comme ont
voulu le faire certains (Boris de Schloe-
zer), parmi les surréalistes. C'est « musicalement sentie » que son œuvre prend le
plus de richesse, par l'entrelacement des
thèmes de sensibilité : « C'est peut-être
là, plus tard, dans ce travail musical,
qu'il faudra chercher la qualité sensible
du monde qu'il a projeté, je dirai sa qualité sensuelle. » Ni psychologue, ni mo-
raliste, Proust a fait surgir de la *Recherche* un monde épique.

1924   André Germain, *De Proust à Dada*, Le
Sagittaire-Kra. Ce livre de critique comporte un chapitre en forme de compte
rendu (peut-être repris d'un article de
presse) : « Marcel Proust : La Prisonnière », p. 31-37. C'est une attaque vi-
rulente, le roman étant désigné comme
une « étrange soupe aux choux », qui fait
réclamer à Germain « un clystère ou une
cuvette ». Il y est également question de
« lyrisme juif » et d'« esclavage mental ».

Texte n° 1

A. Thibaudet, in *L'Europe nouvelle*, 9 février 1924.

La Prisonnière, de Marcel Proust.

On sait que Marcel Proust a laissé son œuvre à peu près
achevée. Je dis à peu près, car, bien que le dernier cahier
de son manuscrit se termine sur le mot *Fin,* sa manière

ordinaire de travail oblige à supposer une différence entre
cette dernière partie et les autres. Sur la dactylographie,
sur les épreuves, il reprenait, corrigeait, jetait de larges
additions, intercalait des feuilles, laissait jusqu'au dernier
moment végéter et fructifier entre ses doigts ce livre qui
était lui, cette forme écrite de sa vie, de son rêve, de ses
sens, à laquelle l'imprimé venait substituer une vie nouvelle, la vie chez les lecteurs, la vie chez les auteurs qui
s'inspiraient de lui, tout ce qui tient dans ce mot très
vague et très souple d'influence. C'est un spectacle admirable que de voir ces deux vies s'unir sans se confondre
dans *La Prisonnière*, comme à Genève les eaux du Rhône
et celles de l'Arve — l'eau du torrent nature et l'eau du
torrent qui vient de se purifier dans le lac. Marcel Proust
sort de cette lecture incroyablement vivant.

Maintenant que nous avons surmonté l'étonnement
inévitable du début, que nous sommes habitués à une
nature «proustienne», que nous connaissons les lois, les
courants, la germination et la vie intérieure de cette nature, il me semble, au sortir de ma lecture, qu'il n'y avait
rien, dans les neuf volumes précédemment parus, de
supérieur aux deux volumes de *La Prisonnière*. L'analyse
s'exerce, se prolonge, tournoie, jouit d'elle-même avec
une virtuosité, un élan, qui nous font songer moins à
l'analyse pure, technique et froide, qu'à la poésie de
l'analyse. Et je ne vois pas d'autre comparaison à reprendre que le vieux rapprochement de Proust avec Montaigne. On songe à ce lyrisme intellectuel du troisième livre
des *Essais,* le plus personnel, le plus indépendant, celui
qui est capté le plus directement sur le griffon. C'est de la
vie directe, fraîche, qui jaillit de toutes parts sur le terrain, comme des sources, au printemps, en tels coins de
montagne, ceux qu'on appelle un fer à cheval ou un bout
du monde. Un bout du monde, peut-être, aussi, de la
littérature, au-delà duquel il semble qu'il n'y ait pas de
route, qu'on ne puisse plus avancer, qu'on ne trouve que
chaos de montagnes inaccessibles et inhumaines. Chez un
Mallarmé, chez un Valéry, même chez un Gide, on
éprouve ce même sentiment d'être arrivé à un bout du
monde. Si l'on n'est pas alpiniste, on est alors tenté de

revenir sur ses pas. Alors se fait une réaction. C'est
l'heure de M. Lasserre, de M. Massis. Je tire ma montre
et je vois qu'elle ne marque pas cette heure.

Aussi abondante que les autres livres de Proust, *La
Prisonnière* contient plus de six cents pages assez denses,
où il ne se passe guère plus d'événements que dans les
Essais de Montaigne ou le *Journal* d'Amiel. Ce n'est
point ce qui se passe, c'est l'endroit où cela se passe, qui
est sinon inattendu, du moins délicat à traverser : un
passage de pierres et de branches, fragile, sur un torrent,
dirons-nous en reprenant à son origine étymologique le
mot de « scabreux ». A aucune partie de la *Recherche du
temps perdu* ne convient mieux le sous-titre du *Côté de
Guermantes : Sodome et Gomorrhe*.

Tout le livre est fait de deux personnages, sur qui les
innombrables analyses de Proust ne tombent pas (ainsi
que chez tels analystes professionnels) comme des gouttes de pluie qui les délaveraient, les jetteraient à la circu-
lation, en feraient des types généraux, mais bien comme
des touches de pinceau sur une toile jamais finie, pour un
portrait qui n'achève jamais sa mission de parler, de
produire du nouveau, de vivre imprévisiblement. C'est
M. de Charlus et c'est Albertine, section de Sodome et
section de Gomorrhe, l'un et l'autre amorcés dans les
volumes précédents, et qui, dans ceux-ci, grandissent de
telle sorte, emplissent l'horizon au point que l'auteur et le
lecteur paraissent circuler patiemment sur eux comme des
Lilliputiens sur le corps de Gulliver. Il est bien comique
que le nom de Jules Simon vienne sous ma plume à
l'occasion de celui de Marcel Proust. Mais il se trouve
que cet ancêtre a intitulé deux de ses livres : *Mémoires
des Autres*. Il n'est pas de titre qui convienne mieux que
celui-là à l'œuvre de Proust. Par ce cheminement à l'intérieur et à l'extérieur d'un personnage, ce sont des mémoires, c'est une sorte de journal intime, et plus qu'intime. Mais, d'autre part, il s'agit bien des autres, plutôt
que du narrateur, le personnage qui dit *je* étant traité en
utilité, en lieu de passage et en porte-à-faux, n'ayant
guère que deux dimensions, tandis que M. de Charlus et

Albertine en ont bien trois et porteraient en eux, par le miracle de l'art, l'amorce d'une quatrième.

On a dit bien souvent que les créations de l'art sont plus vraies que les êtres de la réalité. On pourrait le dire des personnages de Proust, et pour la raison suivante. L'immense majorité des hommes, à partir d'un certain âge, cessent à peu près de changer, se résolvent presque tout entiers en répétition et en automatisme. Ils deviennent des cycles fermés, dont il semble qu'on puisse donner la formule qui les épuiserait. Et le romancier, l'auteur dramatique, qui les observent, ou qui les recréent, ou qui en créent, cherchent, en effet, cette formule et visent à les épuiser. Quand ils les modifient, il semble que leur changement était contenu logiquement dans les états antérieurs. Nul n'est plus éloigné que Proust de cette ambition; nul ne se place plus délibérément au point de vue contraire. Le compte des personnages à la banque de l'écrivain n'est jamais un compte bloqué; il reste le plus possible un compte courant, un compte ouvert. Tant qu'ils figurent dans son récit, quelque chose de nouveau vient sans cesse s'inscrire à leur actif ou à leur passif. Si la *Recherche du temps perdu* avait cinquante volumes, au cinquantième nous verrions encore M. de Charlus, Albertine, les deux Guermantes, les Verdurin, Cottard, Françoise prendre des aspects nouveaux, imprévus, jamais contenus dans leur figure antérieure. Cela c'est proprement la force de la vie, et l'on peut dire que Proust a reculé les limites à l'intérieur desquelles il est permis à un romancier d'exprimer la vie.

Je viens d'employer le mot de romancier, bien que l'œuvre de Proust puisse être dite plutôt une évanescence et une dissolution qu'une progression et un enrichissement du roman. Et en effet, dans ce livre où il se passe si peu de chose, où le récit et les événements sont si précisément refoulés par la dissertation et l'analyse, tout de même surnagent des parties admirables de roman et de description vivante. Le seul événement proprement dit est celui qui donne son nom au deuxième des trois chapitres de *La Prisonnière* : *M. de Charlus se brouille avec les*

Verdurin. Et cela peut-être vous est bien égal. Cela vous semble comporter moins d'importance planétaire que la brouille entre l'Angleterre et l'Allemagne au temps d'Édouard VII, voire entre M. Poincaré et M. Clemenceau. Tel n'est pas sans doute l'avis d'un de ces proustiens qui doivent exister dans la *Société Marcel Proust* fondée en Angleterre. Lire dans *La Prisonnière* cette brouille de M. de Charlus avec les Verdurin apparaît comme un événement immense; cette soirée de musique à l'issue de laquelle se produit la rupture est presque aussi vivante, aussi peuplée, aussi attachante que les pages de Saint-Simon sur la cabale de Meudon ou sur l'arrivée en France de la princesse des Ursins. Vous me direz que les tableaux de Saint-Simon comportent des événements plus importants que les démêlés d'une salonnière et d'un inverti qui joue chez elle au maître de la maison. Mon Dieu! du point du vue de Sirius... Mais l'art reste le même. Autour d'une main géniale, d'une main prédestinée comme celle dont le moulage est posé, au musée Ingres de Montauban, parmi les dessins où elle répandit son mouvement et sa flamme, se croisent et se nouent les fils qui font vivre, réunissent et choquent les pantins de la comédie mondaine. Comédie mondaine de Proust, comédie humaine de Balzac, comédie historique de Saint-Simon, comédie psychologique de Montaigne, autant de natures qui se rejoignent, très haut et très loin, en quelque étoile lointaine sur laquelle le critique braquerait utilement et fructueusement son télescope.

Albert THIBAUDET.

Texte n° 2

Dominique Braga, *Le Crapouillot*, 1er avril 1924

Admiration pour Marcel Proust

Vous sortez de la lecture de Marcel Proust et, si vous voulez en parler, vous ne savez par où commencer. Par

quel bout aborder l'œuvre monumentale ? C'est un orga-
nisme d'une telle complexité et d'une sensibilité si mou-
vante qu'on n'est jamais certain d'y toucher ce qu'en
médecine on appelle « les points névralgiques ». Parfois
l'on croit avoir trouvé, on lève le doigt pour désigner
l'endroit, comme M. de Charlus place l'index sur le nez
du valet de chambre, en disant : « Pif ! ». Mais « Paf ! », le
valet de chambre fait une grimace, M. de Charlus reste
déconcerté, et l'on se demande si l'on a vraiment palpé
un nez, un œil ou une bouche.

L'œuvre de Marcel Proust varie, comme ses propres
personnages, suivant le lieu, l'heure et la qualité de
l'observateur et du lecteur. J'imagine que la nature de
l'éclairage et l'inclinaison de la lampe, pendant la lecture, influent sur le jugement qu'on en porte. *La Recherche du Temps perdu* requiert certains climats et d'autres
lui sont néfastes. Il en est ainsi, dira-t-on, d'à peu près
tous les romans. Et, de même, l'expérience du lecteur, sa
connaissance personnelle des sentiments dépeints par
Proust, sont des conditions préalables à toute sympathie,
nul ne comprendra la jalousie de Swann et celle de l'ami
d'Albertine s'il ne fut lui-même, un jour, désespérément
jaloux. Certes.

Pourtant, cette question de l'atmosphère, de l'ambiance favorable à la lecture, pour nulle autre œuvre elle
ne joue le rôle, elle n'assume l'importance que nous lui
attribuons en face d'un volume de Proust. Le sens commun ne s'y trompe pas. Aurait-on l'idée de lire « Du côté
de chez Swann » ou maintenant *La Prisonnière* [1], au petit
bonheur de la journée, n'importe où, dans le train, entre
un récit de M. Cocteau et un roman de M. Giraudoux ?
Non, ces copieux volumes traînent quelque temps sur
votre table avant qu'on se décide à les ouvrir, on se
promet de le faire lorsqu'on aura un répit, dans sa vie,
une période de tranquillité, de convalescence et de congé,
qui vous donnera le loisir de la réflexion et la patience de
l'expérimentateur de bonne foi. Il semble qu'avant de
commencer la lecture de Marcel Proust, il convienne de

1. *La Prisonnière*, 2 vol. aux éditions de la N.R.F.

se mettre dans un certain état propitiatoire. Alors on se
jette dans le Temps perdu à corps perdu.

Cela tient aux résonances très spéciales que déclenche
cette littérature. On ne peut entrer en communication
avec l'esprit que moyennant quelques passes préliminaires. Le philosophe de l'intuition ne disait-il pas que pour
retrouver le «moi profond», il fallait se replier sur soi-
même, s'abstraire de toutes les contingences extérieures
du monde spatial et temporel?

Cela tient aussi à la nouveauté du langage que parle
Proust. Je n'entends pas par là, la «forme» qu'il a adoptée, et qui, si l'on y réfléchit une seconde, était bien la
seule qui pût lui convenir. J'entends cette attitude toute
nouvelle où il se place vis-à-vis du phénomène psychologique. Les romanciers français qui vinrent avant lui — et
même Stendhal — s'attachèrent tous, plus ou moins, à
décrire la vie mentale par ses manifestations lucides, par
des volitions arrivées, ou arrivant à leur terme. Des
hommes de théâtre comme Racine et Marivaux qui donnèrent au monde des désirs profonds, des tendances ina-
vouées, des aspirations confuses, une importance extraordinaire, telle que ce qu'ils faisaient dire à leurs héros
valait souvent moins que ce qu'ils taisaient, que leurs
propos correspondaient à une réalité psychologique souvent inverse de celle qu'ils se prêtaient, c'est par des cris,
des silences, des revirements, des gestes inattendus, que
ces auteurs vous introduisaient à la compréhension véritable de Phèdre, d'Hermione ou d'Araminte. Une série de
recoupements permettait au spectateur, se plaçant par
imagination à la place du personnage, de «réaliser» les
sentiments qu'il ressentait réellement. (Marivaux aboutit
dans ce jeu à des conventions théâtrales absolument puériles.) En un mot, la vie affective inconsciente était sous-
entendue mais non explorée.

Des romanciers anglais, et surtout des russes, avaient
déjà, sans doute, tenté d'expliquer la personnalité humaine par ses «dessous», par ses infrastructures psychologiques. Pourtant chez un Dostoiewski (au demeurant
beaucoup plus grand), procédant par intuitions et révélations, par brusques et sanglants éclairages dans les caver-

nes, dans les « cryptes » (pour jouer avec un mot philosophique), chez un Dostoiewski même, n'apparaît pas dans
sa lucidité cette insistante volonté de combler le passage
de l'inconscient au conscient, que nous trouvons chez
Marcel Proust. Le Russe génial jette impétueusement les
flots de la vie souterraine à la surface. C'est un débordement, une formidable crue, l'Achéron sort des Enfers, les
instincts, les impulsions, les affections recouvrent les
terrains classiques de la raison, et les habitants de ces
régions sont comme « possédés » (du haut mal, de ce mal
nerveux que les Anciens disaient sacré, divin). Le Français, homme d'esprit clair, le Français mêlé de Juif,
procède de façon exactement inverse. C'est la raison qui
descend dans ses ténèbres, c'est l'intelligence qui prétend
assaillir l'instinct, et non plus s'en inspirer. Muni de sa
lampe, le mineur frappe les roches ensevelies et en écoute
curieusement la résonance [1].

Quoi qu'il en soit des influences étrangères de Marcel
Proust, on ne voit rien, dans la littérature romanesque
française, qui l'annonce ou lui ouvre la voie. S'il faut à
toute force lui trouver des précurseurs, c'est dans le
domaine de la philosophie qu'on les cherche, dans cette
lignée de psychologues qui, de Maine de Biran à Henri
Bergson, transporte le transformisme, l'évolutionnisme
de Lamarck dans la vie de l'esprit. Le sentiment du
continu, de la durée, du devenir, ne sent-on pas à quelles
philosophies modernes notre romancier les doit ? N'est-il
pas significatif qu'à peu près au même moment, en Autriche, Freud parvienne, par des voies médicales, à des
concordances saisissantes ? Que Samuel Butler, en Angleterre, étende le champ de la conscience bien au-delà de
l'individu dans le temps, et bien au-delà des cellules
cérébrales dans le corps ? Il y a dans toutes ces recherches
une unité émouvante. Peut-être Proust les fit-il prématu-
rément passer dans l'esthétique, peut-être dans l'enthou-

---

1. Ceci est vrai surtout pour le Proust des derniers volumes, à qui on a
tant dit qu'il était Montaigne et Saint-Simon, qu'il s'est voulu aussi
intelligent qu'eux. Marcel Proust, dans « les Plaisirs et les Jours » (1896),
n'était encore que sensible. Mais quel charme ! Quel juvénile pastiche !

siasme et l'exclusivisme théorique du néophyte en vint-il
à une vue de la personne humaine aussi partielle que celle
à laquelle il substitua la sienne. Il n'en reste pas moins
que cette vue s'accorde à tout un ensemble de découvertes spirituelles qu'elle illustre, et que, totale ou fragmentaire, elle constitue une façon de penser nouvelle dont
nous ne pouvons plus nous passer.

*
* *

Si nous voulons nous en tenir plus spécialement à *La
Prisonnière,* nous devons nous lamenter que la maladie
ait emporté l'écrivain avant qu'il ait eu le temps de revoir
ses manuscrits. On sait que Proust revenait maintes et
maintes fois sur ses brouillons, qu'il les chargeait et
surchargeait patiemment. Un moment essentiel de son
processus de création était lorsque dans l'œuvre poussée
par prolifération, il intervenait pour établir les transitions,
les interpolations qui lui donnaient son apparence continue. Dans *La Prisonnière,* ce travail de lubrification n'a
pu être effectué. Si bien que toute la dernière partie du
premier tome, par exemple, nous semble inachevée, ha-
chée, interrompue. A la fin de tel alinéa on sent nettement
qu'un développement fait défaut, que Proust n'eût pas
manqué d'introduire s'il avait relu. Le style n'a pas toujours été révisé, des obscurités, des incorrections se découvrent; malgré leurs soins, MM. Robert Proust et Jacques Rivière n'ont pu tout éplucher [1]. Comme on tremble
que les volumes à venir ne nous révèlent de pires lacunes !
Quelle impression nous laissent ces deux volumes ?

---

1. Ainsi p. 199, t. I, nous lisons : « Le chagrin pénètre en nous et nous
force par la curiosité douloureuse à pénétrer. » Il semble qu'il y ait là une
omission, et que d'après le texte, Proust ait voulu dire quelque chose
comme « pénétrer à sa suite », ou « pénétrer plus avant en nous-même »,
ou peut-être « à pénétrer en lui ». Des constructions de phrases sont
malheureuses ou douteuses, ex. p. 82, t. II (Et moi, etc.), p. 126, t. II
(Oui, je connais, etc.), p. 151, t. II (Une sorte de logique, etc.). Ailleurs
des mastics typographiques rendent le texte incompréhensible, ex.
p. 120, t. I et p. 130, t. II. Des répétitions subsistent, par négligence,
ex. p. 198, t. I (En tout cas...), etc.

D'abord celle-ci que Marcel Proust y gagne en autorité, si son originalité ne nous surprend plus autant. Il se sait « un maître », et ne craint plus de filer le morceau « littéraire », le morceau d'anthologie ; les nombreuses pages consacrées par exemple aux bruits et chants de la rue que le malade entend de sa fenêtre, au petit matin, sont d'abord une heureuse trouvaille, puis finissent par nous agacer prodigieusement, tant on sent qu'elles correspondent à une compilation systématique, l'écouteur n'ayant pu recueillir dans sa seule rue (et dans un seul matin) ces locutions qui fleurirent à plusieurs époques et *varient suivant les quartiers*. L'esprit théorique de Proust lui joue des tours. On regrette parfois que tels développements n'apparaissent que comme la vérification ou la démonstration d'opinions préalables sur la nature, de déductions arrêtées par la voie du raisonnement pur (moyen d'enquête dont Proust professe lui-même l'insuffisance, puisqu'il proclame qu'il ne lui permet de savoir rien de certain sur Albertine, et qu'en tout cas il ne lui donne pas la possibilité de garder sa prisonnière). L'on ne peut faire grief au romancier de laisser trop directement deviner l'influence d'une lecture récente de Freud (complexe d'Œdipe, p. 159, t. I) ou de Butler (identité personnelle, p. 147, t. I). Mais quel chagrin de confesser que souvent, dans ses répétitions, lors de l'étude de la jalousie, Proust n'ajoute rien à ce qu'il avait dit déjà vingt fois, et qu'il s'acharne ainsi qu'un docteur accumulant des preuves toutes pareilles pour prouver la vérité d'une thèse, d'un système, d'ailleurs justes. Le document, ici, est sans cesse servi comme *référence* à un certain nombre de théories (comme celles de la résistance, de l'absence, de la sécurité), et c'est pourquoi il ne nous touche pas aussi puissamment que dans la description des tourments de Swann, au premier volume, alors que l'auteur n'avait pas encore cristallisé sa théorie psychologique de la jalousie. On dit que dans *La Prisonnière* il va plus loin, précisément parce qu'il use du scalpel avec une connaissance déjà parfaite des régions dévastées. Je ne le crois pas. Telle est la démarche de l'analyse qu'elle semble, aux yeux vulgaires, fouiller et refouiller au même endroit, et

nous apporte pourtant chaque fois du neuf, parce que
l'état des tissus n'est jamais le même et jamais la même
l'intention homicide du chirurgien. Je le conçois. Mais
Proust, le domaine de ses opérations est si restreint, qu'en
ferait-il plusieurs fois le tour, il n'embrasse qu'un petit
cercle. Loin que le procédé analytique de Proust lui
permette de dissocier à l'infini, inépuisablement, je suis
persuadé que ces répétitions témoignent déjà de ses limites, et la mort de Bergotte, dans *La Prisonnière,* nous en
dit moins que cette courte nouvelle qu'il consacre à la
mort d'un ami dans « Les Plaisirs et les Jours ».

Marcel Proust, à cinquante ans, était resté un charmant
jeune homme, et sa grâce, et cette capacité de s'enflam-
mer éternellement devant les jeunes filles en fleur, offrent
quelque chose d'enfantin. Il n'avait pu pousser, il n'avait
pu vivre ; physiquement il demeure à l'état d'adolescent.
Si bien que sa jalousie (avec ce qu'elle a d'équivoque,
d'ailleurs, et aussi d'impubère) ressemble — sa force
torturante s'accroissant, et voilà tout — aux jalousies de
jeunes gens. Tout le côté charnel, tout le côté social de la
jalousie lui échappent. Comment aurait-il pu épuiser ce
drame, lorsqu'il le connaît sans deux attributs essentiels ?
Réduit à des constructions spiritualisées, il brode sur des
thèmes prestigieux, mais son morceau se compare à la
fugue de Bach où on n'aurait laissé que la voix haute.
Caractère de rêve ou de cauchemar, de divagation, d'*hypothèse,* développement par analogie. Lui-même écrivait : « Le monde des possibles m'a toujours été plus
ouvert que celui des contingences réelles. »

Loin de ma pensée de reprocher à Proust d'avoir été
malade, d'avoir vécu en malade. Bien au contraire, c'est
dans l'acceptation de sa maladie, et dans le parti qu'il en
a su tirer, que se révèle sa grandeur ; si cet homme a du
génie, son génie consiste à avoir donné beaucoup en
recevant peu. Voilà le miracle ! Voilà qui nous redonne
confiance en la force intérieure, explosive, incoercible du
lyrisme. Le lyrisme trouve toujours à se manifester, saisissant n'importe quel prétexte. Proust a peu vécu, peu
lutté, il s'est composé un univers mondain, salonnier,
puis, hélas, un univers en chambre ; mais dans cet univers

il s'est jeté d'une telle foi qu'il nous le restitue frémissant et palpitant, lui donnant le volume monumental de la croyance. Il n'y a rien que l'ambition intellectuelle d'être grand! Quelle fureur dans un corps frêle acharné à la besogne cyclopéenne! Voyez Marcel Proust à sa fenêtre, s'emparant d'un rayon de soleil pour chanter le printemps. Voyez-le, réduit aux souvenirs, les ramenant, les ressuscitant avec une telle intensité, qu'ils lui deviennent des présences inspiratrices. Voyez-le dévider ce fil qui ne doit jamais casser, parce qu'il ne peut y avoir de nœuds dans son ouvrage. Si peu de chose lui est nécessaire pour s'éployer! Mme Verdurin a résolu d'exclure M. de Charlus de son salon, cela suffit à plus de cent pages de cheminement, de progression vers cette action, prêtant à la rupture une importance, un pathétique à ce moment balzaciens. Le sort d'un monde complet, organisé par Proust, est lié aux soubresauts du cœur de M. de Charlus.

Marcel Proust, quoiqu'il se rendît compte que la maladie affinait son sens critique et la puissance de son analyse, souffrait de ne pas vivre normalement. Ses cris de joie au soleil et devant la jeunesse en témoignent. Considérez cette mélancolie aux pieds de ses longues phrases. Dans son étude de la jalousie peut-être n'avait-il pas osé s'avouer que la raison principale du lâchage de l'équivoque Albertine, ce qui le condamnait à être un jour ou l'autre plaqué, c'était sa faiblesse physique.

Il y a eu en Proust deux hommes : le savant, celui qui s'obligeait à l'impassibilité devant le phénomène du sentiment et se refusait à le recouvrir des voiles fallacieux, du pragmatisme affectif; et le poète, toujours prêt à aimer, admirer et célébrer. Le plus extraordinaire est que le premier n'ait pas étouffé le second, qu'en se montrant impitoyablement cruel Proust ait su rester naïvement mystique. Il écrit, à un certain moment : « Mon insouciance était suivie par la claire notion de sa cause mais n'en était pas altérée. » Signe d'une nouvelle attitude du héros en face de la vie. Par un acte de courage, ne conservant plus la moindre illusion sur les causes réelles de la gaieté, il réussit à demeurer gai.

Proust jamais n'a fui la douleur. Il s'y complaît, presque : « J'appelle ici amour une torture réciproque... Il faudrait choisir ou de cesser de souffrir ou de cesser d'aimer... Si la vie n'apporte pas de changements à nos amours, c'est nous-mêmes qui voudrons en apporter ou en feindre, et parler de séparation, tant nous sentons que tous les amours et toutes les choses évoluent rapidement vers leur fin. » Malgré cette fatalité, il se livre au démon.

Peut-être que si Proust s'était contenté, comme on le dit souvent, de procéder éternellement par analyse, il ne nous aurait jamais ému. Mais ce n'est pas vrai. Ces phrases citées, et bien d'autres, bouleversent le développement analytique, elles sont dictées directement par la souffrance. Le ton s'élève, l'homme est aperçu d'un coup.

On lit Proust. Tantôt ses commentaires nobiliaires, malgré le tact et le goût de l'homme du monde, frisent le pédantisme. Tantôt cette apparente absence de sélection, ce système égalitaire d'introspection font qu'il s'étend avec la même bonne foi, sur des choses profondes ou des choses puériles, allant à la découverte d'un truisme.

Mais soudain la promenade le conduit aux sites supérieurs et éventés de l'imagination, sans laquelle il n'y a pas d'art. Il imagine sans trêve, comme il l'a dit, tous « les possibles », toutes les idées de possibles et de probables.

Je crois bien avoir écrit jadis que Proust manquait d'imagination. Il fallait être bête comme je l'étais il y a trois ans pour écrire une chose aussi insensée.

Dominique BRAGA.

Texte n° 3

Norbert Guterman, *Philosophies*, n° 2, 15 mai 1924.

Par la tension de l'analyse, par la plénitude de sa marche et aussi par sa matière plus charnelle, cette œuvre est peut-être plus explicitement « proustienne » que les précédentes, — si on cherche des ressemblances, il fau-

drait la comparer à «L'Amour de Swann». Nous voyons
ici Albertine demeurant chez Marcel (ainsi se fait appeler
le narrateur jusqu'ici anonyme). L'équilibre instable de
cette habitude si fragile et si indispensable, la phase de
l'amour, où, après la possession de l'objet, l'attachement
ne subsiste que par la crainte de le perdre et ne peut plus
donner que des souffrances, le mouvement monotone et
indéfini de la pensée de l'amant jaloux : tout cela crée une
atmosphère pénible d'angoisse et atteint par moments une
intensité presque dramatique. Quant à Albertine, malgré
ses efforts de paraître docile et passive, elle ne peut
pourtant pas retenir certains gestes et certaines paroles,
qui brusquement découvrent derrière elle des horizons
inattendus et effroyables et obligent Marcel à fouiller
dans une vie qui lui échappe toujours. Et ainsi le désir de
la possession poursuit, dans des souvenirs sans cesse
changeants et déformés par l'influence des passions
contraires, sa recherche du temps perdu, recherche analogue à celle qui a inspiré toute l'œuvre depuis son début
et qui s'est poursuivie pour satisfaire un autre désir de
possession peut-être plus universel que celui d'une
femme. Mais n'anticipons pas sur ce que Proust va bientôt nous dire lui-même dans les ouvrages, dont les titres
nous promettent tant de révélations.

Mais ce que nous savons déjà tous, c'est combien son
œuvre nous a enrichis : sans Proust, tous les instants de
notre vie auraient-ils été mobilisés au service de la beauté
et, chacun d'eux, aurait-il acquis ce prix inestimable ? Et
cela, c'est un apport déjà si immense, que, vraiment, il
est bien injuste d'objecter à Proust de n'avoir rien fait
pour «intensifier notre vie spirituelle». D'ailleurs, exiger
des services moraux ou scientifiques d'une œuvre d'art,
c'est la juger du dehors et d'une façon bien arbitraire : et
rien n'est plus facile que ce petit jeu des propositions
négatives de la forme : Socrate n'est pas Cicéron, Cicéron
n'est pas un autobus, etc. Si on se place à l'intérieur
même de la pensée de l'artiste, on chercherait en vain des
éléments destructeurs de notre vie morale [1]; il est vrai-

---

1. Qu'on nous excuse de rappeler ces vérités évidentes.

ment étonnant qu'on ait, à propos de Proust, parlé de «la
dissolution de la personnalité», de «la décadence morale», etc. Même si c'était vrai de Proust lui-même (et il
y a malgré tout des raisons pour en douter) ce ne serait
pas suffisant pour créer un problème d'une portée universelle. Ce qui est important dans l'œuvre de Proust, c'est
la tentative de fixer poétiquement le contenu d'une
conscience. Mais Proust n'a pas fait de psychologie; il
n'a pas cherché une œuvre objective ou scientifique, il
n'a pas cherché à ramener des manifestations psychiques
à leurs causes ou principes[1]. Dans ce sens il faut dire
qu'il a été plutôt total que profond, ou, qu'on nous passe
la comparaison, que sa manière est plutôt celle d'un
peintre que d'un sculpteur: ses personnages, quoique
pleins et colorés, quoique se détachant toujours et parfois
même avec une netteté caricaturale, n'ont pas de relief.

Mais, en revanche, il y a un personnage qui nous
apparaît avec une profondeur et une clarté croissantes à
mesure qu'on avance; c'est Proust lui-même — et c'est
sans doute la raison vraie de toute cette suite gigantesque.
La Prisonnière contient quelques passages assez signifi-
catifs à cet égard (est-ce simplement parce que le personnage, un peu flou, tantôt enfant, tantôt adolescent, des
livres précédents, est maintenant un jeune homme aux
contours plus précis?) et sans doute les livres qui vont
venir contiendront plus à ce sujet. Je cite p. c. p. 13-14,
vol. I:

« De ceux qui composent notre individu, ce ne sont pas
le plus apparents qui nous sont les plus essentiels. En
moi, quand la maladie aura fini de les jeter l'un après
l'autre par terre, il en restera encore deux ou trois qui
auront la vie plus dure que les autres, notamment un
certain philosophe qui n'est heureux que quand il a découvert, entre deux œuvres, entre deux sensations, une
partie commune. Mais le dernier de tous, je me suis
quelquefois demandé si ce ne serait pas le petit bonhomme fort semblable à un autre que l'opticien de Com-

---

1. Le fait que Proust a analysé incidemment quelques illusions de
conscience a même suggéré, de le comparer à... Freud. Ce bruit court.

bray avait placé derrière sa vitrine pour indiquer le temps qu'il faisait et qui, ôtant son capuchon dès qu'il y avait du soleil, le remettait s'il allait pleuvoir... le petit personnage barométrique... »

Mais saurons-nous jamais avec certitude ce qui nous intéresserait tant : les conditions psychologiques mêmes dans lesquelles ce travail immense s'est déroulé, travail devant lequel, réduits à rester à l'extérieur, nous sommes obligés de nous contenter d'admiration et d'étonnement.

Norbert GUTERMAN.

L'ÉTABLISSEMENT DU TEXTE

Les dernières interventions de Proust sur son texte avant sa mort apparaissent au début de la « *3ᵉ dactylographie* », sur les 136 premiers feuillets de cette dernière, qui correspondent au texte ici publié jusqu'à la page 166, ligne 1 (« l'essoufflement du plaisir et »). Nous avons suivi cette dactylographie, en nous rapportant toutefois, dans les cas douteux, aux dactylographies antérieures et au « Manuscrit au net ».

Mais ce que la Bibliothèque nationale désigne comme la « *1ʳᵉ dactylographie* [1] », et qui est sans doute la deuxième, avait été corrigé par Proust de façon suivie jusqu'à ce qui correspond à notre page 210, ligne 27 (« son éveil ne serait nullement »). C'est donc à ce document que nous nous reportons essentiellement de la p. 166 à la p. 210.

Pour la suite, certains passages de la « *3ᵉ dactylographie* », (notamment les cris de Paris, la matinée au Trocadéro, une partie de la mort de Bergotte) proviennent d'une dactylographie antérieure et sont soigneusement corrigés, ou sont autographes. Nous les avons donc suivis, en recourant au manuscrit en cas de nécessité. Pour les parties non corrigées par Proust, nous nous sommes constamment reporté au manuscrit.

Cependant, il nous a fallu tenir compte aussi, sans possibilité de vérification, de passages de cette « *3ᵉ dactylographie* » n'existant ni dans les précédentes, ni dans le

---

1. Malgré nos réserves (voir p. 19-20) nous conservons par commodité la numérotation de la Bibliothèque nationale.

manuscrit, et qui ont dû être tapés d'après des additions sur feuilles volantes — et aussi de quelques fragments n'apparaissant qu'à partir de l'édition NRF et dont la source nous échappe.

Les éditeurs de la Pléiade déclarent (*RTP*, III, 1058) s'être appuyés, pour corriger l'édition originale dans le passage des cris de Paris, sur quatre fac-similés de dactylographies reproduits dans le *Proust* de Pierre Abraham (Rieder, 1930, planches LII à LV). Mais nous constatons que ces planches présentent un état manifestement antérieur à celui que nous trouvons dans NAF 16745 (f°s 215, 217-218) et NAF 16746 (f°s 4-5 et 9). C'est donc sur ce dernier état que nous établissons le texte de ce passage.

On voit bien, pour toutes ces raisons, qu'il est impossible de prétendre donner un texte achevé et définitif de *La Prisonnière*, comme de toutes les parties posthumes de la *Recherche*. Néanmoins, nous avons pu améliorer ce texte dans plusieurs domaines. D'abord, le recours aux manuscrits a permis de rectifier certaines lectures de détail ; dans d'autres cas, de fournir une autre hypothèse interprétative à des passages difficiles, et, toutes les fois que c'était possible, de conserver le texte authentique au lieu de le corriger.

Souvent nous sont apparues des incertitudes sur la place de certains fragments. Parfois, nous avons pu rétablir la cohérence d'un épisode narratif (par exemple, celui de la dernière sortie à Versailles avec Albertine). Pour certaines additions, à première vue hors contexte, que les éditeurs de la Pléiade ont laissées en note de bas de page, nous avons cherché un point d'insertion, compatible avec leur place dans les avant-textes, et permettant de les intégrer dans un développement. Il nous est arrivé, rarement, de conserver des fragments apparaissant deux fois, parce qu'ils avaient alors des fonctions différentes, et parce que rien d'autre part ne justifiait la suppression de l'un plutôt que de l'autre. Ces doublets non réductibles sont la rançon de l'inachèvement de la mise au point.

Aucune des éditions précédentes n'a vraiment tenu compte de la dense continuité graphique du texte proustien. Pourtant, de même qu'il se refusait à découper ses longues phrases parce qu'elles lui paraissaient nécessaires, Proust ne voulait pas fragmenter son récit, et n'usait pas fréquemment des alinéas dans ses manuscrits ; il ne le faisait guère qu'aux changements d'épisodes, ces derniers étant parfois très longs ; il prenait alors souvent soin d'ajouter en marge « alinéa », « petit alinéa », « grand alinéa », ou plaçait entre deux phrases le signe personnel : .—. On connaît, par sa correspondance, son exigence de faire supprimer les blancs de tous ses dialogues, pour faire « entrer davantage les propos dans la continuité du texte », et ses discussions avec Jacques Rivière pour faire également réduire les blancs dans des extraits donnés à la *NRF*. Nous savons aussi qu'il compose son récit par entrelacements de motifs, avec des transitions souvent fragmentées n'introduisant que par étapes les éléments nouveaux. En conséquence, nous avons voulu être le plus fidèle possible à sa pratique et à ses principes. Jusqu'à notre page 210, et pour les autres passages où la dactylographie a été revue par lui, nous en avons suivi la disposition. Pour les parties où le dernier état revu était le manuscrit, nous avons, bien entendu, conservé les alinéas de ce dernier. Mais il arrive que la superposition du texte primitif et des additions, et l'effet des ratures, produise un amalgame si compact qu'on peut lire un cahier entier sans presque rencontrer de coupure. Les trois grandes parties du roman, en particulier, ne sont indiquées par aucune séparation. On ne peut alors être assuré que cela correspond bien au projet de Proust, et reproduire tel quel cet état serait imposer au lecteur un effort disproportionné. Nous choisissons donc d'ajouter, comme Proust le fait assez régulièrement dans les parties les mieux revues de ses manuscrits, quelques alinéas, aux principales articulations chronologiques, généralement appuyées sur des locutions temporelles, ou lors de changements de perspective narrative (commentaires développés, par exemple).

Un problème voisin se pose avec la ponctuation. L'un des éditeurs de la Pléiade, André Ferré, l'a bien étudié dans un article du *Bulletin de la Société des Amis de*

Marcel Proust, « La Ponctuation de Marcel Proust »
(n° 7, 1957). Il en ressort avec justesse que si l'écrivain
n'omet pas de placer des points entre les phrases, il utilise
beaucoup moins les autres signes et, lorsqu'il le fait, il se
conforme avant tout à l'usage du débit oral, qui se sert
plus fréquemment des variations de l'intonation que des
pauses comme procédés démarcatifs ; même des digres-
sions, des apartés, des citations sont insérés sans aucun
signe graphique, parenthèse, tiret ou virgule. Et il est vrai
que la progression et l'évolution de sa phrase se fait en
général par grandes masses syntaxiques, englobant avec
le minimum de coupures de nombreux éléments étrangers
à la structure de base. Le résultat, ce composé à la fois si
luxuriant et si homogène, est justement ce qui fait l'originalité de son style. Il y a eu sans doute un excès pédago-
gique à fragmenter ses phrases en ajoutant un grand
nombre de virgules et de points virgules, à l'usage d'une
lecture scolaire. Nous préférons respecter au maximum
l'authenticité de cette écriture, ce qui est en même temps
faire apparaître son caractère très moderne. Il y faut là
encore des précautions, car le manuscrit présente des
irrégularités : par exemple, les incises (du type « dit-il »)
sont tantôt encadrées de virgules, tantôt non ; les mises en
relief perdent souvent l'une de leurs virgules d'encadre-
ment ; ou l'insertion de longues additions est faite en
négligeant de modifier la ponctuation initiale. Nous réta-
blissons dans ces cas l'usage courant. Pour le reste, nous
n'ajoutons que les signes indispensables à l'intelligibilité,
en cela beaucoup moins généreux que nos prédécesseurs.
La présentation ainsi obtenue est beaucoup plus conforme
aux intentions déclarées et à la visée esthétique de Proust :
celle d'une écriture d'apparence homogène, intégrant
dans une seule coulée les éléments les plus divers, faits
décrits, paroles rapportées, pensées, niveaux différents
de temps et de lieu, dans une sorte d'immense monologue
où doivent être nécessairement rétablies par l'imagination
du lecteur les inflexions de la voix.

BIBLIOGRAPHIE SOMMAIRE

(Pour les comptes rendus lors de la publication, voir l'*Accueil par la critique*.)

Le manuscrit et les dactylographies
— *La Prisonnière*, « Manuscrit au net », *Cahiers VIII à XII*, cote Bibliothèque nationale NAF 16715 à NAF 16719.
— Fragment sur la mort de Bergotte, *Cahier 62*, cote NAF 16702.
— *« 1ʳᵉ dactylographie »*, cote NAF 16742 et 16743.
— *« 2ᵉ dactylographie »*, cote NAF 16744.
— *« 3ᵉ dactylographie »*, cote NAF 16745 à 16747.

Les extraits en prépublication
— « La regarder dormir », « Mes réveils », *NRF*, 1ᵉʳ novembre 1922, p. 513 à 522.
— « Une matinée au Trocadéro », « La mort de Bergotte », *NRF*, 1ᵉʳ janvier 1923, p. 288 à 325.
— « Précaution inutile », *Les Œuvres libres*, nⁿ 20, février 1923, p. 5 à 131.
— « Le septuor de Vinteuil », *NRF*, 1ᵉʳ juin 1923, p. 857 à 877.

Les éditions
— *Sodome et Gomorrhe III, La Prisonnière*, Nouvelle Revue française, Gallimard, 1923, 2 volumes.
— *La Prisonnière, A la recherche du temps perdu, t. III*, édition établie et annotée par Pierre Clarac et André Ferré, Gallimard, Bibliothèque de la Pléiade, 1954.
— *La Prisonnière*, Le Livre de poche, 1967 (même texte que la précédente).
— *La Prisonnière*, Gallimard, collection Folio, 1977 (même texte que les précédentes).

— *La Prisonnière*, in *A la recherche du temps perdu*, t. III, texte présenté par Bernard Raffali, établi et annoté par Thierry Laget, Laffont, 1987.

— *La Prisonnière*, nouvelle édition, in *A la recherche du temps perdu*, t. III, texte présenté, établi et annoté par Pierre E. Robert, Gallimard, Bibliothèque de la Pléiade, 1988.

Études portant entièrement ou partiellement sur La Prisonnière (par ordre chronologique).

1947   Emmanuel Levinas, « L'autre de Proust », *Deucalion*, n° 2, p. 115-123.

1950   Claude-Edmonde Magny, *Histoire du roman français depuis 1918*, chapitre « Proust ou le romancier de la réclusion », p. 150-202, Le Seuil, coll. Points.

1957   André Ferré, « La ponctuation de Marcel Proust », *Bulletin de la Société des Amis de Marcel Proust*, n° 7, p. 310-329.

1959   Michihiko Suzuki, « Le « je » proustien », *BSAMP*, n° 9, p. 69-82.

1961   M. Suzuki, « Le comique de Marcel Proust », *BSAMP*, n° 11, p. 377-391.

1961   René Girard, *Mensonge romantique et vérité romanesque*, chapitres « Les mondes proustiens » et « Problèmes de technique chez Proust et Dostoïevski », p. 197-256, Grasset.

1962   M. Suzuki, « Le comique de Marcel Proust » (fin), *BSAMP*, n° 12, p. 572-586.

1966   George D. Painter, *Marcel Proust*, t. 2, chapitres « Désolation au lever du soleil », « Agostinelli disparaît », p. 226-270, Mercure de France.

1969   Jacques Nathan, *Citations, références et allusions de Marcel Proust dans « A la recherche du temps perdu »*, nouvelle édition, Nizet.

1971   Maurice Bardèche, *Marcel Proust romancier*, tome II, chapitres « L'épisode d'Albertine », 207-267, Les Sept Couleurs.

—   Henri Bonnet, « Des révélations sur un inédit.

Esquisse pour une Prisonnière », *Le Figaro littéraire*, 1ᵉʳ février, p. 10-12.

— Philippe Chardin, « Proust lecteur de Dostoïevski », *Les Lettres romanes*, Korbeek-Lo, Belgique, nᵒˢ 2, 3, 4.

— Philippe Lejeune, « Écriture et sexualité », *Europe*, nᵒ 502-503, *Marcel Proust (Deux)*, p. 113-143.

— Claudine Quémar, « Les égoïsmes de l'amour chez Proust », *Revue d'Histoire littéraire de la France*, nᵒ 5-6, p. 887-908.

1972 Georges Matoré et Irène Mecz, *Musique et structure romanesque dans la Recherche du temps perdu*, 3ᵉ partie, « Le Narrateur et la musique de Vinteuil », p. 146-209, Klincksieck.

1973 Jean-Louis Backès, « Le Dostoïevski du Narrateur », *Études proustiennes*, *I*, p. 95-107, Gallimard.

— Sybil de Souza, « Pourquoi le septuor de Vinteuil ? », *BSAMP*, nᵒ 23, p. 1596-1608.

1975 Linda Jane Coverdale, *Les Romans d'Albertine : une interprétation d'A la recherche du temps perdu*, thèse, The John Hopkins University, USA, 287 p.

— Jean Milly, *La Phrase de Proust. Des phrases de Bergotte aux phrases de Vinteuil*, Larousse, 224 p. Réédition Champion, 1983.

1977 Kazuyoshi Yoshikawa, *Études sur la genèse de La Prisonnière d'après des brouillons inédits*, thèse de 3ᵉ cycle, Université de Paris-IV, 2 vol. dactylographiés, 219 et V-365 p.

1978 Bernard Pluchart-Simon, *La Jalousie dans l'œuvre de Marcel Proust : essai de psychologie littéraire*, thèse d'État, Université de Parix-X Nanterre, exemplaires dactylographiés.

— Kazuyoshi Yoshikawa, « Genèse du leitmotiv « Fortuny » dans *A la recherche du temps perdu* », *Études de langue et de littérature françaises*, nᵒ 32, Tokyo, p. 99-119.

— Kazuyoshi Yoshikawa, «Remarques sur les transformations subies par la *Recherche* autour des années 1913-1914 d'après des Cahiers inédits», *BIP* n° 7, printemps 1978, p. 7-28.

1979 Kazuyoshi Yoshikawa, « Vinteuil ou la genèse du septuor», *Études proustiennes III*, p. 289-347, Gallimard.

1980 Sybil de Souza, « Albertine et la musique dans *La Prisonnière*», *BSAMP*, n° 30, p. 192-203.

— (Anonyme), *Mariano Fortuny. Venise*, catalogue de l'exposition du 19 avril au 13 juillet 1980, Musée historique des tissus, Lyon, 120 p.

1981 Sybil de Souza, « Albertine et la musique dans *La Prisonnière*» (suite et fin); *BSAMP*, n° 31, p. 367-374.

1982 Emily Eells, «Proust à sa manière», *Littérature* n° 46, p. 105-123.

— Marcel Proust, *Matinée chez la Princesse de Guermantes. Cahiers du Temps retrouvé*, édition critique établie par Henri Bonnet en collaboration avec Bernard Brun, Gallimard, 495 p.

1983 Revue *Aut Aut*, Florence, la Nuova Italia editrice, n° 193-194, janvier-avril. Série d'articles consacrés à Proust, dont plusieurs sous la rubrique : « Le maschere di Albertine».

1984 Claude-Henri Joubert, *Le Fil d'or*, étude sur la musique dans « A la recherche du temps perdu »*, Corti, 157 p.

— Jean-Jacques Nattiez, *Proust musicien*, Christian Bourgois, 181 p.

1986 Jean Milly, *Proust dans le texte et l'avant-texte*, Flammarion, 213 p.

— Takaharu Ishiki, *Maria la Hollandaise et la naissance d'Albertine dans les manuscrits* d' « A la recherche du temps perdu », thèse de doctorat dactylographiée, Paris III.

1987 Philippe Boyer, *Le Petit Pan de mur jaune*, Le Seuil.

— Gérard Macé, *Le Manteau de Fortuny*, Gallimard.

CHRONOLOGIE

1871 (10 juillet): Naissance à Paris de Marcel Proust, fils du docteur Adrien Proust, agrégé de médecine (1834-1903), lui-même fils d'un épicier d'Illiers (Eure-et-Loir), et de Jeanne Weil (1849-1905), fille d'un riche agent de change juif d'origine messine.

1873 (24 mai): Naissance de Robert, frère de Marcel, à Paris. Il deviendra chirurgien, et lui aussi professeur à la faculté de médecine.

1880: Première crise d'asthme de Marcel. Il souffrira sa vie durant de cette maladie.

1882-1889: Études secondaires au lycée Condorcet à Paris. Attiré très tôt par la littérature et curieux du Symbolisme, Marcel Proust rédige avec ses condisciples la *Revue Lilas,* sur des cahiers d'écolier, en 1888. Il a pour professeur de philosophie Alphonse Darlu, qu'il admire vivement (voir M. Beulier dans *Jean Santeuil*). Premières expériences mondaines.

1889-1890: Volontariat au 76ᵉ régiment d'infanterie à Orléans.

1890: S'inscrit à la faculté de droit de Paris et à l'École des sciences politiques, sans conviction. Mène une vie surtout mondaine.

1892: Collabore à la revue symboliste *Le Banquet.*

1893 : Collabore à *La Revue blanche*. Fait la connaissance de Robert de Montesquiou.

1894 : Fait la connaissance du musicien Reynaldo Hahn.

1895 : Obtient la licence ès lettres. Entre comme assistant non rémunéré à la Bibliothèque Mazarine, où il se fera accorder congé sur congé jusqu'en 1900, date où on le considère comme démissionnaire. Commence à Beg-Meil, pendant l'été, un projet de roman autobiographique qui l'occupera jusqu'en 1899 et auquel il renoncera ; les ébauches en seront publiées sous le nom du héros, *Jean Santeuil*. Se lie d'amitié avec Lucien, fils d'Alphonse Daudet.

1896 : Publication des *Plaisirs et les Jours*, préfacé par Anatole France, recueil d'essais remontant pour la plupart à la collaboration au *Banquet* et à *La Revue blanche*.

1897 (6 juillet) : Duel avec le journaliste Jean Lorrain, à la suite d'insinuations de celui-ci sur ses relations avec Lucien Daudet.

1898 : Proust ardent dreyfusard.

1899 : Passionné depuis 1893 par Ruskin, dont il lit tous les articles traduits en revues, il entreprend la traduction et le commentaire de *La Bible d'Amiens*, avec l'aide de sa mère et de Marie Nordlinger.

1900 : Mort de Ruskin. Proust donne des articles d'hommage à cette occasion. Voyages à Venise en mai, avec sa mère, et en octobre.

1903 : Mort du professeur Adrien Proust, père de Marcel.

1904 : Publication par Proust de la traduction annotée de *La Bible d'Amiens*, de Ruskin.

1905 : Mort de Jeanne Proust, mère de Marcel.

1906 : Publication de la traduction de *Sésame et les Lys*, de Ruskin, avec une importante préface de Proust sur la lecture.

1907 : Article important dans *Le Figaro* du 1er février : « Sentiments filiaux d'un parricide ». Vacances à Cabourg. Excursions en automobile à travers la Normandie, avec Alfred Agostinelli pour chauffeur.

1908 : Dans *Le Figaro,* série de pastiches littéraires, en février-mars, à propos d'une affaire d'escroquerie aux faux diamants, l'Affaire Lemoine. A partir de l'été, Proust travaille à un projet d'ouvrage mi-romanesque, mi-critique, où il compte évoquer une matinée avec sa mère, et se livrer à une étude sur la méthode de Sainte-Beuve.

1909-1912 : L'ouvrage de Proust prend de l'ampleur, et devient uniquement un projet de roman. Proust le propose tour à tour, mais en vain, au Mercure de France, au *Figaro,* à Fasquelle, à la NRF. Il en fait paraître des extraits dans *Le Figaro* et au *Gil Blas.* Il songe à deux volumes de 700 pages, dont le titre général sera *A la recherche du temps perdu.*

1913 : Il négocie avec Grasset l'édition à compte d'auteur de son roman, dont la première partie, *Du côté de chez Swann,* paraît le 13 novembre. Il a repris à son service, comme secrétaire-dactylographe, son ancien chauffeur Agostinelli.

1914 : Le 30 mai, mort d'Agostinelli dans un accident d'avion. Néanmoins, Proust prépare l'édition du second volume, qui doit s'intituler *Le Côté de Guermantes,* l'ensemble de l'ouvrage devant désormais comporter trois parties.
Le 1er août, la guerre est déclarée. Le projet d'édition est arrêté.

1914-1918 : Proust, malade et dégagé du service militaire, continue de travailler à son roman, qu'il développe considérablement.

1919 (mars) : Proust publie à la NRF un volume de *Pastiches et Mélanges* où il reprend et développe, entre autres, ses pastiches de 1908-1909 dans *Le Figaro*.

(Juin) : Mise en vente (malgré un achevé d'imprimer daté du 30 novembre 1918) du deuxième tome du roman, intitulé cette fois *A l'ombre des jeunes filles en fleurs*. L'éditeur de Proust est désormais la NRF. Le Prix Goncourt lui est attribué en décembre.

1920 : Publication du *Côté de Guermantes I*.

1921 : *Le Côté de Guermantes II, Sodome et Gomorrhe I*. Violent malaise de Proust, en mai, tandis qu'il visite au Musée du Jeu de Paume une exposition de peinture hollandaise.

1922 (avril) : *Sodome et Gomorrhe II*. Proust travaille ensuite fiévreusement, pendant les répits que lui laisse sa maladie, à la préparation de *La Prisonnière* ; mais il n'a le temps de revoir que le début des dactylographies.

(18 novembre) : Il meurt d'une pneumonie.

1923 (novembre) : *La Prisonnière*, publiée par Robert Proust et Jacques Rivière.

1925 : *Albertine disparue*.

1927 : *Le Temps retrouvé*, dernier tome de la *Recherche*. *Chroniques*, recueil d'articles.

1952 : Publication, par les soins de Bernard de Fallois, sous le titre de *Jean Santeuil*, du projet de roman auquel Proust avait travaillé en 1895-1899.

1954 : Publication, par le même critique, de fragments antérieurs à la *Recherche*, sous le titre de *Contre Sainte-Beuve*. Publication en 3 volumes d'*A la recherche du temps perdu*, dans la collection de la Pléiade (Gallimard), par P. Clarac et A. Ferré.

1962 : Acquisition, par la Bibliothèque nationale, du fonds manuscrit conservé par les héritiers de Proust.

1971 : Année du centenaire, marquée par de nombreuses manifestations et publications, dont *Jean Santeuil* (par les soins de P. Clarac et Y. Sandre) et *Contre Sainte-*

Beuve (par les soins des mêmes) dans la collection de la Pléiade.

(Pour une connaissance biographique de Proust, voir George D. Painter, *Marcel Proust*, 2 volumes, Mercure de France, 1966, et Henri Bonnet, *Marcel Proust de 1907 à 1914*, 2e édition, Nizet, 1971.)

Rappels sur Sodome et Gomorrhe II

Lors d'un deuxième séjour à Balbec, en Normandie, le héros évite d'abord Albertine, qui séjourne dans une station proche, puis la revoit fréquemment. Des soupçons lui viennent sur ses goûts sexuels, un jour qu'au Casino le docteur Cottard lui fait remarquer combien son amie Andrée et elle dansent serrées. Ses soupçons ne font qu'augmenter avec le temps, en de multiples occasions, et deviennent une véritable jalousie. Faisant passer Albertine pour sa cousine, il fréquente avec elle la maison de campagne des Verdurin, la Raspelière, où il rencontre le baron de Charlus qui y accompagne son «protégé», le jeune violoniste Morel. Après avoir songé à épouser Albertine, il est sur le point d'y renoncer et de le lui dire quand, dans une conversation banale dans le petit train qui les ramène de la Raspelière à Balbec, elle lui apprend qu'elle connaît très bien Mlle Vinteuil et son amie, et qu'elle doit bientôt retrouver cette dernière. Aussitôt revient à sa mémoire le souvenir d'une scène très ancienne à laquelle il avait assisté fortuitement à Montjouvain, près de Combray, pendant son enfance : les ébats saphiques de Mlle Vinteuil et de son amie. Il est maintenant persuadé qu'Albertine est aussi gomorrhéenne. Pour l'empêcher d'aller rejoindre l'amie de Mlle Vinteuil, il la persuade non sans mal de rentrer immédiatement à Paris avec lui et de vivre quelque temps chez lui, en l'absence de ses parents.

Jean MILLY.

LA PRISONNIÈRE

(Première partie de Sodome et Gomorrhe III)

Dès le matin, la tête encore tournée contre le mur et avant d'avoir vu, au-dessus des grands rideaux de la fenêtre, de quelle nuance était la raie du jour, je savais déjà le temps qu'il faisait. Les premiers bruits de la rue me l'avaient appris, selon qu'ils me parvenaient amortis et déviés par l'humidité ou vibrants comme des flèches dans l'aire résonnante et vide d'un matin spacieux, glacial et pur; dès le roulement du premier tramway, j'avais entendu s'il était morfondu dans la pluie ou en partance pour l'azur. Et peut-être ces bruits avaient-ils été devancés eux-mêmes par quelque émanation plus rapide et plus pénétrante qui, glissée au travers de mon sommeil, y répandait une tristesse annonciatrice de la neige, ou y faisait entonner, à certain petit personnage intermittent, de si nombreux cantiques à la gloire du soleil que ceux-ci finissaient par amener pour moi, qui encore endormi commençais à sourire, et dont les paupières closes se préparaient à être éblouies, un étourdissant réveil en musique. Ce fut du reste surtout de ma chambre que je perçus la vie extérieure pendant cette période. Je sais que Bloch raconta que quand il venait me voir le soir, il entendait un bruit de conversation; comme ma mère était à Combray et qu'il ne trouvait jamais personne dans ma chambre, il conclut que je parlais tout seul. Quand beaucoup plus tard il apprit qu'Albertine habitait alors avec moi, comprenant que je l'avais cachée à tout le monde, il déclara qu'il voyait enfin la raison pour laquelle, à cette époque de ma vie, je ne voulais jamais sortir. Il se trompa. Il était d'ailleurs fort excusable car la réalité même si elle est nécessaire n'est pas complètement prévisible, ceux qui apprennent sur la vie d'un autre quelque détail exact en tirent aussitôt des conséquences qui ne le sont pas et voient dans le fait nouvellement découvert l'explication de choses qui précisément n'ont aucun rapport avec lui.

Quand je pense maintenant que mon amie était venue à notre retour de Balbec habiter à Paris sous le même toit que moi, qu'elle avait renoncé à l'idée d'aller faire une croisière, qu'elle avait sa chambre à vingt pas de la mienne, au bout du couloir, dans le cabinet à tapisseries de mon père, et que chaque soir, fort tard, avant de me quitter, elle glissait dans ma bouche sa langue, comme un pain quotidien, comme un aliment nourrissant et ayant le caractère presque sacré de toute chair à qui les souffrances que nous avons endurées à cause d'elle ont fini par conférer une sorte de douceur morale, ce que j'évoque aussitôt par comparaison, ce n'est pas la nuit que le capitaine de Borodino me permit de passer au quartier, par une faveur qui ne guérissait en somme qu'un malaise éphémère, mais celle où mon père envoya maman dormir dans le petit lit à côté du mien. Tant la vie, si elle doit une fois de plus nous délivrer d'une souffrance qui paraissait inévitable, le fait dans des conditions différentes, opposées parfois jusqu'au point qu'il y a presque sacrilège apparent à constater l'identité de la grâce octroyée!

Quand Albertine savait par Françoise que, dans la nuit de ma chambre aux rideaux encore fermés, je ne dormais pas, elle ne se gênait pas pour faire un peu de bruit en se baignant, dans son cabinet de toilette. Alors souvent au lieu d'attendre une heure plus tardive, j'allais dans une salle de bains contiguë à la sienne et qui était agréable. Jadis un directeur de théâtre dépensait des centaines de mille francs pour consteller de vraies émeraudes le trône où la diva jouait un rôle d'impératrice. Les ballets russes nous ont appris que de simples jeux de lumières prodiguent, dirigés là où il faut, des joyaux aussi somptueux et plus variés. Cette décoration déjà plus immatérielle n'est pas si gracieuse pourtant que celle par quoi à huit heures du matin le soleil remplace celle que nous avions l'habitude d'y voir quand nous ne nous levions qu'à midi. Les fenêtres de nos deux salles de bains, pour qu'on ne pût nous voir du dehors, n'étaient pas lisses, mais toutes froncées d'un givre artificiel et démodé. Le soleil tout à coup jaunissait cette mousseline de verre, la dorait et, découvrant doucement en moi un jeune homme plus ancien qu'avait caché longtemps l'habitude, me grisait de souvenirs, comme si j'eusse été en pleine nature devant des feuillages dorés où ne manquait même pas la présence d'un oiseau. Car j'entendais Albertine siffler sans trêve :

> *Les douleurs sont des folles,*
> *Et qui les écoute est encore plus fou* [1].

Je l'aimais trop pour ne pas joyeusement sourire de son mauvais goût musical. Cette chanson du reste avait ravi l'été passé Mme Bontemps, laquelle entendit dire bientôt que c'était une ineptie, de sorte qu'au lieu de demander à Albertine de la chanter quand elle avait du monde, elle y substitua :

> *Une chanson d'adieu sort des sources troublées* [2]

qui devint à son tour «une vieille rengaine de Massenet dont la petite nous rabat les oreilles».

Une nuée passait, elle éclipsait le soleil, je voyais s'éteindre et rentrer dans une grisaille le pudique et feuillu rideau de verre.

Les cloisons qui séparaient nos deux cabinets de toilette (celui d'Albertine tout pareil était une salle de bains que Maman, en ayant une autre dans la partie opposée de l'appartement, n'avait jamais utilisée pour ne pas me faire de bruit) étaient si minces que nous pouvions parler tout en nous lavant chacun dans le nôtre, poursuivant une causerie qu'interrompait seulement le bruit de l'eau, dans cette intimité que permet souvent à l'hôtel l'exiguïté du logement et le rapprochement des pièces mais qui à Paris est si rare.

D'autres fois, je restais couché, rêvant aussi longtemps

que je le voulais car on avait ordre de ne jamais entrer
dans ma chambre avant que j'eusse sonné, ce qui, à cause
de la façon incommode dont avait été posée la poire
électrique au-dessus de mon lit, demandait si longtemps
que souvent, las de chercher à l'atteindre et content d'être
seul, je restais quelques instants presque rendormi. Ce
n'est pas que je fusse absolument indifférent au séjour
d'Albertine chez nous. Sa séparation d'avec ses amies
réussissait à épargner à mon cœur de nouvelles souffrances. Elle le maintenait dans un repos, dans une quasi-im-
mobilité qui l'aideraient à guérir. Mais enfin ce calme
que me procurait mon amie était apaisement de la souffrance plutôt que joie. Non pas qu'il ne me permît d'en
goûter de nombreuses auxquelles la douleur trop vive
m'avait fermé, mais ces joies loin de les devoir à Albertine que d'ailleurs je ne trouvais plus guère jolie et avec
laquelle je m'ennuyais, que j'avais la sensation nette de
ne pas aimer, je les goûtais au contraire pendant qu'Albertine n'étais pas auprès de moi. Aussi, pour commencer la matinée, je ne la faisais pas tout de suite appeler,
surtout s'il faisait beau. Pendant quelques instants, et
sachant qu'il me rendait plus heureux qu'elle, je restais
en tête à tête avec le petit personnage intérieur, saluer
chantant du soleil et dont j'ai déjà parlé. De ceux qui
composent notre individu, ce ne sont pas les plus apparents qui nous sont le plus essentiels. En moi, quand la
maladie aura fini de les jeter l'un après l'autre par terre, il
en restera encore deux ou trois qui auront la vie plus dure
que les autres, notamment un certain philosophe qui n'est
heureux que quand il a découvert, entre deux œuvres,
entre deux sensations, une partie commune [3]. Mais le
dernier de tous, je me suis quelquefois demandé si ce ne
serait pas le petit bonhomme fort semblable à un autre
que l'opticien de Combray avait placé derrière sa vitrine
pour indiquer le temps qu'il faisait et qui, ôtant son
capuchon dès qu'il y avait du soleil, le remettait s'il allait
pleuvoir. Ce petit bonhomme-là, je connais son égoïsme ;
je peux souffrir d'une crise d'étouffements que la venue
seule de la pluie calmerait, lui ne s'en soucie pas et aux
premières gouttes si impatiemment attendues, perdant sa

gaieté, il rabat son capuchon avec mauvaise humeur. En
revanche, je crois bien qu'à mon agonie, quand tous mes
autres « moi » seront morts, s'il vient à briller un rayon de
soleil, tandis que je pousserai mes derniers soupirs, le
petit personnage barométrique se sentira bien aise, et
ôtera son capuchon pour chanter : « Ah ! enfin il fait
beau. »

Je sonnais Françoise. J'ouvrais *Le Figaro*. J'y cherchais et constatais que ne s'y trouvait pas un article, ou
prétendu tel, que j'avais envoyé à ce journal et qui
n'était, un peu arrangée, que la page récemment retrou-
vée, écrite autrefois dans la voiture du Dr Percepied, en
regardant les clochers de Martinville [4]. Puis je lisais la
lettre de maman. Elle trouvait bizarre, choquant, qu'une
jeune fille habitât seule avec moi. Le premier jour, au
moment de quitter Balbec, quand elle m'avait vu si malheureux et s'était inquiétée de me laisser seul, peut-être
ma mère avait-elle été heureuse en apprenant qu'Albertine partait avec nous et en voyant que côte à côte avec
nos propres malles (malles auprès de qui j'avais passé la
nuit à l'hôtel de Balbec en pleurant) on avait chargé sur le
tortillard celles d'Albertine, étroites et noires, qui
m'avaient paru avoir la forme de cercueils et dont
j'ignorais si elles allaient apporter à la maison la vie ou la
mort. Mais je ne me l'étais même pas demandé étant tout
à la joie, dans le matin rayonnant, après l'effroi de rester
à Balbec, d'emmener Albertine. Mais à ce projet, si au
début ma mère n'avait pas été hostile (parlant gentiment à
mon amie comme une maman dont le fils vient d'être
gravement blessé, et qui est reconnaissante à la jeune
maîtresse qui le soigne avec dévouement) elle l'était
devenue depuis qu'il s'était trop complètement réalisé et
que le séjour de la jeune fille se prolongeait chez nous, et
chez nous en l'absence de mes parents. Cette hostilité, je
ne peux pourtant pas dire que ma mère me la manifestât
jamais. Comme autrefois, quand elle avait cessé d'oser
me reprocher ma nervosité, ma paresse, maintenant elle
se faisait un scrupule — que je n'ai peut-être pas tout à
fait deviné au moment ou pas voulu deviner — de risquer, en faisant quelques réserves sur la jeune fille avec

laquelle je lui avais dit que j'allais me fiancer, d'assombrir ma vie, de me rendre plus tard moins dévoué pour ma femme, de semer peut-être pour quand elle-même ne serait plus, le remords de l'avoir peinée en épousant Albertine. Maman préférait paraître approuver un choix sur lequel elle avait le sentiment qu'elle ne pourrait pas me faire revenir. Mais tous ceux qui l'ont vue à cette époque m'ont dit qu'à sa douleur d'avoir perdu sa mère, s'ajoutait un air de perpétuelle préoccupation. Cette contention d'esprit, cette discussion intérieure, donnait à maman une grande chaleur aux tempes et elle ouvrait constamment les fenêtres, pour se rafraîchir. Mais de décision, elle n'arrivait pas à en prendre de peur de « m'influencer » dans un mauvais sens et de gâter ce qu'elle croyait mon bonheur. Elle ne pouvait même pas se résoudre à m'empêcher de garder provisoirement Albertine à la maison. Elle ne voulait pas se montrer plus sévère que Mme Bontemps que cela regardait avant tout et qui ne trouvait pas cela inconvenant, ce qui surprenait beaucoup ma mère. En tous cas elle regrettait d'avoir été obligée de nous laisser tous les deux seuls, en partant juste à ce moment pour Combray où elle pouvait avoir à rester (et en fait resta) de longs mois pendant lesquels ma grand-tante eut sans cesse besoin d'elle jour et nuit. Tout, là-bas, lui fut rendu facile grâce à la bonté, au dévouement de Legrandin qui, ne reculant devant aucune peine, ajourna de semaine en semaine son retour à Paris, sans connaître beaucoup ma tante, simplement d'abord parce qu'elle avait été une amie de sa mère, puis parce qu'il sentit que la malade condamnée aimait ses soins et ne pouvait se passer de lui. Le snobisme est une maladie grave de l'âme mais localisée et qui ne la gâte pas tout entière. Moi cependant, au contraire de maman, j'étais fort heureux de son déplacement à Combray, sans lequel j'eusse craint (ne pouvant pas dire à Albertine de la cacher) qu'elle ne découvrît son amitié pour Mlle Vinteuil. C'eût été pour ma mère un obstacle absolu non seulement à un mariage dont elle m'avait d'ailleurs demandé de ne pas parler encore définitivement à mon amie et dont l'idée m'était de plus en plus intolérable, mais

même à ce que celle-ci passât quelque temps à la maison.
Sauf une raison si grave et qu'elle ne connaissait pas,
maman, par le double effet de l'imitation édifiante et
libératrice de ma grand-mère, admiratrice de George
Sand et qui faisait consister la vertu dans la noblesse du
cœur, et d'autre part, de ma propre influence corruptrice,
était maintenant indulgente à des femmes pour la
conduite de qui elle se fût montrée sévère autrefois, ou
même aujourd'hui si elles avaient été de ses amies bourgeoises de Paris ou de Combray, mais dont je lui vantais
la grande âme et auxquelles elle pardonnait beaucoup
parce qu'elles m'aimaient bien. Malgré tout et même en
dehors de la question convenance, je crois qu'Albertine
eût insupporté maman qui avait gardé de Combray, de ma
tante Léonie, de toutes ses parentes, des habitudes d'ordre dont mon amie n'avait pas la première notion. Elle
n'aurait pas fermé une porte et en revanche ne se serait
pas plus gênée d'entrer quand une porte était ouverte que
ne fait un chien ou un chat. Son charme un peu incommode était ainsi d'être à la maison moins comme une
jeune fille que comme une bête domestique qui entre dans
une pièce, qui en sort, qui se trouve partout où on ne s'y
attend pas et qui venait — c'était pour moi un repos
profond — se jeter sur mon lit à côté de moi, s'y faire une
place d'où elle ne bougeait plus, sans gêner comme l'eût
fait une personne. Pourtant elle finit par se plier à mes
heures de sommeil, à ne pas essayer non seulement d'entrer dans ma chambre, mais à ne plus faire de bruit avant
que j'eusse sonné. C'est Françoise qui lui imposa ces
règles. Elle était de ces domestiques de Combray sachant
la valeur de leur maître et que le moins qu'elles peuvent
est de lui faire rendre entièrement ce qu'elles jugent qui
lui est dû. Quand un visiteur étranger donnait un pourboire à Françoise à partager avec la fille de cuisine, le
donateur n'avait pas le temps d'avoir remis sa pièce que
Françoise avec une rapidité, une discrétion et une énergie
égales, avait passé la leçon à la fille de cuisine qui venait
remercier non pas à demi-mot, mais franchement, haute-
ment, comme Françoise lui avait dit qu'il fallait le faire.
Le curé de Combray n'était pas un génie mais lui aussi

savait ce qui se devait. Sous sa direction, la fille de cousins protestants de Mme Sazerat s'était convertie au catholicisme et la famille avait été parfaite pour lui : il fut question d'un mariage avec un noble de Méséglise. Les parents du jeune homme écrivirent pour prendre des informations une lettre assez dédaigneuse et où l'origine protestante était méprisée. Le curé de Combray répondit d'un tel ton que le noble de Méséglise, courbé et prosterné, écrivit une lettre bien différente, où il sollicitait comme la plus précieuse faveur de s'unir à la jeune fille. Françoise n'eut pas de mérite à faire respecter mon sommeil par Albertine. Elle était imbue de la tradition. A un silence qu'elle garda, ou à la réponse péremptoire qu'elle fit à une proposition d'entrer chez moi ou de me faire demander quelque chose, qu'avait dû innocemment formuler Albertine, celle-ci comprit avec stupeur qu'elle se trouvait dans un monde étrange, aux coutumes inconnues, réglé par des lois de vivre qu'on ne pouvait songer à enfreindre. Elle avait déjà eu un premier pressentiment de cela à Balbec, mais, à Paris, n'essaya même pas de résister et attendit patiemment chaque matin mon coup de sonnette pour oser faire du bruit.

L'éducation que lui donna Françoise fut salutaire d'ailleurs à notre vieille servante elle-même, en calmant peu à peu les gémissements que depuis le retour de Balbec elle ne cessait de pousser. Car au moment de monter dans le tram elle s'était aperçue qu'elle avait oublié de dire adieu à la « gouvernante » de l'Hôtel, personne moustachue qui surveillait les étages, connaissait à peine Françoise mais avait été relativement polie pour elle. Françoise voulait absolument faire retour en arrière, descendre du tram, revenir à l'hôtel, faire ses adieux à la gouvernante et ne partir que le lendemain. La sagesse et surtout mon horreur subite de Balbec m'empêchèrent de lui accorder cette grâce, mais elle en avait contracté une mauvaise humeur maladive et fiévreuse que le changement d'air n'avait pas suffi à faire disparaître et qui se prolongeait à Paris. Car selon le code de Françoise tel qu'il est illustré dans les bas-reliefs de Saint-André-des-Champs, souhaiter la mort d'un ennemi, la lui donner

même n'est pas défendu, mais il est horrible de ne pas
faire ce qui se doit, de ne pas rendre une politesse, de ne
pas faire des adieux avant de partir, comme une vraie
malotrue, à une gouvernante d'étage. Pendant tout le
voyage, le souvenir à chaque moment renouvelé qu'elle
n'avait pas pris congé de cette femme avait fait monter
aux joues de Françoise un vermillon qui pouvait effrayer.
Et si elle refusa de boire et de manger jusqu'à Paris, c'est
peut-être parce que ce souvenir lui mettait un «poids»
réel «sur l'estomac» (chaque classe sociale a sa patholo-
gie) plus encore que pour nous punir.

Parmi les causes qui faisaient que maman m'envoyait
tous les jours une lettre, et une lettre d'où n'était jamais
absente quelque citation de Mme de Sévigné, il y avait le
souvenir de ma grand-mère. Maman m'écrivait:
«Mme Sazerat nous a donné un de ces petits déjeuners
dont elle a le secret et qui, comme eût dit ta pauvre
grand-mère, en citant Mme de Sévigné, nous enlèvent à
la solitude sans nous apporter la société.» Dans mes
premières réponses, j'eus la bêtise d'écrire à maman: «A
ces citations, ta mère te reconnaîtrait tout de suite.» Ce
qui me valut trois jours après ce mot: «Mon pauvre fils,
si c'était pour me parler de *ma mère* tu invoques bien mal
à propos Mme de Sévigné. Elle t'aurait répondu comme
elle fit à Mme de Grignan: «Elle ne vous était donc rien?
Je vous croyais parents.»

Cependant, j'entendais les pas de mon amie qui sortait
de sa chambre ou y rentrait. Je sonnais car c'était l'heure
où Andrée allait venir avec le chauffeur, ami de Morel et
prêté par les Verdurin, chercher Albertine. J'avais parlé à
celle-ci de la possibilité lointaine de nous marier; mais je
ne l'avais jamais fait formellement; elle-même, par discrétion, quand j'avais dit: «je ne sais pas, mais ce serait
peut-être possible», avait secoué la tête avec un mélancolique sourire, disant: «mais non ce ne le serait pas»,
ce qui signifiait «je suis trop pauvre». Et alors, tout en
disant rien n'est moins sûr quand il s'agissait de projets
d'avenir, présentement je faisais tout pour la distraire, lui
rendre la vie agréable, cherchant peut-être aussi, inconsciemment, à lui faire par là désirer de m'épouser. Elle

riait elle-même de tout ce luxe. «C'est la mère d'Andrée qui en ferait une tête de me voir devenue une dame riche comme elle, ce qu'elle appelle une dame qui a «chevaux, voitures, tableaux». Comment? Je ne vous avais jamais raconté qu'elle disait cela. Oh! c'est un type! Ce qui m'étonne, c'est qu'elle élève les tableaux à la dignité des chevaux et des voitures.» Car on verra plus tard que malgré des habitudes de parler stupides qui lui étaient restées, Albertine s'était étonnamment développée, ce qui m'était entièrement égal, les supériorités d'esprit d'une femme m'ayant toujours si peu intéressé, que si je les ai fait remarquer à l'une ou à l'autre, cela a été par pure politesse. Seul peut-être le curieux génie de Céleste m'eût plu. Malgré moi, je souriais pendant quelques instants, quand par exemple, ayant profité de ce qu'elle avait appris qu'Albertine n'était pas là, elle m'abordait par ces mots: «Divinité du ciel déposée sur un lit!» Je disais mais voyons Céleste pourquoi «divinité du ciel?» — «Oh si vous croyez que vous avez quelque chose de ceux qui voyagent sur notre vile terre, vous vous trompez bien.» — «Mais pourquoi "déposée" sur un lit, vous voyez bien que je suis couché.» — «Vous n'êtes jamais couché. A-t-on jamais vu personne couché ainsi? Vous êtes venu vous poser là. Votre pyjama en ce moment tout blanc, avec vos mouvements de cou, vous donne l'air d'une colombe.»

Albertine même dans l'ordre des choses bêtes s'exprimait tout autrement que la petite fille qu'elle était il y avait seulement quelques années à Balbec. Elle allait jusqu'à déclarer à propos d'un événement politique qu'elle blâmait «Je trouve ça formidable» et je ne sais si ce ne fut vers ce temps-là qu'elle apprit à dire pour signifier qu'elle trouvait un livre mal écrit: «c'est intéressant, mais par exemple c'est écrit *comme par un cochon.*»

La défense d'entrer chez moi, avant que j'eusse sonné, l'amusait beaucoup. Comme elle avait pris notre habitude familiale des citations et utilisait pour elle celles des pièces qu'elle avait jouées au couvent et que je lui avais dit aimer, elle me comparait toujours à Assuérus:

La mort est le prix de tout audacieux
Qui sans être appelé se présente à ses yeux ;
Rien ne met à l'abri de cet ordre fatal
Ni le rang, ni le sexe ; et le crime est égal
Moi-même...
Je suis à cette loi comme une autre soumise
Et sans le prévenir il faut pour lui parler
Qu'il me cherche ou du moins qu'il me fasse appeler [5].

Physiquement, elle avait changé aussi. Ses longs yeux bleus — plus allongés — n'avaient pas gardé la même forme ; ils avaient bien la même couleur, mais semblaient être passés à l'état liquide. Si bien que quand elle les fermait c'était comme quand avec des rideaux on empêche de voir la mer. C'est sans doute de cette partie d'elle-même que je me souvenais surtout chaque nuit en la quittant. Car par exemple, tout au contraire, chaque matin, le crespelage de ses cheveux me causa longtemps la même surprise comme une chose nouvelle, que je n'aurais jamais vue. Et pourtant, au-dessus du regard souriant d'une jeune fille, qu'y a-t-il de plus beau que cette couronne bouclée de violettes noires ? Le sourire propose plus d'amitié ; mais les petits crochets vernis des cheveux en fleurs, plus parents de la chair dont ils semblent la transposition en vaguelettes, attrapent davantage le désir.

A peine entrée dans ma chambre, elle sautait sur le lit et quelquefois définissait mon genre d'intelligence, jurait dans un transport sincère qu'elle aimerait mieux mourir que me quitter : c'était les jours où je m'étais rasé avant de la faire venir. Elle était de ces femmes qui ne savent pas démêler la raison de ce qu'elles ressentent. Le plaisir que leur cause un teint frais, elles l'expliquent par les qualités morales de celui qui leur semble pour leur avenir présenter un bonheur, capable du reste de décroître et de devenir moins nécessaire au fur et à mesure qu'on laisse pousser sa barbe.

Je lui demandais où elle comptait aller. «Je crois qu'Andrée veut me mener aux Buttes-Chaumont que je ne connais pas.» Certes il m'était impossible de deviner entre tant d'autres paroles si sous celle-là un mensonge était caché. D'ailleurs j'avais confiance en Andrée pour me dire tous les endroits où elle allait avec Albertine. A Balbec, quand je m'étais senti trop las d'Albertine, j'avais compté dire mensongèrement à Andrée : « Ma petite Andrée si seulement je vous avais revue plus tôt ! C'était vous que j'aurais aimée. Mais maintenant mon cœur est fixé ailleurs. Tout de même nous pouvons nous voir beaucoup car mon amour pour une autre me cause de grands chagrins et vous m'aiderez à me consoler. » Or ces mêmes paroles de mensonge étaient devenues vérité à trois semaines de distance. Peut-être Andrée avait-elle cru à Paris que c'était en effet un mensonge et que je l'aimais, comme elle l'aurait sans doute cru à Balbec. Car la vérité change tellement pour nous que les autres ont peine à s'y reconnaître. Et comme je savais qu'elle me raconterait tout ce qu'elles auraient fait Albertine et elle, je lui avais demandé et elle avait accepté de venir la chercher presque chaque jour. Ainsi je pourrais sans souci rester chez moi. Et ce prestige d'Andrée d'être une des filles de la petite bande me donnait confiance qu'elle obtiendrait tout ce que je voudrais d'Albertine. Vraiment, j'aurais pu lui dire maintenant en toute vérité qu'elle serait capable de me tranquilliser.

D'autre part, mon choix d'Andrée (laquelle se trouvait être à Paris, ayant renoncé à son projet de revenir à Balbec) comme guide de mon amie avait tenu à ce qu'Albertine me raconta de l'affection que son amie avait eue pour moi à Balbec, à un moment au contraire où je craignais de l'ennuyer, et si je l'avais su alors c'est peut-être Andrée que j'eusse aimée. « Comment vous ne le saviez pas, me dit Albertine, nous en plaisantions pourtant entre nous. Du reste vous n'avez pas remarqué qu'elle s'était mise à prendre vos manières de parler, de raisonner. Surtout quand elle venait de vous quitter, c'était frappant. Elle n'avait pas besoin de nous dire si elle vous avait vu. Quand elle arrivait, si elle venait d'auprès de vous, cela se voyait à la première seconde. Nous nous regardions entre nous et nous riions. Elle était comme un charbonnier qui voudrait faire croire qu'il n'est pas charbonnier, il est tout noir. Un meunier n'a pas besoin de dire qu'il est meunier, on voit bien toute la farine qu'il a sur lui, il y a encore la place des sacs qu'il a portés. Andrée c'était la même chose, elle tournait ses sourcils comme vous, et puis son grand cou, enfin je ne peux pas vous dire. Quand je prends un livre qui a été dans votre chambre, je peux le lire dehors, on sait tout de même qu'il vient de chez vous parce qu'il garde quelque chose de vos sales fumigations. C'est un rien, je ne peux vous dire, mais c'est un rien au fond qui est assez gentil. Chaque fois que quelqu'un avait parlé de vous gentiment, avait eu l'air de faire grand cas de vous, Andrée était dans le ravissement. »

Malgré tout, pour éviter qu'il y eût quelque chose de préparé à mon insu, je conseillais d'abandonner pour ce jour-là les Buttes-Chaumont et d'aller plutôt à Saint-Cloud ou ailleurs.

Ce n'est pas certes, je le savais, que j'aimasse Albertine le moins du monde. L'amour n'est peut-être que la propagation de ces remous qui à la suite d'une émotion émeuvent l'âme. Certains avaient remué mon âme tout entière quand Albertine m'avait parlé à Balbec de Mlle Vinteuil, mais ils étaient maintenant arrêtés. Je n'aimais plus Albertine car il ne me restait plus rien de la souffrance, guérie maintenant, que j'avais eue dans le tram, à Balbec, en apprenant quelle avait été l'adolescence d'Albertine, avec des visites peut-être à Montjouvain. Tout cela, j'y avais trop longtemps pensé, c'était guéri. Mais par instant certaines manières de parler d'Albertine me faisaient supposer — je ne sais pourquoi — qu'elle avait dû recevoir dans sa vie encore si courte beaucoup de compliments, de déclarations et les recevoir avec plaisir, autant dire avec sensualité. Ainsi elle disait à propos de n'importe quoi : « C'est vrai ? C'est bien vrai ? » Certes si elle avait dit comme une Odette : « C'est bien vrai ce gros mensonge-là ? » je ne m'en fusse pas inquiété car le ridicule même de la formule se fût expliqué par une stupide banalité d'esprit de femme. Mais son air interrogateur : « C'est vrai ? » donnait d'une part l'étrange impression d'une créature qui ne peut se rendre compte des

choses par elle-même, qui en appelle à votre témoignage,
comme si elle ne possédait pas les mêmes facultés que
vous (on lui disait « voilà une heure que nous sommes
partis », ou « il pleut », elle demandait : « C'est vrai ? »)
Malheureusement d'autre part ce manque de facilité à se
rendre compte par soi-même des phénomènes extérieurs
ne devait pas être la véritable origine de « C'est vrai ?
C'est bien vrai ? » Il semblait plutôt que ces mots eussent
été dès sa nubilité précoce des réponses à des « vous savez
que je n'ai jamais trouvé une personne aussi jolie que
vous », « vous savez que j'ai un grand amour pour vous,
que je suis dans un état d'excitation terrible », affirmations auxquelles répondaient avec une modestie coquet-
tement consentante ces « C'est vrai ? C'est bien vrai ? »,
lesquels ne servaient plus à Albertine avec moi qu'à
répondre par une question à une affirmation telle que :
« vous avez sommeillé plus d'une heure. » — « C'est
vrai ? »

Sans me sentir le moins du monde amoureux d'Albertine, sans faire figurer au nombre des plaisirs les moments que nous passions ensemble, j'étais resté préoccupé de l'emploi de son temps ; certes j'avais fui Balbec
pour être certain qu'elle ne pourrait plus voir telle ou telle
personne avec laquelle j'avais tellement peur qu'elle ne
fît le mal en riant, peut-être en riant de moi, que j'avais
adroitement tenté de rompre d'un seul coup, par mon
départ, toutes ses mauvaises relations. Et Albertine avait
une telle force de passivité, une si grande faculté d'oublier et de se soumettre que ces relations avaient été
brisées en effet et la phobie qui me hantait guérie. Mais
elle peut revêtir autant de formes que le mal incertain qui
est son objet. Tant que ma jalousie ne s'était pas réincar-
née en des êtres nouveaux, j'avais eu après mes souffrances passées un intervalle de calme. Mais à une maladie
chronique, le moindre prétexte sert pour renaître, comme
d'ailleurs au vice de l'être qui est cause de cette jalousie,
la moindre occasion peut servir pour s'exercer à nouveau
(après une trêve de chasteté) avec des êtres différents.
J'avais pu séparer Albertine de ses complices et par là
exorciser mes hallucinations ; si on pouvait lui faire ou-

blier les personnes, rendre brefs ses attachements, son goût du plaisir était, lui aussi, chronique et n'attendait peut-être qu'une occasion pour se donner cours. Or Paris en fournit autant que Balbec. Dans quelque ville que ce fût, elle n'avait pas besoin de chercher, car le mal n'était pas en Albertine seule, mais en d'autres pour qui toute occasion de plaisir est bonne. Un regard de l'une aussitôt compris de l'autre rapproche les deux affamées. Et il est facile à une femme adroite d'avoir l'air de ne pas voir, puis cinq minutes après d'aller vers la personne qui a compris et l'a attendue dans une rue de traverse, et en deux mots de donner un rendez-vous. Qui saura jamais? Et il était si simple à Albertine de me dire, afin que cela continuât, qu'elle désirait revoir tel environ de Paris qui lui avait plu. Aussi suffisait-il qu'elle rentrât trop tard, que sa promenade eût duré un temps inexplicable quoique peut-être très facile à expliquer sans faire intervenir aucune raison sensuelle pour que mon mal renaquît attaché cette fois à des représentations qui n'étaient pas de Balbec, et que je m'efforcerais, ainsi que les précédentes, de détruire comme si la destruction d'une cause éphémère pouvait entraîner celle d'un mal congénital. Je ne me rendais pas compte que dans ces destructions où j'avais pour complice en Albertine sa faculté de changer, son pouvoir d'oublier, presque de haïr, l'objet récent de son amour, je causais quelquefois une douleur profonde à tel ou tel de ces êtres inconnus avec qui elle avait pris successivement du plaisir, et que cette douleur, je la causais vainement, car ils seraient délaissés, remplacés, et parallèlement au chemin jalonné par tant d'abandons qu'elle commettrait à la légère, s'en poursuivrait pour moi un autre impitoyable à peine interrompu de bien courts répits; de sorte que ma souffrance ne pouvait, si j'avais réfléchi, finir qu'avec Albertine ou qu'avec moi. Même les premiers temps de notre arrivée à Paris, insatisfait des renseignements qu'Andrée et le chauffeur m'avaient donnés sur les promenades qu'ils faisaient avec mon amie, j'avais senti les environs de Paris aussi cruels que ceux de Balbec et j'étais parti quelques jours en voyage avec Albertine. Mais partout l'incertitude de ce qu'elle faisait était la même, les possibilités que ce fût le mal aussi nombreuses, la surveillance encore plus difficile, si bien que j'étais revenu avec elle à Paris. En réalité en quittant Balbec, j'avais cru quitter Gomorrhe, en arracher Albertine, hélas ! Gomorrhe était dispersé aux quatre coins du monde. Et moitié par ma jalousie, moitié par ignorance de ces joies (cas qui est fort rare) j'avais réglé à mon insu cette partie de cache-cache où Albertine m'échapperait toujours.

Je l'interrogeais à brûle-pourpoint : « Ah ! à propos Albertine, est-ce que je rêve, est-ce que vous ne m'aviez pas dit que vous connaissiez Gilberte Swann ? » — « Oui, c'est-à-dire qu'elle m'a parlé au cours, parce qu'elle avait les cahiers d'histoire de France, elle a même été très gentille, elle me les a prêtés et je les lui ai rendus aussitôt que je l'ai vue. » — « Est-ce qu'elle est du genre de femmes que je n'aime pas ? » — « Oh ! pas du tout, tout le contraire. »

Mais plutôt que de me livrer à ce genre de causeries investigatrices je consacrais souvent à imaginer la promenade d'Albertine, les forces que je n'employais pas à la faire, et parlais à mon amie avec cette ardeur que gardent intacte les projets inexécutés. J'exprimais une telle envie d'aller revoir tel vitrail de la Sainte-Chapelle, un tel regret de ne pas pouvoir le faire avec elle seule, que tendrement elle me disait : « Mais mon petit, puisque cela a l'air de vous plaire tant, faites un petit effort, venez avec nous. Nous attendrons aussi tard que vous voudrez, jusqu'à ce que vous soyez prêt. D'ailleurs si cela vous amuse plus d'être seul avec moi, je n'ai qu'à réexpédier Andrée chez elle, elle viendra une autre fois. » Mais ces prières même de sortir ajoutaient au calme qui me permettait de céder à mon désir de rester à la maison.

Je ne songeais pas que l'apathie qu'il y avait à se décharger ainsi sur Andrée ou sur le chauffeur du soin de calmer mon agitation en leur laissant le soin de surveiller Albertine ankylosait en moi, rendait inertes tous ces mouvements imaginatifs de l'intelligence, toutes ces inspirations de la volonté qui aident à deviner, à empêcher ce que va faire une personne. C'était d'autant plus dan-

gereux que par nature le monde des possibles m'a toujours été plus ouvert que celui de la contingence réelle.
Cela aide à connaître l'âme, mais on se laisse tromper par
les individus. Ma jalousie naissait par des images, pour
une souffrance, non d'après une probabilité. Or il peut y
avoir dans la vie des hommes et dans celle des peuples (et
il devait y avoir un jour dans la mienne) un moment où on
a besoin d'avoir en soi un préfet de police, un diplomate à
claires vues, un chef de la sûreté, qui au lieu de rêver aux
possibles que recèle l'étendue jusqu'aux quatre points
cardinaux, raisonne juste, se dit : « si l'Allemagne déclare
ceci, c'est qu'elle veut faire telle autre chose, non pas une
autre chose dans le vague, mais bien précisément ceci ou
cela qui est même peut-être déjà commencé. — Si telle
personne s'est enfuie, ce n'est pas vers les buts a, b, d,
mais vers le but c et l'endroit où il faut opérer nos
recherches est etc. » Hélas cette faculté qui n'était pas très
développée chez moi, je la laissais s'engourdir, perdre
ses forces, disparaître en m'habituant à être calme du
moment que d'autres s'occupaient de surveiller pour moi.
Quant à la raison de ce désir, cela m'eût été désagréable
de la dire à Albertine. Je lui disais que le médecin m'or-
donnait de rester couché. Ce n'était pas vrai. Et cela
l'eût-il été que ses prescriptions n'eussent pu m'empêcher
d'accompagner mon amie. Je lui demandais la permission
de ne pas venir avec elle et Andrée. Je ne dirai qu'une des
raisons qui était une raison de sagesse. Dès que je sortais
avec Albertine, pour peu qu'un instant elle fût sans moi,
j'étais inquiet, je me figurais que peut-être elle avait parlé
à quelqu'un ou seulement regardé quelqu'un. Si elle
n'était pas d'excellente humeur, je pensais que je lui
faisais manquer ou remettre un projet. La réalité n'est
jamais qu'une amorce à un inconnu sur la voie duquel
nous ne pouvons aller bien loin. Il vaut mieux ne pas
savoir, penser le moins possible, ne pas fournir à la
jalousie le moindre détail concret. Malheureusement à
défaut de la vie extérieure, des incidents aussi sont amenés par la vie intérieure; à défaut des promenades d'Albertine, les hasards rencontrés dans les réflexions que je
faisais seul me fournissaient parfois de ces petits

fragments de réel qui attirent à eux, à la façon d'un aimant, un peu d'inconnu qui, dès lors, devient douloureux. On a beau vivre sous l'équivalent d'une cloche pneumatique, les associations d'idées, les souvenirs continuent à jouer.

Mais ces heurts internes ne se produisaient pas tout de suite ; à peine Albertine était-elle partie pour sa promenade que j'étais vivifié, fût-ce pour quelques instants, par les exaltantes vertus de la solitude. Je prenais ma part des plaisirs de la journée commençante ; le désir arbitraire — la velléité capricieuse et purement mienne — de les goûter n'eût pas suffi à les mettre à portée de moi si le temps spécial qu'il faisait ne m'en avait non pas seulement évoqué les images passées, mais affirmé la réalité actuelle, immédiatement accessible à tous les hommes qu'une circonstance contingente et par conséquent négligeable ne forçait pas à rester chez eux. Certains beaux jours, il faisait si froid, on était en si large communication avec la rue qu'il semblait qu'on eût disjoint les murs de la maison et chaque fois que passait le tramway, son timbre résonnait comme eût fait un couteau d'argent frappant une maison de verre. Mais c'était surtout en moi que j'entendais avec ivresse un son nouveau rendu par le violon intérieur. Ses cordes sont serrées ou détendues par de simples différences de la température, de la lumière extérieures. En notre être, instrument que l'uniformité de l'habitude a rendu silencieux, le chant naît de ces écarts, de ces variations, source de toute musique : le temps qu'il fait certains jours nous fait aussitôt passer d'une note à une autre. Nous retrouvons l'air oublié dont nous aurions pu deviner la nécessité mathématique et que pendant les premiers instants nous chantons sans le connaître. Seules ces modifications internes, bien que venues du dehors, renouvelaient pour moi le monde extérieur. Des portes de communication depuis longtemps condamnées se rouvraient dans mon cerveau. La vie de certaines villes, la gaieté de certaines promenades reprenaient en moi leur place. Frémissant tout entier autour de la corde vibrante, j'aurais sacrifié ma terne vie d'autrefois et ma vie à venir, passée à la gomme à effacer de l'habitude, pour cet état si particulier. Si je n'étais pas allé accompagner Albertine dans sa longue course, mon esprit n'en vagabonderait que davantage et pour avoir refusé de goûter avec mes sens cette matinée-là je jouissais en imagination de toutes les matinées pareilles passées ou possibles, plus exactement d'un certain type de matinées dont toutes celles du même genre n'étaient que l'intermittente apparition et que j'avais vite reconnu ; car l'air vif tournait de lui-même les pages qu'il fallait, et je trouvais tout indiqué devant moi, pour que je pusse le suivre de mon lit, l'évangile du jour. Cette matinée idéale comblait mon esprit de réalité permanente, identique à toutes les matinées semblables, et me communiquait une allégresse que mon état de débilité ne diminuait pas : le bien-être résultant pour nous beaucoup moins de notre bonne santé que de l'excédent inemployé de nos forces, nous pouvons y atteindre, tout aussi bien qu'en augmentant celles-ci, en restreignant notre activité. Celle dont je débordais et que je maintenais en puissance dans mon lit, me faisait tressauter, intérieurement bondir, comme une machine qui, empêchée de changer de place, tourne sur elle-même. Françoise venait allumer le feu et pour le faire prendre y jetait quelques brindilles dont l'odeur, oubliée pendant tout l'été, décrivait autour de la cheminée un cercle magique dans lequel, m'apercevant moi-même en train de lire tantôt à Combray, tantôt à Doncières, j'étais aussi joyeux, restant dans ma chambre à Paris, que si j'avais été sur le point de partir en promenade du côté de Méséglise, ou de retrouver Saint-Loup et ses amis faisant du service en campagne. Il arrive souvent que le plaisir qu'ont tous les hommes à revoir les souvenirs que leur mémoire a collectionnés est plus vif par exemple chez ceux que la tyrannie du mal physique et l'espoir quotidien de sa guérison, privent, d'une part, d'aller chercher dans la nature des tableaux qui ressemblent à ces souvenirs et d'autre part, laissent assez confiants qu'ils le pourront bientôt faire pour rester vis-à-vis d'eux en état de désir, d'appétit et ne pas les considérer seulement comme des souvenirs, comme des tableaux. Mais eussent-ils pu n'être jamais que cela pour moi et eussé-je pu en me les

rappelant les revoir seulement que soudain ils refaisaient
en moi, de moi tout entier, par la vertu d'une sensation
identique, l'enfant, l'adolescent qui les avait vus. Il n'y
avait pas eu seulement changement de temps dehors, ou
dans la chambre modification d'odeurs, mais en moi
différence d'âge, substitution de personne. L'odeur dans
l'air glacé des brindilles de bois, c'était comme un morceau du passé, une banquise invisible détachée d'un hiver
ancien qui s'avançait dans ma chambre, souvent striée
d'ailleurs par tel parfum, telle lueur, comme par des
années différentes où je me retrouvais replongé, envahi
avant même que je les eusse identifiées par l'allégresse
d'espoirs abandonnés depuis longtemps. Le soleil venait
jusqu'à mon lit et traversait la cloison transparente de
mon corps aminci, me chauffait, me rendait brûlant
comme du cristal. Alors convalescent affamé qui se repaît
déjà de tous les mets qu'on lui refuse encore, je me
demandais si me marier avec Albertine ne gâcherait pas
ma vie, tant en me faisant assumer la tâche trop lourde
pour moi de me consacrer à un autre être, qu'en me
forçant à vivre absent de moi-même à cause de sa présence continuelle et en me privant à jamais des joies de la
solitude. Et pas de celles-là seulement. Même en ne
demandant à la journée que des désirs, il en est certains — ceux que provoquent non plus les choses mais
les êtres — dont le caractère est d'être individuels.
Aussi, sortant de mon lit, j'allais écarter un instant le
rideau de ma fenêtre, ce n'était pas seulement comme un
musicien ouvre un instant son piano et pour vérifier si sur
le balcon et dans la rue la lumière du soleil était exactement au même diapason que dans mon souvenir, c'était
aussi pour apercevoir quelque blanchisseuse portant son
panier à linge, une boulangère à tablier bleu, une laitière
en bavette et manches de toile blanche tenant le crochet
où sont suspendues les carafes de lait, quelque fière jeune
fille blonde suivant son institutrice, une image enfin que
les différences de lignes peut-être quantitativement insignifiantes suffisaient à faire aussi différente de toute autre
que pour une phrase musicale la différence de deux notes,
et sans la vision de laquelle j'aurais appauvri la journée

des buts qu'elle pouvait proposer à mes désirs de bonheur. Mais, si le surcroît de joie, apporté par la vue des femmes impossibles à imaginer à priori, me rendait plus désirables, plus dignes d'être explorés, la rue, la ville, le monde, il me donnait par là même la soif de guérir, de sortir et, sans Albertine, d'être libre. Que de fois, au moment où la femme inconnue dont j'allais rêver passait devant la maison, tantôt à pied, tantôt avec toute la vitesse de son automobile, je souffris que mon corps ne pût suivre mon regard qui la rattrapait et, tombant sur elle comme tiré de l'embrasure de ma fenêtre par une arquebuse, arrêter la fuite du visage dans lequel m'attendait l'offre d'un bonheur qu'ainsi cloîtré, je ne goûterais jamais. D'Albertine en revanche, je n'avais plus rien à apprendre. Chaque jour elle me semblait moins jolie. Seul le désir qu'elle excitait chez les autres, quand l'apprenant je recommençais à souffrir et voulais la leur disputer, la hissait à mes yeux sur un haut pavois. Elle était capable de me causer de la souffrance, nullement de la joie. Par la souffrance seule subsistait mon ennuyeux attachement. Dès qu'elle disparaissait, et avec elle le besoin de l'apaiser, requérant toute mon attention comme une distraction atroce, je sentais le néant qu'elle était pour moi, que je devais être pour elle. J'étais malheureux que cet état durât et par moments je souhaitais d'apprendre quelque chose d'épouvantable qu'elle aurait fait et qui eût été capable jusqu'à ce que je fusse guéri de nous brouiller, ce qui nous permettrait de nous réconcilier, de refaire différente et plus souple la chaîne qui nous liait. En attendant, je chargeais mille circonstances, mille plaisirs, de lui procurer auprès de moi l'illusion de ce bonheur que je ne me sentais pas capable de lui donner. J'aurais voulu dès ma guérison partir pour Venise, mais comment le faire si j'épousais Albertine, moi si jaloux d'elle que même à Paris, dès que je me décidais à bouger c'était pour sortir avec elle. Même quand je restais à la maison tout l'après-midi, ma pensée la suivait dans sa promenade, décrivait un horizon lointain, bleuâtre, engendrait autour du centre que j'étais une zone mobile d'incertitude et de vague. «Combien Albertine, me di-

sais-je, m'épargnerait les angoisses de la séparation si, au
cours d'une de ces promenades, voyant que je ne lui
parlais plus de mariage, elle se décidait à ne pas revenir,
et partait chez sa tante, sans que j'eusse à lui dire adieu ! »
Mon cœur depuis que sa plaie se cicatrisait commençait à
ne plus adhérer à celui de mon amie, je pouvais par
l'imagination la déplacer, l'éloigner de moi, sans souffrir. Sans doute à défaut de moi-même quelque autre
serait son époux, et libre, elle aurait peut-être de ces
aventures qui me faisaient horreur. Mais il faisait si beau,
j'étais si certain qu'elle rentrerait le soir, que même si
cette idée de fautes possibles me venait à l'esprit, je
pouvais par un acte libre l'emprisonner dans une partie de
mon cerveau où elle n'avait pas plus d'importance que
n'en auraient eu pour ma vie réelle les vices d'une personne imaginaire ; faisant jouer les gonds assouplis de ma
pensée, j'avais avec une énergie que je sentais dans ma
tête, à la fois physique et mentale comme un mouvement
musculaire et une initiative spirituelle, dépassé l'état de
préoccupation habituelle où j'avais été confiné jusqu'ici
et commençais à me mouvoir à l'air libre d'où tout
sacrifier pour empêcher le mariage d'Albertine avec un
autre et faire obstacle à son goût pour les femmes paraissait aussi déraisonnable à mes propres yeux qu'à ceux de
quelqu'un qui ne l'eût pas connue. D'ailleurs la jalousie
est de ces maladies intermittentes, dont la cause est capricieuse, impérative, toujours identique chez le même malade, parfois entièrement différente chez un autre. Il y a
des asthmatiques qui ne calment leur crise qu'en ouvrant
les fenêtres, en respirant le grand vent, un air pur sur les
hauteurs, d'autres en se réfugiant au centre de la ville,
dans une chambre enfumée. Il n'est guère de jaloux dont
la jalousie n'admette certaines dérogations. Tel consent à
être trompé pourvu qu'on le lui dise, tel autre pourvu
qu'on le lui cache, en quoi l'un n'est guère moins absurde
que l'autre, puisque si le second est plus véritablement
trompé en ce qu'on lui dissimule la vérité, le premier
réclame en cette vérité, l'aliment, l'extension, le renouvellement de ses souffrances.
    Bien plus ces deux manies inverses de la jalousie vont

souvent au-delà des paroles, qu'elles implorent ou refusent les confidences. On voit des jaloux qui ne le sont que des hommes avec qui leur maîtresse a des relations loin d'eux, mais qui permettent qu'elle se donne à un autre homme qu'eux, si c'est avec leur autorisation, près d'eux, et sinon même à leur vue, du moins sous leur toit. Ce cas est assez fréquent chez les hommes âgés amoureux d'une jeune femme. Ils sentent la difficulté de lui plaire, parfois l'impuissance de la contenter, et plutôt que d'être trompés, préfèrent laisser venir chez eux, dans une chambre voisine, quelqu'un qu'ils jugent incapable de lui donner de mauvais conseils, mais non du plaisir. Pour d'autres c'est tout le contraire, ne laissant pas leur maîtresse sortir seule une minute dans une ville qu'ils connaissent, la tenant dans un véritable esclavage, ils lui accordent de partir un mois dans un pays qu'ils ne connaissent pas, où ils ne peuvent se représenter ce qu'elle fera. J'avais à l'égard d'Albertine ces deux sortes de manie calmante. Je n'aurais pas été jaloux si elle avait eu des plaisirs près de moi, encouragés par moi, que j'aurais tenus tout entiers sous ma surveillance, m'épargnant par là la crainte du mensonge ; je ne l'aurais peut-être pas été non plus si elle était partie dans un pays assez inconnu de moi et éloigné pour que je ne puisse imaginer, ni avoir la possibilité et la tentation de connaître son genre de vie. Dans les deux cas le doute eût été supprimé par une connaissance ou une ignorance également complètes.

La décroissance du jour me replongeant par le souvenir dans une atmosphère ancienne et fraîche, je la respirais avec les mêmes délices qu'Orphée l'air subtil, inconnu sur cette terre, des Champs-Élysées. Mais déjà la journée finissait et j'étais envahi par la désolation du soir. Regardant machinalement à la pendule combien d'heures se passeraient avant qu'Albertine rentrât, je voyais que j'avais encore le temps de m'habiller et de descendre demander à ma propriétaire Mme de Guermantes des indications pour certaines jolies choses de toilette que je voulais donner à mon amie. Quelquefois je rencontrais la Duchesse dans la cour, sortant pour des courses à pied, même s'il faisait mauvais temps, avec un chapeau plat et une fourrure. Je savais très bien que pour nombre de gens intelligents elle n'était autre chose qu'une dame quelconque, le nom de Duchesse de Guermantes ne signifiant rien, maintenant qu'il n'y a plus de duchés ni de principautés, mais j'avais adopté un autre point de vue dans ma façon de jouir des êtres et des pays. Tous les châteaux des terres dont elle était Duchesse, Princesse, Vicomtesse, cette dame en fourrure bravant le mauvais temps me semblait les porter avec elle, comme les personnages sculptés au linteau d'un portail tiennent dans leur main la cathédrale qu'ils ont construite, ou la cité qu'ils ont défendue. Mais ces châteaux, ces forêts, les yeux de mon esprit seuls pouvaient les voir dans la main gauche de·la dame en fourrures, cousine du Roi. Ceux de mon corps n'y distinguaient, les jours où le temps menaçait, qu'un parapluie dont la Duchesse ne craignait pas de s'armer. « On ne peut jamais savoir, c'est plus prudent, si je me trouve très loin et qu'une voiture me demande des prix trop *chers* pour moi. » Les mots « trop chers », « dépasser mes moyens » revenaient tout le temps dans la conversation de la Duchesse ainsi que ceux : « Je suis trop pauvre », sans qu'on pût bien démêler si elle parlait ainsi parce qu'elle trouvait amusant de dire qu'elle était pauvre, étant si riche, ou parce qu'elle trouvait élégant, étant si aristocratique, c'est-à-dire affectant d'être une paysanne, de ne pas attacher à la richesse l'importance des gens qui ne sont que riches et qui méprisent les pauvres. Peut-être était-ce plutôt une habitude contractée d'une époque de sa vie où déjà riche, mais insuffisamment pourtant eu égard à ce que coûtait l'entretien de tant de propriétés, elle éprouvait une certaine gêne d'argent qu'elle ne voulait pas avoir l'air de dissimuler. Les choses dont on parle le plus souvent en plaisantant, sont généralement au contraire celles qui ennuient, mais dont on ne veut pas avoir l'air d'être ennuyé, avec peut-être l'espoir inavoué de cet avantage supplémentaire que justement la personne avec qui on cause, vous entendant plaisanter de cela, croira que cela n'est pas vrai.

Mais le plus souvent à cette heure-là, je savais trouver

la Duchesse chez elle, et j'en étais heureux car c'était
plus commode pour lui demander longuement les renseignements désirés par Albertine. Et j'y descendais sans
presque penser combien il était extraordinaire que chez
cette mystérieuse Mme de Guermantes de mon enfance
j'allasse uniquement afin d'user d'elle pour une simple
commodité pratique, comme on fait du téléphone, instrument surnaturel devant les miracles duquel on s'émer-
veillait jadis, et dont on se sert maintenant sans même y
penser, pour faire venir son tailleur ou commander une
glace.

Les brimborions de la parure causaient à Albertine de
grands plaisirs. Je ne savais pas me refuser de lui en faire
chaque jour un nouveau. Et chaque fois qu'elle m'avait
parlé avec ravissement d'une écharpe, d'une étole, d'une
ombrelle, que par la fenêtre, ou en passant dans la cour,
de ses yeux qui distinguaient si vite tout ce qui se rapportait à l'élégance, elle avait vu au cou, sur les épaules, à la
main de Mme de Guermantes, sachant que le goût naturellement difficile de la jeune fille (encore affiné par les
leçons d'élégance que lui avait été la conversation d'Elstir) ne serait nullement satisfait par quelque simple à peu
près, même d'une jolie chose, qui la remplace aux yeux
du vulgaire, mais en diffère entièrement, j'allais en secret
me faire expliquer par la Duchesse où, comment, sur quel
modèle, avait été confectionné ce qui avait plu à Albertine, comment je devais procéder pour obtenir exactement cela, en quoi consistait le secret du faiseur, le
charme (ce qu'Albertine appelait « le chic », « le genre »)
de sa manière, le nom précis — la beauté de la matière
ayant son importance — et la qualité des étoffes dont je
devais demander qu'on se servît. Quand j'avais dit à
Albertine à notre arrivée de Balbec que la Duchesse de
Guermantes habitait en face de nous, dans le même hôtel,
elle avait pris, en entendant le grand titre et le grand nom,
cet air plus qu'indifférent, hostile, méprisant, qui est le
signe du désir impuissant chez les natures fières et pas-
sionnées. Celle d'Albertine avait beau être magnifique,
les qualités qu'elle recélait ne pouvaient se développer
qu'au milieu de ces entraves que sont nos goûts, ou ce

deuil de ceux de nos goûts auxquels nous avons été
obligés de renoncer — comme pour Albertine le snobisme : c'est ce qu'on appelle des haines. Celle d'Albertine pour les gens du monde tenait du reste très peu de
place en elle et me plaisait par un côté esprit de révolution
— c'est-à-dire amour malheureux de la noblesse — inscrit sur la face opposée du caractère français où est le
genre aristocratique de Mme de Guermantes. Ce genre
aristocratique, Albertine, par impossibilité de l'atteindre,
ne s'en serait peut-être pas soucié, mais s'étant rappelée
qu'Elstir lui avait parlé de la Duchesse comme de la
femme de Paris qui s'habillait le mieux, le dédain républicain à l'égard d'une duchesse fit place chez mon amie
à un vif intérêt pour une élégante. Elle me demandait
souvent des renseignements sur Mme de Guermantes et
aimait que j'allasse chez la Duchesse chercher des
conseils de toilette pour elle-même. Sans doute j'aurais
pu les demander à Mme Swann et même je lui écrivis une
fois dans ce but. Mais Mme de Guermantes me semblait
pousser plus loin encore l'art de s'habiller. Si descendant
un moment chez elle, après m'être assuré qu'elle n'était
pas sortie et ayant prié qu'on m'avertît dès qu'Albertine
serait rentrée, je trouvais la Duchesse ennuagée dans la
brume d'une robe en crêpe de Chine gris, j'acceptais cet
aspect que je sentais dû à des causes complexes et qui
n'eût pu être changé, je me laissais envahir par l'atmosphère qu'il dégageait comme la fin de certaines après-
midi ouatées en gris-perle par un brouillard vaporeux ; si
au contraire cette robe de chambre était chinoise avec des
flammes jaunes et rouges, je la regardais comme un
couchant qui s'allume ; ces toilettes n'étaient pas un décor
quelconque remplaçable à volonté, mais une réalité donnée et poétique comme est celle du temps qu'il fait,
comme est la lumière spéciale à une certaine heure.

De toutes les robes ou robes de chambre que portait
Mme de Guermantes, celles qui semblaient le plus répondre à une intention déterminée, être pourvues d'une
signification spéciale, c'étaient ces robes que Fortuny a
faites d'après d'antiques dessins de Venise [6]. Est-ce leur
caractère historique, est-ce plutôt le fait que chacune est

unique qui lui donne un caractère si particulier que la pose de la femme qui les porte en vous attendant, en causant avec vous, prend une importance exceptionnelle comme si ce costume avait été le fruit d'une longue délibération et comme si cette conversation se détachait de la vie courante comme une scène de roman. Dans ceux de Balzac on voit des héroïnes revêtir à dessein telle ou telle toilette, le jour où elles doivent recevoir tel visiteur. Les toilettes d'aujourd'hui n'ont pas tant de caractère, exception faite pour les robes de Fortuny. Aucun vague ne peut subsister dans la description du romancier puisque cette robe existe réellement, que les moindres dessins en sont aussi naturellement fixés que ceux d'une œuvre d'art. Avant de revêtir celle-ci ou celle-là, la femme a eu à faire un choix entre deux robes non pas à peu près pareilles, mais profondément individuelles chacune et qu'on pourrait nommer. Mais la robe ne m'empêchait pas de penser à la femme. Mme de Guermantes même me sembla à cette époque plus agréable qu'au temps où je l'aimais encore. Attendant moins d'elle (que je n'allais plus voir pour elle-même), c'est presque avec le tranquille sans-gêne qu'on a, quand on est tout seul, les pieds sur les chenets, que je l'écoutais comme j'aurais lu un livre écrit en langage d'autrefois. J'avais assez de liberté d'esprit pour goûter dans ce qu'elle disait cette grâce française si pure qu'on ne trouve plus, ni dans le parler, ni dans les écrits du temps présent. J'écoutais sa conversation comme une chanson populaire délicieusement française, je comprenais que je l'eusse entendue se moquer de Maeterlinck (qu'elle admirait d'ailleurs maintenant par faiblesse d'esprit de femme, sensible à ces modes littéraires dont les rayons viennent tardivement) comme je comprenais que Mérimée se moquât de Baudelaire, Stendhal de Balzac, Paul-Louis Courier de Victor Hugo, Meilhac de Mallarmé. Je comprenais bien que le moqueur avait une pensée bien restreinte auprès de celui dont il se moquait, mais aussi un vocabulaire plus pur. Celui de Mme de Guermantes, presque autant que celui de la mère de Saint-Loup, l'était à un point qui enchantait. Ce n'est pas dans les froids pastiches des écrivains

d'aujourd'hui qui disent : au fait (pour en réalité), singulièrement (pour en particulier), étonné (pour frappé de
stupeur), etc., etc., qu'on retrouve le vieux langage et la
vraie prononciation des mots, mais, en causant avec une
Mme de Guermantes ou une Françoise ; j'avais appris de
la deuxième dès l'âge de cinq ans qu'on ne dit pas le Tarn
mais le Tar ; pas le Béarn mais le Béar. Ce qui fit qu'à
vingt ans, quand j'allai dans le monde, je n'eus pas à y
apprendre qu'il ne fallait pas dire comme faisait Mme
Bontemps : Madame de Béarn. Je mentirais en disant que
ce côté terrien et quasi paysan qui restait en elle, la
Duchesse n'en avait pas conscience et ne mettait pas une
certaine affectation à le montrer. Mais de sa part c'était
moins fausse simplicité de grande dame qui joue la cam-
pagnarde et orgueil de duchesse qui fait la nique aux
dames riches méprisantes des paysans qu'elles ne
connaissent pas, que goût quasi artistique d'une femme
qui sait le charme de ce qu'elle possède et ne va pas le
gâter d'un badigeon moderne. C'est de la même façon
que tout le monde a connu à Dives un restaurateur nor-
mand, propriétaire de « Guillaume le Conquérant », qui
s'était bien gardé — chose très rare — de donner à son
hôtellerie le luxe moderne d'un hôtel et qui lui-même
millionnaire gardait le parler, la blouse d'un paysan nor-
mand et vous laissait venir le voir faire lui-même dans la
cuisine comme à la campagne, un dîner qui n'en était pas
moins infiniment meilleur et encore plus cher que dans
les plus grands palaces. Toute la sève locale qu'il y a dans
les vieilles familles aristocratiques ne suffit pas, il faut
qu'il y naisse un être assez intelligent pour ne pas la
dédaigner, pour ne pas l'effacer sous le vernis mondain.
Mme de Guermantes, malheureusement spirituelle et parisienne et qui quand je la connus ne gardait plus de son
terroir que l'accent, avait du moins, quand elle voulait
peindre sa vie de jeune fille, trouvé pour son langage
(entre ce qui eût semblé trop involontairement provincial,
ou au contraire artificiellement lettré), un de ces
compromis qui font l'agrément de *La Petite Fadette* de
George Sand ou de certaines légendes rapportées par
Chateaubriand dans les *Mémoires d'Outre-Tombe*. Mon

plaisir était surtout de lui entendre conter quelque histoire
qui mettait en scène des paysans avec elle. Les noms
anciens, les vieilles coutumes, donnaient à ces rapprochements entre le château et le village quelque chose
d'assez savoureux. Demeurée en contact avec les terres
où elle était souveraine, une certaine aristocratie reste
régionale, de sorte que le propos le plus simple fait se
dérouler devant nos yeux toute une carte historique et
géographique de l'histoire de France. S'il n'y avait aucune affectation, aucune volonté de fabriquer un langage
à soi, alors cette façon de prononcer était un vrai musée
d'histoire de France par la conversation. «Mon grand-
oncle Fitt-jam» n'avait rien qui étonnait, car on sait que
les Fitz-James proclament volontiers qu'ils sont de grands
seigneurs français et ne veulent pas qu'on prononce leur
nom à l'anglaise. Il faut du reste admirer la touchante
docilité des gens qui avaient cru jusque-là devoir s'appliquer à prononcer grammaticalement certains noms et qui
brusquement après avoir entendu la Duchesse de Guermantes les dire autrement s'appliquaient à la prononciation qu'ils n'avaient pu supposer. Ainsi la Duchesse,
ayant eu un arrière-grand-père auprès du Comte de
Chambord, pour taquiner son mari d'être devenu orléa-
niste, aimait à proclamer: «Nous les vieux de Frochedorf». Le visiteur qui avait cru bien faire en disant jusque-là «Frohsdorf» tournait casaque au plus court et
disait sans cesse «Frochedorf». Une fois que je demandais à Mme de Guermantes qui était un jeune homme
exquis qu'elle m'avait présenté comme son neveu et dont
j'avais mal entendu le nom, ce nom, je ne le distinguai
pas davantage quand du fond de sa gorge, la Duchesse
émit très fort, mais sans articuler: «C'est l'... i Eon...
frère à Robert. Il prétend qu'il a la forme du crâne des
anciens Gallois.» Alors je compris qu'elle avait dit c'est
le petit Léon (le prince de Léon, beau-frère en effet de
Robert de Saint-Loup). «En tout cas, je ne sais pas s'il en
a le crâne, ajouta-t-elle, mais sa façon de s'habiller, qui a
du reste beaucoup de chic, n'est guère de là-bas. Un jour
que de Josselin où j'étais chez les Rohan, nous étions
allés à un pèlerinage, il était venu des paysans d'un peu

toutes les parties de la Bretagne. Un grand diable de villageois du Léon regardait avec ébahissement les culottes beiges du beau-frère de Robert. « Qu'est-ce que tu as à me regarder, je parie que tu ne sais pas qui je suis », lui dit Léon. Et comme le paysan lui disait que non : « Hé bien je suis ton prince. » — « Ah ! répondit le paysan en se découvrant et en s'excusant, je vous avais pris pour un englische. » Et si profitant de ce point de départ, je poussais Mme de Guermantes sur les Rohan (avec qui sa famille s'était souvent alliée), sa conversation s'imprégnait un peu du charme mélancolique des pardons, et, comme dirait ce vrai poète qu'est Pampille, de « l'âpre saveur des crêpes de blé noir cuites sur un feu d'ajoncs ». Du marquis du Lau (dont on sait la triste fin quand sourd, il se faisait porter chez Mme H. aveugle), elle contait les années moins tragiques quand après la chasse, à Guermantes, il se mettait en chaussons pour prendre le thé avec le Roi d'Angleterre, auquel il ne se trouvait pas inférieur et avec lequel on le voit il ne se gênait pas. Elle faisait remarquer cela avec tant de pittoresque qu'elle lui ajoutait le panache à la mousquetaire des gentilshommes un peu glorieux du Périgord. D'ailleurs même dans la simple qualification des gens, avoir soin de différencier les provinces était pour Mme de Guermantes, restée elle-même, un grand charme que n'aurait jamais su avoir une Parisienne d'origine et ces simples noms d'Anjou, de Poitou, du Périgord, refaisaient dans sa conversation des paysages.

Pour en revenir à la prononciation et au vocabulaire de Mme de Guermantes, c'est par ce côté que la noblesse se montre vraiment conservatrice avec tout ce que ce mot a à la fois d'un peu puéril, d'un peu dangereux, de réfractaire à l'évolution, mais aussi d'amusant pour l'artiste. Je voulais savoir comment on écrivait autrefois le mot Jean. Je l'appris en recevant une lettre du neveu de Mme de Villeparisis qui signe — comme il a été baptisé, comme il figure dans le Gotha — Jehan de Villeparisis, avec la même belle H inutile, héraldique, telle qu'on l'admire enluminée de vermillon ou d'outremer dans un livre d'heures ou dans un vitrail.

Malheureusement, je n'avais pas le temps de prolonger indéfiniment ces visites car je voulais, autant que possible, ne pas rentrer après mon amie. Or ce n'était jamais qu'au compte-gouttes que je pouvais obtenir de Mme de Guermantes les renseignements sur ses toilettes, lesquels m'étaient utiles pour faire faire des toilettes du même genre, dans la mesure où une jeune fille peut les porter, pour Albertine. «Par exemple, Madame, le jour où vous deviez dîner chez Mme de Saint-Euverte avant d'aller chez la Princesse de Guermantes, vous aviez une robe toute rouge, avec des souliers rouges, vous étiez inouïe, vous aviez l'air d'une espèce de grande fleur de sang, d'un rubis en flammes, comment cela s'appelait-il? Est-ce qu'une jeune fille peut mettre ça?» La Duchesse rendant à son visage fatigué la radieuse expression qu'avait la Princesse des Laumes quand Swann lui faisait jadis des compliments, regarda en riant aux larmes d'un air moqueur, interrogatif et ravi M. de Bréauté toujours là à cette heure et qui faisait tiédir sous son monocle un sourire indulgent pour cet amphigouri de l'intellectuel à cause de l'exaltation physique de jeune homme qu'il lui semblait cacher. La Duchesse avait l'air de dire: «Qu'est-ce qu'il a, il est fou.» Puis se tournant vers moi d'un air câlin: «Je ne savais pas que j'avais l'air d'un rubis en flammes ou d'une fleur de sang, mais je me rappelle en effet que j'ai eu une robe rouge: c'était du satin rouge comme on en faisait à ce moment-là. Oui une jeune fille peut porter ça à la rigueur, mais vous m'avez dit que la vôtre ne sortait pas le soir. C'est une robe de grande soirée, cela ne peut pas se mettre pour faire des visites.» Ce qui est extraordinaire c'est que de cette soirée, en somme pas si ancienne, Mme de Guermantes ne se rappelât que sa toilette et eût oublié une certaine chose qui cependant, on va le voir, aurait dû lui tenir à cœur. Il semble que chez les êtres d'action (et les gens du monde sont des êtres d'action minuscules, microscopiques, mais enfin des êtres d'action) l'esprit surmené par l'attention à ce qui se passera dans une heure, ne confie que très peu de chose à la mémoire. Bien souvent, par exemple, ce n'était pas pour donner le change et paraître

ne pas s'être trompé que M. de Norpois, quand on lui
parlait de pronostics qu'il avait émis au sujet d'une alliance avec l'Allemagne qui n'avait même pas abouti,
disait : « Vous devez vous tromper, je ne me rappelle pas
du tout, cela ne me ressemble pas car dans ces sortes de
conversations, je suis toujours très laconique et je n'aurais jamais prédit le succès d'un de ces coups d'éclat qui
ne sont souvent que des coups de tête et dégénèrent
habituellement en coups de force. Il est indéniable que
dans un avenir lointain un rapprochement franco-alle-
mand pourrait s'effectuer qui serait très profitable aux
deux pays et dont la France ne serait pas le mauvais
marchand, je le pense, mais je n'en ai jamais parlé parce
que la poire n'est pas mûre encore, et si vous voulez mon
avis, en demandant à nos anciens ennemis de convoler
avec nous en justes noces, je crois que nous irions au-devant d'un gros échec et ne recevrions que de mauvais
coups. » En disant cela, M. de Norpois ne mentait pas, il
avait simplement oublié. On oublie du reste vite ce qu'on
n'a pas pensé avec profondeur, ce qui vous a été dicté par
l'imitation, par les passions environnantes. Elles changent et avec elles se modifie notre souvenir. Encore plus
que les diplomates les hommes politiques ne se souviennent pas du point de vue auquel ils se sont placés à un
certain moment, et quelques-unes de leurs palinodies
tiennent moins à un excès d'ambition qu'à un manque de
mémoire. Quant aux gens du monde, ils se souviennent
de peu de chose. Mme de Guermantes me soutint qu'à la
soirée où elle était en robe rouge, elle ne se rappelait pas
qu'il y eût Mme de Chaussepierre, que je me trompais
certainement. Or Dieu sait pourtant si depuis les Chaussepierre avaient occupé l'esprit du Duc et de la Duchesse.
Voici pour quelle raison. M. de Guermantes était le plus
ancien vice-président du Jockey quand le président mourut. Certains membres du cercle qui n'ont pas de relations
et dont le seul plaisir est de donner des boules noires aux
gens qui ne les invitent pas, firent campagne contre le
Duc de Guermantes qui, sûr d'être élu, et assez négligent
quant à cette présidence qui était peu de chose relativement à sa situation mondaine, ne s'occupa de rien. On fit

valoir que la Duchesse était dreyfusarde (l'affaire Dreyfus était pourtant terminée depuis longtemps, mais vingt
ans après on en parlait encore et elle ne l'était que depuis
deux ans), recevait les Rothschild, qu'on favorisait trop
depuis quelque temps de grands potentats internationaux
comme était le Duc de Guermantes, à moitié allemand.
La campagne trouva un terrain très favorable, les clubs
jalousent toujours beaucoup les gens très en vue et détestent les grandes fortunes. Celle de Chaussepierre n'était
pas mince, mais personne ne pouvait s'en offusquer, il ne
dépensait pas un sou, l'appartement du couple était modeste, la femme allait vêtue de laine noire. Folle de
musique, elle donnait bien de petites matinées où étaient
invitées beaucoup plus de chanteuses que chez les Guermantes. Mais personne n'en parlait, tout cela se passait
sans rafraîchissements, le mari même absent, dans l'obscurité de la rue de la Chaise. A l'Opéra Mme de Chaussepierre passait inaperçue, toujours avec des gens dont le
nom évoquait le milieu le plus «ultra» de l'intimité de
Charles X, mais des gens effacés, peu mondains. Le jour
de l'élection, à la surprise générale, l'obscurité triompha
de l'éblouissement, Chaussepierre, deuxième vice-président, fut nommé président du Jockey, et le Duc de Guermantes resta sur le carreau, c'est-à-dire premier vice-président. Certes être président du Jockey ne représente pas
grand-chose à des princes de premier rang comme étaient
les Guermantes. Mais ne pas l'être quand c'est votre tour,
se voir préférer un Chaussepierre à la femme de qui
Oriane non seulement ne rendait pas son salut deux ans
auparavant, mais allait jusqu'à se montrer offensée d'être
saluée par cette chauve-souris inconnue, c'était dur pour
le Duc. Il prétendait être au-dessus de cet échec, assurant
d'ailleurs que c'était à sa vieille amitié pour Swann qu'il
le devait. En réalité il ne décolérait pas. Chose assez
particulière, on n'avait jamais entendu le Duc de Guermantes se servir de l'expression assez banale : «bel et
bien», mais depuis l'élection du Jockey, dès qu'on parlait
de l'affaire Dreyfus, «bel et bien» surgissait : «Affaire
Dreyfus affaire Dreyfus, c'est bientôt dit et le terme est
impropre, ce n'est pas une affaire de religion mais *bel et*

bien une affaire politique.» Cinq ans pouvaient passer sans qu'on entendît «bel et bien» si pendant ce temps on ne parlait pas de l'affaire Dreyfus, mais si les cinq ans passés le nom de Dreyfus revenait, aussitôt «bel et bien» arrivait automatiquement. Le Duc ne pouvait plus du reste souffrir qu'on parlât de cette affaire «qui a causé, disait-il, tant de malheurs» bien qu'il ne fût en réalité sensible qu'à un seul, son échec à la présidence du Jockey. Aussi l'après-midi dont je parle, où je rappelais à Mme de Guermantes la robe rouge qu'elle portait à la soirée de sa cousine, M. de Bréauté fut assez mal reçu quand, voulant dire quelque chose, par une association d'idées restée obscure et qu'il ne dévoila pas, il commença en faisant manœuvrer sa langue dans la pointe de sa bouche en cul de poule : «A propos de l'affaire Drey-fus» (pourquoi de l'affaire Dreyfus, il s'agissait seule-ment d'une robe rouge et certes le pauvre Bréauté, qui ne pensait jamais qu'à faire plaisir, n'y mettait aucune ma-lice). Mais le seul nom de Dreyfus fit se froncer les sourcils jupitériens du Duc de Guermantes. «On m'a raconté, dit Bréauté, un assez joli mot, ma foi très fin, de notre ami Cartier (prévenons le lecteur[7] que ce Cartier, frère de Mme de Villefranche, n'avait pas l'ombre de rapport avec le bijoutier du même nom) ce qui du reste ne m'étonne pas, car il a de l'esprit à revendre.» «Ah! interrompit Oriane, ce n'est pas moi qui l'achèterai. Je ne peux pas vous dire ce que votre Cartier m'a toujours embêtée, et je n'ai jamais pu comprendre le charme infini que Charles de La Trémoille et sa femme trouvent à ce raseur que je rencontre chez eux chaque fois que j'y vais.» «Ma ière Duiesse, répondit Bréauté qui prononçait difficilement les *c,* je vous trouve bien sévère pour Car-tier. Il est vrai qu'il a peut-être pris un pied un peu excessif chez les La Trémoille, mais enfin c'est pour Charles une espèce, comment dirai-je, une espèce de fidèle Achate, ce qui est devenu un oiseau assez rare par le temps qui court. En tous cas voilà le mot qu'on m'a rapporté. Cartier aurait dit que si M. Zola avait cherché à avoir un procès et à se faire condamner c'était pour éprouver une sensation qu'il ne connaissait pas encore, celle d'être en prison. » « Aussi a-t-il pris la fuite avant d'être arrêté, interrompit Oriane. Cela ne tient pas debout. D'ailleurs même si c'était vraisemblable, je trouve le mot carrément idiot. Si c'est ça que vous trouvez spirituel ! » — « Mon Dieu ma ière Oriane, répondit Bréauté qui se voyant contredit commençait à lâcher pied, le mot n'est pas de moi, je vous le répète tel qu'on me l'a dit, prenez-le pour ce qu'il vaut. En tous cas il a été cause que M. Cartier a été tancé d'importance par cet excellent La Trémoille qui avec beaucoup de raison ne veut jamais qu'on parle dans son salon de ce que j'appellerai comment dire les affaires en cours, et qui était d'autant plus contrarié qu'il y avait là Mme Alphonse Rothschild. Cartier a eu à subir de la part de La Trémoille une véritable mercuriale. » — « Bien entendu, dit le Duc de fort mauvaise humeur, les Alphonse Rothschild, bien qu'ayant le tact de ne jamais parler de cet abominable affaire, sont dreyfusards dans l'âme comme tous les Juifs. C'est même là un argument « ad hominem » (le Duc employait un peu à tort et à travers l'expression « ad hominem ») qu'on ne fait pas assez valoir pour montrer la mauvaise foi des Juifs. Si un Français vole, assassine, je ne me crois pas tenu parce qu'il est français comme moi de le trouver innocent. Mais les Juifs n'admettront jamais qu'un de leurs concitoyens soit traître bien qu'ils le sachent parfaitement et se soucient fort peu des effroyables répercussions (le Duc pensait naturellement à l'élection maudite de Chaussepierre) que le crime d'un des leurs peut amener jusque... Voyons Oriane, vous n'allez pas prétendre que ce n'est pas accablant pour les Juifs ce fait qu'ils soutiennent tous un traître. Vous n'allez pas me dire que ce n'est pas parce qu'ils sont Juifs. » — « Mon Dieu si, répondit Oriane (éprouvant avec un peu d'agacement un certain désir de résister au Jupiter tonnant et aussi de mettre « l'intelligence » au-dessus de l'affaire Dreyfus). Mais c'est peut-être justement parce qu'étant Juifs et se connaissant eux-mêmes ils savent qu'on peut être Juif et ne pas être forcément traître et anti-français, comme le prétend paraît-il M. Drumont. Certainement s'il avait été chrétien, les Juifs ne se seraient pas intéressés à lui mais ils l'ont fait parce qu'ils sentent bien que s'il n'était pas juif, on ne l'aurait pas cru si facilement traître « à priori » comme dirait mon neveu Robert. » — « Les femmes n'entendent rien à la politique, s'écria le Duc en fixant des yeux la Duchesse. Car ce crime affreux n'est pas simplement une cause juive, mais *bel et bien* une immense affaire nationale qui peut amener les plus effroyables conséquences pour la France d'où on devrait expulser tous les Juifs, bien que je reconnaisse que les sanctions prises jusqu'ici l'aient été (d'une façon ignoble qui devrait être révisée) non contre eux, mais contre leurs adversaires les plus éminents, contre des hommes de premier ordre, laissés à l'écart pour le malheur de notre pauvre pays. » Je sentais que cela allait se gâter et je me remis précipitamment à parler robes. « Vous rappelez-vous, Madame, dis-je, la première fois que vous avez été aimable avec moi ? » — « La première fois que j'ai été aimable avec lui », reprit-elle en regardant en riant M. de Bréauté dont le bout du nez s'amenuisait, dont le sourire s'attendrissait par politesse pour Mme de Guermantes et dont la voix de couteau qu'on est en train de repasser fit entendre quelques sons vagues et rouillés. « Vous aviez une robe jaune avec de grandes fleurs noires. » — « Mais mon petit, c'est la même chose, ce sont des robes de soirées. » — « Et votre chapeau de bleuets que j'ai tant aimé ! Mais enfin tout cela c'est du rétrospectif. Je voudrais faire faire à la jeune fille en question un manteau de fourrure comme celui que vous aviez hier matin. Est-ce que ce serait impossible que je le visse ? » — « Non, Hannibal est obligé de s'en aller dans un instant. Vous viendrez chez moi et ma femme de chambre vous montrera tout ça. Seulement, mon petit, je veux bien vous prêter tout ce que vous voudrez, mais si vous faites faire des toilettes de Callot, de Doucet, de Paquin par de petites couturières, cela ne sera jamais la même chose. » — « Mais je ne veux pas du tout aller chez une petite couturière, je sais très bien que ce sera autre chose, mais cela m'intéresserait de comprendre pourquoi ce sera autre chose. » — « Mais vous savez bien que je ne sais rien expliquer, moi, je suis eun bête, je parle comme une

paysanne. C'est une question de tour de main, de façon ;
pour les fourrures, je peux au moins vous donner un mot
pour mon fourreur qui de cette façon ne vous volera pas.
Mais vous savez que ça vous coûtera encore huit ou neuf
mille francs. » — « Et cette robe de chambre qui sent si
mauvais que vous aviez l'autre soir et qui est sombre,
duveteuse, tachetée, striée d'or comme une aile de papillon ? » — « Ah ! ça c'est une robe de Fortuny. Votre
jeune fille peut très bien mettre cela chez elle. J'en ai
beaucoup, je vais vous en montrer, je peux même vous en
donner si cela vous fait plaisir. Mais je voudrais surtout
que vous vissiez celle de ma cousine Talleyrand. Il faut
que je lui écrive de me la prêter. » — « Mais vous aviez
aussi des souliers si jolis, était-ce encore de Fortuny ? » —
« Non, je sais ce que vous voulez dire, c'est du chevreau
doré que nous avions trouvé à Londres, en faisant des
courses avec Consuelo de Manchester. C'était extraordinaire. Je n'ai jamais pu comprendre comment c'était
doré, on dirait une peau d'or, il n'y a que cela avec un
petit diamant au milieu. La pauvre Duchesse de Manchester est morte mais si cela vous fait plaisir, j'écrirai à
Mme de Warwick ou à Mme Marlborough pour tâcher
d'en retrouver de pareils. Je me demande même si je n'ai
pas encore de cette peau. On pourrait peut-être en faire
faire ici. Je regarderai ce soir, je vous le ferai dire. »

Comme je tâchais autant que possible de quitter la
Duchesse avant qu'Albertine fût revenue, l'heure faisait
souvent que je rencontrais dans la cour, en sortant de chez
Mme de Guermantes, M. de Charlus et Morel qui allaient prendre le thé chez... Jupien, suprême faveur pour
le Baron. Je ne les croisais pas tous les jours mais ils y
allaient tous les jours. Il est du reste à remarquer que la
constance d'une habitude est d'ordinaire en rapport avec
son absurdité. Les choses éclatantes on ne les fait généralement que par à-coups. Mais des vies insensées, où le
maniaque se prive lui-même de tous les plaisirs et s'in-
flige les plus grands maux, ces vies sont ce qui change le
moins. Tous les dix ans si l'on en avait eu la curiosité, on
retrouverait le malheureux dormant aux heures où il
pourrait vivre, sortant aux heures où il n'y a guère rien

d'autre à faire qu'à se laisser assassiner dans les rues, buvant glacé quand il a chaud, toujours en train de soigner un rhume. Il suffirait d'un petit mouvement d'énergie, un seul jour, pour changer cela une fois pour toutes. Mais justement ces vies sont habituellement l'apanage d'êtres incapables d'énergie. Les vices sont un autre aspect de ces existences monotones que la volonté suffirait à rendre moins atroces. Les deux aspects pouvaient être également considérés quand M. de Charlus allait tous les jours avec Morel prendre le thé chez Jupien. Un seul orage avait marqué cette coutume quotidienne. La nièce du giletier ayant dit un jour à Morel : « c'est cela, venez demain, je vous paierai le thé », le Baron avait avec raison trouvé cette expression bien vulgaire pour une personne dont il comptait faire presque sa belle-fille, mais comme il aimait à froisser et se grisait de sa propre colère, au lieu de dire simplement à Morel qu'il le priait de lui donner à cet égard une leçon de distinction, tout le retour s'était passé en scènes violentes. Sur le ton le plus insolent, le plus orgueilleux : « Le "toucher" qui je le vois n'est pas forcément allié au "tact" a donc empêché chez vous le développement normal de l'odorat, puisque vous avez toléré que cette expression fétide de payer le thé à 15 centimes je suppose fît monter son odeur de vidanges jusqu'à mes royales narines ? Quand vous avez fini un solo de violon avez-vous jamais vu chez moi qu'on vous récompensât d'un pet, au lieu d'un applaudissement frénétique ou d'un silence plus éloquent encore parce qu'il est fait de la peur de ne pouvoir retenir non ce que votre fiancée vous prodigue mais le sanglot que vous avez amené au bord des lèvres ? » Quand un fonctionnaire s'est vu infliger de tels reproches par son chef, il est invariablement dégommé le lendemain. Rien au contraire n'eût été plus cruel à M. de Charlus que de congédier Morel et craignant même d'avoir été un peu trop loin il se mit à faire de la jeune fille des éloges minutieux, pleins de goût, involontairement semés d'impertinences. « Elle est charmante, comme vous êtes musicien, je pense qu'elle vous a séduit par la voix qu'elle a très belle dans les notes hautes où elle semble attendre

l'accompagnement de votre *si* dièse. Son registre grave
me plaît moins et cela doit être en rapport avec le triple
recommencement de son cou étrange et mince, qui, semble finir, s'élève encore en elle; plutôt que des détails
médiocres, c'est sa silhouette qui m'agrée. Et comme elle
est couturière et doit savoir jouer des ciseaux, il faut
qu'elle me donne une jolie découpure d'elle-même en
papier. » Charlie avait d'autant moins écouté ces éloges
que les agréments qu'ils célébraient chez sa fiancée lui
avaient toujours échappé. Mais il répondit à M. de
Charlus : « C'est entendu, mon petit, je lui passerai un
savon pour qu'elle ne parle plus comme ça. » Si Morel
disait ainsi « mon petit » à M. de Charlus, ce n'est pas que
le beau violoniste ignorât qu'il eût à peine le tiers de l'âge
du Baron. Il ne le disait pas non plus comme eût fait
Jupien mais avec cette simplicité qui dans certaines relations postule que la suppression de la différence d'âge a
tacitement précédé la tendresse. La tendresse feinte chez
Morel. Chez d'autres la tendresse sincère. Ainsi vers
cette époque M. de Charlus reçut une lettre ainsi conçue :
« Mon cher Palamède quand te verrai-je ? Je m'ennuie
beaucoup après toi et pense bien souvent à toi, etc. Tout à
toi Pierre. » M. de Charlus se cassa la tête pour savoir
quel était celui de ses parents qui se permettait de lui
écrire avec une telle familiarité, qui devait par conséquent
beaucoup le connaître, et dont malgré cela il ne reconnaissait pas l'écriture. Tous les princes auxquels l'Alma-
nach de Gotha accorde quelques lignes défilèrent pendant
quelques jours dans la cervelle de M. de Charlus. Enfin
brusquement, une adresse écrite au dos l'éclaira : l'auteur
de la lettre était le chasseur d'un cercle de jeu où allait
quelquefois M. de Charlus. Ce chasseur n'avait pas cru
être impoli en écrivant sur ce ton à M. de Charlus qui
avait au contraire un grand prestige à ses yeux. Mais il
pensait que ce ne serait pas gentil de ne pas tutoyer
quelqu'un qui vous avait plusieurs fois embrassé, et vous
avait par là — s'imaginait-il dans sa naïveté — donné
son affection. M. de Charlus fut au fond ravi de cette
familiarité. Il reconduisit même, d'une matinée M. de
Vaugoubert afin de pouvoir lui montrer la lettre. Et

pourtant Dieu sait que M. de Charlus n'aimait pas à sortir
avec M. de Vaugoubert. Car celui-ci le monocle à l'œil
regardait de tous les côtés les jeunes gens qui passaient.
Bien plus, s'émancipant quand il était avec M. de
Charlus, il employait un langage que détestait le Baron. Il
mettait tous les noms d'hommes au féminin et comme il
était très bête, il s'imaginait cette plaisanterie très spirituelle et ne cessait de rire aux éclats. Comme avec cela il
tenait énormément à son poste diplomatique, les déplora-
bles et ricanantes façons qu'il avait dans la rue étaient
perpétuellement interrompues par la frousse que lui causait au même moment le passage de gens du monde, mais
surtout de fonctionnaires. « Cette petite télégraphiste, disait-il en touchant du coude le baron renfrogné, je l'ai
connue, mais elle s'est rangée la vilaine ! Oh ! ce livreur
des Galeries Lafayette quelle merveille ! Mon Dieu voilà
le directeur des Affaires commerciales qui passe. Pourvu
qu'il n'ait pas remarqué mon geste. Il serait capable d'en
parler au Ministre qui me mettrait en non-activité, d'autant plus qu'il paraît que c'en est une. » M. de Charlus ne
se tenait pas de rage. Enfin pour abréger cette promenade
qui l'exaspérait, il se décida à sortir sa lettre et à la faire
lire à l'ambassadeur. Mais il lui recommanda la discrétion, car il feignait que Charlie fût jaloux afin de pouvoir
faire croire qu'il était aimant. « Or, ajouta-t-il d'un air de
bonté impayable, il faut toujours tâcher de causer le
moins de peine qu'on peut. »

Avant de revenir à la boutique de Jupien, l'auteur tient
à dire [7] combien il serait contristé que le lecteur s'offus-
quât de peintures si étranges. D'une part (et ceci est le
petit côté de la chose) on trouve que l'aristocratie semble,
proportionnellement, dans ce livre, plus accusée de dégé-
nérescence que les autres classes sociales. Cela serait-il
qu'il n'y aurait pas lieu de s'en étonner. Les plus vieilles
familles finissent par avouer dans un nez rouge et bossu,
dans un menton déformé, des signes spécifiques où chacun admire la « race ». Mais parmi ces traits persistants et
sans cesse aggravés, il y en a qui ne sont pas visibles, ce
sont les tendances et les goûts. Ce serait une objection
plus grave si elle était fondée de dire que tout cela nous

est étranger et qu'il faut tirer la poésie de la vérité toute proche. L'art extrait du réel le plus familier existe en effet et son domaine est peut-être le plus grand. Mais il n'en est pas moins vrai qu'un grand intérêt, parfois de la beauté, peut naître d'actions découlant d'une forme d'esprit si éloignée de tout ce que nous sentons, de tout ce que nous croyons, que nous ne pouvons même arriver à les comprendre, qu'elles s'étalent devant nous comme un spectacle sans cause. Qu'y a-t-il de plus poétique que Xerxès, fils de Darius, faisant fouetter de verges la mer qui avait englouti ses vaisseaux ?

Il est certain que Morel, usant du pouvoir que ses charmes lui donnaient sur la jeune fille, transmit à celle-ci en la prenant à son compte, la remarque du Baron, car l'expression «payer le thé» disparut aussi complètement de la boutique du giletier que disparaît à jamais d'un salon telle personne intime, qu'on recevait tous les jours et avec qui pour une raison ou pour une autre on s'est brouillé, ou qu'on tient à cacher et qu'on ne fréquente qu'au-dehors. M. de Charlus fut satisfait de la disparition de «payer le thé», il y vit une preuve de son ascendant sur Morel et l'effacement de la seule petite tache à la perfection de la jeune fille. Enfin, comme tous ceux de son espèce, tout en étant sincèrement l'ami de Morel et de sa presque fiancée, l'ardent partisan de leur union, il était assez friand du pouvoir de créer à son gré de plus ou moins inoffensives piques, en dehors et au-dessus desquelles il demeurait aussi olympien qu'eût été son frère.

Morel avait dit à M. de Charlus qu'il aimait la nièce de Jupien, voulait l'épouser, et il était doux au Baron d'accompagner son jeune ami dans des visites où il jouait le rôle de futur beau-père, indulgent et discret. Rien ne lui plaisait mieux.

Mon opinion personnelle est que «payer le thé» venait de Morel lui-même, et que par aveuglement d'amour, la jeune couturière avait adopté une expression de l'être adoré, laquelle jurait par sa laideur au milieu du joli parler de la jeune fille. Ce parler, ces charmantes manières qui s'y accordaient, la protection de M. de Charlus,

faisaient que beaucoup de clientes pour qui elle avait
travaillé, la recevaient en amie, l'invitaient à dîner, la
mêlaient à leurs relations, la petite n'acceptant du reste
qu'avec la permission du Baron de Charlus, et les soirs
où cela lui convenait. « Une jeune couturière dans le
monde? dira-t-on, quelle invraisemblance. » Si l'on y
songe, il n'était pas moins invraisemblable qu'autrefois
Albertine vînt me voir à minuit, et maintenant vécût avec
moi. Et c'eût peut-être été invraisemblable d'une autre,
mais nullement d'Albertine, sans père ni mère, menant
une vie si libre qu'au début je l'avais prise à Balbec pour
la maîtresse d'un coureur, ayant pour parente la plus
rapprochée Mme Bontemps qui déjà chez Mme Swann
n'admirait chez sa nièce que ses mauvaises manières et
maintenant fermait les yeux surtout si cela pouvait la
débarrasser d'elle en lui faisant faire un riche mariage où
un peu de l'argent irait à la tante (dans le plus grand
monde des mères très nobles et très pauvres, ayant réussi
à faire faire à leur fils un riche mariage, se laissent
entretenir par les jeunes époux, acceptent des fourrures,
une automobile, de l'argent d'une belle-fille qu'elles
n'aiment pas et qu'elles font recevoir). Il viendra peut-
être un jour où les couturières, ce que je ne trouverais
nullement choquant, iront dans le monde. La nièce de
Jupien étant une exception ne peut encore le laisser prévoir, une hirondelle ne fait pas le printemps. En tous cas,
si la toute petite situation de la nièce de Jupien scandalisa
quelques personnes, ce ne fut pas Morel, car sur certains
points, sa bêtise était si grande que non seulement il
trouvait « plutôt bête » cette jeune fille mille fois plus
intelligente que lui, peut-être seulement parce qu'elle
l'aimait, mais encore il supposait être des aventurières,
des sous-couturières déguisées, faisant les dames, les
personnes fort bien posées qui la recevaient et dont elle ne
tirait pas vanité. Naturellement ce n'était pas des Guermantes, ni même des gens qui les connaissaient, mais des
bourgeoises riches, élégantes, d'esprit assez libre pour
trouver qu'on ne se déshonore pas en recevant une couturière, d'esprit assez esclave aussi pour avoir quelque
contentement de protéger une jeune fille que son Altesse

le Baron de Charlus allait, en tout bien tout honneur, voir tous les jours.

Rien ne plaisait mieux que l'idée de ce mariage au Baron, lequel pensait qu'ainsi Morel ne lui serait pas enlevé. Il paraît que la nièce de Jupien avait fait, presque enfant, une « faute ». Et M. de Charlus, tout en faisant son éloge à Morel, n'aurait pas été fâché de le confier à son ami qui eût été furieux et de mettre ainsi la zizanie. Car M. de Charlus, quoique terriblement méchant, ressemblait à un grand nombre de personnes bonnes qui font les éloges d'un tel ou d'une telle, pour prouver leur propre bonté, mais se garderaient comme du feu des paroles bienfaisantes, si rarement prononcées, qui seraient capables de faire régner la paix. Malgré cela, le Baron se gardait d'aucune insinuation, et pour deux causes. « Si je lui raconte, se disait-il, que sa fiancée n'est pas sans tache, son amour-propre sera froissé, il m'en voudra. Et puis qui me dit qu'il n'est pas amoureux d'elle ? Si je ne dis rien, ce feu de paille s'éteindra vite, je gouvernerai leurs rapports à ma guise, il ne l'aimera que dans la mesure où je le souhaiterai. Si je lui raconte la faute passée de sa promise, qui me dit que mon Charlie n'est pas encore assez amoureux pour devenir jaloux. Alors, je transformerai par ma propre faute un flirt sans conséquence et qu'on mène comme on veut, en un grand amour, chose difficile à gouverner. » Pour ces deux raisons M. de Charlus gardait un silence qui n'avait que les apparences de la discrétion, mais qui par un autre côté était méritoire car se taire est presque impossible aux gens de sa sorte.

D'ailleurs la jeune fille était délicieuse et M. de Charlus en qui elle satisfaisait tout le goût esthétique qu'il pouvait avoir pour les femmes aurait voulu avoir d'elle des centaines de photographies. Moins bête que Morel, il apprenait avec plaisir les dames comme il faut qui la recevaient et que son flair social situait bien, mais il se gardait (voulant garder l'empire) de le dire à Charlie, lequel, vraie brute en cela, continuait à croire qu'en dehors de la « classe de violon » et des Verdurin, seuls existaient les Guermantes, les quelques familles presque royales énumérées par le Baron, tout le reste n'étant qu'une « lie », une « tourbe ». Charlie prenait ces expressions de M. de Charlus à la lettre.

Comment, M. de Charlus, vainement attendu tous les jours de l'année par tant d'ambassadeurs et de duchesses, ne dînant pas avec le Prince de Croÿ parce qu'on donne le pas à celui-ci, M. de Charlus, tout le temps qu'il dérobe à ces grandes dames, à ces grands seigneurs, le passait chez la nièce d'un giletier? D'abord, raison suprême, Morel était là. N'y eût-il pas été, je ne vois aucune invraisemblance ou bien alors vous jugez comme eût fait un commis d'Aimé. Il n'y a guère que les garçons de restaurant pour croire qu'un homme excessivement riche a toujours des vêtements nouveaux et éclatants, et qu'un Monsieur tout ce qu'il y a de plus chic donne des dîners de soixante couverts et ne va qu'en auto. Ils se trompent. Bien souvent un homme excessivement riche a toujours un même veston râpé. Un Monsieur tout ce qu'il y a de plus chic, c'est un Monsieur qui ne fraye dans le restaurant qu'avec les employés et rentré chez lui joue aux cartes avec ses valets. Cela n'empêche pas son refus de passer après le Prince Murat.

Parmi les raisons qui rendaient M. de Charlus heureux du mariage des deux jeunes gens il y avait celle-ci que la nièce de Jupien serait en quelque sorte une extension de la personnalité de Morel et par là du pouvoir à la fois et de la connaissance que le Baron avait de lui. « Tromper » dans le sens conjugal la future femme du violoniste, M. de Charlus n'eût même pas songé une seconde à en éprouver du scrupule. Mais avoir un « jeune ménage » à guider, se sentir le protecteur redouté et tout-puissant de la femme de Morel laquelle considérant le Baron comme un dieu prouverait par là que le cher Morel lui avait inculqué cette idée, et contiendrait ainsi quelque chose de Morel, firent varier le genre de domination de M. de Charlus et naître en sa « chose » Morel un être de plus, l'époux, c'est-à-dire lui donnèrent quelque chose de plus, de nouveau, de curieux à aimer en lui. Peut-être même cette domination serait-elle plus grande maintenant qu'elle n'avait jamais été. Car là où Morel seul, nu pour ainsi dire,

résistait souvent au Baron, qu'il se sentait sûr de reconquérir, une fois marié, pour son ménage, son appartement, son avenir, il aurait peur plus vite, offrirait aux
volontés de M. de Charlus plus de surface et de prise.
Tout cela et même au besoin, les soirs où il s'ennuierait,
de mettre la guerre entre les époux (le Baron n'avait
jamais détesté les tableaux de bataille) plaisait à M. de
Charlus. Moins pourtant que de penser à la dépendance
de lui où vivrait le jeune ménage. L'amour de M. de
Charlus pour Morel reprenait une nouveauté délicieuse
quand il se disait : sa femme aussi sera à moi tant il est à
moi, ils n'agiront que de la façon qui ne peut me fâcher,
ils obéiront à mes caprices et ainsi elle sera un signe,
jusqu'ici inconnu de moi, de ce que j'avais presque oublié et qui est si sensible à mon cœur que pour tout le
monde, pour ceux qui me verront les protéger, les loger,
pour moi-même, Morel est mien. De cette évidence aux
yeux des autres et aux siens, M. de Charlus était plus
heureux que de tout le reste. Car la possession de ce
qu'on aime est une joie plus grande encore que l'amour.
Bien souvent ceux qui cachent à tous cette possession, ne
le font que par la peur que l'objet chéri ne leur soit
enlevé. Et leur bonheur, par cette prudence de se taire, en
est diminué.

On se souvient peut-être que Morel avait jadis dit au
Baron que son désir c'était de séduire une jeune fille, en
particulier celle-là, et que pour y réussir il lui promettait
le mariage, mais le viol accompli il « ficherait le camp au
loin » ; mais cela, devant les aveux d'amour pour la nièce
de Jupien que Morel était venu lui faire, M. de Charlus
l'avait oublié. Bien plus, il en était peut-être de même
pour Morel. Il y avait peut-être intervalle véritable entre
la nature de Morel, telle qu'il l'avait cyniquement
avouée, peut-être même habilement exagérée — et le
moment où elle reprendrait le dessus. En se liant davantage avec la jeune fille, elle lui avait plu, il l'aimait. Il se
connaissait si peu qu'il se figurait sans doute l'aimer,
même peut-être l'aimer pour toujours. Certes son premier
désir initial, son projet criminel subsistaient, mais recouverts par tant de sentiments superposés que rien ne dit que

le violoniste n'eût pas été sincère en disant que ce vicieux
désir n'était pas le mobile véritable de son acte. Il y eut
du reste une période de courte durée où, sans qu'il se
l'avouât exactement, ce mariage lui parut nécessaire.
Morel avait à ce moment-là d'assez fortes crampes à la
main et se voyait obligé d'envisager l'éventualité d'avoir
à cesser le violon. Comme, en dehors de son art, il était
d'une incompréhensible paresse, la nécessité de se faire
entretenir s'imposait et il aimait mieux que ce fût par la
nièce de Jupien que par M. de Charlus, cette combinaison lui offrant plus de liberté, et aussi un grand choix de
femmes différentes, tant par les apprenties toujours nouvelles qu'il chargerait la nièce de Jupien de lui débaucher
que par les belles dames riches auxquelles il la prostitue-
rait. Que sa future femme pût se refuser de condescendre
à ces complaisances et fût perverse à ce point n'entrait
pas un instant dans les calculs de Morel. D'ailleurs ils
passèrent au second plan, y laissèrent la place à l'amour
pur, les crampes ayant cessé. Le violon suffirait avec les
appointements de M. de Charlus, duquel les exigences se
relâcheraient certainement une fois que lui, Morel, serait
marié à la jeune fille. Le mariage était la chose pressée à
cause de son amour, et dans l'intérêt de sa liberté. Il fit
demander la main de la nièce de Jupien, lequel la
consulta. Aussi bien n'était-ce pas nécessaire. La passion
de la jeune fille pour le violoniste ruisselait autour d'elle,
comme ses cheveux quand ils étaient dénoués, comme la
joie de ses regards répandus. Chez Morel, presque toute
chose qui lui était agréable ou profitable éveillait des
émotions morales et des paroles de même ordre, parfois
même des larmes. C'est donc sincèrement — si un pareil
mot peut s'appliquer à lui — qu'il tenait à la nièce de
Jupien des discours aussi sentimentaux (sentimentaux
sont aussi ceux que tant de jeunes nobles ayant envie de
ne rien faire dans la vie, tiennent à quelque ravissante
fille de richissime bourgeois) qu'étaient d'une bassesse
sans fard les théories qu'il avait exposées à M. de
Charlus au sujet de la séduction, du dépucelage. Seulement l'enthousiasme vertueux à l'égard d'une personne
qui lui causait un plaisir et des engagements solennels

qu'il prenait avec elle avaient une contrepartie chez Morel. Dès que la personne ne lui causait plus de plaisir, ou même par exemple si l'obligation de faire face aux promesses faites lui causait du déplaisir, elle devenait aussitôt de la part de Morel l'objet d'une antipathie qu'il justifiait à ses propres yeux, et qui après quelques troubles neurasthéniques lui permettait de se prouver à soi-même, une fois l'euphorie reconquise de son système nerveux, qu'il était, en considérant même les choses d'un point de vue purement vertueux, dégagé de toute obligation. Ainsi à la fin de son séjour à Balbec, il avait perdu je ne sais à quoi tout son argent et n'ayant pas osé le dire à M. de Charlus, cherchait quelqu'un à qui en demander. Il avait appris de son père (qui malgré cela lui avait défendu de devenir jamais « tapeur ») qu'en pareil cas il est convenable d'écrire à la personne à qui on veut s'adresser, « qu'on a à lui parler pour affaires », qu'on lui « demande un rendez-vous pour affaires ». Cette formule magique enchantait tellement Morel qu'il eût je pense souhaité perdre de l'argent, rien que pour le plaisir de demander un rendez-vous « pour affaires ». Dans la suite de la vie, il avait vu que la formule n'avait pas toute la vertu qu'il pensait. Il avait constaté que des gens auxquels lui-même n'eût jamais écrit sans cela, ne lui avaient pas répondu cinq minutes après avoir reçu la lettre « pour parler affaires ». Si l'après-midi s'écoulait sans que Morel eût de réponse, l'idée ne lui venait pas que même à tout mettre au mieux, le Monsieur sollicité n'était peut-être pas rentré, avait pu avoir d'autres lettres à écrire, si même il n'était pas parti en voyage, ou tombé malade, etc. Si Morel recevait par une fortune extraordinaire un rendez-vous pour le lendemain matin, il abordait le sollicité par ces mots : « Justement j'étais surpris de ne pas avoir de réponse, je me demandais s'il y avait quelque chose, alors comme ça la santé va toujours bien, etc. » Donc à Balbec, et sans me dire qu'il avait à lui parler d'une « affaire », il m'avait demandé de le présenter à ce même Bloch avec lequel il avait été si désagréable une semaine auparavant dans le train. Bloch n'avait pas hésité à lui prêter — ou plutôt à lui faire prêter, par M. Nissim

Bernard — 5 000 francs. De ce jour Morel avait adoré
Bloch. Il se demandait les larmes aux yeux comment il
pourrait rendre service à quelqu'un qui lui avait sauvé la
vie. Enfin, je me chargeai de demander pour Morel
1 000 francs par mois à M. de Charlus, argent que celui-ci remettrait aussitôt à Bloch qui se trouverait ainsi
remboursé assez vite. Le premier mois, Morel encore
sous l'impression de la bonté de Bloch lui envoya immédiatement les 1 000 francs, mais après cela il trouva sans
doute qu'un emploi différent des 4 000 francs qui restaient pourrait être plus agréable, car il commença à dire
beaucoup de mal de Bloch. La vue de celui-ci suffisait à
lui donner des idées noires et Bloch ayant oublié lui-
même exactement ce qu'il avait prêté à Morel, et lui
ayant réclamé 3 500 francs au lieu de 4 000, ce qui eût
fait gagner 500 francs au violoniste, ce dernier voulut
répondre que devant un pareil faux, non seulement il ne
paierait plus un centime mais que son prêteur devait
s'estimer bien heureux qu'il ne déposât pas une plainte
contre lui. En disant cela ses yeux flambaient. Il ne se
contenta pas du reste de dire que Bloch et M. Nissim
Bernard n'avaient pas à lui en vouloir, mais bientôt qu'ils
devaient se déclarer heureux qu'il ne leur en voulût pas.
Enfin, M. Nissim Bernard ayant paraît-il déclaré que
Thibaut jouait aussi bien que Morel, celui-ci trouva qu'il
devait l'attaquer devant les tribunaux, un tel propos lui
nuisant dans sa profession, puis comme il n'y a plus de
justice en France, surtout contre les Juifs (l'antisémitisme
ayant été chez Morel l'effet naturel du prêt de
5 000 francs par un Israélite), ne sortit plus qu'avec un
revolver chargé. Un tel état nerveux suivant une vive
tendresse, devait bientôt se produire chez Morel relativement à la nièce du giletier. Il est vrai que M. de
Charlus fut peut-être sans s'en douter pour quelque chose
dans ce changement, car souvent il déclarait, sans en
penser un seul mot, et pour les taquiner, qu'une fois
mariés, il ne les reverrait plus et les laisserait voler de
leurs propres ailes. Cette idée était, en elle-même, absolument insuffisante pour détacher Morel de la jeune fille ;
restant dans l'esprit de Morel, elle était prête le jour venu

à se combiner avec d'autres idées ayant de l'affinité pour
elle et capables, une fois le mélange réalisé, de devenir
un puissant agent de rupture.

Ce n'était pas d'ailleurs très souvent qu'il m'arrivait de
rencontrer M. de Charlus et Morel. Souvent ils étaient
déjà entrés dans la boutique de Jupien quand je quittais la
Duchesse, car le plaisir que j'avais auprès d'elle était tel
que j'en venais à oublier non seulement l'attente anxieuse
qui précédait le retour d'Albertine, mais même l'heure de
ce retour. Je mettrai à part, parmi ces jours où je m'attar-
dai chez Mme de Guermantes, un qui fut marqué par un
petit incident dont la cruelle signification m'échappa entièrement et ne fut comprise par moi que longtemps
après. Cette fin d'après-midi-là, Mme de Guermantes
m'avait donné, parce qu'elle savait que je les aimais, des
seringas venus du Midi. Quand ayant quitté la Duchesse
je remontai chez moi, Albertine était rentrée, je croisai
dans l'escalier Andrée que l'odeur si violente des fleurs
que je rapportais sembla incommoder. « Comment, vous
êtes déjà rentrées », lui dis-je. « Il n'y a qu'un instant,
mais Albertine avait à écrire, elle m'a renvoyée. » —
« Vous ne pensez pas qu'elle ait quelque projet blâma-
ble ? » — « Nullement, elle écrit à sa tante, je crois, mais
elle qui n'aime pas les odeurs fortes ne sera pas enchantée
de vos seringas. » — « Alors j'ai eu une mauvaise idée ! Je
vais dire à Françoise de les mettre sur le carré de l'escalier de service. » — « Si vous vous imaginez qu'Albertine
ne sentira pas après vous l'odeur de seringa. Avec l'odeur
de la tubéreuse, c'est peut-être la plus entêtante ; d'ailleurs, je crois que Françoise est allée faire une course. »
— « Mais alors moi qui n'ai pas aujourd'hui ma clef,
comment pourrai-je rentrer ? » — « Oh ! vous n'aurez qu'à
sonner. Albertine vous ouvrira. Et puis Françoise sera
peut-être remontée dans l'intervalle. » Je dis adieu à Andrée. Dès mon premier coup Albertine vint m'ouvrir, ce
qui fut assez compliqué, car, Françoise étant descendue,
Albertine ne savait pas où allumer. Enfin elle put me faire
entrer, mais les fleurs de seringa la mirent en fuite. Je les
posai dans la cuisine, de sorte qu'interrompant sa lettre
(je ne compris pas pourquoi) mon amie eut le temps

d'aller dans ma chambre d'où elle m'appela et de s'étendre sur mon lit. Encore une fois, au moment même, je ne
trouvai à tout cela rien que de très naturel, tout au plus
d'un peu confus, en tout cas insignifiant. Elle avait failli
être surprise avec Andrée, et s'était donné un peu de
temps en éteignant tout, en allant chez moi pour ne pas
laisser voir son lit en désordre et avait fait semblant d'être
en train d'écrire. Mais on verra tout cela plus tard, tout
cela dont je n'ai jamais su si c'était vrai[8]. Sauf cet
incident unique, tout se passait normalement quand je
remontais de chez la Duchesse; Albertine ignorant si je
ne désirais pas sortir avec elle avant le dîner, je trouvais
d'habitude dans l'antichambre son chapeau, son manteau, son ombrelle qu'elle y avait laissés à tout hasard.
Dès qu'en entrant je les apercevais, l'atmosphère de la
maison devenait respirable. Je sentais qu'au lieu d'un air
raréfié, le bonheur la remplissait. J'étais sauvé de ma
tristesse, la vue de ces riens me faisait posséder Albertine, je courais vers elle.

Les jours où je ne descendais par chez Mme de Guermantes, pour que le temps me semblât moins long, durant
cette heure qui précédait le retour de mon amie, je feuil-
letais un album d'Elstir, un livre de Bergotte[9].

Alors comme les œuvres mêmes qui semblent s'adresser seulement à la vue et à l'ouïe exigent que pour les
goûter notre intelligence éveillée collabore étroitement
avec ces deux sens — je faisais sans m'en douter sortir
de moi les rêves qu'Albertine y avait jadis suscités quand
je ne la connaissais pas encore et qu'avait éteints la vie
quotidienne. Je les jetais dans la phrase du musicien ou
l'image du peintre comme dans un creuset, j'en nourris-
sais l'œuvre que je lisais. Et sans doute celle-ci m'en
paraissait plus vivante. Mais Albertine ne gagnait pas
moins à être ainsi transportée de l'un des deux mondes où
nous avons accès et où nous pouvons situer tour à tour un
même objet, à échapper ainsi à l'écrasante pression de la
matière pour se jouer dans les fluides espaces de la
pensée. Je me trouvais tout d'un coup et pour un instant
pouvoir éprouver, pour la fastidieuse jeune fille, des
sentiments ardents. Elle avait à ce moment-là l'apparence

d'une œuvre d'Elstir ou de Bergotte, j'éprouvais une exaltation momentanée pour elle, la voyant dans le recul de l'imagination et de l'art.

Bientôt on me prévenait qu'elle venait de rentrer; encore avait-on ordre de ne pas dire son nom si je n'étais pas seul, si j'avais par exemple avec moi Bloch que je forçais à rester un instant de plus de façon à ne pas risquer qu'il rencontrât mon amie. Car je cachais qu'elle habitât la maison, et même que je la visse jamais chez moi tant j'avais peur qu'un de mes amis s'amourachât d'elle, ne l'attendît dehors, ou que dans l'instant d'une rencontre dans le couloir ou l'antichambre, elle pût faire un signe et donner un rendez-vous. Puis j'entendais le bruissement de la jupe d'Albertine se dirigeant vers sa chambre, car par discrétion et sans doute aussi par ces égards où autrefois dans nos dîners à la Raspelière, elle s'était ingéniée pour que je ne fusse pas jaloux, elle ne venait pas vers la mienne sachant que je n'étais pas seul. Mais ce n'était pas seulement pour cela, je le comprenais tout à coup. Je me souvenais, j'avais connu une première Albertine, puis brusquement elle avait été changée en une autre, l'actuelle. Et le changement, je n'en pouvais rendre responsable que moi-même. Tout ce qu'elle m'eût avoué facilement, puis volontiers, quand nous étions de bons camarades, avait cessé de s'épandre dès qu'elle avait cru que je l'aimais, ou, sans peut-être se dire le nom de l'Amour, avait deviné un sentiment inquisitorial qui veut savoir, souffre pourtant de savoir, et cherche à apprendre davantage. Depuis ce jour-là elle m'avait tout caché. Elle se détournait de ma chambre si elle pensait que j'étais, non pas même souvent, avec une amie, mais avec un ami, elle dont les yeux s'intéressaient jadis si vivement quand je parlais d'une jeune fille: «Il faut tâcher de la faire venir, ça m'amuserait de la connaître.» — «Mais elle a ce que vous appelez mauvais genre.» — «Justement ce sera bien plus drôle.» A ce moment-là j'aurais peut-être pu tout savoir. Et même quand dans le petit Casino elle avait détaché ses seins de ceux d'Andrée, je ne crois pas que ce fût à cause de ma présence, mais de celle de Cottard lequel lui aurait fait, pensait-elle sans doute, une mauvaise réputation. Et pourtant alors elle avait déjà commencé de se figer, les paroles confiantes n'étaient plus sorties de ses lèvres, ses gestes étaient réservés. Puis elle avait écarté d'elle tout ce qui aurait pu m'émouvoir. Aux parties de sa vie que je ne connaissais pas, elle donnait un caractère dont mon ignorance se faisait complice pour accentuer ce qu'il avait d'inoffensif. Et maintenant la transformation était accomplie, elle allait droit à sa chambre si je n'étais pas seul, non pas seulement pour ne pas déranger mais pour me montrer qu'elle était insoucieuse des autres. Il y avait une seule chose qu'elle ne ferait jamais plus pour moi, qu'elle n'aurait faite qu'au temps où cela m'eût été indifférent, qu'elle aurait faite aisément à cause de cela même, c'était précisément avouer. J'en serais réduit pour toujours, comme un juge, à tirer des conclusions incertaines d'imprudences de langage qui n'étaient peut-être pas inexplicables sans avoir recours à la culpabilité. Et toujours elle me sentirait jaloux et juge. Nos fiançailles prenaient une allure de procès et lui donnaient la timidité d'une coupable. Maintenant elle changeait la conversation quand il s'agissait de personnes, hommes ou femmes, qui ne fussent pas de vieilles gens. C'est quand elle ne soupçonnait pas encore que j'étais jaloux d'elle que j'aurais dû lui demander ce que je voulais savoir. Il faut profiter de ce temps-là. C'est alors que notre amie nous dit ses plaisirs et même les moyens à l'aide desquels elle les dissimule aux autres. Elle ne m'eût plus avoué maintenant comme elle avait fait à Balbec moitié parce que c'était vrai, moitié pour s'excuser de ne pas laisser voir davantage sa tendresse pour moi, car je la fatiguais déjà alors et elle avait vu par ma gentillesse pour elle qu'elle n'avait pas besoin de m'en montrer autant qu'aux autres pour en obtenir plus que d'eux, elle ne m'aurait plus avoué maintenant comme alors : «Je trouve ça stupide de laisser voir qui on aime, moi c'est le contraire, dès qu'une personne me plaît, j'ai l'air de ne pas y faire attention. Comme ça personne ne sait rien.» Comment, c'était la même Albertine d'aujourd'hui avec ses prétentions à la franchise et d'être indifférente à tous qui m'avait dit cela! Elle ne m'eût plus énoncé cette règle maintenant! Elle se contentait quand elle causait avec moi de l'appliquer en me disant de telle ou telle personne qui pouvait m'inquiéter: «Ah! je ne sais pas, je ne l'ai pas regardée, elle est trop insignifiante.» Et de temps en temps, pour aller au-devant de choses que je pourrais apprendre, elle faisait de ces aveux que leur accent, avant que l'on connaisse la réalité qu'ils sont chargés de dénaturer, d'innocenter, dénonce déjà comme étant des mensonges.

Tout en écoutant les pas d'Albertine avec le plaisir confortable de penser qu'elle ne ressortirait plus ce soir, j'admirais que pour cette jeune fille dont j'avais cru autrefois ne pouvoir jamais faire la connaissance, rentrer chaque jour chez elle, ce fût précisément rentrer chez moi. Le plaisir fait de mystère et de sensualité que j'avais éprouvé, fugitif et fragmentaire, à Balbec le soir où elle était venue coucher à l'hôtel, s'était complété, stabilisé, remplissait ma demeure jadis vide d'une permanente provision de douceur domestique, presque familiale, rayonnant jusque dans les couloirs et dans laquelle tous mes sens, tantôt effectivement, tantôt dans les moments où j'étais seul, en imagination et par l'attente du retour, se nourrissaient paisiblement. Quand j'avais entendu se refermer la porte de la chambre d'Albertine, si j'avais un ami avec moi, je me hâtais de le faire sortir, ne le lâchant que quand j'étais bien sûr qu'il était dans l'escalier dont je descendais au besoin quelques marches. Dans le couloir au-devant de moi venait Albertine. «Tenez pendant que j'ôte mes affaires, je vous envoie Andrée, elle est montée une seconde pour vous dire bonsoir.» Et ayant encore autour d'elle le grand voile gris, qui descendait de la toque de chinchilla et que je lui avais donné à Balbec, elle se retirait et rentrait dans sa chambre, comme si elle eût deviné qu'Andrée, chargée par moi de veiller sur elle, allait en me donnant maint détail, en me faisant mention de la rencontre par elles deux d'une personne de connaissance, apporter quelque détermination aux régions vagues où s'était déroulée la promenade qu'elles avaient faite toute la journée et que je n'avais pu imaginer.

Les défauts d'Andrée s'étaient accusés, elle n'était plus aussi agréable que quand je l'avais connue. Il y avait maintenant chez elle, à fleur de peau, une sorte d'aigre inquiétude, prête à s'amasser comme à la mer un « grain », si seulement je venais à parler de quelque chose qui était agréable pour Albertine et pour moi. Cela n'empêchait pas qu'Andrée pût être meilleure à mon égard, m'aimer plus — et j'en ai eu souvent la preuve — que des gens plus aimables. Mais le moindre air de bonheur qu'on avait, s'il n'était pas causé par elle, lui produisait une impression nerveuse, désagréable comme le bruit d'une porte qu'on ferme trop fort. Elle admettait les souffrances où elle n'avait point de part, non les plaisirs ; si elle me voyait malade, elle s'affligeait, me plaignait, m'aurait soigné. Mais si j'avais une satisfaction aussi insignifiante que de m'étirer d'un air de béatitude en fermant un livre et en disant : « Ah ! je viens de passer deux heures charmantes à lire tel livre amusant », ces mots qui eussent fait plaisir à ma mère, à Albertine, à Saint-Loup, excitaient chez Andrée une espèce de réprobation, peut-être simplement de malaise nerveux. Mes satisfactions lui causaient un agacement qu'elle ne pouvait cacher. Ces défauts étaient complétés par de plus graves ; un jour que je parlais de ce jeune homme si savant en choses de courses, de jeux, de golf, si inculte dans tout le reste, que j'avais rencontré avec la petite bande à Balbec, Andrée se mit à ricaner : « Vous savez que son père a volé, il a failli y avoir une instruction ouverte contre lui. Ils veulent crâner d'autant plus, mais je m'amuse à le dire à tout le monde. Je voudrais qu'ils m'attaquent en dénonciation calomnieuse. Quelle belle déposition je ferais. » Ses yeux étincelaient. Or, j'appris que le père n'avait rien commis d'indélicat, qu'Andrée le savait aussi bien que quiconque. Mais elle s'était cru méprisée par le fils, avait cherché quelque chose qui pourrait l'embarrasser, lui faire honte, avait inventé tout un roman de dépositions qu'elle était imaginairement appelée à faire et à force de s'en répéter les détails ignorait peut-être elle-même s'ils n'étaient pas vrais.

Ainsi telle qu'elle était devenue (et même sans ses

haines courtes et folles), je n'aurais pas désiré la voir, ne fût-ce qu'à cause de cette malveillante susceptibilité qui entourait d'une ceinture aigre et glaciale sa vraie nature plus chaleureuse et meilleure. Mais les renseignements qu'elle seule pouvait me donner sur mon amie m'intéressaient trop pour que je négligeasse une occasion si rare de les apprendre. Andrée entrait, fermait la porte derrière elle; elles avaient rencontré une amie, et Albertine ne m'avait jamais parlé d'elle. « Qu'ont-elles dit? » — « Je ne sais pas, car j'ai profité de ce qu'Albertine n'était pas seule pour aller acheter de la laine. » — « Acheter de la laine? » — « Oui, c'est Albertine qui me l'avait demandé. » — « Raison de plus pour ne pas y aller, c'était peut-être pour vous éloigner. » — « Mais elle me l'avait demandé avant de rencontrer son amie. » — « Ah! » répondais-je en retrouvant la respiration. Aussitôt mon soupçon me reprenait; « mais qui sait si elle n'avait pas donné d'avance rendez-vous à son amie et n'avait pas combiné un prétexte pour être seule quand elle le voudrait? » D'ailleurs étais-je bien certain que ce n'était pas la vieille hypothèse (celle où Andrée ne me disait pas que la vérité) qui était la bonne? Andrée était peut-être d'accord avec Albertine. De l'amour, me disais-je à Balbec, on en a pour une personne dont notre jalousie semble plutôt avoir pour objet les actions; on sent que si elle vous les disait toutes, on guérirait peut-être facilement d'aimer. La jalousie a beau être habilement dissimulée par celui qui l'éprouve, elle est assez vite découverte par celle qui l'inspire et qui use à son tour d'habileté. Elle cherche à nous donner le change sur ce qui pourrait nous rendre malheureux, et elle nous le donne, car à celui qui n'est pas averti pourquoi une phrase insignifiante révélerait-elle les mensonges qu'elle cache; nous ne la distinguons pas des autres; dite avec frayeur, elle est écoutée sans attention. Plus tard quand nous serons seuls, nous reviendrons sur cette phrase, elle ne nous semblera pas tout à fait adéquate à la réalité. Mais cette phrase nous la rappelons-nous bien? Il semble que naisse spontanément en nous à son égard et quant à l'exactitude de notre souvenir, un doute du genre de ceux qui font qu'au cours de certains états nerveux on ne peut jamais se rappeler si on a tiré le verrou et pas plus à la cinquantième fois qu'à la première ; on dirait qu'on peut recommencer indéfiniment l'acte sans qu'il s'accompagne jamais d'un souvenir précis et libérateur. Au moins pouvons-nous refermer une cinquante et unième fois la porte. Tandis que la phrase inquiétante est au passé dans une audition incertaine qu'il ne dépend pas de nous de renouveler. Alors nous exerçons notre attention sur d'autres qui ne cachent rien et le seul remède dont nous ne voulons pas serait de tout ignorer pour n'avoir pas le désir de mieux savoir. Dès que la jalousie est découverte, elle est considérée par celle qui en est l'objet comme une défiance qui autorise la tromperie. D'ailleurs pour tâcher d'apprendre quelque chose, c'est nous qui avons pris l'initiative de mentir, de tromper. Andrée, Aimé, nous promettent bien de ne rien dire, mais le feront-ils ? Bloch n'a rien pu promettre puisqu'il ne savait pas et pour peu qu'elle cause avec chacun des trois, Albertine à l'aide de ce que Saint-Loup eût appelé des « recoupements » saura que nous lui mentons quand nous nous prétendons indifférents à ses actes et moralement incapables de la faire surveiller. Ainsi succédant — relativement à ce que faisait Albertine — à mon infini doute habituel, trop indéterminé pour ne pas rester indolore, et qui était à la jalousie ce que sont au chagrin ces commencements de l'oubli où l'apaisement naît du vague, le petit fragment de réponse que venait de m'apporter Andrée posait aussitôt de nouvelles questions ; je n'avais réussi en explorant une parcelle de la grande zone qui s'étendait autour de moi, qu'à y reculer cet inconnaissable qu'est pour nous, quand nous cherchons effectivement à nous la représenter, la vie réelle d'une autre personne. Je continuais à interroger Andrée tandis qu'Albertine, par discrétion et pour me laisser (devinait-elle cela ?) tout le loisir de la questionner, prolongeait son déshabillage dans sa chambre. « Je crois que l'oncle et la tante d'Albertine m'aiment bien », disais-je étourdiment à Andrée sans penser à son caractère. Aussitôt je voyais son visage gluant se gâter, comme un sirop qui tourne, il semblait à jamais brouillé. Sa bouche devenait amère. Il ne restait plus rien à Andrée de cette juvénile gaieté que comme toute la petite bande et malgré sa nature souffreteuse, elle déployait l'année de mon premier séjour à Balbec et qui maintenant (il est vrai qu'Andrée avait pris quelques années depuis lors) s'éclipsait si vite chez elle. Mais j'allais la faire involontairement renaître avant qu'Andrée m'eût quitté pour aller dîner chez elle. « Il y a quelqu'un qui m'a fait aujourd'hui un immense éloge de vous », lui disais-je. Aussitôt un rayon de joie illuminait son regard, elle avait l'air de vraiment m'aimer. Elle évitait de me regarder mais riait dans le vague avec deux yeux devenus soudain tout ronds. « Qui ça ? » demandait-elle avec un intérêt naïf et gourmand. Je le lui disais et qui que ce fût elle était heureuse. Puis arrivait l'heure de partir, elle me quittait, Albertine revenait auprès de moi, elle s'était déshabillée, elle portait quelqu'un des jolis peignoirs en crêpe de Chine, ou des robes japonaises dont j'avais demandé la description à Mme de Guermantes, et pour plusieurs desquelles certaines précisions supplémentaires m'avaient été fournies par Mme Swann, dans une lettre commençant par ces mots : « Après votre longue éclipse, j'ai cru en lisant votre lettre relative à mes *tea gowns* recevoir des nouvelles d'un revenant. » Albertine avait aux pieds des souliers noirs ornés de brillants que Françoise appelait rageusement des socques, pareils à ceux que par la fenêtre du salon elle avait aperçu que Mme de Guermantes portait chez elle le soir, de même qu'un peu plus tard Albertine eut des mules, certaines en chevreau doré, d'autres en chinchilla et dont la vue m'était douce parce qu'elle étaient les unes et les autres comme les signes (que d'autres souliers n'eussent pas été) qu'elle habitait chez moi. Elle avait aussi des choses qui ne venaient pas de moi, comme une belle bague d'or. J'y admirais les ailes éployées d'un aigle. « C'est ma tante qui me l'a donnée, me dit-elle. Malgré tout elle est quelquefois gentille. Cela me vieillit parce qu'elle me l'a donnée pour mes vingt ans. » Albertine avait pour toutes ces jolies choses un goût bien plus vif que la Duchesse, parce que, comme tout obstacle apporté à une possession (telle pour moi la maladie qui me rendait les voyages si difficiles et si désirables), la pauvreté, plus généreuse que l'opulence, donne aux femmes bien plus que la toilette qu'elles ne peuvent pas acheter, le désir de cette toilette et qui en est la connaissance véritable, détaillée, approfondie. Elle, parce qu'elle n'avait pu s'offrir ces choses, moi, parce qu'en les faisant faire, je cherchais à lui faire plaisir, nous étions comme ces étudiants connaissant tout d'avance des tableaux qu'ils sont avides d'aller voir à Dresde ou à Vienne. Tandis que les femmes riches au milieu de la multitude de leurs chapeaux et de leurs robes, sont comme ces visiteurs à qui la promenade dans un musée n'étant précédée d'aucun désir donne seulement une sensation d'étourdissement, de fatigue et d'ennui. Telle toque, tel manteau de zibeline, tel peignoir de Doucet aux manches doublées de rose, prenaient pour Albertine qui les avait aperçus, convoités et, grâce à l'exclusivisme et à la minutie qui caractérise le désir, les avait à la fois isolés du reste dans un vide sur lequel se détachait à merveille la doublure ou l'écharpe, et connus dans toutes leurs parties — et pour moi qui étais allé chez Mme de Guermantes tâcher de me faire expliquer en quoi consistait la particularité, la supériorité, le chic de la chose, et l'inimitable façon du grand faiseur — une importance, un charme qu'ils n'avaient certes pas pour la Duchesse rassasiée avant même d'être en état d'appétit, ou même pour moi si je les avais vus quelques années auparavant en accompagnant telle ou telle femme élégante en une de ses ennuyeuses tournées chez les couturières. Certes une femme élégante, Albertine peu à peu en devenait une. Car si chaque chose que je lui faisais faire ainsi était en son genre la plus jolie, avec tous les raffinements qu'y eussent apportés Mme de Guermantes ou Mme Swann, de ces choses elle commençait à avoir beaucoup. Mais peu importait du moment qu'elle les avait aimées d'abord et isolément. Quand on a été épris d'un peintre, puis d'un autre, on peut à la fin avoir pour tout le musée une admiration qui n'est pas glaciale, car elle est faite d'amours successives, chacune exclusive en son temps et qui à la fin se sont mises bout à bout et conciliées.

Elle n'était pas frivole du reste, lisait beaucoup quand elle était seule et me faisait la lecture quand elle était avec moi. Elle était devenue extrêmement intelligente. Elle disait, en se trompant d'ailleurs : « Je suis épouvantée en pensant que sans vous je serais restée stupide. Ne le niez pas, vous m'avez ouvert un monde d'idées que je ne soupçonnais pas et le peu que je suis devenue, je ne le dois qu'à vous. » On sait qu'elle avait parlé semblablement de mon influence sur Andrée. L'une ou l'autre avait-elle un sentiment pour moi ? Et en elles-mêmes qu'étaient Albertine et Andrée ? Pour le savoir il faudrait vous immobiliser, ne plus vivre dans cette attente perpétuelle de vous où vous passez toujours autres, il faudrait ne plus vous aimer, pour vous fixer ne plus connaître votre interminable et toujours déconcertante arrivée, ô jeunes filles, ô rayon successif dans le tourbillon où nous palpitons de vous voir reparaître en ne vous reconnaissant qu'à peine, dans la vitesse vertigineuse de la lumière. Cette vitesse nous l'ignorerions peut-être et tout nous semblerait immobile si un attrait sexuel ne nous faisait courir vers vous, gouttes d'or, toujours dissemblables et qui dépassent toujours notre attente. A chaque fois, une jeune fille ressemble si peu à ce qu'elle était la fois précédente (mettant en pièces dès que nous l'apercevons le souvenir que nous avions gardé et le désir que nous nous proposions), que la stabilité de nature que nous lui prêtons n'est que fictive et pour la commodité du langage. On nous a dit qu'une belle jeune fille est tendre, aimante, pleine de sentiments les plus délicats. Notre imagination le croit sur parole et quand nous apparaît pour la première fois, sous la ceinture crespelée de ses cheveux blonds, le disque de sa figure rose, nous craignons presque que cette trop vertueuse sœur nous refroidisse par sa vertu même, ne puisse jamais être pour nous l'amante que nous avons souhaitée. Du moins, que de confidences nous lui faisons dès la première heure, sur la foi de cette noblesse de cœur, que de projets convenus ensemble. Mais quelques jours après nous regrettons de nous être tant confiés, car la rose jeune fille rencontrée nous tient la seconde fois les propos d'une lubrique Furie.

Dans les faces successives qu'après une pulsation de quelques jours nous présente la rose lumière interceptée, il n'est même pas certain qu'un *movimentum* extérieur à ces jeunes filles n'ait pas modifié leur aspect, et cela avait pu arriver pour mes jeunes filles de Balbec. On nous vante la douceur, la pureté d'une vierge. Mais après cela on sent que quelque chose de plus pimenté nous plairait mieux et on lui conseille de se montrer plus hardie. En soi-même était-elle plutôt l'une ou l'autre ? Peut-être pas, mais capable d'accéder à tant de possibilités diverses dans le courant vertigineux de la vie. Pour une autre dont tout l'attrait résidait dans quelque chose d'implacable (que nous comptions fléchir à notre manière) comme par exemple pour la terrible sauteuse de Balbec qui effleurait dans ses bonds les crânes des vieux messieurs épouvantés, quelle déception quand dans la nouvelle face offerte par cette figure au moment où nous lui disions des tendresses exaltées par le souvenir de tant de dureté envers les autres, nous l'entendions comme entrée de jeu nous dire qu'elle était timide, qu'elle ne savait jamais rien dire de sensé à quelqu'un la première fois tant elle avait peur et que ce n'est qu'au bout d'une quinzaine de jours qu'elle pourrait causer tranquillement avec nous. L'acier était devenu coton, nous n'aurions plus rien à essayer de briser puisque d'elle-même elle perdait toute consistance. D'elle-même mais par notre faute peut-être car les tendres paroles que nous avions adressées à la Dureté lui avaient peut-être, même sans qu'elle eût fait de calcul intéressé, suggéré d'être tendre [10]. (Ce qui nous désolait mais n'était qu'à demi maladroit car la reconnaissance pour tant de douceur allait peut-être nous obliger à plus que le ravissement devant la cruauté fléchie.) Je ne dis pas qu'un jour ne viendra pas où même à ces lumineuses jeunes filles nous n'assignerons pas des caractères très tranchés, mais c'est qu'elles auront cessé de nous intéresser, que leur entrée ne sera plus pour notre cœur l'apparition qu'il attendait autre et qui le laisse bouleversé chaque fois d'incarnations nouvelles. Leur immobilité viendra de notre indifférence qui les livrera au jugement de l'esprit. Celui-ci ne conclura pas du reste d'une façon beaucoup

plus catégorique car après avoir jugé que tel défaut pré-
dominant chez l'une, était heureusement absent de l'autre, il verra que le défaut avait pour contrepartie une
qualité précieuse. De sorte que du faux jugement de
l'intelligence, laquelle n'entre en jeu que quand on cesse
de s'intéresser, sortiront définis des caractères stables de
jeunes filles, lesquels ne nous apprendront pas plus que
les surprenants visages apparus chaque jour quand dans la
vitesse étourdissante de notre attente nos amies se pré-
sentaient tous les jours, toutes les semaines, trop différentes pour nous permettre, la course ne s'arrêtant pas, de
classer, de donner des rangs. Pour nos sentiments, nous
en avons parlé trop souvent pour le redire, bien souvent
un amour n'est que l'association d'une image de jeune
fille (qui sans cela nous eût été vite insupportable) avec
les battements de cœur inséparables d'une attente interminable, vaine, et d'un « lapin » que la demoiselle nous a
posé. Tout cela n'est pas vrai que pour les jeunes gens
imaginatifs devant les jeunes filles changeantes. Dès le
temps où notre récit est arrivé, il paraît, je l'ai su depuis,
que la nièce de Jupien avait changé d'opinion sur Morel
et sur M. de Charlus. Mon mécanicien venant au renfort
de l'amour qu'elle avait pour Morel lui avait vanté,
comme existant chez le violoniste, des délicatesses infinies auxquelles elle n'était que trop portée à croire. Et
d'autre part Morel ne cessait de lui dire le rôle de bour-
reau que M. de Charlus exerçait envers lui et qu'elle
attribuait à la méchanceté, ne devinant pas l'amour. Elle
était du reste bien forcée de constater que M. de Charlus
assistait tyranniquement à toutes leurs entrevues. Et venant corroborer cela, elle entendait des femmes du monde
parler de l'atroce méchanceté du Baron. Or depuis peu
son jugement avait été entièrement renversé. Elle avait
découvert chez Morel (sans cesser de l'aimer pour cela)
des profondeurs de méchanceté et de perfidie, d'ailleurs
compensées par une douceur fréquente et une sensibilité
réelle, et chez M. de Charlus une insoupçonnable et immense bonté, mêlée de duretés qu'elle ne connaissait pas.
Ainsi n'avait-elle pas su porter un jugement plus défini
sur ce qu'étaient, chacun en soi, le violoniste et son

protecteur, que moi sur Andrée que je voyais pourtant tous les jours, et sur Albertine qui vivait avec moi.

Les soirs où cette dernière ne me lisait pas à haute voix, elle me faisait de la musique ou entamait avec moi des parties de dames, ou des causeries que j'interrompais les unes et les autres pour l'embrasser. Nos rapports étaient d'une simplicité qui les rendait reposants. Le vide même de sa vie donnait à Albertine une espèce d'empressement et d'obéissance pour les seules choses que je réclamais d'elle. Derrière cette jeune fille, comme derrière la lumière pourprée qui tombait aux pieds de mes rideaux à Balbec pendant qu'éclatait le concert des musiciens, se nacraient les ondulations bleuâtres de la mer. N'était-elle pas en effet (elle au fond de qui résidait de façon habituelle une idée de moi si familière qu'après sa tante j'étais peut-être la personne qu'elle distinguait le moins de soi-même) la jeune fille que j'avais vue la première fois à Balbec, sous son polo plat, avec ses yeux insistants et rieurs, inconnue encore, mince comme une silhouette profilée sur le flot. Ces effigies gardées intactes dans la mémoire, quand on les retrouve, on s'étonne de leur dissemblance d'avec l'être qu'on connaît, on comprend quel travail de modelage accomplit quotidiennement l'habitude. Dans le charme qu'avait Albertine à Paris, au coin de mon feu, vivait encore le désir que m'avait inspiré le cortège insolent et fleuri qui se déroulait le long de la plage, et comme Rachel gardait pour Saint-Loup, même quand il le lui eut fait quitter, le prestige de la vie de théâtre, en cette Albertine cloîtrée dans ma maison, loin de Balbec, d'où je l'avais précipitamment emmenée, subsistaient l'émoi, le désarroi social, la vanité inquiète, les désirs errants de la vie de bains de mer. Elle était si bien encagée que certains soirs même, je ne faisais pas demander qu'elle quittât sa chambre pour la mienne, elle que jadis tout le monde suivait, que j'avais tant de peine à rattraper filant sur sa bicyclette et que le liftier même ne pouvait me ramener, ne me laissant guère d'espoir qu'elle vînt, et que j'attendais pourtant toute la nuit. Albertine n'avait-elle pas été devant l'hôtel comme une grande actrice de la plage en

feu, excitant les jalousies quand elle s'avançait dans ce
théâtre de nature, ne parlant à personne, bousculant les
habitués, dominant ses amies, et cette actrice si convoitée
n'était-ce pas elle qui, retirée par moi de la scène, enfermée chez moi, était à l'abri des désirs de tous, qui
désormais pouvaient la chercher vainement, tantôt dans
ma chambre, tantôt dans la sienne où elle s'occupait à
quelque travail de dessin et de ciselure.

Sans doute dans les premiers jours de Balbec Albertine
semblait dans un plan parallèle à celui où je vivais, mais
qui s'en était rapproché (quand j'avais été chez Elstir)
puis l'avait rejoint, au fur et à mesure de mes relations
avec elle, à Balbec, à Paris, puis à Balbec encore. D'ailleurs, entre les deux tableaux de Balbec, au premier
séjour et au second, composés des mêmes villas d'où
sortaient les mêmes jeunes filles devant la même mer,
quelle différence ! Dans les amies d'Albertine du second
séjour si bien connues de moi, aux qualités et aux défauts
si nettement gravés dans leur visage, pouvais-je retrouver
ces fraîches et mystérieuses inconnues qui jadis ne pouvaient sans que battît mon cœur faire crier sur le sable la
porte de leur chalet et en froisser au passage les tamaris
frémissants ? Leurs grands yeux s'étaient résorbés depuis,
sans doute parce qu'elle avaient cessé d'être des enfants,
mais aussi parce que ces ravissantes inconnues, actrices
de la romanesque première année et sur lesquelles je ne
cessais de quêter des renseignements, n'avaient plus pour
moi de mystère. Elles étaient devenues obéissantes à mes
caprices, de simples jeunes filles en fleurs, desquelles je
n'étais pas médiocrement fier d'avoir cueilli, dérobé à
tous, la plus belle rose. Entre les deux décors si différents
l'un de l'autre de Balbec, il y avait l'intervalle de plusieurs années à Paris sur le long parcours desquelles se
plaçaient tant de visites d'Albertine. Je la voyais aux
différentes années de ma vie occupant par rapport à moi
des positions différentes [11] qui me faisaient sentir la
beauté des espaces interférés, ce long temps révolu, où
j'étais resté sans la voir, et sur la diaphane profondeur
desquels, la rose personne que j'avais devant moi se
modelait avec de mystérieuses ombres et un puissant

relief. Il était dû d'ailleurs à la superposition non seulement des images successives qu'Albertine avait été pour
moi, mais encore des grandes qualités d'intelligence et de
cœur, des défauts de caractère, les uns et les autres
insoupçonnés de moi, qu'Albertine en une germination,
une multiplication d'elle-même, une efflorescence char-
nue aux sombres couleurs, avait ajoutées à une nature
jadis à peu près nulle, maintenant difficile à approfondir.
Car les êtres, même ceux auxquels nous avons tant rêvé
qu'ils ne nous semblaient qu'une image, une figure de
Benozzo Gozzoli se détachant sur un fond verdâtre et
dont nous étions disposés à croire que les seules variations tenaient au point où nous étions placés pour les
regarder, à la distance qui nous en éloignait, à l'éclairage,
ces êtres-là tandis qu'ils changent par rapport à nous
changent aussi en eux-mêmes ; et il y avait eu enrichissement, solidification et accroissement de volume dans la
figure jadis simplement profilée sur la mer. Au reste ce
n'était pas seulement la mer à la fin de la journée qui
vivait pour moi en Albertine, mais parfois l'assoupissement de la mer sur la grève par les nuits de clair de lune.
Quelquefois en effet quand je me levais pour aller chercher un livre dans le cabinet de mon père, mon amie
m'ayant demandé la permission de s'étendre pendant ce
temps-là, était si fatiguée par la longue randonnée du
matin et de l'après-midi, au grand air, que même si je
n'étais resté qu'un instant hors de ma chambre, en n'y
rentrant, je trouvais Albertine endormie et ne la réveillais
pas. Étendue de la tête aux pieds sur mon lit, dans une
attitude d'un naturel qu'on n'aurait pu inventer, je lui
trouvais l'air d'une longue tige en fleur qu'on aurait
disposée là et c'était ainsi en effet : le pouvoir de rêver
que je n'avais qu'en son absence, je le retrouvais à ces
instants auprès d'elle comme si en dormant elle était
devenue une plante. Par là son sommeil réalisait dans une
certaine mesure la possibilité de l'amour ; seul, je pouvais
penser à elle, mais elle me manquait, je ne la possédais
pas. Présente je lui parlais, mais j'étais trop absent de
moi-même pour pouvoir penser. Quand elle dormait, je
n'avais plus à parler, je savais que je n'étais plus regardé

par elle, je n'avais plus besoin de vivre à la surface de moi-même. En fermant les yeux, en perdant la conscience, Albertine avait dépouillé, l'un après l'autre, ses différents caractères d'humanité qui m'avaient déçu depuis le jour où j'avais fait sa connaissance. Elle n'était plus animée que de la vie inconsciente des végétaux, des arbres, vie plus différente de la mienne, plus étrange et qui cependant m'appartenait davantage. Son moi ne s'échappait pas à tous moments, comme quand nous causions, par les issues de la pensée inavouée et du regard. Elle avait rappelé à soi tout ce qui d'elle était en dehors, elle s'était réfugiée, enclose, résumée dans son corps. En la tenant sous mon regard, dans mes mains, j'avais cette impression de la posséder tout entière que je n'avais pas quand elle était réveillée. Sa vie m'était soumise, exhalait vers moi son léger souffle. J'écoutais cette murmurante émanation mystérieuse, douce comme un zéphyr marin, féerique comme ce clair de lune qu'était son sommeil. Tant qu'il persistait je pouvais rêver à elle et pourtant la regarder, et quand ce sommeil devenait plus profond, la toucher, l'embrasser. Ce que j'éprouvais alors c'était un amour devant quelque chose d'aussi pur, d'aussi immatériel, d'aussi mystérieux que si j'avais été devant les créatures inanimées que sont les beautés de la nature. Et en effet dès qu'elle dormait un peu profondément, elle cessait d'être seulement la plante qu'elle avait été, son sommeil au bord duquel je rêvais avec une fraîche volupté, dont je ne me fusse jamais lassé et que j'eusse pu goûter indéfiniment, c'était pour moi tout un paysage. Son sommeil mettait à mes côtés quelque chose d'aussi calme, d'aussi sensuellement délicieux que ces nuits de pleine lune, dans la baie de Balbec devenue douce comme sur un lac, où les branches bougent à peine ; où étendu sur le sable l'on écouterait sans fin se briser le reflux. En entrant dans la chambre j'étais resté debout sur le seuil n'osant pas faire de bruit et je n'en entendais pas d'autre que celui de son haleine venant expirer sur ses lèvres à intervalles intermittents et réguliers, comme un reflux mais plus assoupi et plus doux. Et au moment où mon oreille recueillait ce bruit divin, il me semblait que c'était, condensée en lui, toute la personne, toute la vie de la charmante captive, étendue là sous mes yeux. Des voitures passaient bruyamment dans la rue, son front restait aussi immobile, aussi pur, son souffle aussi léger réduit à la plus simple expiration de l'air nécessaire. Puis voyant que son sommeil ne serait pas troublé, je m'avançais prudemment, je m'asseyais sur la chaise qui était à côté du lit, puis sur le lit même. J'ai passé de charmants soirs à causer, à jouer avec Albertine mais jamais d'aussi doux que quand je la regardais dormir. Elle avait beau avoir en bavardant, en jouant aux cartes, ce naturel qu'une actrice n'eût pu imiter, c'était un naturel plus profond, un naturel au deuxième degré que m'offrait son sommeil. Sa chevelure descendue le long de son visage rose était posée à côté d'elle sur le lit et parfois une mèche isolée et droite donnait le même effet de perspective que ces arbres lunaires grêles et pâles qu'on aperçoit tout droits au fond des tableaux raphaëlesques d'Elstir. Si les lèvres d'Albertine étaient closes, en revanche de la façon dont j'étais placé ses paupières paraissaient si peu jointes que j'aurais presque pu me demander si elle dormait vraiment. Tout de même ces paupières abaissées mettaient dans son visage cette continuité parfaite que les yeux n'interrompent pas. Il y a des êtres dont la face prend une beauté et une majesté inaccoutumées pour peu qu'ils n'aient plus de regard. Je mesurais des yeux Albertine étendue à mes pieds. Par instants elle était parcourue d'une agitation légère et inexplicable comme les feuillages qu'une brise inattendue convulse pendant quelques instants. Elle touchait à sa chevelure puis ne l'ayant pas fait comme elle le voulait, elle y portait la main encore par des mouvements si suivis, si volontaires, que j'étais convaincu qu'elle allait s'éveiller. Nullement, elle redevenait calme dans le sommeil qu'elle n'avait pas quitté. Elle restait désormais immobile. Elle avait posé sa main sur sa poitrine en un abandon du bras si naïvement puéril que j'étais obligé en la regardant d'étouffer le sourire que par leur sérieux, leur innocence et leur grâce nous donnent les petits enfants. Moi qui connaissais plusieurs Albertine en une seule, il me semblait en voir bien d'autres encore reposer auprès de moi. Ses sourcils arqués comme je ne les avais jamais vus entouraient les globes de ses paupières comme un doux nid d'alcyon. Des races, des atavismes, des vices reposaient sur son visage. Chaque fois qu'elle déplaçait sa tête elle créait une femme nouvelle, souvent insoupçonnée de moi. Il me semblait posséder non pas une mais d'innombrables jeunes filles. Sa respiration peu à peu plus profonde maintenant soulevait régulièrement sa poitrine et, par-dessus elle, ses mains croisées, ses perles, déplacées d'une manière différente par le même mouvement, comme ces barques, ces chaînes d'amarre que fait osciller le mouvement du flot. Alors sentant que son sommeil était dans son plein, que je ne me heurterais pas à des écueils de conscience recouverts maintenant par la pleine mer du sommeil profond, délibérément je sautais sans bruit sur le lit, je me couchais au long d'elle, je prenais sa taille d'un de mes bras, je posais mes lèvres sur sa joue et sur son cœur, puis sur toutes les parties de son corps posais ma seule main restée libre, et qui était soulevée aussi comme les perles, par la respiration d'Albertine ; moi-même j'étais déplacé légèrement par son mouvement régulier, je m'étais embarqué sur le sommeil d'Albertine [12]. Parfois il me faisait goûter un plaisir moins pur. Je n'avais pour cela besoin de nul mouvement, je faisais pendre ma jambe contre la sienne, comme une rame qu'on laisse traîner et à laquelle on imprime de temps à autre une oscillation légère pareille au battement intermittent de l'aile qu'ont les oiseaux qui dorment en l'air. Je choisissais pour la regarder cette face de son visage qu'on ne voyait jamais et qui était si belle. On comprend à la rigueur que les lettres que vous écrit quelqu'un soient à peu près semblables entre elles et dessinent une image assez différente de la personne qu'on connaît pour qu'elles constituent une deuxième personnalité [13]. Mais combien il est plus étrange qu'une femme soit accolée, comme Rosita et Doodica [14], à une autre femme dont la beauté différente fait induire un autre caractère et que pour voir l'une il faille se placer de profil, pour l'autre de face. Le bruit de sa respiration devenant plus fort pouvait donner l'illusion de l'essoufflement du plaisir et quand le mien était à son terme, je pouvais l'embrasser sans avoir interrompu son sommeil. Il me semblait à ces moments-là que je venais de la posséder plus complètement, comme une chose inconsciente et sans résistance de la muette nature. Je ne m'inquiétais pas des mots qu'elle laissait parfois échapper en dormant, leur signification m'échappait, et d'ailleurs quelque personne inconnue qu'ils eussent désignée, c'était sur ma main, sur ma joue, que sa main parfois animée d'un léger frisson se crispait un instant. Je goûtais son sommeil d'un amour désintéressé, apaisant, comme je restais des heures à écouter le déferlement du flot. Peut-être faut-il que les êtres soient capables de vous faire beaucoup souffrir pour que dans les heures de rémission ils vous procurent ce même calme apaisant que la nature. Je n'avais pas à lui répondre comme quand nous causions, et même eussé-je pu me taire comme je faisais aussi, quand elle parlait, qu'en l'entendant parler je ne descendais pas tout de même aussi avant en elle. Continuant à entendre, à recueillir d'instant en instant, le murmure apaisant comme une imperceptible brise, de sa pure haleine, c'était toute une existence physiologique qui était devant moi, à moi ; aussi longtemps que je restais jadis couché sur la plage, au clair de lune, je serais resté là à la regarder, à l'écouter. Quelquefois on eût dit que la mer devenait grosse, que la tempête se faisait sentir jusque dans la baie et je me mettais comme elle à écouter le grondement de son souffle qui ronflait. Quelquefois quand elle avait trop chaud, elle ôtait dormant déjà presque son kimono qu'elle jetait sur mon fauteuil. Pendant qu'elle dormait, je me disais que toutes ses lettres étaient dans la poche intérieure de ce kimono où elle les mettait toujours. Une signature, un rendez-vous donné eût suffi pour prouver un mensonge ou dissiper un soupçon. Quand je sentais le sommeil d'Albertine bien profond, quittant le pied de son lit où je la contemplais depuis longtemps sans faire un mouvement, je faisais un pas, pris d'une curiosité ardente, sentant le secret de cette vie offert, floche et sans défense dans ce fauteuil. Peut-être faisais-je ce pas aussi parce que regarder dormir sans bouger finit par devenir fatigant. Et ainsi à pas de loup, me retournant sans cesse pour voir si Albertine ne s'éveillait pas, j'allais jusqu'au fauteuil. Là je m'arrêtais, je restais longtemps à regarder le kimono comme j'étais resté longtemps à regarder Albertine. Mais (et peut-être j'ai eu tort) jamais je n'ai touché au kimono, mis ma main dans la poche, regardé les lettres. A la fin voyant que je ne me déciderais pas, je repartais à pas de loup, revenais près du lit d'Albertine et me remettais à la regarder dormir, elle qui ne me disait rien alors que je voyais sur un bras du fauteuil ce kimono qui peut-être m'eût dit bien des choses. Et de même que les gens louent cent francs par jour une chambre à l'hôtel de Balbec pour respirer l'air de la mer, je trouvais tout naturel de dépenser plus que cela pour elle puisque j'avais son souffle près de ma joue, dans sa bouche que j'entrouvrais sur la mienne, où contre ma langue passait sa vie. Mais ce plaisir de la voir dormir et qui était aussi doux que la sentir vivre, un autre y mettait fin et qui était celui de la voir s'éveiller. Il était à un degré plus profond et plus mystérieux, le plaisir même qu'elle habitât chez moi. Sans doute il m'était doux l'après-midi, quand elle descendait de voiture, que ce fût dans mon appartement qu'elle rentrât. Il me l'était plus encore que quand du fond du sommeil, elle remontait les derniers degrés de l'escalier des songes, ce fût dans ma chambre qu'elle renaquît à la conscience et à la vie, qu'elle se demandât un instant où suis-je et voyant les objets dont elle était entourée, la lampe dont la lumière lui faisait à peine cligner les yeux, pût se répondre qu'elle était chez elle en constatant qu'elle s'éveillait chez moi. Dans ce premier moment délicieux d'incertitude il me semblait que je prenais à nouveau plus complètement possession d'elle, puisque au lieu qu'après être sortie elle entrât dans sa chambre, c'était ma chambre dès qu'elle serait reconnue par Albertine qui allait l'enserrer, la contenir sans que les yeux de mon amie manifestassent aucun trouble, restant aussi calmes que si elle n'avait pas dormi. L'hésitation du réveil, révélée par son silence, ne l'était pas par son regard. Elle retrouvait la parole, elle disait : « Mon » ou

«Mon chéri» suivis l'un ou l'autre de mon nom de baptême, ce qui en donnant au narrateur le même nom qu'à l'auteur de ce livre eût fait : « Mon Marcel », « Mon chéri Marcel [15] ». Je ne permettais plus dès lors qu'en famille mes parents en m'appelant aussi chéri ôtassent leur prix d'être uniques aux mots délicieux que me disait Albertine. Tout en me les disant elle faisait une petite moue qu'elle changeait d'elle-même en baiser. Aussi vite qu'elle s'était tout à l'heure endormie, aussi vite elle s'était réveillée.

Pas plus que mon déplacement dans le temps, pas plus que le fait de regarder une jeune fille assise auprès de moi sous la lampe qui l'éclaire autrement que le soleil quand debout elle s'avançait le long de la mer, cet enrichissement réel, ce progrès autonome d'Albertine, n'étaient la cause importante, la différence qu'il y avait entre la façon de la voir maintenant, et ma façon de la voir au début à Balbec. Des années plus nombreuses auraient pu séparer les deux images sans amener un changement aussi complet ; il s'était produit essentiel et soudain quand j'avais appris que mon amie avait été presque élevée par l'amie de Mlle Vinteuil. Si jadis je m'étais exalté en croyant voir du mystère dans les yeux d'Albertine, maintenant je n'étais heureux que dans les moments où de ces yeux, de ces joues mêmes, réfléchissantes comme des yeux, tantôt si douces mais vite bourrues, je parvenais à expulser tout mystère. L'image que je cherchais, où je me reposais, contre laquelle j'aurais voulu mourir, ce n'était plus l'Albertine ayant une vie inconnue, c'était une Albertine aussi connue de moi qu'il m'était possible (et c'est pour cela que cet amour ne pouvait être durable à moins de rester malheureux car par définition il ne contentait pas le besoin de mystère), c'était une Albertine ne reflétant pas un monde lointain, mais ne désirant rien d'autre — il y avait des instants où en effet cela semblait ainsi — qu'être avec moi, toute pareille à moi, une Albertine image de ce qui précisément était mien et non de l'inconnu. Quand c'est ainsi d'une heure angoissée relative à un être, quand c'est de l'incertitude si on pourra le retenir ou s'il s'échappera, qu'est né un amour, cet amour porte la marque de cette révolution qui l'a créé, il rappelle bien peu ce que nous avions vu jusque-là quand nous pensions à ce même être. Et mes premières impressions devant Albertine, au bord des flots, pouvaient pour une petite part subsister dans mon amour pour elle : en réalité ces impressions antérieures ne tiennent qu'une petite place dans un amour de ce genre ; dans sa force, dans sa souffrance, dans son besoin de douceur et son refuge vers un souvenir paisible, apaisant, où l'on voudrait se tenir et ne plus rien apprendre de celle qu'on aime, même s'il y avait quelque chose d'odieux à savoir — même en conservant les impressions antérieures un tel amour est fait de bien autre chose ! Quelquefois j'éteignais la lumière avant qu'elle entrât. C'était dans l'obscurité, à peine guidée par la lumière d'un tison, qu'elle se couchait à mon côté. Mes mains, mes joues seules la reconnaissaient sans que mes yeux la vissent, mes yeux qui souvent avaient peur de la trouver changée. De sorte qu'à la faveur de cet amour aveugle elle se sentait peut-être baignée de plus de tendresse que d'habitude. Je me déshabillais, je me couchais, et Albertine assise sur un coin du lit, nous reprenions notre partie ou notre conversation interrompue de baisers ; et dans le désir qui seul nous fait trouver de l'intérêt dans l'existence et le caractère d'une personne, nous restons si fidèles à notre nature, si en revanche nous abandonnons successivement les différents êtres aimés tour à tour par nous, qu'une fois m'apercevant dans la glace au moment où j'embrassais Albertine en l'appelant ma petite fille, l'expression triste et passionnée de mon propre visage, pareil à ce qu'il eût été autrefois auprès de Gilberte dont je ne me souvenais plus, à ce qu'il serait peut-être un jour auprès d'une autre si jamais je devais oublier Albertine, me fit penser qu'au-dessus des considérations de personne (l'instinct voulant que nous considérions l'actuelle comme seule véritable) je remplissais les devoirs d'une dévotion ardente et douloureuse dédiée comme une offrande à la jeunesse et à la beauté de la femme. Et pourtant à ce désir honorant d'un «ex-voto» la jeunesse, aux souvenirs aussi de Balbec, se mêlait dans le besoin que j'avais de garder ainsi tous les

soirs Albertine auprès de moi, quelque chose qui avait été
étranger jusqu'ici à ma vie au moins amoureuse, s'il
n'était pas entièrement nouveau dans ma vie. C'était un
pouvoir d'apaisement tel que je n'en avais pas éprouvé de
pareil depuis les soirs lointains de Combray où ma mère
penchée sur mon lit venait m'apporter le repos dans un
baiser. Certes j'eusse été bien étonné dans ce temps-là si
l'on m'avait dit que je n'étais pas entièrement bon et
surtout que je chercherais jamais à priver quelqu'un d'un
plaisir. Je me connaissais sans doute bien mal alors, car
mon plaisir d'avoir Albertine à demeure chez moi était
beaucoup moins un plaisir positif que celui d'avoir retiré
du monde où chacun pouvait la goûter à son tour, la jeune
fille en fleur qui si du moins elle ne me donnait pas de
grande joie en privait les autres. L'ambition, la gloire
m'eussent laissé indifférent. Encore plus étais-je incapable d'éprouver la haine. Et cependant chez moi aimer
charnellement c'était tout de même pour moi jouir d'un
triomphe sur tant de concurrents. Je ne le redirai jamais
assez, c'était un apaisement plus que tout. J'avais beau
avant qu'Albertine fût rentrée avoir douté d'elle, l'avoir
imaginée dans la chambre de Montjouvain, une fois
qu'en peignoir elle s'était assise en face de mon fauteuil
ou si comme c'était le plus fréquent j'étais resté couché
au pied de mon lit, je déposais mes doutes en elle, je les
lui remettais pour qu'elle m'en déchargeât, dans l'abdi-
cation d'un croyant qui fait sa prière. Toute la soirée elle
avait pu pelotonnée espièglement en boule sur mon lit
jouer avec moi comme une grosse chatte ; son petit nez
rose qu'elle diminuait encore au bout avec un regard
coquet qui lui donnait la finesse de certaines personnes un
peu grosses, avait pu lui donner une mine mutine et
enflammée, elle avait pu laisser tomber une mèche de ses
longs cheveux noirs sur sa joue de cire rosée et, fermant à
demi les yeux, décroisant les bras, avoir eu l'air de me
dire : « Fais de moi ce que tu veux. » Quand au moment de
me quitter elle s'approchait pour me dire bonsoir, c'était
leur douceur devenue quasi familiale que je baisais des
deux côtés de son cou puissant qu'alors je ne trouvais
jamais assez brun ni à assez gros grains, comme si ces

solides qualités eussent été en rapport avec quelque bonté
loyale chez Albertine. « Viendrez-vous avec nous demain
grand méchant ? » me demandait-elle avant de me quitter.
« Où irez-vous ? » — « Cela dépendra du temps et de
vous. Avez-vous seulement écrit quelque chose tantôt
mon petit chéri ? Non ? Alors c'était bien la peine de ne
pas venir vous promener. Dites à propos, tantôt quand je
suis rentrée, vous avez reconnu mon pas, vous avez
deviné que c'était moi ? » — « Naturellement, est-ce
qu'on pourrait se tromper, est-ce qu'on ne reconnaîtrait
pas entre mille les pas de sa petite bécasse ? Qu'elle me
permette de la déchausser avant qu'elle aille se coucher,
cela me fera bien plaisir. Vous êtes si gentille et si rose
dans toute cette blancheur de dentelles. » Telle était ma
réponse, au milieu des expressions charnelles on en re-
connaîtra d'autres qui étaient propres à ma mère et à ma
grand-mère, car peu à peu, je ressemblais à tous mes
parents, à mon père qui — de toute autre façon que moi
sans doute car si les choses se répètent, c'est avec de
grandes variations — s'intéressait si fort au temps qu'il
faisait, et pas seulement à mon père, mais de plus en plus
à ma tante Léonie. Ma tante Léonie, toute confite en
dévotion et avec qui j'aurais bien juré que je n'avais pas
un seul point commun, moi si passionné de plaisirs, tout
différent en apparence de cette maniaque, qui n'en avait
jamais connu aucun et disait son chapelet toute la journée, moi qui souffrais de ne pouvoir réaliser une existence littéraire alors qu'elle avait été la seule personne de
la famille qui n'eût pu encore comprendre que lire c'était
autre chose que de passer le temps et « s'amuser », ce qui
rendait, même au temps pascal, la lecture permise le
dimanche où toute occupation sérieuse est défendue, afin
qu'il soit uniquement sanctifié par la prière. Or bien que
chaque jour j'en trouvasse la cause dans un malaise particulier qui me faisait si souvent rester couché, un être (non
pas Albertine, non pas un être que j'aimais), mais un être
plus puissant sur moi qu'un être aimé, s'était transmigré
en moi, despotique au point de faire taire parfois mes
soupçons jaloux ou du moins de m'empêcher d'aller
vérifier s'ils étaient fondés ou non, c'était ma tante Léo-

nie. C'était assez que je ressemblasse avec exagération à mon père jusqu'à ne pas me contenter de consulter comme lui le baromètre, mais à devenir moi-même un baromètre vivant, c'était assez que je me laissasse commander par ma tante Léonie pour rester à observer le temps, mais de ma chambre ou même de mon lit. Voici de même que je parlais maintenant à Albertine tantôt comme l'enfant que j'avais été à Combray parlant à ma mère, tantôt comme ma grand-mère me parlait. Quand nous avons dépassé un certain âge, l'âme de l'enfant que nous fûmes et l'âme des morts dont nous sommes sortis viennent nous jeter à poignée leurs richesses et leurs mauvais sorts, demandant à coopérer aux nouveaux sentiments que nous éprouvons et dans lesquels, effaçant leur ancienne effigie, nous les refondons en une création originale. Tel tout mon passé depuis mes années les plus anciennes, et par-delà celles-ci le passé de mes parents mêlaient à mon impur amour pour Albertine la douceur d'une tendresse à la fois filiale et maternelle. Nous devons recevoir, dès une certaine heure, tous nos parents arrivés de si loin et assemblés autour de nous. Avant qu'Albertine n'eût obéi et eût enlevé ses souliers, j'entrouvrais sa chemise. Les deux petits seins haut remontés étaient si ronds qu'ils avaient moins l'air de faire partie intégrante de son corps que d'y avoir mûri comme deux fruits; et son ventre (dissimulant la place qui chez l'homme s'enlaidit comme du crampon resté fiché dans une statue descellée), se refermait à la jonction des cuisses, par deux valves d'une courbe aussi assoupie, aussi reposante, aussi claustrale que celle de l'horizon quand le soleil a disparu. Elle ôtait ses souliers, se couchait près de moi. O grandes attitudes de l'Homme et de la Femme où cherchent à se joindre, dans l'innocence des premiers jours et avec l'humilité de l'argile, ce que la création a séparé, où Ève est étonnée et soumise devant l'Homme au côté de qui elle s'éveille comme lui-même, encore seul, devant Dieu qui l'a formé. Albertine nouait ses bras derrière ses cheveux noirs, la hanche renflée, la jambe tombante en une inflexion de col de cygne qui s'allonge et se recourbe pour revenir sur lui-même. Il n'y avait que,

quand elle était tout à fait sur le côté, un certain aspect de
sa figure (si bonne et si belle de face) que je ne pouvais
souffrir, crochu comme en certaines caricatures de Léo-
nard, semblant révéler la méchanceté, l'âpreté au gain, la
fourberie d'une espionne dont la présence chez moi m'eût
fait horreur et qui semblait démasquée par ces profils-là.
Aussitôt je prenais la figure d'Albertine dans mes mains
et je la replaçais de face. « Soyez gentil, promettez-moi
que si vous ne venez pas demain, vous travaillerez »,
disait mon amie en remettant sa chemise. « Oui mais ne
mettez pas encore votre peignoir. » Quelquefois je finissais par m'endormir à côté d'elle. La chambre s'était
refroidie, il fallait du bois. J'essayais de trouver la sonnette dans mon dos ; je n'y arrivais pas, tâtant tous les
barreaux de cuivre qui n'étaient pas ceux entre lesquels
elle pendait et, à Albertine qui avait sauté du lit pour que
Françoise ne nous vît pas l'un à côté de l'autre, je disais :
« Non remontez une seconde je ne peux pas trouver la
sonnette. » Instants doux, gais, innocents en apparence et
où s'accumule pourtant la possibilité du désastre. Ce qui
fait de la vie amoureuse la plus contrastée, celle où la
pluie imprévisible de soufre et de poix tombe après les
moments les plus riants, et où ensuite sans avoir le courage de tirer la leçon du malheur nous rebâtissons immédiatement sur les flancs du cratère d'où ne pourra sortir
que la catastrophe. J'avais l'insouciance de ceux qui
croient leur bonheur durable. C'est justement parce que
cette douceur a été nécessaire pour enfanter la douleur — et reviendra du reste la calmer par intermittences — que les hommes peuvent être sincères avec autrui,
et même avec eux-mêmes, quand ils se glorifient de la
bonté d'une femme envers eux, quoique à tout prendre,
au sein de leur liaison circule constamment d'une façon
secrète, inavouée aux autres, ou révélée involontairement
par des questions, des enquêtes, une inquiétude douloureuse. Mais celle-ci n'aurait pu naître sans la douceur
préalable ; même ensuite la douceur intermittente est nécessaire pour rendre la souffrance supportable et éviter les
ruptures ; et la dissimulation de l'enfer secret qu'est la vie
commune avec cette femme, jusqu'à l'ostentation d'une

intimité qu'on prétend douce, exprime un point de vue vrai, un lien général de l'effet à la cause, un des modes selon lesquels la production de la douleur est rendue possible.

Je ne m'étonnais plus qu'Albertine fût là et dût ne sortir le lendemain qu'avec moi ou sous la protection d'Andrée. Ces habitudes de vie en commun, ces grandes lignes qui délimitaient mon existence et à l'intérieur desquelles ne pouvait pénétrer personne excepté Albertine, et aussi (dans le plan futur encore inconnu de moi, de ma vie ultérieure, comme celui qui est tracé par un architecte pour des monuments qui ne s'élèveront que bien plus tard) les lignes lointaines, parallèles à celles-ci et plus vastes, par lesquelles s'esquissait en moi, comme un ermitage isolé, la formule un peu rigide et monotone de mes amours futures, avaient été en réalité tracées cette nuit à Balbec où, après ce qu'Albertine m'avait révélé dans le petit tram, qui l'avait élevée, j'avais voulu à tout prix la soustraire à certaines influences et l'empêcher d'être hors de ma présence pendant quelques jours. Les jours avaient succédé aux jours, ces habitudes étaient devenues machinales, mais comme ces rites dont l'Histoire essaye de retrouver la signification, j'aurais pu dire (et je ne l'aurais pas voulu) à qui m'eût demandé ce que signifiait cette vie de retraite où je me séquestrais jusqu'à ne plus aller au théâtre, qu'elle avait pour origine l'anxiété d'un soir, et le besoin de me prouver à moi-même les jours qui la suivraient que celle dont j'avais appris la fâcheuse enfance, n'aurait pas la possibilité si elle l'avait voulu de s'exposer aux mêmes tentations. Je ne songeais plus qu'assez rarement à ces possibilités, mais elles devaient pourtant rester vaguement présentes à ma conscience. Le fait de les détruire — ou d'y tâcher — jour par jour était sans doute la cause pourquoi il m'était si doux d'embrasser ces joues qui n'étaient pas plus belles que bien d'autres ; sous toute douceur charnelle un peu profonde, il y a la permanence d'un danger.

***

J'avais promis à Albertine que si je ne sortais pas avec elle, je me mettrais au travail. Mais le lendemain comme si, profitant de nos sommeils, la maison avait miraculeusement voyagé, je m'éveillais par un temps différent, sous un autre climat. On ne travaille pas au moment où on débarque dans un pays nouveau, aux conditions duquel il faut s'adapter. Or chaque jour était pour moi un pays différent. Ma paresse elle-même, sous les formes nouvelles qu'elle revêtait, comment l'eussé-je reconnue? Tantôt, par des jours irrémédiablement mauvais disait-on, rien que la résidence dans la maison située au milieu d'une pluie égale et continue avait la glissante douceur, le silence calmant, l'intérêt d'une navigation; une autre fois par un jour clair, en restant immobile dans mon lit, c'était le laisser tourner autour de moi comme d'un tronc d'arbre. D'autres fois encore aux premières cloches d'un couvent voisin, rares comme les dévotes matinales, blanchissant à peine le ciel sombre de leurs giboulées incertaines que fondait et dispersait le vent tiède, j'avais discerné une de ces journées tempêtueuses, désordonnées et douces, où les toits mouillés d'une ondée intermittente que sèche un souffle ou un rayon, laissent glisser en roucoulant une goutte de pluie et en attendant que le vent recommence à tourner, lissent au soleil momentané qui les irise, leurs ardoises gorge-de-pigeon; une de ces journées remplies par tant de changements de temps, d'incidents aériens, d'orages, que le paresseux ne croit pas les avoir perdues parce qu'il s'est intéressé à l'activité qu'à défaut de lui, l'atmosphère agissant en quelque sorte à sa place, a déployée; journées pareilles à ces temps d'émeute ou de guerre qui ne semblent pas vides à l'écolier délaissant sa classe parce qu'aux alentours du Palais de Justice ou en lisant les journaux, il a l'illusion de trouver dans les événements qui se sont produits, à défaut de la besogne qu'il n'a pas accomplie, un profit pour son intelligence et une excuse pour son oisiveté; journées enfin auxquelles on peut comparer celles où se passe dans notre vie quelque crise exception-

nelle et de laquelle celui qui n'a jamais rien fait croit qu'il
va tirer, si elle se dénoue heureusement, des habitudes
laborieuses; par exemple, c'est le matin où il sort pour un
duel qui va se dérouler dans des conditions particulièrement dangereuses; alors lui apparaît tout d'un coup au
moment où elle va peut-être lui être enlevée le prix d'une
vie de laquelle il aurait pu profiter pour commencer une
œuvre ou seulement goûter des plaisirs, et dont il n'a su
jouir en rien. « Si je pouvais ne pas être tué, se dit-il,
comme je me mettrais au travail à la minute même, et
aussi comme je m'amuserais. » La vie a pris en effet
soudain à ses yeux une valeur plus grande parce qu'il met
dans la vie tout ce qu'il semble qu'elle peut donner, et
non pas le peu qu'il lui fait donner habituellement. Il la
voit selon son désir, non telle que son expérience lui a
appris qu'il savait la rendre, c'est-à-dire si médiocre. Elle
s'est à l'instant remplie des labeurs, des voyages, des
courses de montagne, de toutes les belles choses qu'il se
dit que la funeste issue de ce duel pourra rendre impossibles, sans songer qu'elles l'étaient déjà avant qu'il fût
question de duel, à cause des mauvaises habitudes qui
même sans duel auraient continué. Il revient chez lui sans
avoir été même blessé. Mais il retrouve les mêmes obstacles aux plaisirs, aux excursions, aux voyages, à tout ce
dont il avait craint un instant d'être à jamais dépouillé par
la mort: il suffit pour cela de la vie. Quant au travail
— les circonstances exceptionnelles ayant pour effet
d'exalter ce qui existait préalablement dans l'homme,
chez le laborieux le labeur et chez l'oisif la paresse — il
se donne congé. Je faisais comme lui et comme j'avais
toujours fait depuis ma vieille résolution de me mettre à
écrire, que j'avais prise jadis, mais qui me semblait dater
d'hier parce que j'avais considéré chaque jour l'un après
l'autre comme non avenu. J'en usais de même pour
celui-ci, laissant passer sans rien faire, ses averses et ses
éclaircies et me promettant de travailler le lendemain.
Mais je n'y étais plus le même sous un ciel sans nuages;
le son doré des cloches ne contenait pas seulement
comme le miel, de la lumière, mais la sensation de la
lumière, (et aussi la saveur fade des confitures parce qu'à

Combray il s'était souvent attardé comme une guêpe sur notre table desservie). Par ce jour de soleil éclatant, rester tout le jour les yeux clos, c'était chose permise, usitée, salubre, plaisante, saisonnière, comme tenir ses persiennes fermées contre la chaleur. C'était par de tels temps qu'au début de mon second séjour à Balbec j'entendais les violons de l'orchestre entre les coulées bleuâtres de la marée montante. Combien je possédais plus Albertine aujourd'hui. Il y avait des jours où le bruit d'une cloche qui sonnait l'heure portait sur la sphère de sa sonorité une plaque si fraîche, si puissamment étalée de mouillé ou de lumière, que c'était comme une traduction pour aveugles, ou si l'on veut comme une traduction musicale du charme de la pluie, ou du charme du soleil. Si bien qu'à ce moment-là, les yeux fermés, dans mon lit, je me disais que tout peut se transposer et qu'un univers seulement audible pourrait être aussi varié que l'autre. Remontant paresseusement de jour en jour comme sur une barque et voyant apparaître devant moi toujours de nouveaux souvenirs enchantés, que je ne choisissais pas, qui l'instant d'avant m'étaient invisibles et que ma mémoire me présentait l'un après l'autre, sans que je pusse les choisir, je poursuivais paresseusement sur ces espaces unis ma promenade au soleil. Ces concerts matinaux de Balbec n'étaient pas anciens. Et pourtant à ce moment relativement rapproché, je me souciais peu d'Albertine. Même les tout premiers jours de l'arrivée, je n'avais pas connu sa présence à Balbec. Par qui donc l'avais-je apprise ? Ah ! oui, par Aimé. Il faisait un beau soleil comme celui-ci. Brave Aimé. Il était content de me revoir. Mais il n'aime pas Albertine. Tout le monde ne peut pas l'aimer. Oui c'est lui qui m'a annoncé qu'elle était à Balbec. Comment le savait-il donc ? Ah ! il l'avait rencontrée, il lui avait trouvé mauvais genre. A ce moment, abordant le récit d'Aimé par une face autre que celle qu'il m'avait présentée au moment où il me l'avait fait, ma pensée qui jusqu'ici avait navigué en souriant sur ces eaux bienheureuses éclatait soudain, comme si elle eût heurté une mine invisible et dangereuse, insidieusement posée à ce point de ma mémoire. Il m'avait dit qu'il l'avait rencontrée, qu'il lui avait trouvé mauvais genre. Qu'avait-il voulu dire par mauvais genre? J'avais compris genre vulgaire, parce que pour le contredire d'avance j'avais déclaré qu'elle avait de la distinction. Mais non peut-être avait-il voulu dire genre gomorrhéen. Elle était avec une amie, peut-être qu'elles se tenaient par la taille, qu'elles regardaient d'autres femmes, qu'elles avaient en effet un «genre» que je n'avais jamais vu à Albertine en ma présence. Qui était l'amie, où Aimé l'avait-il rencontrée, cette odieuse Albertine? Je tâchais de me rappeler exactement ce qu'Aimé m'avait dit pour voir si cela pouvait se rapporter à ce que j'imaginais, ou s'il avait voulu parler seulement de manières communes. Mais j'avais beau me le demander, la personne qui se posait la question et la personne qui pouvait offrir le souvenir n'étaient hélas qu'une seule et même personne, moi, qui se dédoublait momentanément, mais sans rien s'ajouter. J'avais beau questionner, c'était moi qui répondais, je n'apprenais rien de plus. Je ne songeais plus à Mlle Vinteuil. Né d'un soupçon nouveau, l'accès de jalousie dont je souffrais était nouveau aussi, ou plutôt il n'était que le prolongement, l'extension de ce soupçon, il avait le même théâtre, qui n'était plus Montjouvain mais la route où Aimé avait rencontré Albertine, pour objets les quelques amies dont l'une ou l'autre pouvait être celle qui était avec Albertine ce jour-là. C'était peut-être une certaine Élisabeth, ou bien peut-être ces deux jeunes filles qu'Albertine avait regardées dans la glace au casino, quand elle n'avait pas l'air de les voir. Elle avait sans doute des relations avec elles et d'ailleurs aussi avec Esther la cousine de Bloch. De telles relations si elles m'avaient été révélées par un tiers eussent suffi pour me tuer à demi. Mais comme c'était moi qui les imaginais, j'avais soin d'y ajouter assez d'incertitude pour amortir la douleur. On arrive sous la forme de soupçons à absorber journellement à doses énormes cette même idée qu'on est trompé, de laquelle une quantité très faible pourrait être mortelle, inoculée par la piqûre d'une parole déchirante. Et c'est sans doute pour cela, et par un dérivé de l'instinct de conservation que le même jaloux n'hésite pas à former des soupçons atroces à propos de faits innocents, à condition, devant la première preuve qu'on lui apporte, de se refuser à l'évidence. D'ailleurs l'amour est un mal inguérissable comme ces diathèses où le rhumatisme ne laisse quelque répit que pour faire place à des migraines épileptiformes. Le soupçon jaloux était-il calmé, j'en voulais à Albertine de n'avoir pas été tendre, peut-être de s'être moquée de moi avec Andrée. Je pensais avec effroi à l'idée qu'elle avait dû se faire si Andrée lui avait répété toutes nos conversations, l'avenir m'apparaissait atroce, ces tristesses ne me quittaient que si un nouveau soupçon jaloux me jetait dans d'autres recherches ou si, au contraire, les manifestations de tendresse d'Albertine me rendaient mon bonheur insignifiant. Quelle pouvait être cette jeune fille, il faudrait que j'écrive à Aimé, que je tâche de le voir, et ensuite je contrôlerais ses dires en causant avec Albertine, en la confessant. En attendant, croyant bien que ce devait être la cousine de Bloch, je demandai à celui-ci, qui ne comprit nullement dans quel but, de me montrer seulement une photographie d'elle ou bien plus, de me faire au besoin rencontrer avec elle. Combien de personnes, de villes, de chemins, la jalousie nous rend ainsi avides de connaître, elle est une soif de savoir grâce à laquelle sur des points isolés les uns des autres nous finissons par avoir successivement toutes les notions possibles sauf celles que nous voudrions. On ne sait jamais si un soupçon ne naîtra pas, car tout à coup on se rappelle une phrase qui n'était pas claire, un alibi qui n'avait pas été donné sans intention. Pourtant on n'a pas revu la personne mais il y a une jalousie après coup, qui ne naît qu'après l'avoir quittée, une jalousie de l'escalier. Peut-être l'habitude que j'avais prise de garder au fond de moi certains désirs, désir d'une jeune fille du monde comme celles que je voyais passer de ma fenêtre suivies de leur institutrice, et plus particulièrement de celle dont m'avait parlé Saint-Loup, qui allait dans les maisons de passe, désir de belles femmes de chambre et particuliè rement de celle de Mme Putbus, désir d'aller à la campa- gne au début du printemps revoir des aubépines, des pommiers en fleur, des tempêtes, désir de Venise, désir

de me mettre au travail, désir de mener la vie de tout le
monde, peut-être l'habitude de conserver en moi sans
assouvissement tous ces désirs, en me contentant de la
promesse faite à moi-même de ne pas oublier de les
satisfaire un jour, peut-être cette habitude vieille de tant
d'années, de l'ajournement perpétuel, de ce que M. de
Charlus flétrissait sous le nom de procrastination, était-
elle devenue si générale en moi qu'elle s'emparait aussi
de mes soupçons jaloux et tout en me faisant prendre
mentalement note que je ne manquerais pas un jour
d'avoir une explication avec Albertine au sujet de la jeune
fille, peut-être des jeunes filles (cette partie du récit était
confuse, effacée, autant dire indéchiffrable, dans ma
mémoire) avec laquelle — ou lesquelles — Aimé l'avait
rencontrée, me faisait retarder cette explication. En tout
cas je n'en parlerais pas ce soir à mon amie pour ne pas
risquer de lui paraître jaloux et de la fâcher. Pourtant
quand le lendemain Bloch m'eût envoyé la photographie
de sa cousine Esther, je m'empressai de la faire parvenir à
Aimé. Et à la même minute, je me souvins qu'Albertine
avait refusé le matin un plaisir qui aurait pu la fatiguer en
effet. Était-ce donc pour le réserver à quelque autre, cet
après-midi peut-être ? A qui ? C'est ainsi qu'est interminable la jalousie, car même si l'être aimé étant mort par
exemple ne peut plus la provoquer par ses actes, il arrive
que des souvenirs postérieurement à tout événement se
comportent tout à coup dans notre mémoire comme des
événements eux aussi, des souvenirs que nous n'avions
pas éclairés jusque-là, qui nous avaient paru insignifiants
et auxquels il suffit de notre propre réflexion sur eux,
sans aucun fait extérieur, pour donner un sens nouveau et
terrible. On n'a pas besoin d'être deux, il suffit d'être
seul dans sa chambre à penser pour que de nouvelles
trahisons de votre maîtresse se produisent, fût-elle morte.
Aussi il ne faut pas ne redouter dans l'amour, comme
dans la vie habituelle, que l'avenir, mais même le passé qui
ne se réalise pour nous souvent qu'après l'avenir, et nous
ne parlons pas seulement du passé que nous apprenons
après coup, mais de celui que nous avons conservé depuis
longtemps en nous et que tout à coup nous apprenons à lire.

N'importe, j'étais bien heureux, l'après-midi finissant, que ne tardât pas l'heure où j'allais pouvoir demander à la présence d'Albertine l'apaisement dont j'avais besoin. Malheureusement, la soirée qui vint fut une de celles où cet apaisement ne m'était pas apporté, où le baiser qu'Albertine me donnerait en me quittant, bien différent du baiser habituel, ne me calmerait pas plus qu'autrefois celui de ma mère quand elle était fâchée, et où je n'osais pas la rappeler mais où je sentais que je ne pourrais pas m'endormir. Ces soirées-là c'étaient maintenant celles où Albertine avait formé pour le lendemain quelque projet qu'elle ne voulait pas que je connusse. Si elle me l'avait confié, j'aurais mis à assurer sa réalisation une ardeur que personne autant qu'Albertine n'eût pu m'inspirer. Mais elle ne me disait rien et n'avait d'ailleurs besoin de ne rien dire : dès qu'elle était rentrée, sur la porte même de ma chambre, comme elle avait encore son chapeau ou sa toque sur la tête, j'avais déjà vu le désir inconnu, rétif, acharné, indomptable. Or c'était souvent les soirs où j'avais attendu son retour avec les plus tendres pensées, où je comptais lui sauter au cou avec le plus de tendresse. Hélas, ces mésententes comme j'en avais eu souvent avec mes parents que je trouvais froids ou irrités au moment où j'accourais près d'eux débordant de tendresse, elles ne sont rien auprès de celles qui se produisent entre deux amants. La souffrance ici est bien moins superficielle, est bien plus difficile à supporter, elle a pour siège une couche plus profonde du cœur. Ce soir-là, le projet qu'Albertine avait formé, elle fut pourtant obligée de m'en dire un mot ; je compris tout de suite qu'elle voulait aller le lendemain faire à Mme Verdurin une visite qui, en elle-même, ne m'eût en rien contrarié. Mais certainement, c'était pour y faire quelque rencontre, pour y préparer quelque plaisir. Sans cela elle n'eût pas tellement tenu à cette visite. Je veux dire, elle ne m'eût pas répété qu'elle n'y tenait pas. J'avais suivi dans mon existence une marche inverse de celle des peuples qui ne se servent de l'écriture phonétique qu'après n'avoir considéré les caractères que comme une suite de symboles ; moi qui pendant tant d'années n'avais cherché la vie et la pensée réelles des gens que dans l'énoncé direct qu'ils m'en fournissaient volontairement, par leur faute j'en étais arrivé à ne plus attacher au contraire d'importance qu'aux témoignages qui ne sont pas une expression rationnelle et analytique de la vérité; les paroles elles-mêmes ne me renseignaient qu'à la condition d'être interprétées à la façon d'un afflux de sang à la figure d'une personne qui se trouble, à la façon encore d'un silence subit. Tel adverbe (par exemple employé par M. de Cambremer quand il croyait que j'étais «écrivain» et que ne m'ayant pas encore parlé, racontant une visite qu'il avait faite aux Verdurin, il s'était tourné vers moi en disant: Il y avait *justement* de Borelli [16]) jailli dans une conflagration par le rapprochement involontaire, parfois périlleux, de deux idées que l'interlocuteur n'exprimait pas, et duquel par telles méthodes d'analyse ou d'électrolyse appropriées, je pouvais les extraire, m'en disait plus qu'un discours. Albertine laissait parfois traîner dans ses propos tel ou tel de ces précieux amalgames que je me hâtais de «traiter» pour les transformer en idées claires. C'est du reste une des choses les plus terribles pour l'amoureux que si les faits particuliers — que seuls l'expérience, l'espionnage, entre tant de réalisations possibles, feraient connaître — sont si difficiles à trouver, la vérité en revanche est si facile à percer ou seulement à pressentir. Souvent je l'avais vue à Balbec, attacher sur des jeunes filles qui passaient un regard brusque et prolongé pareil à un attouchement, et après lequel si je les connaissais elle me disait: «Si on les faisait venir? j'aimerais leur dire des injures», et depuis quelque temps, depuis qu'elle m'avait pénétré sans doute, aucune demande d'inviter personne, aucune parole, même un détournement des regards, devenus sans objet et silencieux, et aussi révélateurs, avec la mine distraite et vacante dont ils étaient accompagnés, qu'autrefois leur aimantation. Or il m'était impossible de lui faire des reproches ou de lui poser des questions, à propos de choses qu'elle eût déclarées si minimes, si insignifiantes, retenues par moi pour le plaisir de «chercher la petite bête». Il est déjà difficile de dire «pourquoi avez-vous regardé telle passante?», mais bien plus «pourquoi ne l'avez-vous pas regardée?» Et pourtant je savais bien, ou du moins j'aurais su si je n'avais pas voulu croire, plutôt que les affirmations d'Albertine, tous les riens inclus dans un regard, prouvés par lui, et telle ou telle contradiction dans les paroles, contradiction dont je ne m'apercevais souvent que longtemps après l'avoir quittée, qui me faisait souffrir toute la nuit, dont je n'osais plus reparler, mais qui n'en honorait pas moins de temps en temps ma mémoire de ses visites périodiques. Souvent pour ces simples regards furtifs ou détournés sur la plage de Balbec ou dans les rues de Paris, je pouvais me demander si la personne qui les provoquait n'était pas seulement un objet de désirs au moment où elle passait, mais une ancienne connaissance, ou bien une jeune fille dont on n'avait fait que lui parler et dont quand je l'apprenais j'étais stupéfait qu'on lui eût parlé tant c'était en dehors des connaissances possibles, au juger, d'Albertine. Mais la Gomorrhe moderne est un puzzle fait de morceaux qui viennent de là où on s'attendait le moins. C'est ainsi que je vis une fois à Rivebelle un grand dîner dont je connaissais par hasard au moins de nom les dix invitées, aussi dissemblables que possible, parfaitement rejointes cependant, si bien que je ne vis jamais dîner si homogène, bien que si composite. Pour en revenir aux jeunes passantes, jamais Albertine n'eût regardé une dame âgée ou un vieillard avec tant de fixité ou au contraire de réserve et comme si elle ne voyait pas. Les maris trompés qui ne savent rien savent tout tout de même. Mais il faut un dossier plus matériellement documenté pour établir une scène de jalousie. D'ailleurs, si la jalousie nous aide à découvrir un certain penchant à mentir chez la femme que nous aimons, elle centuple ce penchant, quand la femme a découvert que nous sommes jaloux. Elle ment (dans des proportions où elle ne nous a jamais menti auparavant), soit qu'elle ait pitié, ou peur, ou se dérobe instinctivement par une fuite symétrique à nos investigations. Certes il y a des amours où dès le début une femme légère s'est posée comme une vertu aux yeux de l'homme qui l'aime. Mais combien d'autres comprennent deux périodes parfaitement contrastées.

Dans la première la femme parle presque facilement, avec de simples atténuations, de son goût pour le plaisir, de la vie galante qu'il lui a fait mener, toutes choses qu'elle niera ensuite avec la dernière énergie au même homme mais qu'elle a senti jaloux d'elle et l'épiant. Il en arrive à regretter le temps de ces premières confidences dont le souvenir le torture cependant. Si la femme lui en faisait encore de pareilles, elle lui fournirait presque elle-même le secret des fautes qu'il poursuit inutilement cha-que jour. Et puis quel abandon cela prouvait, quelle confiance, quelle amitié. Si elle ne peut vivre sans le tromper, du moins le tromperait-elle en amie, en lui racontant ses plaisirs, en l'y associant. Et il regrette une telle vie que les débuts de leur amour semblaient esquis-ser, que sa suite a rendu impossible, faisant de cet amour quelque chose d'atrocement douloureux, qui rendra une séparation, selon les cas, ou inévitable, ou impossible.

Parfois l'écriture où je déchiffrais les mensonges d'Al-bertine, sans être idéographique avait simplement besoin d'être lue à rebours; c'est ainsi que ce soir elle m'avait lancé d'un air négligent ce message destiné à passer presque inaperçu: « Il serait possible que j'aille demain chez les Verdurin, je ne sais pas du tout si j'irai, je n'en ai guère envie », anagramme enfantin de cet aveu: « J'irai demain chez les Verdurin, c'est absolument certain, car j'y attache une extrême importance. » Cette hésitation apparente signifiait une volonté arrêtée et avait pour but de diminuer l'importance de la visite tout en me l'annon-çant; Albertine employait toujours le ton dubitatif pour les résolutions irrévocables. La mienne ne l'était pas moins: je m'arrangerais pour que la visite à Mme Ver-durin n'eût pas lieu. La jalousie n'est souvent qu'un inquiet besoin de tyrannie appliqué aux choses de l'amour. J'avais sans doute hérité de mon père ce brusque désir arbitraire de menacer les êtres que j'aimais le plus dans les espérances dont ils se berçaient avec une sécurité que je voulais leur montrer trompeuse, quand je voyais qu'Albertine avait combiné à mon insu, en se cachant de moi, le plan d'une sortie que j'eusse fait tout au monde pour lui rendre plus facile et plus agréable si elle m'en avait fait le confident, je disais négligemment, pour la faire trembler, que je comptais sortir ce jour-là.

Je me mis suggérer à Albertine d'autres buts de promenades qui eussent rendu la visite Verdurin impossible, en des paroles empreintes d'une feinte indifférence sous laquelle je tâchais de déguiser mon énervement. Mais elle l'avait dépisté. Il rencontrait chez elle la force électrique d'une volonté contraire qui le repoussait vivement ; dans les yeux d'Albertine j'en voyais jaillir les étincelles. Au reste à quoi bon m'attacher à ce que disaient les prunelles en ce moment ? Comment n'avais-je pas depuis longtemps remarqué que les yeux d'Albertine appartenaient à la famille de ceux qui (même chez un être médiocre) semblent faits de plusieurs morceaux à cause de tous les lieux où l'être veut se trouver — et cacher qu'il veut se trouver — ce jour-là. Des yeux — par mensonge toujours immobiles et passifs — mais dynamiques, mesurables par les mètres ou kilomètres à franchir pour se trouver au rendez-vous voulu, implacablement voulu, des yeux qui sourient moins encore au plaisir qui les tente, qu'ils ne s'auréolent de la tristesse et du découragement qu'il y aura peut-être une difficulté pour aller au rendez-vous. Entre vos mains mêmes, ces êtres-là sont des êtres de fuite. Pour comprendre les émotions qu'ils donnent et que d'autres êtres, même plus beaux, ne donnent pas, il faut calculer qu'ils sont non pas immobiles mais en mouvement, et ajouter à leur personne un signe correspondant à ce qu'en physique est le signe qui signifie vitesse. Si vous dérangez leur journée, ils vous avouent le plaisir qu'ils vous avaient caché : « Je voulais tant aller goûter à cinq heures avec telle personne que j'aime » ; eh bien si six mois après vous arrivez à connaître la personne en question, vous apprendrez que jamais la jeune fille dont vous aviez dérangé les projets, qui prise au piège, pour que vous la laissiez libre vous avait avoué le goûter qu'elle faisait ainsi avec une personne aimée tous les jours à l'heure où vous ne la voyiez pas, vous apprendrez que cette personne ne l'a jamais reçue, qu'elles n'ont jamais goûté ensemble, la jeune fille disant être très prise, par vous, précisément. Ainsi la personne avec qui elle avait

confessé qu'elle avait goûté, avec qui elle vous avait
supplié de la laisser goûter, cette personne, raison avouée
par nécessité, ce n'était pas elle, c'était une autre, c'était
encore autre chose! Autre chose, quoi? Une autre, qui?
Hélas les yeux fragmentés, portant au loin et tristes permettraient peut-être de mesurer les distances mais n'indi-
quent pas les directions. Le champ infini des possibles
s'étend, et si par hasard le réel se présentait devant nous,
il serait tellement en dehors des possibles que dans un
brusque étourdissement, allant taper contre le mur surgi,
nous tomberions à la renverse. Le mouvement et la fuite
constatés ne sont même pas indispensables, il suffit que
nous les induisions. Elle nous avait promis une lettre,
nous étions calmes, nous n'aimions plus. La lettre n'est
pas venue, aucun courrier n'en apporte, que se passe-t-il,
l'anxiété renaît et l'amour. Ce sont surtout de tels êtres
qui nous inspirent l'amour, pour notre désolation. Car
chaque anxiété nouvelle que nous éprouvons par eux
enlève à nos yeux de leur personnalité. Nous étions rési-
gnés à la souffrance, croyant aimer en dehors de nous et
nous nous apercevons que notre amour est fonction de
notre tristesse, que notre amour c'est peut-être notre tristesse et que l'objet n'en est que pour une faible part la
jeune fille à la noire chevelure. Mais enfin ce sont surtout
de tels êtres qui inspirent l'amour. Le plus souvent
l'amour n'a pas pour objet un corps, que si une émotion,
la peur de le perdre, l'incertitude de le retrouver se
fondent en lui. Or ce genre d'anxiété a une grande affinité
pour les corps. Il leur ajoute une qualité qui passe la
beauté même, ce qui est une des raisons pourquoi l'on
voit des hommes indifférents aux femmes les plus belles
en aimer passionnément certaines qui nous semblent laides. A ces êtres-là, à ces êtres de fuite, leur nature, notre
inquiétude attachent des ailes. Et même auprès de nous,
leur regard semble nous dire qu'ils vont s'envoler. La
preuve de cette beauté, surpassant la beauté, qu'ajoutent
les ailes, est que bien souvent pour nous un même être est
successivement sans ailes et ailé. Que nous craignions de
le perdre, nous oublions tous les autres. Sûrs de le garder
nous le comparons à ces autres qu'aussitôt nous lui pré-

férons. Et comme ces émotions et ces certitudes peuvent alterner d'une semaine à l'autre, un être peut une semaine se voir sacrifier tout ce qui plaisait, la semaine suivante être sacrifié, et ainsi de suite pendant très longtemps. Ce qui serait incompréhensible si nous ne savions par l'expérience que tout homme a d'avoir dans sa vie, au moins une fois, cessé d'aimer, oublié une femme, le peu de chose qu'est en soi-même un être quand il n'est plus, ou qu'il n'est pas encore perméable à nos émotions. Et bien entendu si nous disons êtres de fuite, c'est également vrai des êtres en prison, des femmes captives qu'on croit qu'on ne pourra jamais avoir. Aussi les hommes détestent les entremetteuses car elles facilitent la fuite, font briller la tentation, mais s'ils aiment au contraire une femme cloîtrée, ils recherchent volontiers les entremetteuses pour la faire sortir de sa prison et nous l'amener. Dans la mesure où les unions avec les femmes qu'on enlève, sont moins durables que d'autres, la cause en est que la peur de ne pas arriver à les obtenir ou l'inquiétude de les voir fuir est tout notre amour et qu'une fois enlevées à leur mari, arrachées à leur théâtre, guéries de la tentation de nous quitter, dissociées en un mot de notre émotion quelle qu'elle soit elles sont seulement elles-mêmes c'est-à-dire presque rien et si longtemps convoitées sont quittées bientôt par celui-là même qui avait si peur d'être quitté par elles. J'ai dit: «Comment n'avais-je pas deviné?» Mais ne l'avais-je pas deviné dès le premier jour à Balbec? N'avais-je pas deviné en Albertine une de ces filles sous l'enveloppe charnelle desquelles palpitent plus d'êtres cachés je ne dis pas que dans un jeu de cartes encore dans sa boîte, que dans une cathédrale ou un théâtre avant qu'on n'y entre, mais que dans la foule immense et renouvelée. Non pas seulement tant d'êtres mais le désir, le souvenir voluptueux, l'inquiète recherche de tant d'êtres. A Balbec je n'avais pas été troublé parce que je n'avais même pas supposé qu'un jour je serais sur des pistes même fausses. N'importe, cela avait donné pour moi à Albertine la plénitude d'un être empli jusqu'au bord par la superposition de tant d'êtres, de tant de désirs et de souvenirs voluptueux d'êtres. Et maintenant qu'elle m'avait dit un jour « Mlle Vinteuil » j'aurais voulu non pas arracher sa robe pour voir son corps mais à travers son corps voir tout ce bloc-notes de ses souvenirs et de ses prochains et ardents rendez-vous.

Comme les choses probablement les plus insignifiantes prennent soudain une valeur extraordinaire quand un être que nous aimons (ou à qui il ne manquait que cette duplicité pour que nous l'aimions) nous les cache ! En elle-même la souffrance ne nous donne pas forcément des sentiments d'amour ou de haine pour la personne qui la cause : un chirurgien qui nous fait mal nous reste indifférent. Mais une femme qui nous a dit pendant quelque temps que nous étions tout pour elle sans qu'elle fût elle-même tout pour nous, une femme que nous avons plaisir à voir, à embrasser, à tenir sur nos genoux, nous nous étonnons si seulement nous éprouvons à une brusque résistance que nous ne disposons pas d'elle. La déception réveille alors parfois en nous le souvenir oublié d'une angoisse ancienne que nous savons pourtant ne pas avoir été provoquée par cette femme mais par d'autres, dont les trahisons s'échelonnent sur notre passé. Et au reste comment a-t-on le courage de souhaiter vivre, comment peut-on faire un mouvement pour se préserver de la mort, dans un monde où l'amour n'est provoqué que par le mensonge et consiste seulement dans notre besoin de voir nos souffrances apaisées par l'être qui nous a fait souffrir ? Pour sortir de l'accablement qu'on éprouve quand on découvre ce mensonge et cette résistance, il y a le triste remède de chercher à agir malgré elle, à l'aide des êtres qu'on sent plus mêlés à sa vie que nous-mêmes, sur celle qui nous résiste et qui nous ment, à ruser nous-mêmes, à nous faire détester. Mais la souffrance d'un tel amour est de celles qui font invinciblement que le malade cherche dans un changement de position un bien-être illusoire. Ces moyens d'action ne nous manquent pas hélas. Et l'horreur de ces amours que l'inquiétude seule a enfantées vient de ce que nous tournons et retournons sans cesse dans notre cage des propos insignifiants ; sans compter que rarement les êtres pour qui nous les éprouvons nous plaisent physiquement d'une manière complète, puisque ce n'est pas notre goût délibéré, mais le hasard d'une minute d'angoisse, minute indéfiniment prolongée par notre faiblesse de caractère laquelle refait chaque soir des expériences et s'abaisse à des calmants, qui choisit pour nous. Sans doute mon amour pour Albertine n'était pas le plus dénué de ceux jusqu'où par manque de volonté on peut déchoir, car il n'était pas entièrement platonique, elle me donnait des satisfactions charnelles et puis elle était intelligente. Mais tout cela était une superfétation. Ce qui m'occupait l'esprit n'était pas ce qu'elle avait pu dire d'intelligent, mais tel mot qui éveillait chez moi un doute sur ses actes. J'essayais de me rappeler si elle avait dit ceci ou cela, de quel air, à quel moment, en réponse de quelles paroles, de reconstituer toute la scène de son dialogue avec moi, à quel moment elle avait voulu aller chez les Verdurin, quel mot de moi avait donné à son visage l'air fâché. Il se fût agi de l'événement le plus important que je ne me fusse pas donné tant de peine pour en rétablir la vérité, en restituer l'atmosphère et la couleur juste. Sans doute ces inquiétudes, après avoir atteint un degré où elles nous sont insupportables, on arrive parfois à les calmer entièrement pour un soir. La fête où l'amie qu'on aime doit se rendre, et sur la vraie nature de laquelle notre esprit travaillait depuis des jours, nous y sommes conviés aussi, notre amie n'y a de regards et de paroles que pour nous, nous la ramenons, et nous connaissons alors, nos inquiétudes dissipées, un repos aussi complet, aussi réparateur, que celui qu'on goûte parfois dans ce sommeil profond qui suit les longues marches. Mais le plus 'souvent nous ne faisons que changer d'inquiétude. Un des mots de la phrase qui devait nous calmer met nos soupçons sur une autre piste. Et sans doute un tel repos vaut que nous le payions à un prix élevé. Mais n'aurait-il pas été plus simple de ne pas acheter nous-même, volontairement, l'anxiété, et plus cher encore. D'ailleurs nous savons bien que si profondes que puissent être ces détentes momentanées, l'inquiétude sera tout de même la plus forte. Souvent même elle est renouvelée par la phrase dont le but était de nous apporter le repos. Les exigences de notre jalousie et l'aveuglement de notre crédulité sont plus grands que ne pouvait supposer la femme que nous aimons. Quand spontanément elle nous jure que tel homme n'est pour elle qu'un ami, elle nous bouleverse en nous apprenant — ce que nous ne soupçonnions pas — qu'il était pour elle un ami. Tandis qu'elle nous raconte, pour nous montrer sa sincérité, comment ils ont pris le thé ensemble, cet après-midi même, à chaque mot qu'elle dit l'invisible, l'insoupçonné prend forme devant nous. Elle avoue qu'il lui a demandé d'être sa maîtresse, et nous souffrons le martyre qu'elle ait pu écouter ses propositions. Elle les a refusées, dit-elle. Mais tout à l'heure en nous rappelant son récit, nous nous demanderons si le refus est bien véridique, car il y a entre les différentes choses qu'elle nous a dites cette absence de lien logique et nécessaire qui plus que les faits qu'on raconte est le signe de la vérité. Et puis elle a eu cette terrible intonation dédaigneuse : «Je lui ai dit non, catégoriquement» qui se retrouve dans toutes les classes de la société quand une femme ment. Il faut pourtant la remercier d'avoir refusé, l'encourager par notre bonté à nous faire de nouveau à l'avenir des confidences si cruelles. Tout au plus, faisons-nous la remarque : « Mais s'il vous avait déjà fait des propositions, pourquoi avez-vous consenti à prendre le thé avec lui ? » — « Pour qu'il ne pût pas m'en vouloir et dire que je n'ai pas été gentille. » Et nous n'osons pas lui répondre qu'en refusant elle eût peut-être été plus gentille pour nous. D'ailleurs Albertine m'effrayait en me disant que j'avais raison, pour ne pas lui faire de tort, de dire que je n'étais pas son amant, puisque aussi bien, ajoutait-elle, «c'est la vérité que vous ne l'êtes pas». Je ne l'étais peut-être pas complètement en effet, mais alors fallait-il penser que toutes les choses que nous faisions ensemble, elle les faisait aussi avec tous les hommes dont elle me jurait qu'elle n'avait pas été la maîtresse? Vouloir connaître à tout prix ce qu'Albertine pensait, qui elle voyait, qui elle aimait — comme il était étrange que je sacrifiasse tout à ce besoin, puisque j'avais éprouvé le même besoin de savoir au sujet de Gilberte des noms propres, des faits, qui m'étaient maintenant si indifférents. Je me rendais bien compte qu'en elles-mêmes les actions d'Albertine n'avaient pas plus d'intérêt. Il est curieux qu'un premier amour, si par la fragilité qu'il laisse à notre cœur il fraye la voie aux amours suivantes, ne nous donne pas du moins par l'identité même des symptômes et des souffrances le moyen de les guérir. D'ailleurs, y a-t-il besoin de savoir un fait? Ne sait-on pas d'abord d'une façon générale le mensonge et la discrétion même de ces femmes qui ont quelque chose à cacher, y a-t-il là possibilité d'erreur? Elles se font une vertu de se taire alors que nous voudrions tant les faire parler. Et nous sentons qu'à leur complice elles ont affirmé : « je ne dis jamais rien. Ce n'est pas par moi qu'on saura quelque chose, je ne dis jamais rien. » On donne sa fortune, sa vie pour un être, et pourtant cet être on sait bien qu'à dix ans d'intervalle, plus tôt ou plus tard, on lui refuserait cette fortune, on préférerait garder sa vie. Car alors l'être serait détaché de nous, seul, c'est-à-dire nul. Ce qui nous attache aux êtres ce sont ces mille racines, ces fils innombrables que sont les souvenirs de la soirée de la veille, les espérances de la matinée du lendemain, c'est cette trame continue d'habitudes dont nous ne pouvons pas nous dégager. De même qu'il y a des avares qui entassent par générosité, nous sommes des prodigues qui dépensent par avarice, et c'est moins à un être que nous sacrifions notre vie, qu'à tout ce qu'il a pu attacher autour de lui de nos heures, de nos jours, de ce à côté de quoi la vie non encore vécue, la vie relativement future, nous semble une vie plus lointaine, plus détachée, moins intime, moins nôtre. Ce qu'il faudrait c'est se dégager de ces liens qui ont tellement plus d'importance que lui, mais ils ont pour effet de créer en nous des devoirs momentanés à son égard, devoirs qui font que nous n'osons pas le quitter de peur d'être mal jugé de lui alors que plus tard nous oserions car dégagé de nous il ne serait plus nous et que nous ne nous créons en réalité de devoirs (dussent-ils, par une contradiction apparente aboutir au suicide) qu'envers nous-mêmes. Si je n'aimais pas Albertine (ce dont je n'étais pas sûr), cette place qu'elle tenait auprès de moi n'avait rien d'extraordinaire : nous

ne vivons qu'avec ce que nous n'aimons pas, que nous
n'avons fait vivre avec nous que pour tuer l'insupportable
amour qu'il s'agisse d'une femme, d'un pays, ou encore
d'une femme enfermant un pays. Même nous aurions
bien peur de recommencer à aimer si l'absence se produisait de nouveau. Je n'en étais pas arrivé à ce point pour
Albertine. Ses mensonges, ses aveux, me laissaient à
achever la tâche d'éclaircir la vérité. Ses mensonges si
nombreux parce qu'elle ne se contentait pas de mentir
comme tout être qui se croit aimé, mais parce que par
nature elle était, en dehors de cela, menteuse, et si chan-
geante d'ailleurs que même en me disant chaque fois la
vérité sur ce que par exemple elle pensait des gens, elle
eût dit chaque fois des choses différentes; ses aveux,
parce que si rares, arrêtés si court, ils laissaient entre eux,
en tant qu'ils concernaient le passé, de grands intervalles
tout en blanc et sur toute la longueur desquels il me fallait
retracer et pour cela d'abord apprendre sa vie. Quant au
présent, pour autant que je pouvais interpréter les paroles
sibyllines de Françoise, ce n'était pas que sur des points
particuliers, c'était sur tout un ensemble qu'Albertine me
mentait et je verrais «tout par un beau jour» ce que
Françoise faisait semblant de savoir, ce qu'elle ne voulait
pas me dire, ce que je n'osais pas lui demander. D'ailleurs c'était sans doute par la même jalousie qu'elle avait
eue jadis envers Eulalie que Françoise parlait des choses
les plus invraisemblables, tellement vagues qu'on pouvait
tout au plus y supposer l'insinuation bien invraisemblable
que la pauvre captive (qui aimait les femmes) préférait un
mariage avec quelqu'un qui ne semblait pas tout à fait
être moi. Si cela avait été, malgré ses radiotélépathies
comment Françoise l'aurait-elle su? Certes les récits
d'Albertine ne pouvaient nullement me fixer là-dessus,
car ils étaient chaque jour aussi opposés que les couleurs
d'une toupie presque arrêtée. D'ailleurs il semblait bien
que c'était surtout la haine qui faisait parler Françoise. Il
n'y avait pas de jour qu'elle ne me dît et que je ne
supportasse en l'absence de ma mère des paroles telles
que: «Certes vous êtes gentil et je n'oublierai jamais la
reconnaissance que je vous dois (ceci probablement pour

que je me crée des titres à sa reconnaissance). Mais la maison est empestée depuis que la gentillesse a installé ici la fourberie, que l'intelligence protège la plus bête qu'on ait jamais vue, que la finesse, les manières, l'esprit, la dignité en toutes choses, l'air et la réalité d'un prince se laissent faire la loi et monter le coup et me faire humilier moi qui suis depuis quarante ans dans la famille, par le vice, par ce qu'il y a de plus vulgaire et de plus bas. » Françoise en voulait surtout à Albertine d'être commandée par autre que nous et d'un surcroît de travail de ménage, d'une fatigue qui altérant la santé de notre vieille servante (laquelle ne voulait pas malgré cela être aidée dans son travail n'étant « pas une propre à rien ») eût suffi à expliquer cet événement, ces colères haineuses. Certes elle eût voulu qu'Albertine-Esther fût bannie. C'était le vœu de Françoise. Et en la consolant cela eût déjà reposé notre vieille servante. Mais à mon avis ce n'était pas seulement cela. Une telle haine n'avait pu naître que dans un corps surmené. Et plus encore que d'égards Françoise avait besoin de sommeil.

Pendant qu'Albertine allait ôter ses affaires et pour aviser au plus vite, je me saisis du récepteur du téléphone, j'invoquai les Divinités implacables, mais ne fis qu'exciter leur fureur qui se traduisait par ces mots : « Pas libre. » Andrée était en effet en train de causer avec quelqu'un. En attendant qu'elle eût achevé sa communication, je me demandais comment, puisque tant de peintres cherchent à renouveler les portraits féminins du XVIIIe siècle où l'ingénieuse mise en scène est un prétexte aux expressions de l'attente, de la bouderie, de l'intérêt, de la rêverie, comment aucun de nos modernes Boucher ou Fragonard ne peignit au lieu de « la Lettre », « du Clavecin », etc., cette scène qui pourrait s'appeler : « Devant le téléphone », et où naîtrait spontanément sur les lèvres de l'écouteuse un sourire d'autant plus vrai qu'il sait n'être pas vu. Enfin Andrée m'entendit : « Vous venez prendre Albertine demain ? » et en prononçant ce nom d'Albertine, je pensais à l'envie que m'avait inspirée Swann quand il m'avait dit le jour de la fête chez la Princesse de Guermantes : « Venez voir Odette », et que j'avais pensé à ce que malgré tout il y avait de fort dans un prénom qui aux yeux de tout le monde et d'Odette elle-même n'avait que dans la bouche de Swann ce sens absolument possessif. Qu'une telle mainmise — résumée en un vocable — sur toute une existence m'avait paru, chaque fois que j'étais amoureux, devoir être douce ! Mais en réalité quand on peut le dire, ou bien cela est devenu indifférent, ou bien l'habitude n'a pas émoussé la tendresse, mais elle en a changé les douceurs en douleurs. Le mensonge est bien peu de chose, nous vivons au milieu de lui sans faire qu'en sourire, nous le pratiquons sans croire faire mal à personne, mais la jalousie en souffre et voit plus qu'il ne cache (souvent notre amie refuse de passer la soirée avec nous et va au théâtre tout simplement pour que nous ne voyions pas qu'elle a mauvaise mine), comme bien souvent elle reste aveugle à ce que cache la vérité. Mais elle ne peut rien obtenir, car celles qui jurent ne pas mentir refuseraient sous le couteau de confesser leur caractère. Je savais que moi seul pouvais dire de cette façon-là « Albertine » à Andrée. Et, pourtant pour Albertine, pour Andrée, et pour moi-même, je sentais que je n'étais rien. Et je comprenais l'impossibilité où se heurte l'amour. Nous nous imaginons qu'il a pour objet un être qui peut être couché devant nous, enfermé dans un corps. Hélas ! il est l'extension de cet être à tous les points de l'espace et du temps que cet être a occupés et occupera. Si nous ne possédons pas son contact avec tel lieu, avec telle heure, nous ne le possédons pas. Or nous ne pouvons toucher tous ces points. Si encore ils nous étaient désignés peut-être pourrions-nous nous étendre jusqu'à eux. Mais nous tâtonnons sans les trouver. De là la défiance, la jalousie, les persécutions. Nous perdons un temps précieux sur une piste absurde et nous passons sans le soupçonner à côté du vrai. Mais déjà une des divinités irascibles, aux servantes vertigineusement agiles, s'irritait non plus que je parlasse, mais que je ne dise rien : « Mais voyons, c'est libre, depuis le temps que vous êtes en communication, je vais vous couper. » Mais elle n'en fit rien et tout en suscitant la présence d'Andrée, l'enveloppa, en grand poète qu'est toujours une demoiselle du téléphone, de l'atmosphère particulière à la demeure, au quartier, à la vie même de l'amie d'Albertine. «C'est vous», me dit Andrée dont la voix était projetée jusqu'à moi avec une vitesse instantanée par la déesse qui a le privilège de rendre les sons plus rapides que l'éclair : «Écoutez, répondis-je, allez où vous voudrez, n'importe où, excepté chez Mme Verdurin, il faut à tout prix en éloigner demain Albertine.» — «C'est que justement elle doit y aller demain.» — «Ah!» Mais j'étais obligé d'interrompre un instant et de faire des gestes menaçants car si Françoise continuait — comme si c'eût été quelque chose d'aussi désagréable que la vaccine ou d'aussi périlleux que l'aéroplane — à ne pas vouloir apprendre à téléphoner, ce qui nous eût déchargés des communications qu'elle pouvait connaître sans inconvénient, en revanche elle entrait immédiatement chez moi dès que j'étais en train d'en faire d'assez secrètes pour que je tinsse particulièrement à les lui cacher. Quand elle fut enfin sortie de la chambre non sans s'être attardée à emporter divers objets qui y étaient depuis la veille et eussent pu y rester sans gêner le moins du monde une heure de plus, et pour remettre dans le feu une bûche bien inutile par la chaleur brûlante que me donnaient la présence de l'intruse et la peur de me voir «couper» par la demoiselle : «Pardonnez-moi, dis-je à Andrée, j'ai été dérangé. C'est absolument sûr qu'elle doit aller demain chez les Verdurin?» — «Absolument, mais je peux lui dire que cela vous ennuie.» — «Non au contraire, ce qui est possible c'est que je vienne avec vous.» — «Ah!» fit Andrée d'une voix fort ennuyée et comme effrayée de mon audace qui ne fit du reste que s'en affermir. «Alors, je vous quitte et pardon de vous avoir dérangée pour rien.» — «Mais non», dit Andrée et (comme maintenant l'usage du téléphone était devenu courant, autour de lui s'était développé l'enjolivement de phrases spéciales, comme jadis autour des «thés»), elle ajouta : «Cela m'a fait grand plaisir d'entendre votre voix.» J'aurais pu en dire autant, et plus véridiquement qu'Andrée, car je venais d'être infiniment sensible à sa voix, n'ayant jamais remarqué jusque-là qu'elle était si différente des autres.

Alors je me rappelai d'autres voix encore, des voix de femmes surtout, les unes ralenties par la précision d'une question et l'attention de l'esprit, d'autres essoufflées, même interrompues, par le flot lyrique de ce qu'elles racontent, je me rappelai une à une la voix de chacune des jeunes filles que j'avais connues à Balbec, puis de Gilberte, puis de ma grand-mère, puis de Mme de Guermantes, je les trouvai toutes dissemblables, moulées sur un langage particulier à chacune, jouant toutes sur un instrument différent, et je me dis quel maigre concert doivent donner au paradis les trois ou quatre anges musiciens des vieux peintres, quand je voyais s'élever vers Dieu, par dizaines, par centaines, par milliers, l'harmonieuse et multisonore salutation de toutes les Voix. Je ne quittai pas le téléphone sans remercier en quelques mots propitiatoires celle qui règne sur la vitesse des sons, d'avoir bien voulu user en faveur de mes humbles paroles d'un pouvoir qui les rendait cent fois plus rapides que le tonnerre, mais mes actions de grâces restèrent sans autre réponse que d'être coupées.

Quand Albertine revint dans ma chambre elle avait une robe de satin noir qui contribuait à la rendre plus pâle, à faire d'elle la Parisienne blême, ardente, étiolée par le manque d'air, l'atmosphère des foules et peut-être l'habitude du vice, et dont les yeux semblaient plus inquiets parce que ne les égayait pas la rougeur des joues. « Devinez, lui dis-je, à qui je viens de téléphoner, à Andrée. » — « A Andrée ? » s'écria Albertine sur un ton bruyant, étonné, ému, qu'une nouvelle aussi simple ne comportait pas. « J'espère qu'elle a pensé à vous dire que nous avions rencontré Mme Verdurin l'autre jour. » — « Madame Verdurin ? Je ne me rappelle pas », répondis-je en ayant l'air de penser à autre chose à la fois pour sembler indifférent à cette rencontre et pour ne pas trahir Andrée qui m'avait dit où Albertine irait le lendemain. Mais qui sait si elle-même, Andrée, ne me trahissait pas, si demain elle ne raconterait pas à Albertine que je lui avais demandé de l'empêcher coûte que coûte d'aller chez les Verdurin, et si elle ne lui avait pas déjà révélé que je lui avais fait plusieurs fois des recommandations analogues.

Elle m'avait affirmé ne les avoir jamais répétées, mais la valeur de cette affirmation était balancée dans mon esprit par l'impression que depuis quelque temps s'était retirée du visage d'Albertine la confiance qu'elle avait eue si longtemps en moi. La souffrance dans l'amour cesse par instants mais pour reprendre d'une façon différente. Nous pleurons de voir celle que nous aimons ne plus avoir avec nous ces élans de sympathie, ces avances amoureuses du début, nous souffrons plus encore que les ayant perdus pour nous elle les retrouve pour d'autres; puis de cette souffrance-là nous sommes distraits par un mal nouveau plus atroce, le soupçon qu'elle nous a menti sur sa soirée de la veille, où elle nous a trompés sans doute; ce soup-çon-là aussi se dissipe, la gentillesse que nous montre notre amie nous apaise, mais alors un mot oublié nous revient à l'esprit, on nous a dit qu'elle était ardente au plaisir; or nous ne l'avons connue que calme; nous es-sayons de nous représenter ce que furent ses frénésies avec d'autres, nous sentons le peu que nous sommes pour elle, nous remarquons un air d'ennui, de nostalgie, de tristesse pendant que nous parlons, nous remarquons comme un ciel noir les robes négligées qu'elle met quand elle est avec nous, gardant pour les autres celles avec lesquelles au commencement elle nous flattait. Si au contraire elle est tendre, quelle joie un instant, mais en voyant cette petite langue tirée comme pour un appel, nous pensons à celles à qui il était si souvent adressé, appel qui même peut-être auprès de moi, sans qu'Alber-tine pensât à elles, était demeuré, à cause d'une trop longue habitude, un signe machinal. Puis le sentiment que nous l'ennuyons revient. Mais brusquement cette souffrance tombe à peu de chose en pensant à l'inconnu malfaisant de sa vie, aux lieux impossibles à connaître où elle a été, est peut-être encore dans les heures où nous ne sommes pas près d'elle, si même elle ne projette pas d'y vivre définitivement, ces lieux où elle est loin de nous, pas à nous, plus heureuse qu'avec nous. Tels sont les feux tournants de la jalousie.

La jalousie est aussi un démon qui ne peut être exor-cisé, et reparaît toujours incarné sous une nouvelle forme.

Pussions-nous arriver à les exterminer toutes, à garder perpétuellement celle que nous aimons, l'Esprit du Mal prendrait alors une autre forme, plus pathétique encore, le désespoir de n'avoir obtenu la fidélité que par force, le désespoir de n'être pas aimé.

Entre Albertine et moi il y avait souvent l'obstacle d'un silence fait sans doute des griefs qu'elle taisait parce qu'elle les jugeait irréparables. Si douce qu'Albertine fût certains soirs, elle n'avait plus de ces mouvements spontanés que je lui avais connus à Balbec quand elle me disait : « Ce que vous êtes gentil tout de même », et que le fond de son cœur semblait venir à moi, sans la réserve d'aucun des griefs qu'elle avait maintenant et qu'elle taisait parce qu'elle les jugeait sans doute irréparables, impossibles à oublier, inavoués, mais qui n'en mettaient pas moins entre elle et moi la prudence significative de ses paroles ou l'intervalle d'un infranchissable silence. « Et peut-on savoir pourquoi vous avez téléphoné à Andrée ? » — « Pour lui demander si cela ne la contrarierait pas que je me joigne à vous demain et que j'aille ainsi faire aux Verdurin la visite que je leur promets depuis la Raspelière. » — « Comme vous voudrez. Mais je vous préviens qu'il y a un brouillard atroce ce soir et qu'il y en aura sûrement encore demain. Je vous dis cela parce que je ne voudrais pas pas que cela vous fasse mal. Vous pensez bien que pour moi je préfère que vous veniez avec nous. Du reste, ajouta-t-elle d'un air préoccupé, je ne sais pas du tout si j'irai chez les Verdurin. Ils m'ont fait tant de gentillesses qu'au fond je devrais. Après vous c'est encore les gens qui ont été les meilleurs pour moi, mais il y a des riens qui me déplaisent chez eux. Il faut absolument que j'aille au Bon Marché et aux Trois-Quartiers acheter une guimpe blanche car cette robe est trop noire. » Laisser Albertine aller seule dans un grand magasin parcouru par tant de gens qu'on frôle, pourvu de tant d'issues qu'on peut dire qu'à la sortie on n'a pas réussi à trouver sa voiture qui attendait plus loin, j'étais bien décidé à n'y pas consentir, mais j'étais surtout malheureux. Et pourtant je ne me rendais pas compte qu'il y avait longtemps que j'aurais dû cesser de voir Albertine, car elle était entrée pour moi dans cette période lamentable où un être disséminé dans l'espace et dans le temps n'est plus pour nous une femme mais une suite d'événements sur lesquels nous ne pouvons faire la lumière, une suite de problèmes insolubles, une mer que nous essayons ridiculement comme Xerxès de battre pour la punir de ce qu'elle a englouti. Une fois cette période commencée, on est forcément vaincu. Heureux ceux qui le comprennent assez tôt pour ne pas prolonger une lutte inutile, épuisante, enserrée de toutes parts par les limites de l'imagination, et où la jalousie se débat si honteusement que l'homme, le même qui jadis, si seulement les regards de celle qui était toujours à côté de lui se portaient un instant sur un autre, imaginait une intrigue, éprouvait combien de tourments, se résigne plus tard à la laisser sortir seule, quelquefois avec celui qu'il sait son amant et préfère à l'inconnaissable cette torture du moins connue. C'est une question de rythme à adopter et qu'on suit après par habitude. Des nerveux ne pourraient pas manquer un dîner, qui font ensuite des cures de repos jamais assez longues ; des femmes récemment encore légères, vivent de la pénitence. Des jaloux qui pour épier celle qu'ils aimaient retranchaient sur leur sommeil, sur leur repos, sentant que ses désirs à elle, le monde si vaste et si secret, le temps sont plus forts qu'eux, la laissent sortir sans eux, puis voyager, puis se séparent. La jalousie finit ainsi faute d'aliments et n'a tant duré qu'à cause d'en avoir réclamé sans cesse. J'étais bien loin de cet état. Sans doute le temps d'Albertine m'appartenait en quantités bien plus grandes qu'à Balbec. J'étais maintenant libre de faire aussi souvent que je voulais des promenades avec elle. Comme il n'avait pas tardé à s'établir autour de Paris des hangars d'aviation, qui sont pour les aéroplanes ce que les ports sont pour les vaisseaux, et que depuis le jour où près de la Raspelière la rencontre quasi mythologique d'un aviateur dont le vol avait fait se cabrer mon cheval, avait été pour moi comme une image de la liberté, j'aimais souvent qu'à la fin de la journée le but de nos sorties — agréable d'ailleurs à Albertine, passionnée pour tous les sports — fût un de ces aérodromes. Nous nous y rendions elle et moi, attirés par cette vie incessante des départs et des arrivées qui donnent tant de charme aux promenades sur les jetées ou seulement sur la grève pour ceux qui aiment la mer et aux flâneries autour d'un « centre d'aviation » pour ceux qui aiment le ciel. A tout moment parmi le repos des appareils inertes et comme à l'ancre, nous en voyions un péniblement tiré par plusieurs mécaniciens comme est traînée sur le sable une barque demandée par un touriste qui veut aller faire une randonnée en mer. Puis le moteur était mis en marche, l'appareil courait, prenait son élan, enfin tout à coup, à angle droit, il s'élevait lentement, dans l'extase raidie, comme immobilisée, d'une vitesse horizontale soudain transformée en majestueuse et verticale ascension. Albertine ne pouvait contenir sa joie et elle demandait des explications aux mécaniciens qui maintenant que l'appareil était à flot rentraient. Le passager cependant ne tardait pas à franchir des kilomètres, le grand esquif sur lequel nous ne cessions pas de fixer les yeux n'était plus dans l'azur qu'un point presque indistinct lequel d'ailleurs reprendrait peu à peu sa matérialité, sa grandeur, son volume quand, la durée de la promenade approchant de sa fin, le moment serait venu de rentrer au port. Et nous regardions avec envie, Albertine et moi, au moment où il sautait à terre, le promeneur qui était allé ainsi goûter au large dans ces horizons solitaires, le calme et la limpidité du soir. Puis soit de l'aérodrome, soit de quelque musée, de quelque église que nous étions allés visiter, nous revenions ensemble pour l'heure du dîner. Et pourtant je ne rentrais pas calmé comme je l'étais à Balbec par de plus rares promenades que je m'enorgueillissais de voir durer tout un après-midi et que je contemplais ensuite, se détachant en beaux massifs de fleurs, sur le reste de la vie d'Albertine, comme sur un ciel vide devant lequel on rêve doucement, sans pensée. Le temps d'Albertine ne m'appartenait pas alors en quantités aussi grandes qu'aujourd'hui. Pourtant il me semblait alors bien plus à moi parce que je tenais compte seulement — mon amour s'en réjouissant comme d'une faveur — des heures qu'elle passait avec moi ; maintenant — ma jalousie y cherchant avec in-

quiétude la possibilité d'une trahison — rien que des
heures qu'elle passait sans moi. Or demain, elle désirait
qu'il y en eût de telles. Il faudrait choisir ou de cesser de
souffrir ou de cesser d'aimer. Car ainsi qu'au début il est
formé par le désir, l'amour n'est entretenu plus tard que
par l'anxiété douloureuse. Je sentais qu'une partie de la
vie d'Albertine m'échappait. L'amour dans l'anxiété
douloureuse comme dans le désir heureux est l'exigence
d'un tout. Il ne naît, il ne subsiste que si une partie reste à
conquérir. On n'aime que ce qu'on ne possède pas tout
entier. Albertine mentait en me disant qu'elle n'irait sans
doute pas voir les Verdurin, comme je mentais en disant
que je voulais aller chez eux. Elle cherchait seulement à
m'empêcher de sortir avec elle, et moi, par l'annonce
brusque de ce projet que je ne comptais nullement mettre
à exécution, à toucher en elle le point que je devinais le
plus sensible, à traquer le désir qu'elle cachait et à la
forcer à avouer que ma présence auprès d'elle demain
l'empêchait de le satisfaire. Elle l'avait fait, en somme,
en cessant brusquement de vouloir aller chez les Verdurin. «Si vous ne voulez pas venir chez les Verdurin, lui
dis-je, il y a au Trocadéro une superbe représentation à
bénéfices.» Elle écouta mon conseil d'y aller, d'un air
dolent. Je recommençai à être dur avec elle comme à
Balbec au temps de ma première jalousie. Son visage
reflétait une déception et j'employais à blâmer mon amie
les mêmes raisons qui m'avaient été si souvent opposées
par mes parents quand j'étais petit et qui avaient paru
inintelligentes et cruelles à mon enfance incomprise.
«Non malgré votre air triste, disais-je à Albertine, je ne
peux pas vous plaindre, je vous plaindrais si vous étiez
malade, s'il vous était arrivé un malheur, si vous aviez
perdu un parent ce qui ne vous ferait peut-être aucune
peine étant donné le gaspillage de fausse sensibilité que
vous faites pour rien. D'ailleurs je n'apprécie pas la
sensibilité des gens qui prétendent tant nous aimer sans
être capables de nous rendre le plus léger service et que
leur pensée tournée vers nous laisse si distraits qu'ils
oublient d'emporter la lettre que nous leur avons confiée
et d'où notre avenir dépend.» Ces paroles, une grande

partie de ce que nous disons n'étant qu'une récitation, je
les avais toutes entendu prononcer à ma mère, laquelle
(m'expliquant volontiers qu'il ne fallait pas confondre la
véritable sensibilité, ce que, disait-elle, les Allemands,
dont elle admirait beaucoup la langue, malgré l'horreur
de mon père pour cette nation, appelaient «Empfin-
dung», et la sensiblerie «Empfindelei») était allée, une
fois que je pleurais, jusqu'à me dire que Néron était
peut-être nerveux et n'était pas meilleur pour cela. Au
vrai, comme ces plantes qui se dédoublent en poussant,
en regard de l'enfant sensitif que j'avais uniquement été,
lui faisait face maintenant un homme opposé, plein de
bon sens, de sévérité pour la sensibilité maladive des
autres, un homme ressemblant à ce que mes parents
avaient été pour moi. Sans doute, chacun devant faire
continuer en lui la vie des siens, l'homme pondéré et
railleur qui n'existait pas en moi au début avait rejoint le
sensible et il était naturel que je fusse à mon tour tel que
mes parents avaient été. De plus au moment où ce nouveau moi se formait il trouvait son langage tout prêt dans
le souvenir de celui, ironique et grondeur, qu'on m'avait
tenu, que j'avais maintenant à tenir aux autres, et qui
sortait tout naturellement de ma bouche soit que je l'évo-
quasse par mimétisme et association de souvenirs, soit
aussi que les délicates et mystérieuses incrustations du
pouvoir génésique eussent en moi, à mon insu, dessiné
comme sur la feuille d'une plante les mêmes intonations,
les mêmes gestes, les mêmes attitudes qu'avaient eus
ceux dont j'étais sorti. Car quelquefois, en train de faire
l'homme sage quand je parlais à Albertine, il me semblait
entendre ma grand-mère; du reste n'était-il pas arrivé à
ma mère (tant d'obscurs courants inconscients infléchis-
sant en moi jusqu'aux plus petits mouvements de mes
doigts eux-mêmes à être entraînés dans les mêmes cycles
que mes parents) de croire que c'était mon père qui
entrait, tant j'avais la même manière de frapper que lui.
D'autre part l'accouplement des éléments contraires est la
loi de la vie, le principe de la fécondation, et comme on
verra la cause de bien des malheurs. Habituellement on
déteste ce qui nous est semblable et nos propres défauts

vus du dehors nous exaspèrent. Combien plus encore
quand quelqu'un qui a passé l'âge où on les exprime
naïvement et qui par exemple s'est fait dans les moments
les plus brûlants un visage de glace, exècre-t-il les mêmes
défauts, si c'est un autre, plus jeune ou plus naïf, ou plus
sot, qui les exprime. Il y a des sensibles pour qui la vue
dans les yeux des autres des larmes qu'eux-mêmes retiennent est exaspérante. C'est la trop grande ressemblance qui fait que malgré l'affection, et parfois plus
l'affection est grande, la division règne dans les familles.
Peut-être chez moi, et chez beaucoup, le second homme
que j'étais devenu était-il simplement une face du premier, exalté et sensible du côté de soi-même, sage mentor
pour les autres. Peut-être en était-il ainsi chez mes parents
selon qu'on les considérait par rapport à moi ou en eux-
mêmes. Et pour ma grand-mère et ma mère il était trop
visible que leur sévérité pour moi était voulue par elles et
même leur coûtait, mais peut-être chez mon père lui-
même la froideur n'était-elle qu'un aspect extérieur de sa
sensibilité? Car c'est peut-être la vérité humaine de ce
double aspect, aspect du côté de la vie intérieure, aspect
du côté des rapports sociaux, qu'on exprimait dans ces
mots qui me paraissaient autrefois aussi faux dans leur
contenu que pleins de banalité dans leur forme quand on
disait en parlant de mon père : « Sous sa froideur glaciale,
il cache une sensibilité extraordinaire, ce qu'il a surtout,
c'est la pudeur de la sensibilité. » Ne cachait-il pas au
fond d'incessants et secrets orages ce calme au besoin
semé de réflexions sentencieuses, d'ironie pour les manifestations maladroites de la sensibilité, et qui était le
sien, mais que moi aussi maintenant j'affectais vis-à-vis
de tout le monde et dont surtout je ne me départissais pas,
dans certaines circonstances, vis-à-vis d'Albertine? Je
crois que vraiment ce jour-là, j'allais décider notre séparation et partir pour Venise. Ce qui me réenchaîna à ma
liaison tint à la Normandie, non qu'elle manifestât quelque intention d'aller dans ce pays où j'avais été jaloux
d'elle (car j'avais cette chance que jamais ses projets ne
touchaient aux points douloureux de mon souvenir), mais
parce qu'ayant dit : « C'est comme si je vous parlais de

l'amie de votre tante qui habitait Infreville », elle répondit
avec colère, heureuse comme toute personne qui discute
et qui veut avoir pour soi le plus d'arguments possible, de
me montrer que j'étais dans le faux et elle dans le vrai :
« Mais jamais ma tante n'a connu personne à Infreville, et
moi-même je n'y suis allée. » Elle avait oublié le mensonge qu'elle m'avait fait un soir sur la dame susceptible
chez qui c'était de toute nécessité d'aller prendre le thé,
dût-elle en allant voir cette dame perdre mon amitié et se
donner la mort. Je ne lui rappelai pas son mensonge.
Mais il m'accabla. Et je remis encore à une autre fois la
rupture. Il n'y a pas besoin de sincérité, ni même
d'adresse dans le mensonge, pour être aimé. J'appelle ici
amour une torture réciproque. Je ne me trouvais nullement répréhensible ce soir de lui parler comme ma grand-
mère si parfaite l'avait fait avec moi, ni, pour lui avoir dit
que je l'accompagnerais chez les Verdurin, d'avoir
adopté la façon brusque de mon père qui ne nous signifiait jamais une décision que de la façon qui pouvait nous
causer le maximum d'une agitation en disproportion, à ce
degré, avec cette décision elle-même. De sorte qu'il avait
beau jeu à nous trouver absurdes de montrer pour si peu
de chose une telle désolation qui en effet répondait à la
commotion qu'il nous avait donnée. Et si — comme la
sagesse inflexible de ma grand-mère — ces velléités arbitraires de mon père étaient venues chez moi compléter
la nature sensible à laquelle elles étaient restées si longtemps extérieures, et que pendant toute mon enfance,
elles avaient fait tant souffrir, cette nature sensible les
renseignait fort exactement sur les points qu'elles devaient viser efficacement : il n'y a pas de meilleur indicateur qu'un ancien voleur, ou qu'un sujet de la nation
qu'on combat. Dans certaines familles menteuses, un
frère venu voir son frère sans raison apparente et lui
demandant dans une incidente, sur le pas de la porte, en
s'en allant, un renseignement qu'il n'a même pas l'air
d'écouter, signifie par cela même à son frère que ce
renseignement était le but de sa visite, car le frère connaît
bien ces airs détachés, ces mots dits comme entre parenthèses à la dernière seconde, car il les a souvent employés

lui-même. Or il y a aussi des familles pathologiques, des sensibilités apparentées, des tempéraments fraternels, initiés à cette tacite langue qui fait qu'en famille on se comprend sans parler. Aussi qui donc peut, plus qu'un nerveux, être énervant? Et puis il y avait peut-être à ma conduite dans ces cas-là une cause plus générale, plus profonde. C'est que dans ces moments brefs mais inévitables, où l'on déteste quelqu'un qu'on aime, — ces moments qui durent parfois toute la vie avec les gens qu'on n'aime pas — on ne veut pas paraître bon, pour ne pas être plaint, mais à la fois le plus méchant et le plus heureux possible pour que notre bonheur soit vraiment haïssable et ulcère l'âme de l'ennemi occasionnel ou durable. Devant combien de gens ne me suis-je pas mensongèrement calomnié, rien que pour que mes « succès » leur parussent immoraux et les fissent plus enrager. Ce qu'il faudrait, c'est suivre la voie inverse, c'est montrer sans fierté qu'on a de bons sentiments, au lieu de s'en cacher si fort. Et ce serait facile si on savait ne jamais haïr, aimer toujours. Car alors on serait si heureux de ne dire que les choses qui peuvent rendre heureux les autres, les attendrir, vous en faire aimer.

Certes j'avais quelques remords d'être aussi irritant à l'égard d'Albertine et je me disais : « Si je ne l'aimais pas, elle m'aurait plus de gratitude car je ne serais pas méchant avec elle, mais non, cela se compenserait car je serais aussi moins gentil. » Et j'aurais pu, pour me justifier, lui dire que je l'aimais. Mais l'aveu de cet amour, outre qu'il n'eût rien appris à Albertine, l'eût peut-être plus refroidie à mon égard que les duretés et les fourberies dont l'amour était justement la seule excuse. Être dur et fourbe envers ce qu'on aime est si naturel. Si l'intérêt que nous témoignons aux autres ne nous empêche pas d'être doux avec eux et complaisants à ce qu'ils désirent, c'est que cet intérêt est mensonger. Autrui nous est indifférent et l'indifférence n'invite pas à la méchanceté.

La soirée passait : avant qu'Albertine allât se coucher, il n'y avait pas grand temps à perdre si nous voulions faire la paix, recommencer à nous embrasser. Aucun de nous deux n'en avait encore pris l'initiative. Sentant

qu'elle était de toute façon fâchée, j'en profitai pour lui
parler d'Esther Lévy. «Bloch m'a dit — ce qui n'était
pas vrai — que vous aviez très bien connu sa cousine
Esther.» — «Je ne la reconnaîtrais même pas», dit Albertine d'un air vague. «J'ai vu sa photographie», ajou-
tai-je en colère. Je ne regardais pas Albertine en disant
cela, de sorte que je ne vis pas son expression qui eût été
sa seule réponse car elle ne dit rien. Ce n'était plus
l'apaisement du baiser de ma mère à Combray, que
j'éprouvais auprès d'Albertine, ces soirs-là, mais au
contraire, l'angoisse de ceux où ma mère me disait à
peine bonsoir, ou même ne montait pas dans ma chambre, soit qu'elle fût fâchée contre moi ou retenue par des
invités. Cette angoisse, non pas sa transposition dans
l'amour, non, cette angoisse elle-même qui s'était un
temps spécialisée dans l'amour, quand le partage, la
division des passions s'était opérée, avait été affectée à
lui seul, maintenant semblait de nouveau s'étendre à
toutes, redevenue indivise de même que dans mon enfance, comme si tous mes sentiments qui tremblaient de
ne pouvoir garder Albertine auprès de mon lit à la fois
comme une maîtresse, comme une sœur, comme une
fille, comme une mère aussi du bonsoir quotidien de
laquelle je recommençais à éprouver le puéril besoin,
avaient commencé de se rassembler, de s'unifier dans le
soir prématuré de ma vie qui semblait devoir être aussi
brève qu'un jour d'hiver. Mais si j'éprouvais l'angoisse
de mon enfance, le changement de l'être qui me la faisait
éprouver, la différence de sentiment qu'il m'inspirait, la
transformation même de mon caractère me rendaient impossible d'en réclamer l'apaisement à Albertine comme
autrefois à ma mère. Je ne savais plus dire: «Je suis
triste». Je me bornais la mort dans l'âme à parler de
choses indifférentes qui ne me faisaient faire aucun progrès vers une solution heureuse. Je piétinais sur place
dans de douloureuses banalités. Et avec cet égoïsme intellectuel qui pour peu qu'une vérité insignifiante se rapporte à notre amour nous en fait faire un grand honneur à
celui qui l'a trouvée, peut-être aussi fortuitement que la
tireuse de carte qui nous a annoncé un fait banal mais qui

s'est depuis réalisé, je n'étais pas loin de croire Françoise supérieure à Bergotte et à Elstir parce qu'elle m'avait dit à Balbec : « Cette fille-là ne vous causera que du chagrin ». Chaque minute me rapprochait du bonsoir d'Albertine, qu'elle me disait enfin. Mais ce soir son baiser, d'où elle-même était absente, et qui ne me rencontrait pas, me laissait si anxieux que le cœur palpitant je la regardais aller jusqu'à la porte en pensant : « Si je veux trouver un prétexte pour la rappeler, la retenir, faire la paix, il faut se hâter, elle n'a plus que quelques pas à faire pour être sortie de la chambre, plus que deux, plus qu'un, elle tourne le bouton elle ouvre, c'est trop tard, elle a refermé la porte ! » Peut-être pas trop tard, tout de même. Comme jadis à Combray quand ma mère m'avait quitté sans m'avoir calmé par son baiser, je voulais m'élancer sur les pas d'Albertine, je sentais qu'il n'y aurait plus de paix pour moi avant que je l'eusse revue, que ce revoir allait devenir quelque chose d'immense qu'il n'avait pas encore été jusqu'ici, et que, si je ne réussissais pas tout seul à me débarrasser de cette tristesse, je prendrais peut-être la honteuse habitude d'aller mendier auprès d'Albertine ; je sautais hors du lit quand elle était déjà dans sa chambre, je passais et repassais dans le couloir espérant qu'elle sortirait et m'appellerait ; je restais immobile devant sa porte pour ne pas risquer de ne pas entendre un faible appel, je rentrais un instant dans ma chambre regarder si mon amie n'aurait pas par bonheur oublié un mouchoir, un sac, quelque chose dont j'aurais pu paraître avoir peur que cela lui manquât et qui m'eût donné le prétexte d'aller chez elle. Non, rien. Je revenais me poster devant sa porte. Mais dans la fente de celle-ci il n'y avait plus de lumière, Albertine avait éteint, elle était couchée, je restais là immobile, espérant je ne sais quelle chance qui ne venait pas ; et longtemps après, glacé, je revenais me mettre sous mes couvertures et pleurais tout le reste de la nuit. Aussi, parfois, de tels soirs, j'eus recours à une ruse qui me donnait le baiser d'Albertine. Sachant combien dès qu'elle était étendue son ensommeillement était rapide (elle le savait aussi car instinctivement dès qu'elle s'étendait elle ôtait les mules que je lui avais données et

sa bague qu'elle posait à côté d'elle comme elle faisait
dans sa chambre avant de se coucher), sachant combien
son sommeil était profond, son réveil tendre, je prenais
un prétexte pour aller chercher quelque chose, je la faisais
étendre sur mon lit. Quand je revenais elle était endormie
et je voyais devant moi cette autre femme qu'elle devenait dès qu'elle était entièrement de face. Mais elle changeait bien vite de personnalité car je m'allongeais à côté
d'elle et la retrouvais de profil. Je pouvais mettre ma
main dans sa main, sur son épaule, sur sa joue. Albertine
continuait de dormir. Je pouvais prendre sa tête, la ren-
verser, la poser contre mes lèvres, entourer mon cou de
ses bras, elle continuait à dormir, comme une montre qui
ne s'arrête pas, comme une bête qui continue de vivre
quelque position qu'on lui donne, comme une plante
grimpante, un volubilis qui continue de pousser ses branches quelque appui qu'on lui donne. Seul son souffle était
modifié par chacun de mes attouchements comme si elle
eût été un instrument dont j'eusse joué et à qui je faisais
exécuter des modulations en tirant de l'une puis de l'autre
de ses cordes des notes différentes. Ma jalousie s'apaisait, car je sentais Albertine devenue un être qui respire,
qui n'est pas autre chose, comme le signifiait ce souffle
régulier par où s'exprime cette pure fonction physiologique qui, tout fluide, n'a l'épaisseur ni de la parole ni du
silence, et dans son ignorance de tout mal, haleine tirée
plutôt d'un roseau creusé que d'un être humain, vraiment
paradisiaque pour moi qui dans ces moments-là sentais
Albertine soustraite à tout, non pas seulement matériellement mais moralement, était le pur chant des anges. Et
dans ce souffle pourtant je me disais tout à coup que
peut-être bien des noms humains apportés par la mémoire
devaient se jouer. Parfois même à cette musique, la voix
humaine s'ajoutait. Albertine prononçait quelques mots.
Comme j'aurais voulu en saisir le sens ! Il arrivait que le
nom d'une personne dont nous avions parlé et qui excitait
ma jalousie, vînt à ses lèvres, mais sans me rendre malheureux car le souvenir qu'il y amenait semblait n'être
que celui des conversations qu'elle avait eues à ce sujet
avec moi. Pourtant un soir où les yeux fermés elle

s'éveillait à demi elle dit tendrement en s'adressant à moi : « Andrée. » Je dissimulai mon émotion. « Tu rêves, je ne suis pas Andrée », lui dis-je en riant. Elle sourit aussi : « Mais non, je voulais te demander ce que t'avait dit tantôt Andrée. » — « J'aurais cru plutôt que tu avais été couchée comme cela près d'elle. » — « Mais non jamais », me dit-elle ; seulement avant de me répondre cela, elle avait un instant caché sa figure dans ses mains. Ses silences n'étaient donc que des voiles, ses tendresses de surface ne faisaient que retenir au fond mille souvenirs qui m'eussent déchiré — sa vie était donc pleine de ces faits dont le récit moqueur, la rieuse chronique constituent nos bavardages quotidiens au sujet des autres, des indifférents, mais qui tant qu'un être reste fourvoyé dans notre cœur nous semblent un éclaircissement si précieux de sa vie que pour connaître ce monde sous-jacent nous donnerions volontiers la nôtre. Alors son sommeil m'apparaissait comme un monde merveilleux et magique où par instants s'élève du fond de l'élément à peine translucide l'aveu d'un secret qu'on ne comprendra pas. Mais d'ordinaire quand Albertine dormait elle semblait avoir retrouvé son innocence. Dans l'attitude que je lui avais donnée mais que dans son sommeil elle avait vite faite sienne, elle avait l'air de se confier à moi. Sa figure avait perdu toute expression de ruse ou de vulgarité et entre elle et moi vers qui elle levait son bras, sur qui elle reposait sa main, il semblait y avoir un abandon entier, un indissoluble attachement. Son sommeil d'ailleurs ne la séparait pas de moi et laissait subsister en elle la notion de notre tendresse ; il avait plutôt pour effet d'abolir le reste, je l'embrassais, je lui disais que j'allais faire quelques pas dehors, elle entrouvrait les yeux, me disait d'un air étonné — et en effet c'était déjà la nuit — : « Mais où vas-tu comme cela mon chéri » et en me donnant mon prénom, et aussitôt se rendormait. Son sommeil n'était qu'une sorte d'effacement du reste de la vie, qu'un silence uni sur lequel prenaient de temps à autre leur vol des paroles familières de tendresse. En les rapprochant les unes des autres on eût composé la conversation sans alliage, l'intimité secrète d'un pur amour. Ce sommeil si

calme me ravissait comme ravit une mère qui lui en fait
une qualité le bon sommeil de son enfant. Et son sommeil
était d'un enfant en effet. Son réveil aussi, et si naturel, si
tendre, avant même qu'elle eût su où elle était que je me
demandais parfois avec épouvante si elle avait eu l'habitude avant de vivre chez moi de ne pas dormir seule et de
trouver en ouvrant les yeux quelqu'un à ses côtés. Mais
sa grâce enfantine était plus forte. Comme une mère
encore je m'émerveillais qu'elle s'éveillât toujours de si
bonne humeur. Au bout de quelques instants elle reprenait conscience, avait des mots charmants, non rattachés
les uns aux autres, de simples pépiements. Par une sorte
de chassé-croisé son cou, habituellement peu remarqué,
maintenant presque trop beau, avait pris l'immense importance que ses yeux clos par le sommeil avaient perdue,
ses yeux, mes interlocuteurs habituels et à qui je ne
pouvais plus m'adresser depuis la retombée des paupières. De même que les yeux clos donnent une beauté
innocente et grave au visage en supprimant tout ce que
n'expriment que trop les regards, il y avait dans les
paroles non sans signification mais entrecoupées de silence qu'Albertine avait au réveil une pure beauté qui
n'est pas à tout moment souillée comme est la conversation d'habitudes verbales, de rengaines, de traces de
défauts. Du reste quand je m'étais décidé à éveiller Albertine, j'avais pu le faire sans crainte, je savais que son
réveil ne serait nullement [17] en rapport avec la soirée que
nous venions de passer mais sortirait de son sommeil
comme de la nuit sort le matin. Dès qu'elle avait entrou-
vert les yeux en souriant, elle m'avait tendu sa bouche et
avant qu'elle eût encore rien dit, j'en avais goûté la
fraîcheur apaisante comme celle d'un jardin encore silencieux avant le lever du jour.

Le lendemain de cette soirée où Albertine m'avait dit
qu'elle irait peut-être puis qu'elle n'irait pas chez les
Verdurin, je m'éveillai de bonne heure, et encore à demi
endormi, ma joie m'apprit qu'il y avait, interpolé dans
l'hiver, un jour de printemps. Dehors des thèmes populaires finement écrits pour des instruments variés depuis
la corne du raccommodeur de porcelaine, ou la trompette

du rempailleur de chaises, jusqu'à la flûte du chevrier qui
paraissait dans un beau jour être un pâtre de Sicile,
orchestraient légèrement l'air matinal, en une « Ouverture
pour un jour de fête». L'ouïe, ce sens délicieux, nous
apporte la compagnie de la rue dont elle nous retrace
toutes les lignes, dessine toutes les formes qui y passent,
nous en montrant la couleur. Les rideaux de fer du bou-
langer, du crémier, lesquels s'étaient hier au soir abaissés
sur toutes les possibilités de bonheur féminin, se levaient
maintenant comme les légères poulies d'un navire qui
appareille et va filer traversant la mer transparente, sur un
rêve de jeunes employées. Ce bruit du rideau de fer qu'on
lève eût peut-être été mon seul plaisir dans un quartier
différent. Dans celui-ci cent autres faisaient ma joie,
desquels je n'aurais pas voulu perdre un seul en restant
trop tard endormi. C'est l'enchantement des vieux quartiers aristocratiques d'être, à côté de cela, populaires.
Comme parfois les cathédrales en eurent non loin de leur
portail (à qui il arriva même d'en garder le nom, comme
celui de la cathédrale de Rouen, appelé des Libraires,
parce que contre lui ceux-ci exposaient en plein vent leur
marchandise) divers petits métiers, mais ambulants, passaient devant le noble hôtel de Guermantes, et faisaient
penser par moments à la France ecclésiastique d'autrefois. Car l'appel qu'ils lançaient aux petites maisons
voisines n'avait, à de rares exceptions près, rien d'une
chanson. Il en différait autant que la déclamation — à
peine colorée par des variations insensibles — de *Boris
Godounov* et de *Pelléas ;* mais d'autre part il rappelait la
psalmodie d'un prêtre au cours d'offices dont ces scènes
de la rue ne sont que la contrepartie bon enfant, foraine,
pourtant à demi liturgique. Jamais je n'y avais pris tant de
plaisir que depuis qu'Albertine habitait avec moi; elles
me semblaient comme un signal joyeux de son éveil et en
m'intéressant à la vie du dehors me faisaient mieux sentir
l'apaisante vertu d'une chère présence, aussi constante
que je le souhaitais. Certaines des nourritures criées dans
la rue et que personnellement je détestais, étaient fort au
goût d'Albertine, si bien que Françoise en envoyait
acheter par son jeune valet, peut-être un peu humilié

d'être confondu dans la foule plébéienne. Bien distincts dans ce quartier si tranquille (où les bruits n'étaient plus un motif de tristesse pour Françoise et en étaient devenus un de douceur pour moi) m'arrivaient, chacun avec sa modulation différente, des récitatifs déclamés par ces gens du peuple, comme ils le seraient dans la musique, si populaire, de *Boris,* où une intonation initiale est à peine altérée par l'inflexion d'une note qui se penche sur une autre, musique de la foule qui est plutôt un langage qu'une musique. C'était « Ah ! le bigorneau, deux sous le bigorneau », qui faisait se précipiter vers les cornets où on vendait ces affreux petits coquillages qui s'il n'y avait pas eu Albertine m'eussent répugné, non moins d'ailleurs que les escargots que j'entendais vendre à la même heure. Ici c'était bien encore à la déclamation à peine lyrique de Moussorgsky que faisait penser le marchand, mais pas à elle seulement. Car après avoir presque « parlé » : « les escargots, ils sont frais, ils sont beaux », c'était avec la tristesse et le vague de Maeterlinck, musicalement trans-posés par Debussy, que le marchand d'escargots dans un de ces douloureux finales par où l'auteur de *Pelléas* s'apparente à Rameau [18] (« Si je dois être vaincue, est-ce à toi d'être mon vainqueur ? ») ajoutait avec une chantante mélancolie : « On les vend six sous la douzaine... » Il m'a toujours été difficile de comprendre pourquoi ces mots fort clairs étaient soupirés sur un ton si peu approprié, mystérieux, comme le secret qui fait que tout le monde a l'air triste dans le vieux palais où Mélisande n'a pas réussi à apporter la joie, et profond comme une pensée du vieillard Arkel qui cherche à proférer, dans des mots très simples, toute la sagesse et la destinée. Les notes mêmes sur lesquelles s'élève avec une douceur grandissante la voix du vieux roi d'Allemonde ou de Golaud, pour dire : « On ne sait pas ce qu'il y a ici, cela peut paraître étrange, il n'y a peut-être pas d'événements inutiles », ou bien : « Il ne faut pas s'effrayer, c'était un pauvre petit être mysté-rieux, comme tout le monde », étaient celles qui servaient au marchand d'escargots pour reprendre, en une cantilène indéfinie : « On les vend six sous la douzaine... » Mais cette lamentation métaphysique n'avait pas le temps d'expirer au bord de l'infini, elle était interrompue par une vive trompette. Cette fois il ne s'agissait pas de mangeailles, les paroles du libretto étaient : « Tond les chiens, coupe les chats, les queues et les oreilles. »

Certes la fantaisie, l'esprit de chaque marchand ou marchande, introduisaient souvent des variantes dans les paroles de toutes ces musiques que j'entendais de mon lit. Pourtant un arrêt rituel mettant un silence au milieu d'un mot, surtout quand il était répété deux fois, évoquait constamment le souvenir des vieilles églises. Dans sa petite voiture conduite par une ânesse qu'il arrêtait devant chaque maison pour entrer dans les cours, le marchand d'habits, portant un fouet, psalmodiait : « Habits, marchand d'habits, ha... bits » avec la même pause entre les deux dernières syllabes d'habits que s'il eût entonné en plain-chant : « Per omnia sæcula sæculo...rum » ou : « Requiescat in pa...ce » bien qu'il ne dût pas croire à l'éternité de ses habits et ne les offrît pas non plus comme linceuls pour le suprême repos dans la paix. Et de même, comme les motifs commençaient à s'entrecroiser dès cette heure matinale, une marchande de quatre-saisons, poussant sa voiturette, usait pour sa litanie de la division grégorienne :

> A la tendresse, à la verduresse
> Artichauts tendres et beaux
> Arti...chauts [19].

bien qu'elle fût vraisemblablement ignorante de l'antiphonaire et des sept tons qui symbolisent, quatre les sciences du quadrivium et trois celles du trivium.

Tirant d'un flûtiau, d'une cornemuse, des airs de son pays méridional dont la lumière s'accordait bien avec les beaux jours, un homme en blouse, tenant à la main un nerf de bœuf, et coiffé d'un béret basque, s'arrêtait devant les maisons. C'était le chevrier avec deux chiens et devant lui son troupeau de chèvres. Comme il venait de loin il passait assez tard dans notre quartier ; et les femmes accouraient avec un bol pour recueillir le lait qui devait donner la force à leur petit. Mais aux airs pyrénéens de ce bienfaisant pasteur, se mêlait déjà la cloche du repasseur, lequel criait : «Couteaux, ciseaux, rasoirs. » Avec lui ne pouvait lutter le repasseur de scies, car dépourvu d'instrument il se contentait d'appeler : «Avez-vous des scies à repasser, v'là le repasseur», tandis que plus gai le rétameur après avoir énuméré les chaudrons, les casseroles, tout ce qu'il rétamait, entonnait le refrain

> *«Tam, tam, tam,*
> *C'est moi qui rétame*
> *Même le macadam*
> *C'est moi qui mets des fonds partout,*
> *Qui bouche tous les trous,*
> *Trou, trou, trou »;*

et de petits Italiens portant de grandes boîtes de fer peintes en rouge où les numéros — perdants et gagnants — étaient marqués, et jouant d'une crécelle, proposaient : «Amusez-vous Mesdames, v'là le plaisir».

Françoise m'apporta *Le Figaro*. Un seul coup d'œil me permit de me rendre compte que mon article n'avait toujours pas passé. Elle me dit qu'Albertine demandait si elle ne pouvait pas entrer chez moi et me faisait dire qu'en tous cas elle avait renoncé à faire sa visite chez les Verdurin et comptait aller comme je le lui avais conseillé à la matinée «extraordinaire» (en bien moins important toutefois, ce qu'on appellerait aujourd'hui une matinée de gala) du Trocadéro, après une petite promenade à cheval qu'elle devait faire avec Andrée. Maintenant que je savais qu'elle avait renoncé à son désir peut-être mauvais d'aller voir Mme Verdurin, je dis en riant : «Qu'elle vienne» et je me dis qu'elle pouvait aller où elle voulait et que cela m'était bien égal. Je savais qu'à la fin de l'après-midi quand viendrait le crépuscule je serais sans doute un autre homme triste, attachant aux moindres allées et venues d'Albertine une importance qu'elles n'avaient pas à cette heure matinale et quand il faisait si beau temps. Car mon insouciance était suivie de la claire notion de sa cause, mais n'en était pas altérée. «Françoise m'a assuré

que vous étiez éveillé et que je ne vous dérangerais pas »,
me dit Albertine en entrant. Et comme avec celle de me
faire froid en ouvrant sa fenêtre à un moment mal choisi,
la plus grande peur d'Albertine était d'entrer chez moi
quand je sommeillais : « J'espère que je n'ai pas eu tort,
ajouta-t-elle. Je craignais que vous ne me disiez : « Quel
mortel insolent vient chercher le trépas ? » Et elle rit de ce
rire qui me troublait tant. Je lui répondis sur le même ton
de plaisanterie : « Est-ce pour vous qu'est fait cet ordre si
sévère ? » Et de peur qu'elle ne l'enfreignît jamais j'ajoutai : « Quoique je serais furieux que vous me réveilliez. »
— « Je sais, je sais, n'ayez pas peur », me dit Albertine.
Et pour adoucir j'ajoutai en continuant à jouer avec elle la
scène d'*Esther*, tandis que dans la rue continuaient les
cris rendus tout à fait confus par notre conversation : « Je
ne trouve qu'en vous je ne sais quelle grâce, Qui me
charme toujours et jamais ne me lasse » (et à part moi je
pensais : « Si, elle me lasse bien souvent »). Et me rappelant ce qu'elle avait dit la veille, tout en la remerciant
avec exagération d'avoir renoncé aux Verdurin, afin
qu'une autre fois elle m'obéît de même pour telle ou telle
chose, je dis : « Albertine vous vous méfiez de moi qui
vous aime et vous avez confiance en des gens qui ne vous
aiment pas » (comme s'il n'était pas naturel de se méfier
des gens qui vous aiment et qui seuls ont intérêt à vous
mentir pour savoir, pour empêcher), et j'ajoutai ces paroles mensongères : « Vous ne croyez pas au fond que je
vous aime, c'est drôle. En effet je ne vous *adore* pas. »
Elle mentit à son tour en disant qu'elle ne se fiait qu'à
moi, et fut sincère ensuite en assurant qu'elle savait bien
que je l'aimais. Mais cette affirmation ne semblait pas
impliquer qu'elle ne me crût pas menteur et l'épiant. Et
elle semblait me pardonner comme si elle eût vu là la
conséquence insupportable d'un grand amour ou comme
si elle-même se fût trouvée moins bonne. « Je vous en
prie, ma petite chérie, pas de haute voltige comme vous
avez fait l'autre jour. Pensez, Albertine, s'il vous arrivait
un accident ! » Je ne lui souhaitais naturellement aucun
mal. Mais quel plaisir si avec ses chevaux elle avait eu la
bonne idée de partir je ne sais où, où elle se serait plu, et

de ne plus jamais revenir à la maison. Comme cela eût tout simplifié qu'elle allât vivre heureuse ailleurs, je ne tenais même pas à savoir où : « Oh ! je sais bien que vous ne me survivriez pas quarante-huit heures, que vous vous tueriez [20]. » Ainsi échangeâmes-nous des paroles menteuses. Mais une vérité plus profonde que celle que nous proférerions si nous étions sincères peut quelquefois être exprimée et prédite par une autre voie que la sincérité. « Cela ne vous gêne pas tous ces bruits du dehors, me demanda-t-elle, moi je les adore. Mais vous qui avez déjà le sommeil si léger ? » Je l'avais au contraire parfois très profond (comme je l'ai déjà dit, mais comme l'événement qui va suivre me force à le rappeler) et surtout quand je m'endormais seulement le matin. Comme un tel sommeil a été — en moyenne — quatre fois plus reposant, il paraît, à celui qui vient de dormir, avoir été quatre fois plus long, alors qu'il fut quatre fois plus court. Magnifique erreur d'une multiplication par seize qui donne tant de beauté au réveil et introduit dans la vie une véritable novation pareille à ces grands changements de rythme qui en musique font que, dans un andante, une croche contient autant de durée qu'une blanche dans un prestissimo, et qui sont inconnus à l'état de veille. La vie y est presque toujours la même, d'où les déceptions du voyage. Il semble bien que le rêve soit fait pourtant avec la matière parfois la plus grossière de la vie, mais cette matière y est traitée, malaxée de telle sorte, avec un étirement dû à ce qu'aucune des limites horaires de l'état de veille ne l'empêche de s'effiler jusqu'à des hauteurs énormes, qu'on ne la reconnaît pas. Les matins où cette fortune m'était advenue, où le coup d'éponge du sommeil avait effacé de mon cerveau les signes des occupations quotidiennes qui y sont tracés comme sur un tableau noir, il me fallait faire revivre ma mémoire ; à force de volonté on peut rapprendre ce que l'amnésie du sommeil ou d'une attaque a fait oublier et qui renaît peu à peu, au fur et à mesure que les yeux s'ouvrent ou que la paralysie disparaît. J'avais vécu tant d'heures en quelques minutes que, voulant tenir à Françoise que j'appelais, un langage conforme à la réalité et réglé sur l'heure, j'étais obligé d'user de tout mon pouvoir interne de compression pour ne pas dire : «Eh bien Françoise nous voici à cinq heures du soir et je ne vous ai pas vue depuis hier après-midi» et pour refouler mes rêves. En contradiction avec eux et en me mentant à moi-même, je disais effrontément et en réduisant de toutes mes forces au silence des paroles contraires : «Françoise, il est bien dix heures!» Je ne disais même pas dix heures du matin mais simplement dix heures, pour que ces dix heures si incroyables eussent l'air prononcés d'un ton plus naturel. Pourtant dire ces paroles au lieu de celles que continuait à penser le dormeur à peine éveillé que j'étais encore, me demandait le même effort d'équilibre qu'à quelqu'un qui, sautant d'un train en marche, et courant un instant le long de la voie, réussit pourtant à ne pas tomber. Il court un instant parce que le milieu qu'il quitte était un milieu animé d'une grande vitesse, et très dissemblable du sol inerte auquel ses pieds ont quelque difficulté à se faire. De ce que le monde du rêve n'est pas le monde de la veille, il ne s'ensuit pas que le monde de la veille soit moins vrai, au contraire. Dans le monde du sommeil nos perceptions sont tellement surchargées, chacune épaissie par une superposée qui la double, l'aveugle inutilement, que nous ne savons même pas distinguer ce qui se passe dans l'étourdissement du réveil; était-ce Françoise qui était venue, ou moi qui las de l'appeler allait vers elle. Le silence à ce moment-là était le seul moyen de ne rien révéler comme au moment où l'on est arrêté par un juge instruit de circonstances vous concernant mais dans la confidence desquelles on n'a pas été mis. Était-ce Françoise qui était venue, était-ce moi qui avais appelé? N'était-ce même pas Françoise qui dormait et moi qui venais de l'éveiller, bien plus Françoise n'était-elle pas enfermée dans ma poitrine, la distinction des personnes et leur interaction existant à peine dans cette brune obscurité où la réalité est aussi peu translucide que dans le corps d'un porc-épic et où la perception quasi nulle peut peut-être donner l'idée de celle de certains animaux? Au reste même dans la limpide folie qui précède ces sommeils plus lourds, si des fragments de sagesse flottent lumineuse-

ment, si les noms de Taine, de George Eliot n'y sont pas
ignorés, il n'en reste pas moins au monde de la veille
cette supériorité d'être chaque matin possible à continuer,
et non chaque soir le rêve. Mais il est peut-être d'autres
mondes plus réels que celui de la veille. Encore avons-
nous vu que même celui-là, chaque révolution dans les
arts le transforme, et bien plus dans le même temps le
degré d'aptitude et de culture qui différencie un artiste
d'un sot ignorant.

Et [21] souvent une heure de sommeil de trop est une
attaque de paralysie après laquelle il faut retrouver
l'usage de ses membres, rapprendre à parler. La volonté
n'y réussirait pas. On a trop dormi, on n'est plus. Le
réveil est à peine senti mécaniquement, et sans
conscience, comme peut l'être dans un tuyau la fermeture
d'un robinet. Une vie plus inanimée que celle de la
Méduse succède, où l'on croirait aussi bien qu'on est tiré
du fond des mers ou revenu du bagne, si seulement l'on
pouvait penser quelque chose. Mais alors du haut du ciel
la déesse Mnémotechnie se penche et nous tend sous la
forme «habitude de demander son café au lait» l'espoir
de la résurrection. Encore le don subit de la mémoire
n'est-il pas toujours aussi simple. On a souvent près de
soi dans ces premières minutes où l'on se laisse glisser au
réveil, une variété de réalités diverses où l'on croit pouvoir choisir comme dans un jeu de cartes. C'est vendredi
matin et on rentre de promenade, ou bien c'est l'heure du
thé au bord de la mer. L'idée du sommeil et qu'on est
couché en chemise de nuit est souvent la dernière qui se
présente à vous. La résurrection ne vient pas tout de suite,
on croit avoir sonné, on ne l'a pas fait, on agite des
propos déments. Le mouvement seul rend la pensée et
quand on a effectivement pressé la poire électrique, on
peut dire avec lenteur mais nettement: «Il est bien dix
heures. Françoise, donnez-moi mon café au lait.» O
miracle! Françoise n'avait pu soupçonner la mer d'irréel
qui me baignait encore tout entier et à travers laquelle
j'avais eu l'énergie de faire passer mon étrange question.
Elle me répondait en effet: « Il est dix heures dix », ce
qui me donnait une apparence raisonnable et me permet-

LA PRISONNIÈRE

219

tait de ne pas laisser apercevoir les conversations bizarres qui m'avaient interminablement bercé. Les jours où ce n'était pas une montagne de néant qui m'avait retiré la vie, à force de volonté je m'étais réintégré dans le réel. Je jouissais encore des débris du sommeil, c'est-à-dire de la seule invention, du seul renouvellement qui existe dans la manière de conter, toutes les narrations à l'état de veille, fussent-elles embellies par la littérature, ne comportant pas ces mystérieuses différences d'où dérive la beauté. Il est aisé de parler de celle que crée l'opium. Mais pour un homme habitué à ne dormir qu'avec des drogues, une heure inattendue de sommeil naturel découvrira l'immensité matinale d'un paysage aussi mystérieux et plus frais. En faisant varier l'heure, l'endroit où on s'endort, en provoquant le sommeil d'une manière artificielle, ou au contraire en revenant pour un jour au sommeil naturel — le plus étrange de tous pour quiconque a l'habitude de dormir avec des soporifiques — on arrive à obtenir des variétés de sommeil mille fois plus nombreuses que, jardinier, on n'obtiendrait de variétés d'œillets ou de roses. Les jardiniers obtiennent des fleurs qui sont des rêves délicieux, d'autres aussi qui ressemblent à des cauchemars. Quand je m'endormais d'une certaine façon je me réveillais grelottant, croyant que j'avais la rougeole ou chose bien plus douloureuse que ma grand-mère (à qui je ne pensais plus jamais) souffrait parce que je m'étais moqué d'elle le jour où à Balbec, croyant mourir, elle avait voulu que j'eusse une photographie d'elle. Vite, bien que réveillé, je voulais aller lui expliquer qu'elle ne m'avait pas compris. Mais déjà je me réchauffais. Le diagnostic de rougeole était écarté et ma grand-mère si éloignée de moi qu'elle ne faisait plus souffrir mon cœur.

Parfois sur ces sommeils différents s'abattait une obscurité subite. J'avais peur en prolongeant ma promenade dans une avenue entièrement noire où j'entendais passer des rôdeurs. Tout à coup une discussion s'élevait entre un agent et une de ces femmes qui exerçaient souvent le métier de conduire et qu'on prend de loin pour de jeunes cochers. Sur son siège entouré de ténèbres je ne la voyais pas, mais elle parlait et dans sa voix je lisais les perfec-

tions de son visage et la jeunesse de son corps. Je mar-
chais vers elle dans l'obscurité pour monter dans son
coupé avant qu'elle ne repartît. C'était loin. Heureusement la discussion avec l'agent se prolongeait. Je rattra-
pais la voiture encore arrêtée. Cette partie de l'avenue
s'éclairait de réverbères. La conductrice devenait visible.
C'était bien une femme mais vieille, grande et forte, avec
des cheveux blancs s'échappant de sa casquette, et une
lèpre rouge sur la figure. Je m'éloignais en pensant : en
est-il ainsi de la jeunesse des femmes ? Celles que nous
avons rencontrées, si brusquement nous désirons les revoir, sont-elles devenues vieilles ? La jeune femme qu'on
désire est-elle comme un emploi de théâtre où par la
défaillance des créatrices du rôle on est obligé de le
confier à de nouvelles étoiles ? Mais alors ce n'est plus la
même.

Puis une tristesse m'envahissait. Nous avons ainsi dans
notre sommeil de nombreuses Pitiés, comme les « Pietà »
de la Renaissance, mais non point comme elles exécutées
dans le marbre, inconsistantes au contraire. Elles ont leur
utilité cependant qui est de nous faire souvenir d'une
certaine vue plus attendrie, plus humaine des choses,
qu'on est trop tenté d'oublier dans le bon sens, glacé,
parfois plein d'hostilité, de la veille. Ainsi m'était rappelée la promesse que je m'étais faite à Balbec de garder
toujours la Pitié de Françoise. Et pour toute cette matinée
au moins je saurais m'efforcer de ne pas être irrité des
querelles de Françoise et du maître d'hôtel, d'être doux
avec Françoise à qui les autres donnaient si peu de bonté.
Cette matinée seulement ; et il faudrait tâcher de me faire
un cœur un peu plus stable ; car de même que les peuples
ne sont pas longtemps gouvernés par une politique de pur
sentiment, les hommes ne le sont pas par le souvenir de
leurs rêves. Déjà celui-ci commençait à s'envoler. En
cherchant à me le rappeler pour le peindre je le faisais fuir
plus vite. Mes paupières n'étaient plus aussi fortement
scellées sur mes yeux. Si j'essayais de reconstituer mon
rêve, elles s'ouvriraient tout à fait. A tout moment il faut
choisir entre la santé, la sagesse d'une part, et de l'autre
les plaisirs spirituels. J'ai toujours eu la lâcheté de choisir

la première part. Au reste le périlleux pouvoir auquel je
renonçais l'était plus encore qu'on ne croit. Les pitiés, les
rêves ne s'envolent pas seuls. A varier ainsi les conditions dans lesquelles on s'endort, ce ne sont pas les rêves
seuls qui s'évanouissent, mais pour de longs jours, pour
des années quelquefois, la faculté non seulement de rêver
mais de s'endormir. Le sommeil est divin mais peu stable
le plus léger choc le rend volatil. Ami des habitudes, elles
le retiennent chaque soir, plus fixes que lui, à son lieu
consacré, elles le préservent de tout heurt. Mais si on les
déplace, s'il n'est plus assujetti, il s'évanouit comme une
vapeur. Il ressemble à la jeunesse et aux amours, on ne le
retrouve plus.

Dans ces divers sommeils, comme en musique encore,
c'était l'augmentation ou la diminution de l'intervalle qui
créait de la beauté. Je jouissais d'elle mais en revanche,
j'avais perdu dans ce sommeil, quoique bref, une bonne
partie des cris où nous est rendue sensible la vie circu-
lante des métiers, des nourritures de Paris. Aussi d'habitude (sans prévoir hélas le drame que de tels réveils
tardifs et mes lois draconiennes et persanes d'Assuérus
racinien [22] devaient bientôt amener pour moi) je m'effor-
çais de m'éveiller de bonne heure pour ne rien perdre de
ces cris. En plus du plaisir de savoir le goût qu'Albertine
avait pour eux et de sortir moi-même tout en restant
couché, j'entendais en eux comme le symbole de l'atmosphère du dehors, de la dangereuse vie remuante au
sein de laquelle je ne la laissais circuler que sous ma
tutelle, dans un prolongement extérieur de sa séquestration, et d'où je la retirais à l'heure que je voulais pour
rentrer auprès de moi. Aussi fût-ce le plus sincèrement du
monde que je pus répondre à Albertine : « Au contraire ils
me plaisent parce que je sais que vous les aimez [23]. » —
« A la barque, les huîtres, à la barque. » — « Oh ! des
huîtres, j'en ai si envie ! » Heureusement Albertine, moitié inconstance, moitié docilité, oubliait vite ce qu'elle
avait désiré et avant que j'eusse eu le temps de lui dire
qu'elle les aurait meilleures chez Prunier [24], elle voulait
successivement tout ce qu'elle entendait crier par la marchande de poissons : « A la crevette, à la bonne crevette,

j'ai de la raie toute en vie, toute en vie. » — « Merlan à
frire, à frire. » — « Il arrive le maquereau, maquereau
frais, maquereau nouveau. » — « Voilà le maquereau,
mesdames, il est beau le maquereau. » — « A la moule
fraîche et bonne, à la moule ! » Malgré moi l'avertissement « il arrive le maquereau » me faisait frémir. Mais
comme cet avertissement ne pouvait s'appliquer, me
semblait-il, à mon chauffeur, je ne songeais qu'au pois-
son que je détestais, mon inquiétude ne durait pas. « Ah !
des moules, dit Albertine, j'aimerais tant manger des
moules. » — « Mon chéri ! c'était pour Balbec, ici ça ne
vaut rien, d'ailleurs je vous en prie rappelez-vous ce que
vous a dit Cottard au sujet des moules. » Mais mon
observation était d'autant plus malencontreuse que la
marchande des quatre-saisons suivante annonçait quelque
chose que Cottard défendait bien plus encore :

> A la romaine, à la romaine !
> On ne la vend pas on la promène.

Pourtant Albertine me consentait le sacrifice de la ro-
maine pourvu que je lui promisse de faire acheter dans
quelques jours à la marchande qui crie : « J'ai de la belle
asperge d'Argenteuil, j'ai de la belle asperge. » Une voix
mystérieuse et de qui l'on eût attendu des propositions
plus étranges insinuait : « Tonneaux, tonneaux ! » On était
obligé de rester sur la déception qu'il ne fût question que
de tonneaux car ce mot même était presque entièrement
couvert par l'appel : « Vitri, vitri-er, carreaux cassés,
voilà le vitrier, vitri-er », division grégorienne qui me
rappela moins cependant la liturgie que ne fit l'appel du
marchand de chiffons reproduisant sans le savoir, une de
ces brusques interruptions de sonorités au milieu d'une
prière qui sont assez fréquentes dans le rituel de l'Église :
« Praéceptis salutáribus móniti et divina institutióne for-
máti audémus dícere », dit le prêtre en terminant vivement sur « dícere ». Sans irrévérence, comme le peuple
pieux du Moyen Age, sur le parvis même de l'église
jouait les farces et les soties, c'est à ce « dícere » que fait
penser ce marchand de chiffons quand après avoir traîné

sur les mots, il dit la dernière syllabe avec une brusquerie digne de l'accentuation réglée par le grand pape du VIIe siècle : «Chiffons, ferrailles à vendre (tout cela psalmodié avec lenteur ainsi que ces deux syllabes qui suivent, alors que la dernière finit plus vivement que «dícere») peaux d' la-pins». — «La Valence, la belle Valence, la fraîche orange.» Les modestes poireaux eux-mêmes : «Voilà d'beaux poireaux», les oignons : «huit sous mon oignon», déferlaient pour moi comme un écho des vagues où, libre, Albertine eût pu se perdre, et prenaient ainsi la douceur d'un : «suave mari magno». «Voilà des carottes à deux ronds la botte.» — «Oh ! s'écria Albertine, des choux, des carottes, des oranges. Voilà rien que des choses que j'ai envie de manger. Faites-en acheter par Françoise. Elle fera les carottes à la crème. Et puis ce sera gentil de manger tout ça ensemble. Ce sera tous ces bruits que nous entendons, transformés en un bon repas. Oh! je vous en prie, demandez à Françoise de faire plutôt une raie au beurre noir. C'est si bon!» — «Ma petite chérie, c'est convenu, ne restez pas; sans cela c'est tout ce que poussent les marchandes de quatre-saisons que vous demanderez.» — «C'est dit, je pars, mais je ne veux plus jamais pour nos dîners que les choses dont nous aurons entendu le cri. C'est trop amusant. Et dire qu'il faut attendre encore deux mois pour que nous entendions : "haricots verts et tendres, haricots, v'là l'haricot vert". Comme c'est bien dit tendres haricots, vous savez je les veux tout fins, tout fins, ruisselants de vinaigrette, on ne dirait pas qu'on les mange, c'est frais comme une rosée. Hélas c'est comme pour les petits cœurs à la crème, c'est encore bien loin : "Bon fromage à la cré, à la cré, bon fromage." Et le chasselas de Fontainebleau : "J'ai du beau chasselas." Et je pensais avec effroi à tout ce temps que j'aurais à rester avec elle jusqu'au temps du chasselas. «Écoutez, je dis que je ne veux plus que les choses que nous aurons entendu crier, mais je fais naturellement des exceptions. Aussi il n'y aurait rien d'impossible à ce que je passe chez Rebattet commander une glace pour nous deux. Vous me direz que ce n'est pas encore la saison, mais j'en

ai une envie ! » Je fus agité par le projet de Rebattet, rendu
plus certain et suspect pour moi à cause des mots : « il n'y
aurait rien d'impossible [25] ». C'était le jour où les Verdurin recevaient, et depuis que Swann leur avait appris que
c'était la meilleure maison, c'était chez Rebattet qu'ils
commandaient glaces et petits fours. « Je ne fais aucune
objection à une glace, mon Albertine chérie, mais laissez-
moi vous la commander, je ne sais pas moi-même si ce
sera chez Poiré-Blanche, chez Rebattet, à Ritz, enfin je
verrai. » — « Vous sortez donc », me dit-elle d'un air
méfiant. Elle prétendait toujours qu'elle serait enchantée
que je sortisse davantage, mais si un mot de moi pouvait
laisser supposer que je ne resterais pas à la maison, son
air inquiet donnait à penser que la joie qu'elle aurait à me
voir sortir sans cesse, n'était peut-être pas très sincère.
« Je sortirai peut-être, peut-être pas, vous savez bien que
je ne fais jamais de projets d'avance. En tous cas les
glaces ne sont pas une chose qu'on crie, qu'on pousse
dans les rues, pourquoi en voulez-vous ? » Et alors elle me
répondit par ces paroles qui me montrèrent en effet combien d'intelligence et de goût latent s'étaient brusquement
développés en elle depuis Balbec, par ces paroles du
genre de celles qu'elle prétendait dues uniquement à mon
influence, à la constante cohabitation avec moi, ces paroles que pourtant je n'aurais jamais dites comme si
quelque défense m'était faite par quelqu'un d'inconnu de
jamais user dans la conversation de formes littéraires.
Peut-être l'avenir ne devait-il pas être le même pour
Albertine et pour moi. J'en eus presque le pressentiment
en la voyant se hâter d'employer en parlant des images si
écrites et qui me semblaient réservées pour un autre usage
plus sacré et que j'ignorais encore. Elle me dit (et je fus
malgré tout profondément attendri car je pensai : certes je
ne parlerais pas comme elle, mais tout de même sans moi
elle ne parlerait pas ainsi, elle a subi profondément mon
influence, elle ne peut donc pas ne pas m'aimer, elle est
mon œuvre) : « Ce que j'aime dans les nourritures criées,
c'est qu'une chose entendue, comme une rhapsodie,
change de nature à table et s'adresse à mon palais. Pour
les glaces (car j'espère bien que vous ne m'en comman-

derez que prises dans ces moules démodés qui ont toutes les formes d'architecture possible), toutes les fois que j'en prends, temples, églises, obélisques, rochers, c'est comme une géographie pittoresque que je regarde d'abord et dont je convertis ensuite les monuments de framboise ou de vanille en fraîcheur dans mon gosier. » Je trouvais que c'était un peu trop bien dit, mais elle sentit que je trouvais que c'était bien dit et elle continua en s'arrêtant un instant quand sa comparaison était réussie pour rire de son beau rire qui m'était si cruel parce qu'il était si voluptueux : « Mon Dieu, à l'hôtel Ritz je crains bien que vous ne trouviez des colonnes Vendôme de glace, de glace au chocolat, ou à la framboise et alors il en faut plusieurs pour que cela ait l'air de colonnes votives ou de pylônes élevés dans une allée à la gloire de la Fraîcheur. Ils font aussi des obélisques de framboise, qui se dresseront de place en place dans le désert brûlant de ma soif et dont je ferai fondre le granit rose au fond de ma gorge qu'elles désaltéreront mieux que des oasis (et ici le rire profond éclata soit de satisfaction de si bien parler, soit par moquerie d'elle-même de s'exprimer par images si suivies, soit hélas par volupté physique de sentir en elle quelque chose de si bon, de si frais, qui lui causait l'équivalent d'une jouissance). Ces pics de glace du Ritz ont quelquefois l'air du mont Rose, et même si la glace est au citron je ne déteste pas qu'elle n'ait pas de forme monumentale, qu'elle soit irrégulière, abrupte, comme une montagne d'Elstir. Il ne faut pas qu'elle soit trop blanche alors mais un peu jaunâtre, avec cet air de neige sale et blafarde qu'ont les montagnes d'Elstir. La glace a beau ne pas être grande, qu'une demi-glace si vous voulez, ces glaces au citron-là sont tout de même des montagnes, réduites à une échelle toute petite mais l'imagination rétablit les proportions comme pour ces petits arbres japonais nains qu'on sent très bien être tout de même des cèdres, des chênes, des mancenilliers si bien qu'en en plaçant quelques-uns le long d'une petite rigole dans ma chambre, j'aurais une immense forêt descendant vers un fleuve et où les petits enfants se perdraient. De même au pied de ma demi-glace jaunâtre au

citron je vois très bien des postillons, des voyageurs, des
chaises de poste sur lesquels ma langue se charge de faire
rouler de glaciales avalanches qui les engloutiront (la
volupté cruelle avec laquelle elle dit cela excita ma jalousie); de même, ajouta-t-elle, que je me charge avec mes
lèvres de détruire, pilier par pilier, ces églises vénitiennes
d'un porphyre qui est de la fraise et de faire tomber sur les
fidèles ce que j'aurai épargné. Oui tous ces monuments
passeront de leur place de pierre dans ma poitrine où leur
fraîcheur fondante palpite déjà. Mais tenez, même sans
glaces rien n'est excitant et ne donne soif comme les
annonces des sources thermales. A Montjouvain chez
Mlle Vinteuil, il n'y avait pas de bon glacier dans le
voisinage, mais nous faisions dans le jardin notre tour de
France en buvant chaque jour une autre eau minérale
gazeuse, comme l'eau de Vichy qui dès qu'on la verse
soulève des profondeurs du verre un nuage blanc qui
vient s'assoupir et se dissiper si on ne buvait pas assez
vite. » Mais entendre parler de Montjouvain m'était trop
pénible. Je l'interrompais. « Je vous ennuie, adieu, mon
chéri. » Quel changement depuis Balbec où je défie Elstir
lui-même d'avoir pu deviner en Albertine ces richesses de
poésie. D'une poésie moins étrange, moins personnelle
que celle de Céleste Albaret par exemple, laquelle la
veille encore était venue me voir et m'ayant trouvé couché m'avait dit : « O majesté du ciel déposée sur un
lit ! » — « Pourquoi du ciel, Céleste ? » — « Oh parce
que vous ne ressemblez à personne, vous vous trompez
bien si vous croyez que vous avez quelque chose de ceux
qui voyagent sur notre vile terre. » — « En tout cas
pourquoi "déposé" ? » — « Parce que vous n'avez rien
d'un homme couché, vous n'êtes pas dans le lit, vous ne
remuez pas, des anges ont l'air d'être descendus vous
déposer là [26]. » Jamais Albertine n'aurait trouvé cela,
mais l'amour même quand il semble sur le point de finir
est partial. Je préférais la « géographie pittoresque » des
sorbets dont la grâce assez facile me semblait une raison
d'aimer Albertine et une preuve que j'avais du pouvoir
sur elle, qu'elle m'aimait [27].

Une fois Albertine sortie, je sentis quelle fatigue était

pour moi cette présence perpétuelle, insatiable de mouvement et de vie, qui troublait mon sommeil par ses
mouvements, me faisait vivre dans un refroidissement
perpétuel par les portes qu'elle laissait ouvertes, me forçait — pour trouver des prétextes qui justifiassent de ne
pas l'accompagner, sans pourtant paraître trop malade, et
d'autre part pour la faire accompagner — à déployer
chaque jour plus d'ingéniosité que Shéhérazade. Malheureusement si par une même ingéniosité la conteuse
persane retardait sa mort, je hâtais la mienne. Il y a ainsi
dans la vie certaines situations qui ne sont pas toutes
créées comme celle-là par la jalousie amoureuse, et une
santé précaire qui ne permet pas de partager la vie d'un
être actif et jeune, mais où tout de même le problème de
continuer la vie en commun ou de revenir à la vie séparée
d'autrefois se pose d'une façon presque médicale : auquel
des deux sortes de repos faut-il se sacrifier (en continuant
le surmenage quotidien, ou en revenant aux angoisses de
l'absence) — celui du cerveau ou celui du cœur ?

J'étais [28] en tous cas bien content qu'Andrée accompa-
gnât Albertine au Trocadéro car de récents et d'ailleurs
minuscules incidents faisaient qu'ayant bien entendu la
même confiance dans l'honnêteté du chauffeur, sa vigilance ou au moins la perspicacité de sa vigilance ne me
semblait plus tout à fait aussi grande qu'autrefois. C'est
ainsi que tout dernièrement ayant envoyé Albertine seule
avec lui à Versailles, Albertine m'avait dit avoir déjeuné
aux Réservoirs ; comme le chauffeur m'avait parlé du
restaurant Vatel, le jour où je relevai cette contradiction,
je pris un prétexte pour descendre parler au mécanicien
(toujours le même, celui que nous avons vu à Balbec)
pendant qu'Albertine s'habillait. « Vous m'avez dit que
vous aviez déjeuné à Vatel, Mlle Albertine me parle des
Réservoirs. Qu'est-ce que cela veut dire ? » Le mécanicien me répondit : « Ah ! j'ai dit que j'avais déjeuné au
Vatel mais je ne peux pas savoir où Mademoiselle a
déjeuné. Elle m'a quitté en arrivant à Versailles pour
prendre un fiacre à cheval, ce qu'elle préfère quand ce
n'est pas pour faire de la route. » Déjà j'enrageais en
pensant qu'elle avait été seule, enfin ce n'était que le

temps de déjeuner. « Vous auriez pu, dis-je d'un air de
gentillesse (car je ne voulais pas paraître faire positive-
ment surveiller Albertine, ce qui eût été humiliant pour
moi et doublement, puisque cela eût signifié qu'elle me
cachait ses actions), déjeuner je ne dis pas avec elle, mais
au même restaurant. » — « Mais elle m'avait demandé
d'être seulement à six heures du soir à la place d'Armes.
Je ne devais pas aller la chercher à la sortie de son
déjeuner. » — « Ah ! » fis-je en tâchant de dissimuler mon
accablement. Et je remontai. Ainsi c'était plus de sept
heures de suite qu'Albertine avait été seule, livrée à
elle-même. Je savais bien il est vrai que le fiacre n'avait
pas été un simple expédient pour se débarrasser de la
surveillance du chauffeur. En ville, Albertine aimait
mieux flâner en fiacre, elle disait qu'on voyait bien, que
l'air était plus doux. Malgré cela elle avait passé sept
heures sur lesquelles je ne saurais jamais rien. Et je
n'osais pas penser à la façon dont elle avait dû les employer. Je trouvai que le mécanicien avait été bien maladroit mais ma confiance en lui fut désormais complète.
Car s'il eût été le moins du monde de mèche avec Albertine, il ne m'eût jamais avoué qu'il l'avait laissée libre de
onze heures du matin à six heures du soir. Il n'y aurait eu
qu'une autre explication, mais absurde, de cet aveu du
chauffeur. C'est qu'une brouille entre lui et Albertine lui
eût donné le désir, en me faisant une petite révélation, de
montrer à mon amie qu'il était homme à parler et que si,
après le premier avertissement tout bénin, elle ne mar-
chait pas droit selon ce qu'il voulait, il mangerait carrément le morceau. Mais cette explication était absurde, il
fallait d'abord supposer une brouille inexistante entre
Albertine et lui, et ensuite donner une nature de maître-
chanteur à ce beau mécanicien qui s'était toujours montré
si affable et si bon garçon. Dès le surlendemain du reste
je vis que, plus que je ne l'avais cru un instant, dans ma
soupçonneuse folie, il savait exercer sur Albertine une
surveillance discrète et perspicace. Car ayant pu le prendre à part et-lui parler de ce qu'il m'avait dit de Versailles, je lui disais d'un air amical et dégagé : « Cette promenade à Versailles dont vous me parliez avant-hier, c'était

parfait comme cela, vous avez été parfait comme toujours. Mais à titre de petite indication, sans importance du reste, j'ai une telle responsabilité depuis que Mme Bontemps a mis sa nièce sous ma garde, j'ai tellement peur des accidents, je me reproche tant de ne pas l'accompagner, que j'aime mieux que ce soit vous, vous tellement sûr, si merveilleusement adroit, à qui il ne peut pas arriver d'accident, qui conduisiez partout Mlle Albertine. Comme cela je ne crains rien. » Le charmant mécanicien apostolique sourit finement, la main posée sur sa roue en forme de croix de consécration. Puis il me dit ces paroles qui (chassant les inquiétudes de mon cœur où elles furent aussitôt remplacées par la joie) me donnèrent envie de lui sauter au cou : « N'ayez crainte, me dit-il. Il ne peut rien lui arriver car, quand mon volant ne la promène pas, mon œil la suit partout. A Versailles sans avoir l'air de rien j'ai visité la ville pour ainsi dire avec elle. Des Réservoirs elle est allée au château, du château aux Trianons, toujours moi la suivant sans avoir l'air de la voir et le plus fort c'est qu'elle ne m'a pas vu. Oh ! elle m'aurait vu ç'aurait été un petit malheur. C'était si naturel qu'ayant toute la journée devant moi à rien faire je visite aussi le château. D'autant plus que Mademoiselle n'a certainement pas été sans remarquer que j'ai de la lecture et que je m'intéresse à toutes les vieilles curiosités (c'était vrai, j'aurais même été surpris si j'avais su qu'il était ami de Morel, tant il dépassait le violoniste en finesse et en goût). Mais enfin elle ne m'a pas vu. » — « Elle a dû rencontrer du reste des amies car elle en a plusieurs à Versailles. » — « Non elle était toujours seule. » — « On doit la regarder alors, une jeune fille éclatante et toute seule. » — « Sûr qu'on la regarde mais elle n'en sait quasiment rien ; elle est tout le temps les yeux dans son guide, puis levés sur les tableaux. » Le récit du chauffeur me sembla d'autant plus exact que c'était en effet une « carte » représentant le château et une autre représentant les Trianons qu'Albertine m'avait envoyées le jour de sa promenade. L'attention avec laquelle le gentil chauffeur en avait suivi chaque pas me toucha beaucoup. Comment aurais-je supposé que cette rectification — sous forme d'ample complément à son dire de l'avant-veille, venait de ce qu'entre ces deux jours Albertine, alarmée que le chauffeur m'eût parlé, s'était soumise, avait fait la paix avec lui. Ce soupçon ne me vint même pas. Il est certain que ce récit du mécanicien, en m'ôtant toute crainte qu'Albertine m'eût trompé, me refroidit tout naturellement à l'égard de mon amie, et me rendit moins intéressante la journée qu'elle avait passée à Versailles. Je crois pourtant que les explications du chauffeur qui en innocentant Albertine me la rendaient encore plus ennuyeuse, n'auraient peut-être pas suffi à me calmer si vite. Deux petits boutons que pendant quelques jours mon amie eut au front réussirent peut-être mieux encore à modifier les sentiments de mon cœur. Enfin ceux-ci se détournèrent d'elle, au point de ne me rappeler son existence que quand je la voyais, par la confidence singulière que me fit la femme de chambre de Gilberte, rencontrée par hasard. J'appris que quand j'allais tous les jours chez Gilberte elle aimait un jeune homme qu'elle voyait beaucoup plus que moi. J'en avais eu un instant le soupçon à cette époque, et même j'avais alors interrogé cette même femme de chambre. Mais comme elle savait que j'étais épris de Gilberte elle avait nié, juré que jamais Mlle Swann n'avait vu ce jeune homme. Mais maintenant, sachant que mon amour était mort depuis si longtemps, que depuis des années j'avais laissé toutes ses lettres sans réponse — et peut-être aussi parce qu'elle n'était plus au service de la jeune fille — d'elle-même elle me raconta tout au long l'épisode amoureux que je n'avais pas su. Cela lui semblait tout naturel. Je crus me rappelant ses serments d'alors qu'elle n'avait pas été au courant. Pas du tout, c'est elle-même sur l'ordre de Mme Swann qui allait prévenir le jeune homme dès que celle que j'aimais était seule. Que j'aimais alors... Mais je me demandai un instant si mon amour d'autrefois était aussi mort que je le croyais car ce récit me fut pénible. Comme je ne crois pas que la jalousie puisse réveiller un amour mort, je supposai que ma triste impression fut due en partie du moins à mon amour-propre blessé car plusieurs personnes que je n'ai-

mais pas et qui à cette époque et même un peu plus
tard — cela a bien changé depuis — affectaient à mon
endroit une attitude méprisante, savaient parfaitement,
pendant que j'étais si amoureux de Gilberte, que j'étais
dupe. Et cela me fit même me demander rétrospectivement si dans mon amour pour Gilberte, il n'y avait pas eu
une part d'amour-propre, puisque je souffrais tant maintenant de voir que toutes les heures de tendresse qui
m'avaient rendu si heureux, étaient connues pour une
véritable tromperie de mon amie à mes dépens, par des
gens que je n'aimais pas. En tous cas, amour ou amour-
propre, Gilberte était presque morte en moi mais pas
entièrement et cet ennui acheva de m'empêcher de me
soucier outre mesure d'Albertine qui tenait une si étroite
partie dans mon cœur. Néanmoins pour en revenir à elle
(après une si longue parenthèse) et à sa promenade à
Versailles, les cartes postales de Versailles (peut-on donc
avoir ainsi simultanément le cœur pris en écharpe par
deux jalousies entrecroisées se rapportant chacune à une
personne différente?) me donnaient une impression un
peu désagréable, chaque fois qu'en rangeant des papiers
mes yeux tombaient sur elles. Et je songeais que si le
mécanicien n'avait pas été un si brave homme, la concordance de son deuxième récit avec les «cartes» d'Albertine n'eût pas signifié grand-chose, car qu'est-ce qu'on
vous envoie d'abord de Versailles sinon le château et les
Trianons, à moins que la carte ne soit choisie par quelque
raffiné amoureux d'une certaine statue, ou par quelque
imbécile élisant comme vue la station du tramway à
chevaux ou la gare des Chantiers. Encore ai-je tort de dire
un imbécile, de telles cartes postales n'ayant pas toujours
été achetées par l'un d'eux au hasard, pour l'intérêt de
venir à Versailles. Pendant deux ans les hommes intelligents, les artistes trouvèrent Sienne, Venise, Grenade,
une scie et disaient du moindre omnibus, de tous les
wagons : «Voilà qui est beau». Puis ce goût passa comme
les autres. Je ne sais même pas si on n'en revint pas au
«sacrilège qu'il y a de détruire les nobles choses du
passé». En tous cas un wagon de première cessa d'être
considéré à priori comme plus beau que Saint-Marc de

Venise. On disait pourtant : « C'est là qu'est la vie, le
retour en arrière est une chose factice », mais sans tirer de
conclusion nette. A tout hasard et tout en faisant pleine
confiance au chauffeur, et pour qu'Albertine ne pût pas le
plaquer sans qu'il osât refuser par crainte de passer pour
espion, je ne la laissai plus sortir qu'avec le renfort
d'Andrée, alors que pendant un temps le chauffeur
m'avait suffi. Je l'avais même laissée alors (ce que je
n'aurais plus fait) s'absenter pendant trois jours seule
avec le chauffeur et aller jusqu'auprès de Balbec tant elle
avait envie de faire de la route sur simple châssis en
grande vitesse. Trois jours où j'avais été bien tranquille,
bien que la pluie de cartes qu'elle m'avait envoyée, ne me
fût parvenue, à cause du détestable fonctionnement de ces
postes bretonnes (bonnes l'été mais sans doute désorgani-
sées l'hiver), que huit jours après le retour d'Albertine et
du chauffeur, si vaillants que le matin même de leur
retour ils reprirent, comme si de rien n'était, leur promenade quotidienne. Mais depuis l'incident de Versailles
j'avais changé. J'étais ravi qu'Albertine allât aujourd'hui
au Trocadéro à cette matinée « extraordinaire » mais surtout rassuré qu'elle y eût une compagne, Andrée [29].
    Laissant ces pensées maintenant qu'Albertine était
sortie, j'allai me mettre un instant à la fenêtre. Il y eut
d'abord un silence où le sifflet du marchand de tripes et la
corne du tramway firent résonner l'air à des octaves
différentes, comme un accordeur de piano aveugle. Puis
peu à peu devinrent distincts les motifs entrecroisés auxquels de nouveaux s'ajoutaient. Il y avait aussi un autre
sifflet, appel d'un marchand dont je n'ai jamais su ce
qu'il vendait, sifflet qui, lui, était exactement pareil à
celui d'un tramway et comme il n'était pas emporté par la
vitesse, on croyait à un seul tramway, non doué de
mouvement, ou en panne, immobilisé, criant à petits
intervalles comme un animal qui meurt. Et il me semblait
que si jamais je devais quitter ce quartier aristocratique — à moins que ce ne fût pour un tout à fait populaire — les rues et les boulevards du centre (où la fruite-
rie, la poissonnerie, etc., stabilisées dans de grandes
maisons d'alimentation, rendraient inutiles les cris des

marchands qui n'eussent pas du reste réussi à se faire entendre) me sembleraient bien mornes, bien inhabitables, dépouillés, décantés de toutes ces litanies des petits métiers et des ambulantes mangeailles, privés de l'orchestre qui venait de me charmer dès le matin. Sur le trottoir une femme peu élégante (ou obéissant à une mode laide) passait, trop claire, dans un paletot sac en poil de chèvre; mais non ce n'était pas une femme c'était un chauffeur qui enveloppé dans sa peau de bique, gagnait à pied son garage. Échappés des grands hôtels, les chasseurs ailés, aux teintes changeantes, filaient vers les gares au ras de leur bicyclette, pour rejoindre les voyageurs au train du matin. Le ronflement d'un violon était dû parfois au passage d'une automobile, parfois à ce que je n'avais pas mis assez d'eau dans ma bouillotte électrique. Au milieu de la symphonie détonait un « air » démodé : remplaçant la vendeuse de bonbons qui accompagnait d'habitude son air avec une crécelle, le marchand de jouets au mirliton duquel était attaché un pantin qu'il faisait mouvoir en tous sens, promenait d'autres pantins et sans souci de la déclamation rituelle de Grégoire le Grand, de la déclamation réformée de Palestrina et de la déclamation lyrique des modernes, entonnait à pleine voix, partisan attardé de la pure mélodie : « Allons les papas, allons les mamans, contentez vos petits enfants, c'est moi qui les fais, c'est moi qui les vends, et c'est moi qui boulotte l'argent. Tra la la la. Tra la la laire, tra la la la la la la. Allons les petits ! » De petits Italiens, coiffés d'un béret, n'essayaient pas de lutter avec cet aria vivace, et c'est sans rien dire qu'ils offraient de petites statuettes. Cependant qu'un petit fifre réduisait le marchand de jouets à s'éloigner et à chanter plus confusément quoique presto : « Allons les papas, allons les mamans. » Le petit fifre était un seul de ces dragons que j'entendais le matin à Doncières. Non car ce qui suivait c'étaient ces mots : « Voilà le réparateur-de faïence et de por-celaine. Je répare le verre, le marbre, le cristal, l'os, l'ivoire et objets d'antiquité. Voilà le réparateur. » Dans une boucherie où à gauche était une auréole de soleil et à droite un bœuf entier pendu, un garçon boucher très grand et très mince, aux cheveux blonds, son cou sortant d'un col bleu ciel, mettait une rapidité vertigineuse et une religieuse conscience à mettre d'un côté les filets de bœuf exquis, de l'autre de la culotte de dernier ordre, les plaçait dans d'éblouissantes balances surmontées d'une croix, d'où retombaient de belles chaînettes, et, — bien qu'il ne fît ensuite que disposer pour l'étalage, des rognons, des tournedos, des entrecôtes — donnait en réalité beaucoup plus l'impression d'un bel ange qui au jour du Jugement dernier préparera pour Dieu, selon leurs qualités, la séparation des Bons et des Méchants, et la pesée des âmes. Et de nouveau le fifre grêle et fin montait dans l'air, annonciateur non plus des destructions que redoutait Françoise chaque fois que défilait un régiment de cavalerie, mais de « réparations » promises par un « antiquaire » naïf ou gouailleur, et qui en tout cas fort éclectique, loin de se spécialiser, avait pour objet de son art les matières les plus diverses. Les petites porteuses de pain se hâtaient d'enfiler dans leurs paniers les flûtes destinées au « grand déjeuner » et, à leur crochet, les laitières attachaient vivement les bouteilles de lait. La vue nostalgique que j'avais de ces petites filles, pouvais-je la croire bien exacte ? N'eût-elle pas été autre si j'avais pu garder immobile quelques instants auprès de moi, une de celle que de la hauteur de ma fenêtre je ne voyais que dans la boutique ou en fuite. Pour évaluer la perte que me faisait éprouver ma réclusion, c'est-à-dire la richesse que m'offrait la journée, il eût fallu intercepter dans le long déroulement de la frise animée quelque fillette portant son linge ou son lait, la faire passer un moment comme une silhouette d'un décor mobile, entre les portants, dans le cadre de ma porte, et la retenir sous mes yeux, non sans obtenir sur elle quelque renseignement qui me permît de la retrouver un jour et pareil à cette fiche signalétique que les ornithologues ou les ichtyologues attachent avant de leur rendre la liberté sous le ventre des oiseaux ou des poissons dont ils veulent pouvoir identifier les migrations.

Aussi dis-je à Françoise que pour une course que j'avais à faire faire, elle voulût m'envoyer, s'il lui en venait quelqu'une, telle ou telle de ces petites qui venaient sans cesse chercher et rapportaient le linge, le pain, ou les carafes de lait, et par lesquelles souvent elle faisait faire des commissions. J'étais pareil en cela à Elstir qui, obligé de rester enfermé dans son atelier, certains jours de printemps où savoir que les bois étaient pleins de violettes lui donnait une telle fringale d'en regarder, envoyait sa concierge lui en acheter un bouquet; alors attendri, halluciné, ce n'est pas la table sur laquelle il avait posé le petit modèle végétal, mais tout le tapis des sous-bois où il avait vu autrefois, par milliers, les tiges serpentines, fléchissant sous leur bec bleu, qu'Elstir croyait avoir sous les yeux comme une zone imaginaire qu'enclavait dans son atelier la limpide odeur de la fleur évocatrice.

De blanchisseuse, un dimanche, il ne fallait pas penser qu'il en vînt. Quant à la porteuse de pain, par une mauvaise chance, elle avait sonné pendant que Françoise n'était pas là, avait laissé ses flûtes dans la corbeille, sur le palier, et s'était sauvée. La fruitière ne viendrait que bien plus tard. Une fois j'étais entré commander un fromage chez le crémier, et au milieu de ses petites employées, j'en avais remarqué une, vraie extravagance blonde, haute de taille bien que puérile, et qui au milieu des autres porteuses, semblait rêver, dans une attitude assez fière. Je ne l'avais vue que de loin et en passant si vite que je n'aurais pu dire comment elle était, sinon qu'elle avait dû pousser trop vite et que sa tête portait une toison donnant l'impression bien moins des particularités capillaires que d'une stylisation sculpturale des méandres isolés de névés parallèles. C'est tout ce que j'avais distingué, ainsi qu'un nez très dessiné (chose rare chez une enfant), dans une figure maigre, et qui rappelait le bec des petits des vautours. D'ailleurs le groupement autour d'elle de ses camarades n'avait pas été seul à m'empêcher de la bien voir, mais aussi l'incertitude des sentiments que je pouvais, à première vue et ensuite, lui inspirer, qu'ils fussent de fierté farouche, ou d'ironie, ou d'un dédain exprimé plus tard à ses amies. Ces suppositions alternatives que j'avais faites, en une seconde, à son

sujet, avait épaissi autour d'elle l'atmosphère trouble où
elle se dérobait, comme une déesse dans la nue que fait
trembler la foudre. Car l'incertitude morale est une cause
plus grande de difficulté à une exacte perception visuelle
que ne serait un défaut matériel de l'œil. En cette trop
maigre jeune personne, qui frappait aussi trop l'attention,
l'excès de ce qu'un autre eût peut-être appelé des charmes, était justement ce qui était pour me déplaire, mais
avait tout de même eu pour résultat de m'empêcher même
d'apercevoir rien, à plus forte raison de me rien rappeler
des autres petites crémières, que le nez arqué de celle-ci,
son regard, chose si peu agréable, pensif, personnel,
ayant l'air de juger, avaient plongées dans la nuit à la
façon d'un éclair blond qui enténèbre le paysage environ-
nant. Et ainsi de ma visite pour commander un fromage,
chez le crémier, je ne m'étais rappelé (si on peut dire se
rappeler à propos d'un visage si mal regardé qu'on adapte
dix fois au néant du visage un nez différent), je ne m'étais
rappelé que la petite qui m'avait déplu. Cela suffit à faire
commencer un amour. Pourtant j'eusse oublié l'extravagance blonde et n'aurais jamais souhaité de la revoir si
Françoise ne m'avait dit que, quoique bien gamine, cette
petite était délurée et allait quitter sa patronne parce que
trop coquette, elle devait de l'argent dans le quartier. On
a dit que la beauté est une promesse de bonheur. Inversement la possibilité du plaisir peut être un commencement de beauté.

Je me mis à lire la lettre de maman. A travers ses
citations de Mme de Sévigné (« Si mes pensées ne sont
pas tout à fait noires à Combray, elles sont au moins d'un
gris-brun, je pense à toi à tout moment, je te souhaite, ta
santé, tes affaires, ton éloignement, que penses-tu que
tout cela puisse faire entre chien et loup ? ») je sentais que
ma mère était ennuyée de voir que le séjour d'Albertine à
la maison se prolongeait, et s'affermir, quoique non encore déclarées à la fiancée, mes intentions de mariage.
Elle ne me le disait pas plus directement parce qu'elle
craignait que je laissasse traîner ses lettres. Encore, si
voilées qu'elles fussent, me reprochait-elle de ne pas
l'avertir immédiatement après chacune que je l'avais re-

çue : « Tu sais bien que Mme de Sévigné disait : « Quand
on est loin on ne se moque plus des lettres qui commencent par : j'ai reçu la vôtre. » Sans parler de ce qui l'inquiétait le plus, elle se disait fâchée de mes grandes
dépenses : « A quoi peut passer tout ton argent ? Je suis
déjà assez tourmentée de ce que comme Charles de Sévigné tu ne saches pas ce que tu veuilles et que tu sois
« deux ou trois hommes à la fois », mais tâche au moins
de ne pas être comme lui pour la dépense et que je ne
puisse pas dire de toi : il a trouvé le moyen de dépenser
sans paraître, de perdre sans jouer et de payer sans s'ac-
quitter. » Je venais de finir le mot de maman [30] quand
Françoise revint me dire qu'elle avait justement là la
petite laitière un peu trop hardie dont elle m'avait parlé.
« Elle pourra très bien porter la lettre de Monsieur et faire
les courses si ce n'est pas trop loin. Monsieur va voir, elle
a l'air d'un petit chaperon rouge. » Françoise alla la
chercher et je l'entendis qui la guidait en lui disant : « Hé
bien voyons tu as peur parce qu'il y a un couloir, bougre
de truffe, je te croyais moins empruntée. Faut-il que je te
mène par la main ? » Et Françoise, en bonne et honnête
servante qui entend faire respecter son maître comme elle
le respecte elle-même, s'était drapée de cette majesté qui
ennoblit les entremetteuses dans ces tableaux des vieux
maîtres, ou à côté d'elles s'effacent presque dans l'insignifiance la maîtresse et l'amant. Elstir quand il les regardait n'avait pas à se préoccuper de ce que faisaient les
violettes. L'entrée de la petite laitière m'ôta aussitôt mon
calme de contemplateur, je ne songeai plus qu'à rendre
vraisemblable la fable de la lettre à lui faire porter et je
me mis à écrire rapidement sans oser la regarder qu'à
peine, pour ne pas paraître l'avoir fait entrer pour cela.
Elle [31] était parée pour moi de ce charme de l'inconnu qui
ne se serait pas ajouté à une jolie fille trouvée dans ces
maisons où elles vous attendent. Elle n'était ni nue ni
déguisée, mais une vraie crémière, une de celles qu'on
s'imagine si jolies quand on n'a pas le temps de s'approcher d'elles, elle était un peu de ce qui fait l'éternel désir,
l'éternel regret de la vie, dont le double courant est enfin
détourné, amené auprès de nous. Double car s'il s'agit

d'inconnu, d'un être deviné devoir être divin d'après sa
stature, ses proportions, son indifférent regard, son calme
hautain, d'autre part on veut cette femme bien spécialisée
dans sa profession, nous permettant de nous évader dans
ce monde qu'un costume particulier nous fait romanes-
quement croire différent. Au reste si l'on cherche à faire
tenir dans une formule la loi de nos curiosités amoureuses
il faudrait la chercher dans le maximum d'écart entre une
femme aperçue et une femme approchée, caressée. Si les
femmes de ce qu'on appelait autrefois les maisons closes,
si les cocottes elles-mêmes (à condition que nous sa-
chions qu'elles sont des cocottes) nous attirent si peu, ce
n'est pas qu'elles soient moins belles que d'autres, c'est
qu'elles sont toutes prêtes, que ce qu'on cherche précisément à atteindre, elles nous l'offrent déjà, c'est qu'elles
ne sont pas des conquêtes. L'écart là est à son minimum.
Une grue nous sourit déjà dans la rue comme elle le fera
près de nous. Nous sommes des sculpteurs. Nous voulons
obtenir d'une femme une statue entièrement différente de
celle qu'elle nous a présentée. Nous avons vu une jeune
fille indifférente, insolente au bord de la mer, nous avons
vu une vendeuse sérieuse et active à son comptoir qui
nous répondra sèchement ne fût-ce que pour ne pas être
l'objet des moqueries de ses copines, une marchande de
fruits qui nous répond à peine. Hé bien ! nous n'avons de
cesse que nous puissions expérimenter si la fière jeune
fille au bord de la mer, si la vendeuse à cheval sur le
qu'en-dira-t-on, si la distraite marchande de fruits ne sont
pas susceptibles à la suite de manèges adroits de notre
part de laisser fléchir leur attitude rectiligne, d'entourer
notre cou de ces bras qui portaient les fruits, d'incliner
sur notre bouche avec un sourire consentant des yeux
jusque-là glacés ou distraits, — ô beauté des yeux sévè-
res aux heures du travail où l'ouvrière craignait tant la
médisance de ses compagnes, des yeux qui fuyaient nos
obsédants regards et qui maintenant que nous l'avons vue
seule à seul, font plier leurs prunelles sous le poids
ensoleillé du rire quand nous parlons de faire l'amour.
Entre la vendeuse, la blanchisseuse attentive à repasser,
la marchande de fruits, la crémière, — et cette même

fillette qui va devenir notre maîtresse, le maximum
d'écart est atteint, tendu encore à ses extrêmes limites, et
varié, par ces gestes habituels de la profession qui font
des bras pendant la durée du labeur quelque chose d'aussi
différent que possible comme arabesque de ces souples
liens qui déjà chaque soir s'enlacent à notre cou tandis
que la bouche s'apprête pour le baiser. Aussi passons-
nous toute notre vie en inquiètes démarches sans cesse
renouvelées auprès des filles sérieuses et que leur métier
semble éloigner de nous. Une fois dans nos bras, elles ne
sont plus ce qu'elles étaient, cette distance que nous
rêvions de franchir est supprimée. Mais on recommence
avec d'autres femmes, on donne à ces entreprises tout son
temps, tout son argent, toutes ses forces, on crève de rage
contre le cocher trop lent qui va peut-être nous faire
manquer le premier rendez-vous, on a la fièvre. Ce premier rendez-vous on sait pourtant qu'il accomplira l'éva-
nouissement d'une illusion. Il n'importe, tant que l'illusion dure on veut voir si on peut la changer en réalité, et
alors on pense à la blanchisseuse dont on a remarqué la
froideur. La curiosité amoureuse est comme celle qu'ex-
citent en nous les noms de pays, toujours déçue, elle
renaît et reste toujours insatiable. Hélas une fois auprès
de moi la blonde crémière aux mèches striées, dépouillée
de tant d'imagination et de désirs éveillés en moi, se
trouva réduite à elle-même. Le nuage frémissant de mes
suppositions ne l'enveloppait plus d'un vertige. Elle prenait un air tout penaud de n'avoir plus (au lieu des dix,
des vingt, que je me rappelais tour à tour sans pouvoir
fixer mon souvenir) qu'un seul nez plus rond que je ne
l'avais cru qui donnait une idée de bêtise et avait en tous
cas perdu le pouvoir de se multiplier. Ce vol capturé,
inerte, anéanti, incapable de rien ajouter à sa pauvre
évidence, n'avait plus mon imagination pour collaborer
avec lui. Tombé dans le réel immobile, je tâchai de
rebondir, les joues, non aperçues dans la boutique, me
parurent si jolies que j'en fus intimidé et, pour me donner
une contenance, je dis à la petite crémière : « Seriez-vous
assez bonne pour me passer *Le Figaro* qui est là, il faut
que je regarde le nom de l'endroit où je veux vous

envoyer.» Aussitôt en prenant le journal elle découvrit jusqu'au coude la manche rouge de sa jaquette et me tendit la feuille conservatrice d'un geste adroit et gentil qui me plut par sa rapidité familière, son apparence moelleuse et sa couleur écarlate. Pendant que j'ouvrais *Le Figaro,* pour dire quelque chose et sans lever les yeux, je demandai à la petite : «Comment s'appelle ce que vous portez là en tricot rouge, c'est très joli.» Elle me répondit : «C'est mon golf.» Car par une déchéance habituelle à toutes les modes, les vêtements et les modes qui, il y a quelques années, semblaient appartenir au monde relativement élégant des amies d'Albertine étaient maintenant le lot des ouvrières. «Ça ne vous gênerait vraiment pas trop, dis-je en faisant semblant de chercher dans *Le Figaro,* que je vous envoie même un peu loin?» Dès que j'eus ainsi l'air de trouver pénible le service qu'elle me rendrait en faisant une course, aussitôt elle commença à trouver que c'était gênant pour elle. «C'est que je dois aller tantôt me promener en vélo. Dame nous n'avons que le dimanche.» — «Mais vous n'avez pas froid nu-tête comme cela?» — «Ah! je ne serai pas nu-tête, j'aurai mon polo, et je pourrais m'en passer avec tout mes cheveux.» Je levai les yeux sur les mèches flavescentes et frisées et je sentis que leur tourbillon m'emportait le cœur battant, dans la lumière et les rafales d'un ouragan de beauté. Je continuais à regarder le journal mais bien que ce ne fût que pour me donner une contenance et me faire gagner du temps, tout en ne faisant que semblant de lire, je comprenais tout de même le sens des mots qui étaient sous mes yeux, et ceux-ci me frappaient : «Au programme de la matinée que nous avons annoncée et qui sera donnée cet après-midi dans la salle des fêtes du Trocadéro, il faut ajouter le nom de Mlle Léa qui a accepté d'y paraître dans *Les Fourberies de Nérine* [32]. Elle tiendra bien entendu le rôle de Nérine où elle est étourdissante de verve et d'ensorceleuse gaîté.» Ce fut comme si on avait brutalement arraché de mon cœur le pansement sous lequel il avait commencé depuis mon retour de Balbec à se cicatriser. Le flux de mes angoisses s'échappa à torrents. Léa c'était la comédienne amie des

deux jeunes filles qu'Albertine sans avoir l'air de les voir
avait un après-midi, au casino, regardées dans la glace. Il
est vrai qu'à Balbec, Albertine au nom de Léa avait pris
un ton de componction particulier pour me dire, presque
choquée qu'on pût soupçonner une telle vertu : « Oh non
ce n'est pas du tout une femme comme ça, c'est une
femme très bien. » Malheureusement pour moi quand
Albertine émettait une affirmation de ce genre, ce n'était
jamais que le premier stade d'affirmations différentes.
Peu après la première, venait cette deuxième : « Je ne la
connais pas. » Tertio, quand Albertine m'avait parlé
d'une telle personne « insoupçonnable » et que (secundo)
elle ne connaissait pas, elle oubliait peu à peu, d'abord
avoir dit qu'elle ne la connaissait pas, et dans une phrase
où elle se « coupait » sans le savoir, racontait qu'elle la
connaissait. Ce premier oubli consommé et la nouvelle
affirmation ayant été émise, un deuxième oubli commençait, celui que la personne était insoupçonnable. « Est-ce
qu'une telle, demandais-je, n'a pas telles mœurs ? » —
« Mais voyons, naturellement, c'est connu comme tout ! »
Aussitôt le ton de componction reprenait pour une affirmation qui était un vague écho fort amoindri de la toute
première : « Je dois dire qu'avec moi elle a toujours été
d'une convenance parfaite. Naturellement, elle savait que
je l'aurais remisée et de la belle manière. Mais enfin cela
ne fait rien. Je suis obligée de lui être reconnaissante du
vrai respect qu'elle m'a toujours témoigné. On voit
qu'elle savait à qui elle avait affaire. » On se rappelle la
vérité parce qu'elle a un nom, des racines anciennes,
mais un mensonge improvisé s'oublie vite. Albertine
oubliait ce dernier mensonge-là, le quatrième, et un jour
où elle voulait gagner ma confiance par des confidences,
elle se laissait aller à me dire de la même personne, au
début si comme il faut et qu'elle ne connaissait pas : « Elle
a eu le béguin pour moi. Trois ou quatre fois elle m'a
demandé de l'accompagner jusque chez elle et de monter
la voir. L'accompagner je n'y voyais pas de mal, devant
tout le monde, en plein jour, en plein air. Mais arrivée à
sa porte, je trouvais toujours un prétexte et je ne suis
jamais montée. » Quelque temps après Albertine faisait

allusion à la beauté des objets qu'on voyait chez la même dame. D'approximation en approximation on fût sans doute arrivé à lui faire dire la vérité qui était peut-être moins grave que je n'étais porté à le croire, car peut-être facile avec les femmes préférait-elle un amant et maintenant que j'étais le sien n'eût-elle pas songé à Léa. Déjà en tout cas pour bien des femmes, il m'eût suffi de rassembler devant mon amie, en une synthèse, ses affirmations contradictoires pour la convaincre de ses fautes (fautes qui sont bien plus aisées, comme les lois astronomiques, à dégager par le raisonnement, qu'à observer, qu'à surprendre dans la réalité). Mais elle aurait encore mieux aimé dire qu'elle avait menti quand elle avait émis une de ces affirmations, dont ainsi le retrait ferait écrouler tout mon système, plutôt que de reconnaître que tout ce qu'elle avait raconté dès le début n'était qu'un tissu de contes mensongers. Il en est de semblables dans les *Mille et Une Nuits,* et qui nous y charment. Ils nous font souffrir dans une personne que nous aimons, et à cause de cela nous permettent d'entrer un peu plus avant dans la connaissance de la nature humaine au lieu de nous contenter de nous jouer à sa surface. Le chagrin pénètre en nous et nous force par la curiosité douloureuse à pénétrer. D'où des vérités que nous ne nous sentons pas le droit de cacher, si bien qu'un athée moribond qui les a découvertes, assuré du néant, insoucieux de la gloire, use pourtant ses dernières heures à tâcher de les faire connaître [33]. Sans doute je n'en étais qu'à la première de ces affirmations pour Léa. J'ignorais même si Albertine la connaissait ou non. N'importe cela revenait au même. Il fallait à tout prix [34] qu'au Trocadéro elle pût retrouver cette connaissance ou faire la connaissance de cette inconnue. Je dis que je ne savais si elle connaissait Léa ou non ; j'avais dû pourtant l'apprendre à Balbec, d'Albertine elle-même. Car l'oubli anéantissait aussi bien chez moi que chez Albertine une grande part des choses qu'elle m'avait affirmées. Car la mémoire, au lieu d'un exemplaire en double toujours présent à nos yeux, des divers faits de notre vie, est plutôt un néant d'où par instant une similitude actuelle nous permet de tirer, ressuscités, des souvenirs morts; mais encore il y a mille petits faits qui ne sont pas tombés dans cette virtualité de la mémoire, et qui resteront à jamais incontrôlables pour nous. Tout ce que nous ignorons se rapporter à la vie réelle de la personne que nous aimons nous n'y faisons aucune attention, nous oublions aussitôt ce qu'elle nous a dit à propos de tel fait ou de telles gens que nous ne connaissons pas, et l'air qu'elle avait en nous le disant. Aussi quand ensuite notre jalousie est excitée par ces mêmes gens, pour savoir si elle ne se trompe pas, si c'est bien à eux qu'elle doit rapporter telle hâte que notre maîtresse a de sortir, tel mécontentement que nous l'en ayons privée en rentrant trop tôt, notre jalousie fouillant le passé pour en tirer des indications n'y trouve rien; toujours rétrospective elle est comme un historien qui aurait à faire une histoire pour laquelle il n'est aucun document; toujours en retard elle se précipite comme un taureau furieux là où ne se trouve pas l'être fier et brillant qui l'irrite de ses piqûres et dont la foule cruelle admire la magnificence et la ruse. La jalousie se débat dans le vide, incertaine, comme nous le sommes dans ces rêves où nous souffrons de ne pas trouver dans sa maison vide une personne que nous avons bien connue dans la vie, mais qui peut-être en est ici une autre et a seulement emprunté les traits d'un autre personnage; incertaine comme nous le sommes plus encore après le réveil quand nous cherchons à identifier tel ou tel détail de notre rêve. Quel air avait notre amie en nous disant cela; n'avait-elle pas l'air heureux, ne sifflait-elle même pas, ce qu'elle ne fait que quand elle a quelque pensée amoureuse et que notre présence l'importune et l'irrite; ne nous a-t-elle pas dit une chose qui se trouve en contradiction avec ce qu'elle nous affirme maintenant, qu'elle connaît ou ne connaît pas telle personne? Nous ne le savons pas, nous ne le saurons jamais, nous nous acharnons à chercher les débris inconsistants d'un rêve, et pendant ce temps notre vie avec notre maîtresse continue, notre vie distraite devant ce que nous ignorons être important pour nous, attentive à ce qui ne l'est peut-être pas, encauchemardée par des êtres qui sont sans rapports réels avec nous, notre vie pleine d'oublis, de lacunes, d'anxiétés vaines, notre vie pareille à un songe.

Je m'aperçus que la petite laitière était toujours là. Je lui dis que décidément ce serait bien loin, que je n'avais pas besoin d'elle. Aussitôt elle trouva aussi que ce serait trop gênant : « Il y a un beau match tantôt, je ne voudrais pas le manquer. » Je sentis qu'elle devait déjà dire : aimer les sports et que dans quelques années elle dirait : vivre sa vie. Je lui dis que décidément je n'avais pas besoin d'elle et je lui donnai cinq francs. Aussitôt, s'y attendant si peu, et se disant que si elle avait cinq francs pour ne rien faire, elle aurait beaucoup pour ma course, elle commença à trouver que son match n'avait pas d'importance. « J'aurais bien fait votre course. On peut toujours s'arranger. » Mais je la poussai vers la porte, j'avais besoin d'être seul ; il fallait à tout prix empêcher qu'Albertine pût retrouver au Trocadéro les amies de Léa. Il le fallait, il fallait y réussir ; à vrai dire je ne savais pas encore comment et pendant ces premiers instants j'ouvrais mes mains, les regardais, faisais craquer les jointures de mes doigts, soit que l'esprit qui ne peut trouver ce qu'il cherche, pris de paresse, s'accorde de faire halte pendant un instant où les choses les plus indifférentes lui apparaissent distinctement, comme ces pointes d'herbe des talus qu'on voit du wagon trembler au vent, quand le train s'arrête en rase campagne — immobilité qui n'est pas toujours plus féconde que celle de la bête capturée qui paralysée par la peur ou fascinée regarde sans bouger — soit que je tinsse tout préparé mon corps — avec mon intelligence au dedans et en celle-ci les moyens d'action sur telle ou telle personne — comme n'étant plus qu'une arme d'où partirait le coup qui séparerait Albertine de Léa et de ses deux amies. Certes le matin quand Françoise était venue me dire qu'Albertine irait au Trocadéro, je m'étais dit : « Albertine peut bien faire ce qu'elle veut » et j'avais cru que jusqu'au soir, par ce temps radieux, ses actions resteraient pour moi sans importance perceptible. Mais ce n'était pas seulement le soleil matinal, comme je l'avais pensé, qui m'avait rendu si insouciant ; c'était parce qu'ayant obligé Albertine à renoncer aux projets qu'elle pouvait peut-être amorcer ou même réaliser chez les Verdurin et l'ayant réduite à aller à une matinée que j'avais choisie moi-même et en vue de laquelle elle n'avait pu rien préparer, je savais que ce qu'elle ferait serait forcément innocent. De même si Albertine avait dit quelques instants plus tard : « Si je me tue cela m'est bien égal », c'était parce qu'elle était persuadée qu'elle ne se tuerait pas. Devant moi, devant Albertine, il y avait eu ce matin (bien plus que l'ensoleillement du jour), ce milieu que nous ne voyons pas mais par l'intermédiaire translucide et changeant duquel nous voyions, moi ses actions, elle l'importance de sa propre vie, c'est-à-dire ces croyances que nous ne percevons pas mais qui ne sont pas plus assimilables à un pur vide que n'est l'air qui nous entoure ; composant autour de nous une atmosphère variable, parfois exaltante, souvent irrespirable, elles mériteraient d'être relevées et notées avec autant de soin que la température, la pression barométrique, la saison, car nos jours ont leur originalité double, physique et morale. La croyance non remarquée ce matin par moi et dont pourtant j'avais été joyeusement enveloppé jusqu'au moment où j'avais rouvert *Le Figaro,* qu'Albertine ne ferait rien que d'inoffensif, cette croyance venait de disparaître. Je ne vivais plus dans la belle journée, mais dans une journée créée au sein de la première par l'inquiétude qu'Albertine renouât avec Léa et plus facilement encore avec les deux jeunes filles si elles étaient comme cela me semblait probable allées applaudir l'actrice au Trocadéro où il ne leur serait pas difficile, dans un entr'acte, de retrouver Albertine. Je ne songeais plus à Mlle Vinteuil, le nom de Léa m'avait fait revoir, pour en être jaloux, l'image d'Albertine au Casino près des deux jeunes filles. Car je ne possédais dans ma mémoire que des séries d'Albertine séparées les unes des autres, incomplètes, des profils, des instantanés ; aussi ma jalousie se confinait-elle à une expression discontinue, à la fois fugitive et fixée, et aux êtres qui l'avaient amenée sur la figure d'Albertine. Je me rappelais celle-ci quand à Balbec elle était trop regardée par les deux jeunes filles ou par des femmes de ce genre ; je me rappelais la souffrance que j'éprouvais à voir parcourir par des regards actifs comme ceux d'un peintre qui veut prendre un croquis, le visage entièrement recouvert par eux et qui à cause de ma présence sans doute, subissait ce contact sans avoir l'air de s'en apercevoir, avec une passivité peut-être clandestinement voluptueuse. Et avant qu'elle se ressaisît et me parlât, il y avait une seconde pendant laquelle Albertine ne bougeait pas, souriait dans le vide, avec le même air de naturel feint et de plaisir dissimulé que si on avait été en train de faire sa photographie; ou même pour choisir devant l'objectif une pose plus piquante — celle même qu'elle avait prise à Doncières quand nous nous promenions avec Saint-Loup —, riant et passant sa langue sur ses lèvres, elle faisait semblant d'agacer un chien. Certes à ces moments elle n'était nullement la même que quand c'était elle qui était intéressée par des fillettes qui passaient. Dans ce dernier cas au contraire son regard étroit et velouté se fixait, se collait sur la passante, si adhérent, si corrosif, qu'il semblait qu'en se retirant il aurait dû emporter la peau. Mais en ce moment ce regard-là, qui du moins lui donnait quelque chose de sérieux jusqu'à la faire paraître souffrante, m'avait semblé doux auprès du regard atone et heureux qu'elle avait près des deux jeunes filles et j'aurais préféré la sombre expression du désir qu'elle ressentait peut-être quelquefois à la riante expression causée par le désir qu'elle inspirait. Elle avait beau essayer de voiler la conscience qu'elle en avait, celle-ci la baignait, l'enveloppait, vaporeuse, voluptueuse, faisait paraître sa figure toute rose. Mais tout ce qu'Albertine tenait à ces moments-là en suspens en elle, qui irradiait autour d'elle et me faisait tant souffrir, qui sait si hors de ma présence elle continuerait à le taire, si aux avances des deux jeunes filles, maintenant que je n'étais pas là, elle ne répondrait pas audacieusement. Certes ces souvenirs me causaient une grande douleur, ils étaient comme un aveu total des goûts d'Albertine, une confession générale de son infidélité contre quoi ne pouvaient prévaloir les serments particuliers d'Albertine, auxquels je voulais croire, les résultats négatifs de mes incomplètes enquêtes, les assurances, peut-être faites de connivence avec Albertine, d'Andrée. Albertine pouvait me nier ses trahisons particulières, par des mots qui lui échappaient plus forts que les déclarations contraires, par ces regards seuls, elle avait fait l'aveu de ce qu'elle eût voulu cacher, bien plus que de faits particuliers, de ce qu'elle se fût fait tuer plutôt que de reconnaître, son penchant. Car aucun être ne veut livrer son âme. Malgré la douleur que ces souvenirs me causaient, aurais-je pu nier que c'était le programme de la matinée du Trocadéro qui avait réveillé mon besoin d'Albertine ? Elle était de ces femmes à qui leurs fautes pourraient au besoin tenir lieu de charmes, et autant que leurs fautes, leur bonté qui y succède et ramène en nous cette douceur qu'avec elles, comme un malade qui n'est jamais bien portant deux jours de suite, nous sommes sans cesse obligés de reconquérir. D'ailleurs plus même que leurs fautes pendant que nous les aimons, il y a leurs fautes avant que nous les connaissions, et la première de toutes leur nature. Ce qui rend douloureuses de telles amours en effet, c'est qu'il leur préexiste une espèce de péché originel de la femme, un péché qui nous la fait aimer, de sorte que quand nous l'oublions, nous avons moins besoin d'elle et que pour recommencer à aimer il faut recommencer à souffrir. En ce moment, qu'elle ne retrouvât pas les deux jeunes filles et savoir si elle connaissait Léa ou non, était ce qui me préoccupait le plus, bien qu'on ne devrait pas s'intéresser aux faits particuliers autrement qu'à cause de leur signification générale, et malgré la puérilité qu'il y a, aussi grande que celle du voyage ou du désir de connaître des femmes, à fragmenter sa curiosité sur ce qui du torrent invisible des réalités cruelles qui nous resteront toujours inconnues a fortuitement cristallisé dans notre esprit. D'ailleurs arriverions-nous à le détruire qu'il serait remplacé par un autre aussitôt. Hier je craignais qu'Albertine n'allât chez Mme Verdurin. Maintenant je n'étais plus préoccupé que de Léa. La jalousie qui a un bandeau sur les yeux n'est pas seulement impuissante à rien découvrir dans les ténèbres qui l'enveloppent, elle est encore un de ces supplices où la tâche est à recommencer sans cesse, comme celle des Danaïdes, comme celle d'Ixion. Même si ses amies n'étaient pas là, quelle impression pouvait faire sur elle Léa embellie par le travestissement, glorifiée par le succès, quelles rêveries laisserait-elle à Albertine, quels désirs qui, même réfrénés chez moi, lui donneraient le dégoût d'une vie où elle ne pouvait les assouvir ? D'ailleurs qui sait si elle ne connaissait pas Léa et n'irait pas la voir dans sa loge, et même si Léa ne la connaissait pas, qui m'assurait que l'ayant en tous cas aperçue à Balbec, elle ne la reconnaîtrait pas et ne lui ferait pas de la scène un signe qui autoriserait Albertine à se faire ouvrir la porte des coulisses ? Un danger semble très évitable quand il est conjuré. Celui-ci ne l'était pas encore, j'avais peur qu'il ne pût pas l'être et il me semblait d'autant plus terrible. Et pourtant cet amour pour Albertine que je sentais presque s'évanouir quand j'essayais de le réaliser, la violence de ma douleur en ce moment semblait en quelque sorte m'en donner la preuve. Je n'avais plus souci de rien d'autre, je ne pensais qu'aux moyens de l'empêcher de rester au Trocadéro, j'aurais offert n'importe quelle somme à Léa pour qu'elle n'y allât pas. Si donc on prouve sa préférence par l'action qu'on accomplit plus que par l'idée qu'on forme, j'aurais aimé Albertine. Mais cette reprise de ma souffrance ne donnait pas plus de consistance en moi à l'image d'Albertine. Elle causait mes maux comme une divinité qui reste invisible. Faisant mille conjectures je cherchais à parer à ma souffrance sans réaliser pour cela mon amour[35]. D'abord il fallait être certain que Léa allât vraiment au Trocadéro. Après avoir congédié la laitière, je téléphonai à Bloch, lié lui aussi avec Léa, pour le lui demander. Il n'en savait rien et parut étonné que cela pût m'intéresser. Je pensai qu'il me fallait aller vite, que Françoise était tout habillée et moi pas, et pendant que moi-même je me levais, je lui fis prendre une automobile ; elle devait aller au Trocadéro, prendre un billet, chercher Albertine partout dans la salle et lui remettre un mot de moi. Dans ce mot, je lui disais que j'étais bouleversé par une lettre reçue à l'instant de la même dame à cause de qui elle savait que j'avais été si malheureux une nuit à Balbec. Je lui rappelais que le lendemain elle

m'avait reproché de ne pas l'avoir fait appeler. Aussi je
me permettais, lui disais-je, de lui demander de me sacrifier sa matinée et de venir me chercher pour aller prendre
un peu l'air ensemble afin de tâcher de me remettre. Mais
comme j'avais pour assez longtemps avant d'être habillé
et prêt, elle me ferait plaisir de profiter de la présence de
Françoise pour aller acheter aux Trois-Quartiers (ce magasin étant plus petit m'inquiétait moins que le Bon
Marché) la guimpe de tulle blanc dont elle avait besoin.
Mon mot n'était probablement pas inutile. A vrai dire je
ne savais rien qu'eût fait Albertine, depuis que je la
connaissais, ni même avant. Mais dans sa conversation
(Albertine aurait pu, si je lui en eusse parlé, dire que
j'avais mal entendu), il y avait certaines contradictions,
certaines retouches qui me semblaient aussi décisives
qu'un flagrant délit, mais moins utilisables contre Albertine qui souvent, prise en fraude comme un enfant, grâce
à ce brusque redressement stratégique avait chaque fois
rendu vaines mes cruelles attaques et rétabli la situation.
Cruelles surtout pour moi. Elle usait non par raffinement
de style, mais pour réparer ses imprudences, de ces brusques sautes de syntaxe ressemblant un peu à ce que les
grammairiens appellent anacoluthe ou je ne sais comment. S'étant laissée aller, en parlant femmes, à dire : « Je
me rappelle que dernièrement je », et brusquement après
un « quart de soupir », « je » devenait « elle », c'était une
chose qu'elle avait aperçue en promeneuse innocente, et
nullement accomplie. Ce n'était pas elle qui était le sujet
de l'action. J'aurais voulu me rappeler exactement le
commencement de la phrase pour conclure moi-même,
puisqu'elle lâchait pied, à ce qu'en eût été la fin. Mais
comme j'avais attendu cette fin, je me rappelais mal le
commencement que peut-être mon air d'intérêt lui avait
fait dévier et je restais anxieux de sa pensée vraie, de son
souvenir véridique. Il en est malheureusement des
commencements d'un mensonge de notre maîtresse,
comme des commencements de notre propre amour, ou
d'une vocation. Ils se forment, se conglomèrent, ils passent, inaperçus de notre propre attention. Quand on veut
se rappeler de quelle façon on a commencé d'aimer une

femme, on aime déjà ; les rêveries d'avant, on ne se disait
pas : c'est le prélude d'un amour, faisons attention, et
elles avançaient par surprise, à peine remarquées de nous.
De même, sauf des cas relativement assez rares, ce n'est
guère que pour la commodité du récit que j'ai souvent
opposé ici un dire mensonger d'Albertine avec (sur le
même sujet) son assertion première. Cette assertion première souvent, ne lisant pas dans l'avenir et ne devinant
pas quelle affirmation contradictoire lui ferait pendant,
elle s'était glissée inaperçue, entendue certes de mes
oreilles, mais sans que je l'isolasse de la continuité des
paroles d'Albertine. Plus tard devant le mensonge patent,
ou pris d'un doute anxieux, j'aurais voulu me rappeler ;
c'était en vain ; ma mémoire n'avait pas été prévenue à
temps ; elle avait cru inutile de garder copie. Je recommandai à Françoise, quand elle aurait fait sortir Albertine
de la salle, de m'en avertir par téléphone et de la ramener
contente ou non. « Il ne manquerait plus que cela qu'elle
ne soit pas contente de venir voir Monsieur », répondit
Françoise. « Mais je ne sais pas si elle aime tant que cela
me voir. » — « Il faudrait qu'elle soit bien ingrate »,
reprit Françoise en qui Albertine renouvelait après tant
d'années le même supplice d'envie que lui avait causé
jadis Eulalie auprès de ma tante. Ignorant que la situation
d'Albertine auprès de moi n'avait pas été cherchée par
elle mais voulue par moi (ce que par amour-propre et
pour faire enrager Françoise j'aimais autant lui cacher)
elle admirait et exécrait son habileté, l'appelait quand elle
parlait d'elle aux autres domestiques une « comédienne »,
une « enjôleuse », qui faisait de moi ce qu'elle voulait.
Elle n'osait pas encore entrer en guerre contre elle, lui
faisait bon visage et se faisait mérite auprès de moi des
services qu'elle me rendait dans ses relations avec moi,
pensant qu'il était inutile de me rien dire et qu'elle n'arriverait à rien, mais à l'affût d'une occasion, et si jamais
elle découvrait dans la situation d'Albertine une fissure,
se promettant bien de l'élargir et de nous séparer complètement. « Bien ingrate ? Mais non, Françoise, c'est
moi qui me trouve ingrat, vous ne savez pas comme elle
est bonne avec moi. (Il m'était si doux d'avoir l'air d'être

aimé.) Partez vite. » — « Je vais me cavaler et presto. »
L'influence de sa fille commençait à altérer un peu le
vocabulaire de Françoise. Ainsi perdent leur pureté toutes
les langues par l'adjonction de termes nouveaux. Cette
décadence du parler de Françoise, que j'avais connu à ses
belles époques, j'en étais du reste indirectement responsable. La fille de Françoise n'aurait pas fait dégénérer
jusqu'au plus bas jargon le langage classique de sa mère,
si elle s'était contentée de parler patois avec elle. Elle ne
s'en était jamais privée, et quand elles étaient toutes deux
auprès de moi, si elles avaient des choses secrètes à se
dire, au lieu d'aller s'enfermer dans la cuisine, elles se
faisaient en plein milieu de ma chambre une protection
plus infranchissable que la porte la mieux fermée, en
parlant patois. Je supposais seulement que la mère et la
fille ne vivaient pas toujours en très bonne intelligence, si
j'en jugeais par la fréquence avec laquelle revenait le seul
mot que je pusse distinguer : m'esasperate (à moins que
l'objet de cette exaspération ne fût moi). Malheureusement la langue la plus inconnue finit par s'apprendre
quand on l'entend toujours parler. Je regrettai que ce fût
le patois car j'arrivai à le savoir et n'aurais pas moins bien
appris si Françoise avait eu l'habitude de s'exprimer en
persan. Françoise quand elle s'aperçut de mes progrès eut
beau accélérer son débit et sa fille pareillement, rien n'y
fit. La mère fut désolée que je comprisse le patois, puis
contente de me l'entendre parler. A vrai dire ce contentement c'était de la moquerie, car bien que j'eusse fini par
le prononcer à peu près comme elle, elle trouvait entre
nos deux prononciations des abîmes qui la ravissaient, et
se mit à regretter de ne plus voir des gens de son pays
auxquels elle n'avait jamais pensé depuis bien des années
et qui paraît-il se seraient tordus d'un rire qu'elle eût
voulu entendre, en m'écoutant parler si mal le patois.
Cette seule idée la remplissait de gaieté et de regret et elle
énumérait tel ou tel paysan qui en aurait eu des larmes de
rire. En tout cas, aucune joie ne mélangea la tristesse que,
même le prononçant mal, je le comprisse bien. Les clefs
deviennent inutiles quand celui qu'on veut empêcher
d'entrer peut se servir d'un passe-partout ou d'une pince-

monseigneur. Le patois devenant une défense sans valeur, elle se mit à parler avec sa fille un français qui
devint bien vite celui des plus basses époques.

J'étais prêt. Françoise n'avait pas encore téléphoné ;
fallait-il partir sans attendre ? Mais qui sait si elle trouverait Albertine ? Si celle-ci ne serait pas dans les coulisses,
si même rencontrée par Françoise elle se laisserait ramener. Une demi-heure plus tard le tintement du téléphone
retentit et dans mon cœur battaient tumultueusement l'espérance et la crainte. C'étaient sur l'ordre d'un employé
de téléphone un escadron volant de sons qui avec une
vitesse instantanée m'apportaient les paroles du télépho-
niste, non celles de Françoise qu'une timidité et une
mélancolie ancestrales, appliquées à un objet inconnu de
ses pères, empêchaient de s'approcher d'un récepteur,
quitte à visiter des contagieux. Elle avait trouvé au pro-
menoir Albertine seule, qui, étant allée seulement prévenir Andrée qu'elle ne restait pas, avait rejoint aussitôt
Françoise. «Elle n'était pas fâchée ? Ah ! pardon ! demandez à cette dame si cette demoiselle n'était pas fâchée. » — «Cette dame me dit de vous dire que non pas [36]
du tout, que c'était tout le contraire ; en tout cas si elle
n'était pas contente ça ne se connaissait pas. Elles vont
aller maintenant aux Trois-Quartiers et seront rentrées à
deux heures. » Je compris que deux heures signifiaient
trois heures, car il était plus de deux heures. Mais c'était
chez Françoise un de ces défauts particuliers, perma-
nents, inguérissables, que nous appelons maladifs, de ne
pouvoir jamais regarder ni dire l'heure exactement. Je
n'ai jamais pu comprendre ce qui se passait dans sa tête.
Quand Françoise ayant regardé sa montre, s'il était deux
heures, disait : il est une heure, ou il est trois heures, je
n'ai jamais pu comprendre si le phénomène qui avait lieu
alors avait pour siège la vue de Françoise ou sa pensée,
ou son langage ; ce qui est certain c'est que ce phénomène
avait toujours lieu. L'humanité est très vieille. L'hérédité, les croisements ont donné une force immuable à de
mauvaises habitudes, à des réflexes vicieux. Une personne éternue et râle parce qu'elle passe près d'un rosier,
une autre a une éruption à l'odeur de la peinture fraîche,

beaucoup des coliques s'il faut partir en voyage, et des petits-fils de voleurs qui sont millionnaires et généreux ne peuvent résister à nous voler cinquante francs. Quant à savoir en quoi consistait l'impossibilité où était Françoise de dire l'heure exactement, ce n'est pas elle qui m'a jamais fourni aucune lumière à cet égard. Car malgré la colère où ces réponses inexactes me mettaient d'habitude, Françoise ne cherchait ni à s'excuser de son erreur, ni à l'expliquer. Elle restait muette, avait l'air de ne pas m'entendre, ce qui achevait de m'exaspérer. J'aurais voulu entendre une parole de justification, ne fût-ce que pour la battre en brèche, mais rien, un silence indifférent. En tout cas pour ce qui était d'aujourd'hui il n'y avait pas de doute, Albertine allait rentrer avec Françoise à trois heures, Albertine ne verrait ni Léa ni ses amies. Alors ce danger qu'elle renouât des relations avec elles étant conjuré, il perdit aussitôt à mes yeux de son importance et je m'étonnai en voyant avec quelle facilité il l'avait été d'avoir cru que je ne réussirais pas à ce qu'il le fût. J'éprouvai un vif mouvement de reconnaissance pour Albertine qui je le voyais n'était pas allée au Trocadéro pour les amies de Léa, et qui me montrait, en quittant la matinée et en rentrant sur un signe de moi, qu'elle m'appartenait plus que je ne me le figurais. Il fut plus grand encore quand un cycliste me porta un mot d'elle pour que je prisse patience et où il y avait de ces gentilles expressions qui lui étaient familières : « Mon chéri et cher Marcel, j'arrive moins vite que ce cycliste dont je voudrais bien prendre la bécane pour être plus tôt près de vous. Comment pouvez-vous croire que je puisse être fâchée et que quelque chose puisse m'amuser autant que d'être avec vous, ce sera gentil de sortir tous les deux, ce serait encore plus gentil de ne jamais sortir que tous les deux. Quelles idées vous faites-vous donc ? Quel Marcel ! Quel Marcel ! Toute à vous, ton Albertine. » Les robes que je lui achetais, le yacht dont je lui avais parlé, les peignoirs de Fortuny, tout cela ayant dans cette obéissance d'Albertine, non pas sa compensation, mais son complément, m'apparaissait comme autant de privilèges que j'exerçais ; car les devoirs et les charges d'un maître font partie de sa domination et la définissent, la prouvent, tout autant que ses droits. Et ces droits qu'elle me reconnaissait donnaient précisément à mes charges leur véritable caractère : j'avais une femme à moi qui, au premier mot que je lui envoyais à l'improviste, me faisait téléphoner avec déférence qu'elle revenait, qu'elle se laissait ramener, aussitôt. J'étais plus maître que je n'avais cru. Plus maître, c'est-à-dire plus esclave. Je n'avais plus aucune impatience de voir Albertine. La certitude qu'elle était en train de faire une course avec Françoise, ou qu'elle reviendrait avec celle-ci à un moment prochain et que j'eusse volontiers prorogé, éclairait comme un astre radieux et paisible un temps que j'eusse eu maintenant bien plus de plaisir à passer seul. Mon amour pour Albertine m'avait fait lever et me préparer pour sortir, mais il m'empêcherait de jouir de ma sortie. Je pensais que par ce dimanche-là, des petites ouvrières, des midinettes, des cocottes, devaient se promener au Bois. Et avec ces mots de midinettes, de petites ouvrières (comme cela m'était souvent arrivé avec un nom propre, un nom de jeune fille lu dans le compte rendu d'un bal), avec l'image d'un corsage blanc, d'une jupe courte, parce que derrière cela je mettais une personne inconnue et qui pourrait m'aimer, je fabriquais tout seul des femmes désirables, et je me disais : « Comme elles doivent être bien. » Mais à quoi me servirait-il qu'elles le fussent puisque je ne sortirais pas seul ?

Parfois, dans les heures où elle m'était le plus indifférente, me revenait le souvenir d'un moment lointain où sur la plage, quand je ne la connaissais pas encore, non loin de telle dame avec qui j'étais fort mal et avec qui j'étais presque certain maintenant qu'elle avait eu des relations, elle éclatait de rire en me regardant d'une façon insolente. La mer polie et bleue bruissait tout autour. Dans le soleil de la plage Albertine au milieu de ses amies était la plus belle. C'était une fille magnifique, qui dans le cadre habituel d'eaux immenses m'avait, elle précieuse à la dame qui l'admirait, infligé ce définitif affront. Il était définitif car la dame retournait peut-être à Balbec, constatait peut-être, sur la plage lumineuse et bruissante, l'absence d'Albertine. Mais elle ignorait que la jeune fille vécût chez moi, rien qu'à moi. Les eaux immenses et bleues, l'oubli des préférences qu'elle avait pour cette jeune fille et qui allaient à d'autres, étaient retombés sur l'avanie que m'avait faite Albertine, l'enfermant dans un éblouissant et infrangible écrin. Alors la haine pour cette femme mordait mon cœur; pour Albertine aussi, mais une haine mêlée d'admiration pour la belle jeune fille adulée, à la chevelure merveilleuse et dont l'éclat de rire sur la plage était un affront. La honte, la jalousie, le ressouvenir des désirs premiers et du cadre éclatant avaient redonné à Albertine sa beauté, sa valeur d'autrefois. Et ainsi alternait avec l'ennui un peu lourd que j'avais auprès d'elle, un désir frémissant, plein d'orages magnifiques et de regrets, selon qu'elle était à côté de moi dans ma chambre ou que je lui rendais sa liberté dans ma mémoire sur la digue, dans ses gais costumes de plage, au jeu des instruments de musique de la mer, Albertine, tantôt sortie de ce milieu, possédée et sans grande valeur, tantôt replongée en lui, m'échappant dans un passé que je ne pourrais connaître, m'offensant, auprès de la dame, de son amie, autant que l'éclaboussure de la vague ou l'étourdissement du soleil, Albertine remise sur la plage, ou rentrée dans ma chambre, en une sorte d'amour amphibie.

Profitant de ce que j'étais encore seul, et fermant à demi les rideaux pour que le soleil ne m'empêchât pas de lire les notes, je m'assis au piano et ouvris au hasard la Sonate de Vinteuil qui y était posée, et je me mis à jouer parce que l'arrivée d'Albertine était encore un peu éloignée mais en revanche tout à fait certaine, j'avais à la fois du temps et de la tranquillité d'esprit. Baigné dans l'attente pleine de sécurité de son retour avec Françoise et la confiance en sa docilité comme dans la béatitude d'une lumière intérieure aussi réchauffante que celle du dehors, je pouvais disposer de ma pensée, la détacher un moment d'Albertine, l'appliquer à la Sonate. Même en celle-ci, je ne m'attachai pas à remarquer combien la combinaison du motif voluptueux et du motif anxieux répondait davantage maintenant à mon amour pour Albertine, duquel

la jalousie avait été si longtemps absente que j'avais pu
confesser à Swann mon ignorance de ce sentiment. Non,
prenant la Sonate à un autre point de vue, la regardant en
soi-même comme l'œuvre d'un grand artiste, j'étais ramené par le flot sonore vers les jours de Combray — je
ne veux pas dire de Montjouvain et du côté de Méséglise,
mais des promenades du côté de Guermantes — où
j'avais moi-même désiré d'être un artiste. En abandon-
nant en fait cette ambition, avais-je renoncé à quelque
chose de réel? La vie pouvait-elle me consoler de l'art, y
avait-il dans l'art une réalité plus profonde où notre personnalité véritable trouve une expression que ne lui donnent pas les actions de la vie? Chaque grand artiste
semble en effet si différent des autres, et nous donne tant
cette sensation de l'individualité, que nous cherchons en
vain dans l'existence quotidienne. Au moment où je pensais cela une mesure de la Sonate me frappa, mesure que
je connaissais bien pourtant, mais parfois l'attention
éclaire différemment des choses connues pourtant depuis
longtemps et où nous remarquons ce que nous n'y avions
jamais vu. En jouant cette mesure, et bien que Vinteuil
fût là en train d'exprimer un rêve qui fût resté tout à fait
étranger à Wagner, je ne pus m'empêcher de murmurer :
«Tristan!», avec le sourire qu'a l'ami d'une famille retrouvant quelque chose de l'aïeul dans une intonation, un
geste du petit-fils qui ne l'a pas connu. Et comme on
regarde alors une photographie qui permet de préciser la
ressemblance, par-dessus la Sonate de Vinteuil, j'installai
sur le pupitre la partition de *Tristan* dont on donnait
justement cet après-midi-là des fragments au concert Lamoureux. Je n'avais à admirer le maître de Bayreuth
aucun des scrupules de ceux à qui, comme à Nietzsche, le
devoir dicte de fuir dans l'art comme dans la vie la beauté
qui les tente, qui s'arrachent à *Tristan* comme ils renient
Parsifal et, par ascétisme spirituel, de mortification en
mortification parviennent, en suivant le plus sanglant des
chemins de croix, à s'élever jusqu'à la pure connaissance
et à l'adoration parfaite du *Postillon de Longjumeau* [37]. Je
me rendais compte de tout ce qu'a de réel l'œuvre de
Wagner, en revoyant ces thèmes insistants et fugaces qui

visitent un acte, ne s'éloignent que pour revenir, et parfois lointains, assoupis, presque détachés, sont à d'autres moments, tout en restant vagues, si pressants et si proches, si internes, si organiques, si viscéraux qu'on dirait la reprise moins d'un motif que d'une névralgie. La musique, bien différente en cela de la société d'Albertine, m'aidait à descendre en moi-même, à y découvrir du nouveau : la variété que j'avais en vain cherchée dans la vie, dans le voyage, dont pourtant la nostalgie m'était donnée par ce flot sonore qui faisait mourir à côté de moi ses vagues ensoleillées. Diversité double. Comme le spectre extériorise pour nous la composition de la lumière, l'harmonie d'un Wagner, la couleur d'un Elstir nous permettent de connaître cette essence qualitative des sensations d'un autre où l'amour pour un autre être ne nous fait pas pénétrer. Puis diversité au sein de l'œuvre même, par le seul moyen qu'il y a d'être effectivement divers, réunir diverses individualités. Là où un petit musicien prétendrait qu'il peint un écuyer, un chevalier, alors qu'il leur ferait chanter la même musique, au contraire, sous chaque dénomination, Wagner met une réalité différente, et chaque fois que paraît son écuyer, c'est une figure particulière, à la fois compliquée et simpliste, qui, avec un entrechoc de lignes joyeux et féodal, s'inscrit dans l'immensité sonore. D'où la plénitude d'une musique que remplissent en effet tant de musiques dont chacune est un être. Un être ou l'impression que donne un aspect momentané de la nature. Même ce qui est le plus indépendant du sentiment qu'elle nous fait éprouver, garde sa réalité extérieure et entièrement définie, le chant d'un oiseau, la sonnerie de cor d'un chasseur, l'air que joue un pâtre sur son chalumeau, découpent à l'horizon leur silhouette sonore. Certes Wagner allait la rapprocher, s'en saisir, la faire entrer dans l'orchestre, l'asservir aux plus hautes idées musicales, mais en respectant toutefois son originalité première comme un huchier les fibres, l'essence particulière du bois qu'il sculpte. Mais malgré la richesse de ces œuvres où la contemplation de la nature a sa place à côté de l'action, à côté d'individus qui ne sont pas que des noms

de personnages, je songeais combien tout de même ces
œuvres participent à ce caractère d'être — bien que merveilleusement — toujours incomplètes, qui est le caractère de toutes les grandes œuvres du XIXe siècle ; du
XIXe siècle dont les plus grands écrivains ont manqué
leurs livres, mais se regardant travailler comme s'ils
étaient à la fois l'ouvrier et le juge, ont tiré de cette
auto-contemplation une beauté nouvelle, extérieure et
supérieure à l'œuvre, lui imposant rétroactivement une
unité, une grandeur qu'elle n'a pas. Sans s'arrêter à celui
qui a vu après coup dans ses romans une *Comédie Humaine* ni à ceux qui appelèrent des poèmes ou des essais
disparates *La Légende des siècles* et *La Bible de l'Humanité,* ne peut-on pas dire pourtant de ce dernier qu'il
incarne si bien le XIXe siècle, que les plus grandes beautés de Michelet, il ne faut pas tant les chercher dans son
œuvre même que dans les attitudes qu'il prend en face de
son œuvre, non pas dans son *Histoire de France* ou dans
son *Histoire de la Révolution,* mais dans ses préfaces à
ces livres. Préfaces c'est-à-dire pages écrites après eux,
où il les considère, et auxquelles il faut joindre çà et là
quelques phrases, commençant d'habitude par un « Le
dirais-je » qui n'est pas une précaution de savant, mais
une cadence de musicien. L'autre musicien, celui qui me
ravissait en ce moment, Wagner, tirant de ses tiroirs un
morceau délicieux pour le faire entrer comme thème
rétrospectivement nécessaire dans une œuvre à laquelle il
ne songeait pas au moment où il l'avait composé, puis
ayant composé un premier opéra mythologique, puis un
second, puis d'autres encore et s'apercevant tout à coup
qu'il venait de faire une Tétralogie, dut éprouver un peu
de la même ivresse que Balzac quand celui-ci, jetant sur
ses ouvrages le regard à la fois d'un étranger et d'un père,
trouvant à celui-ci la pureté de Raphaël, à cet autre la
simplicité de l'Évangile, s'avisa brusquement en proje-
tant sur eux une illumination rétrospective qu'ils seraient
plus beaux réunis en un cycle où les mêmes personnages
reviendraient et ajouta à son œuvre, en ce raccord, un
coup de pinceau, le dernier et le plus sublime. Unité
ultérieure, non factice. Sinon elle fût tombée en poussière

comme tant de systématisations d'écrivains médiocres qui à grand renfort de titres et de sous-titres se donnent l'apparence d'avoir poursuivi un seul et transcendant dessein. Non factice, peut-être même plus réelle d'être ultérieure, d'être née d'un moment d'enthousiasme où elle est découverte entre des morceaux qui n'ont plus qu'à se rejoindre, unité qui s'ignorait, donc vitale et non logique, qui n'a pas proscrit la variété, refroidi l'exécution. Elle est (mais s'appliquant cette fois à l'ensemble) comme tel morceau composé à part, né d'une inspiration, non exigé par le développement artificiel d'une thèse, et qui vient s'intégrer au reste. Avant le grand mouvement d'orchestre qui précède le retour d'Yseult, c'est l'œuvre elle-même qui a attiré à soi l'air de chalumeau, à demi oublié, d'un pâtre. Et sans doute autant la progression de l'orchestre à l'approche de la nef, quand il s'empare de ces notes du chalumeau, les transforme, les associe à son ivresse, brise leur rythme, éclaire leur tonalité, accélère leur mouvement, multiplie leur instrumentation, — autant sans doute Wagner lui-même a eu de joie quand il découvrit dans sa mémoire l'air du pâtre, l'agrégea à son œuvre, lui donna toute sa signification. Cette joie du reste ne l'abandonne jamais. Chez lui, quelle que soit la tristesse du poète, elle est consolée, surpassée — c'est-à-dire malheureusement un peu détruite — par l'allégresse du fabricateur. Mais alors autant que par l'identité que j'avais remarquée tout à l'heure entre la phrase de Vinteuil et celle de Wagner, j'étais troublé par cette habileté vulcanienne. Serait-ce elle qui donnerait chez les grands artistes l'illusion d'une originalité foncière, irréductible, en apparence reflet d'une réalité plus qu'humaine, en fait produit d'un labeur industrieux ? Si l'art n'est que cela, il n'est pas plus réel que la vie et je n'avais pas tant de regrets à avoir. Je continuais à jouer *Tristan*. Séparé de Wagner par la cloison sonore, je l'entendais exulter, m'inviter à partager sa joie, j'entendais redoubler le rire immortellement jeune et les coups de marteau de *Siegfried*, en qui du reste [38], plus merveilleusement frappées étaient ces phrases, plus l'habileté technique de l'ouvrier ne servait qu'à leur faire librement quitter la terre, oiseaux pareils non au cygne de Lohengrin mais à cet aéroplane que j'avais vu à Balbec changer son énergie en élévation, planer au-dessus des flots, et se perdre dans le ciel. Peut-être, comme les oiseaux qui montent le plus haut, qui volent le plus vite, ont une aile plus puissante, fallait-il de ces appareils vraiment matériels pour explorer l'infini, de ces cent-vingt chevaux marque Mystère, où pourtant si haut qu'on plane on est un peu empêché de goûter le silence des espaces par le puissant ronflement du moteur [39]!

Je ne sais pourquoi le cours de mes rêveries, qui avait suivi jusque-là des souvenirs de musique, se détourna sur ceux qui en ont été à notre époque les meilleurs exécutants et parmi lesquels, le surfaisant un peu, je faisais figurer Morel. Aussitôt ma pensée fit un brusque crochet, et c'est au caractère de Morel, à certaines des singularités de ce caractère que je me mis à songer. Au reste — et cela pouvait se conjoindre mais non se confondre avec la neurasthénie qui le rongeait — Morel avait l'habitude de parler de sa vie mais en présentant une image si enténébrée qu'il était très difficile de rien distinguer. Il se mettait par exemple à la complète disposition de M. de Charlus à condition de garder ses soirées libres, car il désirait pouvoir après le dîner aller suivre un cours d'algèbre. M. de Charlus autorisait mais demandait à le voir après. «Impossible, c'est une vieille peinture italienne» (cette plaisanterie n'a aucun sens transcrite ainsi. Mais M. de Charlus ayant fait lire à Morel *L'Éducation sentimentale* à l'avant-dernier chapitre duquel Frédéric Moreau dit cette phrase [40], par plaisanterie Morel ne prononçait jamais le mot «impossible» sans le faire suivre de ceux-ci, «c'est une vieille peinture italienne»), le cours dure souvent fort tard et c'est déjà un grand dérangement pour le professeur qui naturellement serait froissé...» — «Mais il n'y a même pas besoin de cours, l'algèbre ce n'est pas la natation ni même l'anglais, cela s'apprend aussi bien dans un livre», répliquait M. de Charlus, ayant deviné aussitôt dans le cours d'algèbre une de ces images où on ne pouvait rien débrouiller du tout. C'était peut-être une coucherie avec une femme, ou, si Morel

cherchait à gagner de l'argent par des moyens louches et
s'était affilié à la police secrète, une expédition avec des
agents de la sûreté, et qui sait, pis encore l'attente d'un
gigolo dont on pourra avoir besoin, dans une maison de
prostitution. «Bien plus facilement même dans un livre,
répondait Morel à M. de Charlus. Car on ne comprend
rien à un cours d'algèbre.» — «Alors pourquoi ne l'étu-
dies-tu pas plutôt chez moi où tu es tellement plus
confortablement», aurait pu répondre M. de Charlus,
mais il s'en gardait bien, supposant qu'aussitôt, conservant seulement le même caractère nécessaire de réserver
les heures du soir, le cours d'algèbre imaginé se fût
changé immédiatement en une obligatoire leçon de danse
ou de dessin. En quoi M. de Charlus put s'apercevoir
qu'il se trompait en partie du moins, Morel s'occupant
souvent chez le Baron à résoudre des équations. M. de
Charlus objecta bien que l'algèbre ne pouvait guère servir
à un violoniste. Morel riposta qu'elle était une distraction
pour passer le temps et combattre la neurasthénie. Sans
doute M. de Charlus eût pu chercher à se renseigner, à
apprendre ce qu'étaient, au vrai, ces mystérieux et iné-
luctables cours d'algèbre qui ne se donnaient que la nuit.
Mais pour s'occuper de dévider l'écheveau des occupations de Morel, M. de Charlus était trop engagé dans
celles du monde. Les visites reçues ou faites, le temps
passé au cercle, les dîners en ville, les soirées de théâtre
l'empêchaient d'y penser, ainsi qu'à cette méchanceté
violente et sournoise que Morel avait à la fois, disait-on,
laissé éclater et dissimulée dans les milieux successifs,
les différentes villes par où il avait passé, et où on ne
parlait de lui qu'avec un frisson, en baissant la voix, et
sans oser rien raconter. Ce fut malheureusement un des
éclats de cette nervosité méchante qu'il me fut donné ce
jour-là d'entendre, comme ayant quitté le piano j'étais
descendu dans la cour pour aller au-devant d'Albertine
qui n'arrivait pas. En passant devant la boutique de Jupien, où Morel et celle que je croyais devoir être bientôt
sa femme étaient seuls, Morel criait à tue-tête, ce qui
faisait sortir de lui un accent que je ne lui connaissais pas,
paysan, refoulé d'habitude et extrêmement étrange. Les

paroles ne l'étaient pas moins, fautives au point de vue du
français, mais il connaissait tout imparfaitement. « Voulez-vous sortir grand pied de grue, grand pied de grue,
grand pied de grue », répétait-il à la pauvre petite qui
certainement au début n'avait pas compris ce qu'il voulait
dire, puis qui tremblante et fière restait immobile devant
lui. « Je vous ai dit de sortir grand pied de grue, grand
pied de grue, allez chercher votre oncle pour que je lui
dise ce que vous êtes, putain. » Juste à ce moment la voix
de Jupien qui rentrait en causant avec un de ses amis se fit
entendre dans la cour, et comme je savais que Morel était
extrêmement poltron, je trouvai inutile de joindre mes
forces à celles de Jupien et de son ami, lesquels dans un
instant seraient dans la boutique, et je remontai pour
éviter Morel qui, bien que (probablement pour effrayer et
dominer la petite par un chantage ne reposant peut-être
sur rien) il eût tant désiré qu'on fît venir Jupien, se hâta
de sortir dès qu'il l'entendit dans la cour. Les paroles
rapportées ne sont rien, elles n'expliqueraient pas le battement de cœur avec lequel je remontai. Ces scènes
auxquelles nous assistons dans la vie trouvent un élément
de force incalculable dans ce que les militaires appellent
en matière d'offensive, le bénéfice de la surprise, et
j'avais beau éprouver tant de calme douceur à savoir
qu'Albertine au lieu de rester au Trocadéro allait rentrer
auprès de moi, je n'en avais pas moins dans l'oreille
l'accent de ces mots dix fois répétés : « grand pied de
grue, grand pied de grue », qui m'avaient bouleversé[40bis].

Peu à peu mon agitation se calma. Albertine allait
rentrer. Je l'entendrais sonner à la porte dans un instant.
Je sentais que ma vie n'était plus même comme elle aurait
pu être ; et qu'avoir ainsi une femme avec qui tout naturellement, quand elle allait être de retour, je devrais
sortir, vers l'embellissement de qui allait être de plus en
plus détournées les forces et l'activité de mon être, faisait
de moi comme une tige accrue mais alourdie par le fruit
opulent en qui passent toutes ses réserves. Contrastant
avec l'anxiété que j'avais encore il y a une heure, le
calme que me causait le retour d'Albertine était plus vaste
que celui que j'avais ressenti le matin avant son départ.

Anticipant sur l'avenir dont la docilité de mon amie me
rendait à peu près maître, plus résistant, comme rempli et
stabilisé ar la présence imminente, importune, inévitable
et douce, c'était le calme, nous dispensant de chercher le
bonheur en nous-mêmes, qui naît d'un sentiment familial
et d'un bonheur domestique. Familial et domestique, tel
fut encore, non moins que le sentiment qui avait amené
tant de paix en moi tandis que j'attendais Albertine, celui
que j'éprouvai ensuite en me promenant avec elle. Elle
ôta un instant son gant, soit pour toucher ma main, soit
pour m'éblouir en me laissant voir à son petit doigt à côté
de celle donnée par Mme Bontemps une bague où s'étendait la large et liquide nappe d'une claire feuille de rubis :
« Encore une nouvelle bague Albertine. Votre tante est
d'une générosité ! » — « Non celle-là ce n'est pas ma
tante, dit-elle en riant. C'est moi qui l'ai achetée,
comme, grâce à vous, je peux faire de grandes écono-
mies. Je ne sais même pas à qui elle a appartenu. Un
voyageur qui n'avait pas d'argent la laissa au propriétaire
d'un hôtel où j'étais descendue au Mans. Il ne savait
qu'en faire et l'aurait vendue bien au-dessous de sa valeur. Mais elle était encore bien trop chère pour moi.
Maintenant que grâce à vous je deviens une dame chic, je
lui ai fait demander s'il l'avait encore. Et la voici. »
— « Cela fait bien des bagues Albertine. Où mettrez-vous
celle que je vais vous donner, en tous cas celle-ci est très
jolie. je ne peux pas distinguer les ciselures autour du
rubis, on dirait une tête d'homme grimaçante. Mais je
n'ai pas une assez bonne vue. » — « Vous l'auriez meilleure que cela ne vous avancerait pas beaucoup. Je ne
distingue pas non plus. » Jadis il m'était souvent arrivé en
lisant des mémoires, un roman, où un homme sort toujours avec une femme, goûte avec elle, de désirer pouvoir
faire ainsi. J'avais cru parfois y réussir par exemple en
emmenant avec moi la maîtresse de Saint-Loup, en allant
dîner avec elle. Mais j'avais beau appeler à mon secours
l'idée que je jouais bien à ce moment-là le personnage
que j'avais envié dans le roman, cette idée me persuadait
que je devais avoir du plaisir auprès de Rachel et ne m'en
donnait pas. C'est que chaque fois que nous voulons

imiter quelque chose qui fut vraiment réel, nous oublions
que ce quelque chose fut produit non par la volonté
d'imiter, mais par une force inconsciente, et réelle, elle
aussi. Mais cette impression particulière que n'avait pu
me donner tout mon désir d'éprouver un plaisir délicat à
me promener avec Rachel, voici maintenant que je
l'éprouvais sans l'avoir cherchée le moins du monde,
mais pour des raisons tout autres, sincères, profondes,
pour citer un exemple, pour cette raison que ma jalousie
m'empêchait d'être loin d'Albertine, et, du moment que
je pouvais sortir, de la laisser aller se promener sans moi.
Je ne l'éprouvais que maintenant parce que la connaissance est non des choses extérieures qu'on veut observer,
mais des sensations involontaires, parce qu'autrefois une
femme avait beau être dans la même voiture que moi, elle
n'était pas *en réalité* à côté de moi, tant que ne l'y recréait
pas à tout instant un besoin d'elle comme j'en avais un
d'Albertine, tant que la caresse constante de mon regard
ne lui rendait pas sans cesse ces teintes qui demandent à
être perpétuellement rafraîchies, tant que les sens même
apaisés mais qui se souviennent ne mettaient pas sous ces
couleurs la saveur et la consistance, tant qu'unie aux sens
et à l'imagination qui les exalte, la jalousie ne maintenait
pas cette femme en équilibre auprès de moi par une
attraction compensée aussi puissante que la loi de la
gravitation.

Notre voiture descendait vite les boulevards, les avenues dont les hôtels en rangée, rose congélation de soleil
et de froid, me rappelaient mes visites chez Mme Swann
doucement éclairées par les chrysanthèmes en attendant
l'heure des lampes. J'avais à peine le temps d'apercevoir,
aussi séparé d'elles derrière la vitre de l'auto que je
l'aurais été derrière la fenêtre de ma chambre, une jeune
fruitière, une crémière, debout devant sa porte, illuminée
par le beau temps comme une héroïne que mon désir
suffisait à engager dans des péripéties délicieuses, au
seuil d'un roman que je ne connaîtrais pas. Car je ne
pouvais demander à Albertine de m'arrêter et déjà
n'étaient plus visibles les jeunes femmes dont mes yeux
avaient à peine distingué les traits et caressé la fraîcheur

dans la blonde vapeur où elles étaient baignées. L'émotion dont je me sentais saisi en apercevant la fille d'un marchand de vins à sa caisse ou une blanchisseuse causant dans la rue était l'émotion qu'on a à reconnaître des Déesses. Depuis que l'Olympe n'existe plus, ses habitants vivent sur la terre. Et quand faisant un tableau mythologique les peintres ont fait poser pour Vénus ou Cérès des filles du peuple exerçant les plus vulgaires métiers, bien loin de commettre un sacrilège, ils n'ont fait que leur ajouter, que leur rendre la qualité, les attributs divers dont elles étaient dépouillées. «Comment vous a semblé le Trocadéro, petite folle?» — «Je suis rudement contente de l'avoir quitté pour venir avec vous. C'est de Davioud, je crois.» — «Mais comme ma petite Albertine s'instruit! En effet c'est de Davioud, mais je l'avais oublié.» — «Pendant que vous dormez je lis vos livres grand paresseux. Comme monument c'est assez moche, n'est-ce pas?» — «Petite, voilà, vous changez tellement vite et vous devenez tellement intelligente (c'était vrai mais de plus je n'étais pas fâché qu'elle eût la satisfaction à défaut d'autres de se dire que du moins le temps qu'elle passait chez moi n'était pas entièrement perdu pour elle) que je vous dirais au besoin des choses qui seraient généralement considérées comme fausses et qui correspondent à une vérité que je cherche. Vous savez ce que c'est que l'impressionnisme?» — «Très bien.» — «Eh bien voyez ce que je veux dire, vous vous rappelez l'église de Marcouville l'Orgueilleuse qu'Elstir n'aimait pas parce qu'elle était neuve. Est-ce qu'il n'est pas en contradiction avec son propre impressionnisme quand il retire ainsi les monuments de l'impression globale où ils sont compris, pour les amener hors de la lumière où ils sont dissous, et examiner en archéologue leur valeur intrinsèque? Quand il peint est-ce qu'un hôpital, une école, une affiche sur un mur ne sont pas de la même valeur qu'une cathédrale inestimable qui est à côté dans une image indivisible? Rappelez-vous comme la façade était cuite par le soleil, comme le relief de ces saints de Marcouville surnageait dans la lumière. Qu'importe qu'un monument soit neuf s'il paraît vieux; et même s'il ne le paraît pas. Ce que les vieux quartiers contiennent de poésie a été extrait jusqu'à la dernière goutte ; mais certaines maisons nouvellement bâties pour de petits bourgeois cossus, dans des quartiers neufs, où la pierre trop blanche est fraîchement sciée, ne déchirent-elles pas l'air torride de midi en juillet, à l'heure où les commerçants reviennent déjeuner dans la banlieue, d'un cri aussi acide que l'odeur des cerises attendant que le déjeuner soit servi dans la salle à manger obscure, où les prismes de verre pour poser les couteaux projettent des feux multicolores et aussi beaux que les verrières de Chartres ? » — « Que vous êtes gentil, si je deviens jamais intelligente, ce sera grâce à vous. » — « Pourquoi dans une belle journée détacher ses yeux du Trocadéro dont les tours en cou de girafe font penser à la Chartreuse de Pavie ? » — « Il m'a rappelé aussi, dominant comme cela sur son tertre, une reproduction de Mantegna que vous avez, je crois que c'est Saint-Sébastien où il y a au fond une ville en amphithéâtre et où on jurerait qu'il y a le Trocadéro ? » — « Vous voyez bien ! Mais comment avez-vous vu la reproduction de Mantegna, vous êtes renversante ? » Nous étions arrivés dans des quartiers plus populaires et l'érection d'une Vénus ancillaire derrière chaque comptoir faisait de lui comme un hôtel suburbain au pied duquel j'aurais voulu passer ma vie. Comme on fait à la veille d'une mort prématurée, je dressais le compte des plaisirs dont me privait le point final qu'Albertine mettait à ma liberté. A Passy ce fut sur la chaussée même à cause de l'encombrement que des jeunes filles se tenant par la taille m'émerveillèrent de leur sourire. Je n'eus pas le temps de le bien distinguer, mais il était peu problable que je le surfisse : dans toute foule en effet, dans toute foule jeune, il n'est pas rare que l'on rencontre l'effigie d'un noble profil. De sorte que ces cohues populaires des jours de fête sont pour le voluptueux aussi précieuses que pour l'archéologue le désordre d'une terre où une fouille fait apparaître des médailles antiques.

Nous arrivâmes au Bois. Je pensais que si Albertine n'étais pas sortie avec moi, je pourrais en ce moment, au cirque des Champs-Élysées, entendre la tempête wagné-

rienne faire gémir tous les cordages de l'orchestre, attirer
à elle comme une écume légère l'air de chalumeau que
j'avais joué tout à l'heure, le faire voler, le pétrir, le
déformer, le diviser, l'entraîner dans un tourbillon gran-
dissant. Du moins je voulus que notre promenade fût
courte et que nous rentrions de bonne heure car, sans en
parler à Albertine, j'avais décidé d'aller le soir chez les
Verdurin. Ils m'avaient envoyé dernièrement une invitation que j'avais jetée au panier avec toutes les autres.
Mais je me ravisais pour ce soir car je voulais tâcher
d'apprendre quelles personnes Albertine avait pu espérer
rencontrer l'après-midi chez eux. A vrai dire j'en étais
arrivé avec Albertine à ce moment où (si tout continue de
même, si les choses se passent normalement) une femme
ne sert plus pour nous que de transition avec une autre
femme. Elle tient à notre cœur encore mais bien peu ;
nous avons hâte d'aller chaque soir trouver des inconnues, et surtout des inconnues connues d'elle, lesquelles
pourront nous raconter sa vie. Elle, en effet, nous avons
possédé, épuisé tout ce qu'elle a consenti à nous livrer
d'elle-même. Sa vie, c'est elle-même encore, mais justement la partie que nous ne connaissons pas, les choses
sur quoi nous l'avons vainement interrogée et que nous
pourrons recueillir sur des lèvres neuves. Si ma vie avec
Albertine devait m'empêcher d'aller à Venise, de voyager, du moins j'aurais pu tantôt si j'avais été seul connaître les jeunes midinettes éparses dans l'ensoleillement de
ce beau dimanche et dans la beauté de qui je faisais entrer
pour une grande part la vie inconnue qui les animait. Les
yeux qu'on voit ne sont-ils pas tout pénétrés par un regard
dont on ne sait pas les images, les souvenirs, les attentes,
les dédains qu'il porte et dont on ne peut pas les séparer ?
Cette existence qui est celle de l'être qui passe ne don-
nera-t-elle pas, selon ce qu'elle est, une valeur variable
au froncement de ces sourcils, à la dilatation de ces
narines ? La présence d'Albertine me privait d'aller à
elles et peut-être ainsi de cesser de les désirer. Celui qui
veut entretenir en soi le désir de continuer à vivre et la
croyance en quelque chose de plus délicieux que les
choses habituelles, doit se promener ; car les rues, les

avenues, sont pleines de Déesses. Mais les Déesses ne se laissent pas approcher. Çà et là, entre les arbres, à l'entrée de quelque café, une servante veillait comme une nymphe à l'orée d'un bois sacré, tandis qu'au fond trois jeunes filles étaient assises à côté de l'arc immense de leurs bicyclettes posées à côté d'elles, comme trois immortelles accoudées au nuage ou au coursier fabuleux sur lesquels elles accomplissaient leurs voyages mythologiques. Je remarquais que chaque fois Albertine regardait un instant toutes ces filles avec une attention profonde et se retournait aussitôt vers moi. Mais je n'étais trop tourmenté ni par l'intensité de cette contemplation, ni par sa brièveté que l'intensité compensait; en effet pour cette dernière il arrivait souvent qu'Albertine, soit fatigue, soit manière de regarder particulière à un être attentif, considérait ainsi dans une sorte de méditation fût-ce mon père, ou Françoise; et quant à sa vitesse à se retourner vers moi, elle pouvait être motivée par le fait qu'Albertine, connaissant mes soupçons, pouvait vouloir même s'ils n'étaient pas justifiés éviter de leur donner prise. Cette attention d'ailleurs qui m'eût semblé criminelle de la part d'Albertine (et tout autant si elle avait eu pour objet des jeunes gens) je l'attachais sans me croire un instant coupable — et en trouvant presque qu'Albertine l'était en m'empêchant par sa présence de m'arrêter et de descendre — sur toutes les midinettes. On trouve innocent de désirer et atroce que l'autre désire. Et ce contraste entre ce qui concerne ou bien nous, ou bien celle que nous aimons n'a pas trait au désir seulement, mais aussi au mensonge. Quelle chose plus usuelle que lui, qu'il s'agisse de masquer par exemple les faiblesses quotidiennes d'une santé qu'on veut faire croire forte, de dissimuler un vice, ou d'aller sans froisser autrui à la chose que l'on préfère. Il est l'instrument de conservation le plus nécessaire et le plus employé. Or c'est lui que nous avons la prétention de bannir de la vie de celle que nous aimons, c'est lui que nous épions, que nous flairons, que nous détestons partout. Il nous bouleverse, il suffit à amener une rupture, il nous semble cacher les plus grandes fautes à moins qu'il ne les cache si bien que nous ne les soupçonnions pas.

Étrange état que celui où nous sommes à ce point sensible à un agent pathogène que son pullulement universel rend inoffensif aux autres et si grave pour le malheureux qui ne se trouve plus avoir d'immunité contre lui. La vie de ces jolies filles, comme — à cause de mes longues périodes de réclusion — j'en rencontrais si rarement, me paraissait ainsi qu'à tous ceux chez qui la facilité des réalisations n'a pas amorti la puissance de concevoir, quelque chose d'aussi différent de ce que je connaissais, d'aussi désirable, que les villes les plus merveilleuses que promet le voyage.

La déception éprouvée auprès des femmes que j'avais connues ou dans les villes où j'étais allé ne m'empêchait pas de me laisser prendre à l'attrait des nouvelles et de croire à leur réalité; aussi de même que voir Venise — Venise dont ce temps printanier me donnait aussi la nostalgie et que le mariage avec Albertine m'empêcherait de connaître — voir Venise dans un panorama que Ski eût peut-être déclaré plus joli de tons que la ville réelle, ne m'eût en rien remplacé le voyage à Venise dont la longueur déterminée sans que j'y fusse pour rien me semblait indispensable à franchir, de même, si jolie fût-elle, la midinette qu'une entremetteuse m'eût artificiellement procurée n'eût nullement pu se substituer pour moi à celle qui la taille dégingandée passait en ce moment sous les arbres en riant avec une amie. Celle que j'eusse trouvée dans une maison de passe eût-elle été plus jolie que cela n'eût pas été la même chose, parce que nous ne regardons pas les yeux d'une fille que nous ne connaissons pas comme nous ferions d'une petite plaque d'opale ou d'agate. Nous savons que le petit rayon qui les irise ou les grains de brillant qui les font étinceler sont tout ce que nous pouvons voir d'une pensée, d'une volonté, d'une mémoire où réside la maison familiale que nous ne connaissons pas, les amis chers que nous envions. Arriver à nous emparer de tout cela qui est si difficile, si rétif, c'est ce qui donne sa valeur au regard bien plus que sa seule beauté matérielle (par quoi peut être expliqué qu'un même jeune homme éveille tout un roman dans l'imagination d'une femme qui a entendu dire qu'il était le

Prince de Galles, et ne fait plus attention à lui quand elle apprend qu'elle s'est trompée); trouver la midinette dans la maison de passe, c'est la trouver vidée de cette vie inconnue qui la pénètre et que nous aspirons à posséder avec elle, c'est nous approcher des yeux devenus en effet de simples pierres précieuses, d'un nez dont le froncement est aussi dénué de signification que celui d'une fleur. Non, cette midinette inconnue et qui passait là, il me semblait aussi indispensable, si je voulais continuer à croire à sa réalité, que de faire un long trajet en chemin de fer si je voulais croire à la réalité de Pise que je verrais et qui ne serait pas qu'un spectacle d'exposition universelle, d'essuyer ses résistances en y adaptant mes directions, en allant au-devant d'un affront, en revenant à la charge, en obtenant un rendez-vous, en l'attendant à la sortie des ateliers, en connaissant épisode par épisode ce qui composait la vie de cette petite, en traversant ce dont s'enveloppait pour elle le plaisir que je cherchais et la distance que ses habitudes différentes et sa vie spéciale mettaient entre moi et l'attention, la faveur que je voulais atteindre et capter. Mais ces similitudes mêmes du désir et du voyage firent que je me promis de serrer un jour d'un peu plus près la nature de cette force invisible mais aussi puissante que les croyances, ou dans le monde physique que la pression atmosphérique, qui portait si haut les cités, les femmes, tant que je ne les connaissais pas, et qui se dérobait sous elles dès que je les avais approchées, les faisait tomber aussitôt à plat sur le terre à terre de la plus triviale réalité. Plus loin une autre fillette était agenouillée près de sa bicyclette qu'elle arrangeait. Une fois la réparation faite, la jeune coureuse monta sur sa bicyclette, mais sans l'enfourcher comme eût fait un homme. Pendant un instant la bicyclette tangua, et le jeune corps sembla s'être accru d'une voile, d'une aile immense. Et bientôt nous vîmes s'éloigner à toute vitesse la jeune créature mi-humaine, mi-ailée, ange ou péri, poursuivant son voyage. Voilà ce dont la présence d'Albertine, voilà ce dont ma vie avec Albertine me privait justement. Dont elle me privait? N'aurais-je pas dû penser dont elle me gratifiait au contraire. Si Albertine n'avait pas vécu avec moi, avait été libre, j'eusse imaginé, et avec raison, toutes ces femmes comme des objets possibles, probables, de son désir, de son plaisir. Elles me fussent apparues comme ces danseuses qui dans un ballet diabolique, représentant les Tentations pour un être, lancent leurs flèches au cœur d'un autre être. Les midinettes, les jeunes filles, les comédiennes, comme je les aurais haïes! Objet d'horreur, elles eussent été exceptées pour moi de la beauté de l'univers. Le servage d'Albertine, en me permettant de ne plus souffrir par elles, les restituait à la beauté du monde. Inoffensives, ayant perdu l'aiguillon qui met au cœur la jalousie, il m'était loisible de les admirer, de les caresser du regard, un autre jour plus intimement peut-être. En enfermant Albertine j'avais du même coup rendu à l'univers toutes ces ailes chatoyantes qui bruissent dans les promenades, dans les bals, dans les théâtres, et qui redevenaient tentatrices pour moi parce qu'elle ne pouvait plus succomber à leur tentation. Elles faisaient la beauté du monde. Elles avaient fait jadis celle d'Albertine. C'est parce que je l'avais vue comme un oiseau mystérieux, puis comme une grande actrice de la plage, désirée, obtenue peut-être que je l'avais trouvée merveilleuse. Une fois captif chez moi, l'oiseau que j'avais vu un soir marcher à pas comptés sur la digue, entouré de la congrégation des autres jeunes filles pareilles à des mouettes venues on ne sait d'où, Albertine avait perdu toutes· ses couleurs, avec toutes les chances qu'avaient les autres de l'avoir à eux. Elle avait peu à peu perdu sa beauté. Il fallait des promenades comme celle-là, où je l'imaginais sans moi accostée par telle femme, ou tel jeune homme, pour que je la revisse dans la splendeur de la plage, bien que ma jalousie fût sur un autre plan que le déclin des plaisirs de mon imagination. Mais malgré ces brusques sursauts où désirée par d'autres, elle me redevenait belle, je pouvais très bien diviser son séjour chez moi en deux périodes, la première où elle était encore quoique moins chaque jour la chatoyante actrice de la plage, la seconde où devenue la grise prisonnière réduite à son terne elle-même, il lui fallait ces éclairs où je me ressouvenais du passé pour lui rendre des couleurs.

Ailleurs une bande nombreuse jouait au ballon. Toutes ces fillettes avaient voulu profiter du soleil, car ces journées de février, même quand elles sont si brillantes, ne durent pas tard et la splendeur de leur lumière ne retarde pas la venue de son déclin. Avant qu'il fût encore proche nous eûmes quelque temps de pénombre, parce qu'après avoir poussé jusqu'à la Seine où Albertine admira et par sa présence m'empêcha d'admirer les reflets de voiles rouges sur l'eau hivernale et bleue, une maison de tuiles blottie au loin comme un seul coquelicot dans l'horizon clair dont Saint-Cloud semblait plus loin la pétrification fragmentaire, friable et côtelée, nous descendîmes de voiture et marchâmes longtemps. Même pendant quelques instants je lui donnai le bras, et il me semblait que cet anneau que le sien faisait sous le mien unissait en un seul être nos deux personnes et attachait l'une à l'autre nos deux destinées. A nos pieds, nos ombres parallèles puis rapprochées et jointes faisaient un dessin ravissant. Sans doute il me semblait déjà merveilleux à la maison qu'Albertine habitât avec moi, que ce fût elle qui s'étendît sur mon lit. Mais c'en était comme l'exportation au-dehors, en pleine nature, que devant ce lac du Bois que j'aimais tant, au pied des arbres, ce fût justement son ombre, l'ombre pure et simplifiée de sa jambe, de son buste, que le soleil eût à peindre au lavis à côté de la mienne sur le sable de l'allée. Et je trouvais un charme plus immatériel sans doute mais non pas moins intime, qu'au rapprochement, à la fusion de nos corps, à celle de nos ombres. Puis nous remontâmes dans la voiture. Et elle s'engagea pour le retour dans de petites allées sinueuses où les arbres d'hiver, habillés de lierre et de ronces, comme des ruines, semblaient conduire à la demeure d'un magicien. A peine sortis de leur couvert assombri, nous retrouvâmes, pour sortir du Bois, le plein jour si clair encore que je croyais avoir le temps de faire tout ce que je voudrais avant le dîner, quand, quelques instants seulement après, au moment où notre voiture approchait de l'Arc de Triomphe, ce fut avec un brusque mouvement de surprise et d'effroi que j'aperçus au-dessus de Paris la lune pleine et prématurée comme le cadran d'une horloge

arrêtée qui nous fait croire qu'on s'est mis en retard.
Nous avions dit au cocher[41] de rentrer. Pour elle, c'était
aussi revenir chez moi. La présence des femmes, si aimées soient-elles, qui doivent nous quitter pour rentrer,
ne donne pas cette paix que je goûtais dans la présence
d'Albertine assise au fond de la voiture à côté de moi,
présence qui nous acheminait non au vide des heures où
l'on est séparé mais à la réunion plus stable encore et
mieux enclose dans mon chez-moi qui était aussi son
chez-elle, symbole matériel de la possession que j'avais
d'elle. Certes pour posséder il faut avoir désiré. Nous ne
possédons une ligne, une surface, un volume que si notre
amour l'occupe. Mais Albertine n'avait pas été pour moi
pendant notre promenade comme avait été jadis Rachel,
une vaine poussière de chair et d'étoffe. L'imagination de
mes yeux, de mes lèvres, de mes mains, avait à Balbec si
solidement construit, si tendrement poli son corps que
maintenant dans cette voiture, pour toucher ce corps,
pour le contenir, je n'avais pas besoin de me serrer contre
Albertine, ni même de la voir, il me suffisait de l'entendre, et si elle se taisait de la savoir auprès de moi ; mes
sens tressés ensemble l'enveloppaient tout entière et
quand arrivée devant la maison tout naturellement elle
descendit, je m'arrêtai un instant pour dire au chauffeur
de revenir me prendre, mais mes regards l'enveloppaient
encore tandis qu'elle s'enfonçait devant moi sous la voûte
et c'était toujours ce même calme inerte et domestique
que je goûtais à la voir ainsi lourde, empourprée, opu-
lente et captive, rentrer tout naturellement avec moi
comme une femme que j'avais à moi, et protégée par les
murs, disparaître dans notre maison.

Malheureusement elle semblait s'y trouver en prison,
et être de l'avis de cette Mme de La Rochefoucauld qui,
comme on lui demandait si elle n'était pas contente d'être
dans une aussi belle demeure que Liancourt répondit
qu'« il n'est pas de belle prison », si j'en jugeais par l'air
triste et las qu'elle eut ce soir-là pendant notre dîner en
tête à tête dans sa chambre. Je ne le remarquai pas
d'abord ; et c'était moi qui me désolais de penser que s'il
n'y avait pas eu Albertine (car avec elle, j'eusse trop

souffert de la jalousie dans un hôtel où elle eût toute la
journée subi le contact de tant d'êtres) je pourrais en ce
moment dîner à Venise dans une de ces petites salles à
manger surbaissées comme une cale de navire, et où on
voit le Grand Canal, par de petites fenêtres cintrées
qu'entourent des moulures mauresques. Je dois ajouter
qu'Albertine admirait beaucoup un grand bronze de Barbedienne qu'avec beaucoup de raison Bloch trouvait fort
laid. Il en avait peut-être moins de s'étonner que je
l'eusse gardé. Je n'avais jamais cherché comme lui à faire
des ameublements artistiques, à composer des pièces,
j'étais trop paresseux pour cela, trop indifférent à ce que
j'avais l'habitude d'avoir sous les yeux. Puisque mon
goût ne s'en souciait pas, j'avais le droit de ne pas
nuancer des intérieurs; j'aurais peut-être pu malgré cela
ôter le bronze. Mais les choses laides et cossues sont fort
utiles car elles ont auprès des personnes qui ne nous
comprennent pas, qui n'ont pas notre goût, et dont nous
pouvons être amoureux, un prestige que n'aurait pas une
belle [42] chose qui ne révèle pas sa beauté. Or les êtres qui
ne nous comprennent pas sont justement les seuls à
l'égard desquels il puisse nous être utile d'user d'un
prestige que notre intelligence suffit à nous assurer auprès
d'êtres supérieurs. Albertine avait beau commencer à
avoir du goût, elle avait encore un certain respect pour ce
bronze, et ce respect rejaillissait sur moi en une considération qui venant d'Albertine m'importait (infiniment
plus que de garder un bronze un peu déshonorant) puisque j'aimais Albertine.

Mais la pensée de mon esclavage cessait tout d'un coup
de me peser et je souhaitais de le prolonger encore parce
qu'il me semblait apercevoir qu'Albertine sentait cruellement le sien. Sans doute chaque fois que je lui avais
demandé si elle ne se déplaisait pas chez moi, elle
m'avait toujours répondu qu'elle ne savait pas où elle
pourrait être plus heureuse. Mais souvent ces paroles
étaient démenties par un air de nostalgie, d'énervement.
Certes si elle avait les goûts que je lui avais crus, cet
empêchement de jamais les satisfaire devait être aussi
irritant pour elle qu'il était calmant pour moi; calmant au

point que j'eusse trouvé l'hypothèse que je l'avais accusée injustement la plus vraisemblable si dans celle-ci je n'eusse eu beaucoup de peine à expliquer cette application extraordinaire que mettait Albertine à ne jamais être seule, à ne jamais être libre, à ne pas s'arrêter un instant devant la porte quand elle rentrait, à se faire accompagner ostensiblement, chaque fois qu'elle allait téléphoner, par quelqu'un qui pût me répéter ses paroles, par Françoise, par Andrée, à me laisser toujours seul, sans avoir l'air que ce fût exprès, avec cette dernière, quand elles étaient sorties ensemble, pour que je pusse me faire faire un rapport détaillé de leur sortie. Avec cette merveilleuse docilité contrastaient certains mouvements vite réprimés d'impatience, qui me firent me demander si Albertine n'aurait pas formé le projet de secouer sa chaîne.

Des faits accessoires étayaient ma supposition. Ainsi un jour où j'étais sorti seul, ayant rencontré près de Passy Gisèle, nous causâmes de choses et d'autres. Bientôt, assez heureux de pouvoir le lui apprendre, je lui dis que je voyais constamment Albertine. Gisèle me demanda où elle pourrait la trouver car elle avait *justement* quelque chose à lui dire. « Quoi donc ? » — « Des choses qui se rapportent à de petites camarades à elle. » — « Quelles camarades ? Je pourrai peut-être vous renseigner, ce qui ne vous empêchera pas de la voir. » — « Oh ! des camarades d'autrefois, je ne me rappelle pas les noms », répondit Gisèle d'un air vague, en battant en retraite. Elle me quitta croyant avoir parlé avec une prudence telle que rien ne pouvait me paraître que très clair. Mais le mensonge est si peu exigeant, a besoin de si peu de chose pour se manifester ! S'il s'était agi de camarades d'autrefois, dont elle ne savait même pas les noms, pourquoi aurait-elle eu « justement » besoin d'en parler à Albertine ? Cet adverbe, assez parent d'une expression chère à Madame Cottard : « cela tombe à pic », ne pouvait s'appliquer qu'à une chose particulière, opportune, peut-être urgente, se rapportant à des êtres déterminés. D'ailleurs rien que la façon d'ouvrir la bouche, comme quand on va bâiller, d'un air vague en me disant (en reculant presque avec son corps, comme elle faisait machine en arrière à

partir de ce moment dans notre conversation) : « Ah ! je ne
sais pas, je ne me rappelle pas les noms », faisait aussi
bien de sa figure, et s'accordant avec elle, de sa voix, une
figure de mensonge, que l'air tout autre, serré, animé, à
l'avant, de « j'ai justement » signifiait une vérité. Je ne
questionnai pas Gisèle. A quoi cela m'eût-il servi ? Certes
elle ne mentait pas de la même manière qu'Albertine. Et
certes les mensonges d'Albertine m'étaient plus douloureux. Mais d'abord il y avait entre eux un point commun,
le fait même du mensonge qui, dans certains cas, est une
évidence. Non pas de la réalité qui se cache sous ce
mensonge. On sait que, bien que chaque assassin en
particulier s'imagine avoir tout si bien combiné qu'il ne
sera pas pris, en somme les assassins sont presque toujours pris. Au contraire les menteurs sont rarement pris,
et parmi les menteurs plus particulièrement les femmes
qu'on aime. On ignore où elle est allée, ce qu'elle y a
fait, mais au moment même où elle parle, où elle parle
d'une autre chose sous laquelle il y a cela, qu'elle ne dit
pas, le mensonge est perçu instantanément. Et la jalousie
redoublée puisqu'on sent le mensonge, et qu'on n'arrive
pas à savoir la vérité. Chez Albertine la sensation du
mensonge était donnée par bien des particularités qu'on a
déjà vues au cours de ce récit, mais principalement par
ceci que quand elle mentait son récit péchait soit par
insuffisance, omission, invraisemblance, soit par excès
au contraire de petits faits destinés à le rendre vraisemblable. Le vraisemblable, malgré l'idée que se fait le
menteur, n'est pas du tout le vrai. Dès qu'en écoutant
quelque chose de vrai, on entend quelque chose qui est
seulement vraisemblable, qui l'est peut-être plus que le
vrai, qui l'est peut-être trop, l'oreille un peu musicienne
sent que ce n'est pas cela, comme pour un vers faux, ou
un mot lu à haute voix pour un autre. L'oreille le sent, et
si l'on aime le cœur s'alarme. Que ne songe-t-on alors,
quand on change toute sa vie parce qu'on ne sait pas si
une femme est passée rue de Berri ou rue Washington,
que ne songe-t-on que ces quelques mètres de différence,
et la femme elle-même, seront réduits au cent millionième (c'est-à-dire à une grandeur que nous ne pouvons

percevoir) si seulement nous avons la sagesse de rester quelques années sans voir cette femme, et que ce qui était Gulliver en bien plus grand deviendra une lilliputienne qu'aucun microscope — au moins du cœur — car celui de la mémoire indifférente est plus puissant et moins fragile — ne pourra plus percevoir. Quoi qu'il en soit s'il y avait un point commun — le mensonge même — entre ceux d'Albertine et de Gisèle, pourtant Gisèle ne mentait pas de la même manière qu'Albertine, ni non plus de la même manière qu'Andrée, mais leurs mensonges respectifs s'emboîtaient si bien les uns dans les autres, tout en présentant une grande variété, que la petite bande avait la solidité impénétrable de certaines maisons de commerce, de librairie ou de presse par exemple, où le malheureux auteur n'arrivera jamais, malgré la diversité des personnalités composantes, à savoir s'il est ou non floué. Le directeur du journal ou de la revue ment avec une attitude de sincérité d'autant plus solennelle, qu'il a besoin de dissimuler en mainte occasion qu'il fait exactement la même chose et se livre aux mêmes pratiques mercantiles que celles qu'il a flétries chez les autres directeurs de journaux ou de théâtre, chez les autres éditeurs, quand il a pris pour bannière, levé contre eux l'étendard de la Sincérité. Avoir proclamé (comme chef d'un parti politique, comme n'importe quoi) qu'il est atroce de mentir oblige le plus souvent à mentir plus que les autres, sans quitter pour cela le masque solennel, sans déposer la tiare auguste de la sincérité. L'associé de l'«homme sincère» ment autrement et de façon plus ingénue. Il trompe son auteur comme il trompe sa femme, avec des trucs de vaudeville. Le secrétaire de la rédaction, honnête homme et grossier, ment tout simplement, comme un architecte qui vous promet que votre maison sera prête, à une époque où elle ne sera pas commencée. Le rédacteur en chef, âme angélique, voltige au milieu des trois autres, et sans savoir de quoi il s'agit, leur porte, par scrupule fraternel et tendre solidarité, le secours précieux d'une parole insoupçonnable. Ces quatre personnes vivent dans une perpétuelle dissension que l'arrivée de l'auteur fait cesser [43]. Par-dessus les

querelles particulières, chacun se rappelle le grand devoir
militaire de venir en aide au «corps» menacé. Sans m'en
rendre compte, j'avais depuis longtemps joué le rôle de
cet auteur vis-à-vis de la «petite bande». Si Gisèle avait
pensé, quand elle avait dit «justement», à telle camarade
d'Albertine disposée à voyager avec elle dès que mon
amie, sous un prétexte ou un autre m'aurait quitté, et à
prévenir Albertine que l'heure était venue ou sonnerait
bientôt, Gisèle se serait fait couper en morceaux plutôt
que de me le dire. Il était donc bien inutile de lui poser
des questions. Des rencontres comme celle de Gisèle
n'étaient pas seules à accentuer mes doutes. Par exemple,
j'admirais les peintures d'Albertine. Touchantes distrac-
tions de la captive, elles m'émurent tant que je la félicitai.
«Non c'est très mauvais mais je n'ai jamais pris une seule
leçon de dessin.» — «Mais un soir vous m'aviez fait dire
à Balbec que vous étiez restée à prendre une leçon de
dessin.» Je lui rappelai le jour et je lui dis que j'avais bien
compris tout de suite qu'on ne prenait pas de leçon de
dessin à cette heure-là. Albertine rougit. «C'est vrai,
dit-elle, je ne prenais pas de leçons de dessin, je vous ai
beaucoup menti au début, cela je le reconnais. Mais je ne
vous mens plus jamais.» J'aurais tant voulu savoir quels
étaient les nombreux mensonges du début, mais je savais
d'avance que ses aveux seraient de nouveaux mensonges.
Aussi je me contentai de l'embrasser. Je lui demandai
seulement un de ces mensonges. Elle répondit: «Eh bien
si par exemple, que l'air de la mer me faisait mal.» Je
cessai d'insister devant ce mauvais vouloir.

Ce soupçon que j'eus [du projet d'Albertine de secouer
sa chaîne] suffit pour me faire souhaiter de prolonger
encore un peu notre vie commune, de remettre à plus tard,
à un moment où j'aurais retrouvé mon calme, le projet de
rompre notre liaison et de renoncer définitivement au
mariage; et pour ôter à Albertine l'idée de le devancer,
pour lui faire paraître sa chaîne plus légère, le plus habile
me parut de lui faire croire que j'allais moi-même la
rompre. En tous cas ce projet mensonger je ne pouvais le
lui confier en ce moment, elle était revenue avec trop de
gentillesse du Trocadéro tout à l'heure; ce que je pouvais

faire, bien loin de l'affliger d'une menace de rupture, c'était tout au plus de taire les rêves de perpétuelle vie commune que formait mon cœur reconnaissant. En la regardant, j'avais de la peine à me retenir de les épancher en elle, et peut-être s'en apercevait-elle. Malheureusement leur expression n'est pas contagieuse. Le cas d'une vieille femme maniérée comme M. de Charlus qui, à force de ne voir dans son imagination qu'un fier jeune homme, croit devenir lui-même fier jeune homme et d'autant plus qu'il devient plus maniéré et plus risible, ce cas est plus général, et c'est l'infortune d'un amant épris de ne pas se rendre compte que, tandis qu'il voit une figure belle devant lui, sa maîtresse voit sa figure à lui qui n'est pas rendue plus belle, au contraire, quand la déforme le plaisir qu'y fait naître la vue de la beauté. Et l'amour n'épuise même pas toute la généralité de ce cas ; nous ne voyons pas notre corps, que les autres voient, et nous « suivons » notre pensée, l'objet invisible aux autres qui est devant nous. Cet objet-là parfois l'artiste le fait voir dans son œuvre. De là vient que les admirateurs de celle-ci sont désillusionnés par l'auteur dans le visage de qui cette beauté intérieure s'est imparfaitement reflétée.

Tout être aimé, même dans une certaine mesure tout être est pour nous comme Janus, nous présentant le front qui nous plaît si cet être nous quitte, le front morne si nous le savons à notre perpétuelle disposition. Pour Albertine la société durable avec elle avait quelque chose de pénible d'une autre façon que je ne peux dire en ce récit. C'est terrible d'avoir la vie d'une autre personne attachée à la sienne comme une bombe qu'on tiendrait sans qu'on puisse la lâcher sans crime. Mais qu'on prenne comme comparaison les hauts et les bas, les dangers, l'inquiétude, la crainte de voir crues plus tard des choses fausses et vraisemblables qu'on ne pourra plus expliquer, sentiments éprouvés si on a dans son intimité un fou. Par exemple je plaignais M. de Charlus de vivre avec Morel (aussitôt le souvenir de la scène de l'après-midi me fit sentir le côté gauche de ma poitrine bien plus gros que l'autre) ; en laissant de côté les relations qu'ils avaient ou non ensemble, M. de Charlus avait dû ignorer au début que Morel était fou. La beauté de Morel, sa platitude, sa fierté, avaient dû détourner le Baron de chercher si loin jusqu'aux jours de mélancolie où Morel accusait M. de Charlus de sa tristesse, sans pouvoir fournir d'explication, l'insultait de sa méfiance à l'aide de raisonnements faux mais extrêmement subtils, le menaçait de résolutions désespérées au milieu desquelles persistait le souci le plus retors de l'intérêt le plus immédiat. Tout ceci n'est que comparaison. Albertine n'était pas folle.

Ne retenant plus de mon rêve de Venise que ce qui pouvait se rapporter à Albertine et lui adoucir le temps qu'elle passait dans ma demeure, je lui parlai d'une robe de Fortuny qu'il fallait que nous allassions commander ces jours-ci. Je cherchais par quels plaisirs nouveaux j'aurais pu la distraire. J'aurais voulu pouvoir lui faire la surprise de lui donner si ç'avait été possible d'en trouver des pièces de vieille argenterie française. En effet quand nous avions fait le projet d'avoir un yacht, projet jugé irréalisable par Albertine — et par moi-même chaque fois que je la croyais vertueuse et que la vie avec elle commençait à me paraître aussi ruineuse que le mariage avec elle impossible — nous avions toutefois sans qu'elle crût que j'en achèterais un demandé des conseils à Elstir.

J'appris [44] que ce jour-là avait eu lieu une mort qui me fit beaucoup de peine, celle de Bergotte. On sait que sa maladie durait depuis longtemps. Non pas celle évidemment qu'il avait eue d'abord et qui était naturelle. La nature ne semble guère capable de donner que des maladies assez courtes. Mais la médecine s'est annexé l'art de les prolonger. Les remèdes, la rémission qu'ils procurent, le malaise que leur interruption fait renaître, composent un simulacre de maladie que l'habitude du patient finit par stabiliser, par styliser, de même que les enfants toussent régulièrement par quintes, longtemps après qu'ils sont guéris de la coqueluche. Puis les remèdes agissent moins, on les augmente, ils ne font plus aucun bien, mais ils ont commencé à faire du mal grâce à cette indisposition durable. La nature ne leur aurait pas offert une durée si longue. C'est une grande merveille que la médecine égalant presque la nature puisse forcer à garder le lit, à continuer sous peine de mort l'usage d'un médicament. Dès lors la maladie artificiellement greffée a pris racine, est devenue une maladie secondaire mais vraie avec cette seule différence que les maladies naturelles guérissent, mais jamais celles que crée la médecine, car elle ignore le secret de la guérison.

Il y avait des années que Bergotte ne sortait plus de chez lui. D'ailleurs, il n'avait jamais aimé le monde, ou l'avait aimé un seul jour, pour le mépriser comme tout le reste et de la même façon qui était la sienne à savoir non de mépriser parce qu'on ne peut obtenir mais aussitôt qu'on a obtenu. Il vivait si simplement qu'on ne soupçonnait pas à quel point il était riche, et l'eût-on su qu'on se fût trompé encore, l'ayant cru alors avare alors que personne ne fut jamais si généreux. Il l'était surtout avec des femmes, des fillettes pour mieux dire et qui étaient honteuses de recevoir tant pour si peu de chose. Il s'excusait à ses propres yeux parce qu'il savait ne pouvoir jamais si bien produire que dans l'atmosphère de se sentir amoureux. L'amour, c'est trop dire, le plaisir un peu enfoncé dans la chair aide au travail des lettres parce qu'il anéantit les autres plaisirs, par exemple les plaisirs de la société, ceux qui sont les mêmes pour tout le monde. Et même si cet amour amène des désillusions, du moins agite-t-il, de cette façon-là aussi, la surface de l'âme qui sans cela risquerait de devenir stagnante. Le désir n'est donc pas inutile à l'écrivain pour l'éloigner des autres hommes d'abord et de se conformer à eux, pour rendre ensuite quelques mouvements à une machine spirituelle qui, passé un certain âge, a tendance à s'immobiliser. On n'arrive pas à être heureux mais on fait des remarques sur les raisons qui empêchent de l'être et qui nous fussent restées invisibles sans ces brusques percées de la déception. Et les rêves bien entendu ne sont pas réalisables, nous le savons, nous n'en formerions peut-être pas sans le désir, et il est utile d'en former pour les voir échouer et que leur échec instruise. Aussi Bergotte se disait-il : « Je dépense plus que des multimillionnaires pour des fillet-

tes, mais les plaisirs ou les déceptions qu'elles me donnent me font écrire un livre qui me rapporte de l'argent. »
Économiquement ce raisonnement était absurde mais
sans doute trouvait-il quelque agrément à transmuter ainsi
l'or en caresses et les caresses en or. Et puis nous avons
vu au moment de la mort de ma grand-mère que sa
vieillesse fatiguée aimait le repos. Or dans le monde il
n'y a que la conversation. Elle y est stupide mais a le
pouvoir de supprimer les femmes qui ne sont plus que
questions et réponses. Hors du monde les femmes rede-
viennent ce qui est si reposant pour le vieillard fatigué, un
objet de contemplation. En tout cas, maintenant, il n'était
plus question de rien de tout cela. J'ai dit que Bergotte ne
sortait plus de chez lui, et quand il se levait une heure
dans sa chambre, c'était tout enveloppé de châles, de
plaids, de tout ce dont on se couvre au moment de
s'exposer à un grand froid ou de monter en chemin de fer.
Il s'en excusait auprès des rares amis qu'il laissait pénétrer auprès de lui et montrant ses tartans, ses couvertures,
il disait gaiement : « Que voulez-vous, mon cher, Anaxa-
gore l'a dit, la vie est un voyage. » Il allait ainsi se
refroidissant progressivement, petite planète qui offrait
une image anticipée de la grande quand peu à peu la
chaleur se retirera de la terre, puis la vie. Alors la résurrection aura pris fin car, si avant dans les générations
futures que brillent les œuvres des hommes, encore faut-il
qu'il y ait des hommes. Si certaines espèces d'animaux
résistent plus longtemps au froid envahisseur, quand il
n'y aura plus d'hommes, et à supposer que la gloire de
Bergotte ait duré jusque-là, brusquement elle s'éteindra à
tout jamais. Ce ne sont pas les derniers animaux qui le
liront, car il est peu probable que, comme les apôtres à la
Pentecôte, ils puissent comprendre le langage des divers
peuples humains sans l'avoir appris.
   Dans les mois qui précédèrent sa mort, Bergotte souffrait d'insomnies, et ce qui est pire, dès qu'il s'endor-
mait, de cauchemars qui s'il s'éveillait faisaient qu'il
évitait de se rendormir. Longtemps il avait aimé les
rêves, même les mauvais rêves, parce que grâce à eux,
grâce à la contradiction qu'ils présentent avec la réalité

qu'on a devant soi à l'état de veille, ils nous donnent, au plus tard dès le réveil, la sensation profonde que nous avons dormi. Mais les cauchemars de Bergotte[45] n'étaient pas cela. Quand il parlait de cauchemars autrefois il entendait des choses désagréables qui se passaient dans son cerveau. Maintenant c'est comme venus du dehors de lui qu'il percevait une main munie d'un torchon mouillé qui passée sur sa figure par une femme méchante s'efforçait de le réveiller, d'intolérables chatouillements sur les hanches, la rage — parce que Bergotte avait murmuré en dormant qu'il conduisait mal — d'un cocher fou furieux qui se jetait sur l'écrivain et lui mordait les doigts, les lui sciait. Enfin dès que dans son sommeil l'obscurité était suffisante, la nature faisait une espèce de répétition sans costume de l'attaque d'apoplexie qui l'emporterait : Bergotte entrait en voiture sous le porche du nouvel hôtel des Swann, voulait descendre. Un vertige foudroyant le clouait sur sa banquette, le concierge essayait de l'aider à descendre, il restait assis ne pouvant se soulever, dresser ses jambes. Il essayait de s'accrocher au pilier de pierre qui était devant lui, mais n'y trouvait pas un suffisant appui pour se mettre debout. Il consulta des médecins qui flattés d'être appelés par lui virent dans ses vertus de grand travailleur (il y avait vingt ans qu'il n'avait rien fait), dans son surmenage, la cause de ses malaises. Ils lui conseillèrent de ne pas lire de contes terrifiants (il ne lisait rien), de profiter davantage du soleil « indispensable à la vie » (il n'avait dû quelques années de mieux relatif qu'à sa claustration chez lui), de s'alimenter davantage (ce qui le fit maigrir et alimenta surtout ses cauchemars). Un de ses médecins étant doué de l'esprit de contradiction et de taquinerie, dès que Bergotte, le voyant en l'absence des autres et pour ne pas le froisser, lui soumettait comme des idées de lui ce que les autres lui avaient conseillé, le médecin contredisant, croyant que Bergotte cherchait à se faire ordonner quelque chose qui lui plaisait le lui défendait aussitôt et souvent avec des raisons fabriquées si vite pour les besoins de la cause que devant l'évidence des objections matérielles que faisait Bergotte le docteur contredisant était obligé dans la même

phrase de se contredire lui-même, mais pour des raisons
nouvelles, renforçait la même prohibition. Bergotte revenait à un des premiers médecins, homme qui se piquait
d'esprit, surtout devant un des maîtres de la plume et qui,
si Bergotte insinuait : « Il me semble pourtant que le Dr X
m'avait dit — autrefois bien entendu — que cela pouvait me congestionner le rein et le cerveau... », souriait
malicieusement, levait le doigt et prononçait : « J'ai dit
user je n'ai pas dit abuser. Bien entendu tout remède, si
on exagère, devient une arme à double tranchant. » Il y a
dans notre corps un certain instinct de ce qui nous est
salutaire, comme dans le cœur de ce qui est le devoir
moral, et qu'aucune autorisation de docteur en médecine
ou en théologie ne peuvent suppléer. Nous savons que les
bains froids nous font mal, nous les aimons, nous trou-
verons toujours un médecin pour nous les conseiller, non
pour empêcher qu'ils ne nous fassent mal. A chacun de
ses médecins Bergotte prit ce que, par sagesse, il s'était
défendu depuis des années. Au bout de quelques semaines les accidents d'autrefois avaient reparu, les récents
s'étaient aggravés. Affolé par une souffrance de toutes les
minutes à laquelle s'ajoutait l'insomnie coupée de brefs
cauchemars, Bergotte ne fit plus venir de médecin et
essaya avec succès mais avec excès de différents narcotiques, lisant avec confiance le prospectus accompagnant
chacun d'eux, prospectus qui proclamait la nécessité du
sommeil mais insinuait que tous les produits qui l'amènent (sauf celui contenu dans le flacon qu'il enveloppait
et qui ne produisait jamais d'intoxication) étaient toxi-
ques et par là rendaient le remède pire que le mal. Bergotte les essaya tous. Certains sont d'une autre famille
que ceux auxquels nous sommes habitués, dérivés par
exemple de l'amyle ou de l'éthyle. On n'absorbe le produit nouveau, d'une composition toute différente,
qu'avec la délicieuse attente de l'inconnu. Le cœur bat
comme à un premier rendez-vous. Vers quels genres
ignorés de sommeil, de rêves, le nouveau venu va-t-il
nous conduire ? Il est maintenant dans nous, il a la direction de notre pensée. De quelle façon allons-nous nous
endormir ? Et une fois que nous le serons, par quels

chemins étranges, sur quelles cimes, dans quels gouffres inexplorés le maître tout-puissant nous conduira-t-il? Quel groupement nouveau de sensations allons-nous connaître dans ce voyage? Nous mènera-t-il au malaise? A la béatitude? A la mort? Celle de Bergotte survint la veille de ce jour-là [46], alors qu'il s'était ainsi confié à un de ces amis (amis? ennemis?) trop puissant. Il mourut dans les circonstances suivantes. Une crise d'urémie assez légère était cause qu'on lui avait prescrit le repos. Mais un critique ayant écrit que dans la *Vue de Delft* de Ver Meer (prêté par le musée de La Haye pour une exposition hollandaise), tableau qu'il adorait et croyait connaître très bien, un petit pan de mur jaune (qu'il ne se rappelait pas) était si bien peint qu'il était, si on le regardait seul, comme une précieuse œuvre d'art chinoise, d'une beauté qui se suffisait à elle-même, Bergotte mangea quelques pommes de terre, sortit et entra à l'exposition. Dès les premières marches qu'il eut à gravir, il fut pris d'étourdissements. Il passa devant plusieurs tableaux et eut l'impression de la sécheresse et de l'inutilité d'un art si factice, et qui ne valait pas les courants d'air et de soleil d'un palazzo de Venise, ou d'une simple maison en bord de la mer. Enfin il fut devant le Ver Meer qu'il se rappelait plus éclatant, plus différent de tout ce qu'il connaissait, mais où, grâce à l'article du critique, il remarqua pour la première fois des petits personnages en bleu, que le sable était rose, et enfin la précieuse matière du tout petit pan de mur jaune. Ses étourdissements augmentaient; il attachait son regard, comme un enfant à un papillon jaune qu'il veut saisir, au précieux petit pan de mur. «C'est ainsi que j'aurais dû écrire, disait-il. Mes derniers livres sont trop secs, il aurait fallu passer plusieurs couches de couleur, rendre ma phrase en elle-même précieuse, comme ce petit pan de mur jaune.» Cependant la gravité de ses étourdissements ne lui échappait pas. Dans une céleste balance lui apparaissait chargeant l'un des plateaux sa propre vie, tandis que l'autre contenait le petit pan du mur si bien peint en jaune. Il sentait qu'il avait imprudemment donné la première pour le second. «Je ne voudrais pourtant pas, se dit-il, être

pour les journaux du soir, le fait divers de cette exposition. » Il se répétait : « petit pan de mur jaune avec un
auvent, petit pan de mur jaune ». Cependant il s'abattit
sur un canapé circulaire ; aussi brusquement il cessa de
penser que sa vie était en jeu et revenant à l'optimisme se
dit : « C'est une simple indigestion que m'ont donnée ces
pommes de terre pas assez cuites, ce n'est rien. » Un
nouveau coup l'abattit, il roula du canapé par terre où
accoururent tous les visiteurs et gardiens : il était mort.
Mort à jamais ? Qui peut le dire ? Certes les expériences
spirites pas plus que les dogmes religieux n'apportent de
preuve que l'âme subsiste. Ce qu'on peut dire c'est que
tout se passe dans notre vie comme si nous y entrions
avec le faix d'obligations contractées dans une vie antérieure ; il n'y a aucune raison dans nos conditions de vie
sur cette terre pour que nous nous croyions obligés à faire
le bien, à être délicats, même à être polis, ni pour l'artiste
athée à ce qu'il se croie obligé de recommencer vingt fois
un morceau dont l'admiration qu'il excitera importera
peu à son corps mangé par les vers, comme le pan de mur
jaune que peignit avec tant de science et de raffinement
un artiste à jamais inconnu, à peine identifié sous le nom
de Ver Meer. Toutes ces obligations qui n'ont pas leur
sanction dans la vie présente semblent appartenir à un
monde différent, fondé sur la bonté, le scrupule, le sacrifice, un monde entièrement différent de celui-ci, et dont
nous sortons pour naître à cette terre, avant peut-être d'y
retourner, revivre sous l'empire de ces lois inconnues
auxquelles nous avons obéi parce que nous en portions
l'enseignement en nous, sans savoir qui les y avait tracées, ces lois dont tout travail profond de l'intelligence
nous rapproche et qui sont invisibles seulement — et
encore ! — pour les sots. De sorte que l'idée que Bergotte n'était pas mort à jamais est sans invraisemblance.

On l'enterra mais toute la nuit funèbre, aux vitrines
éclairées, ses livres disposés trois par trois veillaient
comme des anges aux ailes éployées et semblaient pour
celui qui n'était plus, le symbole de sa résurrection.

J'appris, ai-je dit, que ce jour-là Bergotte était mort. Et

j'admirais l'inexactitude des journaux qui — reproduisant les uns et les autres une même note — disaient qu'il était mort la veille. Or la veille, Albertine l'avait rencontré, me raconta-t-elle le soir même, et cela l'avait même un peu retardée, car il avait causé assez longtemps avec elle. C'est sans doute avec elle qu'il avait eu son dernier entretien. Elle le connaissait par moi qui ne le voyais plus depuis longtemps, mais comme elle avait eu la curiosité de lui être présentée, j'avais, un an auparavant, écrit au vieux maître pour la lui amener. Il m'avait accordé ce que j'avais demandé, tout en souffrant un peu je crois que je ne le revisse que pour faire plaisir à une autre personne, ce qui confirmait mon indifférence pour lui. Ces cas sont fréquents : parfois celui ou celle qu'on implore non pour le plaisir de causer de nouveau avec lui, mais pour une tierce personne, refuse si obstinément, que notre protégée croit que nous nous sommes targués d'un faux pouvoir ; plus souvent le génie ou la beauté célèbre consentent, mais humiliés dans leur gloire, blessés dans leur affection, ne nous gardent plus qu'un sentiment amoindri, douloureux, un peu méprisant. Je devinai longtemps après que j'avais faussement accusé les journaux d'inexactitude car ce jour-là Albertine n'avait nullement rencontré Bergotte, mais je n'en avais point eu un seul instant le soupçon tant elle me l'avait conté avec naturel et je n'appris que bien plus tard l'art charmant qu'elle avait de mentir avec simplicité. Ce qu'elle disait, ce qu'elle avouait avait tellement les mêmes caractères que les formes de l'évidence — ce que nous voyons, ce que nous apprenons d'une manière irréfutable — qu'elle semait ainsi dans les intervalles de la vie les épisodes d'une autre vie dont je ne soupçonnais pas alors la fausseté et dont je n'ai eu que beaucoup plus tard la perception. J'ai ajouté : « quand elle avouait », voici pourquoi. Quelquefois des rapprochements singuliers me donnaient à son sujet des soupçons jaloux où à côté d'elle figurait dans le passé, ou hélas dans l'avenir, une autre personne. Pour avoir l'air d'être sûr de mon fait, je disais le nom et Albertine me disait : « Oui je l'ai rencontrée, il y a huit jours, à quelques pas de la maison. Par politesse j'ai répondu à son bonjour. J'ai fait deux pas avec elle. Mais il n'y a jamais rien eu entre nous. Il n'y aura jamais rien. » Or Albertine n'avait même pas rencontré cette personne, pour la bonne raison que celle-ci n'était pas venue à Paris depuis dix mois. Mais mon amie trouvait que nier complètement était peu vraisemblable. D'où cette courte rencontre fictive, dite si simplement que je voyais la dame s'arrêter, lui dire bonjour, faire quelques pas avec elle. Le témoignage de mes sens, si j'avais été dehors à ce moment, m'aurait peut-être appris que la dame n'avait pas fait quelques pas avec Albertine. Mais si j'avais su le contraire c'était par une de ces chaînes de raisonnement (où les paroles de ceux en qui nous avons confiance insèrent de fortes mailles) et non par le témoignage des sens. Pour invoquer ce témoignage des sens il eût fallu que j'eusse été précisément dehors, ce qui n'avait pas eu lieu. On peut imaginer pourtant qu'une telle hypothèse n'est pas invraisemblable : j'aurais pu être sorti et passer dans la rue à l'heure où Albertine m'aurait dit ce soir (ne m'ayant pas vu) qu'elle avait fait quelques pas avec la dame, et j'aurais su alors qu'Albertine avait menti. Est-ce bien sûr encore ? Une obscurité sacrée se fût emparée de mon esprit, j'aurais mis en doute que je l'avais vue seule, à peine aurais-je cherché à comprendre par quelle illusion d'optique je n'avais pas aperçu la dame et je n'aurais pas été autrement étonné de m'être trompé, car le monde des astres est moins difficile à connaître que les actions réelles des êtres, surtout des êtres que nous aimons, fortifiés qu'ils sont contre notre doute par des fables destinées à les protéger. Pendant combien d'années peuvent-ils laisser notre amour apathique croire que la femme aimée a à l'étranger une sœur, un frère, une belle-sœur qui n'ont jamais existé !

Le témoignage des sens est lui aussi une opération de l'esprit où la conviction crée l'évidence. Nous avons vu bien des fois le sens de l'ouïe apporter à Françoise non le mot qu'on avait prononcé, mais celui qu'elle croyait le vrai, ce qui suffisait pour qu'elle n'entendît pas la rectification implicite d'une prononciation meilleure. Notre maître d'hôtel n'était pas constitué autrement. M. de

Charlus portait à ce moment-là — car il changeait beaucoup — des pantalons fort clairs et reconnaissables entre mille. Or notre maître d'hôtel, qui croyait que le mot « pissotière » (le mot désignant ce que M. de Rambuteau avait été si fâché d'entendre le Duc de Guermantes appeler un édicule Rambuteau) était « pistière », n'entendit jamais dans toute sa vie une seule personne dire « pissotière », bien que bien souvent on prononçât ainsi devant lui. Mais l'erreur est plus entêtée que la foi et n'examine pas ses croyances. Constamment le maître d'hôtel disait : « Certainement M. le Baron de Charlus a pris une maladie pour rester si longtemps dans une pistière. Voilà ce que c'est que d'être un vieux coureur de femmes. Il en a les pantalons. Ce matin Madame m'a envoyé faire une course à Neuilly [47]. A la pistière de la rue de Bourgogne j'ai vu entrer M. le Baron de Charlus. En revenant de Neuilly, bien une heure après, j'ai vu ses pantalons jaunes dans la même pistière, à la même place, au milieu où il se met toujours pour qu'on ne le voie pas. » Je ne connais rien de plus beau, de plus noble et plus jeune qu'une nièce de Mme de Guermantes. Mais j'entendis le concierge d'un restaurant où j'allais quelquefois dire sur son passage : « Regarde-moi cette vieille rombière, quelle touche et ça a au moins quatre-vingts ans. » Pour l'âge il me paraît difficile qu'il le crût. Mais les chasseurs groupés autour de lui, qui ricanèrent chaque fois qu'elle passait devant l'hôtel pour aller voir non loin de là ses deux charmantes grand-tantes, Mmes de Fezensac et de Balleroy, virent sur le visage de cette jeune beauté, les quatre-vingts ans que par plaisanterie ou non avait donnés le concierge à la vieille « rombière ». On les aurait fait tordre en leur disant qu'elle était plus distinguée que l'une des deux caissières de l'hôtel, qui rongée d'eczéma, ridicule de grosseur, leur semblait belle femme. Seul peut-être le désir sexuel eût été capable d'empêcher leur erreur de se former, s'il avait joué sur le passage de la prétendue vieille rombière, et si les chasseurs avaient brusquement convoité la jeune déesse. Mais pour des raisons inconnues et qui devaient être probablement de nature sociale, ce désir n'avait pas joué. Il y aurait du reste beaucoup à

discuter. L'univers est vrai pour nous tous et dissemblable pour chacun. Si nous n'étions pas pour l'ordre du récit
obligé de nous borner à des raisons frivoles, combien de
plus sérieuses nous permettraient de montrer la minceur
menteuse du début de ce volume où, de mon lit, j'entends
le monde s'éveiller, tantôt par un temps, tantôt par un
autre. Oui, j'ai été forcé d'amincir la chose et d'être
mensonger, mais ce n'est pas un univers, c'est des millions, presque autant qu'il existe de prunelles et d'intelligences humaines, qui s'éveillent tous les matins.

Pour revenir à Albertine, je n'ai jamais connu de femmes douées plus qu'elle d'heureuse aptitude au mensonge
animé, coloré des teintes mêmes de la vie, si ce n'est une
de ses amies — une de mes jeunes filles en fleurs aussi,
rose comme Albertine mais dont le profil irrégulier,
creusé, puis proéminent à nouveau ressemblait tout à fait
à certaines grappes de fleurs roses dont j'ai oublié le nom
et qui ont ainsi de longs et sinueux rentrants. Cette jeune
fille était, au point de vue de la fable, supérieure à
Albertine car elle n'y mêlait aucun des moments douloureux, des sous-entendus rageurs qui étaient fréquents
chez mon amie. J'ai dit pourtant qu'elle était charmante
quand elle inventait un récit qui ne laissait pas de place au
doute, car on voyait alors devant soi la chose — pourtant
imaginée — qu'elle disait, en se servant comme vue de
sa parole. La vraisemblance seule inspirait Albertine,
nullement le désir de me donner de la jalousie. Car
Albertine, sans être intéressée peut-être, aimait qu'on lui
fît des gentillesses. Or si au cours de cet ouvrage j'ai eu et
j'aurai bien des occasions de montrer comment la jalousie
redouble l'amour, c'est au point de vue de l'amant que je
me suis placé. Mais pour peu que celui-ci ait un peu de
fierté et dût-il mourir d'une séparation, il ne répondra pas
à une trahison supposée par une gentillesse, il s'écartera,
ou sans s'éloigner s'ordonnera de feindre la froideur.
Aussi est-ce en pure perte pour elle que sa maîtresse le
fait tant souffrir. Dissipe-t-elle au contraire d'un mot
adroit, de tendres caresses les soupçons qui le torturaient
bien qu'il s'y prétendît indifférent, sans doute l'amant
n'éprouve pas cet accroissement désespéré de l'amour où

le hausse la jalousie, mais cessant brusquement de souffrir, heureux, attendri, détendu comme on l'est après un
orage quand la pluie est tombée et qu'à peine sent-on
encore sous les grands marronniers s'égoutter à longs
intervalles les gouttes suspendues que déjà le soleil reparu
colore, il ne sait comment exprimer sa reconnaissance à
celle qui l'a guéri. Albertine savait que j'aimais à la
récompenser de ses gentillesses, et cela expliquait peut-
être qu'elle inventât pour s'innocenter des aveux naturels
comme ses récits dont je ne doutais pas et dont un avait
été la rencontre de Bergotte alors qu'il était déjà mort. Je
n'avais su jusque-là de mensonges d'Albertine que ceux
que par exemple à Balbec m'avait rapportés Françoise et
que j'ai omis de dire bien qu'ils m'eussent fait si mal :
« Comme elle ne voulait pas venir, elle m'a dit : " Est-ce
que vous ne pourriez pas dire à Monsieur que vous ne
m'avez pas trouvée, que j'étais sortie ? " » Mais les « inférieurs » qui nous aiment comme Françoise m'aimait ont
du plaisir à nous froisser dans notre amour-propre.

***

Après le dîner, je dis à Albertine que j'avais envie de
profiter de ce que j'étais levé pour aller voir des amis,
Mme Villeparisis, Mme de Guermantes, les Cambremer, je ne savais trop, ceux que je trouverais chez eux. Je
tus seulement le nom de ceux chez qui je comptais aller,
les Verdurin. Je lui demandai si elle ne voulait pas venir
avec moi. Elle allégua qu'elle n'avait pas de robe. « Et
puis je suis si mal coiffée. Est-ce que vous tenez à ce que
je continue à garder cette coiffure ? » Et pour me dire
adieu, elle me tendit la main de cette façon brusque, le
bras allongé, les épaules se redressant, qu'elle avait jadis
sur la plage de Balbec, et qu'elle n'avait plus jamais eue
depuis. Ce mouvement oublié refit du corps qu'il anima,
celui de cette Albertine qui me connaissait encore à
peine. Il rendit à Albertine, cérémonieuse sous un air de
brusquerie, sa nouveauté première, son inconnu, et
jusqu'à son cadre. Je vis la mer derrière cette jeune fille
que je n'avais jamais vue me saluer ainsi depuis que je

n'étais plus au bord de la mer. « Ma tante trouve que cela me vieillit », ajouta-t-elle d'un air maussade. Puisse sa tante dire vrai, pensai-je. Qu'Albertine en ayant l'air d'une enfant fasse paraître Mme Bontemps plus jeune, c'est tout ce que celle-ci demande, et qu'Albertine aussi ne lui coûte rien, en attendant le jour, où en m'épousant, elle lui rapporterait. Mais qu'Albertine parût moins jeune, moins jolie, fît moins retourner les têtes dans la rue, voilà ce que moi au contraire je souhaitais. Car la vieillesse d'une duègne ne rassure pas tant un amant jaloux que la vieillesse du visage de celle qu'il aime. Je souffrais seulement que la coiffure que je lui avais demandé d'adopter pût paraître à Albertine une claustration de plus. Et ce fut encore ce même sentiment domestique nouveau qui ne cessa, même loin d'Albertine, de m'attacher à elle comme un lien. Après avoir dit à Albertine, peu en train, m'avait-elle dit, pour m'accompagner chez les Guermantes ou les Cambremer, que je ne savais trop où j'irais, je partis chez les Verdurin. Au moment où je partais et où la pensée du concert que j'y entendrais me rappela la scène de l'après-midi : « grand pied de grue, grand pied de grue », scène d'amour déçu, d'amour jaloux, peut-être, mais alors aussi bestiale que celle que, à la parole près, peut faire à une femme un orang-outang qui en est si l'on peut dire épris, au moment où dans la rue j'allais appeler un fiacre, j'entendis des sanglots qu'un homme qui étais assis sur une borne cherchait à réprimer. Je m'approchai, l'homme qui avait la tête dans ses mains avait l'air d'un jeune homme, et je fus surpris, à la blancheur qui sortait du manteau, qu'il fût en habit et en cravate blanche. En m'entendant il découvrit son visage inondé de pleurs, mais aussitôt m'ayant reconnu le détourna. C'était Morel. Il comprit que je l'avais reconnu et tâchant d'arrêter ses larmes il me dit qu'il s'était arrêté un instant tant il souffrait. « J'ai grossièrement insulté aujourd'hui même, me dit-il, une personne pour qui j'ai eu de très grands sentiments. C'est d'un lâche car elle m'aime. » — « Avec le temps elle oubliera peut-être », répondis-je sans penser qu'en parlant ainsi, j'avais l'air d'avoir entendu la scène de l'après-midi. Mais il était si absorbé dans son chagrin qu'il n'eut même pas l'idée que je pusse savoir quelque chose. «Elle oubliera peut-être, me dit-il. Mais moi je ne pourrai pas oublier. J'ai le sentiment de ma honte, j'ai un dégoût de moi! Mais enfin c'est dit, rien ne peut faire que ce n'ait pas été dit. Quand on me met en colère je ne sais plus ce que je fais. Et c'est si malsain pour moi, j'ai les nerfs tout entrecroisés les uns dans les autres», car comme tous les neurasthéniques il avait un grand souci de sa santé. Si dans l'après-midi j'avais vu la colère amoureuse d'un animal furieux, ce soir en quelques heures des siècles avaient passé et un sentiment nouveau, un sentiment de honte, de regret, de chagrin, montrait qu'une grande étape avait été franchie dans l'évolution de la bête destinée à se transformer en créature humaine. Malgré tout j'entendais toujours «grand pied de grue» et je craignais une prochaine récurrence à l'état sauvage. Je comprenais d'ailleurs très mal ce qui s'était passé et c'est d'autant plus naturel que M. de Charlus lui-même ignorait entièrement que depuis quelques jours et particulièrement ce jour-là, même avant le honteux épisode qui ne se rapportait pas directement à l'état du violoniste, Morel était repris de neurasthénie. En effet, il avait le mois précédent poussé aussi vite qu'il avait pu, beaucoup plus lentement qu'il eût voulu, la séduction de la nièce de Jupien avec laquelle il pouvait, en tant que fiancé, sortir à son gré. Mais dès qu'il avait été un peu loin dans ses entreprises vers le viol et surtout quand il avait parlé à sa fiancée de se lier avec d'autres jeunes filles qu'elle lui procurerait, il avait rencontré des résistances qui l'avaient exaspéré. Du coup (soit qu'elle eût été trop chaste, ou au contraire se fût donnée) son désir était tombé. Il avait résolu de rompre, mais sentant le Baron bien plus moral — quoique vicieux, il avait peur que, dès sa rupture, M. de Charlus ne le mît à la porte. Aussi avait-il décidé, il y avait une quinzaine de jours, de ne plus revoir la jeune fille, de laisser M. de Charlus et Jupien se débrouiller (il employait un verbe plus cambronesque) entre eux, et avant d'annoncer la rupture, de «fout' le camp» pour une destination inconnue. Amour dont le dénouement le laissait un peu triste; de sorte que,

bien que la conduite qu'il avait eue avec la nièce de
Jupien fût exactement superposable, dans les moindres
détails, avec celle dont il avait fait la théorie devant le
Baron pendant qu'ils dînaient à Saint-Mars-le-Vêtu, il est
probable qu'elles étaient fort différentes, et que des sentiments moins atroces et qu'il n'avait pas prévus dans sa
conduite théorique avaient embelli, rendu sentimentale sa
conduite réelle. Le seul point où au contraire la réalité
était pire que le projet est que dans le projet il ne lui
paraissait pas possible de rester à Paris après une telle
trahison. Maintenant « fiche le camp » lui paraissait beaucoup pour une chose si simple. C'était quitter le Baron
qui sans doute serait furieux, et briser sa situation. Il
perdrait tout l'argent que lui donnait le Baron. La pensée
que c'était inévitable lui donnait des crises de nerfs. Il
restait des heures à larmoyer, prenait pour ne pas y penser
de la morphine, avec prudence. Puis tout à coup s'était
trouvée dans son esprit une idée qui sans doute y prenait
peu à peu vie et forme depuis quelque temps et cette idée
était que l'alternative, le choix entre la rupture et la
brouille complète avec M. de Charlus, n'était peut-être
pas forcé. Perdre tout l'argent du Baron c'était beaucoup.
Morel, incertain, fut pendant quelques jours plongé dans
des idées noires, comme celles que lui donnait la vue de
Bloch. Puis il décida que Jupien et sa nièce avaient essayé
de le faire tomber dans un piège, qu'ils devaient s'estimer
heureux d'en être quittes à si bon marché. Il trouvait
qu'en somme la jeune fille était dans son tort d'avoir été
si maladroite, de n'avoir pas su le garder par les sens.
Non seulement le sacrifice de sa situation chez M. de
Charlus lui semblait absurde, mais il regrettait jusqu'aux
dîners dispendieux qu'il avait offerts à la jeune fille
depuis qu'ils étaient fiancés et desquels il eût pu dire le
coût, en fils d'un valet de chambre qui venait tous les
mois apporter son « livre » à mon oncle. Car livre au
singulier, qui signifie ouvrage imprimé pour le commun
des mortels, perd ce sens pour les Altesses et pour les
valets de chambre. Pour les seconds il signifie le livre de
comptes, pour les premières le registre où on s'inscrit. (A
Balbec un jour où la Princesse de Luxembourg m'avait

dit qu'elle n'avait pas emporté de livres, j'allais lui prêter
Pêcheur d'Islande et *Tartarin de Tarascon*, quand je
compris ce qu'elle avait voulu dire, non qu'elle passerait
le temps moins agréablement, mais que je pourrais plus
difficilement mettre mon nom chez elle.) Malgré le changement de point de vue de Morel quant aux conséquences
de sa conduite, bien que celle-ci lui eût semblé abominable il y a deux mois quand il aimait passionnément la
nièce de Jupien, et que depuis quinze jours il ne cessât de
se répéter que cette même conduite était naturelle, louable, elle ne laissait pas d'augmenter chez lui l'état de
nervosité dans lequel tantôt il avait signifié la rupture. Et
il était tout prêt à « passer sa colère » sinon (sauf dans un
accès momentané) sur la jeune fille envers qui il gardait
ce reste de crainte, dernière trace de l'amour, du moins
sur le Baron. Il se garda cependant de lui rien dire avant
le dîner, car mettant au-dessus de tout sa propre virtuosité
professionnelle, au moment où il avait des morceaux
difficiles à jouer (comme ce soir chez les Verdurin) il
évitait (autant que possible, et c'était déjà bien trop que la
scène de l'après-midi) tout ce qui pouvait donner à ses
mouvements quelque chose de saccadé. Tel un chirurgien
passionné d'automobilisme, cesse de conduire quand il a
à opérer. C'est ce qui m'expliqua que tout en me parlant,
il faisait remuer doucement ses doigts l'un après l'autre
afin de voir s'ils avaient repris leur souplesse. Un froncement de sourcil s'ébaucha qui semblait signifier qu'il y
avait encore un peu de raideur nerveuse. Mais pour ne pas
l'accroître, il déplissait son visage, comme on s'empêche
de s'énerver de ne pas dormir ou de ne pas posséder
aisément une femme, de peur que la phobie elle-même
retarde encore l'instant du sommeil ou du plaisir. Aussi
désireux de reprendre sa sérénité afin d'être comme d'habitude tout à ce qu'il jouerait chez les Verdurin pendant
qu'il jouerait, et désireux tant que je le verrais de me
permettre de constater sa douleur, le plus simple lui parut
de me supplier de partir immédiatement. La supplication
était inutile et le départ m'était un soulagement. J'avais
tremblé qu'allant dans la même maison à quelques minutes d'intervalle, il ne me demandât de le conduire et je me

rappelais trop la scène de l'après-midi pour ne pas éprouver quelque dégoût à avoir Morel auprès de moi pendant
le trajet. Il est très possible que l'amour, puis l'indifférence ou la haine de Morel à l'égard de la nièce de Jupien
eussent été sincères. Malheureusement ce n'était pas la
première fois (ce ne serait pas la dernière) qu'il agissait
ainsi, qu'il « plaquait » brusquement une jeune fille à
laquelle il avait juré de l'aimer toujours, allant jusqu'à lui
montrer un revolver chargé en lui disant qu'il se ferait
sauter la cervelle s'il était assez lâche pour l'abandonner.
Il ne l'abandonnait pas moins ensuite et éprouvait, au lieu
de remords, une sorte de rancune. Ce n'était pas la
première fois qu'il agissait ainsi, ce ne devait pas être la
dernière, de sorte que bien des têtes de jeunes filles — de
jeunes filles moins oublieuses de lui qu'il n'était d'elles — souffrirent — comme souffrit encore longtemps
la nièce de Jupien, continuant à aimer Morel tout en le
méprisant — souffrirent, prêtes à éclater sous l'élance-
ment d'une douleur interne — parce qu'en chacune d'elles, comme le fragment d'une sépulture grecque, un aspect du visage de Morel, dur comme le marbre et beau
comme l'antique, était enclos dans leur cervelle, avec ses
cheveux en fleurs, ses yeux fins, son nez droit, formant
protubérance pour un crâne non destiné à le recevoir, et
qu'on ne pouvait pas opérer. Mais à la longue ces
fragments si durs finissent par glisser jusqu'à une place
où ils ne causent pas trop de déchirements, n'en bougent
plus, on ne sent plus leur présence ; c'est l'oubli, ou le
souvenir indifférent.

   J'avais en moi deux produits de ma journée. C'était
d'une part grâce au calme apporté par la docilité d'Albertine la possibilité et, en conséquence, la résolution de
rompre avec elle. D'autre part, fruit de mes réflexions
pendant le temps que je l'avais attendue, assis devant
mon piano, l'idée que l'Art auquel je tâcherais de consacrer ma liberté reconquise n'était pas quelque chose qui
valût la peine d'un sacrifice, quelque chose d'en dehors
de la vie, ne participant pas à sa vanité et son néant,
l'apparence d'individualité réelle obtenue dans les œuvres n'étant due qu'au trompe-l'œil de l'habileté techni-

que. Si mon après-midi avait laissé en moi d'autres rési-
dus, plus profonds, peut-être, ils ne devaient venir à ma
connaissance que bien plus tard. Quant aux deux que je
soupesais clairement, ils n'allaient pas être durables ; car
dès cette soirée même, mes idées de l'art allaient se
relever de la diminution qu'elles avaient éprouvée
l'après-midi, tandis qu'en revanche le calme, et par
conséquent la liberté qui me permettrait de me consacrer
à lui, allaient m'être de nouveau retirés.

Comme ma voiture, longeant le quai, approchait de
chez les Verdurin, je la fis arrêter. Je venais en effet de
voir Brichot descendre de tramway au coin de la rue
Bonaparte, essuyer ses souliers avec un vieux journal, et
passer des gants gris-perle. J'allai à lui. Depuis quelque
temps, son affection de la vue ayant empiré, il avait été
doté — aussi richement qu'un laboratoire — de lunettes
nouvelles puissantes et compliquées qui, comme des instruments astronomiques, semblaient vissées à ses yeux. Il
braqua sur moi leurs feux excessifs et me reconnut. Elles
étaient en merveilleux état. Mais derrière elles j'aperçus
minuscule, pâle, convulsif, expirant, un regard lointain
placé sous ce puissant appareil comme dans les labora-
toires trop richement subventionnés pour les besognes
qu'on y fait on place une insignifiante bestiole agonisante
sous les appareils les plus perfectionnés. J'offris mon
bras au demi-aveugle pour assurer sa marche. « Ce n'est
pas cette fois près du grand Cherbourg que nous nous
rencontrons, me dit-il, mais à côté du petit Dunkerque [48] », phrase qui me parut fort ennuyeuse car je ne
compris pas ce qu'elle voulait dire ; et cependant je n'osai
pas le demander à Brichot, par crainte moins encore de
son mépris que de ses explications. Je lui répondis que
j'étais assez curieux de voir le salon où Swann rencontrait
jadis tous les soirs Odette. « Comment, vous connaissez
ces vieilles histoires ? » me dit-il.

La mort de Swann [49] m'avait à l'époque bouleversé. La
mort de Swann ! Swann ne joue pas dans cette phrase le
rôle d'un simple génitif. J'entends par là la mort particulière, la mort envoyée par le Destin au service de Swann.
Car nous disons la mort pour simplifier, mais il y en a

presque autant que de personnes. Nous ne possédons pas de sens qui nous permette de voir, courant à toute vitesse dans toutes les directions, les Morts, les morts actives dirigées par le destin vers tel ou tel. Souvent ce sont des morts qui ne seront entièrement libérées de leur tâche que deux, trois ans après. Elles courent vite poser un cancer au flanc d'un Swann, puis repartent pour d'autres besognes, ne revenant que quand l'opération des chirurgiens ayant eu lieu il faut poser le cancer à nouveau. Puis vient le moment où on lit dans *Le Gaulois* que la santé de Swann a inspiré des inquiétudes mais que son indisposition est en parfaite voie de guérison. Alors quelques minutes avant le dernier souffle, la mort, comme une religieuse qui vous aurait soigné au lieu de vous détruire, vient assister à vos derniers instants, couronne d'une auréole suprême l'être à jamais glacé dont le cœur a cessé de battre. Et c'est cette diversité des morts, le mystère de leurs circuits, la couleur de leur fatale écharpe qui donne quelque chose de si impressionnant aux lignes des journaux : « Nous apprenons avec un vif regret que M. Charles Swann a succombé hier à Paris, dans son hôtel, des suites d'une douloureuse maladie. Parisien dont l'esprit était apprécié de tous, comme la sûreté de ses relations choisies mais fidèles, il sera unanimement regretté, aussi bien dans les milieux artistiques et littéraires où la finesse avisée de son goût le faisait se plaire et être recherché de tous, qu'au Jockey-Club dont il était l'un des membres les plus anciens et les plus écoutés. Il appartenait aussi au Cercle de l'Union et au Cercle Agricole. Il avait donné depuis peu sa démission de membre du Cercle de la rue Royale. Sa physionomie spirituelle, comme sa notoriété marquante ne laissaient pas d'exciter la curiosité du public dans tout *great event* de la musique et de la peinture et notamment aux « vernissages » dont il avait été l'habitué fidèle jusqu'à ses dernières années, où il n'était plus sorti que rarement de sa demeure. Les obsèques auront lieu, etc. »

A ce point de vue si l'on n'est pas « quelqu'un » l'absence de titre connu rend plus rapide encore la décomposition de la mort. Sans doute c'est d'une façon anonyme,

sans distinction d'individualité, qu'on demeure le Duc
d'Uzès. Mais la couronne ducale en tient quelque temps
ensemble les éléments comme ceux de ces glaces aux
formes bien dessinées qu'appréciait Albertine. Tandis
que les noms de bourgeois ultra-mondains, aussitôt qu'ils
sont morts, se désagrègent et fondent « démoulés ». Nous
avons vu Mme de Guermantes parler de Cartier[50]
comme du meilleur ami du Duc de la Trémoille, comme
d'un homme très recherché dans les milieux aristocratiques. Pour la génération suivante, Cartier est devenu
quelque chose de si informe qu'on le grandirait presque
en l'apparentant au bijoutier Cartier, avec lequel il eût
souri que des ignorants pussent le confondre ! Swann était
au contraire une remarquable personnalité intellectuelle et
artistique ; et bien qu'il n'eût rien « produit » il eut la
chance de durer un peu plus. Et pourtant, cher Charles
Swann, que j'ai si peu connu quand j'étais encore si jeune
et vous près du tombeau, c'est déjà parce que celui que
vous deviez considérer comme un petit imbécile a fait de
vous le héros d'un de ses romans, qu'on recommence à
parler de vous et que peut-être vous vivrez. Si dans le
tableau de Tissot représentant le balcon du Cercle de la
rue Royale où vous êtes entre Galliffet, Edmond Polignac
et Saint-Maurice, on parle tant de vous, c'est parce qu'on
voit qu'il y a quelques traits de vous dans le personnage
de Swann[51].

Pour revenir à des réalités plus générales, c'est de cette
mort prédite et pourtant imprévue de Swann que je l'avais
entendu parler lui-même chez la Duchesse de Guermantes, le soir où avait eu lieu la fête chez la cousine de
celle-ci[52]. C'est la même mort dont j'avais retrouvé
l'étrangeté spécifique et saisissante, un soir où j'avais
parcouru le journal et où son annonce m'avait arrêté net,
comme tracée en mystérieuses lignes inopportunément
interpolées. Elles avaient suffi à faire d'un vivant
quelqu'un qui ne peut plus répondre à ce qu'on lui dit, un
nom, un nom écrit, passé tout à coup du monde réel dans
le royaume du silence. C'est elles qui me donnaient
encore maintenant le désir de mieux connaître la demeure
où avaient autrefois résidé les Verdurin et où Swann, qui

alors n'était pas seulement quelques lettres passées dans un journal, avait si souvent dîné avec Odette. Il faut ajouter aussi (et cela me rendit longtemps la mort de Swann plus douloureuse qu'une autre, bien que ces motifs n'eussent pas trait à l'étrangeté individuelle de *sa* mort) que je n'étais pas allé voir Gilberte comme je le lui avais promis chez la Princesse de Guermantes, qu'il ne m'avait pas appris cette « autre raison » à laquelle il avait fait allusion ce soir-là, pour laquelle il m'avait choisi comme confident de son entretien avec le Prince, que mille questions me revenaient (comme des bulles montent du fond de l'eau), que je voulais lui poser sur les sujets les plus disparates : sur Ver Meer, sur M. de Mouchy, sur lui-même, sur une tapisserie de Boucher, sur Combray, questions sans doute peu pressantes puisque je les avais remises de jour en jour mais qui me semblaient capitales depuis que, ses lèvres s'étant scellées, la réponse ne viendrait plus [53].

« Mais non, reprit Brichot, ce n'était pas ici que Swann rencontrait sa future femme ou du moins ce ne fut ici que dans les tout à fait derniers temps après le sinistre qui détruisit partiellement la première habitation de Madame Verdurin [54]. » Malheureusement dans la crainte d'étaler aux yeux de Brichot un luxe qui me semblait déplacé puisque l'universitaire n'en prenait pas sa part, j'étais descendu trop précipitamment de la voiture et le cocher n'avait pas compris ce que je lui avais jeté à toute vitesse pour avoir le temps de m'éloigner de lui avant que Brichot m'aperçût. La conséquence fut que le cocher vint nous accoster et me demanda s'il devait venir me reprendre ; je lui dis en hâte que oui et redoublai d'autant plus de respect à l'égard de l'universitaire venu en omnibus. « Ah ! vous étiez en voiture », me dit-il d'un air grave. — « Mon Dieu par le plus grand des hasards, cela ne m'arrive jamais. Je suis toujours en omnibus ou à pied. Mais cela me vaudra peut-être le grand honneur de vous reconduire ce soir si vous consentez pour moi à entrer dans cette guimbarde. Nous serons un peu serrés. Mais vous êtes si bienveillant pour moi. » Hélas en lui proposant cela je ne me prive de rien, pensai-je, puisque je

serai toujours obligé de rentrer à cause d'Albertine. Sa
présence chez moi, à une heure où personne ne pouvait
venir la voir, me laissait disposer aussi librement de mon
temps que l'après-midi quand, au piano, je savais qu'elle
allait revenir du Trocadéro et que je n'étais pas pressé de
la revoir. Mais enfin, comme l'après-midi aussi je sentais
que j'avais une femme, et en rentrant je ne connaîtrais pas
l'exaltation fortifiante de la solitude. « J'accepte de grand
cœur, me répondit Brichot. A l'époque à laquelle vous
faites allusion nos amis habitaient rue Montalivet un
magnifique rez-de-chaussée avec entresol donnant sur un
jardin, moins somptueux évidemment et que pourtant je
préfère à l'hôtel des Ambassadeurs de Venise. » Brichot
m'apprit qu'il y avait ce soir au « Quai Conti » (c'est ainsi
que les fidèles disaient en parlant du salon Verdurin
depuis qu'il s'était transporté là) grand « tra la la » musical, organisé par M. de Charlus. Il ajouta qu'au temps
ancien dont je parlais le petit noyau était autre, et le ton
différent, pas seulement parce que les fidèles étaient plus
jeunes. Il me raconta des farces d'Elstir (ce qu'il appelait
de « pures pantalonnades »), comme un jour où celui-ci,
ayant feint de lâcher au dernier moment, était venu dé-
guisé en maître d'hôtel extra et tout en passant les plats
avait dit des gaillardises à l'oreille de la très prude Baronne Putbus, rouge d'effroi et de colère ; puis, disparais-
sant avant la fin du dîner, avait fait apporter dans le salon
une baignoire pleine d'eau, d'où, quand on était sorti de
table, il était sorti tout nu en poussant des jurons ; et aussi
des soupers où on venait dans des costumes en papier,
dessinés, coupés, peints par Elstir, qui étaient des
chefs-d'œuvre, Brichot ayant porté une fois celui d'un
grand seigneur de la cour de Charles VII avec des souliers à la poulaine, et une autre fois celui de Napoléon Ier
où Elstir avait fait le grand cordon de la Légion d'honneur
avec de la cire à cacheter. Bref Brichot, revoyant dans
son passé le salon d'alors avec ses grandes fenêtres, ses
canapés bas mangés par le soleil de midi et qu'il avait
fallu remplacer, déclarait pourtant qu'il le préférait à
celui d'aujourd'hui. Certes, je comprenais bien que par
« salon » Brichot entendait — comme le mot église ne

signifie pas seulement l'édifice religieux mais la commu-
nauté des fidèles — non pas seulement l'entresol, mais
les gens qui le fréquentaient, les plaisirs particuliers
qu'ils venaient chercher là, et auxquels dans sa mémoire
avaient donné leur forme ces canapés sur lesquels, quand
on venait voir Mme Verdurin l'après-midi on attendait
qu'elle fût prête, cependant que les fleurs des marronniers
dehors, et sur la cheminée des œillets dans des vases,
semblaient dans une pensée de gracieuse sympathie pour
le visiteur que traduisait la souriante bienvenue de leurs
couleurs roses, épier fixement la venue tardive de la
maîtresse de maison. Mais si ce « salon » lui semblait
supérieur à l'actuel c'était peut-être parce que notre esprit
est le vieux Protée, ne peut rester esclave d'aucune forme
et même dans le domaine mondain se dégage soudain
d'un salon arrivé lentement et difficilement à son point de
perfection pour préférer un salon moins brillant, comme
les photographies « retouchées » qu'Odette avait fait faire
chez Otto où elle était en grande robe princesse et ondulée
par Lenthéric ne plaisaient pas tant à Swann qu'une petite
« carte album » faite à Nice où, en capeline de drap, les
cheveux mal arrangés dépassant un chapeau de paille
brodé de pensées avec un nœud de velours noir, élégante
de vingt ans plus jeune elle avait l'air (les femmes ayant
généralement l'air d'autant plus vieux que les photographies sont plus anciennes) d'une petite bonne qui aurait
eu vingt ans de plus. Peut-être aussi avait-il plaisir à me
vanter ce que je ne connaîtrais pas, à me montrer qu'il
avait goûté des plaisirs que je ne pourrais pas avoir ? Il y
réussissait du reste, car rien qu'en citant les noms de deux
ou trois personnes qui n'existaient plus et au charme
desquelles il donnait quelque chose de mystérieux par sa
manière d'en parler, le charme de ces intimités délicieuses, je me demandais ce qu'il avait pu être, je sentais que
tout ce qu'on m'avait raconté des Verdurin était beaucoup
trop grossier ; et même Swann que j'avais connu, je me
reprochais de ne pas avoir fait assez attention à lui, de n'y
avoir pas fait attention avec assez de désintéressement, de
ne pas l'avoir bien écouté quand il me recevait en attendant que sa femme rentrât déjeuner et qu'il me montrait

de belles choses, maintenant que je savais qu'il était comparable à l'un des plus beaux causeurs d'autrefois.

Au moment d'arriver chez Mme Verdurin, j'aperçus M. de Charlus naviguant vers nous de tout son corps énorme, traînant sans le vouloir à sa suite un de ces apaches ou mendigots, que son passage faisait maintenant infailliblement surgir même des coins en apparence les plus déserts, et dont ce monstre puissant était bien malgré lui toujours escorté quoique à quelque distance comme le requin par son pilote, enfin contrastant tellement avec l'étranger hautain de la première année de Balbec, à l'aspect sévère, à l'affectation de virilité, qu'il me sembla découvrir, accompagné de son satellite, un astre à une tout autre période de sa révolution et qu'on commence à voir dans son plein, ou un malade envahi maintenant par le mal qui n'était il y a quelques années qu'un léger bouton qu'il dissimulait aisément et dont on ne soupçonnait pas la gravité. Bien qu'une opération qu'avait subie Brichot lui eût rendu un tout petit peu de cette vue qu'il avait cru perdre pour jamais, je ne sais s'il avait aperçu le voyou attaché aux pas du Baron. Il importait peu du reste car depuis la Raspelière et malgré l'amitié que l'universitaire avait pour lui la présence de M. de Charlus lui causait un certain malaise. Sans doute pour chaque homme la vie de tout autre prolonge dans l'obscurité des sentiers qu'on ne soupçonne pas. Le mensonge, pourtant si souvent trompeur, et dont toutes les conversations sont faites, cache moins parfaitement un sentiment d'inimitié, ou d'intérêt, ou une visite qu'on veut avoir l'air de ne pas avoir faite, ou une escapade avec une maîtresse d'un jour et qu'on veut cacher à sa femme, — qu'une bonne réputation ne recouvre, à ne pas les laisser deviner, des mœurs mauvaises. Elles peuvent être ignorées toute la vie, le hasard d'une rencontre sur une jetée, le soir, les révèle, encore est-il souvent mal compris et il faut qu'un tiers averti vous fournisse l'introuvable mot que chacun ignore. Mais sues, elles effrayent parce qu'on y sent affleurer la folie, bien plus que par moralité. Mme de Surgis-le-Duc n'avait pas un sentiment moral le moins du monde développé, et elle eût appris de ses fils n'im-

porte quoi qu'eût avili et expliqué l'intérêt, qui est compréhensible à tous les hommes. Mais elle leur défendit de
continuer à fréquenter M. de Charlus quand elle apprit
que, par une sorte d'horlogerie à répétition, il était
comme fatalement amené, à chaque visite, à leur pincer
le menton et à se le faire pincer par l'un et l'autre [55]. Elle
éprouva ce sentiment inquiet du mystère physique qui fait
se demander si le voisin avec qui on avait de bons rapports n'est pas atteint d'anthropophagie et aux questions
répétées du Baron : «Est-ce que je ne verrai pas bientôt
les jeunes gens ?» elle répondit, sachant les foudres
qu'elle accumulait contre elle, qu'ils étaient très pris par
leurs cours, les préparatifs d'un voyage, etc. L'irrespon-
sabilité aggrave les fautes et même les crimes, quoiqu'on
en dise. Landru (à supposer qu'il ait réellement tué des
femmes) s'il l'a fait par intérêt, à quoi l'on peut résister,
peut être gracié, mais non si ce fut par un sadisme
irrésistible. Les grosses plaisanteries de Brichot, au début
de son amitié avec le Baron, avaient fait place chez lui
dès qu'il s'était agi non plus de débiter des lieux
communs mais de comprendre, à un sentiment pénible
que voilait la gaieté. Il se rassurait en récitant des pages
de Platon, des vers de Virgile, parce qu'aveugle d'esprit
aussi il ne comprenait pas qu'alors aimer un jeune homme
était comme aujourd'hui (les plaisanteries de Socrate le
révèlent mieux que les théories de Platon) entretenir une
danseuse, puis se fiancer. M. de Charlus lui-même ne
l'eût pas compris, lui qui confondait sa manie avec
l'amitié, qui ne lui ressemble en rien, et les athlètes de
Praxitèle avec de dociles boxeurs. Il ne voulait pas voir
que depuis dix-neuf cents ans («un courtisan dévot sous
un prince dévot eût été athée sous un prince athée [56]», a
dit La Bruyère) toute l'homosexualité de coutume
— celle des jeunes gens de Platon comme des bergers de
Virgile — a disparu, que seule surnage et multiplie l'involontaire, la nerveuse, celle qu'on cache aux autres et
qu'on travestit à soi-même. Et M. de Charlus aurait eu
tort de ne pas renier franchement la généalogie païenne.
En échange d'un peu de beauté plastique, que de supériorité morale ! Le berger de Théocrite qui soupire pour

un jeune garçon, plus tard n'aura aucune raison d'être moins dur de cœur et d'esprit plus fin que l'autre berger dont la flûte résonne pour Amaryllis. Car le premier n'est pas atteint d'un mal, il obéit aux modes du temps. C'est l'homosexualité survivante malgré les obstacles, honteuse, flétrie, qui est la seule vraie, la seule à laquelle puisse correspondre chez le même être un affinement des qualités morales. On tremble au rapport que le physique peut avoir avec celles-ci quand on songe au petit déplacement de goût purement physique, à la tare légère d'un sens, qui expliquent que l'univers des poètes et des musiciens, si fermé au Duc de Guermantes, s'entrouvre pour M. de Charlus. Que ce dernier ait du goût dans son intérieur, qui est d'une ménagère bibeloteuse, cela ne surprend pas; mais l'étroite brèche qui donne jour sur Beethoven et sur Véronèse. Cela ne dispense pas les gens sains d'avoir peur quand un fou qui a composé un sublime poème, leur ayant expliqué par les raisons les plus justes qu'il est enfermé par erreur, par la méchanceté de sa femme, les suppliant d'intervenir auprès du directeur de l'asile, gémissant sur les promiscuités qu'on lui impose, conclut ainsi : « Tenez, celui qui va venir me parler dans le préau, dont je suis obligé de subir le contact, croit qu'il est Jésus-Christ. Or cela seul suffit à me prouver avec quels aliénés on m'enferme, il ne peut pas être Jésus-Christ, puisque Jésus-Christ c'est moi ! » Un instant auparavant on était prêt à aller dénoncer l'erreur au médecin aliéniste. Sur ses derniers mots et même si on pense à l'admirable poème auquel travaille chaque jour le même homme, on s'éloigne, comme les fils de Mme de Surgis s'éloignaient de M. de Charlus, non qu'il leur eût fait aucun mal, mais à cause du luxe d'invitations dont le terme était de leur pincer le menton. Le poète est à plaindre et qui n'est guidé par aucun Virgile, d'avoir à traverser les cercles d'un enfer de soufre et de poix, de se jeter dans le feu qui tombe du ciel pour en ramener quelques habitants de Sodome. Aucun charme dans son œuvre ; la même sévérité dans sa vie qu'aux défroqués qui suivent la règle du célibat le plus chaste pour qu'on ne puisse pas attribuer à autre chose qu'à la perte d'une croyance d'avoir quitté la soutane. Encore n'en est-il pas toujours de même pour ces écrivains. Quel est le médecin de fous qui n'aura pas à force de les fréquenter eu sa crise de folie, heureux encore s'il peut affirmer que ce n'est pas une folie antérieure et latente qui l'avait voué à s'occuper d'eux. L'objet de ses études, pour un psychiatre, réagit souvent sur lui. Mais avant cela, cet objet, quelle obscure inclination, quel fascinateur effroi le lui avait fait choisir[57] ?

Faisant semblant de ne pas voir le louche individu qui lui avait emboîté le pas (quand le Baron se hasardait sur les boulevards, ou traversait la salle des Pas-Perdus de la gare Saint-Lazare, ces suiveurs se comptaient par douzaines qui, dans l'espoir d'avoir une thune, ne le lâchaient pas) et de peur que l'autre ne s'enhardît à lui parler, le Baron baissait dévotement ses cils noircis qui, contrastant avec ses joues poudrederizées le faisaient ressembler à un grand inquisiteur peint par le Greco. Mais ce prêtre faisait peur et avait l'air d'un prêtre interdit, diverses compromissions auxquelles l'avait obligé la nécessité d'exercer son goût et d'en protéger le secret, ayant eu pour effet d'amener à la surface du visage précisément ce que le Baron cherchait à cacher, une vie crapuleuse racontée par la déchéance morale. Celle-ci en effet, quelle qu'en soit la cause, se lit aisément car elle ne tarde pas à se matérialiser et prolifère sur un visage particulièrement dans les joues et autour des yeux, aussi physiquement que s'y accumulent les jaunes ocreux dans une maladie de foie ou les répugnantes rougeurs dans une maladie de peau. Ce n'était pas d'ailleurs seulement dans les joues, ou mieux les bajoues de ce visage fardé, dans la poitrine tétonnière, la croupe rebondie de ce corps livré au laisser-aller et envahi par l'embonpoint que surnageait maintenant étalé comme de l'huile le vice jadis si intimement renfoncé par M. de Charlus au plus secret de lui-même. Il débordait maintenant dans ses propos. « C'est comme ça, Brichot, que vous vous promenez la nuit avec un beau jeune homme, dit-il en nous abordant, cependant que le voyou désappointé s'éloignait. C'est du beau. On le dira à vos petits élèves de la Sorbonne que vous n'êtes pas plus

sérieux que cela. Du reste la compagnie de la jeunesse
vous réussit, monsieur le professeur, vous êtes frais
comme une petite rose. Et vous mon cher comment
allez-vous? me dit-il en quittant son ton plaisant. On ne
vous voit pas souvent quai de Conti, belle jeunesse [58].
« Verrons-nous votre cousine ce soir? Oh! elle est bien
jolie. Et elle le serait plus encore si elle cultivait davantage l'art si rare qu'elle possède naturellement de se bien
vêtir. » Ici je dois dire que M. de Charlus « possédait »
ce qui faisait de lui l'exact contraire, l'antipode de moi, le
don d'observer minutieusement, de distinguer les détails
aussi bien d'une toilette que d'une « toile ». Pour les robes
et chapeaux certaines mauvaises langues ou certains
théoriciens trop absolus diront que chez un homme, le
penchant vers les attraits masculins a pour compensation
le goût inné, l'étude, la science, de la toilette féminine.
Et en effet cela arrive quelquefois, comme si les hommes
ayant accaparé tout le désir physique, toute la tendresse
profonde d'un Charlus, l'autre sexe se trouvait en revanche gratifié de tout ce qui est goût « platonique » (adjectif
fort impropre), ou tout court de tout ce qui est goût, avec
les plus savants et plus sûrs raffinements. A cet égard
M. de Charlus eût mérité le surnom qu'on lui donna plus
tard, « La Couturière ». Mais son goût, son esprit d'observation s'étendait à bien d'autres choses. On a vu, le
soir où j'allai le voir après un dîner chez la Duchesse de
Guermantes, que je ne m'étais aperçu des chefs-d'œuvre
qu'il avait dans sa demeure qu'au fur et à mesure qu'il me
les avait montrés. Il reconnaissait immédiatement ce à
quoi personne n'eût jamais fait attention, et cela aussi
bien dans les œuvres d'art que dans les mets d'un dîner
(et, de la peinture à la cuisine, tout l'entre-deux était
compris). J'ai toujours regretté que M. de Charlus, au
lieu de borner ses dons artistiques à la peinture d'un
éventail comme présent à sa belle-sœur (nous avons vu la
Duchesse de Guermantes le tenir à la main et le déployer
moins pour s'en éventer que pour s'en vanter, en faisant
ostentation de l'amitié de Palamède) et au perfectionnement de son jeu pianistique afin d'accompagner sans faire
de fautes les traits de violon de Morel, j'ai toujours

regretté dis-je, et je regrette encore que M. de Charlus
n'ait jamais rien écrit. Sans doute je ne peux pas tirer de
l'éloquence de sa conversation et même de sa correspondance la conclusion qu'il eût été un écrivain de talent.
Ces mérites-là ne sont pas dans le même plan. Nous
avons vu d'ennuyeux diseurs de banalités écrire des
chefs-d'œuvre, et des rois de la causerie être inférieurs au
plus médiocre dès qu'ils s'essayaient à écrire. Malgré
tout je crois que si M. de Charlus eût tâté de la prose, et
pour commencer sur ces sujets artistiques qu'il connaissait bien, le feu eût jailli, l'éclair eût brillé, et que
l'homme du monde fût devenu maître écrivain. Je le lui
dis souvent, il ne voulut jamais s'y essayer, peut-être
simplement par paresse, ou temps accaparé par des fêtes
brillantes et des divertissements sordides, ou besoin
Guermantes de prolonger indéfiniment des bavardages.
Je le regrette d'autant plus que dans sa plus éclatante
conversation, l'esprit n'était jamais séparé du caractère,
les trouvailles de l'un des insolences de l'autre. S'il eût
fait des livres, au lieu de le détester tout en l'admirant
comme on faisait dans un salon où dans ses moments les
plus curieux d'intelligence, tout en même temps il piéti-
nait les faibles, se vengeait de qui ne l'avait pas insulté,
cherchait bassement à brouiller des amis — s'il eût fait
des livres on aurait eu sa valeur spirituelle isolée, décan-
tée du mal, rien n'eût gêné l'admiration et bien des traits
eussent fait éclore l'amitié. En tous cas même si je me
trompe sur ce qu'il eût pu réaliser dans la moindre page,
il eût rendu un rare service en écrivant, car s'il distinguait
tout, tout ce qu'il distinguait il en savait le nom. Certes en
causant avec lui, si je n'ai pas appris à voir (la tendance
de mon esprit et de mon sentiment était ailleurs), du
moins j'ai vu des choses qui sans lui me seraient restées
inaperçues, mais leur nom, qui m'eût aidé à retrouver
leur dessin, leur couleur, ce nom je l'ai toujours assez
vite oublié. S'il avait fait des livres, même mauvais, ce
que je ne crois pas qu'ils eussent été, quel dictionnaire
délicieux, quel répertoire inépuisable ! Après tout, qui
sait ? Au lieu de mettre en œuvre son savoir et son goût,
peut-être par ce démon qui contrarie souvent nos destins

eût-il écrit de fades romans feuilletons, d'inutiles récits de voyages et d'aventures.

«Oui elle sait se vêtir ou plus exactement s'habiller, reprit M. de Charlus au sujet d'Albertine. Mon seul doute est si elle s'habille en conformité avec sa beauté particulière, et j'en suis peut-être du reste un peu responsable, par des conseils pas assez réfléchis. Ce que je lui ai dit souvent en allant à la Raspelière et qui était peut-être dicté plutôt — je m'en repens — par le caractère du pays, par la proximité des plages, que par le caractère individuel du type de votre cousine, l'a fait donner un peu trop dans le genre léger. Je lui ai vu je le reconnais de bien jolies tarlatanes, de charmantes écharpes de gaze, certain toquet rose qu'une petite plume rose ne déparait pas. Mais je crois que sa beauté qui est réelle et massive, exige plus que de gentils chiffons. La toque convient-elle bien à cette énorme chevelure qu'un kakochnik ne ferait que mettre en valeur ? Il y a peu de femmes à qui conviennent les robes anciennes qui donnent un air costume et théâtre. Mais la beauté de cette jeune fille déjà femme fait exception et mériterait quelque robe ancienne en velours de Gênes (je pensai aussitôt à Elstir et aux robes de Fortuny) que je ne craindrais pas d'alourdir encore avec des incrustations ou des pendeloques de merveilleuses pierres démodées (c'est le plus bel éloge qu'on peut en faire) comme le péridot, la marcassite et l'incomparable labrador. D'ailleurs elle-même semble avoir l'instinct du contre-poids que réclame une un peu lourde beauté. Rappelez-vous pour aller dîner à la Raspelière tout cet accompagnement de jolies boîtes, de sacs pesants et où quand elle sera mariée elle pourra mettre plus que la blancheur de la poudre ou le carmin du fard, mais — dans un coffret de lapis-lazuli pas trop indigo — ceux des perles et des rubis, non reconstitués, je pense, car elle peut faire un riche mariage. » — «Hé bien ! Baron, interrompit Brichot craignant que j'eusse du chagrin de ces derniers mots car il avait quelques doutes sur la pureté de mes relations et l'authenticité de mon cousinage avec Albertine, voilà comme vous vous occupez des demoiselles ! » — «Voulez-vous bien vous taire devant cet enfant, mauvaise gale, ricana M. de Charlus en abaissant, dans un geste d'imposer le silence à Brichot, une main qu'il ne manqua pas de poser sur mon épaule. »

« Je vous ai dérangé, vous aviez l'air de vous amuser comme deux petites folles, et vous n'aviez pas besoin d'une vieille grand-maman rabat-joie comme moi. Je n'irai pas à confesse pour cela, puisque vous étiez presque arrivés. » Le Baron était d'humeur d'autant plus gaie qu'il ignorait entièrement la scène de l'après-midi, Jupien ayant jugé plus utile de protéger sa nièce contre un retour offensif que d'aller prévenir M. de Charlus. Aussi celui-ci croyait-il toujours au mariage et s'en réjouissait-il. On dirait que c'est une consolation pour ces grands solitaires que de donner à leur célibat tragique l'adoucissement d'une paternité fictive. « Mais ma parole, Brichot, ajouta-t-il en se tournant en riant vers nous, j'ai du scrupule en vous voyant en si galante compagnie. Vous aviez l'air de deux amoureux. Bras dessus, bras dessous, dites donc Brichot vous en prenez des libertés ! » Fallait-il attribuer pour cause à de telles paroles le vieillissement d'une telle pensée, moins maîtresse que jadis de ses réflexes et qui dans des instants d'automatisme laisse échapper un secret si soigneusement enfoui pendant quarante ans ? Ou bien ce dédain pour l'opinion des roturiers qu'avaient au fond tous les Guermantes et dont le frère de M. de Charlus, le Duc, présentait une autre forme quand, fort insoucieux que ma mère pût le voir il se faisait la barbe, la chemise de nuit ouverte, à sa fenêtre ? M. de Charlus avait-il contracté durant les trajets brûlants de Doncières à Doville la dangereuse habitude de se mettre à l'aise et comme il y.rejetait en arrière son chapeau de paille pour rafraîchir son énorme front, de desserrer, au début pour quelques instants seulement, le masque depuis trop longtemps rigoureusement attaché à son vrai visage ? Les manières conjugales de M. de Charlus avec Morel auraient à bon droit étonné qui aurait su qu'il ne l'aimait plus. Mais il était arrivé à M. de Charlus que la monotonie des plaisirs qu'offre son vice l'avait lassé. Il avait instinctivement cherché de nouvelles performances, et après s'être fatigué des inconnus qu'il rencontrait, était

passé au pôle opposé, à ce qu'il avait cru qu'il détesterait
toujours, à l'imitation d'un «ménage» ou d'une «paternité». Parfois cela ne lui suffisait même plus, il lui fallait
du nouveau, il allait passer la nuit avec une femme, de la
même façon qu'un homme normal peut une fois dans sa
vie avoir voulu coucher avec un garçon, par une curiosité
semblable, inverse et dans les deux cas également malsaine. L'existence de «fidèle» du Baron, ne vivant, à
cause de Charlie [59], que dans le petit clan, avait eu pour
briser les efforts qu'il avait faits longtemps pour garder
des apparences menteuses la même influence qu'un
voyage d'exploration ou un séjour aux colonies chez
certains Européens qui y perdent les principes directeurs
qui les guidaient en France. Et pourtant la révolution
interne d'un esprit, ignorant au début de l'anomalie qu'il
portait en soi, puis épouvanté devant elle quand il l'avait
reconnue, et enfin s'étant familiarisé avec elle jusqu'à ne
plus s'apercevoir qu'on ne pouvait sans danger avouer
aux autres ce qu'on avait fini par s'avouer sans honte à
soi-même, avait été plus efficace encore pour détacher
M. de Charlus des dernières contraintes sociales, que le
temps passé chez les Verdurin. Il n'est pas en effet d'exil
au pôle Sud, ou au sommet du mont Blanc qui nous
éloigne autant des autres qu'un séjour prolongé au sein
d'un vice intérieur, c'est-à-dire d'une pensée différente
de la leur. Vice (ainsi M. de Charlus le qualifiait-il autrefois) auquel le Baron prêtait maintenant la figure dé-
bonnaire d'un simple défaut, fort répandu, plutôt sympathique et presque amusant, comme la paresse, la distraction ou la gourmandise. Sentant les curiosités que la
particularité de son personnage excitait, M. de Charlus
éprouvait un certain plaisir à les satisfaire, à les piquer, à
les entretenir. De même que tel publiciste juif se fait
chaque jour le champion du catholicisme non pas probablement avec l'espoir d'être pris au sérieux, mais pour ne
pas décevoir l'attente des rieurs bienveillants, M. de
Charlus flétrissait plaisamment les mauvaises mœurs
dans le petit clan, comme il eût contrefait l'anglais ou
imité Mounet-Sully [60], sans attendre qu'on l'en prie, et
pour payer son écot avec bonne grâce, en exerçant en

société un talent d'amateur; de sorte que M. de Charlus
menaçait Brichot de dénoncer à la Sorbonne qu'il se
promenait maintenant avec des jeunes gens, de la même
façon que le chroniqueur circoncis parle à tout propos de
la «fille aînée de l'Église» et du «Sacré-Cœur de Jésus»
c'est-à-dire sans ombre de tartufferie, mais avec une
pointe de cabotinage. Encore n'est-ce pas seulement du
changement des paroles elles-mêmes, si différentes de
celles qu'il se permettait autrefois, qu'il serait curieux de
chercher l'explication, mais encore de celui survenu dans
les intonations, les gestes, qui les unes et les autres
ressemblaient singulièrement maintenant à ce que M. de
Charlus flétrissait le plus âprement autrefois; il poussait
maintenant les petits cris — chez lui involontaires —
d'autant plus profonds — que jettent, volontairement
eux, les invertis qui s'interpellent en s'appelant ma chère;
comme si ce «chichi» voulu, dont M. de Charlus avait
pris si longtemps le contrepied, n'était en effet qu'une
géniale et fidèle imitation des manières qu'arrivent à
prendre quoiqu'ils en aient les Charlus, quand ils sont
arrivés à une certaine phase de leur mal, comme un
paralytique général ou un ataxique finissent fatalement
par présenter certains symptômes. En réalité — et c'est
ce que ce chichi tout intérieur révélait — il n'y avait
entre le sévère Charlus tout de noir habillé, aux cheveux
en brosse, que j'avais connu, et les jeunes gens fardés,
chargés de bijoux, que cette différence purement apparente qu'il y a entre une personne agitée qui parle vite,
remue tout le temps, et un névropathe qui parle lentement, conserve un flegme perpétuel mais est atteint de la
même neurasthénie aux yeux du clinicien qui sait que
celui-ci comme l'autre est dévoré des mêmes angoisses et
frappé des mêmes tares. Du reste on voyait que M. de
Charlus avait vieilli à des signes tout différents, comme
l'extension extraordinaire qu'avaient prise dans sa
conversation certaines expressions qui avaient proliféré et
qui revenaient maintenant à tout moment (par exemple:
«l'enchaînement des circonstances») et auxquelles la
parole du Baron s'appuyait de phrase en phrase comme à
un tuteur nécessaire. «Est-ce que Charlie est déjà ar-

rivé?» demanda Brichot à M. de Charlus comme nous allions sonner à la porte de l'hôtel. «Ah! je ne sais pas», dit le Baron en levant les mains en l'air et en fermant à demi les yeux de l'air d'une personne qui ne veut pas qu'on l'accuse d'indiscrétion, d'autant plus qu'il avait eu probablement des reproches de Morel pour des choses (que celui-ci, froussard autant que vaniteux et reniant M. de Charlus aussi volontiers qu'il se parait de lui, avait cru graves quoique insignifiantes) qu'il avait dites. «Vous savez que je ne sais rien de ce qu'il fait.» Si les conversations de deux personnes qui ont entre elles une liaison sont pleines de mensonges, ceux-ci ne naissent pas moins naturellement dans les conversations qu'un tiers a avec un amant au sujet de la personne que ce dernier aime quel que soit d'ailleurs le sexe de cette personne. «Il y a longtemps que vous l'avez vu?», demandai-je à M. de Charlus, pour avoir l'air à la fois de ne pas craindre de lui parler de Morel, et de ne pas croire qu'il vivait complètement avec lui. «Il est venu par hasard cinq minutes ce matin pendant que j'étais encore à demi endormi, s'asseoir sur le coin de mon lit, comme s'il voulait me violer.» J'eus aussitôt l'idée que M. de Charlus avait vu Charlie il y a une heure, car quand on demande à une maîtresse quand elle a vu l'homme qu'on sait, — et qu'elle suppose peut-être qu'on croit être — son amant, si elle a goûté avec lui, elle répond: «Je l'ai vu un instant avant déjeuner.» Entre ces deux faits la seule différence est que l'un est mensonger et l'autre vrai, mais l'un est aussi innocent, ou si l'on préfère aussi coupable. Aussi ne comprendrait-on pas pourquoi la maîtresse (et ici M. de Charlus) choisit toujours le fait mensonger si l'on ne savait pas que ces réponses sont déterminées à l'insu de la personne qui les fait par un nombre de facteurs qui semble en disproportion telle avec la minceur du fait qu'on s'excuse d'en faire état. Mais pour un physicien la place qu'occupe la plus petite balle de sureau s'explique par le conflit ou l'équilibre de lois d'attraction ou de répulsion qui gouvernent des mondes bien plus grands. Ne mentionnons ici que pour mémoire le désir de paraître naturel et hardi, le geste instinctif de

cacher un rendez-vous secret, un mélange de pudeur et
d'ostentation, le besoin de confesser ce qui vous est si
agréable et de montrer qu'on est aimé, une pénétration de
ce que sait ou suppose — et ne dit pas — l'interlocuteur, pénétration qui, allant au-delà ou en deçà de la
sienne, le fait tantôt sur- et sous-estimer, le désir involontaire de jouer avec le feu et la volonté de faire la part
du feu. Tout autant de lois différentes agissant en sens
contraire dictent les réponses plus générales touchant
l'innocence, le « platonisme », ou au contraire la réalité
charnelle, des relations qu'on a avec la personne qu'on
dit avoir vue le matin quand on l'a vue le soir. Toutefois
d'une façon générale disons que M. de Charlus malgré
l'aggravation de son mal qui le poussait perpétuellement
à révéler, à insinuer, parfois tout simplement à inventer
des détails compromettants, cherchait pendant cette période de sa vie à affirmer que Charlie n'était pas de la
même sorte d'homme que lui Charlus et qu'il n'existait
entre eux que de l'amitié. Cela n'empêchait pas (et bien
que ce fût peut-être vrai) que parfois il se contredît
(comme pour l'heure où il l'avait vu en dernier), soit qu'il
dît alors en s'oubliant la vérité, ou proférât un mensonge,
pour se vanter, ou par sentimentalisme, ou trouvant spirituel d'égarer l'interlocuteur. « Vous savez qu'il est pour
moi, continua le Baron, un bon petit camarade, pour qui
j'ai la plus grande affection, comme je suis sûr (en dou-
tait-il donc, qu'il éprouvât le besoin de dire qu'il en était
sûr?) qu'il a pour moi, mais il n'y a entre nous rien
d'autre, pas ça, vous entendez bien, pas ça, dit le Baron
aussi naturellement que s'il avait parlé d'une dame. Oui,
il est venu ce matin me tirer par les pieds. Il sait pourtant
que je déteste qu'on me voie couché. Pas vous? Oh! c'est
une horreur, ça dérange, on est laid à faire peur, je sais
bien que je n'ai plus vingt-cinq ans et je ne pose pas pour
la rosière, mais on garde sa petite coquetterie tout de
même. »

Il est possible que le Baron fût sincère quand il parlait
de Morel comme d'un bon petit camarade et qu'il dît la
vérité peut-être en croyant mentir quand il disait : « Je ne
sais pas ce qu'il fait, je ne connais pas sa vie. » En effet

disons (pour anticiper de quelques semaines sur le récit
que nous reprendrons aussitôt après cette parenthèse que
nous ouvrons pendant que M. de Charlus, Brichot et moi
nous nous dirigeons vers la demeure de Madame Verdurin), disons que peu de temps après cette soirée le Baron
fut plongé dans la douleur et dans la stupéfaction par une
lettre qu'il ouvrit par mégarde et qui était adressée à
Morel. Cette lettre, laquelle devait par contrecoup me
causer de cruels chagrins, était écrite par l'actrice Léa,
célèbre pour le goût exclusif qu'elle avait pour les femmes. Or sa lettre à Morel (que M. de Charlus ne soupçonnait même pas la connaître) était écrite sur le ton le
plus passionné. Sa grossièreté empêche qu'elle soit reproduite ici, mais on peut mentionner que Léa ne lui
parlait qu'au féminin en lui disant : « Grande sale ! va ! »,
« Ma belle chérie, toi tu en es au moins, etc. » Et dans
cette lettre il était question de plusieurs autres femmes qui
ne semblaient pas être moins amies de Morel que de Léa.
D'autre part la moquerie de Morel à l'égard de M. de
Charlus et de Léa à l'égard d'un officier qui l'entretenait
et dont elle disait : « Il me supplie dans ses lettres d'être
sage ! Tu parles ! mon petit chat blanc », ne révélait pas à
M. de Charlus une réalité moins insoupçonnée de lui que
n'étaient les rapports si particuliers de Morel avec Léa.
Le Baron était surtout troublé par ces mots « en être ».
Après l'avoir d'abord ignoré, il avait enfin, depuis un
temps bien long déjà, appris que lui-même « en était ». Or
voici que cette notion qu'il avait acquise se trouvait
remise en question. Quand il avait découvert qu'il « en
était », il avait cru par là apprendre que son goût, comme
dit Saint-Simon, n'était pas celui des femmes. Or voici
que pour Morel cette expression « en être » prenait une
extension que M. de Charlus n'avait pas connue, tant et
si bien que Morel prouvait, d'après cette lettre, qu'il « en
était » en ayant le même goût que des femmes pour des
femmes mêmes. Dès lors la jalousie de M. de Charlus
n'avait plus de raison de se borner aux hommes que
Morel connaissait mais allait s'étendre aux femmes elles-
mêmes. Ainsi les êtres qui en étaient n'étaient pas seulement ceux qu'il avait crus, mais toute une immense partie

de la planète, composée aussi bien de femmes que
d'hommes, d'hommes aimant non seulement les hommes
mais les femmes, et le Baron, devant la signification
nouvelle d'un mot qui lui était si familier, se sentait
torturé par une inquiétude de l'intelligence autant que du
cœur, devant ce double mystère, où il y avait à la fois de
l'agrandissement de sa jalousie et de l'insuffisance sou-
daine d'une définition. M. de Charlus n'avait jamais été
dans la vie qu'un amateur. C'est dire que des incidents de
ce genre ne pouvaient lui être d'aucune utilité. Il faisait
dériver l'impression pénible qu'il en pouvait ressentir, en
scènes violentes où il savait être éloquent, ou en intrigues
sournoises. Mais pour un être de la valeur de Bergotte par
exemple ils eussent pu être précieux. C'est même peut-
être ce qui explique en partie (puisque nous agissons à
l'aveuglette, mais en choisissant comme les bêtes la
plante qui nous est favorable) que des êtres comme Bergotte vivent généralement dans la compagnie de personnes médiocres, fausses et méchantes. La beauté de celles-ci suffit à l'imagination de l'écrivain, exalte sa bonté,
mais ne transforme en rien la nature de sa compagne dont
par éclairs la vie située des milliers de mètres au-dessous,
les relations invraisemblables, les mensonges poussés
au-delà et surtout dans une autre direction que ce qu'on
aurait pu croire apparaissent de temps à autre. Le mensonge, le mensonge parfait, sur les gens que nous
connaissons, les relations que nous avons eues avec eux,
notre mobile dans telle action formulé par nous d'une
façon toute différente, le mensonge sur ce que nous
sommes, sur ce que nous aimons, sur ce que nous éprouvons à l'égard de l'être qui nous aime et qui croit nous
avoir façonné semblables à lui parce qu'il nous embrasse
toute la journée, ce mensonge-là est une des seules choses
au monde qui puisse nous ouvrir des perspectives sur du
nouveau, sur de l'inconnu, puisse ouvrir en nous des sens
endormis pour la contemplation d'univers que nous n'aurions jamais connus. Il faut dire pour ce qui concerne
M. de Charlus que s'il fut stupéfait d'apprendre relativement à Morel un certain nombre de choses qu'il lui
avait soigneusement cachées, il eut tort d'en conclure que

c'est une erreur de se lier avec des gens du peuple, et que des révélations aussi pénibles (celle-ci, qui le lui avait été le plus, avait été celle d'un voyage que Morel avait fait avec Léa alors qu'il avait assuré à M. de Charlus qu'il était en ce moment-là à étudier la musique en Allemagne. Il s'était servi pour échafauder son mensonge de personnes bénévoles à qui il avait envoyé les lettres en Allemagne d'où on les réexpédiait à M. de Charlus qui d'ailleurs était tellement convaincu que Morel y était qu'il n'avait même pas regardé le timbre de la poste[61]). On verra en effet dans le dernier volume de cet ouvrage M. de Charlus en train de faire des choses qui eussent encore plus stupéfié les personnes de sa famille et de ses amis, que n'avait pu faire pour lui la vie révélée par Léa.

Mais il est temps de rattraper le Baron qui s'avance, avec Brichot et moi, vers la porte des Verdurin. « Et qu'est devenu, ajouta-t-il en se tournant vers moi, votre jeune ami hébreu que nous voyions à Doville ? J'avais pensé que si cela vous faisait plaisir on pourrait peut-être l'inviter un soir. » En effet M. de Charlus, se contentant de faire espionner sans vergogne les faits et gestes de Morel par une agence policière absolument comme un mari ou un amant, ne laissait pas de faire attention aux autres jeunes gens. La surveillance qu'il chargeait un vieux domestique de faire exercer par une agence sur Morel était si peu discrète, que les valets de pied se croyaient filés et qu'une femme de chambre ne vivait plus, n'osait plus sortir dans la rue croyant toujours avoir un policier à ses trousses. Et le vieux serviteur : « Elle peut bien faire ce qu'elle veut ! On irait perdre son temps et son argent à la pister ! Comme si sa conduite nous intéressait en quelque chose ! », s'écriait-il ironiquement, car il était si passionnément attaché à son maître, que bien que ne partageant nullement les goûts du Baron, il finissait, tant il mettait de chaleureuse ardeur à les servir, par en parler comme s'ils avaient été siens. « C'est la crème des braves gens », disait de ce vieux serviteur M. de Charlus, car on n'apprécie jamais personne autant que ceux qui joignent à de grandes vertus, celle de les mettre sans compter à la disposition de nos vices. C'était d'ail-

leurs des hommes seulement que M. de Charlus était
capable d'éprouver de la jalousie en ce qui concernait
Morel. Les femmes ne lui en inspiraient aucune. C'est
d'ailleurs la règle presque générale pour les Charlus.
L'amour de l'homme qu'ils aiment pour une femme est
quelque chose d'autre qui se passe dans une autre espèce
animale (le lion laisse les tigres tranquilles), ne les gêne
pas et les rassure plutôt. Quelquefois il est vrai chez ceux
qui font de l'inversion un sacerdoce, cet amour les dé-
goûte. Ils en veulent alors à leur ami de s'y être livré non
comme d'une trahison, mais comme d'une déchéance.
Un Charlus, autre que n'était le Baron, eût été indigné de
voir Morel avoir des relations avec une femme comme il
l'eût été de lire sur une affiche que lui, l'interprète de
Bach et de Haendel, allait jouer du Puccini. C'est d'ailleurs pour cela que les jeunes gens qui par intérêt condes-
cendent à l'amour des Charlus leur affirment que les
« cartons [62] » ne leur inspirent que du dégoût comme ils
diraient au médecin qu'ils ne prennent jamais d'alcool et
n'aiment que l'eau de source. Mais M. de Charlus sur ce
point s'écartait un peu de la règle habituelle. Admirant
tout chez Morel, ses succès féminins ne lui portaient pas
ombrage, lui causaient une même joie que ses succès au
concert ou à l'écarté. « Mais mon cher vous savez il fait
des femmes », disait-il d'un air de révélation, de scandale, peut-être d'envie, surtout d'admiration. « Il est extraordinaire, ajoutait-il. Partout les putains les plus en vue
n'ont d'yeux que pour lui. On le remarque partout, aussi
bien dans le métro qu'au théâtre. C'en est embêtant ! Je
ne peux pas aller avec lui au restaurant sans que le garçon
lui apporte les billets doux d'au moins trois femmes. Et
toujours des jolies encore. Du reste ça n'est pas extraordinaire. Je le regardais hier, je le comprends, il est devenu d'une beauté, il a l'air d'une espèce de Bronzino [63],
il est vraiment admirable. » Mais M. de Charlus aimait à
montrer qu'il aimait Morel, à persuader les autres, peut-
être à se persuader lui-même, qu'il en était aimé. Il
mettait à l'avoir tout le temps auprès de lui, et malgré le
tort que ce petit jeune homme pouvait faire à la situation
mondaine du Baron, une sorte d'amour-propre. Car (et le

cas est fréquent des hommes bien posés et snobs, qui par vanité brisent toutes leurs relations pour être vus partout avec une maîtresse demi-mondaine ou dame tarée qu'on ne reçoit pas, et avec laquelle pourtant il leur semble flatteur d'être lié) il était arrivé à ce point où l'amour-propre met toute sa persévérance à détruire les buts qu'il a atteints, soit que sous l'influence de l'amour on trouve un prestige qu'on est seul à percevoir à des relations ostentatoires avec ce qu'on aime, soit que, par le fléchissement des ambitions mondaines atteintes, et la marée montante des curiosités ancillaires d'autant plus absorbantes qu'elles étaient plus platoniques, celles-ci n'eussent pas seulement atteint mais dépassé le niveau où avaient peine à se maintenir les autres.

Quant aux autres jeunes gens, M. de Charlus trouvait qu'à son goût pour eux l'existence de Morel n'était pas un obstacle, et que même sa réputation éclatante de pianiste ou sa notoriété naissante de compositeur et de journaliste pourrait dans certains cas leur être un appât. Présentait-on au Baron un jeune compositeur de tournure agréable, c'était dans les talents de Morel qu'il cherchait l'occasion de faire une politesse au nouveau venu. «Vous devriez, lui disait-il, m'apporter de vos compositions pour que Morel les joue au concert ou en tournée. Il y a si peu de musique agréable écrite pour le violon. C'est une aubaine que d'en trouver de nouvelle. Et les étrangers apprécient beaucoup cela. Même en province il y a des petits cercles musicaux où on aime la musique avec une ferveur et une intelligence admirables.» Sans plus de sincérité (car tout cela ne servait que d'amorce et il était rare que Morel se prêtât à des réalisations), comme Bloch avait dit qu'il était un peu poète — «à ses heures», avait-il ajouté avec le rire sarcastique dont il accompagnait une banalité, quand il ne pouvait pas trouver une parole originale —, M. de Charlus me dit : «Dites donc à ce jeune israélite puisqu'il fait des vers qu'il devrait bien m'en apporter pour Morel. Pour un compositeur c'est toujours l'écueil, trouver quelque chose de joli à mettre en musique. On pourrait même penser à un livret. Cela ne serait pas inintéressant et prendrait une certaine valeur à cause du

mérite du poète, de ma protection, de tout un enchaînement de circonstances auxiliatrices, parmi lesquelles le
talent de Morel tient la première place. Car il compose
beaucoup maintenant et il écrit aussi et très joliment, je
vais vous en parler. Quant à son talent d'exécutant (là
vous savez qu'il est tout à fait un maître déjà) vous allez
voir ce soir comme ce gosse joue bien la musique de
Vinteuil. Il me renverse à son âge, avoir une compréhension pareille tout en restant si gamin, si potache ! Oh ! ce
n'est ce soir qu'une petite répétition. La grande machine
doit avoir lieu dans quelques jours. Mais ce sera bien plus
élégant aujourd'hui. Aussi nous sommes ravi que vous
soyez venus, dit-il, en employant ce nous, sans doute
parce que le Roi dit : nous voulons. A cause du magnifique programme j'ai conseillé à Mme Verdurin d'avoir
deux fêtes. L'une dans quelques jours où elle aura toutes
ses relations, l'autre ce soir, où la patronne est, comme
on dit en termes de justice, dessaisie. C'est moi qui ai fait
les invitations et j'ai convoqué quelques personnes agréables d'un autre milieu qui peuvent être utiles à Charlie et
qu'il sera agréable pour les Verdurin de connaître.
N'est-ce pas c'est très bien de faire jouer les choses les
plus belles avec les plus grands artistes, mais la manifestation reste étouffée comme dans du coton, si le public est
composé de la mercière d'en face et de l'épicier du coin.
Vous savez ce que je pense du niveau intellectuel des
gens du monde, mais ils peuvent jouer certains rôles
assez importants, entre autres le rôle dévolu pour les
événements publics à la presse et qui est d'être un organe
de divulgation. Vous comprenez ce que je veux dire, j'ai
par exemple invité ma belle-sœur Oriane ; il n'est pas
certain qu'elle vienne, mais il est certain en revanche si
elle vient qu'elle ne comprendra absolument rien. Mais
on ne lui demande pas de comprendre, ce qui est au-dessus de ses moyens, mais de parler, ce qui y est approprié
admirablement et ce dont elle ne se fait pas faute. Conséquence dès demain, au lieu du silence de la mercière et de
l'épicier, conversation animée chez les Mortemart où
Oriane raconte qu'elle a entendu des choses merveilleuses, qu'un certain Morel, etc. Rage indescriptible des

personnes non conviées qui diront : « Palamède avait sans
doute jugé que nous étions indignes, d'ailleurs qu'est-ce
que c'est que ces gens chez qui la chose se passait »,
contrepartie aussi utile que les louanges d'Oriane, parce
que le nom de Morel revient tout le temps et finit par se
graver dans la mémoire comme une leçon qu'on relit dix
fois de suite. Tout cela forme un enchaînement de circonstances qui peut avoir son prix pour l'artiste, pour la
maîtresse de maison, servir en quelque sorte de méga-
phone à une manifestation qui sera ainsi rendue audible à
un public lointain. Vraiment ça en vaut la peine. Vous
verrez les progrès qu'a faits Charlie. Et d'ailleurs on lui a
découvert un nouveau talent mon cher il écrit comme un
ange. Comme un ange je vous dis. Vous qui connaissez
Bergotte [64], j'avais pensé que vous auriez peut-être pu, en
lui rafraîchissant la mémoire au sujet des proses de ce
jouvenceau, collaborer en somme avec moi, m'aider à
créer un enchaînement de circonstances capables de fa-
voriser un talent double, de musicien et d'écrivain, qui
peut un jour acquérir le prestige de celui de Berlioz. Vous
voyez bien ce qu'il conviendrait de dire à Bergotte. Vous
savez, les illustres ont souvent autre chose à penser, ils
sont adulés, ils ne s'intéressent guère qu'à eux-mêmes.
Mais Bergotte qui est vraiment simple et serviable doit
faire passer au *Gaulois,* ou je ne sais plus où, ces petites
chroniques moitié d'un humoriste et d'un musicien qui
sont vraiment très jolies et je serais vraiment très content
que Charlie ajoute à son violon ce petit brin de plume
d'Ingres. Je sais bien que je m'exagère facilement quand
il s'agit de lui, comme toutes les vieilles mamans-gâteau
du Conservatoire. Comment, mon cher, vous ne le saviez
pas ? Mais c'est que vous ne connaissez pas mon côté
gobeur. Je fais le pied de grue pendant des heures à la
porte des jurys d'examen. Je m'amuse comme une reine.
Et quant à Bergotte il m'a assuré que c'était vraiment tout
à fait très bien. » M. de Charlus, qui le connaissait depuis
longtemps par Swann, était en effet allé le voir et lui
demander qu'il obtînt pour Morel d'écrire dans un journal
des sortes de chroniques moitié humoristiques sur la musique. En y allant M. de Charlus avait un certain remords

car grand admirateur de Bergotte il se rendait compte qu'il n'allait jamais le voir pour lui-même, mais pour, grâce à la considération mi-intellectuelle, mi-sociale que Bergotte avait pour lui, pouvoir faire une grande politesse à Morel, à Mme Molé, à telles autres. Qu'il ne se servît plus du monde que pour cela ne choquait pas M. de Charlus, mais de Bergotte cela lui paraissait plus mal, parce qu'il sentait que Bergotte n'était pas utilitaire comme les gens du monde et méritait mieux. Seulement sa vie était très prise et il ne trouvait de temps de libre que quand il avait très envie d'une chose, par exemple si elle se rapportait à Morel. De plus très intelligent, la conversation d'un homme intelligent lui était assez indifférente, surtout celle de Bergotte qui était trop homme de lettres pour son goût et d'un autre clan, ne se plaçant pas à son point de vue. Quant à Bergotte il se rendait bien compte de cet utilitarisme des visites de M. de Charlus mais ne lui en voulait pas, car il était incapable d'une bonté suivie, mais désireux de faire plaisir, compréhensif, incapable de prendre plaisir à donner une leçon. Quant au vice de M. de Charlus il ne le partageait à aucun degré, mais y trouvait plutôt un élément de couleur dans le personnage, le «fas et nefas» pour un artiste consistant non dans des exemples moraux, mais dans des souvenirs de Platon ou du Sodoma. M. de Charlus négligeait de dire que depuis quelque temps il faisait faire à Morel, comme ces grands seigneurs du XVIIe siècle qui dédaignaient de signer et même d'écrire leurs libelles, des petits entrefilets bassement calomniateurs et dirigés contre la Comtesse Molé. Semblant déjà insolents à ceux qui les lisaient, combien étaient-ils plus cruels pour la jeune femme qui retrouvait si adroitement glissés que personne d'autre qu'elle n'y voyait goutte des passages de lettres d'elle, textuellement cités mais pris dans un sens où ils pouvaient l'affoler comme la plus cruelle vengeance. La jeune femme en mourut. Mais il se fait tous les jours à Paris, dirait Balzac, une sorte de journal parlé, plus terrible que l'autre. On verra plus tard que cette presse verbale réduisit à néant la puissance d'un Charlus devenu démodé et bien au-dessus de lui érigea un

Morel qui ne valait pas la millionième partie de son ancien protecteur. Du moins cette mode intellectuelle est-elle naïve et croit-elle de bonne foi au néant d'un génial Charlus, à l'incontestable autorité d'un stupide Morel. Le Baron était moins innocent dans ses vengeances implacables. De là sans doute ce venin amer de la bouche, dont l'envahissement semblait donner aux joues la jaunisse quand il était en colère. « J'aurais voulu que Bergotte vînt ce soir car il aurait entendu Charlie dans les choses qu'il joue vraiment le mieux. Mais il ne sort pas je crois, il ne veut pas qu'on l'ennuie, il a bien raison. Mais vous belle jeunesse on ne vous voit guère quai Conti. Vous n'en abusez pas ! » Je dis que je sortais surtout avec ma cousine. « Voyez-vous ça ! ça sort avec sa cousine, comme c'est pur ! » dit M. de Charlus à Brichot. Et s'adressant à nouveau à moi : « Mais nous ne vous demandons pas de comptes sur ce que vous faites, mon enfffant. Vous êtes libre de faire tout ce qui vous amuse. Nous regrettons seulement de ne pas y avoir de part. Du reste vous avez très bon goût, elle est charmante votre cousine, demandez à Brichot, il en avait la tête farcie à Doville. On la regrettera ce soir. Mais vous avez peut-être aussi bien fait de ne pas l'amener. C'est admirable la musique de Vinteuil. Mais j'ai appris ce matin par Charlie qu'il devait y avoir la fille de l'auteur, et son amie, qui sont deux personnes d'une terrible réputation. C'est toujours embêtant pour une jeune fille. Même cela me gêne un peu pour mes invités. Mais comme ils ont presque tous l'âge canonique, cela ne tire pas à conséquence pour eux. Elles seront là à moins que ces deux demoiselles n'aient pas pu venir, car elles devaient sans faute être toute l'après-midi à une répétition d'études que Mme Verdurin donnait tantôt et où elle n'avait convié que les raseurs, la famille, les gens qu'ils ne fallait pas avoir ce soir. Or tout à l'heure avant le dîner Charlie m'a dit que ce que nous appelons les deux demoiselles Vinteuil, absolument attendues, n'étaient pas venues. » Malgré l'affreuse douleur que j'avais à rapprocher subitement, comme de l'effet seul connu d'abord sa cause enfin découverte, de l'envie d'Albertine de venir tantôt, la

présence annoncée (mais que j'avais ignorée) de Mlle
Vinteuil et de son amie, je gardai la liberté d'esprit de
noter que M. de Charlus, qui nous avait dit il y a quelques minutes n'avoir pas vu Charlie depuis le matin,
confessait étourdiment l'avoir vu avant dîner. Mais ma
souffrance devenait visible : « Mais qu'est-ce que vous
avez ? me dit le Baron, vous êtes vert ; allons, entrons,
vous prenez froid, vous avez mauvaise mine. » Ce n'était
pas mon doute relatif à la vertu d'Albertine que les
paroles de M. de Charlus venaient d'éveiller en moi.
Beaucoup d'autres y avaient déjà pénétré ; à chaque nouveau on croit que la mesure est comble, qu'on ne pourra
pas le supporter, puis on lui trouve tout de même de la
place, et une fois qu'il est introduit dans notre milieu
vital, il y entre en concurrence avec tant de désirs de
croire, avant tant de raisons d'oublier, qu'assez vite on
s'accommode, on finit par ne plus s'occuper de lui. Il
reste seulement comme une douleur à demi guérie, une
simple menace de souffrir et qui, envers du désir, de
même ordre que lui, et comme lui devenue centre de nos
pensées, irradie en elles, à des distances infinies, de
subtiles tristesses, comme lui des plaisirs d'une origine
méconnaissable, partout où quelque chose peut s'associer
à l'idée de celle que nous aimons. Mais la douleur se
réveille quand un doute nouveau, entier, entre en nous ;
on a beau se dire presque tout de suite « Je m'arrangerai,
il y aura un système pour ne pas souffrir, ça ne doit pas
être vrai », pourtant il y a eu un premier instant où on a
souffert comme si on croyait. Si nous n'avions que des
membres, comme les jambes et les bras, la vie serait
supportable. Malheureusement nous portons en nous ce
petit organe que nous appelons cœur, lequel est sujet à
certaines maladies au cours desquelles il est infiniment
impressionnable par tout ce qui concerne la vie d'une
certaine personne et où un mensonge — cette chose si
inoffensive et au milieu de laquelle nous vivons si allè-
grement, qu'il soit fait par nous-même ou par les autres — venu de cette personne donne à ce petit cœur,
qu'on devrait pouvoir nous retirer chirurgicalement, des
crises intolérables. Ne parlons pas du cerveau car notre

pensée a beau raisonner sans fin au cours de ces crises, elle ne les modifie pas plus que notre attention une rage de dents. Il est vrai que cette personne est coupable de nous avoir menti car elle nous avait juré de nous dire toujours la vérité. Mais nous savons pour nous-même, pour les autres, ce que valent les serments. Et nous avons voulu y ajouter foi, quand ils venaient d'elle qui avait justement tout intérêt à nous mentir et n'a pas été choisie par nous d'autre part pour ses vertus. Il est vrai que plus tard elle n'aurait presque plus besoin de nous mentir — justement quand le cœur sera devenu indifférent au mensonge — parce que nous ne nous intéresserons plus à sa vie. Nous le savons, et malgré cela nous sacrifions volontiers la nôtre, soit que nous nous tuions pour cette personne, soit que nous nous fassions condamner à mort en l'assassinant, soit simplement que nous dépensions en quelques années pour elle toute notre fortune, ce qui nous oblige à nous tuer ensuite parce que nous n'avons plus rien. D'ailleurs si tranquille qu'on se croie quand on aime, on a toujours l'amour dans son cœur en état d'équilibre instable. Un rien suffit pour le mettre dans la position du bonheur, on rayonne, on couvre de tendresses non point celle qu'on aime, mais ceux qui nous ont fait valoir à ses yeux, qui l'ont gardée contre toute tentation mauvaise ; on se croit tranquille, et il suffit d'un mot : « Gilberte ne viendra pas », « Mademoiselle Vinteuil est invitée », pour que tout le bonheur préparé vers lequel on s'élançait s'écroule, pour que le soleil se cache, pour que tourne la rose des vents et que se déchaîne la tempête intérieure à laquelle un jour on ne sera plus capable de résister. Ce jour-là, le jour où le cœur est devenu si fragile, des amis qui nous admirent souffrent que de tels néants, que certains êtres puissent nous faire du mal, nous faire mourir. Mais qu'y peuvent-ils ? Si un poète est mourant d'une pneumonie infectieuse, se figure-t-on ses amis expliquant au pneumocoque que ce poète a du talent et qu'il devrait le laisser guérir ? Le doute en tant qu'il avait trait à Mlle Vinteuil n'était pas absolument nouveau. Mais dans cette mesure, ma jalousie de l'après-midi, excitée par Léa et ses amies, l'avait aboli. Une fois ce danger du Trocadéro écarté, j'avais éprouvé, j'avais cru avoir reconquis à jamais une paix complète. Mais ce qui était surtout nouveau pour moi c'était une certaine promenade où Andrée m'avait dit : « Nous sommes allées ici et là, nous n'avons rencontré personne », et où au contraire Mlle Vinteuil avait évidemment donné rendez-vous à Albertine chez Mme Verdurin. Maintenant j'eusse laissé volontiers Albertine sortir seule, aller partout où elle voudrait, pourvu que j'eusse pu chambrer quelque part Mlle Vinteuil et son amie et être certain qu'Albertine ne les vît pas. C'est que la jalousie est généralement partielle, à localisations intermittentes, soit parce qu'elle est le prolongement douloureux d'une anxiété qui est provoquée tantôt par une personne, tantôt par une autre, que notre amie pourrait aimer, soit par l'exiguïté de notre pensée qui ne peut réaliser que ce qu'elle se représente et laisse le reste dans un vague dont on ne peut relativement souffrir.

Au moment où nous allions entrer dans la cour de l'hôtel nous fûmes rattrapés par Saniette qui ne nous avait pas reconnus tout de suite. « Je vous envisageais pourtant depuis un moment, nous dit-il d'une voix essoufflée. Est-ce pas curieux que j'aie hésité ? » « N'est-il pas curieux » lui eût semblé une faute et il devenait avec les formes anciennes du langage d'une exaspérante familiarité. « Vous êtes pourtant gens qu'on peut avouer pour ses amis. » Sa mine grisâtre semblait éclairée par le reflet plombé d'un orage. Son essoufflement qui ne se produisait, cet été encore, que quand M. Verdurin l' « engueulait », était maintenant constant. « Je sais qu'une œuvre inédite de Vinteuil va être exécutée par d'excellents artistes et singulièrement par Morel. » — « Pourquoi singulièrement ? » demanda le Baron qui vit dans cet adverbe une critique. « Notre ami Saniette, se hâta d'expliquer Brichot qui joua le rôle d'interprète, parle volontiers, en excellent lettré qu'il est, le langage d'un temps où « singulièrement » équivaut à notre « tout particulièrement ».

Comme nous entrions dans l'antichambre de Mme Verdurin, M. de Charlus me demanda si je travaillais et comme je lui disais que non mais que je m'intéressais beaucoup en ce moment aux vieux services d'argenterie et de porcelaine, il me dit que je ne pourrais pas en voir de plus beaux que chez les Verdurin, que d'ailleurs j'avais pu les voir à la Raspelière puisque, sous prétexte que les objets sont aussi des amis, ils faisaient la folie de tout emporter avec eux, que ce serait moins commode de tout me sortir un jour de soirée, mais que pourtant il demanderait qu'on me montrât ce que je voudrais. Je le priai de n'en rien faire. M. de Charlus déboutonna son pardessus, ôta son chapeau ; je vis que le sommet de sa tête s'argentait maintenant par places. Mais tel un arbuste précieux que non seulement l'automne colore, mais dont on protège certaines feuilles par des enveloppements d'ouate ou des applications de plâtre, M. de Charlus ne recevait de ces quelques cheveux blancs placés à sa cime, qu'un bariolage de plus, venant s'ajouter à ceux du visage. Et pourtant même sous les couches d'expressions différentes, de fards et d'hypocrisie qui le maquillaient si mal, le visage de M. de Charlus continuait à taire à presque tout le monde le secret qu'il me paraissait crier. J'étais presque gêné par ses yeux où j'avais peur qu'il ne me surprît à le lire à livre ouvert, par sa voix qui me paraissait le répéter sur tous les tons, avec une inlassable indécence. Mais les secrets sont bien gardés par les êtres, car tous ceux qu'ils approchent sont sourds et aveugles. Les personnes qui apprenaient la vérité par l'un ou l'autre, par les Verdurin par exemple, la croyaient, mais cependant seulement tant qu'elles ne connaissaient pas M. de Charlus. Son visage loin de répandre dissipait les mauvais bruits. Car nous nous faisons de certaines entités une idée si grande que nous ne pourrions les identifier avec les traits familiers d'une personne de connaissance. Et nous croirons difficilement aux vices, comme nous ne croirons jamais au génie d'une personne avec qui nous sommes encore allés la veille à l'Opéra.

M. de Charlus était en train de donner son pardessus avec des recommandations d'habitué. Mais le valet de pied auquel il le tendait était un nouveau, tout jeune. Or M. de Charlus perdait souvent maintenant ce qu'on appelle le Nord et ne se rendait plus compte de ce qui se fait et ne se fait pas. Le louable désir qu'il avait à Balbec de montrer que certains sujets ne l'effrayaient pas, de ne pas avoir peur de déclarer à propos de quelqu'un : «Il est joli garçon», de dire, en un mot, les mêmes choses qu'aurait pu dire quelqu'un qui n'aurait pas été comme lui, il lui arrivait maintenant de traduire ce désir en disant au contraire des choses que n'aurait jamais pu dire quelqu'un qui n'aurait pas été comme lui, choses devant lesquelles son esprit était si constamment fixé qu'il en oubliait qu'elles ne font pas partie de la préoccupation habituelle de tout le monde. Aussi regardant le nouveau valet de pied, il leva l'index en l'air d'un ton menaçant et croyant faire une excellente plaisanterie : «Vous, je vous défends de me faire de l'œil comme ça», dit le Baron, et se tournant vers Brichot : «Il a une figure drôlette ce petit-là, il a un nez amusant»; et complétant sa facétie, ou cédant à un désir, il rabattit son index horizontalement, hésita un instant, puis ne pouvant plus se contenir, le poussa irrésistiblement droit au valet de pied, et lui toucha le bout du nez en disant : «Pif!», puis suivi de Brichot, de moi, et de Saniette qui nous apprit que la Princesse Sherbatoff était morte à six heures, entra au salon. «Quelle drôle de boîte», se dit le valet de pied qui demanda à ses camarades si le Baron était farce ou marteau. «Ce sont des manières qu'il a comme ça, lui répondit le maître d'hôtel, qui le croyait un peu "piqué", un peu "dingo", mais c'est un des amis de Madame que j'ai toujours le mieux estimé, c'est un bon cœur.» A ce moment M. Verdurin vint à notre rencontre; seul Saniette, non sans crainte d'avoir froid, car la porte extérieure s'ouvrait constamment, attendait avec résignation qu'on lui prît ses affaires. «Qu'est-ce que vous faites-là dans cette pose de chien couchant? lui demanda M. Verdurin.» — «J'attends qu'une des personnes qui surveillent aux vêtements puisse prendre mon pardessus et me donner un numéro.» — «Qu'est-ce que vous dites? demanda d'un air sévère M. Verdurin. Qui surveillent aux vêtements. Est-ce que vous devenez gâteux, on dit surveiller les vêtements, s'il faut vous apprendre le français comme aux gens qui ont eu une attaque!» — «Surveiller à quelque chose est la vraie forme, murmura Saniette d'une voie entrecoupée; l'abbé Batteux [65]... » — « Vous m'agacez, vous, cria M. Verdurin d'une voix terrible. Comme vous soufflez! Est-ce que vous venez de monter six étages? » La grossièreté de M. Verdurin eut pour effet que les hommes du vestiaire firent passer d'autres personnes avant Saniette et quand il voulut tendre ses affaires lui répondirent: « Chacun son tour, Monsieur, ne soyez pas si pressé. » — « Voilà des hommes d'ordre, voilà les compétences, très bien, mes braves », dit avec un sourire de sympathie M. Verdurin afin de les encourager dans leurs dispositions à faire passer Saniette après tout le monde. « Venez, nous dit-il, cet animal-là veut nous faire prendre la mort dans son cher courant d'air. Nous allons nous chauffer un peu au salon. Surveiller aux vêtements! reprit-il au salon, quel imbécile! » — « Il donne dans la préciosité, ce n'est pas un mauvais garçon », dit Brichot. « Je n'ai pas dit que c'était un mauvais garçon, j'ai dit que c'était un imbécile », riposta avec aigreur M. Verdurin. « Est-ce que vous retournerez cette année à Incarville? me demanda Brichot. Je crois que notre patronne a reloué la Raspelière bien qu'elle ait eu maille à partir avec ses propriétaires. Mais tout cela n'est rien, ce sont nuages qui se dissipent », ajouta-t-il du même ton optimiste que les journaux qui disent: « Il y a eu des fautes de commises, c'est entendu. Mais qui ne commet des fautes? » Or je me rappelais dans quel état de souffrance j'avais quitté Balbec et je ne désirais nullement y retourner. Je remettais toujours au lendemain mes projets avec Albertine. « Mais bien sûr qu'il y reviendra, nous le voulons, il nous est indispensable », déclara M. de Charlus avec l'égoïsme autoritaire et incompréhensif de l'amabilité. M. Verdurin à qui nous fîmes nos condoléances pour la Princesse Sherbatoff nous dit: « Oui, je sais qu'elle est très mal. » — « Mais non, elle est morte à six heures », s'écria Saniette. — « Vous, vous exagérez toujours », dit brutalement à Saniette M. Verdurin qui, la soirée n'étant pas décommandée, préférait l'hypothèse de la maladie.

Cependant Mme Verdurin était en grande conférence

avec Cottard et Ski. Morel venait de refuser, parce que
M. de Charlus ne pouvait s'y rendre, une invitation chez
des amis auxquels elle avait pourtant promis le concours
du violoniste. La raison du refus de Morel de jouer à la
soirée des amis des Verdurin, raison à laquelle nous
allons tout à l'heure en voir s'ajouter de bien plus graves,
avait pu prendre sa force grâce à une habitude propre en
général aux milieux oisifs mais tout particulièrement au
petit noyau. Certes, si Mme Verdurin surprenait entre un
nouveau et un fidèle un mot dit à mi-voix et pouvant faire
supposer qu'ils se connaissaient, ou avaient envie de se
lier (« Alors à vendredi chez les un tel » ou : « Venez à
l'atelier le jour que vous voudrez, j'y suis toujours
jusqu'à cinq heures, vous me ferez vraiment plaisir »),
agitée, supposant au nouveau une « situation » qui pouvait
faire de lui une recrue brillante pour le petit clan, la
Patronne, tout en faisant semblant de n'avoir rien entendu
et en conservant à son beau regard, cerné par l'habitude
de Debussy plus que n'aurait fait celle de la cocaïne, l'air
exténué que lui donnaient les seules ivresses de la musique, n'en roulait pas moins sous son beau front bombé
par tant de quatuors et les migraines consécutives, des
pensées qui n'étaient pas exclusivement polyphoniques ;
et n'y tenant plus, ne pouvant plus attendre une seconde
sa piqûre, elle se jetait sur les deux causeurs, les entraînait à part, et disait au nouveau en désignant le fidèle :
« Vous ne voulez pas venir dîner avec *lui* samedi par
exemple, ou bien le jour que vous voudrez, avec des gens
gentils ! N'en parlez pas trop fort parce que je ne convo-
querai pas toute cette tourbe (terme désignant pour cinq
minutes le petit noyau dédaigné momentanément pour le
fidèle en qui on mettait tant d'espérances). »

Mais ce besoin de s'engouer, de faire aussi des rapprochements, avait sa contrepartie. L'assiduité aux mercredis faisait naître chez les Verdurin une disposition opposée. C'était le désir de brouiller, d'éloigner. Il avait été
fortifié, rendu presque furieux par les mois passés à la
Raspelière, où l'on se voyait du matin au soir. M. Verdurin s'y ingéniait à prendre quelqu'un en faute, à tendre
des toiles où il pût passer à l'araignée sa compagne

quelque mouche innocente. Faute de griefs on inventait
des ridicules. Dès qu'un fidèle était sorti une demi-heure,
on se moquait de lui devant les autres, on feignait d'être
surpris qu'ils n'eussent pas remarqué combien il avait
toujours les dents sales, ou au contraire les brossait, par
manie, vingt fois par jour. Si l'un se permettait d'ouvrir
la fenêtre, ce manque d'éducation faisait que le Patron et
la Patronne échangeaient un regard révolté. Au bout d'un
instant Mme Verdurin demandait un châle, ce qui donnait le prétexte à M. Verdurin de dire d'un air furieux :
« Mais non, je vais fermer la fenêtre, je me demande
qu'est-ce qui s'est permis de l'ouvrir », devant le coupable qui rougissait jusqu'aux oreilles. On vous reprochait
indirectement la quantité de vin qu'on avait bue. « Ça ne
vous fait pas mal ? C'est bon pour un ouvrier. » Les
promenades ensemble de deux fidèles qui n'avaient pas
préalablement demandé son autorisation à la Patronne,
avaient pour conséquence des commentaires infinis, si
innocentes que fussent ces promenades. Celles de M. de
Charlus avec Morel ne l'étaient pas. Seul le fait que le
Baron n'habitait pas la Raspelière (à cause de la vie de
garnison de Morel) retarda le moment de la satiété, des
dégoûts, des vomissements. Il était pourtant prêt à venir.

Mme Verdurin était furieuse et décidée à « éclairer »
Morel sur le rôle ridicule et odieux que lui faisait jouer
M. de Charlus. « J'ajoute, continua Mme Verdurin (qui
d'ailleurs, même quand elle se sentait devoir à quelqu'un
une reconnaissance qui allait lui peser, et ne pouvait le
tuer, pour la peine, lui cherchait un défaut grave qui
dispensait honnêtement de la lui témoigner), j'ajoute
qu'il se donne des airs chez moi qui ne me plaisent pas. »
C'est qu'en effet Mme Verdurin avait encore une raison
plus grave que le lâchage de Morel à la soirée de ses amis
d'en vouloir à M. de Charlus. Celui-ci, pénétré de l'honneur qu'il faisait à la Patronne en amenant quai Conti des
gens qui en effet n'y seraient pas venus pour elle, avait,
dès les premiers noms que Mme Verdurin avait proposés
comme ceux de personnes qu'on pourrait inviter, prononcé la plus catégorique exclusive sur un ton péremptoire où se mêlait à l'orgueil rancunier du grand seigneur

quinteux, le dogmatisme de l'artiste expert en matière de
fêtes et qui retirerait sa pièce et refuserait son concours
plutôt que de condescendre à des concessions qui selon
lui compromettent le résultat d'ensemble. M. de Charlus
n'avait donné son permis, en l'entourant de réserves,
qu'à Saintine, à l'égard duquel, pour ne pas s'encombrer
de sa femme, Mme de Guermantes avait passé d'une
intimité quotidienne, à une cessation complète de relations, mais que M. de Charlus, le trouvant intelligent,
voyait toujours. Certes c'est seulement dans un milieu
bourgeois mâtiné de petite noblesse, où tout le monde est
très riche et apparenté à une aristocratie que la grande
aristocratie ne connaît pas, que Saintine, jadis la fleur du
milieu Guermantes, était allé chercher fortune et,
croyait-il, point d'appui. Mais Mme Verdurin, sachant
les prétentions nobiliaires du milieu de la femme, et ne se
rendant pas compte de la situation du mari, car c'est ce
qui est presque immédiatement au-dessus de nous qui
nous donne l'impression de la hauteur et non ce qui nous
est presque invisible tant cela se perd dans le ciel, crut
devoir justifier une invitation pour Saintine en faisant
valoir qu'il connaissait beaucoup de monde, « ayant
épousé Mlle*** ». L'ignorance dont cette assertion,
exactement contraire à la réalité, témoignait chez Mme
Verdurin fit s'épanouir en un rire d'indulgent mépris et de
large compréhension les lèvres peintes du Baron. Il dé-
daigna de répondre directement mais comme il échafau-
dait volontiers en matière mondaine des théories où se
retrouvaient la fertilité de son intelligence et la hauteur de
son orgueil, avec la frivolité héréditaire de ses préoccupations : « Saintine aurait dû me consulter avant de se
marier, dit-il, il y a une eugénique sociale comme il y en
a une physiologique, et j'en suis peut-être le seul docteur.
Le cas de Saintine ne soulevait aucune discussion, il était
clair qu'en faisant le mariage qu'il a fait, il s'attachait un
poids mort, et mettait sa flamme sous le boisseau. Sa vie
sociale était finie. Je le lui aurais expliqué et il m'aurait
compris car il est intelligent. Inversement, il y avait telle
personne qui avait tout ce qu'il fallait pour avoir une
situation élevée, dominante, universelle, seulement un

terrible câble la retenait à terre. Je l'ai aidée mi par pression, mi par force à rompre l'amarre, et maintenant elle a conquis avec une joie triomphante, la liberté, la toute-puissance qu'elle me doit. Il a peut-être fallu un peu de volonté, mais quelle récompense elle a ! On est ainsi soi-même, quand on sait m'écouter, l'accoucheur de son destin. » Il était trop évident que M. de Charlus n'avait pas su agir sur le sien ; agir est autre chose que parler, même avec éloquence, et penser même avec ingéniosité. « Mais en ce qui me concerne, je vis en philosophe qui assiste avec curiosité aux réactions sociales que j'ai prédites mais n'y aide pas. Aussi j'ai continué à fréquenter Saintine qui a toujours eu pour moi la déférence chaleureuse qui convenait. J'ai même dîné chez lui dans sa nouvelle demeure où on s'assomme autant au milieu du plus grand luxe qu'on s'amusait jadis quand tirant le diable par la queue il assemblait la meilleure compagnie dans un petit grenier. Vous pouvez donc l'inviter, j'autorise. Mais je frappe de mon veto tous les autres noms que vous me proposez. Et vous me remercierez car si je suis expert en fait de mariages, je ne le suis pas moins en matière de fêtes. Je sais les personnalités ascendantes qui soulèvent une réunion, lui donnent de l'essor, de la hauteur ; et je sais aussi le nom qui rejette à terre, qui fait tomber à plat. » Ces exclusions de M. de Charlus n'étaient pas toujours fondées sur des ressentiments de toqué ou des raffinements d'artiste mais sur des habiletés d'acteur. Quand il tenait sur quelqu'un, sur quelque chose un couplet tout à fait réussi il désirait le faire entendre au plus grand nombre de personnes possibles, mais en excluant de la seconde fournée des invités de la première qui eussent pu constater que le morceau n'avait pas changé. Il refaisait sa salle à nouveau justement parce qu'il ne renouvelait pas son affiche, et quand il tenait dans la conversation un succès, eût au besoin organisé des tournées et donné des représentations en province. Quoi qu'il en fût des motifs variés de ses exclusions, celles-ci ne froissaient pas seulement Mme Verdurin qui sentait atteinte son autorité de Patronne, elles lui causaient encore un grand tort mondain, et cela pour deux

raisons. La première est que M. de Charlus, plus susceptible encore que Jupien, se brouillait sans qu'on sût même
pourquoi avec les personnes le mieux faites pour être de
ses amies. Naturellement une des premières punitions
qu'on pouvait leur infliger était de ne pas les laisser
inviter à une fête qu'il donnait chez les Verdurin. Or ces
parias étaient souvent les gens qui tiennent ce qu'on
appelle le haut du pavé, mais pour M. de Charlus qui
avaient cessé de le tenir du jour qu'il avait été brouillé
avec eux. Car son imagination, autant qu'à supposer des
torts aux gens pour se brouiller avec eux, était ingénieuse
à leur ôter toute importance dès qu'ils n'étaient plus ses
amis. Si par exemple le coupable était un homme d'une
famille extrêmement ancienne mais dont le duché ne date
que du XIXᵉ siècle, les Montesquiou par exemple, du jour
au lendemain ce qui comptait pour M. de Charlus c'était
l'ancienneté du duché, la famille n'était rien. « Ils ne sont
même pas ducs, s'écriait-il. C'est le titre de l'abbé de
Montesquiou qui a indûment passé à un parent, il n'y a
même pas quatre-vingts ans. Le duc actuel, si duc il y a,
est le troisième. Parlez-moi des gens comme les Uzès, les
La Trémoille, les Luynes, qui sont les 10ᵉ, les 14ᵉ ducs,
comme mon frère qui est le 12ᵉ Duc de Guermantes et
17ᵉ Prince de Condom. Les Montesquiou descendent
d'une ancienne famille, qu'est-ce que ça prouverait,
même si c'était prouvé ? Ils descendent tellement qu'ils
sont dans le quatorzième dessous. » Était-il brouillé au
contraire avec un gentilhomme possesseur d'un duché
ancien, ayant les plus magnifiques alliances, apparenté
aux familles souveraines, mais à qui ce grand éclat est
venu très vite sans que la famille remonte très haut, un
Luynes par exemple, tout était changé, la famille seule
comptait. « Je vous demande un peu, M. Alberti qui ne
se décrasse que sous Louis XIII. Qu'est-ce que ça peut
nous fiche que des faveurs de cour leur aient permis
d'entasser des duchés auxquels ils n'avaient aucun
droit ? » De plus chez M. de Charlus, la chute suivait de
près la faveur à cause de cette disposition propre aux
Guermantes d'exiger de la conversation, de l'amitié, ce
qu'elle ne peut donner, plus la crainte symptomatique

d'être l'objet de médisances. Et la chute était d'autant plus profonde que la faveur avait été plus grande. Or personne n'en avait joui auprès du Baron d'une pareille à celle qu'il avait ostensiblement marquée à la Comtesse Molé. Par quelle marque d'indifférence montra-t-elle un beau jour qu'elle en avait été indigne? La Comtesse elle-même déclara toujours qu'elle n'avait jamais pu arriver à le découvrir. Toujours est-il que son nom seul excitait chez le Baron les plus violentes colères, les philippiques les plus éloquentes mais les plus terribles. Mme Verdurin pour qui Mme Molé avait été très aimable et qui fondait on va le voir de grands espoirs sur elle s'étant réjouie à l'avance de l'idée que la Comtesse verrait chez elle les gens les plus nobles, comme la Patronne disait, « de France et de Navarre », proposa tout de suite d'inviter « Madame de Molé ». — « Ah! mon Dieu tous les goûts sont dans la nature, avait répondu M. de Charlus, et si vous avez, Madame, du goût pour causer avec Mme Pipelet, Mme Gibout et Mme Joseph Prudhomme [66], je ne demande pas mieux, mais alors que ce soit un soir où je ne serai pas là. Je vois dès les premiers mots que nous ne parlons pas la même langue, puisque je parlais de noms de l'aristocratie et que vous me citez le plus obscur des noms de gens de robe, de petits roturiers retors, cancaniers, malfaisants, de petites dames qui se croient des protectrices des arts parce qu'elles reprennent une octave au-dessous les manières de ma belle-sœur Guermantes à la façon du geai qui croit imiter le paon. J'ajoute qu'il y aurait une espèce d'indécence à introduire dans une fête que je veux bien donner chez Mme Verdurin, une personne que j'ai retranchée à bon escient de ma familiarité, une pécore sans naissance, sans loyauté, sans esprit, qui a la folie de croire qu'elle est capable de jouer les Duchesses de Guermantes et les Princesses de Guermantes, cumul qui en lui-même est une sottise, puisque la Duchesse de Guermantes et la Princesse de Guermantes c'est juste le contraire. C'est comme une personne qui prétendrait être à la fois Reichenberg [67] et Sarah Bernhardt. En tous cas même si ce n'était pas contradictoire ce serait profondément ridicule. Que je puisse, moi, sourire

quelquefois des exagérations de l'une et m'attrister des
limites de l'autre, c'est mon droit. Mais cette petite gre-
nouille bourgeoise voulant s'enfler pour égaler les deux
grandes dames qui en tout cas laissent toujours paraître
l'incomparable distinction de la race, c'est comme on dit
à faire rire les poules. La Molé! Voilà un nom qu'il ne faut
plus prononcer ou bien je n'ai qu'à me retirer», ajouta-t-il
avec un sourire, sur le ton d'un médecin qui, voulant le
bien de son malade malgré ce malade lui-même, entend
ne pas se laisser imposer la collaboration d'un homéo-
pathe. D'autre part certaines personnes jugées négligea-
bles par M. de Charlus pouvaient en effet l'être pour lui
et non pour Mme Verdurin. M. de Charlus, de haute
naissance, pouvait se passer des gens les plus élégants
dont l'assemblée eût fait du salon de Mme Verdurin un
des premiers de Paris. Or celle-ci commençait à trouver
qu'elle avait déjà bien des fois manqué le coche, sans
compter l'énorme retard que l'erreur mondaine de l'affaire Dreyfus lui avait infligé. Non sans lui rendre service, pourtant. «Je ne sais si je vous ai dit combien la
Duchesse de Guermantes avait vu avec déplaisir des personnes de son monde qui, subordonnant tout à l'Affaire,
excluaient des femmes élégantes et en recevaient qui ne
l'étaient pas, pour cause de révisionnisme ou d'antirévi-
sionnisme, puis avait été critiquée à son tour par ces
mêmes dames, comme tiède, mal pensante et subordonnant aux étiquettes mondaines les intérêts de la Patrie»,
pourrais-je demander au lecteur comme à un ami à qui
on ne se rappelle plus, après tant d'entretiens, si on a
pensé ou trouvé l'occasion de le mettre au courant d'une
certaine chose. Que je l'aie fait ou non, l'attitude, à ce
moment-là, de la Duchesse de Guermantes, peut facilement être imaginée, et même, si on se reporte ensuite à
une période ultérieure sembler, du point de vue mondain,
parfaitement juste. M. de Cambremer considérait l'affaire Dreyfus comme une machine étrangère destinée à
détruire le Service des Renseignements, à briser la discipline, à affaiblir l'armée, à diviser les Français, à préparer l'invasion. La littérature étant, hors quelques fables de
La Fontaine, étrangère au marquis, il laissait à sa femme

le soin d'établir que la littérature, cruellement observatrice, en créant l'irrespect, avait procédé à un chambardement parallèle. «M. Reinach et M. Hervieu sont de mèche», disait-elle. On n'accusera pas l'affaire Dreyfus d'avoir prémédité d'aussi noirs desseins à l'encontre du monde. Mais là certainement elle a brisé les cadres. Les mondains qui ne veulent pas laisser la politique s'introduire dans le monde, sont aussi prévoyants que les militaires qui ne veulent pas laisser la politique pénétrer dans l'armée. Il en est du monde comme du goût sexuel où l'on ne sait pas jusqu'à quelles perversions il peut arriver quand une fois on a laissé des raisons esthétiques dicter ses choix. La raison qu'elles étaient nationalistes donna au faubourg Saint-Germain l'habitude de recevoir des dames d'une autre société, la raison disparut avec le nationalisme, l'habitude subsista. Mme Verdurin à la faveur du dreyfusisme avait attiré chez elle des écrivains de valeur qui momentanément ne lui furent d'aucun usage mondain, parce qu'ils étaient dreyfusards. Mais les passions politiques sont comme les autres, elles ne durent pas. De nouvelles générations viennent qui ne les comprennent plus; la génération même qui les a éprouvées change, éprouve des passions politiques qui, n'étant pas exactement calquées sur les précédentes, réhabilitent une partie des exclus, la cause d'exclusivisme ayant changé. Les monarchistes ne se soucièrent plus pendant l'affaire Dreyfus que quelqu'un eût été républicain, voire radical, voire anticlérical, s'il était antisémite et nationaliste. Si jamais il devait survenir une guerre, le patriotisme prendrait une autre forme et d'un écrivain chauvin, on ne s'occuperait même pas s'il avait été ou non dreyfusard. C'est ainsi que, à chaque crise politique, à chaque rénovation artistique, Mme Verdurin avait arraché petit à petit, comme l'oiseau fait son nid, les bribes successives, provisoirement inutilisables, de ce qui serait un jour son salon. L'affaire Dreyfus avait passé, Anatole France lui restait. La force de Mme Verdurin, c'était l'amour sincère qu'elle avait de l'art, la peine qu'elle se donnait pour les fidèles, les merveilleux dîners qu'elle donnait pour eux seuls, sans qu'il y eût de gens du monde conviés.

Chacun d'eux était traité chez elle comme Bergotte
l'avait été chez Mme Swann. Quand un familier de cet
ordre devient un beau jour un homme illustre et que le
monde désire venir le voir, sa présence chez une Mme
Verdurin n'a rien de ce côté factice, frelaté, cuisine de
banquet officiel ou de Saint-Charlemagne faite par Potel
et Chabot, mais tout d'un délicieux ordinaire qu'on eût
trouvé aussi parfait un jour où il n'y aurait pas eu de
monde. Chez Mme Verdurin la troupe était parfaite, en-
traînée, le répertoire de premier ordre, il ne manquait que
le public. Et depuis que le goût de celui-ci se détournait
de l'art raisonnable et français d'un Bergotte et s'éprenait
surtout de musiques exotiques, Mme Verdurin, sorte de
correspondant attitré à Paris de tous les artistes étrangers,
allait bientôt, à côté de la ravissante Princesse Yourbeletief, servir de vieille fée Carabosse mais toute puissante
aux danseurs russes. Cette charmante invasion contre les
séductions de laquelle ne protestèrent que les critiques
dénués de goût, amena à Paris, on le sait, une fièvre de
curiosité moins âpre, plus purement esthétique, mais
peut-être aussi vive que l'affaire Dreyfus. Là encore
Mme Verdurin, mais pour un tout autre résultat mondain,
allait être au premier rang. Comme on l'avait vue à côté
de Mme Zola tout au pied du tribunal aux séances de la
Cour d'Assises, quand l'humanité nouvelle, acclamatrice
des ballets russes, se pressa à l'Opéra, ornée d'aigrettes
inconnues, toujours on voyait dans une première loge
Mme Verdurin à côté de la Princesse Yourbeletief. Et
comme après les émotions du Palais de Justice on avait
été le soir chez Mme Verdurin voir de près Picquart ou
Labori et surtout apprendre les dernières nouvelles, savoir ce qu'on pouvait espérer de Zurlinden [68], de Loubet,
du colonel Jouaust, du Règlement, de même, peu disposé
à aller se coucher après l'enthousiasme déchaîné par
Shéhérazade ou les danses du *Prince Igor,* on allait chez
Mme Verdurin, où présidés par la Princesse Yourbeletief
et par la Patronne, des soupers exquis réunissaient chaque
soir les danseurs qui n'avaient pas dîné pour être plus
bondissants, leur directeur, leurs décorateurs, les grands
compositeurs Igor Stravinski et Richard Strauss, petit

noyau immuable autour duquel comme aux soupers de
M. et Mme Helvétius les plus grandes dames de Paris et
les Altesses étrangères ne dédaignèrent pas de se mêler.
Même ceux des gens du monde qui faisaient profession
d'avoir du goût et faisaient entre les ballets russes des
distinctions oiseuses, trouvant la mise en scène des *Syl-
phides* quelque chose de plus « fin » que celle de *Shéhérazade* qu'ils n'étaient pas loin de faire relever de l'art
nègre, étaient enchantés de voir de près les grands réno-
vateurs du goût, du théâtre, qui dans un art peut-être un
peu plus factice que la peinture firent une révolution aussi
profonde que l'impressionnisme. Pour en revenir à M. de
Charlus, Mme Verdurin n'eût pas trop souffert s'il
n'avait mis à l'index que Mme Bontemps, que Mme
Verdurin avait distinguée chez Odette à cause de son
amour des arts, et qui pendant l'affaire Dreyfus était
venue quelquefois dîner avec son mari que Mme Verdurin appelait un tiède parce qu'il n'introduisait pas le
procès en révision, mais qui, fort intelligent et heureux de
se créer des intelligences dans tous les partis, était enchanté de montrer son indépendance en dînant avec Labori qu'il écoutait sans rien dire de compromettant, mais
glissant au bon endroit un hommage à la loyauté, reconnue dans tous les partis, de Jaurès. Mais le Baron avait
également proscrit quelques dames de l'aristocratie avec
lesquelles Mme Verdurin était, à l'occasion de solennités
musicales, de collections, de charité, entrée récemment
en relations et qui, quoi que M. de Charlus pût penser
d'elles, eussent été, beaucoup plus que lui-même, des
éléments essentiels pour former chez Mme Verdurin un
nouveau noyau, aristocratique celui-là. Mme Verdurin
avait justement compté sur cette fête où M. de Charlus lui
amènerait des dames du même monde, pour leur adjoin-
dre ses nouvelles amies et avait joui d'avance de la
surprise qu'elles auraient à rencontrer quai Conti leurs
amies ou parentes invitées par le Baron. Elle était déçue
et furieuse de son interdiction. Restait à savoir si la soirée
dans ces conditions se traduirait pour elle par un profit ou
par une perte. Celle-ci ne serait pas trop grave si du moins
les invitées de M. de Charlus venaient avec des disposi-

tions si chaleureuses pour Mme Verdurin qu'elles de-
viendraient pour elle les amies d'avenir. Dans ce cas il
n'y aurait que demi-mal et un jour prochain, ces deux
moitiés du grand monde que le Baron avait voulu tenir
isolées, on les réunirait, quitte à ne pas l'avoir lui ce
soir-là. Mme Verdurin attendait donc les invitées du Baron avec une certaine émotion. Elle n'allait pas tarder à
savoir l'état d'esprit où elles venaient, et les relations que
la Patronne pouvait espérer avoir avec elles.

En attendant Mme Verdurin se consultait avec les fidèles, mais voyant M. de Charlus qui entrait avec Brichot
et moi elle s'arrêta net. A notre grand étonnement quand
Brichot lui dit sa tristesse de savoir que sa grande amie
était si mal Mme Verdurin répondit : « Écoutez je suis
obligée d'avouer que de tristesse je n'en éprouve aucune.
Il est inutile de feindre les sentiments qu'on ne ressent
pas... » Sans doute elle parlait ainsi par manque d'énergie, parce qu'elle était fatiguée à l'idée de se faire un
visage triste pour toute sa réception, par orgueil pour ne
pas avoir l'air de chercher des excuses à ne pas avoir
décommandé celle-ci, par respect humain pourtant et
habileté parce que le manque de chagrin dont elle faisait
preuve était plus honorable s'il devait être attribué à une
antipathie particulière, soudain révélée, envers la Princesse, qu'à une insensibilité universelle, et parce qu'on
ne pouvait s'empêcher d'être désarmé par une sincérité
qu'il n'était pas question de mettre en doute : si
Mme Verdurin n'avait pas été vraiment indifférente à la
mort de la Princesse, eût-elle été, pour expliquer qu'elle
reçût, s'accuser d'une faute bien plus grave ? On oubliait
que Mme Verdurin eût avoué, en même temps que son
chagrin, qu'elle n'avait pas eu le courage de renoncer à
un plaisir ; or la dureté de l'amie était quelque chose de
plus choquant, de plus immoral, mais de moins humiliant, par conséquent de plus facile à avouer, que la
frivolité de la maîtresse de maison. En matière de crime,
là où il y a danger pour le coupable, c'est l'intérêt qui
dicte les aveux. Pour les fautes sans sanction, c'est
l'amour-propre. Soit que trouvant sans doute bien usé le
prétexte des gens qui pour ne pas laisser interrompre par

les chagrins leur vie de plaisir, vont répétant qu'il leur
semble vain de porter extérieurement un deuil qu'ils ont
dans le cœur, Mme Verdurin préférât imiter ces coupables intelligents à qui répugnent les clichés de l'innocence
et dont la défense — demi-aveu sans qu'ils s'en doutent — consiste à dire qu'ils n'auraient vu aucun mal à
commettre ce qui leur est reproché, que par hasard du
reste ils n'ont pas eu l'occasion de faire, soit qu'ayant
adopté pour expliquer sa conduite la thèse de l'indifférence, elle trouvât, une fois lancée sur la pente de son
mauvais sentiment, qu'il y avait quelque originalité à
l'éprouver, une perspicacité rare à avoir su le démêler, et
un certain « culot » à le proclamer ainsi, Mme Verdurin
tint à insister sur son manque de chagrin, non sans une
certaine satisfaction orgueilleuse de psychologue para-
doxal, et de dramaturge hardi. « Oui c'est très drôle,
dit-elle, ça ne m'a presque rien fait. Mon Dieu, je ne
peux pas dire que je n'aurais pas mieux aimé qu'elle
vécût, ce n'était pas une mauvaise personne. » — « Si »,
interrompit M. Verdurin. — « Ah ! lui ne l'aime pas
parce qu'il trouvait que cela me faisait du tort de la
recevoir, mais il est aveuglé par ça. » — « Rends-moi
cette justice, dit M. Verdurin, que je n'ai jamais ap-
prouvé cette fréquentation. Je t'ai toujours dit qu'elle
avait mauvaise réputation. » — « Mais je ne l'ai jamais
entendu dire », protesta Saniette. — « Mais comment,
s'écria Mme Verdurin, c'était universellement connu,
pas mauvaise, mais honteuse, déshonorante. Non mais ce
n'est pas à cause de cela. Je ne savais pas moi-même
expliquer mon sentiment ; je ne la détestais pas, mais elle
m'était tellement indifférente que quand nous avons appris qu'elle était très mal mon mari lui-même a été étonné
et m'a dit : "On dirait que cela ne te fait rien." » Mais
tenez ce soir, il m'avait offert de décommander la réception, et j'ai tenu au contraire à la donner, parce que
j'aurais trouvé une comédie de témoigner un chagrin que
je n'éprouve pas. » Elle disait cela parce qu'elle trouvait
que c'était curieusement théâtre libre, et aussi que c'était
joliment commode ; car l'insensibilité ou l'immoralité
avouée simplifie autant la vie que la morale facile ; elle

fait des actions blâmables, et pour lesquelles on n'a plus alors besoin de chercher d'excuses, un devoir de sincérité. Et les fidèles écoutaient les paroles de Mme Verdurin avec le mélange d'admiration et de malaise que certaines pièces cruellement réalistes et d'une observation pénible causaient autrefois, et tout en s'émerveillant de voir leur chère Patronne donner une forme nouvelle de sa droiture et de son indépendance, plus d'un, tout en se disant qu'après tout ce ne serait pas la même chose, pensait à sa propre mort et se demandait si le jour qu'elle surviendrait on pleurerait ou on donnerait une fête au quai Conti. «Je suis bien content que la soirée n'ait pas été décommandée, à cause de mes invités», dit M. de Charlus qui ne se rendit pas compte qu'en s'exprimant ainsi il froissait Mme Verdurin. Cependant j'étais frappé comme chaque personne qui approcha ce soir-là Mme Verdurin par une odeur assez peu agréable de rhino-goménol. Voici à quoi cela tenait. On sait que Mme Verdurin n'exprimait jamais ses émotions artistiques d'une façon morale, mais physique pour qu'elles semblassent plus inévitables et plus profondes. Or si on lui parlait de la musique de Vinteuil, sa préférée, elle restait indifférente, comme si elle n'en attendait aucune émotion. Mais après quelques minutes de regard immobile presque distrait, elle vous répondait sur un ton précis, pratique, presque peu poli, comme si elle vous avait dit : «Cela me serait égal que vous fumiez mais c'est à cause du tapis, il est très beau, ce qui me serait encore égal, mais il est très inflammable, j'ai très peur du feu et je ne voudrais pas vous faire flamber tous, pour un bout de cigarette mal éteinte que vous auriez laissé tomber par terre». De même pour Vinteuil. Si on en parlait, elle ne professait aucune admiration mais au bout d'un instant exprimait d'un air froid son regret qu'on en jouât ce soir-là. «Je n'ai rien contre Vinteuil, à mon sens, c'est le plus grand musicien du siècle, seulement je ne peux pas écouter ces machines-là sans cesser de pleurer un instant (elle ne disait nullement "pleurer" d'un air pathétique, elle aurait dit d'un air aussi naturel "dormir", certaines méchantes langues prétendaient même que ce dernier

verbe eût été plus vrai, personne ne pouvant du reste
décider car elle écoutait cette musique-là la tête dans ses
mains, et certains bruits ronfleurs pouvaient après tout
être des sanglots). Pleurer ça ne me fait pas mal, tant
qu'on voudra, seulement ça me fiche après des rhumes à
tout casser. Cela me congestionne la muqueuse et quarante-huit heures après, j'ai l'air d'une vieille poivrote et
pour que mes cordes vocales fonctionnent il me faut faire
des journées d'inhalation. Enfin un élève de Cottard... »
— « Oh mais à ce propos je ne vous faisais pas mes
condoléances, dis-je, il a été enlevé bien vite le pauvre
professeur [69]. » — « Hé bien oui, qu'est-ce que vous
voulez, il est mort, comme tout le monde, il avait tué
assez de gens pour que ce soit son tour de diriger ses
coups contre lui-même. Donc je vous disais qu'un de ses
élèves, un maître délicieux, m'avait soignée pour cela. Il
professe un axiome assez original : "Mieux vaut prévenir
que guérir". Et il me graisse le nez avant que la musique
commence. C'est radical. Je peux pleurer comme je ne
sais pas combien de mères qui auraient perdu leurs enfants, pas le moindre rhume. Quelquefois un peu de
conjonctivite, mais c'est tout. L'efficacité est absolue.
Sans cela je n'aurais pu continuer à écouter du Vinteuil.
Je ne faisais plus que tomber d'une bronchite dans une
autre. »

Je ne pus plus me retenir de parler de Mlle Vinteuil.
« Est-ce que la fille de l'auteur n'est pas là, demandai-je à
Mme Verdurin, ainsi qu'une de ses amies ? » — « Non,
je viens justement de recevoir une dépêche, me dit évasi-
vement Mme Verdurin, elles ont été obligées de rester à
la campagne. » Et j'eus un instant l'espérance qu'il
n'avait même peut-être jamais été question qu'elles vins-
sent et que Mme Verdurin n'avait annoncé ces représen-
tants de l'auteur que pour impressionner favorablement
les interprètes et le public. « Comment, alors elles ne sont
même pas venues à la répétition de tantôt ? » dit avec une
fausse curiosité le Baron qui voulut paraître ne pas avoir
vu Charlie. Celui-ci vint me dire bonjour. Je l'interrogeai
à l'oreille relativement à la venue de Mlle Vinteuil. Il
semblait fort peu au courant. Je lui fis signe de ne pas

parler haut et l'avertit que nous en recauserions. Il s'in-
clina en me promettant qu'il serait trop heureux d'être à
ma disposition entière. Je remarquai qu'il était beaucoup
plus poli, beaucoup plus respectueux qu'autrefois. Je fis
compliment de lui — de lui qui pourrait peut-être m'aider
à éclaircir mes soupçons — à M. de Charlus qui me
répondit : « Il ne fait que ce qu'il doit, ce ne serait pas la
peine qu'il vécût avec des gens comme il faut pour avoir
de mauvaises manières. » Les bonnes, selon M. de
Charlus, étaient les vieilles manières françaises, sans
ombre de raideur britannique. Ainsi quand Charlie, revenant de faire une tournée en province ou à l'étranger,
débarquait en costume de voyage chez le Baron, celui-ci
s'il n'y avait pas trop de monde l'embrassait sans façon
sur les deux joues peut-être un peu pour ôter par tant
d'ostentation de sa tendresse toute idée qu'elle pût être
coupable, peut-être pour ne pas se refuser un plaisir, mais
plus encore sans doute par littérature, pour maintien et
illustration des anciennes manières de France, et comme
il aurait protesté contre le style munichois ou le modern
style en gardant de vieux fauteuils de son arrière-grand-
mère, opposant au flegme britannique la tendresse d'un
père sensible du XVIIIe siècle qui ne dissimule pas sa joie
de revoir un fils. Y avait-il enfin une pointe d'inceste,
dans cette affection paternelle ? Il est plus probable que la
façon dont M. de Charlus contentait habituellement son
vice et sur laquelle nous recevrons ultérieurement quelques éclaircissements, ne suffisait pas à ses besoins af-
fectifs restés vacants depuis la mort de sa femme ; toujours est-il qu'après avoir songé plusieurs fois à se rema-
rier il était travaillé maintenant d'une maniaque envie
d'adopter et que certaines personnes autour de lui crai-
gnaient qu'elle ne s'exerçât à l'égard de Charlie. Ce n'est
pas extraordinaire. L'inverti qui n'a pu nourrir sa passion qu'avec une littérature écrite pour les hommes à
femmes, qui pensait aux hommes en lisant les *Nuits*
de Musset, éprouve le besoin d'entrer de même dans
toutes les fonctions sociales de l'homme qui n'est pas
inverti, d'entretenir comme l'amant des danseuses
et le vieil habitué de l'Opéra, aussi d'être rangé,

d'épouser ou de se coller avec un homme, d'être père [70].

M. de Charlus s'éloigna avec Morel sous prétexte de se faire expliquer ce qu'on allait jouer, trouvant surtout une grande douceur, tandis que Charlie lui montrait sa musique, à étaler ainsi publiquement leur intimité secrète. Pendant ce temps-là j'étais charmé. Car bien que le petit clan comportât peu de jeunes filles, on en invitait pas mal par compensation les jours de grandes soirées. Il y en avait plusieurs et de fort belles que je connaissais. Elles m'envoyaient de loin un sourire de bienvenue. L'air était ainsi décoré de moment en moment d'un beau sourire de jeune fille. C'est l'ornement multiple et épars des soirées, comme des jours. On se souvient d'une atmosphère parce que des jeunes filles y ont souri [71]. On eût par ailleurs été bien étonné si l'on avait noté les propos furtifs que M. de Charlus avait échangés avec plusieurs hommes importants de cette soirée. Ces hommes étaient deux ducs, un général éminent, un grand écrivain, un grand médecin, un grand avocat. Or les propos avaient été : « A propos avez-vous su si le valet de pied, non je parle du petit qui monte sur la voiture... et chez votre cousine Guermantes vous ne connaissez rien ? » — « Actuellement non. » — « Dites donc, devant la porte d'entrée, aux voitures, il y avait une jeune personne blonde, en culotte courte, qui m'a semblé tout à fait sympathique. Elle m'a appelé très gracieusement ma voiture, j'aurais volontiers prolongé la conversation. » — « Oui, mais je la crois tout à fait hostile, et puis ça fait des façons, vous qui aimez que les choses réussissent du premier coup vous seriez dégoûté. Du reste je sais qu'il n'y a rien à faire, un de mes amis a essayé. » — « C'est regrettable, j'avais trouvé le profil très fin et les cheveux superbes. » — « Vraiment vous trouvez ça si bien que ça ? Je crois que si vous l'aviez vue un peu plus vous auriez été désillusionné. Non c'est au buffet qu'il y a encore deux mois vous auriez vu une vraie merveille, un grand gaillard de deux mètres, une peau idéale, et puis aimant ça. Mais c'est parti pour la Pologne. » — « Ah c'est un peu loin. » — « Qui sait, ça reviendra peut-être. On se retrouve toujours dans la vie. » Il n'y a pas de grande soirée

mondaine, si pour en avoir une coupe on sait la prendre à
une profondeur suffisante, qui ne soit pareille à ces soirées où les médecins invitent leurs malades, lesquels
tiennent des propos fort sensés, ont de très bonnes manières et ne montreraient pas qu'ils sont fous s'ils ne vous
glissaient à l'oreille en vous montrant un vieux monsieur
qui passe : « C'est Jeanne d'Arc. »

« Je trouve que ce serait de notre devoir de l'éclairer,
dit Mme Verdurin à Brichot. Ce que je fais n'est pas
contre Charlus, au contraire. Il est agréable et quant à sa
réputation je vous dirai qu'elle est d'un genre qui ne peut
pas me nuire ! Même moi qui pour notre petit clan, pour
nos dîners de conversation, déteste les flirts, les hommes
disant des inepties à une femme dans un coin au lieu de
traiter des sujets intéressants, avec Charlus je n'avais pas
à craindre ce qui m'est arrivé avec Swann, avec Elstir,
avec tant d'autres. Avec lui j'étais tranquille, il arrivait là
à mes dîners, il pouvait y avoir toutes les femmes du
monde, on était sûr que la conversation générale n'était
pas troublée par des flirts, des chuchotements. Charlus
c'est à part, on est tranquille, c'est comme un prêtre.
Seulement, il ne faut pas qu'il se permette de régenter les
jeunes gens qui viennent ici et de porter le trouble dans
notre petit noyau, sans cela ce sera encore pire qu'un
homme à femmes. » Et Mme Verdurin était sincère en
proclamant ainsi son indulgence pour le charlisme.
Comme tout pouvoir ecclésiastique elle jugeait les faiblesses humaines moins graves que ce qui pouvait affaiblir le principe d'autorité, nuire à l'orthodoxie, modifier
l'antique credo, dans sa petite Église. « Sans cela, moi je
montre les dents. Voilà un monsieur qui a empêché
Charlie de venir à une répétition parce qu'il n'y était pas
convié. Aussi il va avoir un avertissement sérieux, j'espère que cela lui suffira, sans cela il n'aura qu'à prendre
la porte. Il le chambre ma parole. » Et usant exactement
des mêmes expressions que presque tout le monde aurait
fait, car il en est certaines peu habituelles, que tel sujet
particulier, telle circonstance donnée, font affluer presque nécessairement à la mémoire du causeur qui croit
exprimer librement sa pensée et ne fait que répéter ma-

chinalement la leçon universelle, elle ajouta : « On ne
peut plus le voir sans qu'il soit affublé de ce grand
escogriffe, de cette espèce de garde du corps. » M. Verdurin proposa d'emmener un instant Charlie pour lui
parler, sous prétexte de lui demander quelque chose.
Mme Verdurin craignit qu'il ne fût ensuite troublé et
jouât mal. Il vaudrait mieux retarder cette exécution
jusqu'après celle des morceaux. Et même peut-être à une
autre fois. Car Mme Verdurin avait beau tenir à la délicieuse émotion qu'elle éprouverait quand elle saurait son
mari en train d'éclairer Charlie dans une pièce voisine,
elle avait peur, si le coup ratait, qu'il ne se fâchât et
lâchât le 16 [72]. Ce qui perdit M. de Charlus ce soir-là fut
la mauvaise éducation — si fréquente dans ce monde —
des personnes qu'il avait invitées et qui commençaient à
arriver. Venue à la fois par amitié pour M. de Charlus, et
avec la curiosité de pénétrer dans un endroit pareil, chaque duchesse allait droit au Baron comme si c'était lui qui
avait reçu, me disait, juste à un pas des Verdurin qui
entendaient tout : « Montrez-moi où est la mère Verdurin,
croyez-vous que ce soit indispensable que je me fasse
présenter, j'espère au moins qu'elle ne fera pas mettre
mon nom dans le journal demain, il y aurait de quoi me
brouiller avec tous les miens ; comment c'est cette femme
à cheveux blancs, mais elle n'a pas trop mauvaise façon. » Entendant parler de Mlle Vinteuil, d'ailleurs absente, plus d'une disait : « Ah ! la fille de la Sonate ?
Montrez-moi-la » et, retrouvant beaucoup d'amies à elles
faisaient bande à part, épiaient, pétillantes de curiosité
ironique, l'entrée des fidèles, trouvaient tout au plus à se
montrer du doigt la coiffure un peu singulière d'une
personne qui quelques années plus tard devait la mettre à
la mode dans le plus grand monde et, somme toute,
regrettaient de ne pas trouver ce salon aussi dissemblable
de ceux qu'elles connaissaient qu'elles avaient espéré,
éprouvant le désappointement des gens du monde qui,
étant allés dans la boîte à Bruant dans l'espoir d'être
engueulés par le chansonnier, se seraient vues accueillis à
leur entrée par un salut correct au lieu du refrain attendu :
« Ah ! voyez c'te gueule, c'te binette. Ah ! voyez c'te

gueule qu'elle a. » M. de Charlus avait à Balbec finement critiqué devant moi Mme de Vaugoubert qui, malgré sa grande intelligence, avait causé, après la fortune
inespérée, l'irrémédiable disgrâce de son mari. Les souverains auprès desquels M. de Vaugoubert était accré-
dité, le Roi Théodose et la Reine Eudoxie, étant revenus à
Paris, mais cette fois pour un séjour de quelque durée,
des fêtes quotidiennes avaient été donnée en leur honneur, au cours desquelles la Reine, liée avec Mme de
Vaugoubert qu'elle voyait depuis dix ans dans sa capi-
tale, et ne connaissant ni la femme du Président de la
République ni les femmes des Ministres s'était détour-
née de celles-ci pour faire bande à part avec l'Ambassadrice. Celle-ci croyant sa position hors de toute atteinte,
M. de Vaugoubert étant l'auteur de l'alliance entre le Roi
Théodose et la France, avait conçu, de la préférence que
lui marquait la Reine, une satisfaction d'orgueil, mais
nulle inquiétude du danger qui la menaçait et qui se
réalisa quelques mois plus tard en l'événement, jugé à
tort impossible par le couple trop confiant, de la brutale
mise à la retraite de M. de Vaugoubert. M. de Charlus,
commentant dans le « tortillard » la chute de son ami
d'enfance, s'étonnait qu'une femme intelligente n'eût pas
en pareille circonstance fait servir toute son influence sur
les souverains à obtenir d'eux qu'elle parût n'en posséder
aucune et à leur faire reporter sur les femmes du Président
de la République et des Ministres une amabilité dont elles
eussent été d'autant plus flattées, c'est-à-dire dont elles
eussent été d'autant plus près, dans leur contentement, de
savoir gré aux Vaugoubert, qu'elles eussent cru que cette
amabilité était spontanée et non pas dictée par eux. Mais
qui voit le tort des autres, pour peu que les circonstances
le grisent un peu, y succombe souvent lui-même. Et
M. de Charlus pendant que ses invités se frayaient un
chemin pour venir le féliciter, le remercier comme s'il
avait été le maître de maison, ne songea pas à leur
demander de dire quelques mots à Mme Verdurin. Seule
la Reine de Naples, en qui vivait le même noble sang
qu'en ses sœurs l'Impératrice Élisabeth et la Duchesse
d'Alençon, se mit à causer avec Mme Verdurin comme

si elle était venue pour le plaisir de la voir plus que pour
la musique et que pour M. de Charlus, fit mille déclarations à la Patronne, ne tarit pas sur l'envie qu'elle avait
depuis si longtemps de faire sa connaissance, la compli-
menta sur sa maison et lui parla des sujets les plus divers
comme si elle était en visite. Elle eût tant voulu amener sa
nièce Élisabeth, disait-elle (celle qui devait peu après
épouser le Prince Albert de Belgique) et qui regrettait
tant. Elle se tut en voyant les musiciens s'installer sur
l'estrade et se fit montrer Morel. Elle ne devait guère se
faire d'illusion sur les motifs qui portaient M. de Charlus
à vouloir qu'on entourât le jeune virtuose de tant de
gloire. Mais sa vieille sagesse de souveraine en qui coulait un des sangs les plus nobles de l'histoire, les plus
riches d'expérience, de scepticisme et d'orgueil, lui faisait seulement considérer les tares inévitables des gens
qu'elle aimait le mieux comme son cousin Charlus (fils
comme elle d'une duchesse en Bavière) comme des in-
fortunes qui leur rendaient plus précieux l'appui qu'ils
pouvaient trouver en elle et faisaient en conséquence
qu'elle avait plus de plaisir encore à le leur fournir. Elle
savait que M. de Charlus serait doublement touché
qu'elle se fût dérangée en pareille circonstance. Seulement, aussi bonne qu'elle s'était jadis montrée brave,
cette femme héroïque qui, reine-soldat, avait fait elle-
même le coup de feu sur les remparts de Gaète, toujours
prête à aller chevaleresquement du côté des faibles,
voyant Mme Verdurin seule et délaissée et qui ignorait
d'ailleurs qu'elle n'eût pas dû quitter la Reine, avait
cherché à feindre que pour elle, la Reine de Naples, le
centre de cette soirée, le point attractif qui l'avait fait
venir c'était Mme Verdurin. Elle s'excusa sans fin sur ce
qu'elle ne pourrait pas rester jusqu'à la fin, devant quoiqu'elle ne sortît jamais aller à une autre soirée, et demandant que surtout quand elle s'en irait on ne se dérangeât
pas pour elle, tenant ainsi quitte d'honneurs que Mme-
Verdurin ne savait du reste pas qu'on avait à lui rendre. Il
faut rendre pourtant cette justice à M. de Charlus que s'il
oublia entièrement Mme Verdurin, et la laissa oublier,
jusqu'au scandale, par les gens «de son monde» à lui

qu'il avait invités, il comprit en revanche qu'il ne devait pas laisser ceux-ci garder en face de la « manifestation musicale » elle-même les mauvaises façons dont ils usaient à l'égard de la Patronne. Morel était déjà monté sur l'estrade, les artistes se groupaient, que l'on entendait encore des conversations, voire des rires, des « Il paraît qu'il faut être initié pour comprendre ». Aussitôt M. de Charlus redressant sa taille en arrière, comme entré dans un autre corps que celui que j'avais vu tout à l'heure arriver en traînaillant chez Mme Verdurin, prit une expression de prophète et regarda l'assemblée avec un sérieux qui signifiait que ce n'était pas le moment de rire, et dont on vit rougir brusquement le visage de plus d'une invitée prise en faute comme une élève par son professeur en pleine classe. Pour moi l'attitude si noble d'ailleurs de M. de Charlus avait quelque chose de comique ; car tantôt il foudroyait ses invités de regards enflammés, tantôt, afin de leur indiquer comme en un *vade mecum* le religieux silence qu'il convenait d'observer, le détachement de toute préoccupation mondaine, il présentait lui-même, élevant vers son beau front ses mains gantées de blanc, un modèle (auquel on devait se conformer) de gravité, presque déjà d'extase, sans répondre aux saluts des retardataires, assez indécents pour ne pas comprendre que l'heure était maintenant au grand Art. Tous furent hypnotisés, on n'osa plus proférer un son, bouger une chaise ; le respect pour la musique — de par le prestige de Palamède — avait été subitement inculqué à une foule aussi mal élevée qu'élégante.

En voyant se ranger sur la petite estrade non pas seulement Morel et un pianiste, mais d'autres instrumentistes, je crus qu'on commençait par des œuvres d'autres musiciens que Vinteuil. Car je croyais qu'on ne possédait de lui que sa sonate pour piano et violon. Mme Verdurin s'assit à part, les hémisphères de son front blanc et légèrement rosé magnifiquement bombés, les cheveux écartés, moitié en imitation d'un portrait du XVIIIᵉ siècle, moitié par besoin de fraîcheur d'une fiévreuse qu'une pudeur empêche de dire son état, isolée, divinité qui présidait aux solennités musicales, déesse du wagnérisme

et de la migraine, sorte de Norne presque tragique évoquée par le génie au milieu de ces ennuyeux devant qui
elle allait dédaigner plus encore que de coutume d'exprimer des impressions en entendant une musique qu'elle
connaissait mieux qu'eux. Le concert commença, je ne
connaissais pas ce qu'on jouait, je me trouvais en pays
inconnu. Où le situer? Dans l'œuvre de quel auteur
étais-je? J'aurais bien voulu le savoir et n'ayant près de
moi personne à qui le demander j'aurais bien voulu être
un personnage de ces *Mille et Une Nuits* que je relisais
sans cesse et où dans les moments d'incertitude surgit
soudain un génie ou une adolescente d'une ravissante
beauté, invisible pour les autres, mais non pour le héros
embarrassé à qui elle révèle exactement ce qu'il désire
savoir. Or à ce moment, je fus précisément favorisé d'une
telle apparition magique. Comme quand dans un pays
qu'on ne croit pas connaître et qu'en effet on a abordé par
un côté nouveau, après avoir tourné un chemin, on se
trouve tout d'un coup déboucher dans un autre dont les
moindres coins vous sont familiers, mais seulement où on
n'avait pas l'habitude d'arriver par là, on se dit tout d'un
coup: «Mais c'est le petit chemin qui mène à la petite
porte du jardin de mes amis ***; je suis à deux minutes
de chez eux»; et leur fille est en effet là qui est venue
vous dire bonjour au passage; ainsi tout d'un coup je me
reconnus au milieu de cette musique nouvelle pour moi,
en pleine Sonate de Vinteuil; et plus merveilleuse qu'une
adolescente, la petite phrase, enveloppée, harnachée
d'argent, toute ruisselante de sonorités brillantes, légères
et douces comme des écharpes, vint à moi, reconnaissable sous ces parures nouvelles. Ma joie de l'avoir retrou-
vée s'accroissait de l'accent si amicalement connu qu'elle
prenait pour s'adresser à moi, si persuasif, si simple, non
sans laisser éclater pourtant cette beauté chatoyante dont
elle resplendissait. Sa signification d'ailleurs n'était cette
fois que de me montrer le chemin et qui n'était pas celui
de la Sonate, car c'était une œuvre inédite de Vinteuil où
il s'était seulement amusé, par une allusion que justifiait à
cet endroit un mot du programme qu'on aurait dû avoir en
même temps sous les yeux, à faire apparaître un instant la

petite phrase. A peine rappelée ainsi elle disparut et je me retrouvai dans un monde inconnu, mais je savais maintenant, et tout ne cessa plus de me confirmer que ce monde était un de ceux que je n'avais même pu concevoir que Vinteuil eût créés, car quand, fatigué de la Sonate qui était un univers épuisé pour moi, j'essayais d'en imaginer d'autres aussi beaux mais différents, je faisais seulement comme ces poètes qui remplissent leur prétendu Paradis de prairies, de fleurs, de rivières, qui font double emploi avec celles de la Terre. Ce qui était devant moi me faisait éprouver autant de joie qu'aurait fait la Sonate si je ne l'avais pas connue, par conséquent en étant aussi beau était autre. Tandis que la Sonate s'ouvrait sur une aube liliale et champêtre, divisant sa candeur légère mais pour se suspendre à l'emmêlement léger et pourtant consistant d'un berceau rustique de chèvrefeuilles sur des géraniums blancs, c'était sur des surfaces unies et planes comme celles de la mer que, par un matin d'orage, commençait au milieu d'un aigre silence, dans un vide infini, l'œuvre nouvelle, et c'est dans une rose d'aurore que pour se construire progressivement devant moi cet univers inconnu était tiré du silence et de la nuit. Ce rouge si nouveau, si absent de la tendre, champêtre et candide Sonate, teignait tout le ciel, comme l'aurore, d'un espoir mystérieux. Et un chant perçait déjà l'air, chant de sept notes, mais le plus inconnu, le plus différent de tout ce que j'eusse pu jamais imaginer, à la fois ineffable et criard, non plus roucoulement de colombe comme dans la Sonate, mais déchirant l'air, aussi vif que la nuance écarlate dans laquelle le début était noyé, quelque chose comme un mystique chant du coq, un appel ineffable mais suraigu, de l'éternel matin. L'atmosphère froide, lavée de pluie, électrique — d'une qualité si différente, à des pressions tout autres, dans un monde si éloigné de celui, virginal et meublé de végétaux, de la Sonate — changeait à tout instant effaçant la promesse empourprée de l'Aurore. A midi pourtant, dans un ensoleillement brûlant et passager, elle semblait s'accomplir en un bonheur lourd, villageois et presque rustique, où la titubation de cloches retentissantes et déchaînées (pareilles à celles qui incendiaient de chaleur la place de l'église à Combray et que Vinteuil, qui avait dû souvent les entendre, avait peut-être trouvées à ce moment-là dans sa mémoire, comme une couleur qu'on a à portée de sa main sur une palette) semblait matérialiser la plus épaisse joie. A vrai dire, esthétiquement ce motif de joie ne me plaisait pas; je le trouvais presque laid, le rythme s'en traînait si péniblement à terre qu'on aurait pu en imiter presque tout l'essentiel, rien qu'avec des bruits, en frappant d'une certaine manière des baguettes sur une table. Il me semblait que Vinteuil avait manqué là d'inspiration, et en conséquence je manquai aussi là un peu de force d'attention. Je regardai la Patronne, dont l'immobilité farouche semblait protester contre les battement de mesure exécutés par les têtes ignorantes des dames du Faubourg. Mme Verdurin ne disait pas : « Vous comprenez que je la connais un peu cette musique, et un peu encore! S'il me fallait exprimer tout ce que je ressens vous n'en auriez pas fini! » Elle ne le disait pas. Mais sa taille droite et immobile, ses yeux sans expression, ses mèches fuyantes le disaient pour elle. Ils disaient aussi son courage, que les musiciens pouvaient y aller, ne pas ménager ses nerfs, qu'elle ne flancherait pas à l'andante, qu'elle ne crierait pas à l'allégro. Je regardai les musiciens. Le violoncelliste dominait l'instrument qu'il serrait entre ses genoux, inclinant sa tête à laquelle des traits vulgaires donnaient, dans les instants de maniérisme, une expression involontaire de dégoût; il se penchait sur sa contrebasse, la palpait avec la même patience domestique que s'il eût épluché un chou tandis que près de lui la harpiste encore enfant, en jupe courte, dépassée de tous côtés par les rayons horizontaux du quadrilatère d'or pareil à ceux qui dans la chambre magique d'une sibylle figureraient arbitrairement l'éther, selon les formes consacrées, semblait, petite déesse allégorique, aller y chercher, çà et là, au point assigné, un son délicieux, de la même manière que, dressée devant le treillage d'or de la voûte céleste, elle y aurait cueilli, une à une, des étoiles. Quant à Morel une mèche jusque-là invisible et confondue dans sa chevelure venait de se détacher et de faire boucle sur son front.

Je tournai imperceptiblement la tête vers le public pour me rendre compte de ce que M. de Charlus avait l'air de penser de cette mèche. Mais mes yeux ne rencontrèrent que le visage, ou plutôt que les mains de Mme Verdurin, car celui-là était entièrement enfoui dans celles-ci. La Patronne voulait-elle par cette attitude recueillie montrer qu'elle se considérait comme à l'église, et ne trouvait pas cette musique différente de la plus sublime des prières; voulait-elle comme certaines personnes à l'église dérober aux regards indiscrets, soit par pudeur leur ferveur supposée, soit par respect humain leur distraction coupable ou un sommeil invincible? Cette dernière hypothèse fut celle qu'un bruit régulier qui n'était pas musical me fit croire un instant être la vraie, mais je m'aperçus ensuite qu'il était produit par les ronflements non de Mme Verdurin mais de sa chienne [73]. Mais bien vite, le motif triomphant des cloches ayant été chassé, dispersé par d'autres, je fus repris par cette musique; et je me rendais compte que si, au sein de ce septuor, des éléments différents s'exposaient tour à tour pour se combiner à la fin, de même, la Sonate de Vinteuil, et comme je le sus plus tard ses autres œuvres, n'avaient toutes été par rapport à ce septuor que de timides essais, délicieux mais bien frêles, auprès du chef-d'œuvre triomphal et complet qui m'était en ce moment révélé. Et je ne pouvais m'empêcher par comparaison de me rappeler que, de même encore, j'avais pensé aux autres mondes qu'avait pu créer Vinteuil comme à des univers clos, comme avait été chacun de mes amours; mais en réalité je devais bien m'avouer que, comme au sein de mon dernier amour — celui pour Albertine — mes premières velléités de l'aimer (à Balbec tout au début, puis après la partie de furet, puis la nuit où elle avait couché à l'hôtel, puis à Paris le dimanche de brume, puis le soir de la fête Guermantes, puis de nouveau à Balbec, et enfin à Paris où ma vie était étroitement unie à la sienne), de même si je considérais maintenant non plus mon amour pour Albertine mais toute ma vie, mes autres amours eux aussi n'y avaient été que de minces et timides essais qui préparaient, des appels qui réclamaient ce plus vaste amour... l'amour pour Albertine. Et je cessai de

suivre la musique, pour me redemander si Albertine avait
vu ou non Mlle Vinteuil ces jours-ci, comme on interroge de nouveau une souffrance interne que la distraction
vous a fait un moment oublier. Car c'est en moi que se
passaient les actions possibles d'Albertine. De tous les
êtres que nous connaissons, nous possédons un double.
Mais habituellement situé à l'horizon de notre imagination, de notre mémoire, il nous reste relativement extérieur, et ce qu'il a fait ou pu faire ne comporte pas plus
pour nous d'élément douloureux qu'un objet placé à
quelque distance, et qui ne nous procure que les sensations indolores de la vue. Ce qui affecte ces êtres-là nous
le percevons d'une façon contemplative, nous pouvons le
déplorer en termes appropriés qui donnent aux autres
l'idée de notre bon cœur, nous ne le ressentons pas. Mais
depuis ma blessure de Balbec, c'était dans mon cœur, à
une grande profondeur, difficile à extraire, qu'était le
double d'Albertine. Ce que je voyais d'elle me lésait
comme un malade dont les sens seraient si fâcheusement
transposés que la vue d'une couleur serait intérieurement
éprouvée par lui comme une incision en pleine chair.
Heureusement que je n'avais pas cédé à la tentation de
rompre encore avec Albertine; cet ennui d'avoir à la
retrouver tout à l'heure comme une femme bien-aimée,
quand je rentrerais, était bien peu de chose auprès de
l'anxiété que j'aurais eue si la séparation s'était effectuée
à ce moment où j'avais un doute sur elle et avant qu'elle
eût eu le temps de me devenir indifférente. Et au moment
où je me la représentais ainsi m'attendant à la maison,
trouvant le temps long, s'étant peut-être endormie un
instant dans sa chambre, je fus caressé au passage par une
tendre phrase familiale et domestique du septuor. Peut-
être — tant tout s'entrecroise et se superpose dans notre
vie intérieure — avait-elle été inspirée à Vinteuil par le
sommeil de sa fille — de sa fille cause aujourd'hui de
tous mes troubles — quand il enveloppait de sa douceur, dans les paisibles soirées, le travail du musicien,
cette phrase qui me calma tant, par le même moelleux
arrière-plan de silence qui pacifie certaines rêveries de
Schumann, durant lesquelles, même quand «le Poète

parle », on devine que « l'enfant dort [74] ». Endormie,
éveillée, je la retrouverais ce soir, quand il me plairait de
rentrer, Albertine, ma petite enfant. Et pourtant, me
dis-je, quelque chose de plus mystérieux que l'amour
d'Albertine semblait promis au début de cette œuvre,
dans ces premiers cris d'aurore. J'essayai de chasser la
pensée de mon amie pour ne plus songer qu'au musicien.
Aussi bien semblait-il être là. On aurait dit que réincarné,
l'auteur vivait à jamais dans sa musique ; on sentait la joie
avec laquelle il choisissait la couleur de tel timbre, l'as-
sortissait aux autres. Car à des dons plus profonds, Vinteuil joignait celui que peu de musiciens, et même peu de
peintres ont possédé, d'user de couleurs non seulement si
stables mais si personnelles que pas plus que le temps
n'altère leur fraîcheur, les élèves qui imitent celui qui les
a trouvées, et les maîtres mêmes qui le dépassent, ne font
pâlir leur originalité. La révolution que leur apparition a
accomplie ne voit pas ses résultats s'assimiler anonyme-
ment aux époques suivantes ; elle se déchaîne, elle éclate
à nouveau et seulement quand on rejoue les œuvres du
novateur à perpétuité. Chaque timbre se soulignait d'une
couleur que toutes les règles du monde apprises par les
musiciens les plus savants ne pourraient pas imiter, en
sorte que Vinteuil, quoique venu à son heure et fixé à son
rang dans l'évolution musicale, le quitterait toujours pour
venir prendre la tête dès qu'on jouerait une de ses pro-
ductions, qui devrait de paraître éclose après celle de
musiciens plus récents, à ce caractère en apparence
contradictoire et en effet trompeur, de durable nouveauté.
Une page symphonique de Vinteuil, connue déjà au piano
et qu'on entendait à l'orchestre, comme un rayon de jour
d'été que le prisme de la fenêtre décompose avant son
entrée dans une salle à manger obscure, dévoilait comme
un trésor insoupçonné et multicolore toutes les pierreries
des *Mille et une Nuits*. Mais comment comparer à cet
immobile éblouissement de la lumière, ce qui était vie,
mouvement perpétuel et heureux ? Ce Vinteuil que j'avais
connu si timide et si triste avait quand il fallait choisir un
timbre, lui en unir un autre, des audaces, et dans tout les
sens du mot un bonheur sur lequel l'audition d'une œuvre

de lui ne laissait aucun doute. La joie que lui avaient causée telles sonorités, les forces accrues qu'elle lui avait données pour en découvrir d'autres, menaient encore l'auditeur de trouvaille en trouvaille, ou plutôt c'était le créateur qui le conduisait lui-même, puisant dans les couleurs qu'il venait de trouver une joie éperdue qui lui donnait la puissance de découvrir, de se jeter sur celles qu'elles semblaient appeler, ravi, tressaillant, comme au choc d'une étincelle, quand le sublime naissait de lui-même de la rencontre des cuivres, haletant, grisé, affolé, vertigineux, tandis qu'il peignait sa grande fresque musicale comme Michel-Ange attaché à son échelle et lançant, la tête en bas, de tumultueux coups de brosse au plafond de la chapelle Sixtine. Vinteuil était mort depuis nombre d'années; mais au milieu de ces instruments qu'il avait aimés, il lui avait été donné de poursuivre, pour un temps illimité, une part au moins de sa vie. De sa vie d'homme seulement? Si l'art n'était vraiment qu'un prolongement de la vie, valait-il de lui rien sacrifier, n'était-il pas aussi irréel qu'elle-même? A mieux écouter ce septuor, je ne le pouvais pas penser. Sans doute le rougeoyant septuor différait singulièrement de la blanche Sonate; la timide interrogation à laquelle répondait la petite phrase, de la supplication haletante pour trouver l'accomplissement de l'étrange promesse qui avait retenti, si aigre, si surnaturelle, si brève, faisant vibrer la rougeur encore inerte du ciel matinal, au-dessus de la mer. Et pourtant ces phrases si différentes étaient faites des mêmes éléments, car de même qu'il y avait un certain univers, perceptible pour nous en ces parcelles dispersées çà et là, dans telles demeures, dans tels musées, et qui était l'univers d'Elstir, celui qu'il voyait, celui où il vivait, de même la musique de Vinteuil étendait, notes par notes, touches par touches, les colorations inconnues, inestimables, d'un univers insoupçonné, fragmenté par les lacunes que laissaient entre elles les auditions de son œuvre; ces deux interrogations, si dissemblables, qui commandaient les mouvements si différents de la Sonate et du septuor, l'une brisant en courts appels une ligne continue et pure, l'autre ressoudant en une armature indivisible des fragments épars, l'une si calme et timide, presque détachée et comme philosophique, l'autre si pressante, anxieuse, implorante, c'était pourtant une même prière, jaillie devant différents levers de soleil intérieurs et seulement réfractée à travers les milieux différents de pensées autres, de recherches d'art en progrès au cours d'années où il avait voulu créer quelque chose de nouveau. Prière, espérance qui était au fond la même, reconnaissable sous ses déguisements dans les diverses œuvres de Vinteuil, et d'autre part qu'on ne trouvait que dans les œuvres de Vinteuil. Ces phrases-là, les musicographes pourraient bien trouver leur apparentement, leur généalogie, dans les œuvres d'autres grands musiciens, mais seulement pour des raisons accessoires, des ressemblances extérieures, des analogies plutôt ingénieusement trouvées par le raisonnement que senties par l'impression directe. Celle que donnaient ces phrases de Vinteuil était différente de toute autre, comme si, en dépit des conclusions qui semblent se dégager de la science, l'individuel existait. Et c'était justement quand il cherchait puissamment à être nouveau, qu'on reconnaissait sous les différences apparentes, les similitudes profondes, et les ressemblances voulues qu'il y avait au sein d'une œuvre, quand Vinteuil reprenait à diverses reprises une même phrase, la diversifiait, s'amusait à changer son rythme, à la faire reparaître sous sa forme première, ces ressemblances-là, voulues, œuvre de l'intelligence, forcément superficielles, n'arrivaient jamais à être aussi frappantes que ces ressemblances dissimulées, involontaires, qui éclataient, sous des couleurs différentes, entre les deux chefs-d'œuvre distincts; car alors Vinteuil, cherchant puissamment à être nouveau, s'interrogeait lui-même, de toute la puissance de son effort créateur, atteignait sa propre essence à ces profondeurs où, quelque question qu'on lui pose, c'est du même accent, le sien propre, qu'elle répond. Un accent, cet accent de Vinteuil, séparé de l'accent des autres musiciens, par une différence bien plus grande que celle que nous percevons entre la voix de deux personnes, même entre le beuglement et le cri de deux espèces animales; une véritable différence,

celle qu'il y avait entre la pensée de tel musicien, et les
éternelles investigations de Vinteuil, la question qu'il se
posa sous tant de formes, son habituelle spéculation, mais
aussi débarrassée des formes analytiques du raisonnement
que si elle s'était exercée dans le monde des anges, de
sorte que nous pourrions en mesurer la profondeur mais
pas plus la traduire en langage humain que ne le peuvent
les esprits désincarnés quand évoqués par un médium
celui-ci les interroge sur les secrets de la mort ; un accent,
car tout de même, et même en tenant compte de cette
originalité acquise qui m'avait frappé dans l'après-midi,
de cette parenté aussi que les musicographes pourraient
trouver entre des musiciens, c'est bien un accent unique
auquel s'élèvent, auquel reviennent malgré eux ces
grands chanteurs que sont les musiciens originaux, et qui
est une preuve de l'existence irréductiblement individuelle de l'âme. Que Vinteuil essayât de faire plus solennel, plus grand, ou de faire du vif et du gai, de faire ce
qu'il apercevait se refléter en beau dans l'esprit du public,
Vinteuil, malgré lui, submergeait tout cela sous une lame
de fond qui rend son son éternel et aussitôt reconnu. Ce
chant différent de celui des autres, semblable à tous les
siens, où Vinteuil l'avait-il appris, entendu ? Chaque artiste semble ainsi comme le citoyen d'une patrie inconnue, oubliée de lui-même, différente de celle d'où viendra appareillant pour la terre un autre grand artiste. Tout
au plus, de cette patrie Vinteuil dans ses dernières œuvres
semblait s'être rapproché. L'atmosphère n'y était plus la
même que dans la Sonate, les phrases interrogatives s'y
faisaient plus pressantes, plus inquiètes, les réponses plus
mystérieuses ; l'air délavé du matin et du soir semblait y
influencer jusqu'aux cordes des instruments. Morel avait
beau jouer merveilleusement, les sons que rendait son
violon me parurent singulièrement perçants, presque
criards. Cette âcreté plaisait et comme dans certaines voix
on y sentait une sorte de qualité morale et de supériorité
intellectuelle. Mais cela pouvait choquer. Quand la vision
de l'univers se modifie, s'épure, devient plus adéquate au
souvenir de la patrie intérieure, il est bien naturel que cela
se traduise par une altération générale des sonorités chez

le musicien comme de la couleur chez le peintre. Au reste le public le plus intelligent ne s'y trompa pas puisque l'on déclara plus tard les dernières œuvres de Vinteuil les plus profondes. Or aucun programme, aucun sujet n'apportait un élément intellectuel de jugement. On devinait donc qu'il s'agissait d'une transposition, dans l'ordre sonore, de la profondeur.

Cette patrie perdue les musiciens ne se la rappellent pas, mais chacun d'eux reste toujours inconsciemment accordé en un certain unisson avec elle; il délire de joie quand il chante selon sa patrie, la trahit parfois par amour de la gloire, mais alors en cherchant la gloire il la fuit, et ce n'est qu'en la dédaignant qu'il la trouve, et quand le musicien, quel que soit le sujet qu'il traite, entonne ce chant singulier dont la monotonie — car quel que soit le sujet traité il reste identique à soi-même — prouve chez lui la fixité des éléments composants de son âme. Mais alors n'est-ce pas que ces éléments, tout ce résidu réel que nous sommes obligés de garder pour nous-même, que la causerie ne peut transmettre même de l'ami à l'ami, du maître au disciple, de l'amant à la maîtresse, cet ineffable qui différencie qualitativement ce que chacun a senti et qu'il est obligé de laisser au seuil des phrases où il ne peut communiquer avec autrui qu'en se limitant à des points extérieurs communs à tous et sans intérêt, l'art, l'art d'un Vinteuil comme celui d'un Elstir le fait apparaître, extériorisant dans les couleurs du spectre la composition intime de ces mondes que nous appelons les individus et que sans l'art nous ne connaîtrions jamais? Des ailes, un autre appareil respiratoire et qui nous permissent de traverser l'immensité ne nous serviraient à rien. Car si nous allions dans Mars et dans Vénus en gardant les mêmes sens ils revêtiraient du même aspect que les choses de la Terre tout ce que nous pourrions voir. Le seul véritable voyage, le seul bain de Jouvence, ce ne serait pas d'aller vers de nouveaux paysages, mais d'avoir d'autres yeux, de voir l'univers avec les yeux d'un autre, de cent autres, de voir les cent univers que chacun d'eux voit, que chacun d'eux est; et cela, nous le pouvons avec un Elstir, avec un Vinteuil, avec leurs pareils, nous volons vrai-

ment d'étoiles en étoiles. L'andante venait de finir sur
une phrase remplie d'une tendresse à laquelle je m'étais
donné tout entier; alors il y eut avant le mouvement
suivant un instant de repos où les exécutants posèrent
leurs instruments et les auditeurs échangèrent quelques
impressions. Un duc pour montrer qu'il s'y connaissait
déclara: «C'est très difficile à bien jouer.» Des personnes plus agréables causèrent un moment avec moi. Mais
qu'étaient leurs paroles qui comme toute parole humaine
extérieure me laissaient si indifférent, à côté de la céleste
phrase musicale avec laquelle je venais de m'entretenir?
J'étais vraiment comme un ange qui déchu des ivresses
du Paradis tombe dans la plus insignifiante réalité. Et de
même que certains êtres sont les derniers témoins d'une
forme de vie que la nature a abandonnée, je me demandais si la musique n'était pas l'exemple unique de ce
qu'aurait pu être — s'il n'y avait pas eu l'invention du
langage, la formation des mots, l'analyse des idées — la
communication des âmes. Elle est comme une possibilité
qui n'a pas eu de suites, l'humanité s'est engagée dans
d'autres voies, celle du langage parlé et écrit. Mais ce
retour à l'inanalysé était si enivrant qu'au sortir de ce
paradis le contact des êtres plus ou moins intelligents me
semblait d'une insignifiance extraordinaire. Les êtres,
j'avais pu pendant la musique me souvenir d'eux, les
mêler à elle; ou plutôt à la musique je n'avais guère mêlé
le souvenir que d'une seule personne, celui d'Albertine.
Et la phrase qui finissait l'andante me semblait si sublime
que je me disais qu'il était malheureux qu'Albertine ne
sût pas, — et si elle avait su n'eût pas compris — quel
honneur c'était pour elle d'être mêlée à quelque chose de
si grand qui nous réunissait, et dont elle avait semblé
emprunter la voix pathétique. Mais une fois la musique
interrompue les êtres qui étaient là semblaient trop fades.
On passa quelques rafraîchissements. M. de Charlus in-
terpellait de temps en temps un domestique: «Comment
allez-vous? Avez-vous reçu mon pneumatique? Viendrez-vous?» Sans doute il y avait dans ces interpellations
la liberté du grand seigneur qui croit flatter et qui est plus
peuple que le bourgeois, mais aussi la rouerie du coupa-

ble qui croit que ce dont on fait étalage est par cela même jugé innocent. Et il ajoutait sur le ton Guermantes de Mme de Villeparisis : « C'est un brave petit, c'est une bonne nature, je l'emploie souvent chez moi. » Mais ses habiletés tournaient contre le Baron car on trouvait extraordinaires ses amabilités si intimes et ses pneumatiques à des valets de pied. Ceux-ci en étaient d'ailleurs moins flattés que gênés, pour leurs camarades. Cependant le septuor qui avait recommencé avançait vers sa fin ; à plusieurs reprises une phrase, telle ou telle, de la Sonate revenait, mais chaque fois changée, sur un rythme, un accompagnement différents, la même et pourtant autre, comme reviennent les choses dans la vie ; et c'était une de ces phrases qui, sans qu'on puisse comprendre quelle affinité leur assigne comme demeure unique et nécessaire la pensée d'un certain musicien, ne se trouvent que dans son œuvre, et apparaissent constamment dans son œuvre, dont elles sont les fées, les dryades, les divinités familières. J'en avais d'abord distingué dans le septuor deux ou trois, qui me rappelaient la Sonate. Bientôt — baignée dans le brouillard violet qui s'élevait surtout dans la dernière partie de l'œuvre de Vinteuil, si bien que, même quand il introduisait quelque part une danse, elle restait captive dans une opale — j'aperçus une autre phrase de la Sonate, restant si lointaine encore que je la reconnaissais à peine ; hésitante elle s'approcha, disparut comme effarouchée, puis revint, s'enlaça à d'autres, venues comme je le sus plus tard d'autres œuvres, en appela d'autres qui devenaient à leur tour attirantes et persuasives aussitôt qu'elles étaient apprivoisées, et entraient dans la ronde, dans la ronde divine mais restée invisible pour la plupart des auditeurs, lesquels n'ayant devant eux qu'un voile confus au travers duquel ils ne voyaient rien ponctuaient arbitrairement d'exclamations admiratives un ennui continu dont ils pensaient mourir. Puis elles s'éloignèrent, sauf une que je vis repasser jusqu'à cinq et six fois, sans que je pusse apercevoir son visage, mais si caressante, si différente — comme sans doute la petite phrase de la Sonate pour Swann — de ce qu'aucune femme m'avait jamais fait désirer que cette phrase-là qui m'offrait d'une voix si douce un bonheur qu'il eût vraiment valu la peine d'obtenir, c'est peut-être — cette créature invisible dont je ne connaissais pas le langage et que je comprenais si bien — la seule Inconnue qu'il m'ait été jamais donné de rencontrer. Puis cette phrase se défit, se transforma, comme faisait la petite phrase de la Sonate, et devint le mystérieux appel du début. Une phrase d'un caractère douloureux s'opposa à lui, mais si profonde, si vague, si interne, presque si organique et viscérale qu'on ne savait pas à chacune de ses reprises si c'était celle d'un thème ou d'une névralgie. Bientôt les deux motifs luttèrent ensemble dans un corps à corps où parfois l'un disparaissait entièrement, où ensuite on n'apercevait plus qu'un morceau de l'autre. Corps à corps d'énergies seulement à vrai dire ; car si ces êtres s'affrontaient, c'était débarrassés de leur corps physique, de leur apparence, de leur nom, et trouvant chez moi un spectateur intérieur, insoucieux lui aussi des noms et du particulier, pour s'intéresser à leur combat immatériel et dynamique et en suivre avec passion les péripéties sonores. Enfin le motif joyeux resta triomphant, ce n'était plus un appel presque inquiet lancé derrière un ciel vide, c'était une joie ineffable qui semblait venir du paradis ; une joie aussi différente de celle de la Sonate que d'un ange doux et grave de Bellini jouant du théorbe, pourrait être, vêtu d'une robe d'écarlate, quelque archange de Mantegna sonnant dans un buccin[75]. Je savais bien que cette nuance nouvelle de la joie, cet appel vers une joie supra-terrestre, je ne l'oublierais jamais. Mais serait-elle jamais réalisable pour moi ? Cette question me paraissait d'autant plus importante que cette phrase était ce qui aurait pu le mieux caractériser — comme tranchant avec tout le reste de ma vie, avec le monde visible — ces impressions qu'à des intervalles éloignés je retrouvais dans ma vie comme les points de repère, les amorces, pour la construction d'une vie véritable : l'impression éprouvée devant les clochers de Martinville, devant une rangée d'arbres près de Balbec. En tout cas pour en revenir à l'accent particulier de cette phrase, comme il était singulier que le pressentiment le plus différent de ce

qu'enseigne la vie terre à terre, l'approximation la plus
hardie des ailégresses de l'au-delà se fût justement maté-
rialisée dans le triste petit bourgeois bienséant que nous
rencontrions au mois de Marie à Combray ; mais surtout
comment se faisait-il que cette révélation, la plus étrange
que j'eusse encore reçue, d'un type inconnu de joie,
j'eusse pu la recevoir de lui, puisque, disait-on, quand il
était mort, il n'avait laissé que sa Sonate, que le reste
demeurait inexistant en d'indéchiffrables notations. Indéchiffrables, mais qui pourtant avaient fini, à force de
patience, d'intelligence et de respect, par être déchiffrées
par la seule personne qui avait assez vécu auprès de
Vinteuil pour bien connaître sa manière de travailler,
pour deviner ses indications d'orchestre : l'amie de Mlle Vinteuil. Du vivant même du grand musicien elle avait
appris de la fille le culte que celle-ci avait pour son père.
C'est à cause de ce culte que dans ces moments où l'on va
à l'opposé de ses inclinations véritables, les deux jeunes
filles avaient pu trouver un plaisir dément aux profana-
tions qui ont été racontées [76]. L'adoration pour son père
était la condition même du sacrilège de sa fille. Et sans
doute la volupté de ce sacrilège elles eussent dû se la
refuser, mais celle-ci ne les exprimait pas tout entières. Et
d'ailleurs elles étaient allées se raréfiant jusqu'à disparaître tout à fait au fur et à mesure que ces relations charnelles et maladives, ce trouble et fumeux embrasement,
avait fait place à la flamme d'une amitié haute et pure.
L'amie de Mlle Vinteuil était quelquefois traversée par
l'importune pensée qu'elle avait peut-être précipité la
mort de Vinteuil. Du moins en passant des années à
débrouiller le grimoire laissé par Vinteuil, en établissant
la lecture certaine de ces hiéroglyphes inconnus, l'amie
de Mlle Vinteuil eut la consolation d'assurer au musicien
dont elle avait assombri les dernières années, une gloire
immortelle et compensatrice. Des relations qui ne sont
pas consacrées par les lois, découlent des liens de parenté
aussi multiples, aussi complexes, plus solides seulement,
que ceux qui naissent du mariage. Sans même s'arrêter à
des relations d'une nature aussi particulière, ne voyons-
nous pas tous les jours que l'adultère, quand il est fondé

sur l'amour véritable, n'ébranle pas le sentiment de famille, les devoirs de parenté, mais les revivifie. L'adultère alors introduit l'esprit dans la lettre que bien souvent
le mariage eût laissé morte. Une bonne fille qui portera
par simple convenance le deuil du second mari de sa mère
n'aura pas assez de larmes pour pleurer l'homme que sa
mère avait entre tous choisi comme amant. Du reste
Mlle Vinteuil n'avait agi que par sadisme, ce qui ne
l'excusait pas, mais j'eus plus tard une certaine douceur à
le penser. Elle devait bien se rendre compte, me disais-je,
au moment où elle profanait avec son amie la photographie de son père, que tout cela n'était que maladif, de la
folie, et pas la vraie et joyeuse méchanceté qu'elle aurait
voulu. Cette idée que c'était une simulation de méchanceté seulement gâtait son plaisir. Mais si cette idée a pu
lui revenir plus tard, comme elle avait gâté son plaisir elle
a dû diminuer sa souffrance. « Ce n'était pas moi, dut-elle
se dire, j'étais aliénée. Moi, je peux encore prier pour
mon père, ne pas désespérer de sa bonté. » Seulement il
est possible que cette idée qui s'était certainement présentée à elle dans le plaisir, ne se soit pas présentée à elle
dans la souffrance. J'aurais voulu pouvoir la mettre dans
son esprit. Je suis sûr que je lui aurais fait du bien et que
j'aurais pu rétablir entre elle et le souvenir de son père
une communication assez douce.

Comme dans les illisibles carnets où un chimiste de
génie, qui ne sait pas la mort si proche, a noté des
découvertes qui resteront peut-être à jamais ignorées,
l'amie de Mlle Vinteuil avait dégagé de papiers plus
illisibles que des papyrus ponctués d'écriture cunéiforme,
la formule éternellement vraie, à jamais féconde de cette
joie inconnue, de l'espérance mystique de l'Ange écarlate
du matin. Et moi pour qui, moins pourtant que pour
Vinteuil peut-être, elle avait été cause aussi, elle venait
d'être ce soir même encore en réveillant à nouveau ma
jalousie d'Albertine, elle devait surtout dans l'avenir être
cause de tant de souffrances, c'était grâce à elle par
compensation qu'avait pu venir jusqu'à moi l'étrange
appel que je ne cesserais plus jamais d'entendre
— comme la promesse qu'il existait autre chose, réalisa-

ble par l'art sans doute, que le néant que j'avais trouvé dans tous les plaisirs et dans l'amour même, et que si ma vie me semblait si vaine, du moins n'avait-elle pas tout accompli. Ce qu'elle avait permis grâce à son labeur qu'on connût de Vinteuil, c'était à vrai dire toute l'œuvre de Vinteuil. A côté de cette «pièce pour sept instruments», certaines phrases de la Sonate que seule le public connaissait apparaissaient comme tellement banales qu'on ne pouvait pas comprendre comment elles avaient pu exciter tant d'admiration. C'est ainsi que nous sommes surpris que pendant des années, des morceaux aussi insignifiants que la «Romance à l'Étoile», la «Prière d'Élisabeth [77]» aient pu soulever au concert des amateurs fanatiques qui s'exténuaient à applaudir et à crier bis quand venait de finir ce qui pourtant n'est que fade pauvreté pour nous qui connaissons *Tristan, L'Or du Rhin, Les Maîtres chanteurs*. Il faut supposer que ces mélodies sans caractère contenaient déjà cependant en quantités infinitésimales, et par cela même peut-être plus assimilables, quelque chose de l'originalité des chefs-d'œuvre qui rétrospectivement comptent seuls pour nous, mais que leur perfection même eût peut-être empêchés d'être compris; elles ont pu leur préparer le chemin dans les cœurs. Toujours est-il que si elles donnaient un pressentiment confus des beautés futures, elles laissaient celles-ci dans un inconnu complet. Il en était de même pour Vinteuil; si en mourant il n'avait laissé — en exceptant certaines parties de la Sonate — que ce qu'il avait pu terminer, ce qu'on eût connu de lui eût été auprès de sa grandeur véritable aussi peu de chose que pour Victor Hugo par exemple, s'il était mort après, le «Pas d'Armes du roi Jean», la «Fiancée du Timbalier » et «Sara la baigneuse [78]», sans avoir rien écrit de la *Légende des siècles* et des *Contemplations;* ce qui est pour nous son œuvre véritable fût resté purement virtuel, aussi inconnu que ces univers jusqu'auxquels notre perception n'atteint pas, dont nous n'aurons jamais une idée. Au reste ce contraste apparent, cette union profonde entre le génie (le talent aussi, et même la vertu) et la gaine de vices où, comme il était arrivé pour Vinteuil, il est si

fréquemment contenu, conservé, étaient lisibles, comme
en une vulgaire allégorie, dans la réunion même des
invités au milieu desquels je me retrouvai quand la musique fut finie. Cette réunion, bien que limitée cette fois au
salon de Mme Verdurin, ressemblait à beaucoup d'autres, dont le gros public ignore les ingrédients qui y
entrent, et que les journalistes philosophes — s'ils sont
un peu informés — appellent parisiennes, ou panamis-
tes, ou dreyfusardes, sans se douter qu'elles peuvent se
voir aussi bien à Pétersbourg, à Berlin, à Madrid et dans
tous les temps; si en effet le sous-secrétaire d'État aux
Beaux-Arts, homme véritablement artiste, bien élevé, et
snob, quelques duchesses et trois ambassadeurs avec
leurs femmes étaient ce soir chez Mme Verdurin, le
motif proche, immédiat, de cette présence résidait dans
les relations qui existaient entre M. de Charlus et Morel,
relations qui faisaient désirer au Baron de donner le plus
de retentissement possible aux succès artistiques de sa
jeune idole, et d'obtenir pour lui la croix de la Légion
d'honneur; la cause plus lointaine qui avait rendu cette
réunion possible, était qu'une jeune fille entretenant avec
Mlle Vinteuil des relations parallèles à celles de Charlie
et du Baron, avait mis au jour toute une série d'œuvres
géniales et qui avaient été une telle révélation qu'une
souscription n'allait pas tarder à être ouverte sous le
patronage du Ministre de l'Instruction publique, en vue
de faire élever une statue à Vinteuil. D'ailleurs à ces
œuvres, tout autant que les relations de Mlle Vinteuil
avec son amie, avaient été utiles celles du Baron avec
Charlie, sorte de chemin de traverse, de raccourci grâce
auquel le monde allait rejoindre ces œuvres sans le dé-
tour, sinon d'une incompréhension qui persisterait longtemps, du moins d'une ignorance totale qui eût pu durer
des années. Chaque fois que se produit un événement
accessible à la vulgarité d'esprit du journaliste philosophe, c'est-à-dire généralement un événement politique,
les journalistes philosophes sont persuadés qu'il y a quelque chose de changé en France, qu'on ne reverra plus de
telles soirées, qu'on n'admirera plus Ibsen, Renan, Dos-
toïewski, Annunzio, Tolstoï, Wagner, Strauss. Car les

journalistes philosophes tirent argument des dessous équivoques de ces manifestations officielles, pour trouver quelque chose de décadent à l'art qu'elles glorifient et qui bien souvent est le plus austère de tous. Car il n'est pas de nom, parmi les plus révérés du journaliste philosophe, qui n'ait tout naturellement donné lieu à de telles fêtes étranges, quoique l'étrangeté en fût moins flagrante et mieux cachée. Pour cette fête-ci, les éléments impurs qui s'y conjugaient me frappaient à un autre point de vue; certes j'étais aussi à même que personne de les dissocier, ayant appris à les connaître séparément; mais surtout[79] les uns, ceux qui se rattachaient à Mlle Vinteuil et son amie, me parlant de Combray, me parlaient aussi d'Albertine, c'est-à-dire de Balbec, puisque c'est parce que j'avais vu jadis Mlle Vinteuil à Montjouvain et que j'avais appris l'intimité de son amie avec Albertine, que j'allais tout à l'heure en rentrant chez moi, trouver au lieu de la solitude, Albertine qui m'attendait[80]; et ceux qui concernaient Morel et M. de Charlus, en me parlant de Balbec où j'avais vu sur le quai de Doncières se nouer leurs relations[81], me parlaient de Combray et de ses deux côtés, car M. de Charlus c'était un de ces Guermantes, Comtes de Combray, habitant Combray sans y avoir de logis, entre ciel et terre, comme Gilbert le Mauvais dans son vitrail; et Morel était le fils de ce vieux valet de chambre qui m'avait fait connaître la dame en rose[82] et permis tant d'années après de reconnaître en elle Mme Swann.

« C'est bien rendu hein? demanda M. Verdurin à Saniette. » — « Je crains seulement, répondit celui-ci en bégayant, que la virtuosité même de Morel n'offusque un peu le sentiment général de l'œuvre. » — « Offusquer, qu'est-ce que vous voulez dire? » hurla M. Verdurin tandis que des invités s'empressaient, prêts, comme des lions, à dévorer l'homme terrassé. » — « Oh! je ne vise pas à lui seulement. » — « Mais il ne sait plus ce qu'il dit. Viser à quoi? » — « Il... faudrait... que... j'entende... encore une fois pour porter un jugement à la rigueur. » — « A la rigueur! Il est fou! dit M. Verdurin se prenant la tête dans ses mains. On devrait l'emmener. »

— « Cela veut dire : avec exactitude ; vous... dites bbbien... avec une exactitude rigoureuse. Je dis que je ne peux pas juger à la rigueur. » — « Et moi, je vous dis de vous en aller, cria M. Verdurin grisé par sa propre colère, en lui montrant la porte du doigt, l'œil flambant. Je ne permets pas qu'on parle ainsi chez moi ! » Saniette s'en alla en décrivant des cercles comme un homme ivre. Certaines personnes pensèrent qu'il n'avait pas été invité pour qu'on le mît ainsi dehors. Et une dame très amie avec lui jusque-là, à qui il avait la veille prêté un livre précieux, le lui renvoya le lendemain, sans un mot, à peine enveloppé dans un papier sur lequel elle fit mettre tout sec l'adresse de Saniette par son maître d'hôtel ; elle ne voulait « rien devoir » à quelqu'un qui visiblement était loin d'être dans les bonnes grâces du petit noyau. Saniette ignora d'ailleurs toujours cette impertinence. Car cinq minutes ne s'étaient pas écoulées depuis l'algarade de M. Verdurin, qu'un valet de pied vint prévenir le Patron que M. Saniette était tombé d'une attaque dans la cour de l'hôtel. Mais la soirée n'était pas finie. « Faites-le ramener chez lui, ce ne sera rien », dit le Patron dont l'hôtel « particulier », comme eût dit le Directeur de l'hôtel de Balbec, fut assimilé ainsi à ces grands hôtels où on s'empresse de cacher les morts subites pour ne pas effrayer la clientèle et où on cache provisoirement le défunt dans un garde-manger, jusqu'au moment où eût-il été de son vivant le plus brillant et le plus généreux des hommes on le fera sortir clandestinement par la porte réservée aux « plongeurs » et aux sauciers. Mort, du reste, Saniette ne l'était pas. Il vécut encore quelques semaines, mais sans reprendre que passagèrement connaissance.

Cependant Ski s'était assis au piano où personne ne lui avait demandé de se mettre et composant — avec un froncement souriant des sourcils, un regard lointain et une légère grimace de la bouche — ce qu'il croyait être l'air artiste, insistait auprès de Morel pour que celui-ci jouât quelque chose de Bizet. « Comment, vous n'aimez pas cela, ce côté gosse de la musique de Bizet ? Mais, mon cher, dit-il, avec ce roulement d'*r* qui lui était particulier, c'est ravissant. » Morel, qui n'aimait pas Bi-

zet, le déclara avec exagération, et (comme il passait dans
le petit clan pour avoir, ce qui était vraiment incroyable,
de l'esprit) Ski, feignant de prendre les diatribes du violoniste pour des paradoxes, se mit à rire. Son rire n'était
pas, comme celui de M. Verdurin, l'étouffement d'un
fumeur. Ski prenait d'abord un air fin, puis laissait
échapper comme malgré lui un seul son de rire, comme
un premier appel de cloches, suivi d'un silence où le
regard fin semblait examiner à bon escient la drôlerie de
ce qu'on disait, puis une seconde cloche de rire s'ébran-
lait et c'était bientôt un hilare angélus.

M. de Charlus [83] recommença au moment où, la musique finie, ses invités prirent congé de lui, la même
erreur qu'à leur arrivée. Il ne leur demanda pas d'aller
vers la Patronne, de l'associer elle et son mari à la
reconnaissance qu'on lui témoignait. Ce fut un long défilé, mais un défilé devant le Baron seul, et non même
sans qu'il s'en rendît compte, car ainsi qu'il me le dit
quelques minutes après : « La forme même de la manifestation artistique a revêtu ensuite un côté « sacristie »
assez amusant. » On prolongeait même les remerciements
par des propos différents qui permettaient de rester un
instant de plus auprès du Baron, pendant que ceux qui ne
l'avaient pas encore félicité de la réussite de *sa* fête
stagnaient, piétinaient. (Plus d'un mari avait envie de
s'en aller ; mais sa femme snob bien que duchesse pro-
testait : « Non, non, quand nous devrions attendre une
heure, il ne faut pas partir sans avoir remercié Palamède
qui s'est donné tant de peine. Il n'y a que lui qui puisse à
l'heure actuelle donner des fêtes pareilles. » Personne
n'eût plus pensé à se faire présenter à Mme Verdurin
qu'à l'ouvreuse d'un théâtre une grande dame qui a pour
un soir amené toute l'aristocratie.) « Étiez-vous hier chez
Éliane de Montmorency, mon cousin, demandait
Mme de Mortemart désireuse de prolonger l'entretien ? »
— « Hé bien, non ; j'aime bien Éliane, mais je ne comprends pas le sens de ses invitations. Je suis un peu
bouché sans doute », ajoutait-il avec un large sourire
épanoui, cependant que Mme de Mortemart sentait
qu'elle allait avoir la primeur d'une de « Palamède »

comme elle en avait souvent d' « Oriane ». — « J'ai bien reçu il y a une quinzaine de jours une carte de l'agréable Éliane. Au-dessus du nom contesté de Montmorency il y avait cette aimable invitation : Mon cousin, faites-moi la grâce de penser à moi vendredi prochain à 9 h 1/2. Au-dessous étaient écrits ces deux mots moins gracieux : Quatuor tchèque. Ils me semblèrent inintelligibles, sans plus de rapport en tous cas avec la phrase précédente que ces lettres au dos desquelles on voit que l'épistolier en avait commencé une autre par les mots : « Cher ami », la suite manquant, et n'a pas pris une autre feuille, soit distraction, soit économie de papier. J'aime bien Éliane aussi je ne lui en voulus pas, je me contentai de ne pas tenir compte des mots étranges et déplacés de quatuor tchèque, et comme je suis un homme d'ordre, je mis au-dessus de ma cheminée l'invitation de penser à madame de Montmorency le vendredi à 9 h 1/2. Bien que connu pour ma nature obéissante, ponctuelle et douce, comme Buffon dit du chameau — et le rire s'épanouit plus largement autour de M. de Charlus qui savait qu'au contraire on le tenait pour l'homme le plus difficile à vivre — je fus en retard de quelques minutes (le temps d'ôter mes vêtements de jour), et sans en avoir trop de remords, pensant que 9 h 1/2 était mis pour 10 heures. Et à dix heures tapant, dans une bonne robe de chambre, les pieds dans d'épais chaussons, je me mis au coin de mon feu à penser à Éliane comme elle me l'avait demandé et avec une intensité qui ne commença à décroître qu'à dix heures et demie. Dites-lui bien je vous prie que j'ai strictement obéi à son audacieuse requête. Je pense qu'elle sera contente. » Mme de Mortemart se pâma de rire, et M. de Charlus tout ensemble. « Et demain, ajouta-t-elle sans penser qu'elle avait dépassé et de beaucoup le temps qu'on pouvait lui concéder, irez-vous chez nos cousins La Rochefoucauld ? » — « Oh ! cela c'est impossible, ils m'ont convié comme vous, je le vois, à la chose la plus impossible à concevoir et à réaliser et qui s'appelle si j'en crois la carte d'invitation : « Thé dansant ». Je passais pour fort adroit quand j'étais jeune mais je doute que j'eusse pu sans manquer à la décence prendre

mon thé en dansant. Or je n'ai jamais aimé manger ni
boire d'une façon malpropre. Vous me direz qu'aujourd'hui je n'ai plus à danser. Mais même assis confortablement à boire du thé — de la qualité duquel d'ailleurs
je me méfie puisqu'il s'intitule dansant — je craindrais
que des invités plus jeunes que moi, et moins adroits
peut-être que je n'étais à leur âge, renversassent sur mon
habit leur tasse, ce qui interromprait pour moi le plaisir de
vider la mienne. » Et M. de Charlus ne se contentait
même pas d'omettre dans la conversation Mme Verdurin
et de parler de sujets de toute sorte (qu'il semblait avoir
plaisir à développer et à varier, pour le cruel plaisir qui
avait toujours été le sien, de faire rester indéfiniment sur
leurs jambes à « faire la queue » les amis qui attendaient
avec une épuisante patience que leur tour fût venu). Il
faisait même des critiques sur toute la partie de la soirée
dont Mme Verdurin était responsable : « Mais à propos
de tasse qu'est-ce que c'est que ces étranges demi-bols
pareils à ceux où quand j'étais jeune homme on faisait
venir des sorbets de chez Poiré-Blanche ? Quelqu'un m'a
dit tout à l'heure que c'était pour du « café glacé ». Mais
en fait de café glacé je n'ai vu ni café ni glace. Quelles
curieuses petites choses à destination mal définie ! » Pour
dire cela M. de Charlus avait placé verticalement sur sa
bouche ses mains gantées de blanc, et arrondi prudemment son regard désignateur comme s'il craignait d'être
entendu et même vu des maîtres de maison. Mais ce
n'était qu'une feinte, car dans quelques instants il allait
dire les mêmes critiques à la Patronne elle-même, et un
peu plus tard lui enjoindre insolemment : « Et surtout plus
de tasses à café glacé ! Donnez-les à celle de vos amies
dont vous désirerez enlaidir la maison. Mais surtout
qu'elle ne les mette pas dans le salon car on pourrait
s'oublier et croire qu'on s'est trompé de pièce puisque ce
sont exactement des pots de chambre. » — « Mais mon
cousin, disait l'invitée en baissant elle aussi la voix et en
regardant d'un air interrogateur M. de Charlus, non par
crainte de fâcher Mme Verdurin, mais de le fâcher lui,
peut-être qu'elle ne sait pas encore tout très bien... »
— « On le lui apprendra. » — « Oh ! riait l'invitée, elle

ne peut pas trouver un meilleur professeur ! Elle a de la
chance ! Avec vous on est sûr qu'il n'y aura pas de fausse
note. » — « En tous cas, il n'y en a pas eu dans la
musique. » — « Oh ! c'était sublime. Ce sont de ces joies
qu'on n'oublie pas. A propos de ce violoniste de génie,
continuait-elle croyant dans sa naïveté que M. de
Charlus s'intéressait au violon « en soi », en connaissez-
vous un que j'ai entendu l'autre jour jouer merveilleusement une sonate de Fauré, il s'appelle Frank... » — « Oui
c'est une horreur, répondait M. de Charlus, sans se soucier de la grossièreté d'un démenti qui impliquait que sa
cousine n'avait aucun goût. En fait de violoniste je vous
conseille de vous en tenir au mien. » Les regards allaient
recommencer à s'échanger entre M. de Charlus et sa
cousine, à la fois baissés et épieurs, car rougissante et
cherchant par son zèle à réparer sa gaffe, Mme de Mortemart allait proposer à M. de Charlus de donner une
soirée pour faire entendre Morel. Or pour elle, cette
soirée n'avait pas le but de mettre en lumière un talent,
but qu'elle allait pourtant prétendre être le sien, et qui
était — réellement — celui de M. de Charlus. Elle ne
voyait là qu'une occasion de donner une soirée particulièrement élégante, et déjà calculait qui elle inviterait et
qui elle laisserait de côté. Ce triage, préoccupation dominante des gens qui donnent des fêtes (ceux-là mêmes que
les journaux mondains ont le toupet ou la bêtise d'appeler
« l'élite »), altère aussitôt le regard — et l'écriture —
plus profondément que ne ferait la suggestion d'un hyp-
notiseur. Avant même d'avoir pensé à ce que Morel
jouerait (préoccupation jugée secondaire et avec raison,
car si même tout le monde, à cause de M. de Charlus,
aurait la convenance de se taire pendant la musique,
personne en revanche n'aurait l'idée de l'écouter),
Mme de Mortemart ayant décidé que Mme de Valcourt
ne serait pas des « élues », avait pris par ce fait même l'air
de conjuration, de complot qui ravale si bas celles même
des femmes du monde qui pourraient le plus aisément se
moquer du qu'en-dira-t-on. « Il n'y aurait pas moyen que
je donne une soirée pour faire entendre votre ami ? » dit à
voix basse Mme de Mortemart, qui tout en s'adressant

uniquement à M. de Charlus ne put s'empêcher, comme fascinée, de jeter un regard sur Mme de Valcourt (l'ex-clue) afin de s'assurer que celle-ci était à une distance suffisante pour ne pas entendre. «Non, elle ne peut pas distinguer ce que je dis», conclut mentalement Mme de Mortemart, rassurée par son propre regard, lequel avait eu en revanche sur Mme de Valcourt un effet tout diffé-rent de celui qu'il avait pour but : «Tiens, se dit Mme de Valcourt en voyant ce regard, Marie-Thérèse arrange avec Palamède quelque chose dont je ne dois pas faire partie. » — «Vous voulez dire mon protégé», rectifiait M. de Charlus, qui n'avait pas plus de pitié pour le savoir grammatical que pour les dons musicaux de sa cousine. Puis sans tenir aucun compte des muettes prières de celle-ci, qui s'en excusait elle-même en souriant : «Mais si... dit-il d'une voix forte et capable d'être entendue de tout le salon, bien qu'il y ait toujours danger à ce genre d'exportation d'une personnalité fascinante, dans un ca-dre qui lui fait forcément subir une déperdition de son pouvoir transcendantal et qui resterait en tous cas à ap-proprier». Mme de Mortemart se dit que le mezza voce, le pianissimo de sa question avaient été peine perdue, après le «gueuloir» par où avait passé la réponse. Elle se trompa. Mme de Valcourt n'entendit rien pour la raison qu'elle ne comprit pas un seul mot. Ses inquiétudes diminuèrent et se fussent rapidement éteintes, si Mme de Mortemart, craignant de se voir déjouée et craignant d'avoir à inviter Mme de Valcourt avec qui elle était trop liée pour la laisser de côté si l'autre savait «avant», n'eût de nouveau levé les paupières dans la direction d'Édith, comme pour ne pas perdre de vue un danger menaçant, non sans les rabaisser vivement de façon à ne pas trop s'engager. Elle comptait le lendemain de la fête lui écrire une de ces lettres, complément du regard révélateur, lettres qu'on croit habiles et qui sont comme un aveu sans réticences et signé. Par exemple : «Chère Édith, je m'en-nuie après vous, je ne vous attendais pas trop hier soir (comment m'aurait-elle attendue, se serait dit Édith, puisqu'elle ne m'avait pas invitée ?) car je sais que vous n'aimez pas extrêmement ce genre de réunions qui vous

ennuient plutôt. Nous n'en aurions pas moins été très
honorés de vous avoir (jamais Mme de Mortemart n'employait ce terme « honoré » excepté dans les lettres où elle
cherchait à donner à un mensonge une apparence de
vérité). Vous savez que vous êtes toujours chez vous à la
maison. Du reste vous avez bien fait car cela a été tout à
fait raté comme toutes les choses improvisées en deux
heures, etc. » Mais déjà le nouveau regard furtif lancé sur
elle avait fait comprendre à Édith tout ce que cachait le
langage compliqué de M. de Charlus. Ce regard fut
même si fort qu'après avoir frappé Mme de Valcourt le
secret évident et l'intention de cachotterie qu'il contenait
rebondirent sur un jeune Péruvien que Mme de Mortemart comptait au contraire inviter. Mais soupçonneux,
voyant jusqu'à l'évidence les mystères qu'on faisait sans
prendre garde qu'ils n'étaient pas pour lui, il éprouva
aussitôt à l'endroit de Mme de Mortemart une haine
atroce et se jura de lui faire mille mauvaises farces
comme de faire envoyer cinquante cafés glacés chez elle
le jour où elle ne recevrait pas, de faire insérer, celui où
elle recevrait, une note dans les journaux disant que la
fête était remise, et de publier des comptes rendus mensongers des suivantes, dans lesquels figureraient les noms
connus de tous de personnes que, pour des raisons va-
riées, on ne tient pas à recevoir, même pas à se laisser
présenter. Mme de Mortemart avait tort de se préoccuper
de Mme de Valcourt. M. de Charlus allait se charger de
dénaturer bien davantage que n'eût fait la présence de
celle-ci la fête projetée. « Mais mon cousin, dit-elle en
réponse à la phrase du cadre [84], dont son état momentané
d'hyperesthésie lui avait permis de deviner le sens, nous
vous éviterons toute peine. Je me charge très bien de
demander à Gilbert de s'occuper de tout. » — « Non surtout pas, d'autant plus qu'il ne sera pas invité. Rien ne se
fera que par moi. Il s'agit avant tout d'exclure les personnes qui ont des oreilles pour ne pas entendre. » La cousine
de M. de Charlus, qui avait compté sur l'attrait de Morel
pour donner une soirée où elle pourrait dire qu'à la
différence de tant de parentes « elle avait eu Palamède »,
reporta brusquement sa pensée de ce prestige de M. de

Charlus sur tant de personnes avec lesquelles il allait la
brouiller s'il se mêlait d'exclure et d'inviter. La pensée
que le Prince de Guermantes (à cause duquel en partie
elle désirait exclure Mme de Valcourt qu'il ne recevait
pas) ne serait pas convié l'effrayait. Ses yeux prirent une
expression inquiète. «Est-ce que la lumière un peu trop
vive vous fait mal?» demanda M. de Charlus avec un
sérieux apparent dont l'ironie foncière ne fut pas comprise. «Non pas du tout, je songeais à la difficulté non à
cause de moi naturellement mais des miens que cela
pourrait créer si Gilbert apprend que j'ai eu une soirée
sans l'inviter, lui qui n'a jamais quatre chats sans...»
— «Mais justement on commencera par supprimer les
quatre chats qui ne pourraient que miauler, je crois que le
bruit des conversations vous a empêchée de comprendre
qu'il s'agissait non de faire des politesses grâce à une
soirée mais de procéder aux rites habituels à toute véritable célébration.» Puis jugeant non que la personne suivante avait trop attendu mais qu'il ne seyait pas d'exagé-
rer les faveurs faites à celle qui avait eu en vue beaucoup
moins Morel que ses propres «listes» d'invitation, M. de
Charlus, comme un médecin qui arrête la consultation
quand il juge être resté le temps suffisant, signifia à sa
cousine de se retirer non en lui disant au revoir mais en se
tournant vers la personne qui venait immédiatement
après. «Bonsoir madame de Montesquiou, c'était merveilleux, n'est-ce pas? Je n'ai pas vu Hélène, dites-lui
que toute abstention générale, même la plus noble, autant
dire la sienne, comporte des exceptions, si celles-ci sont
éclatantes, comme c'était ce soir le cas. Se montrer rare,
c'est bien, mais faire passer avant le rare, qui n'est que
négatif, le précieux, c'est mieux encore. Pour votre sœur
dont je prise plus que personne la systématique *absence* là
où ce qui l'attend ne la vaut pas, au contraire, à une
manifestation mémorable comme celle-ci, sa présence eût
été une préséance et eût apporté à votre sœur, déjà si
prestigieuse, un prestige supplémentaire.» Puis il passa à
une troisième. Je fus très étonné de voir là aussi aimable
et flagorneur avec M. de Charlus qu'il était sec avec lui
autrefois, se faisant présenter Charlie et lui disant qu'il

espérait qu'il viendrait le voir, M. d'Argencourt, cet homme si terrible pour l'espèce d'hommes dont était M. de Charlus. Or il en vivait maintenant entouré. Ce n'était certes pas qu'il fût devenu des pareils de M. de Charlus. Mais depuis quelque temps il avait à peu près abandonné sa femme pour une jeune femme du monde qu'il adorait. Intelligente, elle lui faisait partager son goût pour les gens intelligents et souhaitait fort d'avoir M. de Charlus chez elle. Mais surtout M. d'Argencourt, fort jaloux et un peu impuissant, sentant qu'il satisfaisait mal sa conquête et voulant à la fois la préserver et la distraire, ne le pouvait sans danger qu'en l'entourant d'hommes inoffensifs à qui il faisait ainsi jouer le rôle de gardiens du sérail. Ceux-ci le trouvaient devenu très aimable et le déclaraient beaucoup plus intelligent qu'ils n'avaient cru, dont sa maîtresse et lui étaient ravis [85].

Les invitées de M. de Charlus s'en allèrent assez rapidement. Beaucoup disaient : « Je ne voudrais pas aller à la sacristie (le petit salon où le Baron ayant Charlie à côté de lui recevait les félicitations), il faudrait pourtant que Palamède me voie pour qu'il sache que je suis restée jusqu'à la fin. » Aucune ne s'occupait de Mme Verdurin. Plusieurs feignirent de ne pas la reconnaître et de dire adieu par erreur à Mme Cottard en me disant de la femme du docteur, « C'est bien Mme Verdurin, n'est-ce pas ? » Mme d'Arpajon me demanda à portée des oreilles de la maîtresse de maison : « Est-ce qu'il y a seulement jamais eu un M. Verdurin ? » Les duchesses qui s'attardaient, ne trouvant rien des étrangetés auxquelles elles s'étaient attendues dans ce lieu qu'elles avaient espéré plus différent de ce qu'elles connaissaient, se rattrapaient faute de mieux en étouffant des fous rires devant les tableaux d'Elstir ; pour le reste qu'elles trouvaient plus conforme qu'elles n'avaient cru à ce qu'elles connaissaient déjà elles en faisaient honneur à M. de Charlus en disant : « Comme Palamède sait bien arranger les choses, il monterait une féerie dans une remise ou dans un cabinet de toilette que ça n'en serait pas moins ravissant. » Les plus nobles étaient celles qui félicitaient avec le plus de ferveur M. de Charlus de la réussite d'une soirée dont certaines n'ignoraient pas le ressort secret, sans en être embarrassées d'ailleurs, cette société — par souvenir peut-être de certaines époques de l'histoire où leur famille était déjà arrivée à une identité pleinement consciente — poussant le mépris des scrupules presque aussi loin que le respect de l'étiquette. Plusieurs d'entre elles engagèrent sur place Charlie pour des soirs où il viendrait jouer le septuor de Vinteuil, mais aucune n'eut même l'idée d'y convier Mme Verdurin. Celle-ci était au comble de la rage, quand M. de Charlus qui porté sur un nuage, ne pouvait s'en apercevoir voulut, par décence, inviter la Patronne à partager sa joie. Et ce fut peut-être plutôt en se livrant à son goût de littérature qu'à un débordement d'orgueil que ce doctrinaire des fêtes artistes dit à Mme Verdurin : « Hé bien, êtes-vous contente ? Je pense qu'on le serait à moins ; vous voyez que quand je me mêle de donner une fête, cela n'est pas réussi à moitié. Je ne sais pas si vos notions héraldiques vous permettent de mesurer exactement l'importance de la manifestation, le poids que j'ai soulevé, le volume d'air que j'ai déplacé pour vous. Vous avez eu la Reine de Naples, le frère du Roi de Bavière, les trois plus anciens pairs. Si Vinteuil est Mahomet, nous pouvons dire que nous avons déplacé pour lui les moins amovibles des montagnes. Pensez que pour assister à votre fête la Reine de Naples est venue de Neuilly, ce qui est beaucoup plus difficile pour elle que de quitter les Deux-Siciles, dit-il avec une intention de rosserie malgré son admiration pour la Reine. C'est un événement historique. Pensez qu'elle n'était peut-être jamais sortie depuis la prise de Gaète. Il est probable que dans les dictionnaires on mettra comme dates culminantes le jour de la prise de Gaète et celui de la soirée Verdurin. L'éventail qu'elle a posé pour mieux applaudir Vinteuil mérite de rester plus célèbre que celui que Mme de Metternich a brisé parce qu'on sifflait Wagner. « Elle l'a même oublié, son éventail », dit Mme Verdurin momentanément apaisée par le souvenir de la sympathie que lui avait témoignée la Reine, et elle montra à M. de Charlus l'éventail sur un fauteuil. « Oh ! comme c'est émouvant ! s'écria M. de Charlus en s'approchant avec vénération de la relique. Il est d'autant plus touchant qu'il est affreux; la petite violette est incroyable!» Et des spasmes d'émotion et d'ironie le parcouraient alternativement. «Mon Dieu je ne sais pas si vous ressentez ces choses-là comme moi. Swann serait simplement mort de convulsions s'il avait vu cela. Je sais bien que, à quelque prix qu'il doive monter, j'achèterai cet éventail à la vente de la Reine. Car elle sera vendue comme elle n'a pas le sou», ajouta-t-il, la cruelle médisance ne cessant jamais chez le Baron de se mêler à la vénération la plus sincère, bien qu'elles partissent de deux natures opposées mais réunies en lui. Elles pouvaient même se porter tour à tour sur un même fait. Car M. de Charlus qui du fond de son bien-être d'homme riche raillait la pauvreté de la Reine, était le même qui souvent exaltait cette pauvreté et qui, quand on parlait de la princesse Murat reine des Deux-Siciles, répondait: «Je ne sais pas de qui vous voulez parler. Il n'y a qu'une seule reine de Naples, qui est sublime celle-là et n'a pas de voiture. Mais de son omnibus, elle anéantit tous les équipages et on se mettrait à genoux dans la poussière en la voyant passer.» — «Je le léguerai à un musée. En attendant il faudra le lui rapporter pour qu'elle n'ait pas à payer un fiacre pour le faire chercher. Le plus intelligent, étant donné l'intérêt historique d'un pareil objet, serait de voler cet éventail. Mais cela la gênerait — parce qu'il est probable qu'elle n'en possède pas d'autre! ajouta-t-il en éclatant de rire. Enfin vous voyez que pour moi elle est venue. Et ce n'est pas le seul miracle que j'aie fait. Je ne crois pas que personne à l'heure qu'il est ait le pouvoir de déplacer les gens que j'ai fait venir. Du reste il faut faire à chacun sa part, Charlie et les autres musiciens ont joué comme des Dieux. Et ma chère Patronne, ajouta-t-il avec condescendance, vous-même avez eu votre part de rôle dans cette fête.»

Rien qu'en parlant avec cette faconde M. de Charlus irritait Mme Verdurin qui n'aimait pas qu'on fît bande à part dans le petit clan. Que de fois, et déjà à la Raspelière, entendant le Baron parler sans cesse à Charlie au lieu de se contenter de tenir sa partie dans l'ensemble concertant du clan, s'était-elle écriée, en montrant le Baron : « Quelle tapette il a ! Quelle tapette ! Ah ! pour une tapette, c'est une fameuse tapette ! » Mais cette fois c'était bien pis. Enivré de ses paroles, M. de Charlus ne comprenait pas qu'en reconnaissant le rôle de Mme Verdurin et en lui fixant d'étroites frontières, il déchaînait ce sentiment haineux qui n'était chez elle qu'une forme particulière, une forme sociale de la jalousie. Mme Verdurin aimait vraiment les habitués, les fidèles du petit clan, elle les voulait tout à leur Patronne. Faisant la part du feu, comme ces jaloux qui permettent qu'on les trompe mais sous leur toit et même sous leurs yeux, c'est-à-dire qu'on ne les trompe pas, elle concédait aux hommes d'avoir une maîtresse, un amant, à condition que tout cela n'eût aucune conséquence sociale hors de chez elle, se nouât et se perpétuât à l'abri des mercredis. Tout éclat de rire furtif d'Odette auprès de Swann l'avait jadis rongée au cœur, depuis quelque temps tout aparté entre Morel et le Baron ; elle trouvait à ses chagrins une seule consolation, qui était de défaire le bonheur des autres. Elle n'eût pu supporter longtemps celui du Baron. Voici que cet imprudent précipitait la catastrophe en ayant l'air de restreindre la place de la Patronne dans son propre petit clan. Déjà elle voyait Morel allant dans le monde, sans elle, sous l'égide du Baron. Il n'y avait qu'un remède, donner à choisir à Morel entre le Baron et elle et, profitant de l'ascendant qu'elle avait pris sur Morel en faisant preuve à ses yeux d'une clairvoyance extraordinaire grâce à des rapports qu'elle se faisait faire, à des mensonges qu'elle inventait et qu'elle lui servait les uns et les autres comme corroborant ce qu'il était porté à croire lui-même, et ce qu'il allait voir à l'évidence grâce aux panneaux qu'elle préparait et où les naïfs venaient tomber, profitant de cet ascendant, la faire choisir, elle, de préférence au Baron. Quant aux femmes du monde qui étaient là et qui ne s'étaient même pas fait présenter, dès qu'elle avait compris leurs hésitations ou leur sans-gêne, elle avait dit : « Ah ! je vois ce que c'est, c'est un genre de vieilles grues qui ne nous convient pas, elles voient ce salon pour la dernière fois. » Car elle serait morte plutôt que de dire

qu'on avait été moins aimable avec elle qu'elle n'avait
espéré.

« Votre nom ne sera pas absent de cette fête, poursuivit
M. de Charlus. L'histoire a retenu celui du page qui
arma Jeanne d'Arc quand elle partit[86] ; en somme vous
avez servi de trait d'union, vous avez permis la fusion
entre la musique de Vinteuil et son génial exécutant, vous
avez eu l'intelligence de comprendre l'importance capi-
tale de tout l'enchaînement de circonstances qui ferait
bénéficier l'exécutant de tout le poids d'une personnalité
considérable, s'il ne s'agissait pas de moi je dirais provi-
dentielle, à qui vous avez eu le bon esprit de demander
d'assurer le prestige de la réunion, et d'amener devant le
violon de Morel les oreilles directement attachées aux
langues les plus écoutées ; non, non, ce n'est pas rien. Il
n'y a pas de rien dans une réalisation aussi complète.
Tout y concourt. La Duras était merveilleuse. Enfin,
tout ; c'est pour cela, conclut-il, comme il aimait à mori-
géner, que je me suis opposé à ce que vous invitiez de ces
personnes-diviseurs, qui devant les êtres prépondérants
que je vous amenais, eussent joué le rôle de virgules dans
un chiffre, et les autres réduites à n'être que de simples
dixièmes. J'ai le sentiment très juste de ces choses-là.
Vous comprenez, il faut éviter les gaffes quand nous
donnons une fête qui doit être digne de Vinteuil, de son
génial interprète, de vous, et j'ose le dire de moi. Vous
auriez invité la Molé que tout était raté. C'était la petite
goutte contraire, neutralisante, qui rend une potion sans
vertu. L'électricité se serait éteinte, les petits fours ne
seraient pas arrivés à temps, l'orangeade aurait donné la
colique à tout le monde. C'était la personne à ne pas
avoir. A son nom seul, comme dans une féerie, aucun son
ne serait sorti des cuivres ; la flûte et le hautbois auraient
été pris d'une extinction de voix subite. Morel lui-même,
même s'il était parvenu à donner quelques sons, n'aurait
plus été en mesure, et au lieu du septuor de Vinteuil, vous
auriez eu sa parodie par Beckmesser[87], finissant au milieu des huées. Moi qui crois beaucoup à l'influence des
personnes, j'ai très bien senti dans l'épanouissement de
certain largo qui s'ouvrait jusqu'au fond comme une

fleur, dans le surcroît de satisfaction du finale qui n'était
pas seulement allegro mais incomparablement allègre,
que l'absence de la Molé inspirait les musiciens et dilatait
de joie jusqu'aux instruments de musique eux-mêmes.
D'ailleurs le jour où on reçoit tous les souverains on
n'invite pas sa concierge.» En l'appelant la Molé,
comme il disait d'ailleurs très sympathiquement la Duras,
M. de Charlus lui faisait justice. Car toutes ces femmes
étaient des actrices du monde et il est vrai que même
considérée à ce point de vue la comtesse Molé n'était pas
égale à l'extraordinaire réputation d'intelligence qu'on lui
faisait, et qui donnait à penser à ces acteurs ou à ces
romanciers médiocres qui à certaines époques ont une
situation de génie, soit à cause de la médiocrité de leurs
confrères, parmi lesquels aucun artiste supérieur n'est
capable de montrer ce qu'est le vrai talent, ou de la
médiocrité du public, qui, existât-il une individualité extraordinaire, serait incapable de la comprendre. Dans le
cas de Mme Molé il est préférable sinon entièrement
exact de s'arrêter à la première explication. Le monde
étant le royaume du néant, il n'y a entre les mérites des
différentes femmes du monde que des degrés insignifiants, que peuvent seulement follement majorer les ran-
cunes ou l'imagination de M. de Charlus. Et certes s'il
parlait, comme il venait de le faire, dans ce langage qui
était un ambigu précieux des choses de l'art et du monde,
c'est parce que ses colères de vieille femme et sa culture
de mondain ne fournissaient à l'éloquence véritable qui
était la sienne que des thèmes insignifiants. Le monde des
différences n'existant pas à la surface de la terre, parmi
tous les pays que notre perception uniformise, à plus forte
raison n'existe-t-il pas dans le «monde». Existe-t-il
d'ailleurs quelque part? Le septuor de Vinteuil avait
semblé me dire que oui. Mais où?

Comme M. de Charlus aimait aussi à répéter de l'un à
l'autre, brouiller, diviser pour régner, il ajouta: «Vous
avez en ne l'invitant pas enlevé à Mme Molé l'occasion
de dire: «Je ne sais pas pourquoi cette Mme Verdurin
m'a invitée. Je ne sais pas ce que c'est que ces gens-là, je
ne les connais pas.» Elle a déjà dit l'an passé que vous la

fatiguiez de vos avances. C'est une sotte, ne l'invitez
plus. En somme, elle n'est pas une personne si extraordinaire. Elle peut bien venir chez vous sans faire d'histoires
puisque j'y viens bien. En somme, conclut-il, il me
semble que vous pouvez me remercier, car, tel que ça a
marché, c'était parfait. La Duchesse de Guermantes n'est
pas venue, mais on ne sait pas, c'était peut-être mieux
ainsi. Nous ne lui en voudrons pas et nous penserons tout
de même à elle pour une autre fois, d'ailleurs on ne peut
pas ne pas se souvenir d'elle, ses yeux mêmes nous
disent : ne m'oubliez pas, puisque ce sont deux myosotis.
(Et je pensais à part moi combien il fallait que l'esprit des
Guermantes — la décision d'aller ici et pas là — fût fort
pour l'avoir emporté chez la Duchesse sur la crainte de
Palamède.) Devant une réussite aussi complète on est
tenté comme Bernardin de Saint-Pierre de voir partout la
main de la Providence. La Duchesse de Duras était enchantée. Elle m'a même chargé de vous le dire », ajouta
M. de Charlus en appuyant sur les mots, comme si
Mme Verdurin devait considérer cela comme un honneur
suffisant. Suffisant et même à peine croyable, car il
trouva nécessaire pour être cru de dire : « Parfaitement »,
emporté par la démence de ceux que Jupiter veut perdre,
« Elle a engagé Morel chez elle où on redonnera le même
programme et je pense même à demander une invitation
pour M. Verdurin. » Cette politesse au mari seul était,
sans que M. de Charlus en eût même l'idée, le plus
sanglant outrage pour l'épouse, laquelle, se croyant à
l'égard de l'exécutant, en vertu d'une sorte de décret de
Moscou [88] en vigueur dans le petit clan, le droit de lui
interdire de jouer au-dehors sans son autorisation expresse, était bien résolue à interdire sa participation à la
soirée de Mme de Duras.

   « Ah ! mon cher général », s'écria brusquement M. de
Charlus en lâchant Mme Verdurin parce qu'il apercevait
le général Deltour, secrétaire de la Présidence de la République, lequel pouvait avoir une grande importance
pour la croix de Charlie, et après avoir demandé un
conseil à Cottard s'éclipsait rapidement : « Bonsoir, cher
et charmant ami. Hé bien, c'est comme ça que vous vous

tirez des pattes sans me dire adieu ? » dit le Baron avec un sourire de bonhomie et de suffisance, car il savait bien qu'on était toujours content de lui parler un moment de plus. Et comme dans l'état d'exaltation où il était il faisait à lui tout seul sur un ton suraigu les demandes et les réponses : « Hé bien, êtes-vous content ? N'est-ce pas que c'était bien beau ? L'andante n'est-ce pas ? C'est ce qu'on a jamais écrit de plus touchant. Je défie de l'écouter jusqu'au bout sans avoir les larmes aux yeux. Vous êtes charmant d'être venu. Dites-moi j'ai reçu ce matin un télégramme parfait de Froberville qui m'annonce que du côté de la Grande Chancellerie les difficultés sont aplanies, comme on dit. » La voix de M. de Charlus continuait à s'élever aussi perçante, voix aussi différente de sa voix habituelle que celle d'un avocat qui plaide avec emphase de son débit ordinaire, phénomène d'amplification vocale par surexcitation et euphorie nerveuse analogue à celle qui dans les dîners qu'elle donnait montait à un diapason si élevé la voix comme le regard de Mme de Guermantes. « Je comptais vous envoyer demain matin un mot par un garde pour vous dire mon enthousiasme, en attendant que je puisse vous l'exprimer de vive voix, mais vous étiez si entouré ! L'appui de Froberville sera loin d'être à dédaigner, mais de mon côté j'ai la promesse du Ministre, dit le général. » — « Ah ! parfait. Du reste vous avez vu que c'est bien ce que mérite un talent pareil. Hoyos [89] était enchanté, je n'ai pas pu voir l'Ambassadrice, était-elle contente ? Qui ne l'aurait pas été excepté ceux qui ont des oreilles pour ne pas entendre, ce qui ne fait rien du moment qu'ils ont des langues pour parler. »

Profitant de ce que le baron s'était éloigné pour parler au général, Mme Verdurin fit signe à Brichot. Celui-ci, qui ne savait pas ce que Mme Verdurin allait lui dire, voulut l'amuser et, sans se douter combien il me faisait souffrir, dit à la Patronne : « Le Baron est enchanté que Mlle Vinteuil et son amie ne soient pas venues. Elles le scandalisent énormément. Il a déclaré que leurs mœurs étaient à faire peur. Vous n'imaginez pas comme le Baron est pudibond et sévère sur le chapitre des mœurs. » Contrairement à l'attente de Brichot, Mme Verdurin ne

LA PRISONNIÈRE   385

s'égaya pas : « Il est immonde, répondit-elle. Proposez-
lui de venir fumer une cigarette avec vous, pour que mon
mari puisse emmener sa Dulcinée sans que le Charlus
s'en aperçoive et l'éclairer sur l'abîme où il roule. »
Brichot semblait avoir quelques hésitations. « Je vous
dirai, reprit Mme Verdurin pour lever ses derniers scrupules, que je ne me sens pas en sûreté avec ça chez moi.
Je sais qu'il a eu de sales histoires et que la police l'a à
l'œil. » Et comme elle avait un certain don d'improvisa-
tion quand la malveillance l'inspirait, Mme Verdurin ne
s'arrêta pas là : « Il paraît qu'il a fait de la prison. Oui,
oui, ce sont des personnes très renseignées qui me l'ont
dit. Je sais du reste par quelqu'un qui demeure dans sa rue
qu'on n'a pas idée des bandits qu'il fait venir chez lui. »
Et comme Brichot qui allait souvent chez le Baron pro-
testait, Mme Verdurin s'animant s'écria : « Mais je vous
en réponds ! c'est moi qui vous le dis », expression par
laquelle elle cherchait d'habitude à étayer une assertion
jetée un peu au hasard. « Il mourra assassiné un jour ou
l'autre, comme tous ses pareils d'ailleurs. Il n'ira même
peut-être pas jusque-là parce qu'il est dans les griffes de
ce Jupien, qu'il a eu le toupet de m'envoyer et qui est un
ancien forçat, je le sais, vous savez, oui et de façon
positive. Il tient Charlus par des lettres qui sont quelque
chose d'effrayant, il paraît. Je le tiens de quelqu'un qui
les a vues, il m'a dit : « Vous vous trouveriez mal si vous
voyiez cela. » C'est comme ça que ce Jupien le fait
marcher au bâton et lui fait cracher tout l'argent qu'il
veut. J'aimerais mille fois mieux la mort que de vivre
dans la terreur où vit Charlus. En tous cas si la famille de
Morel se décide à porter plainte contre lui, je n'ai pas
envie d'être accusée de complicité, s'il continue ce sera à
ses risques et périls, mais j'aurais fait mon devoir,
qu'est-ce que vous voulez. Ce n'est pas toujours foli-
chon. » Et déjà agréablement enfiévrée par l'attente de la
conversation que son mari allait avoir avec le violoniste,
Mme Verdurin me dit : « Demandez à Brichot si je ne
suis pas une amie courageuse, et si je ne sais pas me
dévouer pour sauver les camarades (elle faisait allusion
aux circonstances dans lesquelles elle l'avait juste à

temps brouillé, avec sa blanchisseuse d'abord, Mme de Cambrener ensuite, brouilles à la suite desquelles Brichot était devenu presque complètement aveugle et, disait-on, morphinomane). » — « Une amie incomparable, perspicace et vaillante, répondit l'universitaire avec une émotion naïve. Mme Verdurin m'a empêché de commettre une grande sottise, me dit Brichot quand celle-ci se fut éloignée. Elle n'hésite pas à couper dans le vif. Elle est interventionniste, comme dirait notre ami Cottard. J'avoue pourtant que la pensée que le pauvre Baron ignore encore le coup qui va le frapper me fait une grande peine. Il est complètement fou de ce garçon. Si Mme Verdurin réussit, voilà un homme qui sera bien malheureux. Du reste il n'est pas certain qu'elle n'échoue pas. Je crains qu'elle ne réussisse qu'à semer des mésintelligences entre eux qui finalement, sans les séparer, n'aboutiront qu'à les brouiller avec elle. » C'était arrivé souvent à Mme Verdurin avec les fidèles. Mais il était visible qu'en elle le besoin de conserver leur amitié était de plus en plus dominé par celui que cette amitié ne fût jamais tenue en échec par celle qu'ils pouvaient avoir les uns pour les autres. L'homosexualité ne lui déplaisait pas tant qu'elle ne touchait pas à l'orthodoxie. Mais comme l'Église elle préférait tous les sacrifices à une concession sur l'orthodoxie. Je commençais à craindre que son irritation contre moi ne vînt de ce qu'elle avait su que j'avais empêché Albertine d'aller chez elle dans la journée, et qu'elle n'entreprît auprès d'elle, si elle n'avait déjà commencé, le même travail pour la séparer de moi que son mari allait, à l'égard de Charlus, opérer auprès du violoniste. « Allons, allez chercher Charlus, trouvez un prétexte, il est temps, dit Mme Verdurin, et tâchez surtout de ne pas le laisser revenir avant que je vous fasse chercher. Ah ! quelle soirée ! ajouta Mme Verdurin qui dévoila ainsi la vraie raison de sa rage. Avoir fait jouer ces chefs-d'œuvre devant ces cruches ! Je ne parle pas de la Reine de Naples, elle est intelligente, c'est une femme agréable (lisez : elle a été très aimable avec moi). Mais les autres ! Ah ! c'est à vous rendre enragée. Qu'est-ce que vous voulez moi je n'ai plus vingt ans. Quand j'étais jeune on me disait qu'il fallait savoir s'ennuyer, je me forçais, mais maintenant, ah! non, c'est plus fort que moi, j'ai l'âge de faire ce que je veux, la vie est trop courte, m'ennuyer, fréquenter des imbéciles, feindre, avoir l'air de les trouver intelligents. Ah! non, je ne peux pas. Allons voyons Brichot, il n'y a pas de temps à perdre. » — «J'y vais, Madame, j'y vais», finit par dire Brichot comme le général Deltour s'éloignait. Mais d'abord l'universitaire me prit un instant à part: «Le Devoir moral, me dit-il, est moins clairement impératif que ne l'enseignent nos Éthiques. Que les cafés théoso-phiques et les brasseries kantiennes en prennent leur parti, nous ignorons déplorablement la nature du Bien. Moi-même qui sans nulle vantardise ai commenté pour mes élèves, en toute innocence, la philosophie du pré-nommé Emmanuel Kant, je ne vois aucune indication précise pour le cas de casuistique mondaine devant lequel je suis placé, dans cette *Critique de la Raison pratique* où le grand défroqué du protestantisme platonisa, à la mode de Germanie, pour une Allemagne préhistoriquement sentimentale et aulique, à toutes fins utiles d'un mysti-cisme poméranien. C'est encore le *Banquet,* mais donné cette fois à Kœnigsberg, à la façon de là-bas, indigeste et assaini, avec choucroute et sans gigolos. Il est évident d'une part que je ne puis refuser à notre excellente hô-tesse le léger service qu'elle me demande en conformité pleinement orthodoxe avec la morale traditionnelle. Il faut éviter avant toute chose, car il n'y en a pas beaucoup qui fassent dire plus de sottises, de se laisser piper avec des mots. Mais enfin n'hésitons pas à avouer que si les mères de famille avaient part au vote, le Baron risquerait d'être lamentablement blackboulé comme professeur de vertu. C'est malheureusement avec le tempérament d'un roué qu'il suit sa vocation de pédagogue; remarquez que je ne dis pas de mal du Baron; ce doux homme, qui sait découper un rôti comme personne, possède avec le génie de l'anathème des trésors de bonté. Il peut être amusant comme un pitre supérieur, alors qu'avec tel de mes confrères, académicien s'il vous plaît, je m'ennuie comme dirait Xénophon à cent drachmes l'heure. Mais je

crains qu'il n'en dépense à l'égard de Morel un peu plus
que la saine morale ne commande et, sans savoir dans
quelle mesure le jeune pénitent se montre docile ou re-
belle aux exercices spéciaux que son catéchiste lui impose en manière de mortification, il n'est pas besoin
d'être grand clerc pour être sûr que nous pécherions,
comme dit l'autre, par mansuétude à l'égard de ce Rose-
Croix qui semble nous venir de Pétrone après avoir passé
par Saint-Simon, si nous lui accordions, les yeux fermés,
en bonne et due forme, le permis de sataniser. Et pourtant
en occupant cet homme pendant que Mme Verdurin,
pour le bien du pécheur et bien justement tentée par une
telle cure, va parler au jeune étourdi sans ambages, lui
retirer tout ce qu'il aime, lui porter peut-être un coup
fatal, je ne peux pas dire que je n'en ai cure, il me semble
que je l'attire comme qui dirait dans un guet-apens et je
recule comme devant une manière de lâcheté. » Ceci dit il
n'hésita pas à la commettre, et me prenant par le bras :
« Allons Baron, si nous allions fumer une cigarette, ce
jeune homme ne connaît pas encore toutes les merveilles
de l'hôtel. » Je m'excusai en disant que j'étais obligé de
rentrer. « Attendez encore un instant, dit Brichot. Vous
savez que vous devez me ramener et je n'oublie pas votre
promesse. » — « Vous ne voulez vraiment pas que je
vous fasse sortir l'argenterie ? rien ne serait plus simple,
me dit M. de Charlus. Comme vous me l'avez promis,
pas un mot de la question décoration à Morel. Je veux lui
faire la surprise de la lui annoncer tout à l'heure, quand
on sera un peu parti. Bien qu'il dise que ce n'est pas
important pour un artiste mais que son oncle le désire (je
rougis, car par mon grand-père les Verdurin savaient qui
était l'oncle de Morel). Alors, vous ne voulez pas que je
vous fasse sortir les plus belles pièces ? me dit M. de
Charlus. Mais vous les connaissez, vous les avez vues dix
fois à la Raspelière. » Je n'osai pas lui dire que ce qui eût
pu m'intéresser, ce n'était pas les médiocres pièces d'une
argenterie bourgeoise même la plus riche, mais quelque
spécimen, fût-ce seulement sur une belle gravure, de
ceux de Mme Du Barry. J'étais beaucoup trop préoccupé
et — ne l'eussé-je pas été par cette révélation relative à la

venue de Mlle Vinteuil — toujours, dans le monde,
j'étais beaucoup trop distrait et agité pour arrêter mon
attention sur des objets plus ou moins jolis. Elle n'eût pu
être fixée que par l'appel de quelque réalité s'adressant à
mon imagination, comme eût pu le faire ce soir une vue
de cette Venise à laquelle j'avais tant pensé l'après-midi,
ou quelque élément général, commun à plusieurs apparences et plus vrai qu'elles, qui de lui-même éveillait
toujours en moi un esprit intérieur et habituellement en-
sommeillé mais dont la remontée à la surface de ma
conscience me donnait une grande joie. Or, comme je
sortais du salon appelé salle de théâtre, et traversais avec
Brichot et M. de Charlus les autres salons, en retrouvant
transposés au milieu d'autres certains meubles vus à la
Raspelière et auxquels je n'avais prêté aucune attention,
je saisis entre l'arrangement de l'hôtel et celui du château
un certain air de famille, une identité permanente, et je
compris Brichot quand il me dit en souriant : « Tenez,
voyez-vous ce fond de salon, cela du moins peut à la
rigueur vous donner l'idée de la rue Montalivet, il y a
vingt-cinq ans, *grande mortalis aevi spatium* [90]. » A son
sourire, dédié au salon défunt qu'il revoyait, je compris
que ce que Brichot, peut-être sans s'en rendre compte,
préférait dans l'ancien salon, plus que les grandes fenêtres, plus que la gaie jeunesse des Patrons et de leurs
fidèles, c'était cette partie irréelle (que je dégageais moi-
même de quelques similitudes entre la Raspelière et le
quai Conti) de laquelle, dans un salon comme en toutes
choses, la partie extérieure, actuelle, contrôlable pour
tout le monde, n'est que le prolongement, c'était cette
partie devenue purement morale, d'une couleur qui
n'existait plus que pour mon vieil interlocuteur, qu'il ne
pouvait pas me faire voir ; cette partie qui s'est détachée
du monde extérieur pour se réfugier dans notre âme à qui
elle donne une plus-value, où elle s'est assimilée à sa
substance habituelle, s'y muant — maisons détruites,
gens d'autrefois, compotiers de fruits des soupers que
nous nous rappelons — en cet albâtre translucide de nos
souvenirs, duquel nous sommes incapables de montrer la
couleur qu'il n'y a que nous qui voyons, (ce qui nous

permet de dire véridiquement aux autres, au sujet de ces
choses passées, qu'ils n'en peuvent avoir une idée, que
cela ne ressemble pas à ce qu'ils ont vu,) et que nous ne
pouvons considérer en nous-même sans une certaine
émotion, en songeant que c'est de l'existence de notre
pensée que dépend pour quelque temps encore leur survie, le reflet des lampes qui se sont éteintes et l'odeur des
charmilles qui ne fleuriront plus. Et sans doute, par là, le
salon de la rue Montalivet faisait, pour Brichot, tort à la
demeure actuelle des Verdurin.

Mais d'autre part il ajoutait à celle-ci, pour les yeux du
professeur, une beauté qu'elle ne pouvait avoir pour un
nouveau venu. Ceux de ses anciens meubles qui avaient
été replacés ici, un même arrangement parfois conservé,
et que moi-même je retrouvais de la Raspelière, inté-
graient dans le salon actuel des parties de l'ancien qui par
moments l'évoquaient jusqu'à l'hallucination et ensuite
semblaient presque irréelles d'évoquer au sein de la réalité ambiante des fragments d'un monde détruit qu'on
croyait voir ailleurs. Canapé surgi du rêve entre les fauteuils nouveaux et bien réels, petites chaises revêtues de
soie rose, tapis broché de table à jeu élevé à la dignité de
personne depuis que comme une personne il avait un
passé, une mémoire, gardant dans l'ombre froide du
salon du quai Conti le hâle de l'ensoleillement par les
fenêtres de la rue Montalivet (dont il connaissait l'heure
aussi bien que Mme Verdurin elle-même) et par les portes vitrées de Doville, où on l'avait emmené et où il
regardait tout le jour, au-delà du jardin fleuriste la profonde vallée de la [91]   ) en attendant l'heure où
Cottard et le violoniste feraient ensemble leur partie,
bouquet de violettes et de pensées au pastel, présent d'un
grand artiste ami, mort depuis, seul fragment survivant
d'une vie disparue sans laisser de traces, résumant un
grand talent et une longue amitié, rappelant son regard
attentif et doux, sa belle main grasse et triste pendant
qu'il peignait; encombrement joli, désordre des cadeaux
de fidèles qui a suivi partout la maîtresse de la maison et a
fini par prendre l'empreinte et la fixité d'un trait de
caractère, d'une ligne de la destinée; profusion des bou-

quets de fleurs, des boîtes de chocolat qui systématisait ici comme là-bas son épanouissement suivant un mode de floraison identique ; interpolation curieuse des objets singuliers et superflus qui ont encore l'air de sortir de la boîte où ils ont été offerts et qui restent toute la vie ce qu'ils ont été d'abord, des cadeaux du Premier Janvier ; tous ces objets enfin qu'on ne saurait isoler des autres, mais qui pour Brichot, vieil habitué des fêtes des Verdurin, avaient cette patine, ce velouté des choses auxquelles, leur donnant une sorte de profondeur, vient s'ajouter leur double spirituel, tout cela, éparpillé, faisait chanter devant lui comme autant de touches sonores qui éveillaient dans son cœur des ressemblances aimées, des réminiscences confuses et qui, à même le salon tout actuel qu'elles marquetaient çà et là, découpaient, délimitaient comme fait par un beau jour un cadre de soleil sectionnant l'atmosphère, les meubles et les tapis, poursuivant d'un coussin à un porte-bouquets, d'un tabouret au relent d'un parfum, d'un mode d'éclairage à une prédominance de couleurs, sculptaient, évoquaient, spiritualisaient, faisaient vivre une forme qui était comme la figure idéale, immanente à leurs logis successifs, du salon des Verdurin.

« Nous allons tâcher, me dit Brichot à l'oreille, de mettre le Baron sur son sujet favori. Il y est prodigieux. » D'une part je désirais pouvoir tâcher d'obtenir de M. de Charlus les renseignements relatifs à la venue de Mlle Vinteuil et de son amie, renseignements pour lesquels je m'étais décidé à quitter Albertine. D'autre part, je ne voulais pas laisser celle-ci seule trop longtemps, non qu'elle pût (incertaine de l'instant de mon retour et d'ailleurs à des heures pareilles où une visite venue pour elle ou bien une sortie d'elle eussent été trop remarquées) faire un mauvais usage de mon absence, mais pour qu'elle ne la trouvât pas trop prolongée. Aussi dis-je à Brichot et à M. de Charlus que je ne les suivais pas pour longtemps. « Venez tout de même », me dit le Baron dont l'excitation mondaine commençait à tomber, mais qui éprouvait ce besoin de prolonger, de faire durer les entretiens que j'avais déjà remarqué chez la Duchesse de

Guermantes aussi bien que chez lui, et qui, tout particulier à cette famille, s'étend plus généralement à tous ceux qui, n'offrant à leur intelligence d'autre réalisation que la conversation, c'est-à-dire une réalisation imparfaite, restent inassouvis même après des heures passées ensemble et se suspendent de plus en plus avidement à l'interlocuteur épuisé, dont ils réclament, par erreur, une satiété que les plaisirs sociaux sont impuissants à donner. « Venez, reprit-il, n'est-ce pas voilà le moment agréable des fêtes, le moment où tous les invités sont partis, l'heure de Doña Sol[92]; espérons que celle-ci finira moins tristement. Malheureusement vous êtes pressé, pressé probablement d'aller faire des choses que vous feriez mieux de ne pas faire. Tout le monde est toujours pressé, et on part au moment où on devrait arriver. Nous sommes là comme les philosophes de Couture[93], ce serait le moment de récapituler la soirée, de faire ce qu'on appelle en style militaire la critique des opérations. On demanderait à Mme Verdurin de nous faire apporter un petit souper auquel on aurait soin de ne pas l'inviter, et on prierait Charlie — toujours *Hernani*[94] — de rejouer pour nous seuls le sublime adagio. Est-ce assez beau, cet adagio! Mais où est-il le jeune violoniste, je voudrais pourtant le féliciter, c'est le moment des attendrissements et des embrassades. Avouez, Brichot, qu'ils ont joué comme des Dieux, Morel surtout. Avez-vous remarqué le moment où la mèche se détache? Ah! bien alors mon cher vous n'avez rien vu. On a eu un fa dièse qui peut faire mourir de jalousie Enesco, Capet et Thibaud; j'ai beau être très calme, je vous avoue qu'à une sonorité pareille j'avais le cœur tellement serré que je retenais mes sanglots. La salle haletait, Brichot, mon cher, s'écria le Baron en secouant violemment l'universitaire par le bras, c'était sublime. Seul le jeune Charlie gardait une immobilité de pierre, on ne le voyait même pas respirer, il avait l'air d'être comme ces choses du monde inanimé dont parle Théodore Rousseau[95], qui font penser mais ne pensent pas. Et alors tout d'un coup, s'écria M. de Charlus avec emphase et en mimant comme un coup de théâtre, alors... la Mèche! Et pendant ce temps-là, gra-

cieuse petite contredanse de l'allegro vivace. Vous savez
cette mèche a été le signe de la révélation même pour les
plus obtus. La Princesse de Taormina, sourde jusque-là,
car il n'est pires sourdes que celles qui ont des oreilles
pour ne pas entendre, la Princesse de Taormina, devant
l'évidence de la mèche miraculeuse, a compris que c'était
de la musique et qu'on ne jouerait pas au poker. Ah! ça a
été un moment bien solennel. » — «Pardonnez-moi,
Monsieur, de vous interrompre, dis-je à M. de Charlus
pour l'amener au sujet qui m'intéressait, vous me disiez
que la fille de l'auteur devait venir. Cela m'aurait beaucoup intéressé. Est-ce que vous êtes certain qu'on comptait sur elle?» — «Ah! je ne sais pas.» M. de Charlus
obéissait ainsi peut-être sans le vouloir à cette consigne
universelle qu'on a de ne pas renseigner les jaloux, soit
pour se montrer absurdement «bon camarade» par point
d'honneur et la détestât-on, envers celle qui l'excite, soit
par méchanceté pour elle en devinant que la jalousie ne
ferait que redoubler l'amour; soit par ce besoin d'être
désagréable aux autres qui consiste à dire la vérité à la
plupart des hommes mais, aux jaloux, à la leur taire,
l'ignorance augmentant leur supplice, du moins à ce
qu'ils se figurent; et pour faire de la peine aux gens, on se
guide d'après ce qu'eux-mêmes croient, peut-être à tort,
le plus douloureux. «Vous savez, reprit-il, ici c'est un
peu la maison des exagérations, ce sont des gens charmants, mais enfin on aime bien amorcer des célébrités
d'un genre ou d'un autre. Mais vous n'avez pas l'air bien
et vous allez avoir froid dans cette pièce si humide, dit-il
en poussant près de moi une chaise. Puisque vous êtes
souffrant, il faut faire attention, je vais aller vous chercher votre pelure. Non n'y allez pas vous-même, vous
vous perdrez et vous aurez froid. Voilà comme on fait des
imprudences, vous n'avez pourtant pas quatre ans, il vous
faudrait une vieille bonne comme moi pour vous soigner. » — «Ne vous dérangez pas, Baron, j'y vais», dit
Brichot, qui s'éloigna aussitôt: ne se rendant peut-être
pas exactement compte de l'amitié très vraie que M. de
Charlus avait pour moi et des rémissions charmantes de
simplicité, de dévouement, que comportaient ses crises

délirantes de grandeur et de persécution, il avait craint
que M. de Charlus, que Mme Verdurin avait confié
comme un prisonnier à sa vigilance, eût cherché simplement sous le prétexte de demander mon pardessus, à
rejoindre Morel et fît manquer ainsi le plan de la Patronne.

Je dis à M. de Charlus mon regret que M. Brichot se
fût dérangé. « Mais non, il est très content, il vous aime
beaucoup, tout le monde vous aime beaucoup. On disait
l'autre jour : mais on ne le voit plus, il s'isole ! D'ailleurs,
c'est un si brave homme que Brichot », continua M. de
Charlus qui ne se doutait sans doute pas en voyant la
manière affectueuse et franche dont lui parlait le professeur de morale, qu'en son absence il ne se gênait pas pour
dauber sur lui. « C'est un homme d'une grande valeur qui
sait énormément et cela ne l'a pas racorni, n'a pas fait de
lui un rat de bibliothèque comme tant d'autres, qui sentent l'encre. Il a gardé une largeur de vues, une tolérance,
rares chez ses pareils. Parfois en voyant comme il comprend la vie, comme il sait rendre à chacun avec grâce ce
qui lui est dû, on se demande où un simple petit professeur de Sorbonne, un ancien régent de collège a pu
apprendre tout cela. J'en suis moi-même étonné. » Je
l'étais davantage en voyant la conversation de ce Brichot,
que le moins raffiné des convives de Mme de Guermantes eût trouvé si bête et si lourd, plaire au plus difficile de
tous, M. de Charlus. Mais à ce résultat avaient collaboré
entre autres influences celles, distinctes d'ailleurs, en
vertu desquelles Swann d'une part s'était plu si longtemps dans le petit clan, quand il était amoureux
d'Odette, d'autre part, depuis qu'il était marié, trouvait
agréable Mme Bontemps qui feignait d'adorer le ménage
Swann, venait tout le temps voir la femme, se délectait
aux histoires du mari et parlait d'eux avec dédain.
Comme l'écrivain donnant la palme de l'intelligence non
pas à l'homme le plus intelligent mais au viveur qui
faisait une réflexion hardie et tolérante sur la passion d'un
homme pour une femme, réflexion qui faisait que la
maîtresse bas bleu de l'écrivain s'accordait avec lui pour
trouver que de tous les gens qui venaient chez elle le

moins bête était encore ce vieux beau qui avait l'expérience des choses de l'amour, de même M. de Charlus
trouvait plus intelligent que ses autres amis, Brichot qui
non seulement était aimable pour Morel, mais cueillait à
propos dans les philosophes grecs, les poètes latins, les
conteurs orientaux, des textes qui décoraient le goût du
baron d'un florilège étrange et charmant. M. de Charlus
était arrivé à cet âge où un Victor Hugo aime à s'entourer
surtout de Vacqueries et de Meurices. Il préférait à tous
ceux qui admettaient son point de vue sur la vie. «Je le
vois beaucoup, ajouta-t-il d'une voix piaillante et cadencée, sans qu'un seul mouvement sauf des lèvres fît bouger son masque grave et enfariné sur lequel étaient à
dessein abaissées ses paupières d'ecclésiastique. Je vais à
ses cours, cette atmosphère de quartier latin me change, il
y a une adolescence studieuse, pensante, de jeunes bourgeois plus intelligents, plus instruits que n'étaient dans un
autre milieu mes camarades. C'est autre chose que vous
connaissez probablement mieux que moi, ce sont de jeunes *bourgeois* », dit-il en détachant le mot qu'il fit précéder de plusieurs *b*, et en le soulignant par une sorte
d'habitude d'élocution, correspondant elle-même à un
goût des nuances dans la pensée, qui lui était propre, mais
peut-être aussi pour ne pas résister au plaisir de me
témoigner quelque insolence. Celle-ci ne diminua en rien
la grande et affectueuse pitié que m'inspirait M. de
Charlus (depuis que Mme Verdurin avait dévoilé son
dessein devant moi), m'amusa seulement et, même en
une circonstance où je ne me fusse pas senti pour lui tant
de sympathie, ne m'eût pas froissé. Je tenais de ma
grand-mère d'être dénué d'amour-propre à un degré qui
ferait aisément manquer de dignité. Sans doute je ne m'en
rendais guère compte et à force d'avoir entendu depuis le
collège les plus estimés de mes camarades ne pas souffrir
qu'on leur manquât, ne pas pardonner un mauvais procédé, j'avais fini par montrer dans mes paroles et dans
mes actions une seconde nature qui était assez fière. Elle
passait même pour l'être extrêmement parce que n'étant
nullement peureux, j'avais facilement des duels [96], dont
je diminuais pourtant le prestige moral en m'en moquant

moi-même, ce qui persuadait aisément qu'ils étaient ridicules. Mais la nature que nous refoulons n'en habite pas moins en nous. C'est ainsi que parfois si nous lisons le chef-d'œuvre nouveau d'un homme de génie nous y retrouvons avec plaisir toutes celles de nos réflexions que nous avions méprisées, des gaietés, des tristesses que nous avions contenues, tout un monde de sentiments dédaigné par nous et dont le livre où nous les reconnaissons nous apprend subitement la valeur. J'avais fini par apprendre de l'expérience de la vie qu'il était mal de sourire affectueusement quand quelqu'un se moquait de moi et de ne pas lui en vouloir. Mais cette absence d'amour-propre et de rancune, si j'avais cessé de l'exprimer jusqu'à en être arrivé à ignorer à peu près complètement qu'elle existât chez moi, n'en était pas moins le milieu vital primitif dans lequel je baignais. La colère, et la méchanceté, ne me venaient que de tout autre manière, par crises furieuses. De plus le sentiment de la justice, jusqu'à une complète absence de sens moral, m'était inconnu. J'étais au fond de mon cœur tout acquis à celui qui était le plus faible et qui était malheureux. Je n'avais aucune opinion sur la mesure dans laquelle le bien et le mal pouvaient être engagés dans les relations de Morel et de M. de Charlus, mais l'idée des souffrances qu'on préparait à M. de Charlus m'était intolérable. J'aurais voulu le prévenir, ne savais comment le faire. «La vue de tout ce petit monde laborieux est fort plaisante pour un vieux trumeau comme moi. Je ne les connais pas, ajouta-t-il en levant la main d'un air de réserve, pour ne pas avoir l'air de se vanter, pour attester sa pureté et ne pas faire planer de soupçon sur celle des étudiants, mais ils sont très polis, ils vont souvent jusqu'à me garder une place comme je suis un très vieux monsieur. Mais si mon cher ne protestez pas, j'ai plus de quarante ans, dit le Baron qui avait dépassé la soixantaine. Il fait un peu chaud dans cet amphithéâtre où parle Brichot mais c'est toujours intéressant. » Quoique le Baron aimât mieux être mêlé à la jeunesse des écoles, voire bousculé par elle, quelquefois pour lui épargner les longues attentes Brichot le faisait entrer avec lui. Brichot avait beau être chez lui à la Sorbonne, au moment où l'appariteur chargé de chaînes le précédait et où s'avançait le maître admiré de la jeunesse, il ne pouvait retenir une certaine timidité, et tout en désirant profiter de cet instant où il se sentait si considérable pour témoigner de l'amabilité à Charlus, il était tout de même un peu gêné ; pour que l'appariteur le laissât passer, il lui disait, d'une voix factice et d'un air affairé : « Vous me suivez, Baron, on vous placera », puis sans plus s'occuper de lui, pour faire son entrée, s'avançait seul allégrement dans le couloir. De chaque côté, une double haie de jeunes professeurs le saluait ; Brichot, désireux de ne pas avoir l'air de poser pour ces jeunes gens aux yeux de qui il se savait un grand pontife, leur envoyait mille clins d'œil, mille hochements de tête de connivence, auxquels son souci de rester martial et bon Français donnait l'air d'une sorte d'encouragement cordial, de « sursum corda » d'un vieux grognard qui dit : « Nom de Dieu, on saura se battre. » Puis les applaudissements des élèves éclataient. Brichot tirait parfois de cette présence de M. de Charlus à ses cours l'occasion de faire un plaisir, presque de rendre des politesses. Il disait à quelque parent, ou à quelqu'un de ses amis bourgeois : « Si cela pouvait amuser votre femme ou votre fille, je vous préviens que le Baron de Charlus, Prince d'Agrigente, le descendant des Condé, assistera à mon cours. Pour un enfant c'est un souvenir à garder que d'avoir vu un des derniers descendants de notre aristocratie qui ait du type. Si elles y sont, elles le reconnaîtront à ce qu'il sera placé à côté de ma chaire. D'ailleurs ce sera le seul, un homme fort, avec des cheveux blancs, la moustache noire, et la médaille militaire. » — « Ah ! je vous remercie », disait le père. Et quoique sa femme eût à faire, pour ne pas désobliger Brichot, il la forçait à aller à ce cours, tandis que la jeune fille, incommodée par la chaleur et la foule, dévorait pourtant curieusement des yeux le descendant de Condé, tout en s'étonnant qu'il ne portât pas de fraise et ressemblât aux hommes de nos jours. Lui cependant n'avait pas d'yeux pour elle, mais plus d'un étudiant qui ne savait pas qui il était s'étonnait de son amabilité, devenait important et sec, et le Baron

sortait plein de rêves et de mélancolie. « Pardonnez-moi
de revenir à mes moutons, dis-je rapidement à M. de
Charlus en entendant le pas de Brichot, mais pourriez-
vous me prévenir par un pneumatique si vous appreniez
que Mlle Vinteuil ou son amie dussent venir à Paris, en
me disant exactement la durée de leur séjour, et sans dire
à personne que je vous l'ai demandé ? » Je ne croyais plus
guère qu'elle eût dû venir, mais je voulais ainsi me garer
pour l'avenir. « Oui, je ferai ça pour vous. D'abord parce
que je vous dois une grande reconnaissance. En n'acceptant pas autrefois ce que je vous avais proposé [97] vous
m'avez, à vos dépens, rendu un immense service, vous
m'avez laissé ma liberté. Il est vrai que je l'ai abdiquée
d'une autre manière, ajouta-t-il d'un ton mélancolique où
perçait le désir de faire des confidences ; il y a là ce que je
considère toujours comme le fait majeur, toute une réunion de circonstances que vous avez négligé de faire
tourner à votre profit, peut-être parce que la destinée vous
a averti à cette minute précise de ne pas contrarier ma
voie. C'est toujours l'homme qui s'agite et Dieu qui le
mène. Qui sait, si le jour où nous sommes sortis ensemble
de chez Mme de Villeparisis vous aviez accepté, peut-
être bien des choses qui se sont passées depuis n'auraient
jamais eu lieu. » Embarrassé je fis dériver la conversation
en m'emparant du nom de Mme de Villeparisis, et en
disant la tristesse que m'avait causée sa mort [98]. « Ah !
oui », murmura sèchement M. de Charlus avec l'intonation la plus insolente, prenant acte de mes condoléances
sans avoir l'air de croire une seconde à leur sincérité.
Voyant qu'en tous cas le sujet de Mme de Villeparisis ne
lui était pas douloureux, je voulus savoir de lui, si quali-
fié à tous égards, pour quelles raisons Mme de Villeparisis avait été tenue ainsi à l'écart par le monde aristocratique. Non seulement il ne me donna pas la solution de ce
petit problème mondain mais ne me parut même pas le
connaître. Je compris alors que la situation de Mme de
Villeparisis, si elle devait plus tard paraître grande à la
postérité et même du vivant de la Marquise à l'ignorante
roture, n'avait pas paru moins grande tout à fait à l'autre
extrémité du monde, à celle qui touchait Mme de Ville-

parisis, aux Guermantes. C'était leur tante, ils voyaient surtout la naissance, les alliances, l'importance gardée dans la famille par l'ascendant sur telle ou telle belle-sœur. Ils voyaient cela moins côté monde que côté famille. Or celui-ci était plus brillant pour Mme de Villeparisis que je n'avais cru. J'avais été frappé en apprenant que le nom Villeparisis était faux. Mais il est d'autres exemples de grandes dames ayant fait un mariage inégal et ayant gardé une situation prépondérante. M. de Charlus commença par m'apprendre que Mme de Villeparisis était la nièce de la fameuse Duchesse de ***, la personne la plus célèbre de la grande aristocratie pendant la monarchie de Juillet mais qui n'avait pas voulu fréquenter le Roi Citoyen et sa famille. J'avais tant désiré avoir des récits sur cette Duchesse ! Et Mme de Villeparisis, la bonne Mme de Villeparisis, aux joues qui me représentaient des joues de bourgeoise, Mme de Villeparisis qui m'envoyait tant de cadeaux et que j'aurais si facilement pu voir tous les jours, Mme de Villeparisis était sa nièce élevée par elle, chez elle, à l'hôtel de ***. Elle demandait au Duc de Doudeauville, me dit M. de Charlus, en parlant des trois sœurs : « Laquelle des trois sœurs préférez-vous ? » Et Doudeauville ayant dit : « Mme de Villeparisis », la Duchesse de *** lui répondit : « Cochon ! » — « Car la duchesse était très spirituelle », dit M. de Charlus en donnant au mot l'importance et la prononciation d'usage chez les Guermantes. Qu'il trouvât d'ailleurs que le mot fût si « spirituel », je ne m'en étonnai pas, ayant dans bien d'autres occasions remarqué la tendance centrifuge, objective, des hommes qui les pousse à abdiquer quand ils goûtent l'esprit des autres les sévérités qu'ils auraient pour le leur et à observer, à noter précieusement, ce qu'ils dédaigneraient de créer[99].

« Mais qu'est-ce qu'il a ? c'est mon pardessus qu'il apporte, dit-il en voyant que Brichot avait si longtemps cherché pour un tel résultat. J'aurais mieux fait d'y aller moi-même. Enfin vous allez le mettre sur vos épaules. Savez-vous que c'est très compromettant, mon cher ? c'est comme de boire dans le même verre, je saurai vos pensées. Mais non, pas comme ça, voyons laissez-moi

faire », et tout en me mettant son paletot, il me le collait
contre les épaules, me le montait le long du cou, relevait
le col, et de sa main frôlait mon menton, en s'excusant.
« A son âge ça ne sait pas mettre une couverture, il faut le
bichonner, j'ai manqué ma vocation, Brichot, j'étais né
pour être bonne d'enfants. » Je voulais m'en aller, mais
M. de Charlus ayant manifesté l'intention d'aller chercher Morel, Brichot nous retint tous les deux. D'ailleurs
la certitude qu'à la maison je retrouverais Albertine,
certitude égale à celle que dans l'après-midi j'avais
qu'Albertine rentrât du Trocadéro, me donnait en ce
moment aussi peu d'impatience de la voir que j'avais eu le
même jour tandis que j'étais assis au piano, après que
Françoise m'eut téléphoné. Et c'est ce calme qui me permit,
chaque fois qu'au cours de cette conversation je voulus me
lever, d'obéir à l'injonction de Brichot qui craignait que
mon départ empêchât Charlus de rester jusqu'au moment où
Mme Verdurin viendrait nous appeler. « Voyons, dit-il au
Baron, restez un peu avec nous, vous lui donnerez l'accolade tout à l'heure », en fixant sur moi son œil presque mort
auquel les nombreuses opérations qu'il avait subies avaient
fait recouvrer un peu de vie mais qui n'avait plus pourtant la
mobilité nécessaire à l'expression oblique de la malignité.
« L'accolade, est-il bête ! s'écria le Baron d'un ton aigu et
ravi. Mon cher je vous dis qu'il se croit toujours à une
distribution de prix, il rêve de ses petits élèves. Je me
demande s'il ne couche pas avec. » — « Vous désirez voir
M!le Vinteuil, me dit Brichot qui avait entendu la fin de
notre conversation. Je vous promets de vous avertir si elle
vient, je le saurai par Mme Verdurin », me dit Brichot qui
sans doute prévoyait que le Baron risquait fort d'être de
façon imminente exclu du petit clan. « Hé bien vous me
croyez donc moins bien que vous avec Mme Verdurin, dit
M. de Charlus, pour être renseigné sur la venue de ces
personnes d'une terrible réputation ? Vous savez que c'est
archi-connu. Mme Verdurin a tort de les laisser venir, c'est
bon pour les milieux interlopes. Elles sont amies de toute
une bande terrible, tout ça doit se réunir dans des endroits
affreux. » A chacune de ces paroles, ma souffrance s'accroissait d'une souffrance nouvelle, changeait de forme. Et

tout d'un coup me rappelant certains mouvements d'impatience d'Albertine, qu'elle réprimait du reste aussitôt, j'eus l'effroi qu'elle eût conçu le projet de me quitter. Ce soupçon me rendait d'autant plus nécessaire de faire durer notre vie commune jusqu'à un temps où j'aurais retrouvé mon calme. Et pour ôter à Albertine, si elle l'avait, l'idée de devancer mon projet de rupture, pour lui faire paraître, jusqu'à ce que je puisse le réaliser sans souffrir, sa chaîne plus légère, le plus habile (peut-être j'étais contagionné par la présence de M. de Charlus, par le souvenir inconscient des comédies qu'il aimait à jouer), le plus habile me parut de faire croire à Albertine que j'avais moi-même l'intention de la quitter, j'allais dès que je serais rentré simuler des adieux, une rupture. «Certes non pas, je ne me crois pas mieux que vous avec Mme Verdurin», proclama Brichot en ponctuant les mots, car il craignait d'avoir éveillé les soupçons du Baron. Et comme il voyait que je voulais prendre congé, voulant me retenir par l'appât du divertissement promis: «Il y a une chose à quoi le Baron me semble ne pas avoir songé quand il parle de la réputation de ces deux dames, c'est qu'une réputation peut être tout à la fois épouvantable et imméritée. Ainsi par exemple dans la série plus notoire que j'appellerai parallèle, il est certain que les erreurs judiciaires sont nombreuses et que l'histoire a enregistré des arrêts de condamnation pour sodomie flétrissant des hommes illustres qui en étaient tout à fait innocents. La récente découverte d'un grand amour de Michel-Ange pour une femme [100] est un fait nouveau qui mériterait à l'ami de Léon X le bénéfice d'une instance en révision posthume. L'affaire Michel-Ange me semble tout indiquée pour passionner les snobs et mobiliser la Villette, quand une autre affaire, où l'anarchie fut bien portée et devint le péché à la mode de nos bons dilettantes, mais dont il n'est point permis de prononcer le nom par crainte de querelles, aura fini son temps. » Depuis que Brichot avait commencé à parler des réputations masculines, M. de Charlus avait trahi dans tout son visage le genre particulier d'impatience qu'on voit à un expert médical ou militaire quand des gens du monde qui n'y connaissent

rien se mettent à dire des bêtises sur des points de théra-
peutique ou de stratégie. « Vous ne savez pas le premier
mot des choses dont vous parlez, finit-il par dire à Brichot. Citez-moi une seule réputation imméritée. Dites des
noms. Oui je connais tout, riposta violemment M. de
Charlus à une interruption timide de Brichot, les gens qui
ont fait cela autrefois par curiosité, ou par affection unique pour un ami mort, et celui qui, craignant de s'être
trop avancé, si vous lui parlez de la beauté d'un homme
vous répond que c'est du chinois pour lui, qu'il ne sait
pas plus distinguer un homme beau d'un laid qu'entre
deux moteurs d'auto, comme la mécanique n'est pas dans
ses cordes. Tout cela c'est des blagues. Mon Dieu remarquez, je ne veux pas dire qu'une réputation mauvaise (ou
ce qu'il est convenu d'appeler ainsi) et injustifiée soit une
chose absolument impossible. C'est tellement exceptionnel, tellement rare, que pratiquement cela n'existe pas.
Cependant moi qui suis un curieux, un fureteur, j'en ai
connu et qui n'étaient pas des mythes. Oui au cours de ma
vie j'ai constaté (j'entends scientifiquement constaté, je
ne me paie pas de mots) deux réputations injustifiées.
Elles s'établissent d'habitude grâce à une similitude de
noms, ou d'après certains signes extérieurs, l'abondance
des bagues par exemple, que les gens incompétents
s'imaginent absurdement être caractéristiques de ce que
vous dites, comme ils croient qu'un paysan ne dit pas
deux mots sans ajouter jarniguié, ou un Anglais goddam.
C'est de la convention pour théâtre des boulevards.
(M. de Charlus m'étonna beaucoup en citant parmi les
invertis « l'ami de l'actrice » que j'avais vu à Balbec et
qui était le chef de la petite société des quatre amis.
« Mais alors cette actrice ? » — « Elle lui sert de paravent,
et d'ailleurs il a des relations avec elle, plus peut-être
qu'avec des hommes, avec qui il n'en a guère. » — « Il en
a avec les trois autres ? » — « Mais pas du tout, ils sont
amis pas du tout pour ça ! Deux sont tout à fait pour
femmes. Un en est, mais n'est pas sûr pour son ami, et en
tous cas ils se cachent l'un de l'autre [101].) Ce qui vous
étonnera, c'est que ces réputations injustifiées sont les
plus établies aux yeux du public. Vous-même Brichot qui

mettriez votre main au feu de la vertu de tel ou tel homme qui vient ici et que les renseignés connaissent comme le loup blanc, vous devez croire comme tout le monde à ce qu'on dit de tel homme en vue qui incarne ces goûts-là pour la masse, alors qu'il n'en est pas pour deux sous. Je dis pour deux sous, parce que si nous y mettions vingt-cinq louis nous verrions le nombre des petits saints diminuer jusqu'à zéro. Sans cela le taux des saints, si vous voyez de la sainteté là-dedans, se tient en règle générale entre 3 et 4 sur 10. » Si Brichot avait transposé dans le sexe masculin la question des mauvaises réputations, à mon tour et inversement c'est au sexe féminin et en pensant à Albertine, que je reportais les paroles de M. de Charlus. J'étais épouvanté par sa statistique, même en tenant compte qu'il devait enfler les chiffres au gré de ce qu'il souhaitait, et aussi d'après les rapports d'êtres can-caniers, peut-être menteurs, en tous cas trompés par leur propre désir qui s'ajoutant à celui de M. de Charlus faussait sans doute les calculs du Baron. « Trois sur dix, s'écria Brichot ! En renversant la proportion, j'aurais eu encore à multiplier par cent le nombre des coupables. S'il est celui que vous dites, Baron, et si vous ne vous trom-pez pas, confessons alors que vous êtes un de ces rares voyants d'une vérité que personne ne soupçonne autour d'eux. C'est ainsi que Barrès a fait sur la corruption parlementaire des découvertes qui ont été vérifiées après coup, comme l'existence de la planète de Leverrier. Mme Verdurin citerait de préférence des hommes que j'aime mieux ne pas nommer et qui ont deviné au Bureau des Renseignements, dans l'État-Major, des agissements, inspirés je le crois par un zèle patriotique, mais qu'enfin je n'imaginais pas. Sur la franc-maçonnerie, l'espionnage allemand, la morphinomanie, Léon Daudet écrit au jour le jour un prodigieux conte de fées qui se trouve être la réalité même. Trois sur dix », reprit Brichot stupéfait. Et il est vrai de dire que M. de Charlus taxait d'inversion la grande majorité de ses contemporains, en exceptant tou-tefois les hommes avec qui il avait eu des relations et dont, pour peu qu'elles eussent été mêlées d'un peu de romanesque, le cas lui paraissait plus complexe. C'est

ainsi qu'on voit des viveurs, ne croyant pas à l'honneur
des femmes, en rendre un peu seulement à telle qui fut
leur maîtresse et dont ils protestent sincèrement et d'un
air mystérieux : « Mais non vous vous trompez, ce n'est
pas une fille. » Cette estime inattendue leur est dictée
partie par leur amour-propre pour qui il est plus flatteur
que de telles faveurs aient été réservées à eux seuls, partie
par leur naïveté qui gobe aisément tout ce que leur maîtresse a voulu leur faire croire, partie par ce sentiment de
la vie qui fait que dès qu'on s'approche des êtres, des
existences, les étiquettes et les compartiments faits
d'avance sont trop simples. « Trois sur dix ! mais pre-
nez-y garde, Baron, moins heureux que ces historiens que
l'avenir ratifiera, si vous vouliez présenter à la postérité
le tableau que vous nous dites, elle pourrait la trouver
mauvaise. Elle ne juge que sur pièces et voudrait prendre
connaissance de votre dossier. Or aucun document ne
venant authentiquer ce genre de phénomènes collectifs
que les seuls renseignés sont trop intéressés à laisser dans
l'ombre, on s'indignerait fort dans le camp des belles
âmes et vous passeriez tout net pour un calomniateur ou
pour un fol. Après avoir, au concours des élégances,
obtenu le maximum et le principat, sur cette terre, vous
connaîtriez les tristesses d'un blackboulage d'outre-
tombe. Ça n'en vaut pas le coup, comme dit, Dieu me
pardonne ! notre Bossuet. » — « Je ne travaille pas pour
l'histoire, répondit M. de Charlus, la vie me suffit, elle
est bien assez intéressante, comme disait le pauvre
Swann. » — « Comment ? Vous avez connu Swann, Baron, mais je ne savais pas. Est-ce qu'il avait ces
goûts-là ? » demanda Brichot d'un air inquiet. « Mais
est-il grossier ! Vous croyez donc que je ne connais que
des gens comme ça ? Mais non je ne crois pas », dit
Charlus les yeux baissés et cherchant à peser le pour et le
contre. Et pensant que, puisqu'il s'agissait de Swann dont
les tendances si opposées avaient été toujours connues,
un demi-aveu ne pouvait être qu'inoffensif pour celui
qu'il visait et flatteur pour celui qui le laissait échapper
dans une insinuation : « Je ne dis pas qu'autrefois au
collège une fois par hasard », dit le Baron comme malgré

lui et comme s'il pensait tout haut, puis se reprenant :
« Mais il y a deux cents ans, comment voulez-vous que je
me rappelle, vous m'embêtez », conclut-il en riant. « En
tous cas il n'était pas joli, joli ! » dit Brichot, lequel,
affreux, se croyait bien et trouvait facilement les autres
laids. « Taisez-vous, dit le Baron, vous ne savez pas ce
que vous dites, dans ce temps-là il avait un teint de pêche
et, ajouta-t-il en mettant chaque syllabe sur une autre
note, il était joli comme les amours. Du reste il est resté
charmant. Il a été follement aimé des femmes. »
— « Mais est-ce que vous avez connu la sienne ? »
— « Mais voyons, c'est par moi qu'il l'a connue. Je
l'avais trouvée charmante dans son demi-travesti un soir
qu'elle jouait Miss Sacripant [102] ; j'étais avec des camarades de club, nous avions tous ramené une femme et
bien que je n'eusse envie que de dormir, les mauvaises
langues avaient prétendu, car c'est affreux ce que le
monde est méchant, que j'avais couché avec Odette.
Seulement elle en avait profité pour venir m'embêter, et
j'avais cru m'en débarrasser en la présentant à Swann. De
ce jour-là elle ne cessa plus de me cramponner, elle ne
savait pas un mot d'orthographe, c'est moi qui faisais les
lettres. Et puis c'est moi qui ensuite ai été chargé de la
promener. Voilà mon enfant ce que c'est que d'avoir une
bonne réputation, vous voyez. Du reste je ne la méritais
qu'à moitié. Elle me forçait à lui faire faire des parties
terribles, à cinq, à six. » Et les amants qu'avait eus
successivement Odette (elle avait été avec un tel, puis
avec un tel, ces hommes dont pour pas un seul le pauvre
Swann ne découvrit rien, aveuglé par la jalousie et par
l'amour, tour à tour supputant les chances et croyant aux
serments, plus affirmatifs qu'une contradiction qui
échappe à la coupable, contradiction bien plus insaisissable et pourtant bien plus significative et dont le jaloux
pourrait se prévaloir plus logiquement que de renseignements qu'il prétend faussement avoir eus, pour inquiéter
sa maîtresse), ces amants M. de Charlus se mit à les
énumérer avec autant de certitude que s'il avait récité la
liste des Rois de France. Et en effet le jaloux est, comme
les contemporains, trop près, il ne sait rien, et c'est pour

les étrangers que la chronique des adultères prend la
précision de l'histoire, et s'allonge en listes d'ailleurs
indifférentes et qui ne deviennent tristes que pour un autre
jaloux, comme j'étais, qui ne peut s'empêcher de comparer son cas à celui dont il entend parler et qui se
demande si pour la femme dont il doute une liste aussi
illustre n'existe pas. Mais il n'en peut rien savoir, c'est
comme une conspiration universelle, une brimade à laquelle tous participent cruellement et qui consiste, tandis
que son amie va de l'un à l'autre, à lui tenir sur les yeux
un bandeau qu'il fait perpétuellement effort pour arracher
sans y réussir, car tout le monde le tient aveuglé, le
malheureux, les êtres bons par bonté, les êtres méchants
par méchanceté, les êtres grossiers par goût des vilaines
farces, les êtres bien élevés par politesse et bonne éducation, et tous par une de ces conventions qu'on appelle
principe. «Mais est-ce que Swann a jamais su que vous
aviez eu ses faveurs?» — «Mais voyons quelle horreur!
Raconter cela à Charles! C'est à faire dresser les cheveux
sur la tête. Mais mon cher il m'aurait tué tout simplement, il était jaloux comme un tigre. Pas plus que je n'ai
avoué à Odette, à qui ça aurait du reste été bien égal,
que... allons ne me faites pas dire de bêtises. Et le plus
fort c'est que c'est elle qui lui a tiré des coups de revolver
que j'ai failli recevoir. Ah! j'ai eu de l'agrément avec ce
ménage-là et naturellement c'est moi qui ai été obligé
d'être son témoin contre d'Osmond, qui ne me l'a jamais
pardonné. D'Osmond avait enlevé Odette, et Swann pour
se consoler avait pris pour maîtresse, ou fausse maîtresse,
la sœur d'Odette. Enfin vous n'allez pas commencer à me
faire raconter l'histoire de Swann, nous en aurions pour
dix ans, vous comprenez, je connais ça comme personne,
c'était moi qui sortais Odette quand elle ne voulait pas
voir Charles. Cela m'embêtait d'autant plus que j'ai un
très proche parent qui porte le nom de Crécy, sans y avoir
naturellement aucune espèce de droit, mais qu'enfin cela
ne charmait pas. Car elle se faisait appeler Odette de
Crécy et le pouvait parfaitement, étant seulement séparée
d'un Crécy dont elle était la femme, très authentique
celui-là, un monsieur très bien qu'elle avait ratissé

jusqu'au dernier centime. Mais voyons c'est pour me faire parler, je vous ai vu avec lui dans le tortillard, vous lui donniez des dîners à Balbec. Il doit en avoir besoin le pauvre, il vivait d'une toute petite pension que lui faisait Swann, et je me doute bien que depuis la mort de mon ami, cette rente a dû cesser complètement d'être payée. Ce que je ne comprends pas, me dit M. de Charlus, c'est que puisque vous avez été souvent chez Charles, vous n'ayez pas désiré tout à l'heure que je vous présente à la Reine de Naples. En somme je vois que vous ne vous intéressez pas aux *personnes* en tant que curiosités, et cela m'étonne toujours de quelqu'un qui a connu Swann, chez qui ce genre d'intérêt était si développé, au point qu'on ne peut pas dire si c'est moi qui ai été à cet égard son initiateur ou lui le mien. Cela m'étonne autant que si je voyais quelqu'un avoir connu Whistler et ne pas savoir ce que c'est que le goût. Mon Dieu c'est surtout pour Morel que c'était important de la connaître, il le désirait du reste passionnément car il est tout ce qu'il y a de plus intelligent. C'est ennuyeux qu'elle soit partie. Mais enfin je ferai la conjonction ces jours-ci. C'est immanquable qu'il la connaisse. Le seul obstacle possible serait si elle mourait demain. Or il est à espérer que cela n'arrivera pas. » Tout à coup, comme il était resté sous le coup de la proportion de « trois sur dix » que lui avait révélée M. de Charlus, Brichot, qui n'avait cessé de poursuivre son idée, avec une brusquerie qui rappelait celle d'un juge d'instruction voulant faire avouer un accusé, mais qui en réalité était le résultat du désir qu'avait le professeur de paraître perspicace et du trouble qu'il éprouvait à lancer une accusation si grave : « Est-ce que Ski n'est pas comme cela ? » demanda-t-il à M. de Charlus d'un air sombre. Pour faire admirer ses prétendus dons d'intuition, il avait choisi Ski, se disant que puisqu'il n'y avait que 3 innocents sur 10, il risquait peu de se tromper en nommant Ski qui lui semblait un peu bizarre, avait des insomnies, se parfumait, bref était en dehors de la normale. « Mais *pas du tout*, s'écria le Baron avec une ironie amère, dogmatique et exaspérée. Ce que vous dites est d'un faux, d'un absurde, d'un à côté ! Ski est justement cela pour les gens qui n'y connaissent rien. S'il l'était, il n'en aurait pas tellement l'air, ceci soit dit sans aucune intention de critique, car il a du charme et je lui trouve même quelque chose de très attachant. » — « Mais dites-nous donc quelques noms », reprit Brichot avec insistance. M. de Charlus se redressa d'un air de morgue : « Ah ! mon cher moi vous savez je vis dans l'abstrait, tout cela ne m'intéresse qu'à un point de vue transcendantal, répondit-il, avec la susceptibilité ombrageuse particulière à ses pareils, et l'affectation de grandiloquence qui caractérisait sa conversation. Moi vous comprenez il n'y a que les généralités qui m'intéressent, je vous parle de cela comme de la loi de la pesanteur. » Mais ces moments de réaction agacée où le Baron cherchait à cacher sa vraie vie duraient bien peu auprès des heures de progression continue où il la faisait deviner, l'étalait avec une complaisance agaçante, le besoin de la confidence étant chez lui plus fort que la crainte de la divulgation. « Ce que je voulais dire, reprit-il, c'est que pour une mauvaise réputation qui est injustifiée, il y a des centaines de bonnes qui ne le sont pas moins. Évidemment le nombre de ceux qui ne les méritent pas varie selon que vous vous en rapportez aux dires de leurs pareils ou des autres. Et il est vrai que si la malveillance de ces derniers est limitée par la trop grande difficulté qu'ils auraient à croire un vice aussi horrible pour eux que le vol ou l'assassinat pratiqué par des gens dont ils connaissent la délicatesse et le cœur, la malveillance des premiers est exagérément stimulée par le désir de croire, comment dirais-je, accessibles, des gens qui leur plaisent, par des renseignements que leur ont donnés des gens qu'a trompés un semblable désir, enfin par l'écart même où ils sont généralement tenus. J'ai vu un homme, assez mal vu à cause de ce goût, dire qu'il supposait qu'un certain homme du monde avait le même. Et sa seule raison de le croire est que cet homme du monde avait été aimable avec lui ! Autant de raisons d'*optimisme*, dit naïvement le Baron, dans la supputation du nombre. Mais la vraie raison de l'écart énorme qu'il y a entre ce nombre calculé par les profanes, et calculé par les initiés, vient du mystère dont ceux-ci entourent leurs

agissements, afin de les cacher aux autres qui, dépourvus
d'aucun moyen d'information, seraient littéralement stu-
péfaits s'ils apprenaient seulement le quart de la vérité. »
— « Alors à notre époque c'est comme chez les Grecs », dit
Brichot. — « Mais comment comme chez les Grecs ? Vous
vous figurez que cela n'a pas continué depuis ? Regardez
sous Louis XIV, Monsieur, le petit Vermandois, Molière,
le Prince Louis de Baden, Brunswick, Charolais, Bouf-
flers, le Grand Condé, le Duc de Brissac. » — « Je vous
arrête, je savais Monsieur, je savais Brissac par Saint-Simon, Vendôme naturellement et d'ailleurs bien d'autres,
mais cette vieille peste de Saint-Simon parle souvent du
Grand Condé et du Prince Louis de Baden et jamais il ne le
dit. » — « C'est tout de même malheureux que ce soit à
moi d'apprendre son histoire à un professeur en Sorbonne.
Mais cher Maître vous êtes ignorant comme une carpe. »
— « Vous êtes dur, Baron, mais juste. Et tenez je vais vous
faire plaisir. Je me souviens maintenant d'une chanson de
l'époque qu'on fit en latin macaronique sur certain orage
qui surprit le Grand Condé comme il descendait le Rhône
en compagnie de son ami le Marquis de La Moussaye.
Condé dit :

> *Carus Amicus Mussaeus,*
> *Ah! Deus bonus! quod tempus!*
> *Landerirette,*
> *Imbre sumus perituri.*

Et La Moussaye le rassure en lui disant :

> *Securae sunt nostrae vitae*
> *Sumus enim Sodomitae*
> *Igne tantum perituri*
> *Landeriri* [103]. »

— « Je retire ce que j'ai dit, dit Charlus d'une voie aiguë
et maniérée, vous êtes un puits de science ; vous me l'écri-
rez n'est-ce pas, je veux garder cela dans mes archives de
famille puisque ma bisaïeule au troisième degré était la
sœur de M. le Prince. » — « Oui mais Baron, sur le Prince

Louis de Baden je ne vois rien. Du reste, je crois qu'en
général l'art militaire... » — « Quelle bêtise ! à cette épo-
que-là, Vendôme, Villars, le Prince Eugène, le Prince de
Conti, et si je vous parlais de tous nos héros du Tonkin,
du Maroc et je parle des vraiment sublimes, et pieux, et
« nouvelle génération », je vous étonnerais bien. Ah ! j'en
aurais à apprendre aux gens qui font des enquêtes sur la
nouvelle génération qui a rejeté les vaines complications
de ses aînés, dit M. Bourget ! J'ai un petit ami là-bas dont
on parle beaucoup, qui a fait des choses admirables, mais
enfin je ne veux pas être méchant, revenons au XVIIᵉ siècle, vous savez que Saint-Simon dit du maréchal
d'Huxelles — entre tant d'autres : « voluptueux en débauches grecques dont il ne prenait pas la peine de se
cacher et accrochait de jeunes officiers qu'il adomesti-
quait, outre de jeunes valets très bien faits, et cela sans
voile à l'armée et à Strasbourg ». Vous avez probablement lu les lettres de Madame, les hommes ne l'appelaient que « Putana ». Elle en parle assez clairement. » —
« Et elle était à bonne source pour savoir, avec son mari. »
— « C'est un personnage si intéressant que Madame, dit
M. de Charlus. On pourrait faire d'après elle la synthèse
typique de la « Femme d'une Tante ». D'abord hom-
masse ; généralement la femme d'une tante est un
homme, c'est ce qui lui rend si facile de lui faire des
enfants. Puis Madame ne parle pas des vices de Monsieur, mais elle parle sans cesse de ce même vice chez les
autres, en personne renseignée et par ce pli que nous
avons d'aimer à trouver dans les familles des autres les
mêmes tares dont nous souffrons dans la nôtre pour nous
prouver à nous-même que cela n'a rien d'exceptionnel ni
de déshonorant. Je vous disais que cela a été tout le temps
comme cela. Cependant le nôtre se distingue tout spécialement à ce point de vue. Et malgré les exemples que
j'empruntais au XVIIᵉ siècle, si mon grand aïeul François
de La Rochefoucauld vivait de notre temps, il pourrait en
dire avec plus de raison encore que du sien, voyons
Brichot aidez-moi : « Les vices sont de tous les temps ;
mais si des personnes que tout le monde connaît avaient
paru dans les premiers siècles, parlerait-on présentement

des prostitutions d'Héliogabale?» *Que tout le monde connaît* me plaît beaucoup. Je vois que mon sagace parent connaissait «le boniment» de ses plus célèbres contemporains comme je connais celui des miens. Mais des gens comme cela il n'y en a pas seulement davantage aujourd'hui. Ils ont aussi quelque chose de particulier.» Je vis que M. de Charlus allait nous dire de quelle façon ce genre de mœurs avait évolué. Et pas un instant pendant qu'il parlait, pendant que Brichot parlait, l'image plus ou moins consciente de mon chez-moi où m'attendait Albertine ne fut, associée au motif caressant et intime de Vinteuil, absente de moi. Je revenais sans cesse à Albertine, de même qu'il faudrait bien revenir effectivement auprès d'elle tout à l'heure comme à une sorte de boulet auquel j'étais, de façon ou d'autre, attaché, qui m'empêchait de quitter Paris et qui en ce moment, pendant que du salon Verdurin j'évoquai mon chez-moi, me le faisait sentir, non comme un espace vide, exaltant pour la personnalité et un peu triste, mais comme rempli — semblable en cela à l'hôtel de Balbec un certain soir — par cette présence qui n'en bougeait pas, qui durait là-bas pour moi, et qu'au moment que je voudrais j'étais sûr de retrouver. L'insistance avec laquelle M. de Charlus revenait toujours sur le sujet — à l'égard duquel d'ailleurs son intelligence toujours exercée dans le même sens, possédait une certaine pénétration — avait quelque chose d'assez complexement pénible. Il était raseur comme un savant qui ne voit rien au-delà de sa spécialité, agaçant comme un renseigné qui tire vanité des secrets qu'il détient et brûle de divulguer, antipathique comme ceux qui dès qu'il s'agit de leurs défauts s'épanouissent sans s'apercevoir qu'ils déplaisent, assujetti comme un maniaque et irrésistiblement imprudent comme un coupable. Ces caractéristiques, qui dans certains moments devenaient aussi saisissantes que celles qui marquent un fou ou un criminel, m'apportaient d'ailleurs un certain apaisement. Car leur faisant subir la transposition nécessaire pour pouvoir tirer d'elles des déductions à l'égard d'Albertine et me rappelant l'attitude de celle-ci avec Saint-Loup, avec moi, je me disais, si pénible que fût pour moi l'un de ces souvenirs, et si mélancolique l'autre, je me disais qu'ils semblaient exclure le genre de déformation si accusée, de spécialisation forcément exclusive, semblait-il, qui se dégageait avec tant de force de la conversation comme de la personne de M. de Charlus. Mais celui-ci malheureusement se hâta de ruiner ces raisons d'espérer, de la même manière qu'il me les avait fournies, c'est-à-dire sans le savoir. «Oui, dit-il, je n'ai plus vingt-cinq ans et j'ai déjà vu changer bien des choses autour de moi, je ne reconnais plus ni la société où les barrières sont rompues, où une cohue sans élégance et sans décence danse le tango jusque dans ma famille, ni les modes, ni la politique, ni les arts, ni la religion, ni rien. Mais j'avoue que ce qui a encore le plus changé, c'est ce que les Allemands appellent l'homosexualité. Mon Dieu de mon temps, en mettant de côté les hommes qui détestaient les femmes, et ceux qui n'aimant qu'elles ne faisaient autre chose que par intérêt, les homosexuels étaient de bons pères de famille et n'avaient guère de maîtresses que par couverture. J'aurais eu une fille à marier que c'est parmi eux que j'aurais cherché mon gendre si j'avais voulu être assuré qu'elle ne fût pas malheureuse. Hélas! tout est changé. Maintenant ils se recrutent aussi parmi les hommes qui sont le plus enragés pour les femmes. Je croyais avoir un certain flair, et quand je m'étais dit : «sûrement non », n'avoir pas pu me tromper. Hé bien, j'en donne ma langue aux chats. Un de mes amis qui est bien connu pour cela avait un cocher que ma belle-sœur Oriane lui avait procuré, un garçon de Combray qui avait fait un peu tous les métiers mais surtout celui de retrousseur de jupons et que j'aurais juré aussi hostile que possible à ces choses-là. Il faisait le malheur de sa maîtresse en la trompant avec deux femmes qu'il adorait, sans compter les autres, une actrice et une fille de brasserie. Mon cousin le Prince de Guermantes, qui a justement l'intelligence agaçante des gens qui croient tout trop facilement me dit un jour : «Mais pourquoi est-ce que X. ne couche pas avec son cocher? Qui sait si ça ne lui ferait pas plaisir, à Théodore (c'est le nom du cocher), et s'il n'est même pas très piqué de voir que

son patron ne lui fait pas d'avances?» Je ne pus m'empêcher d'imposer silence à Gilbert; j'étais énervé à la fois
de cette prétendue perspicacité qui quand elle s'exerce
indistinctement est un manque de perspicacité, et aussi de
la malice cousue de fil blanc de mon cousin qui aurait
voulu que notre ami X. essayât de se risquer sur la
planche, pour, si elle était viable, s'y avancer à son
tour.» — «Le Prince de Guermantes a donc ces goûts?
demanda Brichot avec un mélange d'étonnement et de
malaise.» — «Mon Dieu, répondit M. de Charlus ravi,
c'est tellement connu que je ne crois pas commettre une
indiscrétion en vous disant que oui. Hé bien l'année
suivante j'allai à Balbec et là j'appris par un matelot qui
m'emmenait quelquefois à la pêche que mon Théodore,
lequel entre parenthèses a pour sœur la femme de chambre d'une amie de Mme Verdurin, la Baronne Putbus,
venait sur le port lever tantôt un matelot, tantôt un autre,
avec un toupet d'enfer, pour aller faire un tour en barque
et «autre chose itou». Ce fut à mon tour de demander si
le patron, dans lequel j'avais reconnu le monsieur qui
jouait aux cartes toute la journée avec sa maîtresse, était
comme le Prince de Guermantes. «Mais voyons, c'est
connu de tout le monde, il ne s'en cache même pas.»
— «Mais il avait avec lui sa maîtresse.» — «Hé bien
qu'est-ce que ça fait? sont-ils naïfs ces enfants, me dit-il
d'un ton paternel sans se douter de la souffrance que
j'extrayais de ses paroles en pensant à Albertine. Elle est
charmante sa maîtresse.» — «Mais alors ses trois amis
sont comme lui?» — «Mais pas du tout, s'écria-t-il en se
bouchant les oreilles comme si en jouant d'un instrument
j'avais fait une fausse note. Voilà maintenant qu'il est à
l'autre extrémité. Alors on n'a plus le droit d'avoir des
amis? Ah! la jeunesse, ça confond tout. Il faudra refaire
votre éducation mon enfant. Or, reprit-il, j'avoue que ce
cas, et j'en connais bien d'autres, si ouvert que je tâche
de garder mon esprit à toutes les hardiesses, m'embarrasse. Je suis bien vieux jeu mais je ne comprends pas,
dit-il du ton d'un vieux gallican parlant de certaines
formes d'ultramontanisme, d'un royaliste libéral parlant
de l'Action Française, ou d'un disciple de Claude Monet

des cubistes. Je ne blâme pas ces novateurs, je les envie
plutôt, je cherche à les comprendre, mais je n'y arrive
pas. S'ils aiment tant la femme, pourquoi, et surtout dans
ce monde ouvrier où c'est mal vu, où ils se cachent par
amour-propre, ont-ils besoin de ce qu'ils appellent un
môme? C'est que cela leur représente autre chose.
Quoi?» — «Qu'est-ce que la femme peut représenter
d'autre à Albertine?» pensais-je, et c'était bien là en effet
ma souffrance. «Décidément Baron, dit Brichot, si jamais le Conseil des Facultés propose d'ouvrir une chaire
d'homosexualité, je vous fais proposer en première ligne.
Ou plutôt non, un Institut de psycho-physiologie spéciale
vous conviendrait mieux. Et je vous vois surtout pourvu
d'une chaire au Collège de France, vous permettant de
vous livrer à des études personnelles dont vous livreriez
les résultats, comme fait le professeur de tamoul ou de
sanscrit devant le très petit nombre de personnes que cela
intéresse. Vous auriez deux auditeurs et l'appariteur, soit
dit sans vouloir jeter le plus léger soupçon sur notre corps
d'huissiers que je crois insoupçonnable.» — «Vous n'en
savez rien, répliqua le Baron d'un ton dur et tranchant.
D'ailleurs vous vous trompez en croyant que cela intéresse si peu de personnes. C'est tout le contraire», et sans
se rendre compte de la contradiction qui existait entre la
direction que prenait invariablement sa conversation et le
reproche qu'il allait adresser aux autres: «C'est au
contraire effrayant, dit-il à Brichot d'un air scandalisé et
contrit, on ne parle plus que de cela. C'est une honte,
mais c'est comme je vous le dis, mon cher! Il paraît
qu'avant-hier chez la Duchesse d'Ayen, on n'a pas parlé
d'autre chose pendant deux heures. Vous pensez, si
maintenant les femmes se mettent à parler de ça, c'est un
véritable scandale! Ce qu'il y a de plus ignoble c'est
qu'elles sont renseignées, ajouta-t-il avec un feu et une
énergie extraordinaires, par des pestes, de vrais salauds
comme le petit Châtellerault sur qui il y a plus à dire que
sur personne, et qui leur racontent les histoires des autres.
On m'a dit qu'il disait pis que pendre de moi mais je n'en
ai cure, je pense que la boue et les saletés jetées par un
individu qui a failli être renvoyé du Jockey pour avoir

truqué un jeu de cartes, ne peuvent retomber que sur lui. Je sais bien que si j'étais Jane d'Ayen je respecterais assez mon salon pour qu'on n'y traite pas des sujets pareils et qu'on ne traîne pas chez moi mes propres parents dans la fange. Mais il n'y a plus de société, plus de règles, plus de convenances, pas plus pour la conversation que pour la toilette. Ah! mon cher, c'est la fin du monde. Tout le monde est devenu si méchant. C'est à qui dira le plus de mal des autres. C'est une horreur!» Lâche comme je l'étais déjà dans mon enfance à Combray quand je m'enfuyais pour ne pas voir offrir du cognac à mon grand-père, et les vains efforts de ma grand-mère le suppliant de ne pas le boire, je n'avais plus qu'une pensée, partir de chez les Verdurin avant que l'exécution de Charlus eût lieu. «Il faut absolument que je parte, dis-je à Brichot.» — «Je vous suis, me dit-il, mais nous ne pouvons pas partir à l'anglaise. Allons dire au revoir à Mme Verdurin», conclut le professeur qui se dirigea vers le salon de l'air de quelqu'un qui, aux petits jeux, va voir «si on peut revenir».

Pendant que nous causions M. Verdurin, sur un signe de sa femme, avait emmené Morel. Mme Verdurin du reste eût-elle, toutes réflexions faites, trouvé qu'il était plus sage d'ajourner les révélations à Morel qu'elle ne l'eût plus pu. Il y a certains désirs, parfois circonscrits à la bouche, qui une fois qu'on les a laissés grandir exigent d'être satisfaits, quelles que doivent être les conséquences; on ne peut plus résister à embrasser une épaule décolletée qu'on regarde depuis trop longtemps et sur laquelle les lèvres tombent comme l'oiseau sur le serpent, à manger un gâteau d'une dent que la fringale fascine, à se refuser l'étonnement, le trouble, la douleur ou la gaieté qu'on va déchaîner dans une âme par des propos imprévus. Telle, ivre de mélodrame, Mme Verdurin avait enjoint à son mari d'emmener Morel et de parler coûte que coûte au violoniste. Celui-ci avait commencé par déplorer que la Reine de Naples fût partie sans qu'il eût pu lui être présenté. M. de Charlus lui avait tant répété qu'elle était la sœur de l'Impératrice Élisabeth et de la Duchesse d'Alençon, que la souveraine avait pris aux yeux de

Morel une importance extraordinaire. Mais le Patron lui
avait expliqué que ce n'était pas pour parler de la Reine
de Naples qu'ils étaient là et était entré dans le vif du
sujet. « Tenez, avait-il conclu au bout de quelque temps,
tenez, si vous voulez nous allons demander conseil à ma
femme. Ma parole d'honneur je ne lui en ai rien dit. Nous
allons voir comment elle juge la chose. Mon avis n'est
peut-être pas le bon, mais vous savez quel jugement sûr
elle a, et puis elle a pour vous une immense amitié, allons
lui soumettre la cause. » Et tandis que Mme Verdurin
attendait avec impatience les émotions qu'elle allait sa-
vourer en parlant au virtuose, puis quand il serait parti à
se faire rendre un compte exact du dialogue qui avait été
échangé entre lui et son mari, et en attendant ne cessait de
répéter : « Mais qu'est-ce qu'ils peuvent faire ? J'espère
au moins que Auguste [104], en le tenant un temps pareil,
aura su convenablement le styler », M. Verdurin était
redescendu avec Morel, lequel paraissait fort ému. « Il
voudrait te demander un conseil », dit M. Verdurin à sa
femme de l'air de quelqu'un qui ne sait pas si sa requête
sera exaucée. Au lieu de répondre à M. Verdurin, dans le
feu de la passion c'est à Morel que s'adressa Mme Verdurin : « Je suis absolument du même avis que mon mari,
je trouve que vous ne pouvez pas tolérer cela plus longtemps ! » s'écria-t-elle avec violence, et oubliant comme
fiction futile qu'il avait été convenu entre elle et son mari
qu'elle était censée ne rien savoir de ce qu'il avait dit
au violoniste. « Comment ? Tolérer quoi ? » balbutia
M. Verdurin qui essayait de feindre l'étonnement et
cherchait avec une maladresse qu'expliquait son trouble à
défendre son mensonge. « Je l'ai deviné, ce que tu lui as
dit », répondit Mme Verdurin sans s'embarrasser du plus
ou moins de vraisemblance de l'explication, et se sou-
ciant peu de ce que, quand il se rappellerait cette scène, le
violoniste pourrait penser de la véracité de sa Patronne.
« Non, reprit Mme Verdurin, je trouve que vous ne devez
pas souffrir davantage cette promiscuité honteuse avec un
personnage flétri qui n'est reçu nulle part, ajouta-t-elle,
n'ayant cure que ce ne fût pas vrai et oubliant qu'elle le
recevait presque chaque jour. Vous êtes la fable du

Conservatoire, ajouta-t-elle sentant que c'était l'argument qui porterait le plus ; un mois de plus de cette vie et votre avenir artistique est brisé, alors que sans le Charlus vous devriez gagner plus de cent mille francs par an. » —. « Mais je n'avais jamais rien entendu dire, je suis stupéfait, je vous suis bien reconnaissant », murmura Morel les larmes aux yeux. Mais obligé à la fois de feindre l'étonnement et de dissimuler la honte il était plus rouge et suait plus que s'il avait joué toutes les sonates de Beethoven à la file et dans ses yeux montaient des pleurs que le maître de Bonn ne lui aurait certainement pas arrachés. « Si vous n'avez rien entendu dire vous êtes le seul. C'est un monsieur qui a une sale réputation et qui a eu de vilaines histoires. Je sais que la police l'a à l'œil et c'est du reste ce qui peut lui arriver de plus heureux pour ne pas finir comme tous ses pareils, assassiné par des apaches », ajouta-t-elle, car en pensant à Charlus le souvenir de Mme de Duras [105] lui revenait et, dans la rage dont elle s'enivrait, elle cherchait à aggraver encore les blessures qu'elle faisait au malheureux Charlie et à venger celles qu'elle-même avait reçues ce soir. « Du reste même matériellement il ne peut vous servir à rien, il est entièrement ruiné depuis qu'il est la proie de gens qui le font chanter et qui ne pourront même pas tirer de lui les frais de leur musique, vous encore moins les frais de la vôtre ; tout est hypothéqué, hôtel, château, etc. » Morel ajouta d'autant plus aisément foi à ce mensonge que M. de Charlus aimait à le prendre pour confident de ses relations avec des apaches, race pour qui un fils de valet de chambre, si crapuleux qu'il soit lui-même, professe un sentiment d'horreur égal à son attachement aux idées bonapartistes. Déjà dans son esprit rusé avait germé une combinaison analogue à ce qu'on appela au XVIIIe siècle le renversement des alliances. Décidé à ne jamais reparler à M. de Charlus, il retournerait le lendemain soir auprès de la nièce de Jupien, se chargeant de tout arranger. Malheureusement pour lui ce projet devait échouer, M. de Charlus ayant le soir même avec Jupien un rendez-vous auquel l'ancien giletier n'osa manquer malgré les événements. D'autres qu'on va voir s'étant précipités à l'égard de Morel, quand Jupien en pleurant raconta ses malheurs au Baron, celui-ci non moins malheureux lui déclara qu'il adoptait la petite abandonnée, qu'elle prendrait un des titres dont il disposait, probablement celui de Mlle d'Oloron, lui ferait donner un complément parfait d'instruction et faire un riche mariage. Promesses qui réjouirent profondément Jupien et laissèrent indifférente sa nièce car elle aimait toujours Morel, lequel par sottise ou cynisme entrait en plaisantant dans la boutique quand Jupien était absent. « Qu'est-ce que vous avez, disait-il en riant, avec vos yeux cernés ? Des chagrins d'amour ? Dame les années se suivent et ne se ressemblent pas. Après tout on est bien libre d'essayer une chaussure, à plus forte raison une femme, et si elle n'est pas à votre pied… » Il ne se fâcha qu'une fois parce qu'elle pleura, ce qu'il trouva lâche, un indigne procédé. On ne supporte pas toujours bien les larmes qu'on fait verser. Mais nous avons trop anticipé car tout ceci ne se passa qu'après la soirée Verdurin, que nous avons interrompue et qu'il faut reprendre où nous en étions. « Je ne me serais jamais douté », soupira Morel, en réponse à Mme Verdurin. — « Naturellement on ne vous le dit pas en face, ça n'empêche pas que vous êtes la fable du Conservatoire, reprit méchamment Mme Verdurin, voulant montrer à Morel qu'il ne s'agissait pas uniquement de M. de Charlus mais de lui aussi. Je veux bien croire que vous l'ignorez et pourtant on ne se gêne guère. Demandez à Ski ce qu'on disait l'autre jour chez Chevillard [106] à deux pas de nous quand vous êtes entré dans ma loge. C'est-à-dire qu'on vous montre du doigt. Je vous dirai que pour moi je n'y fais pas autrement attention, ce que je trouve surtout c'est que ça rend un homme prodigieusement ridicule et qu'il est la risée de tous pour toute sa vie. « Je ne sais pas comment vous remercier », dit Charlie du ton dont on le dit à un dentiste qui vient de vous faire affreusement mal sans qu'on ait voulu le laisser voir ou à un témoin trop sanguinaire qui vous a forcé à un duel pour une parole insignifiante dont il vous a dit : « Vous ne pouvez pas empocher ça. » — « Je pense que vous avez du caractère, que vous êtes un homme, répondit Mme Verdurin, et que

vous saurez parler haut et clair quoiqu'il dise à tout le
monde que vous n'oserez pas, qu'il vous tient. » Charlie,
cherchant une dignité d'emprunt pour couvrir la sienne en
lambeaux, trouva dans sa mémoire pour l'avoir lu ou bien
entendu dire et proclama aussitôt : « Je n'ai pas été élevé à
manger de ce pain-là. Dès ce soir je romprai avec M. de
Charlus... La Reine de Naples est bien partie, n'est-ce
pas ?... Sans cela, avant de rompre avec lui, je lui aurais
demandé. » — « Ce n'est pas nécessaire de rompre entièrement avec lui, dit Mme Verdurin, désireuse de ne pas
désorganiser le petit noyau. Il n'y a pas d'inconvénients à
ce que vous le voyiez ici, dans notre petit groupe, où vous
êtes apprécié, où on ne dira pas de mal de vous. Mais
exigez votre liberté et puis ne vous laissez pas traîner par
lui chez toutes ces pécores qui sont aimables par devant,
j'aurais voulu que vous entendiez ce qu'elles disaient
par-derrière. D'ailleurs n'en ayez pas de regrets, non
seulement vous vous enlevez une tache qui vous resterait
toute la vie mais au point de vue artistique, même s'il n'y
avait pas cette honteuse présentation par Charlus, je vous
dirais que de vous galvauder ainsi dans ce milieu de faux
monde, cela vous donnerait un air pas sérieux, une réputation d'amateur, de petit musicien de salon qui est terrible à votre âge. Je comprends que pour toutes ces belles
dames c'est très commode de rendre des politesses à leurs
amies en vous faisant venir à l'œil, mais c'est votre
avenir d'artiste qui en ferait les frais. Je ne dis pas chez
une ou deux. Vous parliez de la Reine de Naples, qui est
partie en effet, elle avait une soirée, celle-là c'est une
brave femme et je vous dirai que je crois qu'elle fait peu
de cas du Charlus. Je vous dirai que je crois que c'est
surtout pour moi qu'elle venait. Oui, oui, je sais qu'elle
avait envie de connaître M. Verdurin et moi. Cela c'est
un endroit où vous pourrez jouer. Et puis je vous dirai
qu'amené par moi que les artistes connaissent, vous savez, pour qui ils ont toujours été très gentils, qu'ils
considèrent un peu comme des leurs, comme leur Patronne, c'est tout différent. Mais gardez-vous surtout
comme du feu d'aller chez Mme de Duras ! N'allez pas
faire une boulette pareille ! Je connais des artistes qui sont

venus me faire leurs confidences sur elle : vous savez ils
savent qu'ils peuvent se fier à moi, dit-elle du ton doux et
simple qu'elle savait prendre subitement, en donnant à
ses traits un air de modestie, à ses yeux un charme
approprié. Ils viennent comme ça me raconter leurs petites histoires ; ceux qu'on prétend le plus silencieux, ils
bavardent quelquefois des heures avec moi et je ne peux
pas vous dire ce qu'ils sont intéressants. Le pauvre Cha-
brier disait toujours : « Il n'y a que Mme Verdurin qui
sache les faire parler. »Hé bien vous savez, tous, mais je
vous dis sans exception, je les ai vus pleurer d'avoir été
jouer chez Mme de Duras. Ce n'est pas seulement les
humiliations qu'elle s'amuse à leur faire faire par ses
domestiques, mais ils ne pouvaient plus trouver d'enga-
gement nulle part. Les directeurs disaient : « Ah ! oui,
c'est celui qui joue chez Mme de Duras. » C'était fini. Il
n'y a rien pour vous couper un avenir comme ça. Vous
savez les gens du monde ça ne donne pas l'air sérieux, on
peut avoir tout le talent qu'on veut, c'est triste à dire,
mais il suffit d'une Mme de Duras pour vous donner la
réputation d'un amateur. Et pour les artistes, vous savez,
moi vous comprenez que je les connais depuis quarante
ans que je les fréquente, que je les lance, que je m'intéresse à eux, eh bien vous savez pour eux quand ils ont dit
un amateur ils ont tout dit. Et au fond on commençait à le
dire de vous. Que de fois j'ai été obligée de me gendar-
mer, d'assurer que vous ne joueriez pas dans tel salon
ridicule ! Savez-vous ce qu'on me répondait : « Mais il
sera bien forcé, Charlus ne le consultera même pas, il ne
lui demande pas son avis. Quelqu'un a cru lui faire plaisir
en lui disant : « Nous admirons beaucoup votre ami Morel. » Savez-vous ce qu'il a répondu, avec cet air insolent
que vous connaissez ? « Mais comment voulez-vous qu'il
soit mon ami ? nous ne sommes pas de la même classe,
dites qu'il est ma créature, mon protégé. » A ce moment
s'agitait sous le front bombé de la Déesse musicienne la
seule chose que certaines personnes ne peuvent pas
conserver pour elles, un mot qu'il est non seulement
abject, mais imprudent de répéter. Mais le besoin de le
répéter est plus fort que l'honneur, que la prudence. C'est

à ce besoin que, après quelques légers mouvements convulsifs du front sphérique et chagrin, céda la Patronne : « On a même répété à mon mari qu'il avait dit mon domestique, mais cela je ne peux pas l'affirmer », ajouta-t-elle. C'est un besoin pareil qui avait contraint M. de Charlus, peu après avoir juré à Morel que personne ne saurait jamais d'où il était sorti, à dire à Mme Verdurin : « C'est le fils d'un valet de chambre. » Un besoin pareil encore, maintenant que le mot était lâché, le ferait circuler de personnes en personnes qui le confieraient sous le sceau d'un secret qui serait promis et non gardé, comme elles avaient fait elles-mêmes. Ces mots finissaient, comme au jeu du furet, par revenir à Mme Verdurin, la brouillant avec l'intéressé qui avait fini par l'apprendre. Elle le savait, mais ne pouvait retenir le mot qui lui brûlait la langue. « Domestique » ne pouvait d'ailleurs que froisser Morel. Elle dit pourtant « domestique », et si elle ajouta qu'elle ne pouvait l'affirmer, ce fut à la fois pour paraître certaine du reste, grâce à cette nuance et pour montrer de l'impartialité. Cette impartialité qu'elle montrait la toucha elle-même tellement qu'elle commença à parler tendrement à Charlie : « Car voyez-vous, dit-elle, moi je ne lui fais pas de reproches, il vous entraîne dans son abîme, ce n'est pas sa faute, puisqu'il y roule lui-même, puisqu'il y roule, répéta-t-elle assez fort, ayant été émerveillée de la justesse de l'image qui lui était partie plus vite que son attention qui ne la rattrapait que maintenant et, tâchant de la mettre en valeur. Non, ce que je lui reproche, dit-elle d'un ton tendre, comme une femme ivre de son succès, c'est de manquer de délicatesse envers vous. Il y a des choses qu'on ne dit pas à tout le monde. Ainsi tout à l'heure il a parié qu'il allait vous faire rougir de plaisir, en vous annonçant (par blague naturellement car sa recommandation suffirait à vous empêcher de l'avoir) que vous auriez la croix de la Légion d'honneur. Cela passe encore, quoique je n'aie jamais beaucoup aimé, reprit-elle d'un air délicat et digne, qu'on dupe ses amis, mais vous savez il y a des riens qui nous font de la peine. C'est par exemple quand il nous raconte en se tordant que si vous désirez la croix, c'est pour votre oncle et que votre oncle était larbin. » — « Il vous a dit cela ! », s'écria Charlie croyant d'après ces mots habilement rapportés à la vérité de tout ce qu'avait dit Mme Verdurin. Mme Verdurin fut inondée de la joie d'une vieille maîtresse qui, sur le point d'être lâchée par son jeune amant, réussit à rompre son mariage. Et peut-être n'avait-elle pas calculé son mensonge ni même menti sciemment. Peut-être une sorte de logique sentimentale peut-être plus élémentaire encore, une sorte de réflexe nerveux, qui la poussait pour égayer sa vie et préserver son bonheur à « brouiller les cartes » dans le petit clan, faisait-elle monter impulsivement à ses lèvres sans qu'elle eût le temps d'en contrôler la vérité, ces assertions diaboliquement utiles, sinon rigoureusement exactes. « Il nous l'aurait dit à nous seuls que cela ne ferait rien, reprit la Patronne, nous savons qu'il faut prendre et laisser de ce qu'il dit, et puis il n'y a pas de sot métier, vous avez votre valeur, vous êtes ce que vous valez, mais qu'il aille faire tordre avec cela Mme de Portefin (Mme Verdurin la ci-tait exprès, parce qu'elle savait que Charlie aimait Mme de Portefin), c'est ce qui nous rend malheureux. Mon mari me disait en l'entendant : « J'aurais mieux aimé recevoir une gifle. » Car il vous aime autant que moi, vous savez, Gustave (on apprit ainsi que M. Verdurin s'appelait Gustave). Au fond c'est un sensible. » — « Mais je ne t'ai jamais dit que je l'aimais, murmura M. Verdurin faisant le bourru bienfaisant. C'est le Charlus qui l'aime. » — « Oh ! non, maintenant je com-prends la différence, j'étais trahi par un misérable et vous, vous êtes bon », s'écria avec sincérité Charlie. — « Non non, murmura Mme Verdurin pour garder sa vic-toire sans en abuser, car elle sentait ses mercredis sauvés, misérable est trop dire, il fait du mal, beaucoup de mal, inconsciemment ; vous savez cette histoire de Légion d'honneur n'a pas duré très longtemps. Et il me serait désagréable de vous répéter tout ce qu'il a dit sur votre famille », dit Mme Verdurin, qui eût été bien embarras-sée de le faire. — « Oh ! cela a beau n'avoir duré qu'un instant, cela prouve que c'est un traître », s'écria Morel.

C'est à ce moment que nous rentrâmes au salon.

«Ah!» s'écria M. de Charlus en voyant que Morel était là et marchant vers le musicien avec le genre d'allégresse des hommes qui ont organisé savamment toute leur soirée en vue d'un rendez-vous avec une femme, et qui tout enivrés ne se doutent guère qu'ils ont dressé eux-mêmes le piège où vont les saisir et devant tout le monde les rosser, des hommes apostés par le mari : «Hé bien enfin ce n'est pas trop tôt, êtes-vous content, jeune gloire et bientôt jeune chevalier de la Légion d'honneur? car bientôt vous pourrez montrer votre croix», demanda M. de Charlus à Morel d'un air tendre et triomphant, mais par ces mots mêmes de décoration contresignant les mensonges de Mme Verdurin qui apparurent une vérité indiscutable à Morel. «Laissez-moi je vous défends de m'approcher, cria Morel au Baron. Vous ne devez pas être à votre coup d'essai, je ne suis pas le premier que vous essayez de pervertir!» Ma seule consolation était que j'allais voir Morel et les Verdurin pulvérisés par M. de Charlus. Pour mille fois moins que cela j'avais essuyé ses colères de fou, personne n'était à l'abri d'elles, un roi ne l'eût pas intimidé. Or il se produisit cette chose extraordinaire. On vit M. de Charlus, muet, stupéfait, mesurant son malheur sans en comprendre la cause, ne trouvant pas un mot, levant les yeux successivement sur toutes les personnes présentes, d'un air interrogateur, indigné, suppliant, et qui semblait leur demander moins encore ce qui s'était passé que ce qu'il devait répondre. Peut-être ce qui le rendait muet était-ce (en voyant que M. et Mme Verdurin détournaient les yeux et que personne ne lui porterait secours) la souffrance présente et l'effroi surtout des souffrances à venir; ou bien que ne s'étant pas d'avance par l'imagination monté la tête et forgé une colère, n'ayant pas de rage toute prête en mains (car, sensitif, nerveux, hystérique, il était un vrai impulsif, mais un faux brave, même, comme je l'avais toujours cru et ce qui me le rendait assez sympathique, un faux méchant, et n'avait pas les réactions normales de l'homme d'honneur outragé), on l'avait saisi et brusquement frappé au moment où il était sans armes; ou bien que, dans un milieu qui n'était pas le sien il se sentait

moins à l'aise et moins courageux qu'il n'eût été dans le
Faubourg. Toujours est-il que, dans ce salon qu'il dédai-
gnait, ce grand seigneur (à qui n'était pas plus essentiellement inhérente la supériorité sur les roturiers qu'elle ne
le fut à tel de ses ancêtres angoissés devant le Tribunal
révolutionnaire) ne sut, dans une paralysie de tous les
membres et de la langue, que jeter de tous côtés des
regards épouvantés, indignés par la violence qu'on lui
faisait, aussi suppliants qu'interrogateurs. Pourtant M. de
Charlus possédait toutes les ressources non seulement de
l'éloquence mais de l'audace quand pris d'une rage qui
bouillonnait depuis longtemps, il clouait quelqu'un de
désespoir par les mots les plus sanglants devant les gens
du monde scandalisés et qui n'avaient jamais cru qu'on
pût aller si loin. M. de Charlus dans ces cas-là brûlait, se
démenait en de véritables attaques nerveuses, dont tout le
monde restait tremblant. Mais c'est que dans ces cas-là il
avait l'initiative, il attaquait, il disait ce qu'il voulait
(comme Bloch savait plaisanter des Juifs et rougissait si
on prononçait leur nom devant lui). Ces gens qu'il haïssait, il les haïssait parce qu'il s'en croyait méprisé. Eussent-ils été gentils pour lui, au lieu de se griser de colère
contre eux il les eût embrassés. Dans une circonstance si
cruellement imprévue, ce grand discoureur ne sut que
balbutier : « Qu'est-ce que cela veut dire ? qu'est-ce qu'il
y a ? » On ne l'entendait même pas. Et la pantomime
éternelle de la terreur panique a si peu changé, que ce
vieux monsieur à qui il arrivait une aventure désagréable
dans un salon parisien répétait à son insu les quelques
attitudes schématiques dans lesquelles la sculpture grecque des premiers âges stylisait l'épouvante des nymphes
poursuivies par le Dieu Pan. L'étonnement, la perplexité
qui succédèrent au bout d'un moment à la stupeur, dans
l'âme de M. de Charlus, et qui y persistèrent longtemps,
apparaissent mal ici parce que nous avons eu soin d'indiquer les causes de cet incident, au lieu de peindre seulement, en ne disant rien d'autre que ce que savait M. de
Charlus. L'ambassadeur disgracié, le chef de bureau mis
à la retraite, le mondain à qui on bat froid, l'amoureux
éconduit examinent parfois pendant des mois l'événe-

ment qui a brisé leurs espérances, ils le tournent et le retournent comme un projectile tiré on ne sait d'où ni on ne sait par qui, pour un peu par un aérolithe. Ils voudraient bien connaître les éléments composants de cet étrange engin qui a fondu sur eux, savoir quelles volontés mauvaises on peut y reconnaître. Les chimistes au moins disposent de l'analyse; les malades souffrant d'un mal dont ils ne savent pas l'origine peuvent faire venir le médecin. Et les affaires criminelles sont plus ou moins débrouillées par le juge d'instruction. Mais les actions déconcertantes de nos semblables, nous en découvrons rarement les mobiles. Ainsi M. de Charlus, pour anticiper sur les jours qui suivirent cette soirée à laquelle nous allons revenir, ne vit dans l'attitude de Charlie qu'une seule chose claire. Charlie, qui avait souvent menacé le Baron de raconter quelle passion il lui inspirait, avait dû profiter pour le faire de ce qu'il se croyait maintenant suffisamment « arrivé » pour voler de ses propres ailes. Et il avait dû tout raconter, par pure ingratitude, à Mme Verdurin. Mais comment celle-ci s'était-elle laissé tromper (car le Baron, décidé à nier, était déjà persuadé lui-même que les sentiments qu'on lui reprocherait étaient imaginaires)? Des amis de Mme Verdurin, peut-être ayant eux-mêmes une passion pour Charlie, avaient préparé le terrain. En conséquence M. de Charlus les jours suivants écrivit des lettres terribles à plusieurs « fidèles » entièrement innocents et qui le crurent fou; puis il alla faire à Mme Verdurin un long récit attendrissant, lequel n'eut d'ailleurs nullement l'effet qu'il souhaitait. Car d'une part Mme Verdurin répétait au Baron: « Vous n'avez qu'à ne plus vous occuper de lui, dédaignez-le, c'est un enfant. » Or le Baron ne soupirait qu'après une réconciliation. D'autre part pour amener celle-ci en supprimant à Charlie tout ce dont il s'était cru assuré, il demandait à Mme Verdurin de ne plus le recevoir, ce à quoi elle opposa un refus qui lui valut des lettres irritées et sarcastiques de M. de Charlus. Allant d'une supposition à l'autre, M. de Charlus ne fit jamais la vraie, à savoir que le coup n'était nullement parti de Morel. Il est vrai qu'il eût pu l'apprendre en demandant à Morel quel-

ques minutes d'entretien. Mais il jugeait cela contraire à
sa dignité et aux intérêts de son amour. Il avait été
offensé, il attendait des explications. Il y a d'ailleurs
presque toujours attachée à l'idée d'un entretien qui
pourrait éclaircir un malentendu, une autre idée qui pour
quelque raison que ce soit nous empêche de nous prêter à
cet entretien. Celui qui s'est abaissé et a montré sa faiblesse dans vingt circonstances, fera preuve de fierté la
vingt et unième fois, la seule où il serait utile de ne pas
s'entêter dans une attitude arrogante et de dissiper une
erreur qui va s'enracinant chez l'adversaire, faute de
démenti. Quant au côté mondain de l'incident, le bruit se
répandit que M. de Charlus avait été mis à la porte de
chez les Verdurin au moment où il cherchait à violer un
jeune musicien. Ce bruit fit qu'on ne s'étonna pas de voir
M. de Charlus ne plus reparaître chez les Verdurin, et
quand par hasard il rencontrait quelque part un des fidèles
qu'il avait soupçonnés et insultés, comme celui-ci gardait
rancune au Baron qui lui-même ne lui disait pas bonjour,
les gens ne s'étonnaient pas, comprenant que personne
dans le petit clan ne voulait plus saluer le Baron.

Tandis que M. de Charlus assommé sur le coup par les
paroles que venait de prononcer Morel et l'attitude de la
Patronne prenait la pose de la nymphe en proie à la terreur
panique, M. et Mme Verdurin s'étaient retirés dans le
premier salon, comme en signe de rupture diplomatique,
laissant seul M. de Charlus tandis que sur l'estrade Morel
enveloppait son violon. « Tu vas nous raconter comment
cela s'est passé », dit avidement Mme Verdurin à son
mari. — « Je ne sais pas ce que vous lui avez dit, il avait
l'air tout ému, dit Ski, il avait des larmes dans les yeux. »
Feignant de ne pas avoir compris : « Je crois que ce que
j'ai dit lui a été tout à fait indifférent », dit Mme Verdurin
par un de ces manèges qui ne trompent pas du reste tout le
monde et pour forcer le sculpteur à répéter que Charlie
pleurait, pleurs qui enivraient la Patronne de trop d'orgueil pour qu'elle voulût risquer que tel ou tel fidèle qui
pouvait avoir mal entendu les ignorât. « Mais non au
contraire, je voyais de grosses larmes qui brillaient dans
ses yeux », dit le sculpteur sur un ton bas et souriant de

confidence malveillante, tout en regardant de côté pour
s'assurer que Morel était toujours sur l'estrade et ne
pouvait pas écouter la conversation. Mais il y avait une
personne qui l'entendait et dont la présence aussitôt qu'on
l'aurait remarquée allait rendre à Morel une des espérances qu'il avait perdues. C'était la Reine de Naples qui
ayant oublié son éventail, avait trouvé plus aimable en
quittant une autre soirée où elle s'était rendue, de venir le
rechercher elle-même. Elle était entrée tout doucement,
comme confuse, s'apprêtant à s'excuser, et à faire une
courte visite maintenant qu'il n'y avait plus personne.
Mais on ne l'avait pas entendue entrer dans le feu de
l'incident qu'elle avait compris tout de suite et qui l'en-
flamma d'indignation. « Ski dit qu'il avait des larmes
dans les yeux, as-tu remarqué cela ? Je n'ai pas vu de
larmes. Ah ! si pourtant, je me rappelle, corrigea-t-elle
dans la crainte que sa dénégation ne fût crue. Quant au
Charlus, il n'en mène pas large, il devrait prendre une
chaise, il tremble sur ses jambes, il va s'étaler », dit
Mme Verdurin avec un ricanement sans pitié. A ce moment Morel accourut vers elle : « Est-ce que cette dame
n'est pas la Reine de Naples ? demanda Morel (bien qu'il
sût que c'était elle) en montrant la souveraine qui se
dirigeait vers Charlus. Après ce qui vient de se passer je
ne peux plus hélas demander au Baron de me présenter. » — « Attendez je vais le faire », dit Mme Verdurin,
et suivie de quelques fidèles, mais non de moi et de
Brichot qui nous empressâmes d'aller demander nos affaires et de sortir elle s'avança vers la Reine qui causait
avec M. de Charlus. Celui-ci avait cru que la réalisation
de son grand désir que Morel fût présenté à la Reine de
Naples ne pouvait être empêchée que par la mort impro-
bable de la souveraine. Mais nous nous représentons
l'avenir comme un reflet du présent projeté dans un
espace vide tandis qu'il est le résultat souvent tout prochain de causes qui nous échappent pour la plupart. Il n'y
avait pas une heure de cela, et M. de Charlus eût tout
donné pour que Morel ne fût pas présenté à la Reine.
Mme Verdurin fit une révérence à la Reine. Voyant que
celle-ci n'avait pas l'air de la reconnaître, « Je suis

Mme Verdurin. Votre Majesté ne me reconnaît pas. » —
« Très bien », dit la Reine en continuant si naturellement à
parler à M. de Charlus et d'un air si parfaitement distrait
que Mme Verdurin douta si c'était à elle que s'adressait
ce très bien prononcé sur une intonation merveilleusement distraite, qui arracha à M. de Charlus, au milieu de
sa douleur d'amant, un sourire de reconnaissance expert
et friand en matière d'impertinence. Morel voyant de loin
les préparatifs de la présentation s'était rapproché. La
Reine tendit son bras à M. de Charlus. Contre lui aussi
elle était fâchée, mais seulement parce qu'il ne faisait pas
face plus énergiquement à de vils insulteurs. Elle était
rouge de honte pour lui que les Verdurin osassent le
traiter ainsi. La sympathie pleine de simplicité qu'elle
leur avait témoignée il y a quelques heures, et l'insolente
fierté avec laquelle elle se dressait devant eux prenaient
leur source au même point de son cœur. La Reine était
une femme pleine de bonté mais elle concevait la bonté
d'abord sous la forme de l'inébranlable attachement aux
gens qu'elle aimait, aux siens, à tous les princes de sa
famille, parmi lesquels était M. de Charlus, ensuite à
tous les gens de la bourgeoisie ou du plus humble peuple
qui savaient respecter ceux qu'elle aimait, avoir pour eux
de bons sentiments. C'était en tant qu'à une femme douée
de ces bons instincts qu'elle avait manifesté de la sympathie à Mme Verdurin. Et sans doute c'est là une
conception étroite, un peu tory et de plus en plus surannée
de la bonté. Mais cela ne signifie pas que la bonté fût
moins sincère et moins ardente chez elle. Les anciens
n'aimaient pas moins fortement le groupement humain
auquel ils se dévouaient parce que celui-ci n'excédait pas
les limites de la cité, ni les hommes d'aujourd'hui la
patrie, que ceux qui aimeront les États-Unis de toute la
terre. Tout près de moi j'ai eu l'exemple de ma mère que
Mme de Cambremer et Mme de Guermantes n'ont jamais pu décider à faire partie d'aucune « œuvre » philan-
thropique, d'aucun patriotique ouvroir, à être jamais vendeuse ou patronnesse. Je suis loin de dire qu'elle ait eu
raison de n'agir que quand son cœur avait d'abord parlé et
de réserver à sa famille, à ses domestiques, aux malheu-

reux que le hasard mit sur son chemin, ses richesses
d'amour et de générosité, mais je sais bien que celles-là
comme celles de ma grand-mère furent inépuisables et
dépassèrent de bien loin tout ce que purent et firent jamais
Mmes de Guermantes ou de Cambremer. Le cas de la
Reine de Naples était entièrement différent, mais enfin il
faut reconnaître que les êtres sympathiques n'étaient pas
du tout conçus par elle comme ils le sont dans ces romans
de Dostoïevsky qu'Albertine avait pris dans ma bibliothèque et accaparés, c'est-à-dire sous les traits de
parasites flagorneurs, voleurs, ivrognes, tantôt plats et
tantôt insolents, débauchés, au besoin assassins. D'ailleurs les extrêmes se rejoignent, puisque l'homme noble,
le proche, le parent outragé que la Reine voulait défendre
était M. de Charlus, c'est-à-dire, malgré sa naissance et
toutes les parentés qu'il avait avec la Reine, quelqu'un
dont la vertu s'entourait de beaucoup de vices. « Vous
n'avez pas l'air bien, mon cher cousin, dit-elle à M. de
Charlus. Appuyez-vous sur mon bras. Soyez sûr qu'il
vous soutiendra toujours. Il est assez solide pour cela. »
Puis, levant fièrement les yeux devant elle (en face de
qui, me raconta Ski, se trouvaient alors Mme Verdurin et
Morel) : « Vous savez qu'autrefois à Gaète il a déjà tenu
en respect la canaille [107]. Il saura vous servir de rem-
part. » Et c'est ainsi, emmenant à son bras le Baron et
sans s'être laissé présenter Morel que sortit la glorieuse
sœur de l'Impératrice Élisabeth.

On pourrait croire avec le caractère terrible de M. de
Charlus, les persécutions dont il terrorisait jusqu'à des
parents à lui, qu'il allait à la suite de cette soirée déchaîner sa fureur et exercer des représailles contre les Verdurin. Il n'en fut rien et la cause principale en fut certainement que le Baron, ayant pris froid à quelques jours de là
et contracté une de ces pneumonies infectieuses qui furent
très fréquentes alors, longtemps fut jugé par ses médecins
et se jugea lui-même comme à deux doigts de la mort,
puis resta plusieurs mois suspendu entre elle et la vie. Y
eut-il simplement métastase physique, et le remplacement
par un mal différent de la névrose qui l'avait jusque-là fait
s'oublier jusque dans des orgies de colère ? Car il est trop

simple de croire que, n'ayant jamais pris au sérieux, du point de vue social, les Verdurin, il ne pouvait leur en vouloir comme à ses pairs, trop simple aussi de rappeler que les nerveux, irrités à tout propos contre des ennemis imaginaires et inoffensifs, deviennent au contraire inoffensifs dès que quelqu'un prend contre eux l'offensive, et qu'on les calme mieux en leur jetant de l'eau froide à la figure qu'en tâchant de leur démontrer l'inanité de leurs griefs. Mais ce n'est probablement pas dans une métastase qu'il faut chercher l'explication de cette absence de rancune; bien plutôt dans la maladie elle-même. Elle causait de si grandes fatigues au Baron qu'il lui restait peu de loisir pour penser aux Verdurin. Il était à demi mourant. Nous parlions d'offensive; même celles qui n'auront que des effets posthumes requièrent, si on les veut « monter » convenablement, le sacrifice d'une partie de ses forces. Il en restait trop peu à M. de Charlus pour l'activité d'une préparation. On parle souvent d'ennemis mortels qui rouvrent les yeux pour se voir réciproquement à l'article de la mort et qui les referment heureux. Ce cas doit être rare, excepté quand la mort nous surprend en pleine vie. C'est au contraire au moment où on n'a plus rien à perdre, qu'on ne s'embarrasse pas des risques que plein de vie on eût assumés légèrement. L'esprit de vengeance fait partie de la vie, il nous abandonne le plus souvent — malgré des exceptions qui au sein d'un même caractère, on le verra, sont d'humaines contradictions — au seuil de la mort. Après avoir pensé un instant aux Verdurin, M. de Charlus se sentait trop fatigué, se retournait contre le mur et ne pensait plus à rien. Ce n'est pas qu'il eût perdu son éloquence. Mais elle lui demandait moins d'efforts. Elle coulait encore de source, mais avait changé. Détachée des violences qu'elle avait ornées si souvent, ce n'était plus qu'une éloquence quasi mystique qu'embellissaient des paroles de douceur, des paraboles de l'Évangile, une apparente résignation à la mort. Il parlait surtout les jours où il se croyait sauvé. Une rechute le faisait taire. Cette chrétienne douceur, où s'était transposée sa magnifique violence (comme en *Esther* le génie, si différent, d'*Andromaque*), faisait l'ad-

miration de ceux qui l'entouraient. Elle eût fait celle des
Verdurin eux-mêmes qui n'auraient pu s'empêcher
d'adorer un homme que ses défauts leur avaient fait haïr.
Certes des pensées qui n'avaient de chrétien que l'apparence surnageaient. Il implorait l'Archange Gabriel de
venir lui annoncer comme au prophète dans combien de
temps viendrait le Messie [108]. Et s'interrompant d'un
doux sourire douloureux, il ajoutait : « Mais il ne faudrait
pas que l'Archange me demandât comme à Daniel de
patienter "sept semaines et soixante-deux semaines",
car je serai mort avant. » Celui qu'il attendait ainsi était
Morel. Aussi demandait-il aussi à l'Archange Raphaël de
le lui ramener comme le jeune Tobie. Et, mêlant des
moyens plus humains (comme les Papes malades qui tout
en faisant dire des messes ne négligent pas de faire
appeler leur médecin) il insinuait à ses visiteurs que si
Brichot lui ramenait rapidement son jeune Tobie, peut-
être l'Archange Raphaël consentirait-il à lui rendre la vue
comme au père de Tobie, ou dans la piscine probatique de
Bethsaïda. Mais malgré ces retours humains, la pureté
morale des propos de M. de Charlus n'en était pas moins
devenue délicieuse. Vanité, médisance, folie de méchanceté et d'orgueil, tout cela avait disparu. Moralement
M. de Charlus s'était élevé bien au-dessus du niveau où il
vivait naguère. Mais ce perfectionnement moral, sur la
réalité duquel son art oratoire était du reste capable de
tromper quelque peu ses auditeurs attendris, ce perfectionnement disparut avec la maladie qui avait travaillé
pour lui. M. de Charlus redescendit sa pente avec une
vitesse que nous verrons progressivement croissante.
Mais l'attitude des Verdurin envers lui n'était déjà plus
qu'un souvenir un peu éloigné que des colères plus im-
médiates empêchèrent de se raviver.

Pour revenir en arrière, à la soirée Verdurin, ce soir-là
quand les maîtres de maison furent seuls, M. Verdurin dit
à sa femme : « Tu sais pourquoi Cottard n'est pas venu ? Il
est auprès de Saniette dont le coup de bourse pour se
rattraper a échoué. En apprenant qu'il n'avait plus un
franc et qu'il avait près d'un million de dettes Saniette a
eu une attaque. » — « Mais aussi pourquoi a-t-il joué ?

C'est idiot, il est l'être le moins fait pour ça. De plus fins
que lui y laissent leurs plumes et lui était destiné à se
laisser rouler par tout le monde. » — « Mais bien entendu
il y a longtemps que nous savons qu'il est idiot, dit
M. Verdurin. Mais enfin le résultat est là. Voilà un
homme qui sera mis demain à la porte par son propriétaire, qui va se trouver dans la dernière misère, ses
parents ne l'aiment pas, ce n'est pas Forcheville qui fera
quelque chose pour lui. Alors j'avais pensé, je ne veux
rien faire qui te déplaise, mais nous aurions peut-être pu
lui faire une petite rente pour qu'il ne s'aperçoive pas trop
de sa ruine, qu'il puisse se soigner chez lui. » — « Je suis
tout à fait de ton avis, c'est très bien de ta part d'y avoir
pensé. Mais tu dis chez lui, cet imbécile a gardé un
appartement trop cher, ce n'est plus possible, il faudrait
lui louer quelque chose avec deux pièces. Je crois qu'actuellement il a encore un appartement de six à sept mille
francs. » — « Six mille cinq cents. Mais il tient beaucoup
à son chez lui. En somme, il a eu une première attaque, il
ne pourra guère vivre plus de deux ou trois ans. Mettons
que nous dépensions dix mille francs pour lui pendant
trois ans. Il me semble que nous pourrions faire cela.
Nous pourrions par exemple cette année au lieu de relouer
la Raspelière prendre quelque chose de plus modeste.
Avec nos revenus, il me semble qu'amortir dix mille
francs pendant trois ans ce n'est pas impossible. » —
« Soit, seulement l'ennui c'est que ça se saura, ça obli-
gera à le faire pour d'autres. » — « Tu peux croire que j'y
ai pensé. Je ne le ferai qu'à la condition expresse que
personne ne le sache. Merci je n'ai pas envie que nous
soyons obligés de devenir les bienfaiteurs du genre humain. Pas de philanthropie ! Ce qu'on pourrait faire, c'est
de lui dire que cela lui a été laissé par la Princesse
Sherbatoff. » — « Mais le croira-t-il ? Elle a consulté
Cottard pour son testament. » — « A l'extrême rigueur,
on peut mettre Cottard dans la confidence, il a l'habitude
du secret professionnel, il gagne énormément d'argent,
ce ne sera jamais un de ces officieux pour qui on est
obligé de casquer. Il voudra même peut-être se charger de
dire que c'est lui que la Princesse avait pris comme

intermédiaire. Comme ça nous ne paraîtrions même pas. Ça éviterait l'embêtement des scènes de remerciements, des manifestations, des phrases. » M. Verdurin ajouta un mot qui signifiait évidemment ce genre de scènes touchantes et de phrases qu'ils désiraient éviter. Mais il n'a pu m'être dit exactement, car ce n'était pas un mot français, mais un de ces termes comme on en a dans les familles pour désigner certaines choses, surtout les choses agaçantes, probablement parce qu'on veut pouvoir les signaler devant les intéressés sans être compris. Ce genre d'expressions est généralement un reliquat contemporain d'un état antérieur de la famille. Dans une famille juive, par exemple, ce sera un terme rituel détourné de son sens et peut-être le seul mot hébreu que la famille maintenant francisée connaisse encore. Dans une famille très fortement provinciale, ce sera un terme du patois de la province, bien que la famille ne parle plus et ne comprenne même plus le patois. Dans une famille venue de l'Amérique du Sud et ne parlant plus que le français ce sera un mot espagnol. Et à la génération suivante, le mot n'existera plus qu'à titre de souvenir d'enfance. On se rappellera bien que les parents à table faisaient allusion aux domestiques qui servaient sans être compris d'eux, en disant tel mot, mais les enfants ignorent ce que voulait dire au juste ce mot, si c'était de l'espagnol, de l'hébreu, de l'allemand, du patois, si même cela avait jamais appartenu à une langue quelconque et n'était pas un nom propre, ou un mot entièrement forgé. Le doute ne peut être éclairci que si on a un grand-oncle, un vieux cousin encore vivant et qui a dû user du même terme. Comme je n'ai connu aucun parent des Verdurin je n'ai pu restituer exactement le mot. Toujours est-il qu'il fit certainement sourire Mme Verdurin, car l'emploi de cette langue moins générale, plus personnelle, plus secrète, que la langue habituelle donne à ceux qui en usent entre eux un sentiment égoïste qui ne va jamais sans une certaine satisfaction. Cet instant de gaieté passé : « Mais si Cottard en parle ? objecta Mme Verdurin. » — « Il n'en parlera pas. » Il en parla, à moi du moins, car c'est par lui que j'appris ce fait quelques années plus tard, à l'enterrement

même de Saniette. Je regrettai de ne l'avoir pas su plus
tôt. D'abord cela m'eût acheminé plus rapidement à
l'idée qu'il ne faut jamais en vouloir aux hommes, jamais
les juger d'après tel souvenir d'une méchanceté car nous
ne savons pas tout ce qu'à d'autres moments leur âme a
pu vouloir sincèrement et réaliser de bon. Et ainsi même
au simple point de vue de la prévision on se trompe. Car
sans doute la forme mauvaise qu'on a constatée une fois
pour toutes reviendra. Mais l'âme est plus riche que cela,
a bien d'autre formes qui reviendront elles aussi chez cet
homme, et dont nous refusons la douceur à cause du
mauvais procédé qu'il a eu. Mais, à un point de vue plus
personnel, cette révélation de Cottard, s'il me l'eût faite
plus tôt, n'eût pas été sans effet sur moi. Car en changeant mon opinion sur M. Verdurin que je croyais de plus
en plus le plus méchant des hommes, elle eût dissipé les
soupçons que j'avais sur le rôle que les Verdurin pouvaient jouer entre Albertine et moi. Les eût dissipés
peut-être à tort du reste. Car si M. Verdurin avait des
vertus il n'en était pas moins taquin jusqu'à la plus féroce
persécution et jaloux de domination dans le petit clan
jusqu'à ne pas reculer devant les pires mensonges, devant
la fomentation des haines les plus injustifiées pour rompre entre les fidèles les liens qui n'avaient pas pour but
exclusif le renforcement du petit groupe. C'était un
homme capable de désintéressement, de générosités sans
ostentation, cela ne veut pas dire forcément un homme
sensible, ni un homme sympathique, ni scrupuleux, ni
véridique, ni toujours bon. Une bonté partielle — où
subsistait peut-être un peu de la famille amie de ma
grand-tante [109] — existait probablement chez lui avant
que je la connusse par ce fait, comme l'Amérique ou le
pôle Nord avant Colomb. Néanmoins, au moment de ma
découverte, la nature de M. Verdurin me présenta une
face nouvelle insoupçonnée; et je conclus à la difficulté
de présenter une image fixe aussi bien d'un caractère que
des sociétés et des passions. Car il ne change pas moins
qu'elles, et si on veut clicher ce qu'il a de relativement
immuable, on le voit présenter successivement des
aspects différents (impliquant qu'il ne sait pas garder

l'immobilité mais bouge) à l'objectif déconcerté[110].

* * *

Voyant l'heure et craignant qu'Albertine s'ennuyât je demandai à Brichot, en sortant de la soirée Verdurin, qu'il voulût bien d'abord me déposer chez moi. Ma voiture le reconduirait ensuite. Il me félicita de rentrer ainsi directement, ne sachant pas qu'une jeune fille m'attendait à la maison, et de finir aussi tôt et avec tant de sagesse une soirée dont bien au contraire je n'avais en réalité fait que retarder le véritable commencement. Puis il me parla de M. de Charlus. Celui-ci eût sans doute été stupéfait en entendant le professeur, si aimable avec lui, le professeur qui lui disait toujours : « Je ne répète jamais rien », parler de lui et de sa vie sans la moindre réticence. Et l'étonnement indigné de Brichot n'eût peut-être pas été moins sincère si M. de Charlus lui avait dit : « On m'a assuré que vous parliez mal de moi. » Brichot avait en effet du goût pour M. de Charlus et, s'il avait eu à se reporter à quelque conversation roulant sur lui, il se fût rappelé bien plus les sentiments de sympathie qu'il avait éprouvés à l'égard du Baron, pendant qu'il disait de lui les mêmes choses qu'en disait tout le monde, plutôt que ces choses elles-mêmes. Il n'aurait pas cru mentir en disant : « Moi qui parle de vous avec tant d'amitié », puisqu'il ressentait quelque amitié, pendant qu'il parlait de M. de Charlus. Celui-ci avait surtout pour Brichot le charme que l'universitaire demandait avant tout dans la vie mondaine, et qui était de lui offrir des spécimens réels de ce qu'il avait pu croire longtemps une invention des poètes. Brichot qui avait souvent expliqué la deuxième églogue de Virgile sans trop savoir si cette fiction avait quelque fond de réalité, trouvait sur le tard à causer avec M. de Charlus un peu du plaisir qu'il savait que ses maîtres M. Mérimée et M. Renan, son collègue M. Maspéro[111] avaient éprouvé, voyageant en Espagne, en Palestine, en Égypte, à reconnaître dans les paysages et les populations actuelles de l'Espagne, de la Palestine et de l'Égypte, le cadre et les invariables acteurs des scènes antiques qu'eux-mêmes dans les livres avaient étudiées. « Soit dit sans offenser ce preux de haute race, me déclara Brichot dans la voiture qui nous ramenait, il est tout simplement prodigieux quand il commente son catéchisme satanique avec une verve un tantinet charentonesque et une obstination, j'allais dire une candeur, de blanc d'Espagne et d'émigré. Je vous assure que, si j'ose m'exprimer comme Mgr d'Hulst [112], je ne m'embête pas les jours où je reçois la visite de ce féodal qui voulant défendre Adonis contre notre âge de mécréants a suivi les instincts de sa race, et en toute innocence sodomiste, s'est croisé. » J'écoutais Brichot, et je n'étais pas seul avec lui. Ainsi que du reste cela n'avait pas cessé depuis que j'avais quitté la maison, je me sentais, si obscurément que ce fût, relié à la jeune fille qui était en ce moment dans sa chambre. Même quand je causais avec l'un ou avec l'autre chez les Verdurin, je la sentais confusément à côté de moi, j'avais d'elle cette notion vague qu'on a de ses propres membres, et s'il m'arrivait de penser à elle, c'était comme on pense, avec l'ennui d'y être lié par un entier esclavage, à son propre corps. « Et quelle potinière, reprit Brichot, à nourrir tous les appendices des *Causeries du Lundi* [113], que la conversation de cet apôtre ! Songez que j'ai appris par lui que le traité d'éthique où j'ai toujours révéré la plus fastueuse construction morale de notre époque, avait été inspiré à notre vénérable collègue X... par un jeune porteur de dépêches. N'hésitons pas à reconnaître que mon éminent ami a négligé de nous livrer le nom de cet éphèbe au cours de ses démonstrations. Il a témoigné en cela de plus de respect humain, ou si vous aimez mieux de moins de gratitude que Phidias qui inscrivit le nom de l'athlète qu'il aimait sur l'anneau de son Jupiter Olympien. Le Baron ignorait cette dernière histoire. Inutile de vous dire qu'elle a charmé son orthodoxie. Vous imaginez aisément que chaque fois que j'argumente avec mon collègue à une thèse de doctorat, je trouve à sa dialectique d'ailleurs fort subtile ce surcroît de saveur que de piquantes révélations ajoutèrent pour Sainte-Beuve à l'œuvre insuffisamment confidentielle de Chateaubriand. De notre collègue dont la sagesse est d'or mais qui possédait peu d'argent le télégraphiste a passé aux mains du Baron («en tout bien tout honneur», il faut entendre le ton dont il le dit). Et comme ce Satan est le plus serviable des hommes il a obtenu pour son protégé une place aux colonies, d'où celui-ci, qui a l'âme reconnaissante, lui envoie de temps à autre d'excellents fruits. Le Baron en offre à ses hautes relations; des ananas du jeune homme figurèrent tout dernièrement sur la table du quai Conti, faisant dire à Mme Verdurin qui n'y mettait pas malice: «Vous avez donc un oncle, ou un neveu d'Amérique, M. de Charlus, pour recevoir des ananas pareils!» J'avoue que je les ai mangés avec une certaine gaieté en me récitant *in petto* le début d'une ode d'Horace que Diderot aimait à rappeler. En somme, comme mon collègue Boissier [114], déambulant du Palatin à Tibur, je prends dans la conversation du Baron une idée singulièrement plus vivante et plus savoureuse des écrivains du siècle d'Auguste. Ne parlons même pas de ceux de la Décadence, et ne remontons pas jusqu'aux Grecs, bien que j'aie dit une fois à cet excellent M. de Charlus, qu'auprès de lui je me faisais l'effet de Platon chez Aspasie. A vrai dire j'avais singulièrement grandi l'échelle des deux personnages et comme dit La Fontaine mon exemple était tiré «d'animaux plus petits [115]». Quoi qu'il en soit vous ne supposez pas j'imagine que le Baron ait été froissé. Jamais je ne le vis si ingénument heureux. Une ivresse d'enfant le fit déroger à son flegme aristocratique. «Quels flatteurs que tous ces sorbonnards! s'écriait-il avec ravissement. Dire qu'il faut que j'aie attendu d'être arrivé à mon âge pour être comparé à Aspasie! Un vieux tableau comme moi! O ma jeunesse!» J'aurais voulu que vous le vissiez disant cela, outrageusement poudré à son habitude, et à son âge, musqué comme un petit-maître. Au demeurant, sous ses hantises de généalogie, le meilleur homme du monde. Pour toutes ces raisons je serais désolé que la rupture de ce soir fût définitive. Ce qui m'a étonné, c'est la façon dont le jeune homme s'est rebiffé. Il avait pourtant pris depuis quelque temps en face du Baron, des manières de séide, des façons de leude qui n'annonçaient guère cette insurrection. J'espère qu'en tous cas même si *(Dii omen avertant)* le Baron ne devait plus retourner quai Conti, ce schisme ne s'étendrait pas jusqu'à moi. Nous avons l'un et l'autre trop de profit à l'échange que nous faisons de mon faible savoir contre son expérience. (On verra en effet que si M. de Charlus ne témoigna pas de violente rancune à Brichot, du moins sa sympathie pour l'universitaire tomba assez complètement pour lui permettre de le juger sans aucune indulgence.) Et je vous jure bien que l'échange est si inégal que, quand le Baron me livre ce que lui a enseigné son existence, je ne saurais être d'accord avec Sylvestre Bonnard, que c'est encore dans une bibliothèque qu'on fait le mieux le songe de la vie. »

Nous étions arrivés devant ma porte. Je descendis de voiture pour donner au cocher l'adresse de Brichot. Du trottoir je voyais la fenêtre de la chambre d'Albertine, cette fenêtre autrefois toujours noire le soir quand elle n'habitait pas la maison, que la lumière électrique de l'intérieur, segmentée par les pleins des volets, striait de haut en bas de barres d'or parallèles[116]. Ce grimoire magique, autant il était clair pour moi et dessinait devant mon esprit calme des images précises, toutes proches et en possession desquelles j'allais entrer tout à l'heure, était invisible pour Brichot resté dans la voiture, presque aveugle, et eût d'ailleurs été incompréhensible pour lui, puisque tout autant que les amis qui venaient me voir avant le dîner, quand Albertine était rentrée de promenade, le professeur ignorait qu'une jeune fille, toute à moi, m'attendît dans une chambre voisine de la mienne. La voiture partit. Je restai un instant seul sur le trottoir. Certes ces lumineuses rayures que j'apercevais d'en bas et qui à un autre eussent semblé toutes superficielles, je leur donnais une consistance, une plénitude, une solidité extrêmes, à cause de toute la signification que je mettais derrière elles, en un trésor si l'on veut, un trésor insoupçonné des autres, que j'avais caché là et dont émanaient ces rayons horizontaux, mais un trésor en échange duquel j'avais aliéné ma liberté, la solitude, la pensée. Si Albertine n'avait pas été là-haut, et même si je n'avais voulu qu'avoir du plaisir, j'aurais été le demander à des femmes inconnues, dont j'eusse essayé de pénétrer la vie, à Venise peut-être, à tout le moins dans quelque coin du Paris nocturne. Mais maintenant, ce qu'il me fallait faire quand venait pour moi l'heure des caresses, ce n'était pas partir en voyage, ce n'était même plus sortir, c'était rentrer. Et rentrer non pas pour au moins se trouver seul et, après avoir quitté les autres qui vous fournissaient du dehors l'aliment de votre pensée, se trouver au moins forcé de le chercher en soi-même, mais au contraire moins seul que quand j'étais chez les Verdurin, reçu que j'allais être par la personne en qui j'abdiquais, je remettais le plus complètement la mienne, sans que j'eusse un instant le loisir de penser à moi, et même avec la peine, puisqu'elle serait auprès de moi, de penser à elle. De sorte qu'en levant une dernière fois les yeux du dehors vers la fenêtre de la chambre dans laquelle je serais tout à l'heure, il me sembla voir le lumineux grillage qui allait se refermer sur moi et dont j'avais forgé moi-même, pour une servitude éternelle, les inflexibles barreaux d'or [117].

Albertine ne m'avait jamais dit qu'elle me soupçonnât d'être jaloux d'elle, préoccupé de tout ce qu'elle faisait. Les seules paroles, assez anciennes il est vrai, que nous avions échangées relativement à la jalousie semblaient prouver le contraire. Je me rappelais que, par un beau soir de clair de lune au début de nos relations, une des premières fois où je l'avais reconduite et où j'eusse autant aimé ne pas le faire et la quitter pour courir après d'autres, je lui avais dit : « Vous savez si je vous propose de vous ramener ce n'est pas par jalousie, si vous avez quelque chose à faire, je m'éloigne discrètement », et elle m'avait répondu : « Oh ! je sais bien que vous n'êtes pas jaloux et que cela vous est bien égal, mais je n'ai rien à faire qu'à être avec vous. » Une autre fois c'était à la Raspelière où M. de Charlus, tout en jetant à la dérobée un regard sur Morel, avait fait ostentation de galante amabilité à l'égard d'Albertine, je lui avais dit : « Hé bien il vous a serré d'assez près j'espère. » Et comme j'avais ajouté à demi ironiquement : « J'ai souffert toutes les tortures de la jalousie », Albertine, usant du langage propre soit au milieu vulgaire d'où elle était sortie, soit au

plus vulgaire encore qu'elle fréquentait : « Quel chineur
vous faites ! Je sais bien que vous n'êtes pas jaloux.
D'abord vous me l'avez dit, et puis ça se voit, allez ! »
Elle ne m'avait jamais dit depuis qu'elle eût changé
d'avis ; mais il avait dû pourtant se former en elle, à ce
sujet, bien des idées nouvelles, qu'elle me cachait mais
qu'un hasard pouvait, malgré elle, trahir car ce soir-là,
quand une fois rentré, après avoir été la chercher dans sa
chambre et l'avoir amenée dans la mienne, je lui eus dit
(avec une certaine gêne que je ne compris pas moi-même,
car j'avais bien annoncé à Albertine que j'irais dans le
monde et je lui avais dit que je ne savais pas où, peut-être
chez Mme de Villeparisis, peut-être chez Mme de Guermantes, peut-être chez Mme de Cambremer, il est vrai
que je n'avais justement pas nommé les Verdurin) : « Devinez d'où je viens, de chez les Verdurin », j'avais à
peine eu le temps de prononcer ces mots qu'Albertine, la
figure bouleversée, m'avait répondu par ceux-ci qui semblèrent exploser d'eux-mêmes avec une force qu'elle ne
put contenir : « Je m'en doutais. » — « Je ne savais pas
que cela vous ennuierait que j'aille chez les Verdurin. »
(Il est vrai qu'elle ne me disait pas que cela l'ennuyait,
mais c'était visible. Il est vrai aussi que je ne m'étais pas
dit que cela l'ennuierait. Et pourtant devant l'explosion
de sa colère, comme devant ces événements qu'une sorte
de double vue rétrospective nous fait paraître avoir déjà
été connus dans le passé, il me sembla que je n'avais
jamais pu m'attendre à autre chose.) « M'ennuyer ?
Qu'est-ce que vous voulez que ça me fiche ? Voilà qui
m'est équilatéral. Est-ce qu'ils ne devaient pas avoir
Mlle Vinteuil ? » Hors de moi à ces mots : « Vous ne
m'aviez pas dit que vous l'aviez rencontrée l'autre jour »,
lui dis-je pour lui montrer que j'étais plus instruit qu'elle
ne le croyait. « Est-ce que je l'ai rencontrée ? » demanda-t-elle d'un air rêveur à la fois à elle-même comme si
elle cherchait à rassembler ses souvenirs, et à moi comme
si c'est moi qui eût pu le lui apprendre ; et sans doute en
effet afin que je dise ce que je savais, peut-être aussi pour
gagner du temps avant de faire une réponse difficile.
Mais j'étais bien moins préoccupé pour Mlle Vinteuil que

d'une crainte qui m'avait déjà effleuré mais qui s'emparait de moi avec plus de force. Je croyais que Mme Verdurin avait purement et simplement inventé par gloriole la venue de Mlle Vinteuil et de son amie, de sorte qu'en rentrant j'étais tranquille. Seule Albertine, en me disant : « Est-ce que Mlle Vinteuil ne devait pas être là ? » m'avait montré que je ne m'étais pas trompé dans mon premier soupçon ; mais enfin j'étais tranquille là-dessus pour l'avenir, puisqu'en renonçant à aller chez les Verdurin, Albertine m'avait sacrifié Mlle Vinteuil. « Du reste [118], lui dis-je avec colère, il y a bien d'autres choses que vous me cachez, même dans les plus insignifiantes, comme par exemple votre voyage de trois jours à Balbec, je le dis en passant. » J'avais ajouté ce mot : « Je le dis en passant » comme complément de : « même les choses les plus insignifiantes », de façon que si Albertine me disait : « Qu'est-ce qu'il y a eu d'incorrect dans ma randonnée à Balbec ? » je pusse lui répondre : « Mais je ne me rappelle même plus. Ce qu'on me dit se brouille dans ma tête, j'y attache si peu d'importance. » Et en effet si je parlais de cette course de trois jours qu'elle avait faite avec le mécanicien jusqu'à Balbec, d'où ses cartes postales m'étaient arrivées avec un tel retard, j'en parlais tout à fait au hasard et je regrettais d'avoir si mal choisi mon exemple, car vraiment, ayant à peine eu le temps d'aller et de revenir, c'était certainement celle de leurs promenades où il n'y avait pas eu même le temps que se glissât une rencontre un peu prolongée avec qui que ce fût. Mais Albertine crut d'après ce que je venais de dire que la vérité vraie, je la savais, et lui avais seulement caché que je la savais ; elle était donc restée persuadée depuis peu de temps que par un moyen ou un autre je la faisais suivre ou enfin que d'une façon quelconque, j'étais comme elle avait dit la semaine précédente à Andrée « plus renseigné qu'elle-même » sur sa propre vie. Aussi elle m'interrompit par un aveu bien inutile, car certes je ne soupçonnais rien de ce qu'elle me dit et j'en fus en revanche accablé, tant peut être grand l'écart entre la vérité qu'une menteuse a travestie et l'idée que, d'après ces mensonges, celui qui aime la menteuse s'est faite de cette vérité. A

peine j'avais prononcé ces mots : « Votre voyage de trois
jours à Balbec, je le dis en passant », Albertine me cou-
pant la parole me déclara comme une chose toute naturelle : « Vous voulez dire que ce voyage à Balbec n'a
jamais eu lieu ? Bien sûr ! Et je me suis toujours demandé
pourquoi vous avez fait celui qui y croyait. C'était pourtant bien inoffensif. Le mécanicien avait à faire pour lui
pendant trois jours. Il n'osait pas vous le dire. Alors par
bonté pour lui (c'est bien moi ! et puis c'est toujours sur
moi que ça retombe ces histoires-là), j'ai inventé un
prétendu voyage à Balbec. Il m'a tout simplement déposée à Auteuil chez mon amie de la rue de l'Assomption où
j'ai passé les trois jours à me raser à cent sous l'heure.
Vous voyez que c'est pas grave, il y a rien de cassé. J'ai
bien commencé à supposer que vous saviez peut-être tout
quand j'ai vu que vous vous mettiez à rire à l'arrivée,
avec huit jours de retard, des cartes postales. Je reconnais
que c'était ridicule et il aurait mieux valu pas de cartes du
tout. Mais ce n'est pas ma faute. Je les avais achetées
d'avance, données au mécanicien avant qu'il me dépose à
Auteuil, et puis ce veau-là les a oubliées dans ses poches
au lieu de les envoyer sous enveloppe à un ami qu'il a
près de Balbec et qui devait vous les réexpédier. Je me
figurais toujours qu'elles allaient arriver. Lui s'en est
seulement souvenu au bout de cinq jours et au lieu de me
le dire le nigaud les a envoyées aussitôt à Balbec. Quand
il m'a dit ça je lui en ai cassé sur la figure, allez ! Vous
préoccuper inutilement, ce grand imbécile, comme récompense de m'être cloîtrée pendant trois jours pour qu'il
puisse aller régler ses petites affaires de famille ! Je
n'osais même pas sortir dans Auteuil de peur d'être vue.
La seule fois que je suis sortie c'est déguisée en homme,
histoire de rigoler plutôt. Et ma chance qui me suit
partout a voulu que la première personne dans les pattes
de qui je me sois fourrée soit votre youpin d'ami Bloch.
Mais je ne pense pas que ce soit par lui que vous avez su
que le voyage à Balbec n'a jamais existé que dans mon
imagination, car il a eu l'air de ne pas me reconnaître. »
    Je ne savais que dire, ne voulant pas paraître étonné, et
écrasé par tant de mensonges. A un sentiment d'horreur

qui ne me faisait pas désirer de chasser Albertine, au contraire, s'ajoutait une extrême envie de pleurer. Celle-ci était causée non pas par le mensonge lui-même et par l'anéantissement de tout ce que j'avais tellement cru vrai que je me sentais comme dans une ville rasée, où pas une maison ne subsiste, où le sol nu est seulement bossué de décombres — mais par cette mélancolie que pendant ces trois jours passés à s'ennuyer chez son amie d'Auteuil, Albertine n'ait pas une fois eu le désir, peut-être même pas l'idée, de venir passer en cachette un jour chez moi, ou par un petit bleu de me demander d'aller la voir à Auteuil. Mais je n'avais pas le temps de m'adonner à ces pensées. Je ne voulais surtout pas paraître étonné. Je souris de l'air de quelqu'un qui en sait plus long qu'il ne le dit : « Mais ceci est une chose entre mille. Tenez pas plus tard que ce soir chez les Verdurin, j'ai appris que ce que vous m'aviez dit sur Mlle Vinteuil... » Albertine me regardait fixement d'un air tourmenté, tâchant de lire dans mes yeux ce que je savais. Or ce que je savais et que j'allais lui dire, c'est ce qu'était Mlle Vinteuil. Il est vrai que ce n'était pas chez les Verdurin que je l'avais appris, mais à Montjouvain autrefois. Seulement comme je n'en avais, exprès, jamais parlé à Albertine, je pouvais avoir l'air de le savoir de ce soir seulement. Et j'eus presque de la joie — après avoir eu dans le petit tram tant de souffrance — de posséder ce souvenir de Montjouvain, que je postdaterais, mais qui n'en serait pas moins la preuve accablante, un coup de massue pour Albertine. Cette fois-ci au moins, je n'avais pas besoin d'« avoir l'air de savoir » et de « faire parler » Albertine : je savais, j'avais vu par la fenêtre éclairée de Montjouvain. Albertine avait eu beau me dire que ses relations avec Mlle Vinteuil et son amie avaient été très pures, comment pourrait-elle, quand je lui jurerais (et lui jurerais sans mentir) que je connaissais les mœurs de ces deux femmes, comment pourrait-elle soutenir qu'ayant vécu dans une intimité quotidienne avec elles, les appelant « mes grandes sœurs », elle n'avait pas été de leur part l'objet de propositions qui l'auraient fait rompre avec elles, si au contraire elle ne les avait acceptées ? Mais je n'eus pas le

temps de dire la vérité. Albertine croyant comme pour le
faux voyage à Balbec, que je savais, soit par Mlle Vinteuil si elle avait été chez les Verdurin, soit par Mme
Verdurin tout simplement qui avait pu parler d'elle à
Mlle Vinteuil, Albertine ne me laissa pas prendre la parole et me fit un aveu, exactement contraire de celui que
j'avais cru, mais qui, en me démontrant qu'elle n'avait
jamais cessé de me mentir, me fit peut-être autant de
peine (surtout parce que je n'étais plus, comme j'ai dit
tout à l'heure, jaloux de Mlle Vinteuil), donc prenant les
devants Albertine parla ainsi : « Vous voulez dire que
vous avez appris ce soir que je vous ai menti quand j'ai
prétendu avoir été à moitié élevée par l'amie de Mlle
Vinteuil. C'est vrai que je vous ai un peu menti. Mais je
me sentais si dédaignée par vous, je vous voyais aussi si
enflammé pour la musique de ce Vinteuil que, comme
une de mes camarades — ça c'est vrai, je vous le
jure — avait été amie de l'amie de Mlle Vinteuil, j'ai cru
bêtement me rendre intéressante à vos yeux en inventant
que j'avais beaucoup connu ces jeunes filles. Je sentais
que je vous ennuyais, que vous me trouviez bécasse, j'ai
pensé qu'en vous disant que ces gens-là m'avaient fré-
quentée, que je pourrais très bien vous donner des détails
sur les œuvres de Vinteuil, je prendrais un petit peu de
prestige à vos yeux, que cela nous rapprocherait. Quand
je vous mens c'est toujours par amitié pour vous. Et il a
fallu cette fatale soirée Verdurin pour que vous appreniez
la vérité qu'on a peut-être exagérée du reste. Je parie que
l'amie de Mlle Vinteuil vous aura dit qu'elle ne me
connaissait pas. Elle m'a vue au moins deux fois chez ma
camarade. Mais naturellement, je ne suis pas assez chic
pour des gens qui sont devenus si célèbres. Ils préfèrent
dire qu'ils ne m'ont jamais vue. » Pauvre Albertine,
quand elle avait cru que de me dire qu'elle avait été si liée
avec l'amie de Mlle Vinteuil retarderait son « plaquage »,
la rapprocherait de moi, elle avait, comme il arrive si
souvent, atteint la vérité par un autre chemin que celui
qu'elle avait voulu prendre. Se montrer plus renseignée
sur la musique que je ne l'aurais cru ne m'aurait nullement empêché de rompre avec elle ce soir-là, dans le petit

tram; et pourtant c'était bien cette phrase, qu'elle avait dite dans ce but, qui avait immédiatement amené bien plus que l'impossibilité de rompre. Seulement elle faisait une erreur d'interprétation non sur l'effet que devait avoir cette phrase, mais sur la cause en vertu de laquelle elle devait produire cet effet, cause qui était non pas d'apprendre sa culture musicale, mais ses mauvaises relations. Ce qui m'avait brusquement rapproché d'elle, bien plus, fondu en elle, ce n'était pas l'attente d'un plaisir — et un plaisir est encore trop dire, un léger agrément —, c'était l'étreinte d'une douleur.

Cette fois-ci encore je n'avais pas le temps de garder un trop long silence qui eût pu lui laisser supposer de l'étonnement. Aussi, touché qu'elle fût si modeste et se crût dédaignée dans le milieu Verdurin, je lui dis tendrement : « Mais ma chérie j'y pense, je vous donnerais bien volontiers quelques centaines de francs pour que vous alliez faire où vous voudriez la dame chic et que vous invitiez à un beau dîner M. et Mme Verdurin. » Hélas ! Albertine était plusieurs personnes. La plus mystérieuse, la plus simple, la plus atroce se montra dans la réponse qu'elle me fit d'un air de dégoût, et dont à dire vrai je ne distinguai pas bien les mots (même les mots du commencement puisqu'elle ne termina pas). Je ne les rétablis qu'un peu plus tard quand j'eus deviné sa pensée. On entend rétrospectivement quand on a compris. « Grand merci ! dépenser un sou pour ces vieux-là, j'aime bien mieux que vous me laissiez une fois libre pour que j'aille me faire casser... » Aussitôt sa figure s'empourpra, elle eut l'air navré, elle mit sa main devant sa bouche comme si elle avait pu faire rentrer les mots qu'elle venait de dire et que je n'avais pas du tout compris. « Qu'est-ce que vous dites, Albertine ? » — « Non rien, je m'endormais à moitié. » — « Mais pas du tout, vous êtes très réveillée. » — « Je pensais au dîner Verdurin, c'est très gentil de votre part. » — « Mais non, je parle de ce que vous avez dit. » Elle me donna mille versions qui ne cadraient nullement, je ne dis même pas avec ces paroles qui, interrompues, me restaient vagues, mais avec cette interruption même et la rougeur subite qui l'avait accompa-

gnée. « Voyons mon chéri ce n'est pas cela que vous
vouliez dire, sans quoi pourquoi vous seriez-vous arrêtée ? » — « Parce que je trouvais ma demande indis-
crète. » — « Quelle demande ? » — « De donner un dîner. » — « Mais non ce n'est pas cela, il n'y a pas de
discrétion à faire entre nous. » — « Mais si au contraire il
faut ne pas abuser des gens qu'on aime. En tous cas je
vous jure que c'est cela. » D'une part il m'était toujours
impossible de douter d'un serment d'elle, d'autre part ses
explications ne satisfaisaient pas ma raison. Je ne cessai
pas d'insister. « Enfin au moins ayez le courage de finir
votre phrase, vous en êtes restée à *casser…* » — « Oh !
non laissez-moi ! » — « Mais pourquoi ? » — « Parce que
c'est affreusement vulgaire, j'aurais trop de honte de dire
ça devant vous. Je ne sais pas à quoi je pensais, ces mots
dont je ne sais même pas le sens et que j'avais entendus
un jour dans la rue dits par des gens très orduriers, me
sont venus à la bouche, sans rime ni raison. Ça ne se
rapporte ni à moi ni à personne, je rêvais tout haut. » Je
sentis que je ne tirerais rien de plus d'Albertine. Elle
m'avait menti quand elle m'avait juré tout à l'heure que
ce qui l'avait arrêtée c'était une crainte mondaine d'indiscrétion, devenue maintenant la honte de tenir devant moi
un propos trop vulgaire. Or c'était certainement un second mensonge. Car quand nous étions ensemble avec
Albertine, il n'y avait pas de propos si pervers, de mots si
grossiers que nous ne les prononcions tout en nous caressant. En tous cas il était inutile d'insister en ce moment.
Mais ma mémoire restait obsédée par ce mot « casser ».
Albertine disait souvent « casser du bois sur quelqu'un,
casser du sucre » ou tout court : « ah ! ce que je lui en ai
cassé ! » pour dire « ce que je l'ai injurié ! » Mais elle disait
cela couramment devant moi et si c'est cela qu'elle avait
voulu dire pourquoi s'était-elle tue brusquement, pourquoi avait-elle rougi si fort, mis ses mains sur sa bouche,
refait tout autrement sa phrase, et quand elle avait vu que
j'avais bien entendu « casser » donné une fausse explication ? Mais du moment que je renonçais à poursuivre un
interrogatoire où je ne recevrais pas de réponse, le mieux
était d'avoir l'air de n'y plus penser et revenant par la

pensée aux reproches qu'Albertine m'avait faits d'être allé chez la Patronne, je lui dis fort gauchement, ce qui était comme une espèce d'excuse stupide : « J'avais justement voulu vous demander de venir ce soir à la soirée des Verdurin », phrase doublement maladroite, car si je le voulais, l'ayant vue tout le temps, pourquoi ne le lui aurais-je pas proposé ? Furieuse de mon mensonge et enhardie par ma timidité : « Vous me l'auriez demandé pendant mille ans, me dit-elle, que je n'aurais pas consenti. Ce sont des gens qui ont toujours été contre moi, ils ont tout fait pour me contrarier. Il n'y a pas de gentillesse que je n'aie eue pour Mme Verdurin à Balbec, j'en ai été joliment récompensée. Elle me ferait demander à son lit de mort que je n'irais pas. Il y a des choses qui ne se pardonnent pas. Quant à vous c'est la première indélicatesse que vous me faites. Quand Françoise m'a dit que vous étiez sorti (elle était contente, allez, de me le dire), j'aurais mieux aimé qu'on me fende la tête par le milieu. J'ai tâché qu'on ne remarque rien, mais dans ma vie je n'ai jamais ressenti un affront pareil. »

Mais pendant qu'elle me parlait se poursuivait en moi, dans le sommeil fort vivant et créateur de l'inconscient (sommeil où achèvent de se graver les choses qui nous effleurèrent seulement, où les mains endormies se saisissent de la clef qui ouvre, vainement cherchée jusque-là) la recherche de ce qu'elle avait voulu dire par la phrase interrompue dont j'aurais voulu savoir quelle eût été la fin. Et tout d'un coup deux mots atroces auxquels je n'avais nullement songé tombèrent sur moi : « le pot ». Je ne peux pas dire qu'ils vinrent d'un seul coup, comme quand dans une longue soumission passive à un souvenir incomplet, tout en tâchant doucement, prudemment, de l'étendre, on reste plié, collé à lui. Non, contrairement à ma manière habituelle de me souvenir, il y eut je crois deux voies parallèles de recherche ; l'une tenait compte non pas seulement de la phrase d'Albertine mais de son regard excédé quand je lui avais proposé un don d'argent pour donner un beau dîner, un regard qui semblait dire : « Merci, dépenser de l'argent pour des choses qui m'embêtent, quand sans argent je pourrais en faire qui m'amusent ! » Et c'est peut-être le souvenir de ce regard qu'elle avait eu qui me fit changer de méthode pour trouver la fin de ce qu'elle avait voulu dire. Jusque-là je m'étais hypnotisé sur le dernier mot : « casser », elle avait voulu dire casser quoi ? Casser du bois ? Non. Du sucre ? Non. Casser, casser, casser. Et tout à coup le regard avec haussement d'épaules qu'elle avait eu au moment de ma proposition qu'elle donnât un dîner, me fit rétrograder aussi dans les mots de sa phrase. Et ainsi je vis qu'elle n'avait pas dit « casser » mais « me faire casser ». Horreur ! c'était cela qu'elle aurait préféré. Double horreur ! car même la dernière des grues, et qui consent à cela, ou le désire, n'emploie pas avec l'homme qui s'y prête cette affreuse expression. Elle se sentirait par trop avilie. Avec une femme seulement, si elle les aime, elle dit cela pour s'excuser de se donner tout à l'heure à un homme. Albertine n'avait pas menti quand elle m'avait dit qu'elle rêvait à moitié. Distraite, impulsive, ne songeant pas qu'elle était avec moi, elle avait eu le haussement d'épaules, elle avait commencé de parler comme elle eût fait avec une de ces femmes, avec peut-être une de mes jeunes filles en fleurs. Et brusquement rappelée à la réalité, rouge de honte, renfonçant ce qu'elle allait dire dans sa bouche, désespérée, elle n'avait plus voulu prononcer un seul mot. Je n'avais pas une seconde à perdre si je ne voulais pas qu'elle s'aperçût du désespoir où j'étais. Mais déjà, après le sursaut de la rage, les larmes me venaient aux yeux. Comme à Balbec, la nuit qui avait suivi sa révélation de son amitié avec les Vinteuil, il me fallait inventer immédiatement pour mon chagrin une cause plausible, en même temps capable de produire un effet si profond sur Albertine que cela me donnât un répit de quelques jours avant de prendre une décision. Aussi au moment où elle me disait qu'elle n'avait jamais éprouvé un affront pareil à celui que je lui avais infligé en sortant, qu'elle aurait mieux aimé mourir que s'entendre dire cela par Françoise, et comme agacé de sa risible susceptibilité, j'allais lui dire que ce que j'avais fait était bien insignifiant, que cela n'avait rien de froissant pour elle que je fusse sorti, — comme pendant ce temps-là, parallèlement ma re-

cherche inconsciente de ce qu'elle avait voulu dire après
le mot « casser » avait abouti, et que le désespoir où ma
découverte me jetait n'était pas possible à cacher complètement, au lieu de me défendre, je m'accusai : « Ma
petite Albertine, lui dis-je d'un ton doux que gagnaient
mes premières larmes, je pourrais vous dire que vous
avez tort, que ce que j'ai fait n'est rien, mais je mentirais ;
c'est vous qui avez raison, vous avez compris la vérité
mon pauvre petit, c'est qu'il y a six mois, c'est qu'il y a
trois mois quand j'avais encore tant d'amitié pour vous,
jamais je n'eusse fait cela. C'est un rien et c'est énorme à
cause de l'immense changement dans mon cœur dont cela
est le signe. Et puisque vous avez deviné ce changement
que j'espérais vous cacher, cela m'amène à vous dire
ceci : Ma petite Albertine, lui dis-je avec une douceur et
une tristesse profondes, voyez-vous la vie que vous me-
nez ici est ennuyeuse pour vous, il vaut mieux nous
quitter, et comme les séparations les meilleures sont celles qui s'effectuent le plus rapidement, je vous demande
pour abréger le grand chagrin que je vais avoir de me dire
adieu ce soir et de partir demain matin sans que je vous
aie revue, pendant que je dormirai. » Elle parut stupé-
faite, encore incrédule et déjà désolée : « Comment demain ? Vous le voulez ? » Et malgré la souffrance que
j'éprouvais à parler de notre séparation comme déjà entrée dans le passé — peut-être en partie à cause de cette
souffrance même — je me mis à adresser à Albertine les
conseils les plus précis pour certaines choses qu'elle
aurait à faire après son départ de la maison. Et de recommandations en recommandations, j'en arrivai bientôt à
entrer dans de minutieux détails. « Ayez la gentillesse,
dis-je avec une infinie tristesse, de me renvoyer le livre
de Bergotte qui est chez votre tante. Cela n'a rien de
pressé, dans trois jours, dans huit jours, quand vous
voudrez mais pensez-y pour que je n'aie pas à vous le
faire demander, cela me ferait trop de mal. Nous avons
été heureux, nous sentons maintenant que nous serions
malheureux. » — « Ne dites pas que nous sentons que
nous serions malheureux, me dit Albertine en m'interrompant, ne dites pas nous, c'est vous seul qui trouvez

cela!» — «Oui enfin vous ou moi, comme vous voudrez, pour une raison ou l'autre — mais il est une heure
folle, il faut vous coucher — nous avons décidé de nous
quitter ce soir.» — «Pardon, *vous* avez décidé et je vous
obéis parce que je ne veux pas vous faire de peine.» —
«Soit, c'est moi qui ai décidé, mais ce n'en est pas moins
très douloureux pour moi. Je ne dis pas que ce sera
douloureux longtemps, vous savez que je n'ai pas la
faculté de me souvenir longtemps, mais les premiers
jours, je m'ennuierai tant après vous! Aussi je trouve
inutile de raviver par des lettres, il faut finir tout d'un
coup.» — «Oui vous avez raison, me dit-elle d'un air
navré, auquel ajoutaient encore ses traits fléchis par la
fatigue de l'heure tardive, plutôt que de se faire couper un
doigt puis un autre, j'aime mieux donner la tête tout de
suite.» — «Mon Dieu je suis épouvanté en pensant à
l'heure à laquelle je vous fais coucher, c'est de la folie.
Enfin, pour le dernier soir! Vous aurez le temps de
dormir tout le reste de la vie.» Et ainsi en lui disant qu'il
fallait nous dire bonsoir, je cherchais à retarder le moment où elle me l'eût dit. «Voulez-vous, pour vous
distraire les premiers jours, que je dise à Bloch de vous
envoyer sa cousine Esther à l'endroit où vous serez? il
fera cela pour moi.» — «Je ne sais pas pourquoi vous
dites cela (je le disais pour tâcher d'arracher un aveu à
Albertine), je ne tiens qu'à une seule personne, c'est à
vous», me dit Albertine, dont les paroles me remplirent
de douceur. Mais aussitôt quel mal elle me fit: «Je me
rappelle très bien que j'ai donné ma photographie à cette
Esther parce qu'elle insistait beaucoup et que je voyais
que cela lui ferait plaisir, mais quant à avoir eu de
l'amitié pour elle ou à avoir envie de la voir, jamais!» Et
pourtant Albertine était de caractère si léger qu'elle
ajouta: «Si elle veut me voir, moi ça m'est égal, elle est
très gentille, mais je n'y tiens aucunement.» Ainsi quand
je lui avais parlé de la photographie d'Esther que m'avait
envoyée Bloch (et que je n'avais même pas encore reçue
quand j'en avais parlé à Albertine) mon amie avait compris que Bloch m'avait montré une photographie d'elle,
donnée par elle à Esther. Dans mes pires suppositions je

ne m'étais jamais figuré qu'une pareille intimité avait pu
exister entre Albertine et Esther. Albertine n'avait rien
trouvé à me répondre quand j'avais parlé de photographie. Et maintenant, me croyant bien à tort au courant
elle trouvait plus habile d'avouer. J'étais accablé. « Et
puis Albertine je vous demande en grâce une chose, c'est
de ne jamais chercher à me revoir. Si jamais, ce qui peut
arriver, dans un an, dans deux ans, dans trois ans, nous
nous trouvions dans la même ville, évitez-moi. » Et
voyant qu'elle ne répondait pas affirmativement à ma
prière : « Mon Albertine, ne faites pas cela, ne me re-
voyez jamais en cette vie. Cela me ferait trop de peine.
Car j'avais vraiment de l'amitié pour vous, vous savez. Je
sais bien que quand je vous ai raconté l'autre jour que je
voulais revoir l'amie dont nous avions parlé à Balbec,
vous avez cru que c'était arrangé. Mais non je vous
assure que cela m'était bien égal. Vous êtes persuadée
que j'avais résolu depuis longtemps de vous quitter, que
ma tendresse était une comédie. » — « Mais non vous
êtes fou, je ne l'ai pas cru », dit-elle tristement. —
« Vous avez raison, il ne faut pas le croire, je vous aimais
vraiment, pas d'amour peut-être, mais de grande, de très
grande amitié, plus que vous ne pouvez croire. » —
« Mais si, je le crois. Et si vous vous figurez que moi je ne
vous aime pas ! » — « Cela me fait une grande peine de
vous quitter. » — « Et moi mille fois plus grande », me
répondit Albertine. Et déjà depuis un moment je sentais
que je ne pouvais plus retenir les larmes qui montaient à
mes yeux. Et ces larmes ne venaient pas du tout du même
genre de tristesse que j'éprouvais jadis quand je disais à
Gilberte : « Il vaut mieux que nous ne nous voyions plus,
la vie nous sépare. » Sans doute quand j'écrivais cela à
Gilberte, je me disais que quand j'aimerais non plus elle
mais une autre, l'excès de mon amour diminuerait celui
que j'aurais peut-être pu inspirer, comme s'il y avait
fatalement entre deux êtres une certaine quantité d'amour
disponible, où le trop pris par l'un est retiré à l'autre, et
que de l'autre aussi, comme de Gilberte, je serais
condamné à me séparer. Mais la situation était toute
différente pour bien des raisons, dont la première, qui

avait à son tour produit les autres, était que ce défaut de volonté que ma grand-mère et ma mère avaient redouté pour moi, à Combray, et devant lequel l'une et l'autre, tant un malade a d'énergie pour imposer sa faiblesse, avaient successivement capitulé, ce défaut de volonté avait été en s'aggravant d'une façon de plus en plus rapide. Quand j'avais senti que ma présence fatiguait Gilberte, j'avais encore assez de forces pour renoncer à elle; je n'en avais plus, quand j'avais fait la même constatation pour Albertine et je ne songeais qu'à la retenir de force. De sorte que si j'écrivais à Gilberte que je ne la verrais plus et dans l'intention de ne plus la voir en effet, je ne le disais à Albertine que par pur mensonge et pour amener une réconciliation. Ainsi nous présentions-nous l'un à l'autre une apparence qui était bien différente de la réalité. Et sans doute il en est toujours ainsi quand deux êtres sont face à face, puisque chacun d'eux ignore une partie de ce qui est dans l'autre, même ce qu'il sait il ne peut en partie le comprendre, et que tous deux manifestent ce qui leur est le moins personnel, soit qu'ils ne l'aient pas démêlé eux-mêmes et le jugent négligeable, soit que des avantages insignifiants et qui ne tiennent pas à eux leur semblent plus importants et plus flatteurs, et que d'autre part certaines choses auxquelles ils tiennent, pour ne pas être méprisés, comme ils ne les ont pas, ils font semblant de n'y pas tenir (et c'est justement les choses qu'ils ont l'air de dédaigner par-dessus tout et même d'exécrer). Mais dans l'amour ce malentendu est porté au degré suprême parce que, sauf peut-être quand on est enfant, on tâche que l'apparence qu'on prend, plutôt que de refléter exactement notre pensée, soit ce que cette pensée juge de plus propre à nous faire obtenir ce que nous désirons, et qui pour moi, depuis que j'étais rentré, était de pouvoir garder Albertine aussi docile que par le passé, qu'elle ne me demandât pas dans son irritation une liberté plus grande, que je souhaitais lui donner un jour mais qui en ce moment où j'avais peur de ses velléités d'indépendance m'eût rendu trop jaloux. A partir d'un certain âge, par amour-propre et par sagacité, ce sont les choses qu'on désire le plus auxquelles on a

l'air de ne pas tenir. Mais en amour la simple sagacité
— qui d'ailleurs n'est probablement pas la vraie sagesse — nous force assez vite à ce genre de duplicité.
Tout ce que j'avais enfant rêvé de plus doux dans l'amour
et qui me semblait de son essence même, c'était, devant
celle que j'aimais, d'épancher librement ma tendresse,
ma reconnaissance pour une bonté, mon désir d'une perpétuelle vie commune. Mais je m'étais trop bien rendu
compte par ma propre expérience et d'après celle de mes
amis, que l'expression de tels sentiments est loin d'être
contagieuse. Le cas d'une vieille femme maniérée
comme était M. de Charlus qui, à force de ne voir dans
son imagination qu'un beau jeune homme, croit devenir
lui-même beau jeune homme, et trahit de plus en plus
d'efféminement, dans ses risibles affectations de virilité,
ce cas rentre dans une loi qui s'applique bien au-delà des
seuls Charlus, une loi d'une généralité telle que l'amour
même ne l'épuise pas tout entière; nous ne voyons pas
notre corps que les autres voient et nous « suivons » notre
pensée, l'objet qui est devant nous, invisible aux autres
(rendu visible parfois par l'artiste dans une œuvre, d'où
chez ses admirateurs de si fréquentes désillusions quand
ils sont admis auprès de l'auteur, dans le visage de qui la
beauté intérieure s'est si imparfaitement reflétée). Une
fois qu'on a remarqué cela, on ne se « laisse plus aller »;
je m'étais gardé dans l'après-midi de dire à Albertine
toute la reconnaissance que je lui avais de ne pas être
restée au Trocadéro. Et ce soir, ayant eu peur qu'elle me
quittât, j'avais feint de désirer la quitter, feinte qui ne
m'était pas seulement dictée d'ailleurs, on va le voir tout
à l'heure, par les enseignements que j'avais cru recueillir
de mes amours précédentes et dont j'essayais de faire
profiter celui-ci. Cette peur qu'Albertine allait peut-être
me dire : « Je veux certaines heures où je sorte seule,
pouvoir m'absenter vingt-quatre heures », enfin je ne sais
quelle demande de liberté que je ne cherchais pas à
définir, mais qui m'épouvantait, cette pensée m'avait un
instant effleuré pendant la soirée Verdurin. Mais elle
s'était dissipée, contredite d'ailleurs par le souvenir de
tout ce qu'Albertine me disait sans cesse de son bonheur à

la maison. L'intention de me quitter, si elle existait chez
Albertine, ne se manifestait que d'une façon obscure, par
certains regards tristes, certaines impatiences, des phrases qui ne voulaient nullement dire cela mais si on raison-
nait (et on n'avait même pas besoin de raisonner car on
comprend immédiatement ce langage de la passion, les
gens du peuple eux-mêmes comprennent ces phrases qui
ne peuvent s'expliquer que par la vanité, la rancune, la
jalousie, d'ailleurs inexprimées, mais que dépiste aussitôt
chez l'interlocuteur une faculté intuitive qui, comme ce
« bon sens » dont parle Descartes, est « la chose du monde
la plus répandue »), ne pouvaient s'expliquer que par la
présence en elle d'un sentiment qu'elle cachait et qui
pouvait la conduire à faire des plans pour une autre vie
sans moi. De même que cette intention ne s'exprimait pas
dans ses paroles d'une façon logique, de même le pressentiment de cette intention que j'avais depuis ce soir
restait en moi tout aussi vague. Je continuais à vivre sur
l'hypothèse qui admettait pour vrai tout ce que me disait
Albertine. Mais il se peut qu'en moi pendant ce temps-là
une hypothèse toute contraire et à laquelle je ne voulais
pas penser ne me quittât pas ; cela est d'autant plus probable que, sans cela, je n'eusse nullement été gêné de dire à
Albertine que j'étais allé chez les Verdurin, et que sans
cela le peu d'étonnement que me causa sa colère n'eût pas
été compréhensible. De sorte que ce qui vivait probablement en moi c'était l'idée d'une Albertine entièrement
contraire à celle que ma raison s'en faisait, à celle aussi
que ses paroles à elle dépeignaient, une Albertine pourtant pas absolument inventée puisqu'elle était comme un
miroir intérieur [119] de certains mouvements qui se produisaient chez elle, comme sa mauvaise humeur que je fusse
allé chez les Verdurin. D'ailleurs depuis longtemps mes
angoisses fréquentes, ma peur de dire à Albertine que je
l'aimais, tout cela correspondait à une autre hypothèse
qui expliquait bien plus de choses et avait aussi cela pour
elle que, si on adoptait la première, la deuxième devenait
plus probable, car en me laissant aller à des effusions de
tendresse avec Albertine, je n'obtenais d'elle qu'une irritation, à laquelle d'ailleurs elle assignait une autre

cause. Je dois dire que ce qui m'avait paru le plus grave et
m'avait le plus frappé comme symptôme qu'elle allait
au-devant de mon accusation, c'était qu'elle m'avait dit :
« Je crois qu'ils ont Mlle Vinteuil ce soir », et à quoi
j'avais répondu le plus cruellement possible : « Vous ne
m'aviez pas dit que vous aviez rencontré Mme Verdurin. » Dès que je ne trouvais pas Albertine gentille, au lieu
de lui dire que j'étais triste, je devenais méchant. En
analysant d'après cela, d'après le système invariable de
ripostes dépeignant exactement le contraire de ce que
j'éprouvais, je peux être assuré que si ce soir-là je lui dis
que j'allais la quitter, c'était — même avant que je m'en
fusse rendu compte — parce que j'avais peur qu'elle
voulût une liberté (je n'aurais pas trop su dire quelle était
cette liberté qui me faisait trembler mais enfin une liberté
telle qu'elle eût pu me tromper, ou du moins que je
n'aurais plus pu être certain qu'elle ne me trompât pas) et
que je voulais lui montrer par orgueil, par habileté, que
j'étais bien loin de craindre cela, comme déjà à Balbec
quand je voulais qu'elle eût une haute idée de moi et, plus
tard, quand je voulais qu'elle n'eût pas le temps de
s'ennuyer avec moi. Enfin pour l'objection qu'on pourrait opposer à cette deuxième hypothèse — l'informu-
lée — que tout ce qu'Albertine me disait toujours signifiait au contraire que sa vie préférée était la vie chez moi,
le repos, la lecture, la solitude, la haine des amours
saphiques, etc., il serait inutile de s'arrêter à cette objection. Car si de son côté Albertine avait voulu juger de ce
que j'éprouvais par ce que je lui disais, elle aurait appris
exactement le contraire de la vérité, puisque je ne mani-
festai jamais le désir de la quitter que quand je ne pouvais
pas me passer d'elle, et qu'à Balbec je lui avais deux fois
avoué aimer une autre femme, une fois Andrée, une autre
fois une personne mystérieuse, les deux fois où la jalousie
m'avait rendu de l'amour pour Albertine. Mes paroles ne
réflétaient donc nullement mes sentiments. Si le lecteur
n'en a que l'impression assez faible, c'est qu'étant narrateur je lui expose mes sentiments en même temps que je
lui répète mes paroles. Mais si je lui cachais les premiers
et s'il connaissait seulement les secondes, mes actes, si

peu en rapport avec elles, lui donneraient si souvent l'impression d'étranges revirements qu'il me croirait à peu près fou. Procédé qui ne serait pas du reste beaucoup plus faux que celui que j'ai adopté car les images qui me faisaient agir, si opposées à celles qui se peignaient dans mes paroles, étaient à ce moment-là fort obscures, je ne connaissais qu'imparfaitement la nature suivant laquelle j'agissais; aujourd'hui j'en connais clairement la vérité subjective. Quant à sa vérité objective, c'est-à-dire si les intuitions de cette nature saisissaient plus exactement que mon raisonnement les intentions véritables d'Albertine, si j'ai eu raison de me fier à cette nature ou si au contraire elle n'a pas altéré les intentions d'Albertine au lieu de les démêler, c'est ce qu'il m'est difficile de dire.

Cette crainte vague éprouvée par moi chez les Verdurin, qu'Albertine me quittât, s'était d'abord dissipée. Quand j'étais rentré, ç'avait été avec le sentiment d'être un prisonnier, nullement de retrouver une prisonnière. Mais la crainte dissipée m'avait ressaisi avec plus de force quand, au moment où j'avais annoncé à Albertine que j'étais allé chez les Verdurin, j'avais vu se superposer à son visage une apparence d'énigmatique irritation, qui n'y affleurait pas du reste pour la première fois. Je savais bien qu'elle n'était que la cristallisation dans la chair de griefs raisonnés, d'idées claires pour l'être qui les forme et qui les tait, synthèse devenue visible mais non plus rationnelle, et que celui qui en recueille le précieux résidu sur le visage de l'être aimé essaye à son tour, pour comprendre ce qui se passe en celui-ci, de ramener par l'analyse à ses éléments intellectuels. L'équation approximative à cette inconnue qu'était pour moi la pensée d'Albertine m'avait à peu près donné : «Je savais ses soupçons, j'étais sûre qu'il chercherait à les vérifier, et pour que je ne puisse pas le gêner, il a fait tout son petit travail en cachette.» Mais si c'est avec de telles idées, et qu'elle ne m'avait jamais exprimées, que vivait Albertine, ne devait-elle pas prendre en horreur, n'avoir plus la force de mener, ne pouvait-elle pas d'un jour à l'autre décider de cesser une existence où, si elle était, au moins de désir, coupable, elle se sentait devinée, traquée, empêchée de se livrer jamais à ses goûts, sans que ma jalousie en fût désarmée ; où, si elle était innocente d'intention et de fait, elle avait le droit depuis quelque temps de se sentir découragée en voyant que, depuis Balbec où elle avait mis tant de persévérance à éviter de jamais rester seule avec Andrée, jusqu'à aujourd'hui où elle avait renoncé à aller chez les Verdurin et à rester au Trocadéro, elle n'avait pas réussi à regagner ma confiance ? D'autant plus que je ne pouvais pas dire que sa tenue ne fût parfaite. Si à Balbec, quand on parlait de jeunes filles qui avaient mauvais genre, elle avait eu souvent des rires, des éploiements de corps, des imitations de leur genre, qui me torturaient à cause de ce que je supposais que cela signifiait pour ses amies, depuis qu'elle savait mon opinion là-dessus, dès qu'on faisait allusion à ce genre de choses, elle cessait de prendre part à la conversation, non seulement avec la parole, mais avec l'expression du visage. Soit pour ne pas contribuer aux malveillances qu'on disait sur telle ou telle, ou pour toute autre raison, la seule chose qui frappait alors dans ses traits si mobiles, c'est qu'à partir du moment où on avait effleuré ce sujet, ils avaient témoigné de leur distraction en gardant exactement l'expression qu'ils avaient un instant avant. Et cette immobilité d'une expression même légère pesait comme un silence. Il eût été impossible de dire qu'elle blâmât, qu'elle approuvât, qu'elle connût ou non ces choses. Chacun de ses traits n'était plus en rapport qu'avec un autre de ses traits. Son nez, sa bouche, ses yeux formaient une harmonie parfaite, isolée du reste, elle avait l'air d'un pastel et de ne pas plus avoir entendu ce qu'on venait de dire que si on l'avait dit devant un portrait de La Tour. Mon esclavage, encore perçu par moi quand en donnant au cocher l'adresse de Brichot j'avais vu la lumière de la fenêtre, avait cessé de me peser peu après quand j'avais vu qu'Albertine avait l'air de sentir si cruellement le sien. Et pour qu'il lui parût moins lourd, qu'elle n'eût pas l'idée de le rompre d'elle-même, le plus habile m'avait paru de lui donner l'impression qu'il n'était pas définitif et que je souhaitais moi-même qu'il prît fin. Voyant que ma feinte avait réussi, j'aurais pu me trouver heureux, d'abord parce que ce que j'avais tant redouté, la volonté que je supposais à Albertine de partir se trouvait écartée, et ensuite parce que, en dehors même du résultat visé, en lui-même le succès de ma feinte, en prouvant que je n'étais pas absolument pour Albertine un amant dédaigné, un jaloux bafoué, dont toutes les ruses sont d'avance percées à jour, redonnait à notre amour une espèce de virginité, faisait renaître pour lui le temps où elle pouvait encore, à Balbec, croire si facilement que j'en aimais une autre. Cela elle ne l'aurait sans doute plus cru, mais elle ajoutait foi à mon intention simulée de nous séparer à tout jamais ce soir. Elle avait l'air de se méfier que la cause en pût être chez les Verdurin. Je lui dis que j'avais vu un auteur dramatique très ami de Léa, à qui elle avait dit d'étranges choses (je pensais par là lui faire croire que j'en savais plus long que je ne disais sur les cousines de Bloch). Mais par un besoin d'apaiser le trouble où me mettait ma simulation de rupture, je lui dis : « Albertine, pouvez-vous me jurer que vous ne m'avez jamais menti ? » Elle regarda fixement dans le vide puis me répondit : « Oui, c'est-à-dire non. J'ai eu tort de vous dire qu'Andrée avait été très emballée sur Bloch, nous ne l'avions pas vu. » — « Mais alors pourquoi ? » — « Parce que j'avais peur que vous ne croyiez d'autres choses d'elle. C'est tout. » Elle regarda encore et dit : « J'ai eu tort de vous cacher un voyage de trois semaines que j'ai fait avec Léa. Mais je vous connaissais si peu. » — « C'était avant Balbec ? » — « Avant le second, oui. » Et le matin même, elle m'avait dit qu'elle ne connaissait pas Léa. Je regardais une flambée brûler d'un seul coup un roman que j'avais mis des millions de minutes à écrire. A quoi bon ? A quoi bon ? Certes je comprenais bien que ces faits, Albertine me les révélait parce qu'elle pensait que je les avais appris indirectement de Léa et qu'il n'y avait aucune raison pour qu'il n'en existât pas une centaine de pareils. Je comprenais aussi que les paroles d'Albertine quand on l'interrogeait ne contenaient jamais un atome de vérité, que la vérité elle ne la laissait échapper que malgré elle, comme un brusque mélange qui se faisait en elle, entre les faits qu'elle était jusque-là décidée à cacher, et la croyance qu'on en avait eu connaissance. « Mais deux choses ce n'est rien, dis-je à Albertine, allons jusqu'à quatre pour que vous me laissiez des souvenirs. Qu'est-ce que vous me pouvez révéler d'autre ? » Elle regarda encore dans le vide. A quelles croyances à la vie future adaptait-elle le mensonge, avec quels Dieux moins coulants qu'elle n'avait cru essayait-elle de s'arranger ? Ce ne dut pas être commode car son silence et la fixité de son regard durèrent assez longtemps. « Non rien d'autre », finit-elle par dire. Et malgré mon insistance, elle se buta aisément maintenant à « rien d'autre ». Et quel mensonge car du moment qu'elle avait ces goûts, jusqu'au jour où elle avait été enfermée chez moi, combien de fois, dans combien de demeures, de promenades elle avait dû les satisfaire ! Les gomorrhéennes sont à la fois assez rares et assez nombreuses pour que dans quelque foule que ce soit l'une ne passe pas inaperçue aux yeux de l'autre. Dès lors le ralliement est facile. Je me souvins avec horreur d'un soir qui à l'époque m'avait seulement semblé ridicule. Un de mes amis m'avait invité à dîner au restaurant avec sa maîtresse et un autre de ses amis qui avait aussi amené la sienne. Elles ne furent pas longues à se comprendre, mais si impatientes de se posséder que dès le potage les pieds se cherchaient, trouvant souvent le mien. Bientôt les jambes s'entrelacèrent. Mes deux amis ne voyaient rien, j'étais au supplice. Une des deux femmes, qui n'y pouvait tenir, se mit sous la table disant qu'elle avait laissé tomber quelque chose. Puis l'une eut la migraine et demanda à monter au lavabo. L'autre s'aperçut qu'il était l'heure d'aller rejoindre une amie au théâtre. Finalement je restai seul avec mes deux amis, qui ne se doutaient de rien. La migraineuse redescendit mais demanda à rentrer seule attendre son amant chez lui afin de prendre un peu d'antipyrine. Elles devinrent très amies, se promenaient ensemble, l'une habillée en homme et qui levait des petites filles et les ramenait chez l'autre, les initiait. L'autre avait un petit garçon dont elle faisait semblant d'être mécontente, et le faisait corriger par son amie qui n'y allait pas de main morte. On peut dire qu'il n'y a pas de lieu, si public qu'il fût, où elles ne fissent ce qui est le plus secret. « Mais Léa a été tout le temps de ce voyage parfaitement convenable avec moi, me dit Albertine. Elle était même plus réservée que bien des femmes du monde. » — « Est-ce qu'il y a des femmes du monde qui ont manqué de réserve avec vous, Albertine ? » — « Jamais. » — « Alors qu'est-ce que vous voulez dire ? » — « Hé bien, elle était moins libre dans ses expressions. » — « Exemple ? » — « Elle n'aurait pas comme bien des femmes qu'on reçoit employé le mot embêtant, ou le mot se fiche du monde. » Il me sembla qu'une partie du roman qui n'avait pas brûlé encore, tombait enfin en cendres. Mon découragement aurait duré. Les paroles d'Albertine, quand j'y songeais, y faisaient succéder une colère folle. Elle tomba devant une sorte d'attendrissement. Moi aussi depuis que j'étais rentré et déclarais vouloir rompre, je mentais aussi. Et cette volonté de séparation que je simulais avec persévérance entraînait peu à peu pour moi quelque chose de la tristesse que j'aurais éprouvée si j'avais vraiment voulu quitter Albertine. D'ailleurs, même en repensant par à coups, par élancements, comme on dit pour les autres douleurs physiques, à cette vie orgiaque qu'avait menée Albertine avant de me connaître, j'admirais davantage la docilité de ma captive et je cessais de lui en vouloir. Sans doute jamais durant notre vie commune, je n'avais cessé de laisser entendre à Albertine que cette vie ne serait vraisemblablement que provisoire, de façon qu'Albertine continuât à y trouver quelque charme. Mais ce soir j'avais été plus loin, ayant craint que de vagues menaces de séparation ne fussent plus suffisantes, contredites qu'elles seraient sans doute dans l'esprit d'Albertine par son idée d'un grand amour jaloux pour elle, qui m'aurait, semblait-elle dire, fait aller enquêter chez les Verdurin. Ce soir-là je pensai que, parmi les autres causes qui avaient pu me décider brusquement, sans même m'en rendre compte qu'au fur et à mesure, à jouer cette comédie de rupture, il y avait surtout que, quand dans une de ces impulsions comme en avait mon père, je menaçais un être dans sa sécurité, comme je n'avais pas comme lui le courage de réaliser une menace, pour ne pas laisser croire qu'elle n'avait été que paroles en l'air, j'allais assez loin dans les apparences de la réalisation et ne me repliais que quand l'adversaire ayant vraiment l'illusion de ma sincérité avait tremblé pour tout de bon. D'ailleurs dans ces mensonges, nous sentons bien qu'il y a de la vérité, que si la vie n'apporte pas de changements à nos amours, c'est nous-même qui voudrons en apporter ou en feindre et parler de séparation, tant nous sentons que tous les amours et toutes choses évoluent rapidement vers l'adieu. On veut pleurer les larmes qu'il apportera bien avant qu'il survienne. Sans doute y avait-il cette fois, dans la scène que j'avais jouée, une raison d'utilité. J'avais soudain tenu à la garder parce que je la sentais éparse en d'autres êtres auxquels je ne pouvais l'empêcher de se joindre. Mais eût-elle à jamais renoncé à tous pour moi que j'aurais peut-être résolu plus fermement encore de ne la quitter jamais, car la séparation est par la jalousie rendue cruelle, mais par la reconnaissance, impossible. Je sentais en tous cas que je livrais la grande bataille où je devais vaincre ou succomber. J'aurais offert à Albertine en une heure tout ce que je possédais parce que je me disais : tout dépend de cette bataille. Mais ces batailles ressemblent moins à celles d'autrefois, qui duraient quelques heures, qu'à une bataille contemporaine qui n'est finie ni le lendemain, ni le surlendemain, ni la semaine suivante. On donne toutes ses forces parce qu'on croit toujours que ce sont les dernières dont on aura besoin. Et plus d'une année se passe sans amener la « décision ». Peut-être une inconsciente réminiscence des scènes menteuses faites par M. de Charlus, auprès duquel j'étais quand la crainte d'être quitté par Albertine s'était emparée de moi, s'y ajoutait-elle. Mais plus tard j'ai entendu raconter par ma mère ceci, que j'ignorais alors et qui me donne à croire que j'avais trouvé tous les éléments de cette scène en moi-même, dans une de ces réserves obscures de l'hérédité que certaines émotions, agissant en cela comme sur l'épargne de nos forces emmagasinées les médicaments analogues à l'alcool et au café, nous rendent disponibles : quand ma tante Octave apprenait par Eulalie que Fran-

çoise, sûre que sa maîtresse ne sortirait jamais plus, avait
manigancé en secret quelque sortie que ma tante devait
ignorer, celle-ci la veille faisait semblant de décider
qu'elle essayerait le lendemain d'une promenade. A
Françoise d'abord incrédule elle faisait non seulement
préparer d'avance ses affaires, faire prendre l'air à celles
qui étaient depuis trop longtemps enfermées, mais même
commander la voiture, régler à un quart d'heure près tous
les détails de la journée. Ce n'était que quand Françoise,
convaincue ou du moins ébranlée, avait été forcée
d'avouer à ma tante les projets qu'elle-même avait formés, que celle-ci renonçait publiquement aux siens pour
ne pas, disait-elle, entraver ceux de Françoise. De même
pour qu'Albertine ne pût pas croire que j'exagérais et
pour la faire aller le plus loin possible dans l'idée que
nous nous quittions, tirant moi-même les déductions de
ce que je venais d'avancer, je m'étais mis à anticiper le
temps qui allait commencer le lendemain et qui durerait
toujours, le temps où nous serions séparés, adressant à
Albertine les mêmes recommandations que si nous n'allions pas nous réconcilier tout à l'heure. Comme les
généraux qui jugent que pour qu'une feinte réussisse à
tromper l'ennemi, il faut la pousser à fond, j'avais engagé
dans celle-ci presque autant de mes forces de sensibilité
que si elle avait été véritable. Cette scène de séparation
fictive finissait par me faire presque autant de chagrin que
si elle avait été réelle, peut-être parce qu'un des deux
acteurs, Albertine, en la croyant telle, ajoutait pour l'autre à l'illusion. On vivait un au jour le jour, qui, même
pénible, restait supportable, retenu dans le terre à terre
par le lest de l'habitude et par cette certitude que le
lendemain dût-il être cruel contiendrait la présence de
l'être auquel on tient. Et puis voici que follement je
détruisais toute cette pesante vie. Je ne la détruisais il est
vrai que d'une façon fictive, mais cela suffisait pour me
désoler; peut-être parce que les paroles tristes que l'on
prononce, même mensongèrement, portent en elles leur
tristesse et nous l'injectent profondément; peut-être parce
qu'on sait qu'en simulant des adieux on évoque par anticipation une heure qui viendra fatalement plus tard; puis

l'on n'est pas bien assuré qu'on ne vient pas de déclencher le mécanisme qui la fera sonner. Dans tout bluff il y a si petite qu'elle soit une part d'incertitude sur ce que va faire celui qu'on trompe. Si cette comédie de séparation allait aboutir à une séparation ! On ne peut en envisager la possibilité, même invraisemblable, sans un serrement de cœur. On est doublement anxieux car la séparation se produirait alors au moment où elle serait insupportable, où on vient d'avoir de la souffrance par la femme qui vous quitterait avant de vous avoir guéri, au moins apaisé. Enfin nous n'avons même plus le point d'appui de l'habitude sur laquelle nous nous reposons, même dans le chagrin. Nous venons volontairement de nous en priver, nous avons donné à la journée présente une importance exceptionnelle, nous l'avons détachée des journées contiguës, elle flotte sans racines comme un jour de départ, notre imagination cessant d'être paralysée par l'habitude s'est éveillée, nous avons soudain adjoint à notre amour quotidien des rêveries sentimentales qui le grandissent énormément, nous rendant indispensable une présence sur laquelle justement nous ne sommes plus absolument certains de pouvoir compter. Sans doute c'est justement afin d'assurer pour l'avenir cette présence, que nous nous sommes livrés au jeu de pouvoir nous en passer. Mais ce jeu nous y avons été pris nous-même, nous avons recommencé à souffrir parce que nous avons fait quelque chose de nouveau, d'inaccoutumé et qui se trouve ressembler ainsi à ces cures qui doivent guérir plus tard le mal dont on souffre, mais dont les premiers effets sont de l'aggraver.

J'avais les larmes aux yeux comme ceux qui seuls dans leur chambre, imaginant selon les détours capricieux de leur rêverie la mort d'un être qu'ils aiment, se représentent si minutieusement la douleur qu'ils auraient, qu'ils finissent par l'éprouver. Ainsi en multipliant les recommandations à Albertine sur la conduite qu'elle aurait à tenir à mon égard quand nous allions être séparés il me semblait que j'avais presque autant de chagrin que si nous n'avions pas dû nous réconcilier tout à l'heure. Et puis étais-je si sûr de le pouvoir, de faire revenir Albertine à l'idée de la vie commune, et si j'y réussissais pour ce soir, que chez elle l'état d'esprit que cette scène avait dissipé ne renaîtrait pas? Je me sentais, mais ne me croyais pas, maître de l'avenir, parce que je comprenais que cette sensation venait seulement de ce qu'il n'existait pas encore et qu'ainsi je n'étais pas accablé de sa nécessité. Enfin tout en mentant je mettais peut-être dans mes paroles plus de vérité que je ne croyais. Je venais d'en avoir un exemple, quand j'avais dit à Albertine que je l'oublierais vite. C'était ce qui m'était en effet arrivé avec Gilberte que je m'abstenais maintenant d'aller voir pour éviter non pas une souffrance mais une corvée. Et certes, j'avais souffert en écrivant à Gilberte que je ne la verrais plus. Car je n'allais que de temps en temps chez Gilberte. Toutes les heures d'Albertine m'appartenaient. Et en amour il est plus facile de renoncer à un sentiment que de perdre une habitude. Mais tant de paroles douloureuses concernant notre séparation, si la force de les prononcer m'était donnée parce que je les savais mensongères, en revanche elles étaient sincères dans la bouche d'Albertine quand je l'entendis s'écrier: « Ah! c'est promis, je ne vous reverrai jamais. Tout plutôt que de vous voir pleurer comme cela, mon chéri. Je ne veux pas vous faire de chagrin. Puisqu'il le faut, on ne se verra plus. » Elles étaient sincères, ce qu'elles n'eussent pu être de ma part, parce que, comme Albertine n'avait pour moi que de l'amitié, d'une part le renoncement qu'elles promettaient lui coûtait moins; d'autre part, parce que mes larmes qui eussent été si peu de chose dans un grand amour, lui paraissaient presque extraordinaires et la bouleversaient, transposées dans le domaine de cette amitié où elle restait, de cette amitié plus grande que la mienne, à ce qu'elle venait de dire, à ce qu'elle venait de dire parce que dans une séparation c'est celui qui n'aime pas d'amour qui dit les choses tendres, l'amour ne s'exprimant pas directement, à ce qu'elle venait de dire et qui n'était peut-être pas tout à fait inexact, car les mille bontés de l'amour peuvent finir par éveiller chez l'être qui l'inspire ne l'éprouvant pas, une affection, une reconnaissance[1], moins égoïstes que le sentiment qui les a

provoquées et qui, peut-être, après des années de séparation, quand il ne resterait rien de lui chez l'ancien amant,
subsisteraient toujours chez l'aimée.

Il n'y eut qu'un instant où j'eus pour elle une espèce de
haine qui ne fit qu'aviver mon besoin de la retenir.
Comme, uniquement jaloux ce soir de Mlle Vinteuil, je
songeais avec la plus grande indifférence au Trocadéro
non seulement en tant que je l'y avais envoyée pour éviter
les Verdurin, mais même en y voyant cette Léa à cause de
laquelle j'avais fait revenir Albertine et pour qu'elle ne la
connût pas, je dis sans y penser le nom de Léa et elle,
méfiante et croyant qu'on m'en avait peut-être dit davantage, prit les devants et dit avec volubilité non sans cacher
un peu son front : «Je la connais très bien ; nous sommes
allées l'année dernière avec des amies la voir jouer, après
la représentation nous sommes montées dans sa loge, elle
s'est habillée devant nous. C'était très intéressant.» Alors
ma pensée fut forcée de lâcher Mlle Vinteuil et, dans un
effort désespéré, dans cette course à l'abîme des impossibles reconstitutions, s'attacha à l'actrice, à cette soirée où
Albertine était montée dans sa loge. D'une part après tous
les serments qu'elle m'avait faits et d'un ton si véridique,
après le sacrifice si complet de sa liberté, comment croire
qu'en tout cela il y eût du mal ? Et pourtant mes soupçons
n'étaient-ils pas des antennes dirigées vers la vérité puisque, si elle m'avait sacrifié les Verdurin pour aller au
Trocadéro, tout de même chez les Verdurin il avait bien
dû y avoir Mlle Vinteuil, et puisqu'au Trocadéro, que du
reste elle m'avait sacrifié pour se promener avec moi, il y
avait eu comme raison de l'en faire revenir cette Léa qui
me semblait m'inquiéter à tort et que pourtant, dans une
phrase que je ne lui demandais pas, elle déclarait avoir
connue sur une plus grande échelle que celle où eussent
été mes craintes, dans des circonstances bien louches, car
qui avait pu l'amener à monter ainsi dans cette loge ? Si je
cessais de souffrir par Mlle Vinteuil quand je souffrais
par Léa, les deux bourreaux de ma journée, c'est soit par
l'infirmité de mon esprit à se représenter à la fois trop de
scènes, soit par l'interférence de mes émotions nerveuses
dont ma jalousie n'était que l'écho. J'en pouvais induire

qu'elle n'avait pas plus été à Léa qu'à Mlle Vinteuil, et que je ne croyais à Léa que parce que j'en souffrais encore. Mais parce que mes jalousies s'éteignaient — pour se réveiller parfois — l'une après l'autre — cela ne signifiait pas non plus qu'elles ne correspondissent pas au contraire chacune à quelque vérité pressentie, que de ces femmes il ne fallait pas que je me dise aucune, mais toutes. Je dis pressentie, car je ne pouvais pas occuper tous les points de l'espace et du temps qu'il eût fallu, et encore quel instinct m'eût donné la concordance des uns et des autres pour me permettre de surprendre Albertine ici à telle heure avec Léa, ou avec les jeunes filles de Balbec, ou avec l'amie de Mme Bontemps qu'elle avait frôlée, ou avec la jeune fille du tennis qui lui avait fait du coude, ou avec Mlle Vinteuil ?

« Ma petite Albertine, vous êtes bien gentille de me le promettre. Du reste, les premières années du moins, j'éviterai les endroits où vous serez. Vous ne savez pas si vous irez cet été à Balbec parce que dans ce cas-là, je m'arrangerais pour ne pas y aller ? » Maintenant si je continuais à progresser ainsi, devançant les temps, dans mon invention mensongère, c'était moins pour faire peur à Albertine que pour me faire mal à moi-même : comme un homme qui n'avait d'abord que des motifs peu importants de se fâcher se grise tout à fait par les éclats de sa propre voix et se laisse emporter par une fureur engendrée non par ses griefs, mais par sa colère elle-même en voie de croissance, ainsi je roulais de plus en plus vite sur la pente de ma tristesse, vers un désespoir de plus en plus profond, et avec l'inertie d'un homme qui sent le froid le saisir, n'essaye pas de lutter et trouve même à frissonner une espèce de plaisir. Et si j'avais enfin tout à l'heure comme j'y comptais bien la force de me ressaisir, de réagir et de faire machine en arrière, bien plus que du chagrin qu'Albertine m'avait fait en accueillant si mal mon retour, c'était de celui que j'avais éprouvé à imaginer, pour feindre de les régler, les formalités d'une séparation imaginaire, à en prévoir les suites, que le baiser d'Albertine, au moment de me dire bonsoir, aurait aujourd'hui à me consoler. En tous cas ce bonsoir, il ne fallait pas que ce fût elle qui me le dît d'elle-même, ce qui m'eût rendu plus difficile le revirement par lequel je lui proposerais de renoncer à notre séparation. Aussi je ne cessais de lui rappeler que l'heure de nous dire ce bonsoir était depuis longtemps venue, ce qui en me laissant l'initiative me permettait de la retarder encore d'un moment. Et ainsi je semais d'allusions à la nuit déjà si avancée, à notre fatigue, les questions que je posais à Albertine. « Je ne sais pas où j'irai, répondit-elle à la dernière, d'un air préoccupé. Peut-être j'irai en Touraine chez ma tante. » Et ce premier projet qu'elle ébauchait me glaça, comme s'il commençait à réaliser effectivement notre séparation définitive. Elle regarda la chambre, le pianola, les fauteuils de satin bleu. « Je ne peux pas me faire encore à l'idée que je ne verrai plus tout cela ni demain, ni après-demain, ni jamais. Pauvre petite chambre ! Il me semble que c'est impossible ; cela ne peut pas m'entrer dans la tête. » — « Il le fallait, vous étiez malheureuse ici. » — « Mais non je n'étais pas malheureuse, c'est maintenant que je le serai. » — « Mais non, je vous assure, c'est mieux pour vous. » — « Pour vous peut-être ! » Je me mis à regarder fixement dans le vide comme si, en proie à une grande hésitation, je me débattais contre une idée qui me fût venue à l'esprit. Enfin tout d'un coup : « Écoutez Albertine, vous dites que vous êtes plus heureuse ici, que vous allez être malheureuse. » — « Bien sûr. » — « Cela me bouleverse ; voulez-vous que nous essayions de prolonger de quelques semaines ? Qui sait, semaine par semaine, on peut peut-être arriver très loin, vous savez qu'il y a des provisoires qui peuvent finir par durer toujours. » — « Oh ! ce que vous seriez gentil ! » — « Seulement alors, c'est de la folie de nous être fait mal comme cela pour rien pendant des heures, c'est comme un voyage pour lequel on s'est préparé et puis qu'on ne fait pas. Je suis moulu de chagrin. » Je l'assis sur mes genoux, je pris le manuscrit de Bergotte qu'elle désirait tant, et j'écrivis sur la couverture : « A ma petite Albertine en souvenir d'un renouvellement de bail. » « Maintenant, lui dis-je, allez dormir jusqu'à demain soir, ma chérie, car vous devez être brisée. » — « Je suis surtout bien contente. »

— «M'aimez-vous un petit peu?» — «Encore cent fois plus qu'avant.»

J'aurais eu tort d'être heureux de la petite comédie, n'eût-elle pas été jusqu'à cette forme de véritable mise en scène où je l'avais poussée. N'eussions-nous fait que parler simplement de séparation que c'eût été déjà grave. Ces conversations que l'on tient ainsi, on croit le faire non seulement sans sincérité, ce qui est en effet, mais librement. Or elles sont généralement, à notre insu, chuchoté malgré nous, le premier murmure d'une tempête que nous ne soupçonnons pas. En réalité ce que nous exprimons alors c'est le contraire de notre désir (lequel est de vivre toujours avec celle que nous aimons), mais c'est aussi cette impossibilité de vivre ensemble qui fait notre souffrance quotidienne, souffrance préférée par nous à celle de la séparation mais qui finira malgré nous par nous séparer. D'habitude pas tout d'un coup cependant. Le plus souvent il arrive — ce ne fut pas on le verra mon cas avec Albertine — que quelque temps après les paroles auxquelles on ne croyait pas, on met en action un essai informe de séparation voulue, non douloureuse, temporaire. On demande à la femme, pour qu'ensuite elle se plaise mieux avec nous, pour que nous échappions d'autre part momentanément à des tristesses et des fatigues continuelles, d'aller faire sans nous, ou de nous laisser faire sans elle, un voyage de quelques jours, les premiers — depuis bien longtemps — passés, ce qui nous eût semblé impossible, sans elle. Très vite elle revient prendre sa place à notre foyer. Seulement cette séparation, courte mais réalisée, n'est pas aussi arbitrairement décidée et aussi certainement la seule que nous nous figurons. Les mêmes tristesses recommencent, la même difficulté de vivre ensemble s'accentue, seule la séparation n'est plus quelque chose d'aussi difficile; on a commencé par en parler, on l'a ensuite exécutée sous une forme aimable. Mais ce ne sont que des prodromes que nous n'avons pas reconnus. Bientôt à la séparation momentanée et souriante, succédera la séparation atroce et définitive que nous avons préparée sans le savoir.

«Venez dans ma chambre dans cinq minutes pour que

je puisse vous voir un peu, mon petit chéri. Vous serez plein de gentillesse. Mais je m'endormirai vite après car je suis comme une morte. » Ce fut une morte en effet que je vis quand j'entrai ensuite dans sa chambre. Elle s'était endormie aussitôt couchée ; ses draps roulés comme un suaire autour de son corps avaient pris, avec leurs beaux plis, une rigidité de pierre. On eût dit comme dans certains Jugements Derniers du Moyen Âge que la tête seule surgissait hors de la tombe attendant dans son sommeil la trompette de l'Archange. Cette tête avait été surprise par le sommeil presque renversée, les cheveux hirsutes. Et en voyant ce corps insignifiant couché là je me demandais quelle table de logarithmes il constituait pour que toutes les actions auxquelles il avait pu être mêlé, depuis un poussement de coude jusqu'à un frôlement de robe, pussent me causer, étendues à l'infini de tous les points qu'il avait occupés dans l'espace et dans le temps, et de temps à autre brusquement revivifiées dans mon souvenir, des angoisses si douloureuses, et que je savais pourtant déterminées par des mouvements, des désirs d'elle qui m'eussent été, chez une autre, chez elle-même cinq ans avant, cinq ans après, si indifférents. C'était un mensonge, mais pour lequel je n'avais pas le courage de chercher d'autre solution que ma mort. Ainsi je restais, dans la pelisse que je n'avais pas encore retirée depuis mon retour de chez les Verdurin, devant ce corps tordu, cette figure allégorique de quoi ? de ma mort ? de mon œuvre [120] ? Bientôt je commençai à entendre sa respiration égale. J'allai m'asseoir au bord de son lit pour faire cette cure calmante de brise et de contemplation. Puis je me retirai tout doucement pour ne pas la réveiller.

Il était si tard que dès le matin je recommandai à Françoise de marcher bien doucement quand elle aurait à passer devant sa chambre. Aussi Françoise persuadée que nous avions passé la nuit dans ce qu'elle appelait des orgies recommanda ironiquement aux autres domestiques de ne pas «éveiller la Princesse». Et c'était une des choses que je craignais, que Françoise un jour ne pût plus se contenir, fût insolente avec Albertine et que cela n'amenât des complications dans notre vie. Françoise n'était plus alors comme à l'époque où elle souffrait de voir Eulalie bien traitée par ma tante, d'âge à supporter vaillamment sa jalousie. Celle-ci altérait, paralysait le visage de notre servante, à tel point que par moments je me demandais si, sans que je m'en fusse aperçu, elle n'avait pas eu à la suite de quelque crise de colère une petite attaque. Ayant ainsi demandé qu'on préservât le sommeil d'Albertine, je ne pus moi-même en trouver aucun. J'essayais de comprendre quel était le véritable état d'esprit d'Albertine. Par la triste comédie que j'avais jouée, est-ce à un péril réel que j'avais paré, et malgré qu'elle prétendît se sentir si heureuse à la maison, avait-elle eu vraiment par moments l'idée de vouloir sa liberté, ou au contraire fallait-il croire ses paroles? Laquelle des deux hypothèses était la vraie? S'il m'arrivait souvent, s'il devait m'arriver surtout, d'étendre un cas de ma vie passée jusqu'aux dimensions de l'histoire quand je voulais essayer de comprendre un événement politique, inversement ce matin-là je ne cessai d'identifier malgré tant de différences et pour tâcher de la comprendre la portée de notre scène de la veille avec un incident diplomatique qui venait d'avoir lieu. J'avais peut-être le droit de raisonner ainsi. Car il était bien probable qu'à mon insu l'exemple de M. de Charlus m'eût guidé dans cette scène mensongère que je lui avais si souvent vu jouer, avec tant d'autorité, et d'autre part, était-elle, de sa part, autre chose qu'une inconsciente importation dans le domaine de la vie privée, de la tendance profonde de sa race allemande, provocatrice par ruse et par orgueil, guerrière s'il le faut? Diverses personnes, parmi lesquelles le Prince de Monaco, ayant suggéré au gouvernement français l'idée que, s'il ne se séparait pas de M. Delcassé, l'Allemagne menaçante ferait effectivement la guerre, le ministre des Affaires étrangères avait été prié de démissionner. Donc le gouvernement français avait admis l'hypothèse d'une intention de nous faire la guerre si nous ne cédions pas. Mais d'autres personnes pensaient qu'il ne s'était agi que d'un simple «bluff» et que si la France avait tenu bon l'Allemagne n'eût pas tiré l'épée. Sans doute le scénario était non seulement différent mais presque inverse, puisque la menace de rompre avec moi n'avait jamais été proférée par Albertine, mais un ensemble d'impressions avait amené chez moi la croyance qu'elle y pensait comme le gouvernement français avait eu cette croyance pour l'Allemagne. D'autre part, si l'Allemagne désirait la paix, avoir provoqué chez le gouvernement français l'idée qu'elle voulait la guerre était une contestable et dangereuse habileté. Certes ma conduite avait été assez adroite si c'était la pensée que je ne me déciderais jamais à rompre avec elle qui provoquait chez Albertine de brusques désirs d'indépendance. Et n'était-il pas difficile de croire qu'elle n'en avait pas, de se refuser à voir toute une vie secrète en elle, dirigée vers la satisfaction de son vice, rien qu'à la colère avec laquelle elle avait appris que j'étais allé chez les Verdurin, s'écriant : « J'en étais sûre », et achevant de tout dévoiler en disant : « Ils devaient avoir Mlle Vinteuil chez eux » ? Tout cela corroboré par la rencontre d'Albertine et de Mme Verdurin que m'avait révélée Andrée. Mais peut-être pourtant ces brusques désirs d'indépendance, me disais-je quand j'essayais d'aller contre mon instinct, étaient causés — à supposer qu'ils existassent — ou finiraient par l'être, par l'idée contraire, à savoir que je n'avais jamais eu l'idée de l'épouser, que c'était quand je faisais, comme involontairement, allusion à notre séparation prochaine que je disais la vérité, que je la quitterais de toute façon un jour ou l'autre, croyance que ma scène de ce soir n'avait pu alors que fortifier et qui pouvait finir par engendrer chez elle cette résolution : « Si cela doit fatalement arriver un jour ou l'autre, autant en finir tout de suite. » Les préparatifs de guerre, que le plus faux des adages préconise pour faire triompher la volonté de paix, créent au contraire, d'abord la croyance chez chacun des deux adversaires que l'autre veut la rupture, croyance qui amène la rupture, et quand elle a eu lieu cette autre croyance chez chacun des deux que c'est l'autre qui l'a voulue. Même si la menace n'était pas sincère, son succès engage à la recommencer. Mais le point exact jusqu'où le bluff peut réussir est difficile à déterminer ; si l'un va trop loin, l'autre qui avait jusque-là cédé s'avance

à son tour; le premier, ne sachant plus changer de
méthode, habitué à l'idée qu'avoir l'air de ne pas craindre
la rupture est la meilleure manière de l'éviter (ce que
j'avais fait ce soir avec Albertine), et d'ailleurs à préférer
par fierté succomber plutôt que céder, persévère dans sa
menace jusqu'au moment où personne ne peut plus reculer. Le bluff peut aussi être mêlé à la sincérité, alterner
avec elle, et il est possible que ce qui était un jeu hier
devienne une réalité demain. Enfin il peut arriver aussi
qu'un des adversaires soit réellement résolu à la guerre,
qu'Albertine par exemple eût l'intention tôt ou tard de ne
plus continuer cette vie, ou au contraire que l'idée ne lui
en fût jamais venue à l'esprit et que mon imagination
l'eût inventée de toutes pièces. Telles furent les différentes hypothèses que j'envisageai pendant qu'elle dormait,
ce matin-là. Pourtant quant à la dernière, je peux dire que
je n'ai jamais dans les temps qui suivirent menacé Albertine de la quitter que pour répondre à une idée de mauvaise liberté d'elle, idée qu'elle ne m'exprimait pas mais
qui me semblait être impliquée par certains mécontente-
ments mystérieux, par certaines paroles, certains gestes,
dont cette idée était la seule explication possible et pour
lesquels elle se refusait à m'en donner aucune. Encore
bien souvent je les constatais sans faire aucune allusion à
une séparation possible, espérant qu'ils provenaient
d'une mauvaise humeur qui finirait ce jour-là. Mais celle-ci durait parfois sans rémission pendant des semaines
entières où Albertine semblait vouloir provoquer un
conflit comme s'il y avait à ce moment-là, dans une
région plus ou moins éloignée, des plaisirs qu'elle savait,
dont sa claustration chez moi la privait, et qui l'influen-
çaient jusqu'à ce qu'ils eussent pris fin, comme ces modifications atmosphériques qui, jusqu'au coin de notre
feu, agissent sur nos nerfs même si elles se produisent
aussi loin que les îles Baléares.

Ce matin-là, pendant qu'Albertine dormait et que j'essayais de deviner ce qui était caché en elle, je reçus une
lettre de ma mère où elle m'exprimait son inquiétude de
ne rien savoir de mes décisions par cette phrase de
Mme de Sévigné: «Pour moi, je suis persuadée qu'il ne

se mariera pas; mais alors pourquoi troubler cette fille qu'il n'épousera jamais? pourquoi risquer de lui faire refuser des partis qu'elle ne regardera plus qu'avec mépris? pourquoi troubler l'esprit d'une personne qu'il serait si aisé d'éviter [121]?» Cette lettre de ma mère me ramenait sur terre. Que vais-je chercher une âme mystérieuse, interpréter un visage, et me sentir entouré de pressentiments que je n'ose approfondir? me dis-je. Je rêvais. La chose est toute simple. Je suis un jeune homme indécis et il s'agit d'un de ces mariages dont on est quelque temps à savoir s'ils se feront ou non. Il n'y a rien là de particulier à Albertine. Cette pensée me donna une détente profonde mais courte. Bien vite je me dis: on peut tout ramener en effet, si on en considère l'aspect social, au plus courant des faits divers. Du dehors c'est peut-être ainsi que je le verrais. Mais je sais bien que ce qui est vrai, ce qui du moins est vrai aussi, c'est tout ce que j'ai pensé, c'est ce que j'ai lu dans les yeux d'Albertine, ce sont les craintes qui me torturent, c'est le problème que je me pose sans cesse relativement à Albertine. L'histoire du fiancé hésitant et du mariage rompu peut correspondre à cela, comme un certain compte rendu de théâtre fait par un courriériste de bon sens peut donner le sujet d'une pièce d'Ibsen. Mais il y a autre chose que ces faits qu'on raconte. Il est vrai que cet autre chose existe peut-être si on savait le voir chez tous les fiancés hésitants et dans tous les mariages qui traînent, parce qu'il y a peut-être du mystère dans la vie de tous les jours. Il m'était possible de le négliger concernant la vie des autres, mais celle d'Albertine et la mienne, je la vivais par le dedans.

Albertine ne me dit pas plus, à partir de cette soirée, qu'elle n'avait fait dans le passé: «Je sais que vous n'avez pas confiance en moi, je vais essayer de dissiper vos soupçons.» Mais cette idée, qu'elle n'exprima jamais, eût pu servir d'explication à ses moindres actes. Non seulement elle s'arrangeait à ne jamais être seule un moment, de façon que je ne pusse ignorer ce qu'elle avait fait, si je n'en croyais pas ses propres déclarations, mais même quand elle avait à téléphoner à Andrée, ou au garage, ou au manège, ou ailleurs, elle prétendait que c'était trop ennuyeux de rester seule pour téléphoner avec le temps que les demoiselles mettaient à vous donner la communication, et elle s'arrangeait pour que je fusse auprès d'elle à ce moment-là, ou à mon défaut Françoise, comme si elle eût craint que je pusse imaginer des communications téléphoniques blâmables et servant à donner de mystérieux rendez-vous. Hélas tout cela ne me tranquillisait pas. Aimé m'avait renvoyé la photographie d'Esther en me disant que ce n'était pas elle. Alors d'autres encore? Qui? Je renvoyai cette photographie à Bloch. Celle que j'aurais voulu voir, c'était celle qu'Albertine avait donnée à Esther. Comment y était-elle? Peut-être décolletée; qui sait si elles ne s'étaient pas fait photographier ensemble? Mais je n'osai en parler à Albertine car j'aurais eu l'air de ne pas avoir vu la photographie, ni à Bloch à l'égard duquel je ne voulais pas avoir l'air de m'intéresser à Albertine. Et cette vie, qu'eût reconnue si cruelle pour moi et pour Albertine quiconque eût connu mes soupçons et son esclavage, du dehors, pour Françoise, passait pour une vie de plaisirs immérités que savait habilement se faire octroyer cette « enjôleuse », et, comme disait Françoise qui employait beaucoup plus ce féminin que le masculin, étant plus envieuse des femmes, cette « charlatante ». Même comme Françoise à mon contact avait enrichi son vocabulaire de termes nouveaux, mais en les arrangeant à sa mode, elle disait d'Albertine qu'elle n'avait jamais connu personne d'une telle perfidité, qui savait me « tirer mes sous » en jouant si bien la comédie (ce que Françoise qui prenait aussi facilement le particulier pour le général que le général pour le particulier et qui n'avait que des idées assez vagues sur la distinction des genres dans l'art dramatique appelait « savoir jouer la pantomime »). Peut-être cette erreur sur notre vraie vie à Albertine et à moi, en étais-je moi-même un peu responsable par les vagues confirmations que, quand je causais avec Françoise, j'en laissais habilement échapper, par désir soit de la taquiner, soit de paraître sinon aimé, du moins heureux. Et pourtant ma jalousie, la surveillance que j'exerçais sur Albertine, et desquelles

j'eusse tant voulu que Françoise ne se doutât pas, celle-ci
ne tarda pas à les deviner, guidée comme le spirite qui les
yeux bandés trouve un objet, par cette intuition qu'elle
avait des choses qui pouvaient m'être pénibles, et elle ne
se laissait pas détourner du but par les mensonges que je
pouvais dire pour l'égarer, et aussi par cette haine d'Albertine qui poussait Françoise — plus encore qu'à croire
ses ennemies plus heureuses, plus rouées comédiennes
qu'elles n'étaient — à découvrir ce qui pouvait les perdre
et précipiter leur chute. Je me demandais si Albertine se
sentant surveillée ne réaliserait pas elle-même cette séparation dont je l'avais menacée, car la vie en changeant
fait des réalités avec nos fables. Chaque fois que j'entendais ouvrir une porte j'avais ce tressaillement que ma
grand-mère avait pendant son agonie chaque fois que je
sonnais. Je ne croyais pas qu'elle sortît sans me l'avoir dit
mais c'était mon inconscient qui pensait cela comme
c'était l'inconscient de ma grand-mère qui palpitait aux
coups de sonnette alors qu'elle n'avait plus sa connaissance. Un matin même j'eus tout d'un coup la brusque
inquiétude qu'elle fût non pas seulement sortie mais partie. Je venais d'entendre une porte qui me semblait bien la
porte de sa chambre. A pas de loup j'allai jusqu'à cette
chambre, j'entrai, je restai sur le seuil. Dans la pénombre
les draps étaient gonflés en demi-cercle, ce devait être
Albertine qui le corps incurvé dormait les pieds et la tête
au mur. Seuls dépassant du lit les cheveux de cette tête,
abondants et noirs, me firent comprendre que c'était elle,
qu'elle n'avait pas ouvert sa porte, pas bougé, et je sentis
ce demi-cercle immobile et vivant, où tenait toute une vie
humaine et qui était la seule chose à laquelle j'attachais
du prix, je sentis qu'il était là, en ma possession domina-
trice. Françoise n'a certainement jamais fait de scènes à
Albertine. Mais je connaissais son art de l'insinuation, le
parti qu'elle savait tirer d'une mise en scène significative,
et je ne peux croire qu'elle ait résisté à lui faire comprendre quotidiennement le rôle humilié que celle-ci jouait à
la maison, à l'affoler par la peinture, savamment exagérée, de la claustration à laquelle mon amie était soumise.
J'ai trouvé une fois Françoise, ayant ajusté de grosses

lunettes, qui fouillait dans mes papiers et en replaçait parmi eux un où j'avais noté un récit relatif à Swann et à l'impossibilité où il était de se passer d'Odette [122]. L'avait-elle laissé traîner par mégarde dans la chambre d'Albertine ? D'ailleurs au-dessus de tous les sous-entendus de Françoise qui n'en avait été en bas que l'orchestration chuchotante et perfide, il est vraisemblable qu'avait dû s'élever plus haute, plus nette, plus puissante, la voix accusatrice et calomnieuse des Verdurin irrités de voir qu'Albertine me retenait involontairement, et moi elle volontairement, loin du petit clan. Quant à l'argent que je dépensais pour Albertine, il m'était presque impossible de le cacher à Françoise, puisque je ne pouvais lui cacher aucune dépense. Françoise avait peu de défauts, mais ces défauts avaient créé chez elle pour les servir de véritables dons qui souvent lui manquaient hors l'exercice de ces défauts. Le principal était la curiosité appliquée à l'argent dépensé par nous pour d'autres qu'elle. Si j'avais une note à régler, un pourboire à donner, j'avais beau me mettre à l'écart, elle trouvait une assiette à ranger, une serviette à prendre, quelque chose qui lui permît de s'approcher. Et si peu de temps que je lui laissasse, la renvoyant avec fureur, cette femme qui n'y voyait presque plus clair, qui savait à peine compter, dirigée par ce même goût qui fait qu'un tailleur en vous voyant suppute instinctivement l'étoffe de votre habit et même ne peut s'empêcher de la palper, ou qu'un peintre est sensible à un effet de couleurs, Françoise voyait à la dérobée, calculait instantanément ce que je donnais. Si pour qu'elle ne pût pas dire à Albertine que je corrompais son chauffeur je prenais les devants et m'excusant du pourboire disais : « J'ai voulu être gentil avec le chauffeur, je lui ai donné dix francs », Françoise impitoyable et à qui son coup d'œil de vieil aigle presque aveugle avait suffi me répondait : « Mais non, Monsieur lui a donné 43 francs de pourboire. Il a dit à Monsieur qu'il y avait 45 francs, Monsieur lui a donné 100 francs et il ne lui a rendu que 12 francs. » Elle avait eu le temps de voir et de compter le chiffre du pourboire que j'ignorais moi-même.

Si le but d'Albertine était de me rendre du calme, elle y

réussit en partie, ma raison d'ailleurs ne demandant qu'à me prouver que je m'étais trompé sur les mauvais projets d'Albertine comme je m'étais peut-être trompé sur ses instincts vicieux. Sans doute je faisais dans la valeur des arguments que ma raison me fournissait la part du désir que j'avais de les trouver bons. Mais pour être équitable et avoir chance de voir la vérité, à moins d'admettre qu'elle ne soit jamais connue que par le pressentiment, par une émanation télépathique, ne fallait-il pas me dire que si ma raison en cherchant à amener ma guérison se laissait mener par mon désir, en revanche, en ce qui concernait Mlle Vinteuil, les vices d'Albertine, ses intentions d'avoir une autre vie, son projet de séparation, lesquels étaient les corollaires de ses vices, mon instinct avait pu, lui, pour tâcher de me rendre malade, se laisser égarer par ma jalousie ? D'ailleurs sa séquestration, qu'Albertine s'arrangeait elle-même si ingénieusement à rendre absolue, en m'ôtant la souffrance, m'ôta peu à peu le soupçon et je pus recommencer quand le soir ramenait mes inquiétudes à trouver dans la présence d'Albertine l'apaisement des premiers jours. Assise à côté de mon lit, elle parlait avec moi d'une de ces toilettes ou de ces objets que je ne cessais de lui donner pour tâcher de rendre sa vie plus douce et sa prison plus belle, tout en craignant parfois qu'elle ne fût de l'avis de cette Mme de La Rochefoucauld répondant à quelqu'un qui lui demandait si elle n'était pas aise d'être dans une aussi belle demeure que Liancourt, qu'elle ne connaissait pas de belle prison.

Ainsi, si j'avais interrogé M. de Charlus sur la vieille argenterie française, c'est que quand nous avions fait le projet d'avoir un yacht, projet jugé irréalisable par Albertine — et par moi-même chaque fois que, me remettant à croire à sa vertu, ma jalousie diminuant ne comprimait plus d'autres désirs où elle n'avait point de place et qui demandaient aussi de l'argent pour être satisfaits — nous avions à tout hasard, et sans qu'elle crût d'ailleurs que nous en aurions jamais un, demandé des conseils à Elstir. Or, tout autant que pour l'habillement des femmes, le goût du peintre était raffiné et difficile

pour l'ameublement des yachts. Il n'y admettait que des
meubles anglais et de vieille argenterie. Albertine n'avait
d'abord pensé qu'aux toilettes et à l'ameublement.
Maintenant l'argenterie l'intéressait, et cela l'avait amenée, depuis que nous étions revenus de Balbec, à lire des
ouvrages sur l'art de l'argenterie, sur les poinçons des
vieux ciseleurs. Mais la vieille argenterie, ayant été fon-
due par deux fois, au moment des traités d'Utrecht,
quand le Roi lui-même, imité en cela par les grands
seigneurs, donna sa vaisselle, et en 1789, est rarissime.
D'autre part, les modernes orfèvres ont eu beau reproduire toute cette argenterie d'après les dessins du Pont-
aux-Choux [123], Elstir trouvait ce vieux neuf indigne
d'entrer dans la demeure d'une femme de goût, fût-ce une
demeure flottante. Je savais qu'Albertine avait lu la description des merveilles que Roettiers [124] avait faites pour
Mme du Barry. Elle mourait d'envie, s'il en existait
encore quelques pièces, de les voir, moi de les lui donner.
Elle avait même commencé de jolies collections qu'elle
installait avec un goût charmant dans une vitrine et que je
ne pouvais regarder sans attendrissement et sans crainte
car l'art avec lequel elle les disposait était celui fait de
patience, d'ingéniosité, de nostalgie, de besoin d'oublier,
auquel se livrent les captifs.

Pour les toilettes ce qui lui plaisait surtout en ce moment c'était tout ce que faisait Fortuny. Ces robes de
Fortuny, dont j'avais vu l'une sur Mme de Guermantes,
c'était celles dont Elstir, quand il nous parlait des vêtements magnifiques des contemporaines de Carpaccio et
du Titien, nous avait annoncé la prochaine apparition,
renaissant de leurs cendres somptueuses, car tout doit
revenir comme il est écrit aux voûtes de Saint-Marc, et
comme le proclament buvant aux urnes de marbre et de
jaspe des chapiteaux byzantins les oiseaux qui signifient à
la fois la mort et la résurrection. Dès que les femmes
avaient commencé à en porter, Albertine s'étant rappelé
les promesses d'Elstir, elle en avait désiré, et nous de-
vions aller en choisir une. Or ces robes si elles n'étaient
pas de ces véritables anciennes dans lesquelles les femmes d'aujourd'hui ont un peu trop l'air costumées et qu'il

est plus joli de garder comme une pièce de collection (j'en cherchais d'ailleurs aussi de telles pour Albertine), n'avaient pas non plus la froideur du pastiche, du faux ancien. Elles étaient plutôt à la façon des décors de Sert, de Bakst et de Benoist, qui en ce moment évoquaient dans les ballets russes les époques d'art les plus aimées, à l'aide d'œuvres d'art imprégnées de leur esprit et pourtant originales ; ainsi les robes de Fortuny, fidèlement antiques mais puissamment originales, faisaient apparaître comme un décor, avec une plus grande force d'évocation même qu'un décor puisque le décor restait à imaginer, la Venise tout encombrée d'Orient où elles auraient été portées, dont elles étaient, mieux qu'une relique dans la châsse de Saint-Marc, évocatrices du soleil et des turbans environnants, de la couleur fragmentée, mystérieuse et complémentaire. Tout avait péri de ce temps, mais tout renaissait, évoqué, pour les relier entre elles par la splendeur du paysage et le grouillement de la vie, par le surgissement parcellaire et survivant des étoffes des dogaresses. Je voulus une ou deux fois demander à ce sujet conseil à Mme de Guermantes. Mais la Duchesse n'aimait pas les toilettes qui font costume. Elle-même n'était jamais si bien qu'en velours noir avec des diamants. Et pour des robes telles que celles de Fortuny elle n'était pas d'un très utile conseil. Du reste j'avais scrupule en lui en demandant de lui sembler n'aller la voir que lorsque par hasard j'avais besoin d'elle, alors que je refusais d'elle depuis longtemps plusieurs invitations par semaine. Je n'en recevais pas que d'elle, du reste, avec cette profusion. Certes elle et beaucoup d'autres femmes avaient toujours été très aimables pour moi. Mais ma claustration avait certainement décuplé cette amabilité. Il semble que dans la vie mondaine, reflet insignifiant de ce qui se passe en amour, la meilleure manière qu'on vous recherche, c'est de se refuser. Un homme calcule tout ce qu'il peut citer de traits glorieux pour lui, afin de plaire à une femme, il varie sans cesse ses habits, veille sur sa mine, elle n'a pas pour lui une seule des attentions qu'il reçoit de cette autre, qu'en la trompant, et malgré qu'il paraisse devant elle malpropre et sans artifice pour plaire, il s'est à jamais attachée. De même si un homme regrettait de ne pas être assez recherché par le monde, je ne lui dirais pas de faire encore plus de visites, d'avoir encore un plus bel équipage, je lui conseillerais de ne se rendre à aucune invitation, de vivre enfermé dans sa chambre, de n'y laisser entrer personne, et alors on ferait queue devant sa porte. Ou plutôt je ne le lui dirais pas. Car c'est une façon assurée d'être recherché qui ne réussit que comme celle d'être aimé, c'est-à-dire si on ne l'a nullement adoptée pour cela, mais par exemple si on garde en effet toujours la chambre parce qu'on est gravement malade, ou qu'on croit l'être, ou qu'on y tient une maîtresse enfermée et qu'on préfère au monde (ou tous les trois à la fois), pour qui ce sera une raison, sans savoir l'existence de cette femme, et simplement parce que vous vous refusez à lui, de vous préférer à tous ceux qui s'offrent, et de s'attacher à vous. « A propos de chambre il faudra que nous nous occupions bientôt de votre robe de chambre de Fortuny », dis-je à Albertine. Et certes pour elle qui les avait long-temps désirées, qui les choisirait longuement avec moi, qui en avait d'avance la place réservée non seulement dans ses armoires mais dans son imagination, dont, pour se décider entre tant d'autres, elle aimerait longuement chaque détail, ce serait quelque chose de plus que pour une femme trop riche qui a plus de robes qu'elle n'en désire et ne les regarde même pas. Pourtant malgré le sourire avec lequel Albertine me remercia en me disant : « Vous êtes trop gentil », je remarquai combien elle avait l'air fatiguée et même triste. Quelquefois même, en at-tendant que fussent achevées celles qu'elle désirait, je m'en faisais prêter quelques-unes, même parfois seule-ment des étoffes, et j'en habillais Albertine, je les drapais sur elle, elle se promenait dans ma chambre avec la majesté d'une dogaresse et d'un mannequin. Seulement mon esclavage à Paris m'était rendu plus pesant par la vue de ces robes qui m'évoquaient Venise. Certes Alber-tine était bien plus prisonnière que moi. Et c'était une chose curieuse comme à travers les murs de sa prison le destin qui transforme les êtres avait pu passer, la changer dans son essence même et de la jeune fille de Balbec faire une ennuyeuse et docile captive. Oui les murs de la prison n'avaient pas empêché cette influence de traverser ; peut-être même est-ce eux qui l'avaient produite. Ce n'était plus la même Albertine, parce qu'elle n'était pas, comme à Balbec, sans cesse en fuite sur sa bicyclette, introuvable à cause du nombre de petites plages où elle allait coucher chez des amies et où d'ailleurs ses mensonges la rendaient plus difficile à atteindre ; parce qu'enfermée chez moi, docile et seule, elle n'était plus ce qu'à Balbec même quand j'avais pu la trouver elle était sur la plage, cet être fuyant, prudent et fourbe dont la présence se prolongeait de tant de rendez-vous qu'elle était habile à dissimuler, qui la faisaient aimer parce qu'ils faisaient souffrir et que, sous sa froideur avec les autres et ses réponses banales, on sentait le rendez-vous de la veille et celui du lendemain, et pour moi une aura de dédain et de ruse. Parce que le vent de la mer ne gonflait plus ses vêtements, parce que surtout je lui avais coupé les ailes, elle avait cessé d'être une Victoire, elle était une pesante esclave dont j'aurais voulu me débarrasser.

Alors pour changer le cours de mes pensées, plutôt que de commencer avec Albertine une partie de cartes ou de dames, je lui demandais de me faire un peu de musique. Je restais dans mon lit et elle allait s'asseoir au bout de la chambre devant le pianola, entre les portants de la bibliothèque. Elle choisissait des morceaux ou tout nouveaux ou qu'elle ne m'avait encore joués qu'une fois ou deux car, commençant à me connaître, elle savait que je n'aimais proposer à mon attention que ce qui m'était encore obscur, et pouvoir, au cours de ces exécutions successives, rejoindre les unes aux autres grâce à la lumière croissante mais hélas dénaturante et étrangère de mon intelligence les lignes fragmentaires et interrompues de la construction, d'abord presque ensevelie dans la brume. Elle savait, et je crois comprenait la joie que donnait les premières fois à mon esprit ce travail de modelage d'une nébuleuse encore informe. Et pendant qu'elle jouait, de la multiple chevelure d'Albertine je ne pouvais voir qu'une coque de cheveux noirs en forme de cœur appliquée au long de l'oreille comme le nœud d'une infante de Velasquez. De même que le volume de cet Ange musicien était constitué par les trajets multiples entre les différents points du passé que son souvenir occupait en moi, et les différents signes, depuis la vue jusqu'aux sensations les plus intérieures de mon être, qui m'aidaient à descendre jusque dans l'intimité du sien, la musique qu'elle jouait avait aussi un volume, produit par la visibilité inégale des différentes phrases, selon que j'avais plus ou moins réussi à y mettre de la lumière, et à rejoindre les unes aux autres les lignes d'une construction qui m'avait d'abord paru presque tout entière noyée dans le brouillard. Albertine savait qu'elle me faisait plaisir en ne proposant à ma pensée que des choses encore obscures et le modelage de ces nébuleuses. Elle devinait qu'à la troisième ou quatrième exécution mon intelligence en ayant atteint, par conséquent mis à la même distance, toutes les parties, et n'ayant plus d'activité à déployer à leur égard, les avait réciproquement étendues et immobilisées sur un plan uniforme. Elle ne passait pas cependant encore à un nouveau morceau, car sans peut-être bien se rendre compte du travail qui se faisait en moi, elle savait qu'au moment où le travail de mon intelligence était arrivé à dissiper le mystère d'une œuvre, il était bien rare qu'elle [125] n'eût pas au cours de sa tâche néfaste attrapé par compensation telle ou telle réflexion profitable. Et le jour où Albertine disait : « Voilà un rouleau que nous allons donner à Françoise pour qu'elle nous le fasse changer contre un autre », souvent il y avait pour moi sans doute un morceau de musique de moins dans le monde, mais une vérité de plus.

Je m'étais si bien rendu compte qu'il serait absurde d'être jaloux de Mlle Vinteuil et de son amie, comme Albertine ne cherchait nullement à les revoir, et de tous les projets de villégiature que nous avions formés avait écarté d'elle-même Combray si proche de Montjouvain, que souvent ce que je demandais à Albertine de me jouer, et sans que cela me fît souffrir, c'était de la musique de Vinteuil. Une seule fois cette musique de Vinteuil avait été une cause indirecte de jalousie pour moi. En effet Albertine, qui savait que j'en avais entendu jouer chez

Mme Verdurin par Morel, me parla un soir de lui en me
manifestant un vif désir d'aller l'entendre, de le connaître. C'était justement deux jours après que j'avais appris
la lettre involontairement interceptée par M. de Charlus
de Léa à Morel. Je me demandai si Léa n'avait pas parlé
de lui à Albertine. Les mots de «grande sale, grande
vicieuse» me revinrent à l'esprit avec horreur. Mais justement parce qu'ainsi la musique de Vinteuil fut liée
douloureusement à Léa — non à Mlle Vinteuil et à son
amie —, quand la douleur causée par Léa fut apaisée, je
pus entendre cette musique sans souffrance. Un mal
m'avait guéri de la possibilité des autres. Dans la musique entendue chez Mme Verdurin, des phrases inaperçues, larves obscures alors indistinctes, devenaient
d'éblouissantes architectures; et certaines devenaient des
amies, que j'avais à peine distinguées, qui au mieux
m'avaient paru laides et dont je n'aurais jamais cru,
comme ces gens antipathiques au début, qu'ils étaient tels
qu'on les découvre, une fois qu'on les connaît bien. Entre
les deux états il y avait une vraie transmutation. D'autre
part des phrases distinctes la première fois, mais que je
n'avais pas alors reconnues là, je les identifiais maintenant avec des phrases des autres œuvres, comme cette
phrase de la Variation religieuse pour orgue qui chez
Mme Verdurin avait passé inaperçue pour moi dans le
septuor où pourtant, sainte qui avait descendu les degrés
du sanctuaire, elle se trouvait mêlée aux fées familières
du musicien. D'autre part la phrase qui m'avait paru trop
peu mélodique, trop mécaniquement rythmée, de la joie
titubante des cloches de midi, maintenant c'était celle que
j'aimais le mieux, soit que je me fusse habitué à sa
laideur, soit que j'eusse découvert sa beauté. Cette réaction sur la déception que causent d'abord les chefs-d'œuvre, on peut en effet l'attribuer à un affaiblissement de
l'impression initiale, ou à l'effort nécessaire pour dégager
la vérité. Deux hypothèses qui se représentent pour toutes
les questions importantes, les questions de la réalité de
l'Art, de la Réalité, de l'Éternité de l'âme : c'est un choix
qu'il faut faire entre elles; et pour la musique de Vinteuil
ce choix se représentait à tout moment sous bien des

formes. Par exemple cette musique me semblait quelque chose de plus vrai que tous les livres connus. Par instants je pensais que cela tenait à ce que ce qui est senti par nous dans la vie ne l'étant pas sous forme d'idées, sa traduction littéraire c'est-à-dire intellectuelle en rend compte, l'explique, l'analyse, mais ne le recompose pas comme la musique où les sons semblent prendre l'inflexion de l'être, reproduire cette pointe intérieure et extrême des sensations qui est la partie qui nous donne cette ivresse spécifique que nous retrouvons de temps en temps et que, quand nous disons : « Quel beau temps ! quel beau soleil ! » nous ne faisons nullement connaître au prochain en qui le même soleil et le même temps éveillent des vibrations toutes différentes. Dans la musique de Vinteuil il y avait ainsi de ces visions qu'il est impossible d'exprimer et presque défendu de contempler, puisque, quand au moment de s'endormir on reçoit la caresse de leur irréel enchantement, à ce moment même, où la raison nous a déjà abandonnés, les yeux se scellent et, avant d'avoir eu le temps de connaître non seulement l'ineffable mais l'invisible, on s'endort. Il me semblait même, quand je m'abandonnais à cette hypothèse où l'art serait réel, que c'était plus que la simple joie nerveuse d'un beau temps ou d'une nuit d'opium que la musique peut rendre, mais une ivresse plus réelle, plus féconde, du moins à ce que je pressentais. Mais il n'est pas possible qu'une sculpture, une musique qui donne une émotion qu'on sent plus élevée, plus pure, plus vraie, ne corresponde pas à une certaine réalité spirituelle, ou la vie n'aurait aucun sens. Ainsi rien ne ressemblait plus qu'une belle phrase de Vinteuil à ce plaisir particulier que j'avais quelquefois éprouvé dans ma vie, par exemple devant les clochers de Martinville, certains arbres d'une route de Balbec ou plus simplement au début de cet ouvrage en buvant une certaine tasse de thé [126]. Comme cette tasse de thé, tant de sensations de lumière, les rumeurs claires, les bruyantes couleurs que Vinteuil nous envoyait du monde où il composait, promenaient devant mon imagination avec insistance mais trop rapidement pour qu'elle pût l'appréhender quelque chose que je pourrais comparer à la soierie embaumée d'un géranium. Seulement tandis que dans le souvenir ce vague peut être sinon approfondi du moins précisé grâce à un repérage de circonstances qui expliquent pourquoi une certaine saveur a pu vous rappeler des sensations lumineuses, les sensations vagues données par Vinteuil, venant non d'un souvenir, mais d'une impression (comme celle des clochers de Martinville), il aurait fallu trouver de la fragrance de géranium de sa musique non une explication matérielle, mais l'équivalent profond, la fête inconnue et colorée (dont ses œuvres semblaient les fragments disjoints, les éclats aux cassures écarlates), mode selon lequel il «entendait» et projetait hors de lui l'univers. Cette qualité inconnue d'un monde unique et qu'aucun autre musicien ne nous avait jamais fait voir, peut-être était-ce en cela, disais-je à Albertine, qu'est la preuve la plus authentique du génie, bien plus que le contenu de l'œuvre elle-même. «Même en littérature?» me demandait Albertine. — «Même en littérature.» Et repensant à la monotonie des œuvres de Vinteuil j'expliquais à Albertine que les grands littérateurs n'ont jamais fait qu'une seule œuvre, ou plutôt réfracté à travers des milieux divers une même beauté qu'ils apportent au monde. «S'il n'était pas si tard, ma petite, lui disais-je, je vous montrerais cela chez tous les écrivains que vous lisez pendant que je dors, je vous montrerais la même identité que chez Vinteuil. Ces phrases-types, que vous commencez à reconnaître comme moi, ma petite Albertine, les mêmes dans la Sonate, dans le septuor, dans les autres œuvres, ce serait par exemple si vous voulez chez Barbey d'Aurevilly une réalité cachée révélée par une trace matérielle, la rougeur physiologique de l'Ensorcelée, d'Aimée de Spens, de la Clotte, la main du *Rideau cramoisi,* les vieux usages, les vieilles coutumes, les vieux mots, les métiers anciens et singuliers derrière lesquels il y a le Passé, l'histoire orale faite par les pâtres au miroir, les nobles cités normandes parfumées d'Angleterre et jolies comme un village d'Écosse, des lanceurs de malédictions contre lesquelles on ne peut rien, la Vellini, le Berger, une même sensation d'anxiété dans un paysage, que ce soit la femme cherchant son mari dans

Une vieille maîtresse, ou le mari de *L'Ensorcelée,* parcourant la lande et l'Ensorcelée elle-même au sortir de la messe. Ce sont encore des phrases-types de Vinteuil que cette géométrie du tailleur de pierre dans les romans de Thomas Hardy.» Les phrases de Vinteuil me firent penser à la petite phrase et je dis à Albertine qu'elle avait été comme l'hymne national de l'amour de Swann et d'Odette, «les parents de Gilberte, que vous connaissez je crois. Vous m'avez dit qu'elle avait mauvais genre. N'a-t-elle pas même essayé d'avoir des relations avec vous? Elle m'a parlé de vous.» — «Oui, comme ses parents la faisaient chercher en voiture au cours par les trop mauvais temps, je crois qu'elle me ramena une fois et m'embrassa, dit-elle au bout d'un moment en riant et comme si c'était une confidence amusante. Elle me demanda tout d'un coup si j'aimais les femmes. (Mais si elle ne faisait que croire se rappeler que Gilberte l'avait ramenée comment pouvait-elle dire avec autant de précision que Gilberte lui avait posé cette question bizarre?) Même je ne sais quelle idée baroque me prit de la mystifier, je lui répondis que oui. (On aurait dit qu'Albertine craignait que Gilberte m'eût raconté cela et qu'elle ne voulait pas que je constatasse qu'elle me mentait.) Mais nous ne fîmes rien du tout. (C'était étrange si elles avaient échangé ces confidences qu'elles n'eussent rien fait, surtout qu'avant cela même, elles s'étaient embrassées dans la voiture au dire d'Albertine.) Elle m'a ramenée comme cela quatre ou cinq fois, peut-être un peu plus, et c'est tout.» J'eus beaucoup de peine à ne poser aucune question, mais me dominant pour avoir l'air de n'attacher à tout cela aucune importance je revins aux tailleurs de pierre de Thomas Hardy. «Vous vous rappelez assez dans *Jude l'obscur,* avez-vous vu dans *La Bien-Aimée* les blocs de pierres que le père extrait de l'île venant par bateaux s'entasser dans l'atelier du fils où ils deviennent statues, dans *Les Yeux bleus* le parallélisme des tombes, et aussi la ligne parallèle du bateau, et les wagons contigus où sont les deux amoureux et la morte, le parallélisme entre *La Bien-Aimée* où l'homme aime trois femmes, *Les Yeux bleus* où la femme aime trois hommes, etc., et enfin tous ces romans superposables les uns aux autres comme les maisons verticalement entassées en hauteur sur le sol pierreux de l'île? Je ne peux pas vous parler comme cela en une minute des plus grands, mais vous verriez dans Stendhal un certain sentiment de l'altitude se liant à la vie spirituelle, le lieu élevé où Julien Sorel est prisonnier, la tour au haut de laquelle est enfermé Fabrice, le clocher où l'abbé Blanès s'occupe d'astrologie et d'où Fabrice jette un si beau coup d'œil. Vous m'avez dit que vous aviez vu certains tableaux de Ver Meer, vous vous rendez bien compte que ce sont les fragments d'un même monde, que c'est toujours, quelque génie avec lequel elle soit recréée la même table, le même tapis, la même femme, la même nouvelle et unique beauté, énigme à cette époque où rien ne lui ressemble ni ne l'explique si on ne cherche pas à l'apparenter par les sujets mais à dégager l'impression particulière que la couleur produit. Hé bien, cette beauté nouvelle, elle reste identique dans toutes les œuvres de Dostoïevsky; la femme de Dostoïevsky (aussi particulière qu'une femme de Rembrandt), avec son visage mystérieux dont la beauté avenante se change brusquement comme si elle avait joué la comédie de la bonté en une insolence terrible (bien qu'au fond il semble qu'elle soit plutôt bonne), n'est-ce pas toujours la même, que ce soit Nastasia Philipovna écrivant des lettres d'amour à Aglaé et lui avouant qu'elle la hait, ou dans une visite entièrement identique à celle-là — à celle aussi où Nastasia Philipovna insulte les parents de Gania — Grouchenka aussi gentille chez Katherina Ivanovna que celle-ci l'avait crue terrible, puis brusquement dévoilant sa méchanceté, insultant Katherina Ivanovna (et bien que Grouchenka fût au fond bonne), Grouchenka, Nastasia, figures aussi originales, aussi mystérieuses, non pas seulement que les courtisanes de Carpaccio mais que la Bethsabée de Rembrandt. Remarquez qu'il n'a pas su certainement que ce visage éclatant, double, à brusques détentes d'orgueil, fait [127] paraître la femme autre qu'elle n'est (« Tu n'es pas telle », dit Muichkine à Nastasia dans la visite aux parents de Gania, et Aliocha pourrait le dire à Grouchenka dans la visite à Katherina Ivanovna). Et en revanche quand il veut avoir des «idées de tableaux», elles sont toujours stupides et donneraient tout au plus les tableaux où Muichkine voudrait qu'on représente un condamné à mort au moment où, etc., la Sainte Vierge au moment où, etc. Mais pour revenir à la beauté neuve que Dostoïevsky a apportée au monde, comme chez Ver Meer il y a création d'une certaine âme, d'une certaine couleur des étoffes et des lieux, il n'y a pas seulement création d'êtres mais de demeures chez Dostoïevsky, et la maison de l'assassinat dans *Crime et Châtiment,* avec son dvornik, n'est pas aussi merveilleuse que le chef-d'œuvre de la maison de l'assassinat dans Dostoïevsky, cette sombre, et si longue, et si haute, et si vaste maison de Rogojine où il tue Nastasia Philipovna. Cette beauté nouvelle et terrible d'une maison, cette beauté nouvelle et mixte d'un visage de femme, voilà ce que Dostoïevsky a apporté d'unique au monde, et les rapprochements que des critiques litté-raires peuvent faire entre lui et Gogol, ou entre lui et Paul de Kock n'ont aucun intérêt, étant extérieurs à cette beauté secrète. Du reste si je t'ai dit que c'est de roman à roman la même scène, c'est au sein d'un même roman que les mêmes scènes, les mêmes personnages se repro-duisent si le roman est très long. Je pourrais te le montrer bien facilement dans *La Guerre et la Paix,* et certaine scène dans une voiture...» — «Je n'avais pas voulu vous interrompre, mais puisque je vois que vous quittez Dostoïevsky, j'avais peur d'oublier. Mon petit, qu'est-ce que vous avez voulu dire l'autre jour quand vous m'avez dit : «C'est comme le côté Dostoïevsky de Mme de Sévi-gné.» Je vous avoue que je n'ai pas compris. Cela me semble tellement différent. » — «Venez petite fille que je vous embrasse pour vous remercier de vous rappeler si bien ce que je dis, vous retournerez au pianola après. Et j'avoue que ce que j'avais dit là était assez bête. Mais je l'avais dit pour deux raisons. La première est une raison particulière. Il est arrivé que Mme de Sévigné, comme Elstir, comme Dostoïevsky, au lieu de présenter les cho-ses dans l'ordre logique c'est-à-dire en commençant par la cause, nous montre d'abord l'effet, l'illusion qui nous

frappe. C'est ainsi que Dostoïevsky présente ses personnages. Leurs actions nous apparaissent aussi trompeuses
que ces effets d'Elstir où la mer a l'air d'être dans le ciel.
Nous sommes tout étonnés après d'apprendre que cet
homme sournois est au fond excellent, ou le contraire. »
— «Oui, mais un exemple pour Mme de Sévigné. »
— «J'avoue, lui répondis-je en riant, que c'est très tiré
par les cheveux, mais enfin je pourrais trouver des exemples. Voici une description [128]... »
— «Mais est-ce qu'il a jamais assassiné quelqu'un,
Dostoïevsky, les romans que je connais de lui pourraient
tous s'appeler l'Histoire d'un Crime? C'est une obsession
chez lui, ce n'est pas naturel qu'il parle toujours de ça. »
— «Je ne crois pas, ma petite Albertine, je connais mal
sa vie. Il est certain que comme tout le monde il a connu
le péché, sous une forme ou une autre, et probablement
sous une forme que les lois interdisent. En ce sens-là il
devait être un peu criminel, comme ses héros qui ne le
sont d'ailleurs pas tout à fait, qu'on condamne avec des
circonstances atténuantes. Et ce n'était même peut-être
pas la peine qu'il fût criminel. Je ne suis pas romancier, il
est possible que les créateurs soient tentés par certaines
formes de vie qu'ils n'ont pas personnellement éprouvées. Si je viens avec vous à Versailles comme nous
avons convenu, je vous montrerai le portrait de l'honnête
homme par excellence, du meilleur des maris, Choderlos
de Laclos, qui a écrit le plus effroyablement pervers des
livres, et juste en face de celui de Mme de Genlis qui
écrivit des contes moraux et ne se contenta pas de tromper
la Duchesse d'Orléans, mais la supplicia en détournant
d'elle ses enfants. Je reconnais tout de même que chez
Dostoïevsky cette préoccupation de l'assassinat a quelque
chose d'extraordinaire et qui me le rend très étranger. Je
suis déjà stupéfait quand j'entends Baudelaire dire :

Si le viol, le poison, le poignard, l'incendie, etc.
C'est que notre âme, hélas! n'est pas assez hardie [129].

Mais je peux au moins croire que Baudelaire n'est pas
sincère. Tandis que Dostoïevsky... Tout cela me semble

aussi loin de moi que possible, à moins que j'aie en moi
des parties que j'ignore, car on ne se réalise que successivement. Chez Dostoïevsky je trouve des puits excessivement profonds, mais sur quelques points isolés de l'âme
humaine. Mais c'est un grand créateur. D'abord le monde
qu'il peint a vraiment l'air d'avoir été créé pour lui. Tous
ces bouffons qui reviennent sans cesse, tous ces Lebedev,
Karamazov, Ivolguine, Segrev, cet incroyable cortège,
c'est une humanité plus fantastique que celle qui peuple
La Ronde de Nuit de Rembrandt. Et peut-être pourtant
n'est-elle fantastique que de la même manière, par
l'éclairage et le costume, et est-elle au fond courante. En
tous cas elle est à la fois pleine de vérités, profonde et
unique, n'appartenant qu'à Dostoïevsky. Cela a presque
l'air, ces bouffons, d'un emploi qui n'existe plus comme
certains personnages de la comédie antique, et pourtant
comme ils révèlent des aspects vrais de l'âme humaine !
Ce qui m'assomme, c'est la manière solennelle dont on
parle et dont on écrit sur Dostoïevsky. Avez-vous remarqué le rôle que l'amour-propre et l'orgueil jouent chez ses
personnages ? On dirait que pour lui l'amour et la haine la
plus éperdue, la bonté et la traîtrise, la timidité et l'insolence, ne sont que deux états d'une même nature,
l'amour-propre, l'orgueil empêchant Aglaé, Nastasia, le
Capitaine dont Mitia tire la barbe, Krassotkine, l'ennemi-
ami d'Aliocha, de se montrer « tels » qu'ils sont en réalité. Mais il y a encore bien d'autres grandeurs. Je
connais très peu de ses livres. Mais n'est-ce pas un motif
sculptural et simple, digne de l'art le plus antique, une
frise interrompue et reprise où se dérouleraient la Vengeance et l'Expiation, que le crime du père Karamazov
engrossant la pauvre folle, le mouvement mystérieux,
animal, inexpliqué, par lequel la mère, étant à son insu
l'instrument des vengeances du destin, obéissant aussi
obscurément à son instinct de mère, peut-être à un mélange de ressentiment et de reconnaissance physique pour
le violateur, va accoucher chez le père Karamazov ? Ceci,
c'est le premier épisode, mystérieux, grand, auguste,
comme une Création de la Femme dans les sculptures
d'Orvieto. Et en réplique le second épisode plus de vingt

ans après, le meurtre du père Karamazov, l'infamie sur la
famille Karamazov par ce fils de la folle, Smerdiakov,
suivi peu après d'un même acte aussi mystérieusement
sculptural et inexpliqué, d'une beauté aussi obscure et
naturelle que l'accouchement dans le jardin du père Karamazov, Smerdiakov se pendant, son crime accompli.
Quant à Dostoïevsky, je ne le quittais pas tant que vous
croyez en parlant de Tolstoï, qui l'a beaucoup imité. Et
chez Dostoïevsky il y a concentré, encore contracté et
grognon, beaucoup de ce qui s'épanouira chez Tolstoï. Il
y a chez Dostoïevsky cette maussaderie anticipée des
primitifs que les disciples éclairciront. » — « Mon petit,
comme c'est assommant que vous soyez si paresseux.
Regardez comme vous voyez la littérature d'une façon
plus intéressante qu'on ne nous la faisait étudier; les
devoirs qu'on nous faisait faire sur *Esther :* " Monsieur ",
vous vous rappelez », me dit-elle en riant, moins pour se
moquer de ses maîtres et d'elle-même que pour le plaisir
de retrouver dans sa mémoire, dans notre mémoire commune, un souvenir déjà un peu ancien.

Mais tandis qu'elle me parlait et comme je pensais à
Vinteuil, à son tour c'était l'autre hypothèse [130], l'hypothèse matérialiste, celle du néant qui se présentait à
moi. Je me remettais à douter, je me disais qu'après tout
il se pourrait que si les phrases de Vinteuil semblaient
l'expression de certains états de l'âme — analogues à
celui que j'avais éprouvé en goûtant la madeleine trempée
dans la tasse de thé, rien ne m'assurait que le vague de
tels états fût une marque de leur profondeur, mais seulement de ce que nous n'avons pas encore su les analyser,
qu'il n'y aurait donc rien de plus réel en eux que dans
d'autres. Pourtant ce bonheur, ce sentiment de certitude
dans le bonheur, pendant que je buvais la tasse de thé,
que je respirais aux Champs-Élysées une odeur de vieux
bois, ce n'était pourtant pas une illusion. En tous cas, me
disait l'esprit de doute, même si ces états sont dans la vie
plus profonds que d'autres, et sont inanalysables à cause
de cela même, parce qu'ils mettent en jeu trop de forces
dont nous ne nous sommes pas encore rendu compte, le
charme de certaines phrases de Vinteuil fait penser à eux

parce qu'il est lui aussi inanalysable, mais cela ne prouve pas qu'il ait la même profondeur. La beauté d'une phrase de musique pure paraît facilement l'image ou du moins la parente d'une impression inintellectuelle que nous avons eue, mais simplement parce qu'elle est inintellectuelle. Et pourquoi alors croyons-nous particulièrement profondes ces phrases mystérieuses qui hantent certains quatuors et ce concert de Vinteuil? Ce n'était pas du reste que de la musique de lui que me jouait Albertine; le pianola était par moments pour nous comme une lanterne magique scientifique (historique et géographique), et sur les murs de cette chambre de Paris pourvue d'inventions plus modernes que celle de Combray je voyais, selon qu'Albertine jouait du Rameau ou du Borodine, s'étendre tantôt une tapisserie du XVIIIᵉ siècle semée d'Amours sur un fond de rose, tantôt la steppe orientale où les sonorités s'étouffent dans l'illimité des distances et le feutrage de la neige. Et ces décorations fugitives étaient d'ailleurs les seules de ma chambre, car si au moment où j'avais hérité de ma tante Léonie, je m'étais promis d'avoir des collections comme Swann, d'acheter des tableaux, des statues, tout mon argent passait à avoir des chevaux, une automobile, des toilettes pour Albertine. Mais ma chambre ne contenait-elle pas une œuvre d'art plus précieuse que toutes celles-là? c'était Albertine elle-même. Je la regardais. C'était étrange pour moi de penser que c'était elle, elle que j'avais crue si longtemps impossible même à connaître, qui aujourd'hui, bête sauvage domestiquée, rosier à qui j'avais fourni le tuteur, le cadre, l'espalier de sa vie, était ainsi assise, chaque soir, chez elle, près de moi devant le pianola, adossée à ma bibliothèque. Ses épaules que j'avais vues baissées et sournoises quand elle rapportait les clubs de golf, s'appuyaient à mes livres. Ses belles jambes, que le premier jour j'avais imaginées avec raison avoir manœuvré pendant toute son adolescence les pédales d'une bicyclette, montaient et descendaient tour à tour sur celles du pianola, où Albertine, devenue d'une élégance qui me la faisait sentir plus à moi, parce que c'était de moi qu'elle lui venait, posait ses souliers en toile d'or. Ses doigts jadis familiers du guidon

se posaient maintenant sur les *touches* comme ceux d'une
sainte Cécile; son cou dont le tour, vu de mon lit, était
plein et fort, à cette distance et sous la lumière de la
lampe paraissait plus rose, moins rose pourtant que son
visage incliné de profil auquel mes regards, venant des
profondeurs de moi-même, chargés de souvenirs et brûlant de désir, ajoutaient un tel brillant, une telle intensité
de vie que son relief semblait s'enlever et tourner avec la
même puissance presque magique que le jour à l'hôtel de
Balbec où ma vue était brouillée par mon trop grand désir
de l'embrasser; j'en prolongeais chaque surface au-delà
de ce que j'en pouvais voir et sous celle qui me la cachait
et ne me faisait que mieux sentir — paupières qui fer-
maient à demi les yeux, chevelure qui cachait le haut des
joues — le relief de ces plans superposés; les yeux
étaient comme, dans un minerai d'opale où elle est encore
engainée, deux plaques seules polies encore, devenues
plus brillantes que du métal tout en restant plus résistantes
que de la lumière, et qui font apparaître, au milieu de la
matière aveugle qui les surplombe, comme les ailes de
soie mauve d'un papillon qu'on aurait mis sous verre; et
les cheveux noirs et crespelés, montrant d'autres ensem-
bles selon qu'elle se tournait vers moi pour me demander
ce qu'elle devait jouer, tantôt une aile magnifique, aiguë
à sa pointe, large à sa base, noire, empennée et triangu-
laire, tantôt massant le relief de leurs boucles en une
chaîne puissante et variée, pleine de crêtes, de lignes de
partage, de précipices, avec leur fouetté si riche et si
multiple semblant dépasser la variété que réalise habituellement la nature, et répondre plutôt au désir d'un
sculpteur qui accumule les difficultés pour faire valoir la
souplesse, la fougue, le fondu, la vie de son exécution,
faisaient ressortir davantage, en l'interrompant pour la
recouvrir, la courbe animée et comme la rotation du
visage lisse et rose, du mat verni d'un bois peint. Et par
contraste avec tant de relief, par l'harmonie aussi qui les
unissait à elle qui avait adapté son attitude à leur forme et
à leur utilisation, le pianola qui la cachait à demi comme
un buffet d'orgue, la bibliothèque, tout ce coin de la
chambre semblaient réduits à n'être plus que le sanctuaire

éclairé, la crèche de cet ange musicien, œuvre d'art qui
tout à l'heure, par une douce magie, allait se détacher de
sa niche et offrir à mes baisers sa substance précieuse et
rose. Mais non; Albertine n'était nullement pour moi une
œuvre d'art. Je savais ce que c'était qu'admirer une
femme d'une façon artistique : j'avais connu Swann. De
moi-même d'ailleurs, j'étais, de n'importe quelle femme
qu'il s'agît, incapable de le faire, n'ayant aucune espèce
d'esprit d'observation extérieure, ne sachant jamais ce
qu'était ce que je voyais, et j'étais émerveillé quand
Swann ajoutait rétrospectivement une dignité artistique
— en la comparant pour moi, comme il se plaisait à le
faire galamment devant elle-même, à quelque portrait de
Luini, en retrouvant dans sa toilette la robe ou les bijoux
d'un tableau de Giorgione — à une femme qui m'avait
semblé insignifiante. Rien de tel chez moi. Même pour
dire vrai quand je commençais à regarder Albertine
comme un ange musicien merveilleusement patiné et que
je me félicitais de posséder, elle ne tardait pas à me
devenir indifférente, je m'ennuyais bientôt auprès d'elle,
mais ces instants-là duraient peu. On n'aime que ce en
quoi on poursuit quelque chose d'inaccessible, on n'aime
que ce qu'on ne possède pas et bien vite je me remettais à
me rendre compte que je ne possédais pas Albertine.
Dans ses yeux je voyais passant tantôt l'espérance, tantôt
le souvenir, peut-être le regret de joies que je ne devinais
pas, auxquelles dans ce cas elle préférait renoncer plutôt
que de me les dire, et que, n'en saisissant que cette lueur
dans ses prunelles, je n'apercevais pas davantage que le
spectateur qu'on n'a pas laissé entrer dans la salle et qui
collé au carreau vitré de la porte ne peut rien apercevoir
de ce qui se passe sur la scène. (Je ne sais si c'était le cas
pour elle, mais c'est une étrange chose, comme un témoignage chez les plus incrédules d'une croyance au
bien, que cette persévérance dans le mensonge qu'ont
tous ceux qui nous trompent. On aurait beau leur dire que
leur mensonge fait plus de peine que l'aveu, ils auraient
beau s'en rendre compte, qu'ils mentiraient encore l'instant d'après pour rester conformes à ce qu'ils nous ont dit
d'abord qu'ils étaient, ou à ce qu'ils nous ont dit que nous

étions pour eux. C'est ainsi qu'un athée qui tient à la vie, se fait tuer pour ne pas donner un démenti à l'idée qu'on a de sa bravoure.) Pendant ces heures quelquefois je voyais flotter sur elle, dans ses regards, dans sa moue, dans son sourire le reflet de ces spectacles intérieurs dont la contemplation la faisait ces soirs-là dissemblable, éloignée de moi à qui ils étaient refusés. « A quoi pensez-vous, ma chérie ? » — « Mais à rien. » Quelquefois pour répondre à ce reproche que je lui faisais de ne me rien dire, tantôt elle me disait des choses qu'elle n'ignorait pas que je savais aussi bien que tout le monde (comme ces hommes d'État qui ne vous annonceraient pas la plus petite nouvelle, mais vous parlent en revanche de celle qu'on a pu lire dans les journaux de la veille), tantôt elle me racontait sans précision aucune, en des sortes de fausses confidences, des promenades en bicyclette qu'elle faisait à Balbec l'année d'avant de me connaître. Et comme si j'avais deviné juste autrefois, en inférant de lui [131] qu'elle devait être une jeune fille très libre, faisant de très longues parties, l'évocation qu'elle faisait de ces promenades insinuait entre les lèvres d'Albertine ce même mystérieux sourire qui m'avait séduit les premiers jours, sur la digue de Balbec. Elle me parlait aussi de ces promenades qu'elle avait faites avec des amies dans la campagne hollandaise, de ses retours le soir à Amsterdam, à des heures tardives, quand une foule compacte et joyeuse de gens qu'elle connaissait presque tous emplissait les rues, les bords des canaux, dont je croyais voir se refléter dans les yeux brillants d'Albertine, comme dans les glaces incertaines d'une rapide voiture, les feux innombrables et fuyants. Que la soi-disant curiosité esthétique mériterait plutôt le nom d'indifférence auprès de la curiosité douloureuse, inlassable, que j'avais des lieux où Albertine avait vécu, de ce qu'elle avait pu faire tel soir, des sourires, des regards qu'elle avait eus, des mots qu'elle avait dits, des baisers qu'elle avait reçus ! Non jamais la jalousie que j'avais eue un jour de Saint-Loup, si elle avait persisté, ne m'eût donné cette immense inquiétude. Cet amour entre femmes était quelque chose de trop inconnu dont rien ne permettait d'imaginer avec certitude, avec justesse, les plaisirs, la qualité. Que de gens, que de lieux (même qui ne la concernaient pas directement, de vagues lieux de plaisir où elle avait pu en goûter, les milieux où il y a beaucoup de monde, où l'on est frôlé) Albertine — comme une personne qui, faisant passer sa suite, toute une société, au contrôle devant elle, la fait entrer au théâtre — du seuil de mon imagination ou de mon souvenir où je ne me souciais pas d'eux, avait introduits dans mon cœur! Maintenant, la connaissance que j'avais d'eux était interne, immédiate, spasmodique, douloureuse. L'amour, c'est l'espace et le temps rendus sensibles au cœur.

Et peut-être pourtant, entièrement fidèle, je n'eusse pas souffert d'infidélités que j'eusse été incapable de concevoir. Mais ce qui me torturait à imaginer chez Albertine, c'était mon propre désir perpétuel de plaire à de nouvelles femmes, d'ébaucher de nouveaux romans, c'était de lui supposer ce regard que je n'avais pu l'autre jour, même à côté d'elle, m'empêcher de jeter sur les jeunes cyclistes assises aux tables du bois de Boulogne. Comme il n'est de connaissance, on peut presque dire qu'il n'est de jalousie que de soi-même. L'observation compte peu. Ce n'est que du plaisir ressenti par soi-même qu'on peut tirer savoir et douleur.

Par instants dans les yeux d'Albertine, dans la brusque inflammation de son teint, je sentais comme un éclair de chaleur passer furtivement dans des régions plus inaccessibles pour moi que le ciel et où évoluaient les souvenirs, à moi inconnus, d'Albertine. Alors cette beauté qu'en pensant aux années successives où j'avais connu Albertine, soit sur la plage de Balbec, soit à Paris, je lui avais trouvée depuis peu, et qui consistait en ce que mon amie se développait sur tant de plans et contenait tant de jours écoulés, cette beauté prenait pour moi quelque chose de déchirant. Alors sous ce visage rosissant je sentais se réserver comme un gouffre l'inexhaustible espace des soirs où je n'avais pas connu Albertine. Je pouvais bien prendre Albertine sur mes genoux, tenir sa tête dans mes mains; je pouvais la caresser, passer longuement mes mains sur elle, mais comme si j'eusse manié une pierre qui enferme la salure des océans immémoriaux ou le rayon d'une étoile, je sentais que je touchais seulement l'enveloppe close d'un être qui par l'intérieur accédait à l'infini. Combien je souffrais de cette position où nous a réduits l'oubli de la nature qui, en instituant la division des corps, n'a pas songé à rendre possible l'interpénétration des âmes! Et je me rendais compte qu'Albertine n'était pas même pour moi (car si son corps était au pouvoir du mien, sa pensée échappait aux prises de ma pensée) la merveilleuse captive dont j'avais cru enrichir ma demeure tout en y cachant aussi parfaitement sa présence, même à ceux qui venaient me voir et qui ne la soupçonnaient pas au bout du couloir dans la chambre voisine, que ce personnage dont tout le monde ignorait qu'il tenait enfermée dans une bouteille la Princesse de la Chine; m'invitant sous une forme pressante, cruelle et sans issue, à la recherche du passé, elle était plutôt comme une grande déesse du Temps. Et s'il a fallu que je perdisse pour elle des années, ma fortune, et pourvu que je puisse me dire, ce qui n'est pas sûr hélas, qu'elle n'y a, elle, pas perdu, je n'ai rien à regretter. Sans doute la solitude eût mieux valu, plus féconde, moins douloureuse. Mais dans la vie de collectionneur que me conseillait Swann, que me reprochait de ne pas connaître M. de Charlus, quand avec un mélange d'esprit, d'insolence et de goût, il me disait : « Comme c'est laid chez vous! », quelles statues, quels tableaux longuement poursuivis, enfin possédés, ou même, à tout mettre au mieux, comtemplés avec désintéressement, m'eussent, comme la petite blessure qui se cicatrisait assez vite, mais que la maladresse inconsciente d'Albertine, des indifférents, ou de mes propres pensées, ne tardait pas à rouvrir, donné accès sur cette issue hors de soi-même, ce chemin de communication privé mais qui donne sur la grande route où passe ce que nous ne connaissons que du jour où nous en avons souffert, la vie des autres [132]?

Quelquefois il faisait un si beau clair de lune qu'une heure après qu'Albertine était couchée, j'allais jusqu'à son lit pour lui dire de regarder la fenêtre. Je suis sûr que c'est pour cela que j'allais dans sa chambre et non pour m'assurer qu'elle y était bien. Quelle apparence qu'elle pût et souhaitât de s'en échapper ? Il eût fallu une collusion invraisemblable avec Françoise. Dans la chambre sombre je ne voyais rien que sur la blancheur de l'oreiller un mince diadème de cheveux noirs. Mais j'entendais la respiration d'Albertine. Son sommeil était si profond que j'hésitais à aller jusqu'au lit ; je m'asseyais au bord ; le sommeil continuait de couler avec le même murmure. Ce qui est impossible à dire, c'est à quel point ses réveils étaient gais. Je l'embrassais, je la secouais. Aussitôt elle s'arrêtait de dormir, mais sans même l'intervalle d'un instant éclatait de rire, me disait en nouant ses bras à mon cou : « J'étais justement en train de me demander si tu ne viendrais pas », et elle riait tendrement de plus belle. On aurait dit que sa tête charmante, quand elle dormait, n'était pleine que de gaieté, de tendresse et de rire. Et en l'éveillant j'avais seulement, comme quand on ouvre un fruit, fait fuser le jus jaillissant qui désaltère.

L'hiver cependant finissait ; la belle saison revint, et souvent, comme Albertine venait seulement de me dire bonsoir, ma chambre, mes rideaux, le mur au-dessus des rideaux étant encore tout noirs, dans le jardin des religieuses voisines j'entendais riche et précieuse dans le silence comme un harmonium d'église la modulation d'un oiseau inconnu qui sur le mode lydien chantait déjà matines et au milieu de mes ténèbres mettait la riche note éclatante du soleil qu'il voyait. Bientôt les nuits raccourcirent et avant les heures anciennes du matin, je voyais déjà dépasser des rideaux de ma fenêtre la blancheur quotidiennement accrue du jour. Si je me résignais à laisser encore mener à Albertine cette vie où malgré ses dénégations je sentais qu'elle avait l'impression d'être prisonnière, c'était seulement parce que chaque jour j'étais sûr que le lendemain je pourrais me mettre, en même temps qu'à travailler, à me lever, à sortir, à préparer un départ pour quelque propriété que nous achèterions et où Albertine pourrait mener plus librement et sans inquiétude pour moi la vie de campagne ou de mer, de navigation ou de chasse, qui lui plairait. Seulement le lendemain, ce temps passé que j'aimais et détestais tour à tour en Albertine (comme, quand il est le présent, entre lui et nous, chacun, par intérêt, ou politesse, ou pitié travaille à tisser un rideau de mensonges que nous prenons pour la réalité) il arrivait que rétrospectivement une des heures qui le composaient et même de celles que j'avais cru connaître me présentait tout d'un coup un aspect qu'on n'essayait pas de me voiler et qui était tout différent de celui sous lequel elle m'était apparue. Derrière tel regard, à la place de la bonne pensée que j'avais cru y voir autrefois, c'était un désir insoupçonné jusque-là qui se révélait, m'aliénant une nouvelle partie de ce cœur d'Albertine que j'avais cru assimilé au mien. Par exemple, quand Andrée avait quitté Balbec au mois de juillet, Albertine ne m'avait jamais dit qu'elle dût bientôt la revoir; et je pensais qu'elle l'avait revue même plus tôt qu'elle n'eût cru, puisque à cause de la grande tristesse que j'avais eue à Balbec cette nuit du 14 septembre, elle m'avait fait le sacrifice de ne pas y rester et de revenir tout de suite à Paris. Quand elle y était arrivée, le 15, je lui avais demandé d'aller voir Andrée et lui avais dit : « A-t-elle été contente de vous revoir ? » Or maintenant, Mme Bontemps étant venue pour apporter quelque chose à Albertine, je la vis un instant et lui dis qu'Albertine était sortie avec Andrée : « Elles sont allées se promener dans la campagne. » — « Oui, me répondit Mme Bontemps. Albertine n'est pas difficile en fait de campagne. Ainsi il y a trois ans, tous les jours il fallait aller aux Buttes-Chaumont. » A ce nom de Buttes-Chaumont, où Albertine m'avait dit n'être jamais allée, ma respiration s'arrêta un instant. La réalité est le plus habile des ennemis. Elle prononce ses attaques sur le point de notre cœur où nous ne les attendions pas, et où nous n'avions pas préparé de défense. Albertine avait-elle menti à sa tante alors, en lui disant qu'elle allait tous les jours aux Buttes-Chaumont, à moi depuis en me disant qu'elle ne les connaissait pas ? « Heureusement, ajouta Mme Bontemps, que cette pauvre Andrée va bientôt partir pour une campagne plus vivifiante, pour la vraie campagne, elle en a bien besoin, elle a si mauvaise mine. Il est vrai qu'elle n'a pas eu, cet été, le temps d'air qui lui est nécessaire.

Pensez qu'elle a quitté Balbec à la fin de juillet croyant revenir en septembre, et comme son frère s'est démis le genou elle n'a pas pu revenir. » Alors Albertine l'attendait à Balbec et me l'avait caché. Il est vrai que c'était d'autant plus gentil de m'avoir proposé de revenir. A moins que... « Oui, je me rappelle qu'Albertine m'avait parlé de cela... (ce n'était pas vrai). Quand donc a eu lieu cet accident ? Tout cela est un peu brouillé dans ma tête. » — « Mais en un sens il a eu lieu juste à point, car un jour plus tard la location de la villa était commencée, et la grand-mère d'Andrée aurait été obligée de payer un mois inutile. Il s'est cassé la jambe le 14 septembre, elle a eu le temps de télégraphier à Albertine le 15 au matin qu'elle ne viendrait pas, et Albertine de prévenir l'agence. Un jour plus tard cela courait jusqu'au 15 octobre. » Ainsi sans doute quand Albertine, changeant d'avis, m'avait dit : « Partons ce soir », ce qu'elle voyait c'était un appartement que je ne connaissais pas, celui de la grand-mère d'Andrée, où dès notre retour, elle allait pouvoir retrouver l'amie que, sans que je m'en doutasse, elle avait cru revoir bientôt à Balbec. Les paroles si gentilles pour revenir avec moi, qu'elle avait eues en contraste avec son *opiniâtre* refus d'un peu avant, j'avais cherché à les attribuer à un revirement de son bon cœur. Elles étaient tout simplement le reflet d'un changement intervenu dans une situation que nous ne connaissons pas, et qui est tout le secret de la variation de la conduite des femmes qui ne nous aiment pas. Elles nous refusent obstinément un rendez-vous pour le lendemain, parce qu'elles sont fatiguées, parce que leur grand-père exige qu'elles dînent chez lui. « Mais venez après », insistons-nous. « Il me retient très tard. Il pourra me raccompagner. » Simplement elles ont un rendez-vous avec quelqu'un qui leur plaît. Soudain celui-ci n'est plus libre. Et elles viennent nous dire le regret de nous avoir fait de la peine, qu'envoyant promener leur grand-père, elles resteront auprès de nous, ne tenant à rien d'autre. J'aurais dû reconnaître ces phrases dans le langage que m'avait tenu Albertine le jour de mon départ, à Balbec. Pourtant, je ne devais peut-être pas ne reconnaître qu'elles, mais pour interpréter ce langage me souvenir de deux traits particuliers du caractère d'Albertine.

Deux traits du caractère d'Albertine me revinrent à ce moment à l'esprit, l'un pour me consoler, l'autre pour me désoler, car nous trouvons de tout dans notre mémoire : elle est une espèce de pharmacie, de laboratoire de chimie, où on met au hasard la main tantôt sur une drogue calmante, tantôt sur un poison dangereux. Le premier trait, le consolant, fut cette habitude de faire servir une même action au plaisir de plusieurs personnes, cette utilisation multiple de ce qu'elle faisait, qui était caractéristique chez Albertine [1]. C'était bien dans son caractère, revenant à Paris (le fait qu'Andrée ne revenait pas pouvait lui rendre incommode de rester à Balbec sans que cela signifiât qu'elle ne pouvait pas se passer d'Andrée), de tirer de ce seul voyage une occasion de toucher deux personnes qu'elle aimait sincèrement : moi en me faisant croire que c'était pour ne pas me laisser seul, pour que je ne souffrisse pas, par dévouement pour moi, Andrée en la persuadant que, du moment qu'elle ne venait pas à Balbec elle ne voulait pas y rester un instant de plus, qu'elle n'avait prolongé que pour la voir et qu'elle accourait dans l'instant vers elle. Or le départ d'Albertine avec moi succédait en effet d'une façon si immédiate d'une part à mon chagrin, à mon désir de revenir à Paris, d'autre part à la dépêche d'Andrée, qu'il était tout naturel qu'Andrée et moi ignorant respectivement elle mon chagrin, moi sa dépêche, eussions pu croire que le départ d'Albertine était l'effet de la seule cause que chacun de nous connût et qu'il suivait en effet à si peu d'heures de distance et si inopinément. Et dans ce cas, je pouvais encore croire que m'accompagner avait été le but réel d'Albertine, qui n'avait pas voulu négliger pourtant une occasion de s'en faire un titre à la gratitude d'Andrée. Mais malheureusement je me rappelai presque aussitôt un autre trait du caractère d'Albertine et qui était la vivacité avec laquelle la saisissait la tentation irrésistible d'un plaisir. Or je me rappelais, quand elle eut décidé de partir, quelle impa-

1. Voir *A l'ombre des jeunes filles en fleurs*. (Note de l'auteur.)

tience elle avait d'arriver au train, comme elle avait
bousculé le directeur qui en cherchant à nous retenir
aurait pu nous faire manquer l'omnibus, les haussements
d'épaules de connivence qu'elle me faisait et dont j'avais
été si touché, quand, dans le tortillard, M. de Cambremer
nous avait demandé si nous ne pouvions pas remettre à
huitaine. Oui ce qu'elle voyait devant ses yeux à ce
moment-là, ce qui la rendait si fiévreuse de partir, ce
qu'elle était impatiente de retrouver, c'était un appartement inhabité que j'avais vu une fois appartenant à la
grand-mère d'Andrée, un appartement luxueux à la garde
d'un vieux valet de chambre, en plein midi, mais si vide,
si silencieux que le soleil avait l'air de mettre des housses
sur le canapé, sur les fauteuils des chambres où Albertine
et Andrée demanderaient au gardien respectueux, peut-
être naïf, peut-être complice, de les laisser se reposer. Je
le voyais tout le temps maintenant, vide, avec un lit ou un
canapé, une bonne dupe ou complice, et où chaque fois
qu'Albertine avait l'air pressé et sérieux elle partait pour
retrouver son amie, sans doute arrivée avant elle parce
qu'elle était plus libre. Je n'avais jamais pensé jusque-là à
cet appartement, qui maintenant avait pour moi une horrible beauté. L'inconnu de la vie des êtres est comme
celui de la nature, que chaque découverte scientifique ne
fait que reculer mais n'annule pas. Un jaloux exaspère
celle qu'il aime en la privant de mille plaisirs sans importance. Mais ceux qui sont le fond de la vie de celle-ci,
elle les abrite là où dans les moments où son intelligence
croit montrer le plus de perspicacité et où les tiers le
renseignent le mieux il n'a pas idée de chercher. Mais
enfin du moins Andrée allait partir. Mais je ne voulais pas
qu'Albertine pût me mépriser comme ayant été dupe
d'elle et d'Andrée. Mais un jour ou l'autre je le lui dirais.
Et ainsi je la forcerais peut-être à me parler plus franchement en lui montrant que j'étais informé tout de même
des choses qu'elle me cachait. Mais je ne voulais pas lui
parler de cela encore, d'abord parce que, si près de la
visite de sa tante, elle eût compris d'où me venait mon
information, eût tari cette source, et n'en eût pas redouté
d'inconnues [133]. Ensuite parce que je ne voulais pas ris-

quer, tant que je ne serais pas absolument certain de garder Albertine aussi longtemps que je voudrais, de causer en elle trop de colères qui auraient pu avoir pour effet de lui faire désirer me quitter. Il est vrai que si je raisonnais, cherchais la vérité, pronostiquais l'avenir d'après ses paroles, lesquelles approuvaient toujours tous mes projets, exprimaient combien elle aimait cette vie, combien sa claustration la privait peu, je ne doutais pas qu'elle restât toujours auprès de moi. J'en étais même fort ennuyé, je sentais la vie, l'univers, auxquels je n'avais jamais goûté, m'échapper, échangés contre une femme dans laquelle je ne pouvais plus rien trouver de nouveau. Je ne pouvais même pas aller à Venise où, pendant que je serais couché, je serais trop torturé par la crainte des avances que pourraient lui faire le gondolier, les gens de l'hôtel, les Vénitiennes. Mais si je raisonnais au contraire d'après l'autre hypothèse, celle qui s'appuyait non sur les paroles d'Albertine, mais sur des silences, des regards, des rougeurs, des bouderies, et même des colères dont il m'eût été bien facile de lui montrer qu'elles étaient sans cause et dont j'aimais mieux avoir l'air de ne pas m'apercevoir, alors je me disais que cette vie lui était insupportable, que tout le temps elle se trouvait privée de ce qu'elle aimait et que fatalement elle me quitterait un jour. Tout ce que je voulais, si elle le faisait, c'est que je pusse choisir le moment, un moment où cela ne me serait pas trop pénible, et puis dans une saison où elle ne pourrait aller dans aucun des endroits où je me représentais ses débauches, ni à Amsterdam, ni chez Andrée, ni chez Mlle Vinteuil qu'elle retrouverait il est vrai quelques mois plus tard. Mais d'ici là je me serais calmé et cela me serait devenu indifférent. En tous cas il fallait attendre pour y songer que fût guérie la petite rechute qu'avait causée la découverte des raisons pour lesquelles Albertine à quelques heures de distance avait voulu ne pas quitter, puis quitter immédiatement Balbec; il fallait laisser le temps de disparaître aux symptômes qui ne pouvaient qu'aller en s'atténuant si je n'apprenais rien de nouveau, mais encore trop aigus pour ne pas rendre plus douloureuse, plus difficile, une opération de rupture reconnue maintenant inévitable mais nullement urgente et qu'il valait mieux pratiquer «à froid». Ce choix du moment j'en étais le maître; car si elle voulait partir avant que je l'eusse décidé, au moment où elle m'annoncerait qu'elle avait assez de cette vie, il serait toujours temps d'aviser à combattre ses raisons, de lui laisser plus de liberté, de lui promettre quelque grand plaisir prochain qu'elle souhaiterait elle-même d'attendre, voire, si je ne trouvais de recours qu'en son cœur, de lui avouer mon chagrin. J'étais donc bien tranquille à ce point de vue, n'étant pas d'ailleurs en cela très logique avec moi-même. Car dans une hypothèse où je ne tenais précisément pas compte des choses qu'elle disait et qu'elle annonçait, je supposais que, quand il s'agirait de son départ, elle me donnerait d'avance ses raisons, me laisserait les combattre et les vaincre. Je sentais que ma vie avec Albertine n'était pour une part, quand je n'étais pas jaloux, qu'ennui, pour l'autre part quand j'étais jaloux, que souffrance. A supposer qu'il y eût eu du bonheur, il ne pouvait durer. Dans le même esprit de sagesse qui m'inspirait à Balbec le soir où nous avions été heureux après la visite de Mme de Cambremer, je voulais la quitter parce que je savais qu'à prolonger je ne gagnerais rien. Seulement maintenant encore je m'imaginais que le souvenir que je garderais d'elle serait comme une sorte de vibration prolongée par une pédale de la minute de notre séparation [134]. Aussi je tenais à choisir une minute douce, afin que ce fût elle qui continuât à vibrer en moi. Il ne fallait pas être trop difficile, attendre trop, il fallait être sage. Et pourtant, ayant tant attendu, ce serait folie de ne pas savoir attendre quelques jours de plus jusqu'à ce qu'une minute acceptable se présentât, plutôt que de risquer de la voir partir avec cette même révolte que j'avais autrefois quand maman s'éloignait de mon lit sans me redire bonsoir, ou quand elle me disait adieu à la gare [135]. A tout hasard je multipliais les gentillesses que je pouvais lui faire. Pour les robes de Fortuny, nous nous étions enfin décidés pour une bleu et or doublée de rose qui venait d'être terminée. Et j'avais commandé tout de même les cinq auxquelles elle avait renoncé avec regret, par préférence pour celle-là.

Pourtant à la venue du printemps, deux mois ayant passé depuis ce que m'avait dit sa tante, je me laissai emporter par la colère un soir. C'était justement celui où Albertine avait revêtu pour la première fois la robe de chambre bleu et or de Fortuny qui en m'évoquant Venise me faisait plus sentir encore ce que je sacrifiais pour Albertine qui ne m'en savait aucun gré. Si je n'avais jamais vu Venise j'en rêvais sans cesse depuis ces vacances de Pâques qu'encore enfant j'avais dû y passer, et plus anciennement encore par les gravures du Titien et les photographies de Giotto que Swann m'avait jadis données à Combray [136]. La robe de Fortuny que portait ce soir-là Albertine me semblait comme l'ombre tentatrice de cette invisible Venise. Elle était envahie d'ornementation arabe comme Venise, comme les palais de Venise dissimulés à la façon des sultanes derrière un voile ajouré de pierre, comme les reliures de la Bibliothèque Ambrosienne [137], comme les colonnes desquelles les oiseaux orientaux signifient alternativement la mort et la vie; ces ornements se répétaient dans le miroitement de l'étoffe, d'un bleu profond qui au fur et à mesure que mon regard s'y avançait se changeait en or malléable, par ces mêmes transmutations qui devant la gondole qui s'avance changent en métal flamboyant l'azur du Grand Canal. Et les manches étaient doublées d'un rose cerise qui est si particulièrement vénitien qu'on l'appelle rose Tiepolo. Dans la journée Françoise avait laissé échapper devant moi qu'Albertine n'était contente de rien, que quand je lui faisais dire que je sortirais avec elle, ou que je ne sortirais pas, que l'automobile viendrait la prendre, ou ne viendrait pas, elle haussait presque les épaules et répondait à peine poliment; ce soir-là, où je la sentais de mauvaise humeur et où la première grande chaleur m'avait énervé, je ne pus retenir ma colère et lui reprochai son ingratitude: «Oui, vous pouvez demander à tout le monde, criai-je de toutes mes forces, hors de moi, vous pouvez demander à Françoise, ce n'est qu'un cri.» Mais aussitôt je me rappelai qu'Albertine m'avait dit une fois combien elle me trouvait l'air terrible quand j'étais en colère et m'avait appliqué les vers d'*Esther*:

> Jugez combien ce front irrité contre moi
> Dans mon âme troublée a dû jeter d'émoi…
> Hélas ! sans frissonner quel cœur audacieux
> Soutiendrait les éclairs qui partent de vos yeux [138] ?

J'eus honte de ma violence. Et pour revenir sur ce que j'avais fait, sans cependant que ce fût une défaite, de manière que ma paix fût une paix armée et redoutable, en même temps qu'il me semblait utile de montrer que je ne craignais pas une rupture pour qu'elle n'en eût pas l'idée : « Pardonnez-moi ma petite Albertine, j'ai honte de ma violence, j'en suis désespéré. Si nous ne pouvons plus nous entendre, si nous devons nous quitter, il ne faut pas que ce soit ainsi, ce ne serait pas digne de nous. Nous nous quitterons s'il le faut mais avant tout je tiens à vous demander pardon bien humblement de tout mon cœur. »

Je pensai que pour réparer cela, et m'assurer de ses projets de rester pour le temps qui allait suivre, et au moins jusqu'à ce qu'Andrée fût partie, ce qui était dans trois semaines, il serait bon dès le lendemain de chercher quelque plaisir plus grand que ceux qu'elle avait encore eus, et à assez longue échéance ; aussi puisque j'allais effacer l'ennui que je lui avais causé, peut-être ferais-je bien de profiter de ce moment pour lui montrer que je connaissais mieux sa vie qu'elle ne croyait. La mauvaise humeur qu'elle ressentirait serait effacée demain par mes gentillesses, mais l'avertissement resterait dans son esprit. « Oui ma petite Albertine, pardonnez-moi si j'ai été violent. Je ne suis pas tout à fait aussi coupable que vous croyez. Il y a des gens méchants qui cherchent à nous brouiller, je n'avais jamais voulu vous en parler pour ne pas vous tourmenter, et je finis par être affolé quelquefois de certaines dénonciations. » Et voulant profiter de ce que j'allais pouvoir lui montrer que j'étais au courant pour le départ de Balbec : « Ainsi tenez, vous saviez que Mlle Vinteuil devait venir chez Mme Verdurin l'après-midi où vous êtes allée au Trocadéro. » Elle rougit. « Oui, je le savais. » — « Pouvez-vous me jurer que ce n'était pas pour ravoir des relations avec elle ? » — « Mais bien sûr que je peux vous le jurer. Pourquoi « ravoir » ? je n'en

ai jamais eu, je vous le jure.» J'étais navré d'entendre
Albertine me mentir ainsi, me nier l'évidence que sa
rougeur m'avait trop avouée. Sa fausseté me navrait. Et
pourtant comme elle contenait une protestation d'innocence que sans m'en rendre compte j'étais prêt à croire,
elle me fit moins de mal que sa sincérité quand lui ayant
demandé : «Pouvez-vous du moins me jurer que le plaisir
de revoir Mlle Vinteuil n'entrait pour rien dans votre
désir d'aller à cette matinée des Verdurin?», elle me
répondit : «Non, cela je ne peux pas le jurer. Cela me
faisait un grand plaisir de revoir Mlle Vinteuil.» Une
seconde avant je lui en voulais de dissimuler ses relations
avec Mlle Vinteuil et maintenant l'aveu du plaisir qu'elle
aurait eu à la voir me cassait bras et jambes. Sans doute
quand Albertine m'avait dit, quand j'étais rentré de chez
les Verdurin : «Est-ce qu'ils ne devaient pas avoir
Mlle Vinteuil?», elle m'avait rendu toute ma souffrance
en me prouvant qu'elle savait sa venue. Mais je m'étais
sans doute fait depuis ce raisonnement : «Elle savait sa
venue qui ne lui faisait aucune espèce de plaisir, mais
comme elle a dû comprendre après coup que c'est la
révélation qu'elle connaissait une personne d'aussi mauvaise réputation que Mlle Vinteuil qui m'avait tant désespéré à Balbec jusqu'à me donner l'idée du suicide, elle
n'a pas voulu m'en parler.» Et puis voilà qu'elle était
obligée de m'avouer que cette venue lui faisait plaisir.
D'ailleurs sa façon mystérieuse de vouloir aller chez les
Verdurin eût dû m'être une preuve suffisante. Mais je n'y
avais plus assez pensé. Aussi quoique me disant maintenant : «Pourquoi n'avoue-t-elle qu'à moitié? c'est encore
plus bête que méchant et que triste», j'étais tellement
écrasé que je n'eus pas le courage d'insister là-dessus, où
je n'avais pas le beau rôle n'ayant pas de document
révélateur à produire, et pour ressaisir mon ascendant je
me hâtai de passer au sujet d'Andrée qui allait me permettre de mettre en déroute Albertine par l'écrasante
révélation de la dépêche d'Andrée. «Tenez, lui dis-je,
maintenant on me tourmente, on me persécute à me
reparler de vos relations, mais avec Andrée.» — «Avec
Andrée?» s'écria-t-elle. La mauvaise humeur enflammait

son visage. Et l'étonnement ou le désir de paraître étonnée écarquillait ses yeux. «C'est chcharmant!! Et
peut-on savoir qui vous a dit ces belles choses? est-ce que
je pourrais leur parler à ces personnes, savoir sur quoi
elles appuient leurs infamies?» — «Ma petite Albertine
je ne sais pas, ce sont des lettres anonymes, mais de
personnes que vous trouveriez peut-être assez facilement
(pour lui montrer que je ne craignais pas qu'elle cherchât)
car elles doivent bien vous connaître. La dernière, je vous
l'avoue (et je vous cite celle-là justement parce qu'il
s'agit d'un rien et qu'elle n'a rien de pénible à citer), m'a
pourtant exaspéré. Elle me disait que si le jour où nous
avons quitté Balbec vous aviez d'abord voulu rester et
ensuite partir, c'est que dans l'intervalle vous aviez reçu
une lettre d'Andrée vous disant qu'elle ne viendrait
pas.» — «Je sais très bien qu'Andrée m'a écrit qu'elle ne
viendrait pas, elle m'a même télégraphié, je ne peux pas
vous montrer la dépêche parce que je ne l'ai pas gardée,
mais ce n'était pas ce jour-là, d'ailleurs quand même
ç'aurait été ce jour-là, qu'est-ce que vous voulez que cela
me fasse qu'Andrée vînt à Balbec ou non?» —
«Qu'est-ce que vous voulez que cela me fasse» était une
preuve de colère et que «cela lui faisait» quelque chose.
Mais pas forcément une preuve qu'Albertine était revenue uniquement par désir de voir Andrée. Chaque fois
qu'Albertine voyait un des motifs réels, ou allégués, d'un
de ses actes, découvert par une personne à qui elle en
avait donné un autre motif, elle était en colère, la personne fût-elle celle pour laquelle elle avait fait réellement
l'acte. Albertine croyait-elle que ces renseignements sur
ce qu'elle faisait, ce n'était pas des anonymes qui me les
envoyaient malgré moi, mais moi qui les sollicitais avidement, on n'aurait pu nullement le déduire des paroles
qu'elle me dit ensuite, où elle avait l'air d'accepter ma
version des lettres anonymes, mais de son air de colère
contre moi, colère qui n'avait l'air que d'être l'explosion
de ses mauvaises humeurs antérieures, tout comme l'espionnage auquel elle eût dans cette hypothèse cru que je
m'étais livré n'eût été que l'aboutissement d'une surveillance de tous ses actes, dont elle n'eût plus douté depuis

longtemps. Sa colère s'étendit même jusqu'à Andrée, et se disant sans doute que maintenant je ne serais plus tranquille même quand elle sortirait avec Andrée : « D'ailleurs Andrée m'exaspère. Elle est assommante. Elle revient demain. Je ne veux plus sortir avec elle. Vous pouvez l'annoncer aux gens qui vous ont dit que j'étais revenue à Paris pour elle. Si je vous disais que depuis tant d'années que je connais Andrée je ne saurais pas vous dire comment est sa figure tant je l'ai peu regardée ! » Or à Balbec, la première année, elle m'avait dit : « Andrée est ravissante. » Il est vrai que cela ne voulait pas dire qu'elle eût des relations amoureuses avec elle, et même je ne l'avais jamais entendue parler alors qu'avec indignation de toutes les relations de ce genre. Mais n'était-il pas possible qu'elle eût changé, même sans se rendre compte qu'elle avait changé, en ne croyant pas que ses jeux avec une amie fussent la même chose que les relations immorales, assez peu précises dans son esprit, qu'elle flétrissait chez les autres ? N'était-ce pas possible puisque ce même changement, et cette même inconscience du changement, s'étaient produits dans ses relations avec moi, avec moi dont elle avait repoussé à Balbec avec tant d'indignation ces baisers qu'elle devait me donner elle-même ensuite, et chaque jour, et que je l'espérais elle me donnerait encore bien longtemps, qu'elle allait me donner dans un instant ? « Mais ma chérie comment voulez-vous que je le leur annonce puisque je ne les connais pas ? » Cette réponse était si forte qu'elle aurait dû dissoudre les objections et les doutes que je voyais cristallisés dans les prunelles d'Albertine. Mais elle les laissa intacts ; je m'étais tu et pourtant elle continuait à me regarder avec cette attention persistante qu'on prête à quelqu'un qui n'a pas fini de parler. Je lui demandai de nouveau pardon. Elle me répondit qu'elle n'avait rien à me pardonner. Elle était redevenue très douce. Mais sous son visage triste et défait, il me semblait qu'un secret s'était formé. Je savais bien qu'elle ne pouvait me quitter sans me prévenir ; d'ailleurs elle ne pouvait ni le désirer (c'était dans huit jours qu'elle devait essayer les nouvelles robes de Fortuny), ni décemment le faire, ma

mère revenant à la fin de la semaine et sa tante également.
Pourquoi, puisque c'était impossible qu'elle partît, lui
redis-je à plusieurs reprises que nous sortirions ensemble
le lendemain pour aller voir des verreries de Venise que je
voulais lui donner et fus-je soulagé de l'entendre me dire
que c'était convenu ? Quand elle vint me dire bonsoir et
que je l'embrassai, elle ne fit pas comme d'habitude, se
détourna, et — c'était quelques instants à peine après le
moment où je venais de penser à cette douceur qu'elle me
donnât tous les soirs ce qu'elle m'avait refusé à Balbec — elle ne me rendit pas mon baiser. On aurait dit que
brouillée avec moi elle ne voulait pas me donner un signe
de tendresse qui eût plus tard pu me paraître comme une
fausseté démentant cette brouille. On aurait dit qu'elle
accordait ses actes avec cette brouille et cependant avec
mesure, soit pour ne pas l'annoncer, soit parce que rompant avec moi des rapports charnels elle voulait cependant rester mon amie. Je l'embrassai alors une seconde
fois, serrant contre mon cœur l'azur miroitant et doré du
Grand Canal et les oiseaux accouplés, symboles de mort
et de résurrection, mais une seconde fois au lieu de me
rendre mon baiser, elle s'écarta avec l'espèce d'entêtement instinctif et néfaste[139] des animaux qui sentent la
mort. Ce pressentiment qu'elle semblait traduire me ga-
gna moi-même et me remplit d'une crainte si anxieuse
que quand Albertine fut arrivée à la porte, je n'eus pas le
courage de la laisser partir et la rappelai. « Albertine, lui
dis-je, je n'ai aucun sommeil. Si vous-même vous n'avez
pas envie de dormir, vous auriez pu rester encore un peu,
si vous voulez, mais je n'y tiens pas, et surtout je ne veux
pas vous fatiguer. » Il me semblait que si j'avais pu la
faire déshabiller et l'avoir dans sa chemise de nuit blanche, dans laquelle elle semblait plus rose, plus chaude, où
elle irritait plus mes sens, la réconciliation eût été plus
complète. Mais j'hésitai un instant, car le bord bleu de la
robe ajoutait à son visage une beauté, une illumination,
un ciel sans lesquels elle m'eût semblé plus dure. Elle
revint lentement et me dit avec beaucoup de douceur et
toujours le même visage abattu et triste : « Je peux rester
tant que vous voulez, je n'ai pas sommeil. » Sa réponse

me calma car tant qu'elle était là, je sentais que je pouvais aviser à l'avance et elle recélait aussi de l'amitié, de l'obéissance, mais d'une certaine nature, et qui me semblait avoir pour limite ce secret que je sentais derrière son regard triste, ses manières changées, moitié malgré elle, moitié sans doute pour les mettre d'avance en harmonie avec quelque chose que je ne savais pas. Il me sembla que tout de même il n'y aurait que de l'avoir tout en blanc, avec son cou nu, devant moi, comme je l'avais vue à Balbec dans son lit, qui me donnerait assez d'audace pour qu'elle fût obligée de céder. « Puisque vous êtes si gentille que de rester un peu à me consoler, vous devriez enlever votre robe, c'est trop chaud, trop raide, je n'ose pas vous approcher pour ne pas froisser cette belle étoffe et il y a entre nous ces oiseaux fatidiques. Déshabillez-vous mon chéri. » — « Non, ce ne serait pas commode de défaire ici cette robe. Je me déshabillerai dans ma chambre tout à l'heure. » — « Alors vous ne voulez même pas vous asseoir sur mon lit ? » — « Mais si. » Mais elle resta un peu loin, près de mes pieds. Nous causâmes. Tout d'un coup [140] nous entendîmes la cadence régulière d'un appel plaintif. C'étaient les pigeons qui commençaient à roucouler. « Cela prouve qu'il fait déjà jour », dit Albertine ; et le sourcil presque froncé comme si elle manquait en vivant chez moi les plaisirs de la belle saison : « Le printemps est commencé pour que les pigeons soient revenus ». La ressemblance entre leur roucoulement et le chant du coq était aussi profonde et aussi obscure que, dans le septuor de Vinteuil, la ressemblance entre le thème de l'adagio qui est bâti sur le même thème-clef que le premier et le dernier morceau, mais tellement transformé par les différences de tonalité, de mesure, etc. que le public profane, s'il ouvre un ouvrage sur Vinteuil, est étonné de voir qu'ils sont bâtis tous trois sur les quatre mêmes notes, quatre notes qu'il peut d'ailleurs jouer d'un doigt au piano sans retrouver aucun des trois morceaux. Tel, ce mélancolique morceau exécuté par les pigeons était une sorte de chant du coq en mineur, qui ne s'élevait pas vers le ciel, ne montait pas verticalement, mais, régulier comme le braiment d'un âne, enveloppé de dou-

ceur, allait d'un pigeon à l'autre sur une même ligne
horizontale, et jamais ne se redressait, ne changeait sa
plainte latérale en ce joyeux appel qu'avaient poussé tant
de fois l'allegro de l'introduction et le finale. Je sais que
je prononçai alors le mot « mort » comme si Albertine
allait mourir. Il semble que les événements soient plus
vastes que le moment où ils ont lieu et ne peuvent y tenir
tout entiers. Certes ils débordent sur l'avenir par la mémoire que nous en gardons ; mais ils demandent une place
aussi au temps qui les précède. Certes on dira que nous ne
les voyons pas alors tels qu'ils seront. Mais dans le
souvenir ne sont-ils pas aussi modifiés [141] ? Quand je vis
que d'elle-même elle ne m'embrassait pas, comprenant
que tout ceci était du temps perdu et que ce n'était qu'à
partir du baiser que commenceraient les minutes calman-
tes, et véritables, je lui dis : « Bonsoir, il est trop tard »,
parce que cela ferait qu'elle m'embrasserait, et nous
continuerions ensuite. Mais après m'avoir dit : « Bonsoir,
tâchez de bien dormir », exactement comme les deux
premières fois, elle se contenta d'un baiser sur la joue.
Cette fois je n'osai pas la rappeler. Mais mon cœur battait
si fort que je ne pus me recoucher. Comme un oiseau qui
va d'une extrémité de sa cage à l'autre, sans arrêter je
passais de l'inquiétude qu'Albertine pût partir à un calme
relatif. Ce calme était produit par ce raisonnement que je
recommençais plusieurs fois par minute : « Elle ne peut
pas partir en tout cas sans me prévenir, elle ne m'a
nullement dit qu'elle partirait », et j'étais à peu près
calmé. Mais aussitôt je me redisais : « Pourtant si demain
j'allais la trouver partie ? Mon inquiétude elle-même a
bien sa cause en quelque chose ; pourquoi ne m'a-t-elle
pas embrassé ? », alors je souffrais horriblement du cœur.
Puis il était un peu apaisé par le raisonnement que je
recommençais, mais je finissais par avoir mal à la tête
parce que ce mouvement de ma pensée était si incessant
et si monotone. Il y a ainsi certains états moraux, et
notamment l'inquiétude, qui ne nous présentant que deux
alternatives ont quelque chose d'aussi atrocement limité
qu'une simple souffrance physique. Je refaisais perpétuellement le raisonnement qui donnait raison à mon

inquiétude et celui qui lui donnait tort et me rassurait, sur un espace aussi exigu que le malade qui palpe sans arrêter, d'un mouvement interne, l'organe qui le fait souffrir, s'éloigne un instant du point douloureux, pour y revenir l'instant d'après. Tout à coup dans le silence de la nuit, je fus frappé par un bruit en apparence insignifiant mais qui me remplit de terreur, le bruit de la fenêtre d'Albertine qui s'ouvrait violemment. Quand je n'entendis plus rien je me demandai pourquoi ce bruit m'avait fait si peur. En lui-même il n'avait rien de si extraordinaire ; mais je lui donnais probablement deux significations qui m'épouvantaient également. D'abord c'était une convention de notre vie commune, comme je craignais les courants d'air, qu'on n'ouvrît jamais de fenêtre la nuit. On l'avait expliqué à Albertine quand elle était venue habiter à la maison et bien qu'elle fût persuadée que c'était de ma part une manie, et malsaine, elle m'avait promis de ne jamais enfreindre cette défense. Et elle était si craintive pour toutes ces choses qu'elle savait que je voulais, les blâmât-elle, que je savais qu'elle eût plutôt dormi dans l'odeur d'un feu de cheminée que d'ouvrir sa fenêtre, de même que pour l'événement le plus important elle ne m'eût pas fait réveiller le matin. Ce n'était qu'une des petites conventions de notre vie, mais du moment qu'elle violait celle-là sans m'en avoir parlé, cela ne voulait-il pas dire qu'elle n'avait plus rien à ménager, qu'elle les violerait aussi bien toutes ? Puis ce bruit avait été violent, presque mal élevé, comme si elle avait ouvert rouge de colère et disant : « Cette vie m'étouffe, tant pis, il me faut de l'air ! » Je ne me dis pas exactement tout cela mais je continuai à penser comme à un présage plus mystérieux et plus funèbre qu'un cri de chouette, à ce bruit de la fenêtre qu'Albertine avait ouverte [142]. Dans une agitation comme je n'en avais peut-être pas eue depuis le soir de Combray où Swann avait dîné à la maison [143], je marchai toute la nuit dans le couloir, espérant, par le bruit que je faisais, attirer l'attention d'Albertine, qu'elle aurait pitié de moi et m'appellerait, mais je n'entendais aucun bruit venir de sa chambre. A Combray, j'avais demandé à ma mère de venir. Mais avec ma mère je ne craignais que sa colère, je savais ne pas diminuer son affection en lui témoignant la mienne. Cela me fit tarder à appeler Albertine. Peu à peu je sentis qu'il était trop tard. Elle devait dormir depuis longtemps. Je retournai me coucher.

Le lendemain dès que je m'éveillai, comme on ne venait jamais chez moi quoi qu'il arrivât sans que j'eusse appelé, je sonnai Françoise. Et en même temps je pensai : « Je vais parler à Albertine d'un yacht que je veux lui faire faire. » En prenant mes lettres je dis à Françoise sans la regarder : « Tout à l'heure j'aurai quelque chose à dire à Mlle Albertine, est-ce qu'elle est levée ? » — « Oui, elle s'est levée de bonne heure. » Je sentis se soulever en moi comme dans un coup de vent mille inquiétudes que je ne savais pas tenir en suspens dans ma poitrine. Le tumulte y était si grand que j'étais à bout de souffle comme dans une tempête. « Ah ? mais où est-elle en ce moment ? » — « Elle doit être dans sa chambre. » — « Ah ! bien, hé bien je la verrai tout à l'heure. » Je respirai, mon agitation retomba, Albertine était ici, il m'était presque indifférent qu'elle y fût. D'ailleurs n'avais-je pas été absurde de supposer qu'elle aurait pu ne pas y être ? Je m'endormis, mais malgré ma certitude qu'elle ne me quitterait pas, d'un sommeil léger, et d'une légèreté relative à elle seulement. Car les bruits qui ne pouvaient se rapporter qu'à des travaux dans la cour, tout en les entendant vaguement en dormant, je restais tranquille, tandis que le plus léger frémissement qui venait de sa chambre ou quand elle sortait, ou rentrait sans bruit en appuyant si doucement sur le timbre, me faisait tressauter, me parcourait tout entier, me laissait le cœur battant, bien que je l'eusse entendu dans un assoupissement profond, de même que ma grand-mère dans les derniers jours qui précédèrent sa mort [144] et où elle était plongée dans une immobilité que rien ne troublait et que les médecins appelaient le coma, se mettait, m'a-t-on dit, à trembler un instant comme une feuille quand elle entendait les trois coups de sonnette par lesquels j'avais l'habitude d'appeler Françoise, et que même en les faisant plus légers cette semaine-là pour ne pas troubler le silence de la chambre mortuaire, personne, assurait Françoise, ne pouvait confondre, à cause d'une manière que j'avais et ignorais moi-même d'appuyer sur le timbre, avec les coups de sonnette de quelqu'un d'autre. Étais-je donc entré moi aussi en agonie, était-ce l'approche de la mort?

Ce jour-là et le lendemain nous sortîmes ensemble, puisque Albertine ne voulait plus sortir avec Andrée. Je ne lui parlai même pas du yacht, ces promenades m'avaient calmé tout à fait. Mais elle avait continué le soir à m'embrasser de la même manière nouvelle, de sorte que j'étais furieux. Je ne pouvais plus y voir qu'une manière de me montrer qu'elle me boudait, ce qui me paraissait trop ridicule après les gentillesses que je ne cessais de lui faire. Aussi n'ayant plus même d'elle les satisfactions charnelles auxquelles je tenais, la trouvant laide dans la mauvaise humeur, sentis-je plus vivement la privation de toutes les femmes et des voyages dont ces premiers beaux jours réveillaient en moi le désir. Grâce sans doute au souvenir épars des rendez-vous oubliés que j'avais eus, collégien encore, avec des femmes, sous la verdure déjà épaisse, cette région du printemps où le voyage de notre demeure errante à travers les saisons venait depuis trois jours de l'arrêter, sous un ciel clément, et dont toutes les routes fuyaient vers des déjeuners à la campagne, des parties de canotage, des parties de plaisir [145] me semblait le pays des femmes aussi bien qu'il était celui des arbres et où le plaisir partout offert devenait permis à mes forces convalescentes. La résignation à la paresse, la résignation à la chasteté, à ne connaître le plaisir qu'avec une femme que je n'aimais pas, la résignation à rester dans ma chambre, à ne pas voyager, tout cela était possible dans l'ancien monde où nous étions la veille encore, dans le monde vide de l'hiver, mais non plus dans cet univers nouveau, feuillu, où je m'étais éveillé comme un jeune Adam pour qui se pose pour la première fois le problème de l'existence, du bonheur, et sur qui ne pèse pas l'accumulation des solutions négatives antérieures. La présence d'Albertine me pesait, je la regardais, douce et maussade, et je sentais que c'était un malheur que nous n'eussions pas rompu. Je voulais aller à

Venise, je voulais en attendant aller au Louvre voir des
tableaux vénitiens et au Luxembourg les deux Elstir qu'à
ce qu'on venait de m'apprendre, la Princesse de Guermantes venait de vendre à ce musée, ceux que j'avais tant
admirés chez la Duchesse de Guermantes, les «Plaisirs de
la Danse» et «Portrait de la famille X...» Mais j'avais
peur que dans le premier certaines poses lascives ne
donnassent à Albertine un désir, une nostalgie de réjouis-
sances populaires, la faisant se dire que peut-être une
certaine vie qu'elle n'avait pas menée, une vie de feux
d'artifice et de guinguettes, avait du bon. Déjà d'avance
je craignais que le 14 juillet elle me demandât d'aller
à un bal populaire et je rêvais d'un événement impossible
qui eût supprimé cette fête. Et puis il y avait aussi là-bas
dans les Elstir des nudités de femmes dans des paysages
touffus du Midi qui pouvaient faire penser Albertine
à certains plaisirs, bien qu'Elstir, lui — mais ne rabais-
serait-elle pas l'œuvre? — n'y eût vu que la beauté sculpturale, pour mieux dire la beauté de blancs monuments,
que prennent des corps de femmes assis dans la verdure.

Aussi je me résignai à renoncer à cela et je voulus
partir pour aller à Versailles. Albertine qui n'avait pas
voulu sortir avec Andrée était restée dans sa chambre à
lire, dans un peignoir de Fortuny. Je lui demandai si elle
voulait venir à Versailles. Elle avait cela de charmant
qu'elle était toujours prête à tout, peut-être par cette
habitude qu'elle avait autrefois de vivre la moitié du
temps chez les autres, et comme elle s'était décidée à
venir avec nous à Paris, en deux minutes. Elle me dit :
«Je peux venir comme cela si nous ne descendons pas de
voiture.» Elle hésita une seconde entre deux manteaux de
Fortuny pour cacher sa robe de chambre — comme elle
eût fait entre deux amis différents à emmener —, en prit
un bleu sombre, admirable, piqua une épingle dans un
chapeau. En une minute elle fut prête, avant que j'eusse
pris mon paletot, et nous allâmes à Versailles. Cette
rapidité même, cette docilité absolue me laissèrent plus
rassuré, comme si en effet j'eusse eu, sans avoir aucun
motif précis d'inquiétude, besoin de l'être. «Tout de

même je n'ai rien à craindre, elle fait ce que je lui demande, malgré le bruit de la fenêtre de l'autre nuit. Dès que j'ai parlé de sortir, elle a jeté ce manteau bleu sur son peignoir et elle est venue, ce n'est pas ce que ferait une révoltée, une personne qui ne serait plus bien avec moi », me disais-je tandis que nous allions à Versailles. Nous y restâmes longtemps ; le ciel était tout entier fait de ce bleu radieux et un peu pâle comme le promeneur couché dans un champ le voit parfois au-dessus de sa tête, mais telle-ment uni, tellement profond, qu'on sent que le bleu dont il est fait a été employé sans aucun alliage et avec une si inépuisable richesse qu'on pourrait approfondir de plus en plus sa substance sans rencontrer un atome d'autre chose que de ce même bleu. Je pensais à ma grand-mère qui aimait dans l'art humain, dans la nature, la grandeur, et qui se plaisait à regarder monter dans ce même bleu le clocher de Saint-Hilaire. Soudain j'éprouvai de nouveau la nostalgie de ma liberté perdue en entendant un bruit que je ne reconnus pas d'abord et que ma grand-mère eût, lui aussi, tant aimé. C'était comme le bourdonnement d'une guêpe. « Tiens, me dit Albertine, il y a un aéro-plane, il est très haut, très haut. » Je regardais tout autour de moi, mais comme le promeneur couché dans un champ, je ne voyais, sans aucune tache noire, que la pâleur intacte du bleu sans mélange. J'entendais pourtant toujours le bourdonnement des ailes [146], qui tout d'un coup entrèrent dans le champ de ma vision. Là-haut de minuscules ailes brunes et brillantes fronçaient le bleu uni du ciel inaltérable. J'avais pu enfin attacher le bourdon-nement à sa cause, à ce petit insecte qui trépidait là-haut, sans doute à bien deux mille mètres de hauteur, je le voyais bruire. Peut-être quand les distances sur terre n'étaient pas encore abrégées depuis longtemps par la vitesse comme elles le sont aujourd'hui le sifflet d'un train passant à deux kilomètres était-il pourvu de cette beauté qui maintenant pour quelque temps encore nous émeut dans le bourdonnement d'un aéroplane à deux mille mètres, à l'idée que les distances parcourues dans ce voyage vertical sont les mêmes que sur le sol, que dans cette autre direction où les mesures nous paraissent autres

parce que l'abord nous en semblait inaccessible, un aéroplane à deux mille mètres n'est pas plus loin qu'un train à
deux kilomètres, est plus près même, le trajet identique
s'effectuant dans un milieu plus pur, sans séparation entre
le voyageur et son point de départ, de même que sur mer
ou dans les plaines, par un temps calme, le remous d'un
navire déjà loin ou le souffle d'un seul zéphyr raye
l'océan des flots ou des blés.

J'avais envie de goûter [147]. Nous nous arrêtâmes dans
une grand pâtisserie située presque en dehors de la ville et
qui jouissait à ce moment-là d'une certaine vogue. Une
dame allait sortir, qui demanda ses affaires à la pâtissière.
Et une fois que cette dame fut partie, Albertine regarda à
plusieurs reprises la pâtissière comme si elle voulait attirer l'attention de celle-ci qui rangeait des tasses, des
assiettes, des petits fours, car il était déjà tard. Elle
s'approchait de moi seulement si je demandais quelque
chose. Et il arrivait alors que comme la pâtissière, d'ailleurs extrêmement grande, était debout pour nous servir
et Albertine assise à côté de moi, chaque fois Albertine
pour tâcher d'attirer l'attention de la pâtissière levait
verticalement vers elle un regard blond qui était obligé de
faire monter d'autant plus haut la prunelle que, la pâtissière étant juste contre nous, Albertine n'avait pas la
ressource d'adoucir la pente par l'obliquité du regard.
Elle était obligée, sans trop lever la tête, de faire monter
ses regards jusqu'à cette hauteur démesurée où étaient les
yeux de la pâtissière. Par gentillesse pour moi, Albertine
rabaissait vivement ses regards et, la pâtissière n'ayant
fait aucune attention à elle, recommençait. Cela faisait
une série de vaines élévations implorantes vers une inaccessible divinité. Puis la pâtissière n'eut plus qu'à ranger
à une grande table voisine. Là le regard d'Albertine
n'avait qu'à être latéral. Mais pas une fois celui de la
pâtissière ne se posa sur mon amie. Cela ne m'étonnait
pas car je savais que cette femme que je connaissais un
petit peu avait des amants, quoique mariée, mais cachait
parfaitement ses intrigues, ce qui m'étonnait énormément
à cause de sa prodigieuse stupidité. Je regardai cette
femme pendant que nous finissions de goûter. Plongée

dans ses rangements, elle était presque impolie pour Albertine à force de n'avoir pas un regard pour les regards de mon amie, lesquels n'avaient d'ailleurs rien d'inconvenant. L'autre rangeait, rangeait sans fin, sans une distraction. La remise en place des petites cuillers, des couteaux à fruits, eût été confiée, non à cette grande belle femme mais par économie de travail humain à une simple machine, qu'on n'eût pas pu voir isolement aussi complet de l'attention d'Albertine, et pourtant elle ne baissait pas les yeux, ne s'absorbait pas, laissait briller ses yeux, ses charmes, en une attention à son seul travail. Il est vrai que si cette pâtissière n'eût pas été une femme particulièrement sotte (non seulement c'était sa réputation, mais je le savais par expérience), ce détachement eût pu être un comble d'habileté. Et je sais bien que l'être le plus sot si son désir ou son intérêt est en jeu peut dans ce cas unique, au milieu de la nullité de sa vie stupide, s'adapter immédiatement aux rouages de l'engrenage le plus compliqué ; malgré tout c'eût été une supposition trop subtile pour une femme aussi niaise que la pâtissière. Cette niaiserie prenait même un tour invraisemblable d'impolitesse ! Pas une seule fois elle ne regarda Albertine que pourtant elle ne pouvait pas ne pas voir. C'était peu aimable pour mon amie, mais dans le fond je fus enchanté qu'Albertine reçût cette petite leçon et vît que souvent les femmes ne faisaient pas attention à elle. Nous quittâmes la pâtisserie, nous remontâmes en voiture et nous avions déjà repris le chemin de la maison, quand j'eus tout à coup regret d'avoir oublié de prendre à part cette pâtissière et de la prier à tout hasard de ne pas dire à la dame qui était partie quand nous étions arrivés mon nom et mon adresse que la pâtissière, à cause de commandes que j'avais souvent faites, devait savoir parfaitement. Il était en effet inutile que la dame pût par là apprendre indirectement l'adresse d'Albertine. Mais je trouvai trop long de revenir sur nos pas pour si peu de chose, et que cela aurait l'air d'y donner trop d'importance aux yeux de l'imbécile et menteuse pâtissière. Je songeai seulement qu'il faudrait revenir goûter là d'ici une huitaine pour faire cette recommandation et que c'est bien ennuyeux, comme on oublie toujours la moitié de ce qu'on a à dire, de faire les choses les plus simples en plusieurs fois.

Nous revînmes très tard, dans une nuit où, çà et là, au bord du chemin, un pantalon rouge à côté d'un jupon révélaient des couples amoureux. Notre voiture passa la porte Maillot pour rentrer. Aux monuments de Paris s'était substitué, pur, linéaire, sans épaisseur, le dessin des monuments de Paris, comme on eût fait pour une ville détruite dont on eût voulu relever l'image ; mais au bord de celle-ci s'élevait avec une telle douceur la bordure bleu pâle sur laquelle elle se détachait que les yeux altérés cherchaient partout un peu de cette nuance délicieuse qui leur était trop avarement mesurée : il y avait clair de lune. Albertine l'admira. Je n'osai lui dire que j'en aurais mieux joui si j'avais été seul ou à la recherche d'une inconnue. Je lui récitai des vers ou des phrases de prose sur le clair de lune, lui montrant comment d'argenté qu'il était autrefois il était devenu bleu avec Chateaubriand, avec le Victor Hugo d'«Eviradnus» et de la «Fête chez Thérèse», pour redevenir jaune et métallique avec Baudelaire et Leconte de Lisle. Puis, lui rappelant l'image qui figure le croissant de la lune à la fin de «Booz endormi», je lui parlai de toute la pièce [148].

Je ne peux pas dire combien quand j'y repense sa vie était recouverte de désirs alternés, fugitifs, souvent contradictoires. Sans doute le mensonge compliquait encore, car ne se rappelant plus au juste nos conversations, quand elle m'avait dit : «Ah! voilà une jolie fille et qui jouait bien au golf», et que lui ayant demandé le nom de cette jeune fille, elle m'avait répondu de cet air détaché, universel, supérieur, qui a sans doute toujours des parties libres, car chaque menteur de cette catégorie l'emprunte chaque fois pour un instant dès qu'il ne veut pas répondre à une question, et il ne lui fait jamais défaut : «Ah! je ne sais pas (avec regret de ne pouvoir me renseigner), je n'ai jamais su son nom, je la voyais au golf, mais je ne savais pas comment elle s'appelait» ; si un mois après je lui disais : «Albertine, tu sais cette jolie fille dont tu m'as parlé, qui jouait si bien au golf?» — «Ah! oui, me répondait-elle sans réflexion, Émilie Daltier, je ne sais

pas ce qu'elle est devenue. » Et le mensonge, comme une
fortification de campagne, était reporté de la défense du
nom, pris maintenant, sur les possibilités de la retrouver.
« Ah ! je ne sais pas, je n'ai jamais su son adresse. Je ne
vois personne qui pourrait vous dire cela. Oh ! non Andrée ne l'a pas connue. Elle n'était pas de notre petite
bande, aujourd'hui si divisée. » D'autres fois le mensonge était comme un vilain aveu : « Ah ! si j'avais trois
cent mille francs de rente... » Elle se mordait les lèvres.
« Hé bien, que ferais-tu ? » — « Je te demanderais, disait-
elle en m'embrassant, la permission de rester chez toi. Où
pourrais-je être plus heureuse ? » Mais même en tenant
compte des mensonges, il était incroyable à quel point sa
vie était successive, et fugitifs ses plus grands désirs. Elle
était folle d'une personne et au bout de trois jours n'eût
pas voulu recevoir sa visite. Elle ne pouvait pas attendre
une heure que je lui eusse fait acheter des toiles et des
couleurs car elle voulait se remettre à la peinture. Pendant
deux jours elle s'impatientait, avait presque des larmes
vite séchées d'enfant à qui on a ôté sa nourrice. Et cette
instabilité de ses sentiments à l'égard des êtres, des choses, des occupations, des arts, des pays, était en vérité si
universelle que si elle a aimé l'argent, ce que je ne crois
pas, elle n'a pas pu l'aimer plus longtemps que le reste.
Quand elle disait : « Ah ! si j'avais trois cent mille francs
de rente ! » même si elle exprimait une pensée mauvaise
mais bien peu durable, elle n'eût pu s'y rattacher plus
longtemps qu'au désir d'aller aux Rochers, dont l'édition
de Mme de Sévigné de ma grand-mère lui avait montré
l'image, de retrouver une amie de golf, de monter en
aéroplane, d'aller passer la Noël avec sa tante ou de se
remettre à la peinture. « Au fond, nous n'avons faim ni
l'un ni l'autre, on aurait pu passer chez les Verdurin,
dit-elle, c'est leur heure et leur jour. » — « Mais si vous
êtes fâchée contre eux ? » — « Oh ! il y a beaucoup de
cancans contre eux, mais dans le fond ils ne sont pas si
mauvais que ça. Mme Verdurin a toujours été très gentille pour moi. Et puis on ne peut pas être toujours
brouillé avec tout le monde. Ils ont des défauts, mais
qu'est-ce qui n'en a pas ? » — « Vous n'êtes pas assez

habillée, il faudrait rentrer vous habiller, il serait bien tard. » — « Oui, vous avez raison, rentrons tout simplement », répondit Albertine, avec cette admirable docilité qui me stupéfiait toujours [149].

Le beau temps, cette nuit-là, fit un bond en avant, comme un thermomètre monte à la chaleur. Quand je m'éveillai, de mon lit, par ces matins tôt levés du printemps, j'entendais les tramways cheminer, à travers les parfums, dans l'air auquel la chaleur se mélangeait de plus en plus jusqu'à ce qu'il arrivât à la solidification et à la densité de midi. Plus frais au contraire dans ma chambre, quand l'air onctueux avait achevé d'y vernir et d'y isoler l'odeur du lavabo, l'odeur de l'armoire, l'odeur du canapé, rien qu'à la netteté avec laquelle, verticales et debout, elles se tenaient en tranches juxtaposées et distinctes, dans un clair-obscur nacré qui ajoutait un glacé plus doux au reflet des rideaux et des fauteuils de satin bleu, je me voyais, non par un simple caprice de mon imagination, mais parce que c'était effectivement possible, suivant dans quelque quartier neuf de la banlieue pareil à celui où à Balbec habitait [150]   , les rues aveuglées de soleil, et voyant non les fades boucheries et la blanche pierre de taille, mais la salle à manger de campagne où je pourrais arriver tout à l'heure, et les odeurs que j'y trouverais en arrivant, l'odeur du compotier de cerises et d'abricots, du cidre, du fromage de gruyère, tenues en suspens dans la lumineuse congélation de l'ombre qu'elles veinent délicatement comme l'intérieur d'une agate, tandis que les porte-couteaux en verre prismatique y irisent des arcs-en-ciel ou piquent çà et là sur la toile cirée des ocellures de paon.

Comme un vent qui s'enfle par une progression régulière, j'entendais avec joie une automobile sous la fenêtre. Je sentis son odeur de pétrole. Elle peut sembler regrettable aux délicats (qui sont toujours des matérialistes et à qui elle gâte la campagne), et à certains penseurs matérialistes à leur manière aussi, qui croyant à l'importance du fait s'imaginent que l'homme serait plus heureux, capable d'une poésie plus haute, si ses yeux étaient susceptibles de voir plus de couleurs, ses narines de connaître plus de parfums, travestissement philosophique

de l'idée naïve de ceux qui croient que la vie était plus
belle quand on portait, au lieu de l'habit noir, de somptueux costumes. Mais pour moi cette odeur de pétrole (de
même qu'un arôme déplaisant en soi peut-être de naphta-
line et de vétiver m'eût exalté en me rendant la pureté
bleue de la mer le jour de mon arrivée à Balbec) qui avec
la fumée qui s'échappait de la machine s'était tant de fois
évanouie dans le pâle azur, par ces jours brûlants où
j'allais de   Saint-Jean-de-la-Haise à   151,
comme elle m'avait suivi dans mes promenades pendant
ces après-midi d'été pendant qu'Albertine était à peindre,
elle faisait fleurir maintenant de chaque côté de moi, bien
que je fusse dans une chambre obscure, les bleuets, les
coquelicots et les trèfles incarnats, elle m'enivrait comme
une odeur de campagne non pas circonscrite et fixe,
comme celle qui est apposée devant les aubépines et
retenue par ses éléments onctueux et denses flotte avec
une certaine stabilité devant la haie, mais une odeur
devant quoi fuyaient les routes, changeait l'aspect du sol,
accouraient les châteaux, pâlissait le ciel, se décuplaient
les forces, une odeur qui était comme un symbole de
bondissement et de puissance et qui renouvelait le désir
que j'avais eu à Balbec de monter dans la cage de cristal
et d'acier mais cette fois pour aller non plus faire des
visites dans des demeures familières avec une femme que
je connaissais trop, mais faire l'amour dans des lieux
nouveaux avec une femme inconnue. Odeur qu'accompagnait à tout moment l'appel de trompes d'automobile
qui passaient, sur lequel j'adaptais des paroles comme sur
une sonnerie militaire : « Parisien, lève-toi, lève-toi, viens
déjeuner à la campagne et faire du canot dans la rivière, à
l'ombre sous les arbres, avec une belle fille, lève-toi,
lève-toi. » Et toutes ces rêveries m'étaient si agréables
que je me félicitais de la « sévère loi » qui faisait que tant
que je n'aurais pas appelé, aucun « timide mortel », fût-ce
Françoise, fût-ce Albertine, ne s'aviserait de venir me
troubler « au fond de ce palais » où

> ma majesté terrible
> Affecte à mes sujets de me rendre invisible [152].

Mais tout à coup le décor changea; ce ne fut plus le souvenir d'anciennes impressions, mais d'un ancien désir, tout récemment réveillé encore par la robe bleu et or de Fortuny, qui étendit devant moi un autre printemps, un printemps plus du tout feuillu mais subitement dépouillé au contraire de ses arbres et de ses fleurs par ce nom que je venais de me dire : Venise, un printemps décanté, qui est réduit à son essence, et traduit l'allongement, l'échauffement, l'épanouissement graduel de ses jours par la fermentation progressive non plus d'une terre impure mais d'une eau vierge et bleue, printanière sans porter de corolles, et qui ne pourrait répondre au mois de mai que par des reflets, travaillée par lui, s'accordant exactement à lui dans la nudité rayonnante et fixe de son sombre saphir. Aussi bien, pas plus que les saisons à ses bras de mer infleurissables, les modernes années n'apportent point de changement à la cité gothique; je le savais, je ne pouvais l'imaginer, ou l'imaginant, voilà ce que je voulais de ce même désir qui jadis, quand j'étais enfant, dans l'ardeur même du départ, avait brisé en moi la force de partir : me trouver face à face avec mes imaginations vénitiennes, contempler comment cette mer divisée enserrait de ses méandres, comme les replis du fleuve Océan, une civilisation urbaine et raffinée mais qui isolée par leur ceinture azurée s'était développée à part, avait eu à part ses écoles de peinture et d'architecture; — jardin fabuleux de fruits et d'oiseaux de pierre de couleur, fleuri au milieu de la mer qui venait le rafraîchir, frappait de son flux le fût des colonnes et le puissant relief des chapiteaux, comme un regard de sombre azur qui veille dans l'ombre, pose par taches et fait remuer perpétuellement la lumière. Oui, il fallait partir, c'était le moment. Depuis qu'Albertine n'avait plus l'air fâché contre moi, sa possession ne me semblait plus un bien en échange duquel on est prêt à donner tous les autres. Peut-être parce que nous l'aurions fait pour nous débarrasser d'un chagrin, d'une anxiété, qui sont apaisés maintenant. Nous avons réussi à traverser le cerceau de toile à travers lequel nous avons cru un moment que nous ne pourrions jamais passer. Nous avons éclairci l'orage, ramené la sérénité du sourire. Le mystère angoissant d'une haine sans cause connue, et peut-être sans fin, est dissipé. Dès lors nous nous retrouvons face à face avec le problème momentanément écarté d'un bonheur que nous savons impossible. Maintenant que la vie avec Albertine était redevenue possible je sentis que je ne pourrais en tirer que des malheurs puisqu'elle ne m'aimait pas. Mieux valait la quitter sur la douceur de son consentement, que je prolongerais par le souvenir[153]. C'était le moment ; il fallait m'informer bien exactement de la date où Andrée allait quitter Paris, agir énergiquement auprès de Mme Bontemps de manière à être bien certain qu'à ce moment-là Albertine ne pourrait aller ni en Hollande, ni à Montjouvain. Il arriverait, si nous savions mieux analyser nos amours, de voir que souvent les femmes ne nous plaisent qu'à cause du contrepoids d'hommes à qui nous avons à les disputer, bien que nous souffrions jusqu'à mourir d'avoir à les leur disputer. Ce contrepoids supprimé, le charme de la femme tombe. On en a un exemple douloureux et préventif dans cette prédilection des hommes pour les femmes qui avant de les connaître ont commis des fautes, pour ces femmes qu'ils sentent enlisées dans le danger et qu'il leur faut, pendant toute la durée de leur amour, reconquérir ; dans l'exemple postérieur au contraire, et nullement dramatique celui-là, de l'homme qui, sentant s'affaiblir son goût pour la femme qu'il aime, applique spontanément les règles qu'il a dégagées, et pour être sûr qu'il ne cesse pas d'aimer la femme, la met dans un milieu dangereux où il lui faut la protéger chaque jour. (Le contraire des hommes qui exigent qu'une femme renonce au théâtre, bien que d'ailleurs ce soit parce qu'elle avait été au théâtre qu'ils l'ont aimée[154].) Et quand ainsi ce départ n'aurait plus d'inconvénients, choisir un jour de beau temps comme celui-ci — il allait y en avoir beaucoup — où Albertine me serait indifférente, où je serais tenté de mille désirs ; il faudrait la laisser sortir sans la voir, puis me levant, me préparant vite, lui laisser un mot, en profitant de ce que, comme elle ne pourrait à cette époque aller en nul lieu qui m'agitât, je pourrais réussir, en voyage, à ne pas me représenter les actions mauvaises qu'elle pourrait faire et qui me semblaient en ce moment bien indifférentes du reste, et sans l'avoir revue partir pour Venise. Je sonnai Françoise pour lui demander de m'acheter un guide et un indicateur comme j'avais fait enfant quand j'avais déjà voulu préparer un voyage à Venise, réalisation d'un désir aussi violent que celui que j'avais en ce moment; j'oubliais que depuis il en était un que j'avais atteint, sans aucun plaisir, le désir de Balbec, et que Venise étant aussi un phénomène visible ne pourrait probablement pas plus que Balbec réaliser un rêve ineffable, celui du temps gothique actualisé d'une mer printanière et qui venait d'instant en instant frôler mon esprit d'une image enchantée, caressante, insaisissable, mystérieuse et confuse. Françoise ayant entendu mon coup de sonnette entra, assez inquiète de la façon dont je prendrais ses paroles et sa conduite, et me dit: «J'étais bien ennuyée que Monsieur sonne si tard aujourd'hui. Je ne savais pas ce que je devais faire. Ce matin à huit heures Mlle Albertine m'a demandé ses malles, j'osais pas y refuser, j'avais peur que Monsieur me dispute si je venais l'éveiller. J'ai eu beau la catéchismer, lui dire d'attendre une heure parce que je pensais toujours que Monsieur allait sonner. Elle n'a pas voulu, elle m'a laissé cette lettre pour Monsieur, et à neuf heures elle est partie. » Et alors — tant on peut ignorer ce qu'on a en soi, puisque j'étais persuadé de mon indifférence pour Albertine —, mon souffle fut coupé, je tins mon cœur de mes deux mains brusquement mouillées par une certaine sueur que je n'avais jamais connue depuis la révélation que mon amie m'avait faite dans le petit tram relativement à l'amie de Mlle Vinteuil, sans que je pusse dire autre chose que: «Ah! très bien, vous avez bien fait naturellement de ne pas m'éveiller, laissez-moi un instant, je vais vous sonner tout à l'heure [155]. »

NOTES

(Les références aux autres parties de la *Recherche* renvoient aux volumes de la présente collection.)

1. Refrain du *Biniou*, romance de Théodore Botrel (1868-1925), chansonnier très populaire, auteur notamment de *La Paimpolaise* et de *Lilas blancs*.

2. *Poème d'amour*, mélodie de Massenet.

3. On trouve déjà dans *Contre Sainte-Beuve* (p. 303 et 304) l'affirmation par Proust de sa profonde intelligence des rapports, représentée symboliquement par un petit personnage intérieur qui résiste à la maladie et même profite d'elle pour atteindre les essences et par là le bonheur : « [...] C'est souvent quand je suis le plus malade, que je n'ai plus d'idées dans la tête ni de forces, que ce moi que je reconnais parfois aperçoit ces liens entre deux idées, comme c'est souvent à l'automne, quand il n'y a plus de fleurs ni de feuilles, qu'on sent dans les paysages les accords les plus profonds [...] Il ne vit que du général, le général l'anime et le nourrit, et il meurt instantanément dans le particulier. Mais le temps qu'il vit, sa vie n'est qu'une extase et qu'une félicité. Il n'y a que lui qui devrait écrire mes livres. » Cette intelligence des rapports est à la base de la conception proustienne de la critique (voir La préface à *La Bible d'Amiens*, Mercure de France, éd. 1947, p. 10), à la base de l'activité du pastiche (voir J. Milly, *Les Pastiches de Proust*, édition critique et commentée, A. Colin, 1970) et, dans la production littéraire originale, à la base de la conception « métaphorique » de la réalité (voir J. Milly, *Proust et le style*, Minard-Lettres modernes, 1970, p. 39 sqq. ; J. Ricardou, « La métaphore d'un bout à l'autre », *Nouveaux Problèmes du roman*, Le Seuil, 1978, p. 89 sqq.).

4. Voir *Sw.*, p. 293 sqq., sur les clochers de Martinville. Le héros enfant avait écrit là son premier texte littéraire, premier témoignage de sa vocation et de son écriture métaphorique (voir sur ce point J.-Y. Tadié, « Invention d'un langage », *NRF*, 1er septembre 1959, p. 500 sqq. ; J. Milly, *La Phrase de Proust*, Larousse, 1975, p. 132 sqq. ; J. Ricardou, *op. cit.*). Par ailleurs, le motif d'un article envoyé par le héros au *Figaro* a été, dans la genèse de la *Recherche*, l'un des éléments premiers du roman, au moment où Proust, en 1908-1909, flottait encore entre un ouvrage de critique sur Sainte-Beuve et un ouvrage plus narratif : le héros, insomniaque, voyait au matin sa mère entrer dans sa chambre et lui apporter *Le Figaro*, qui contenait ce jour-là l'article

envoyé par lui quelque temps auparavant (voir une résurgence de ce détail dans *Guermantes II*, p. 91) ; cet article traitait de la critique de Sainte-Beuve, et la mère et le fils engageaient une longue conversation sur ce sujet. Ce sont les ébauches de cet état du projet qui ont été publiées sous le titre de *Contre Sainte-Beuve*, tandis que Proust transformait peu à peu totalement ses intentions, pour aboutir à la *Recherche* telle que nous la connaissons. Nous renvoyons sur ces points à l'ouvrage de Henri Bonnet, *Marcel Proust de 1907 à 1914*, Nizet, 1971, et à l'article important de Claudine Quémar : « Autour de trois avant-textes de l'« Ouverture » de la *Recherche* : nouvelles approches des problèmes du *Contre Sainte-Beuve* », *BIP* n° 3, 1975. La conversation littéraire avec la mère disparaît donc, mais fournit les éléments de la conversation esthétique et littéraire avec Albertine dans *La Prisonnière* (voir dans le présent volume p. 485 à 491 (et les réflexions du narrateur sur la littérature et son futur livre à la fin du *Temps retrouvé*.

Nous constatons donc, dès ce début, une résurgence de certains motifs fondamentaux tournant autour du problème de l'écriture. D'un autre côté, comme nous l'avons signalé dans l'introduction, le rôle de la mère subit un important déplacement par rapport au projet initial et également par rapport à *Swann* : le personnage s'éloigne en distance et en influence ; la grand-mère, qui était son double, notamment dans *JFF*, est morte dans *Guermantes II* ; c'est Françoise et Albertine qui se partagent maintenant le rôle « maternel » auprès de Marcel.

5. *Esther*, acte I, scène 3.

6. Mariano Fortuny (1871-1949), voir l'Introduction, p. 34 à 42.

7. *La Prisonnière* présente de nombreux cas de ces changements de niveau narratif où, par-dessus l'histoire racontée, le narrateur, ou l'auteur lui-même, s'adresse directement au lecteur (G. Genette appelle ces changements « métalepses narratives ». *Figures III*, p. 244). Ils peuvent soit permettre d'introduire une précision sur un mot (ou un nom propre) du récit (fonction « métalinguistique »), soit commenter le récit lui-même, sa disposition ou ses fondements idéologiques (voir p. ex. p. 138. Voir aussi, p. 142, une ébauche de dialogue avec le lecteur).

8. Les deux phrases qui précèdent sont une addition marginale dans la dactylographie. Ce commentaire apporte un nouvel exemple de la non-coïncidence du héros et du narrateur. Du point de vue de la connaissance des faits, ce dernier, qui bénéficie pourtant d'une vue d'ensemble de l'histoire, ne s'accorde pas l'ommiscience et n'a qu'un avantage relatif sur le héros ; bien des énigmes demeurent.

9. Le paragraphe suivant, où il est question du peintre et du musicien, laisse supposer qu'il y a eu ici un lapsus (« un livre de Bergotte » pour « une partition de Vinteuil ») ou une omission.

10. Cette dialectique entre la tendresse et la dureté apparaît déjà dans *JFF I*ʳᵉ *p.*), p. 227) à propos du style de Bergotte : « [...] c'est [l'accent de l'écrivain] qui dira si, malgré toutes les duretés qu'il a exprimées il était doux, malgré toutes les sensualités, sentimental. »

11. C'est ainsi que, lors de la matinée Guermantes du *Temps re-*

trouvé, le futur écrivain se représente le Temps par les positions successives que les êtres ont occupées par rapport à lui : « Nous ne pourrions pas raconter nos rapports avec un être que nous avons même peu connu, sans faire se succéder les sites les plus différents de notre vie. Ainsi chaque individu — et j'étais moi-même un de ces individus — mesurait pour moi la durée par la révolution qu'il avait accomplie non seulement autour de soi-même, mais autour des autres, et notamment par les positions qu'il avait occupées successivement par rapport à moi. » (*TR*, p. 443.)

12. Le motif du bercement et du sommeil dans une barque figure déjà dans *Jean Santeuil* (p. 382), et dans les brouillons de l'« Ouverture » de la *Recherche*, à un moment où Proust tâtonne en essayant d'asseoir son récit sur des souvenirs autobiographiques peu voilés, le personnage croyant, à son réveil, se trouver dans divers lieux où il a dormi jadis (voir J. Milly, « Étude génétique de la rêverie des chambres dans l'"Ouverture" de la *Recherche* », *BIP* n° 10, automne 1979, p. 11). Il correspond aussi à des souvenirs littéraires de Flaubert (*Madame Bovary* et le début de *L'Éducation sentimentale*) que Proust utilise dans son pastiche de cet écrivain (« l'oscillation des navires », l'entrechoquement des amarres, dans des fantasmes de vie amoureuse). Ce bercement est aussi lié à un rythme sexuel, comme le montre assez la suite du passage.

13. Ici s'achève la partie de la « *3e dactylographie* » corrigée par Proust de façon suivie (*NAF* 16745, f° 136). On ne trouve plus ensuite que des corrections minimes très espacées, ou des passages manuscrits ou dactylographiés pris à des états antérieurs et insérés dans cette dactylographie. Nous suivons désormais la « *1re dactylographie* » jusqu'à notre page 210 (voir note 17).

14. Rosita et Doodica : Deux célèbres sœurs siamoises, qui se produisaient dans les music-halls et obtinrent un succès de curiosité à l'Exposition universelle de 1900.

15. Ce passage est le seul de toute la *Recherche*, avec un autre de la *Prisonnière* (p. 253) où le héros-narrateur est appelé Marcel. Encore faut-il bien noter la restriction dont cette nomination est accompagnée : « en donnant au narrateur le même nom qu'à l'auteur de ce livre », ce qui est une façon de ne pas le nommer vraiment, mais seulement par hypothèse et commodité. M. Suzuki (« Le je proustien », *BSAMP* n° 9, 1959, p. 73 sqq.) et K. Yoshikawa (thèse, vol. 1, p. 192 sqq.) ont montré que le prénom — Marcel — fréquent dans les premiers cahiers de brouillon, a été progressivement supprimé par Proust dans les états postérieurs. Peut-être aurait-il même été supprimé totalement dans *La Prisonnière* si ce roman avait été révisé jusqu'au bout. En tout cas les deux occurrences correspondent avant tout à des manifestations de tendresse d'Albertine. Proust prend soin de bien distinguer le narrateur et l'« auteur de ce livre » ; le narrateur est, pour l'essentiel, un être sans nom et sans visage : plutôt une voix et une parole, celles de Proust, mais *figurées* et tenues à distance de l'auteur lui-même.

16. (Vicomte de) Borelli : poète mondain de la fin du XIXe siècle.

17. On a longtemps pensé qu'ici était le point ultime des corrections suivies de Proust dans ses dactylographies. En réalité, il a corrigé plus loin la 2ᵉ dactylographie (que la B.N. appelle « 1ʳᵉ »), mais a transféré les 40 feuillets suivants dans la 3ᵉ dactylographie. Voir l'Introduction p. 20, et la note 36 de la p. 252.

18. En fait, la citation provient de l'*Armide* de Gluck (1777) dont les termes sont exactement : « Ah ! si la liberté me doit être ravie, est-ce à toi d'être mon vainqueur ? »

19. Ce « cri » a été commenté par Leo Spitzer dans « L'Étymologie d'un cri de Paris », voir *Études de style*, 1970, pp. 474-481. Très populaire, il figure aussi avec plusieurs autres dans la scène des cris de la rue de *Louise*, de Gustave Charpentier (1900). Voir ci-dessus, p. 57.

20. Nous avons là une prémonition de la mort accidentelle d'Albertine à cheval (*Fug.*, p. 114) et celle, plus curieuse, de la consolation du héros, dont la duplicité est ici patente. Les quatre dernières phrases remplacent, dans une correction autographe apportée à la dactylographie (*NAF* 16746, fᵒˢ 3 et 4), l'assez long passage suivant, encore plus explicite : « Quoi ? Vous ne vous tueriez tout de même pas, dit-elle en riant. » — « Non, mais ce serait le plus grand chagrin que je puisse avoir. » Et comme quoique vivant uniquement chez moi, quoique devenue très intelligente, elle restait malgré tout en rapports mystérieux avec l'ambiance du dehors — comme les rosiers de sa chambre refleurissaient au printemps — et suivait comme par une harmonie préétablie, car elle ne causait guère avec personne, les modes ineptes et gentilles du langage féminin, elle me dit : « C'est bien vrai ce gros mensonge-là ? » Et même elle devait, sinon m'aimer plus que je ne l'aimais, du moins induire de ma gentillesse avec elle que ma tendresse était plus profonde qu'elle ne l'était en réalité car elle ajouta : « Et puis si, je crois que vous ne me survivriez pas 48 heures sans vous tuer. Vous êtes gentil, je n'en doute pas, je sais que vous m'aimez bien. » Et elle ajouta : « Que voulez-vous si c'est mon destin de mourir dans un accident de cheval ? J'en ai eu souvent le pressentiment, mais cela m'est bien égal. Il peut bien m'arriver ce que le bon Dieu voudra. » Je crois qu'elle n'avait au contraire ni pressentiment, ni mépris de la mort et que ses paroles étaient sans sincérité. Je suis sûr en tout cas qu'il n'y en avait aucune dans les miennes sur le plus grand chagrin que je puisse avoir car sachant qu'Albertine ne pouvait plus que me priver des plaisirs ou me causer des chagrins, que je ne ferais que gâcher ma vie pour elle, je me rappelais le vœu qu'avait jadis formé Swann à propos d'Odette, et sans oser souhaiter la mort d'Albertine, je me disais que cette mort m'eût rendu, pour parler comme le sultan, ma liberté d'esprit et d'action.

21. La plus grande partie du passage qui commence ici sur le sommeil (jusqu'à : « on ne le retrouve plus », p. 221) a été ajoutée par Proust à la main sur la dactylographie (*NAF* 16746, fᵒˢ 6 et 7). Il reprend en le développant le motif des réveils de l'« Ouverture » de la *Recherche* (*Sw.*, p. 99), en y agrégeant des motifs nouveaux comme celui du bon usage des narcotiques et de leur suppression, ou comme les cauchemars féminins. Voir les premiers essais de cette « Ouverture » dans J. Milly,

« Étude génétique de la rêverie des chambres dans l'"Ouverture" de la Recherche », *BIP*, n° 10 et 11, 1979 et 1980.

22. Voir ci-dessus les citations d'*Esther*, p.109, 215.

23. Cettre phrase, où le pronom « les » renvoie aux « bruits du dehors » répond à une question d'Albertine (p. 216) restée en suspens à cause de la longue addition sur les sommeils.

24. Restaurateur parisien.

25. Le passage sur les glaces est une addition manuscrite à la dactylographie (*NAF* 16746, f° 10). Proust écrit en marge, à son propos : « N.B. la page qui suit ce 130 quinque et qui est numérotée 130 six et tout entière écrite à la main est très importante. » L'importance de ce passage a en effet été soulignée à diverses reprises, comme auto-pastiche de Proust, et comme manifestation de la sexualité. Voir J. Milly, *Les Pastiches de Proust*, p. 45 ; Philippe Lejeune, « Écriture et sexualité », *Europe*, février-mars 1971, p. 113 sqq. ; mais encore Harold March, *The Two Worlds of Marcel Proust*, University of Pennsylvania Press, Philadelphie, 1948, p. 36 ; — Serge Gaubert, « La Conversation et l'écriture », *Europe*, févr.-mars 1970, p. 185-187 ; — J. P. Richard, *Proust et le monde sensible*, Le Seuil, 1974, p. 19-29 ; — et l'intéressant article-bilan d'Emily Eells, « Proust à sa manière », *Littérature*, n° 46, 1982, p. 105-123.

26. Les éditions précédentes suppriment le passage « laquelle la veille encore... vous déposer là », sous prétexte que Proust l'a déjà inséré sous une forme voisine p. 108. Nous pensons néanmoins qu'il faut le maintenir, pour plusieurs raisons :
1) *La Prisonnière* présente de nombreuses traces d'inachèvement, comme les doubles emplois de ce genre (c'est le cas, d'ailleurs, dans les trois romans posthumes) ; et il n'est pas justifié de les faire disparaître systématiquement quand les deux fragments présentent des différences de texte ou de fonction par rapport au contexte ;
2) ces lignes jouent ici un rôle précis par rapport aux paroles précédentes d'Albertine, en établissant une comparaison entre la « poésie » des deux personnages ;
3) dans le fragment de la p. 108, qui est une addition tardive (en fait le transfert, avec développement, du fragment de la p. 226), le nom de Céleste est très inattendu dans le contexte. Dans *S.G.*, rappelons-le, Céleste Albaret est l'une des « courrières » du Grand Hôtel de Balbec (voir *SG vol. 1*, p. 337-342 qu'il faut donc supposer, dans le présent passage de *Pris.*, en visite à Paris (« ... laquelle la veille encore était venue me voir »...) Or Céleste Albaret est d'abord, dans la réalité, la gouvernante de Proust depuis 1914 et c'est elle qui a fourni la plupart des traits du personnage de Françoise. Mais, comme il le fait souvent, Proust a réparti un faisceau cohérent de traits descriptifs entre plusieurs personnages : celui de Céleste Albaret assume surtout, avec sa sœur Marie Gineste, les origines auvergnates de la propre gouvernante de l'auteur, ses manifestations d'attention affectueuse (ce qui n'est pas souvent le cas de Françoise !) et son génie « poétique ». Enfin Proust avait pris l'habitude, surtout dans des passages rédigés tardivement, de

faire des allusions à des personnes réelles qu'il connaissait et à qui il voulait faire plaisir (par exemple Louis de Turenne, *Gu. II*, p. 345; *SG vol. 1*, p. 223, 225; Paul Morand, *TR*, p. 172; Anna de Noailles, *TR*, p. 87). Ce jeu atteint son sommet dans le pastiche de Saint-Simon des *Pastiches et Mélanges*.

27. Cet argument romanesque recouvre surtout la satisfaction de l'auteur d'avoir réussi, grâce aux propos d'Albertine, un pastiche de son propre style métaphorique et une évocation indirecte de la sexualité.

28. Le passage qui commence ici figure manuscrit sur une longue paperolle collée à la dactylographie (*NAF* 16746, f° 12).

29. Fin de l'addition manuscrite et retour à la dactylographie.

30. Notons le soin que prend Proust de rapprocher sadiquement les conseils de bonne conduite de la mère et l'introduction, par Françoise dans un rôle d'entremetteuse, de la petite crémière.

31. Longue addition manuscrite sur la dactylographie (*NAF* 16746, f° 18), jusqu'à «... toujours insatiable», p. 239.

32. *Les Fourberies de Nérine,* comédie en vers de Théodore de Banville (1864). L'actrice Léa, réputée lesbienne, était connue à Balbec (dans *JFF*) des jeunes filles de la petite bande à laquelle appartenait Albertine.

33. Malgré les déclarations plus rassurantes écrites à propos de la mort de Bergotte (p. 286), Proust ne se sent-il pas proche de cet «athée moribond [...] assuré du néant» qui «use ses dernières forces» à tâcher de faire connaître les vérités qu'il a découvertes? D'ailleurs les obligations morales de «l'artiste athée» sont également rappelées à propos de la mort de Bergotte.

34. Nous interprétons la construction de cette phrase, qui figure telle quelle dans le *Ms*, non comme un lapsus pour «il fallait empêcher à tout prix que...», mais comme l'équivalent de: Elle voulait (il lui fallait) à tout prix retrouver cette connaissance...»

35. Dans les lignes qui suivent, la dactylographie et le *Ms* sont très incohérents, répétant inutilement un passage déjà utilisé, rappelant le renvoi de la laitière «en lui donnant deux francs» (et non cinq), faisant allusion à la mère du héros comme présente à Paris, etc. Nous ne retenons pas ces passages.

36. Ici s'arrêtent les dactylographies corrigées *de façon suivie* par Proust (voir n. 17). La suite (qui comporte certains fragments transférés d'états antérieurs) n'a pas été revue par lui. Les premiers éditeurs de la NRF ont dû se livrer, devant les obscurités, les incohérences et les lacunes, à de nombreuses conjectures. Le recours parallèle au *Ms* nous devient indispensable, mais ne supprime pas les difficultés.

37. Opéra-comique en trois actes d'Adolphe Adam, représenté à l'Opéra-Comique en 1836. Ce compositeur est réputé pour la facilité et la médiocrité de sa musique. — Le style de cette méditation sur la musique est remarquable par ses rythmes syllabiques et ses jeux de sonorités. Voir sur ce sujet notre livre sur *La Phrase de Proust*, p. 154 à 158.

38. Le texte du *Ms* étant ici peu cohérent par suite d'additions mal intégrées. il a fallu le modifier légèrement pour le rendre intelligible.

39. Cette réserve sur le « puissant ronflement » de la musique de Wagner a été faite en des termes très voisins à propos du style de Maeterlinck. dans une lettre à Georges de Lauris. présumée d'août 1911 : « Et puis la beauté même du style, la lourdeur de sa *carrosserie* ne conviennent pas à ces explorations de l'impalpable [...]. Je me suis permis devant vous de petites irrévérences à l'endroit de Maeterlinck — ma grande admiration du reste — en parlant d'Infini 40 chevaux et de grosses voitures marque Mystère » (*A un ami*. lettre LXXI. Amiot-Dumont. 1948). A ce doute sur la nécessité de ces puissants « appareils vraiment matériels » pour explorer l'infini, le héros répond de façon très nette lors de l'exécution du septuor de Vinteuil chez les Verdurin (p. 360) par la négative : ce qu'il faut, c'est « voir l'univers avec les yeux d'un autre. de cent autres ». qui sont les artistes originaux.

40. Dans *L'Éducation sentimentale*. Mme Arnoux. venant voir Frédéric Moreau chez lui. remarque au mur le portrait de la « Maréchale ». sa maîtresse : « Je connais cette femme. il me semble. — Impossible. dit Frédéric, c'est une vieille peinture italienne. » (Bibliothèque de la Pléiade, t. II. p. 450.) La citation de Morel est à la fois une plaisanterie et le masque transparent et insolent d'un mensonge.

40*bis*. Henri Rochat. secrétaire de Proust de 1918 à 1921. avait rompu ses fiançailles avec la fille d'un concierge. C'est peut-être cette situation et cette rupture qui fournissent des traits pour Morel dans l'épisode ci-dessus. Voir Painter. t. II, p. 399-400.

41. « Cocher » contredit les indications antérieures (p. 264) et postérieures (p. 273 : le chauffeur) selon lesquelles la promenade a lieu en automobile. Probablement y a-t-il eu là une contamination de fragments d'origine différente. D'autre part, ce cocher ou chauffeur n'est mentionné qu'à la fin de la promenade ; tout le reste du texte décrit une promenade à deux, et un détail peut laisser supposer qu'Albertine conduit l'auto : p. 264 « car je ne pouvais demander à Albertine de m'arrêter ». Le passage. insuffisamment relu par l'auteur. laisserait transparaître qu'il se souvient ici d'une promenade avec un chauffeur, probablement Agostinelli ; car nulle part ailleurs nous ne voyons Albertine conduire elle-même une voiture.

42. Ou peut-être *fière ;* mot illisible dans le *Ms*.

43. Il est probable que Proust songe ici à ses propres démarches auprès de Calmette. au *Figaro*. et auprès de différents éditeurs, pour faire publier *Du côté de chez Swann*. La NRF elle-même n'est pas exclue pour la période postérieure. où Proust est devenu un de ses auteurs : *les Lettres à la NRF* et la *Correspondance* avec Jacques Rivière révèlent qu'il se plaint plusieurs fois d'être victime de promesses non tenues.

44. Le passage sur la mort de Bergotte est intégré ici de façon inattendue et brutale. Le « Manuscrit au net » ne le comporte pas, et

continue le récit sur les relations du héros avec Albertine. La « *3ᵉ dactylographie* » le comporte (*NAF* 16746, fᵒˢ 81 à 95), y compris un long
fragment autographe (fᵒ 81) venu d'un état antérieur (ce fragment correspond, avec une lacune, au passage p. 281-284 — « D'ailleurs il
n'avait jamais aimé le monde [...] Bergotte les essaya tous. » Par
ailleurs, dans les cahiers d'ébauches, on trouve dans le *Cahier 59* (NAF
16699, fᵒˢ 48 vᵒ, 49 rᵒ et vᵒ) une première esquisse du début de cette
mort (« Il y avait des années que Bergotte ne sortait plus de chez lui »),
et dans le *Cahier 62* (NAF 16702, fᵒˢ 57 et 58, rectos et versos) une
rédaction du passage suivant : « Il mourut dans les circonstances suivantes [...] l'idée que Bergotte n'était pas mort à jamais est sans
invraisemblance. »

45. Ici le fragment manuscrit inséré dans la « *3ᵉ dactylographie* »
donne « Elstir » au lieu de « Bergotte ».

46. La rédaction de cette phrase dans la « *3ᵉ dactylographie* » est
obscure : « la veille de ce jour-là et où il s'était soumis... ». Elle ne peut
signifier que : la veille (où il s'était soumis aux narcotiques) de ce
jour-là (jour J du récit, troisième Journée de *la Prisonnière*). Dès lors,
les trois indications que donne le narrateur sur la date de cette mort sont
contradictoires :
p. 280 : « j'appris [sans précision de date ni d'origine] que ce jour-là
[jour J] avait eu lieu... la mort de Bergotte... »
p. 285 : « [la mort] de Bergotte survint la veille [J-1] de ce jour-là »
p. 286 : « j'appris, ai-je dit, que ce jour-là [jour J] Bergotte était mort.
Et j'admirais l'inexactitude des journaux qui disaient... qu'il était mort
la veille [J-1]. Or la veille, Albertine l'avait rencontré, me raconta-t-elle
le soir-même. »
Le narrateur admet donc une fois la version des journaux, et deux fois
celle qui concorde avec les déclarations d'Albertine. Mais Albertine est
une menteuse, et son ami devine « longtemps après » (encore n'est-ce
pas donné comme l'acquisition d'une preuve) qu'il a « faussement
accusé les journaux d'inexactitude, car ce jour-là, Albertine n'[a] nullement rencontré Bergotte » (p. 287). Peut-être, dans une relecture des
dactylographies, Proust eût-il supprimé le flottement du narrateur dans
les trois premières indications de date. En tout cas, cette incertitude est
caractéristique de cet univers de suspicion généralisée où les faits les
plus objectifs ne peuvent être déterminés faute de témoignages fiables.

47. Il y a là, vraisemblablement, l'ébauche d'une clé, car c'est à
Neuilly qu'habitait Robert de Montesquiou, l'un des principaux modèles de Charlus, et homosexuel comme lui.

48. « Cherbourg » est une allusion aux rencontres dans la maison de
campagne des Verdurin, à la Raspelière, en Normandie (voir *SG*). « Le
Petit Dunkerque » est l'enseigne d'une vieille boutique proche de l'actuelle maison des Verdurin, comme nous l'apprendra plus tard le pseu-
do-*Journal* des Goncourt (*TR*, p. 74). Le narrateur se fait complice de
Brichot aux dépens du héros naïf, et pose indirectement une devinette au
lecteur.

49. Le passage sur la mort de Swann figure dans la « *3ᵉ dactylogra-*

phie », mais non dans le « Manuscrit au net ». On le trouve partiellement rédigé dans le *Cahier 59* (NAF 16699, fos 39 à 44), parmi d'autres fragments destinés aux dernières parties de la *Recherche*. Les deux morts importantes de ce roman, celle de Bergotte et celle de Swann, sont donc des ajouts tardifs. Mais celle de Swann est prévue depuis longtemps (voir dans *Gu. II*, l'épisode des souliers rouges de la Duchesse, p. 362-365).

50. Sur l'existence des deux Cartier et leur confusion par les ignorants, voir au début de *Pris*, pp. 132 et 133.

51. Dans le tableau réel de Tissot (1868) auquel il est fait allusion, c'est Charles Haas qui occupe la place attribuée à Swann. Nous avons donc là une des clés du personnage. Ces lignes sont une des dernières références à l'actualité introduites dans le roman : Proust avait reçu de Paul Brach, en juin 1922, une reproduction du tableau de Tissot parue dans *l'Illustration* du 10 juin.

52. Voir *Gu. II*, p. 362-365.

53. La rédaction de ce passage dans le *Cahier 59* (fo 44 ro), ajoute, après « la réponse ne viendrait plus » : « La mort des autres est comme un voyage que l'on ferait soi-même et où l'on se rappelle, déjà à cent kilomètres de Paris, qu'on a oublié deux douzaines de mouchoirs, de laisser une clef à la cuisinière, de dire adieu à son oncle, de demander le nom de la ville où est la fontaine ancienne qu'on désire voir. Cependant que tous ces oublis qui vous assaillent et qu'on dit à haute voix, par pure forme, à l'ami qui voyage avec vous, ont pour seule réplique la fin de non-recevoir de la banquette. [le nom] de la station crié par l'employé et qui ne fait que nous éloigner davantage des réalisations désormais impossibles, si bien que renonçant à penser aux choses irrémédiablement omises, on défait le paquet de victuailles et on échange les journaux et les magazines. »

54. Une autre mention de cet incendie est faite dans le pseudo-extrait du *Journal* des Goncourt (voir *TR*, p. 80). De même, les indications qui suivent sur les deux habitations successives des Verdurin se retrouvent également dans ce pastiche (*TR*, p. 73-74).

55. Notre lecture des derniers mots est conjecturale, le texte du manuscrit étant obscur : « et à se le faire pincer l'un l'autre. » Voir, au sujet du comportement du Baron à l'égard des deux jeunes gens, *SG vol. 1*, p. 169 sq.

56. Citation approximative. La Bruyère écrit : « Un dévot est celui qui, sous un roi athée, serait athée » (*Caractères*, « De la Mode », chap. 21).

57. Il est curieux que ce fragment, depuis « Encore n'en est-il pas toujours de même... », parfaitement lisible dans le *Ms* et bien transcrit dans la dactylographie, ait été délibérément omis par les premiers éditeurs du roman (*NRF*, 1923), parmi lesquels Robert Proust, frère de l'écrivain et médecin. Censure professionnelle (mais Robert Proust était spécialiste d'urologie et d'obstétrique) ou plus personnelle ?

58. Nous donnons à partir d'ici, et jusqu'à «une main qu'il ne manqua pas de poser sur mon épaule» (p. 310) un long et intéressant passage qui figure dans le manuscrit (*NAF* 16716, f° 103) sous la forme d'une série de paperolles non intégrées au récit selon la pagination de Proust, et qui n'est pas repris dans la dactylographie. Néanmoins, le début et la fin de ce passage montrent que c'est bien à cet endroit qu'on peut le placer.

59. Surnom de Morel.

60. Tragédien (1841-1916) à la Comédie-Française. Ses rôles les plus admirés furent ceux de l'Oreste d'*Andromaque*, d'Hamlet et de l'*Œdipe-Roi*.

61. La phrase est restée inachevée après la parenthèse.

62. Pierre Guiraud donne, dans son *Dictionnaire érotique* (Payot, 1978), une acception argotique de «carton» comme «fille publique», de même que «faire un carton» pour «coïter».

63. Bronzino (1502-1572): peintre italien, auteur de nombreux portraits.

64. Ce passage évoquant un Bergotte bien vivant montre que le récit de sa mort (p. 280-286) a été avancé par rapport à sa place primitive. Voir la note 44 sur la façon dont cette mort est intégrée dans les dactylographies.

65. L'abbé Batteux (1713-1780), académicien, auteur entre autres d'ouvrages de théorie littéraire et poétique. Nous n'avons pas trouvé cette phrase dans le manuscrit, mais la dactylographie écrit à tort «l'abbé Le Batteux».

66. Madame Pipelet, la concierge des *Mystères de Paris* d'Eugène Sue. Mme Gibout, Mme Prud'homme, personnages d'Henri Monnier dans les *Scènes populaires* et les *Mémoires de Joseph Prud'homme*.

67. Suzanne Reichenberg (1853-1924), actrice spécialisée dans les rôles d'ingénues.

68. Zurlinden, Loubet: ministre de la Guerre et président de la République au temps de l'affaire Dreyfus. Labori était l'avocat de Dreyfus, le colonel Picquart témoigna en faveur de ce dernier.

69. La mort de Cottard n'est annoncée que de cette façon incidente, dans un passage tardivement rajouté à la dactylographie. Il reparaît néanmoins bien vivant un peu plus loin, dans la même soirée Verdurin (p. 383), et on apprend sa mort pendant la guerre dans le *Temps retrouvé* (*TR*, p. 144).

70. Comprenons ainsi cette fin de phrase très elliptique, où les verbes *entretenir, épouser* sont employés intransitivement: «l'inverti [...] éprouve le besoin d'entrer de même dans toutes les fonctions sociales de l'homme qui n'est pas inverti, d'entretenir comme [le font] l'amant des danseuses et le vieil habitué de l'Opéra, aussi d'être rangé, d'épouser ou de se coller avec un homme, d'être père.»

71. Depuis « Pendant ce temps-là… », il s'agit d'un fragment ajouté tardivement, et qui ne figure pas dans le *Ms*.

S'agit-il pour Proust, au moment où il va entrer dans une description caricaturale de comportements homosexuels, de donner le change sur ses propres goûts par l'intermédiaire de son héros, ou y-a-t-il chez lui une réelle ambiguïté de sentiments à l'égard des femmes et des jeunes filles ? On peut se reporter, sur ce point, à l'étonnant propos du narrateur p. 108 « Albertine s'était étonnamment développée, ce qui m'était entièrement égal, les supériorités d'esprit d'une femme m'ayant toujours si peu intéressé, que si je les ai fait remarquer à l'une ou à l'autre, cela a été par pure politesse. »

72. Peut-être s'agit-il du numéro de l'hôtel des Verdurin quai Conti. Ou, encore, de la date du second concert (la « grande machine », d'après Charlus) que Morel doit donner dans ce même hôtel quelques jours plus tard.

73. La suite de la page du *Ms* (*NAF* 16717, f° 19r°) est presque entièrement blanche, et ne comporte que les indications suivantes : « pianiste fausses notes ? (ou pour le dernier chapitre) » et « vieillard qui monte à l'orgue cru Vinteuil ? (ou pour le dernier chapitre) ». Ces notes renvoient à des ébauches que l'on trouve dans les *Cahiers* sous diverses formes et qui, en définitive, n'ont pas été utilisées. L'édition de la Pléiade donne la plus complète dans les notes aux *Jeunes Filles* (*RTP I*. 979 sqq.). K. Yoshikawa a étudié l'ensemble de cette question dans sa thèse (t. I, p. 185-192).

74. Titres des deux dernières pièces des *Scènes d'enfants* de Schumann. Celui de la seconde est exactement « l'Enfant s'endort ».

75. Dans l'*Assomption* de Mantegna (église des Eremitani, Padoue), trois anges sonnent du buccin à la partie inférieure du tableau. Sur les anges musiciens de Bellini, voir dans *JFF*, 2ᵉ *p*., p. 305.

76. Voir la scène d'homosexualité et de sadisme, à laquelle le héros enfant assiste en voyeur par la fenêtre de la maison de Montjouvain, dans *Du côté de chez Swann*.

77. Deux morceaux du *Tannhäuser* de Wagner. Ils furent mieux accueillis du public que le reste de l'œuvre.

78. *Odes et Ballades* et (« Sara la baigneuse ») *les Orientales*.

79. En face du développement qui suit, Proust a écrit en marge dans le manuscrit : « Mettre tout cela dans le dernier chapitre du livre. »

80. Cette partie de phrase se comprend par rapport à la fin de *SG II* où le héros, apprenant à Balbec de la bouche d'Albertine que celle-ci connaissait intimement l'amie de Mlle Vinteuil, est affolé à l'idée de cette fréquentation qu'il présume amoureuse, et presse Albertine de rentrer immédiatement à Paris avec lui, et de vivre quelque temps chez lui.

81. Allusions d'abord à la première rencontre de M. de Charlus et de Morel à Balbec (*SG vol. 2*, p. 16-19), puis à la parenté de Charlus, frère du Duc de Guermantes.

82. Lors de la première rencontre entre Charlus et Morel, le héros a reconnu en ce dernier le fils du valet de chambre de son oncle Adolphe, lequel recevait chez lui une brillante cocotte, la « dame en rose » (*Du côté de chez Swann*). C'est à la matinée chez Mme de Villeparisis, dans *Gu. I* (p. 361) que Morel apprend au héros que la « dame en rose » était la future Mme Swann.

83. Ici commence dans le manuscrit une très longue addition, faite sur paperolles. Elle va jusqu'à « étaient ravis » (p. 377).
Le paragraphe qui précède, qui ne figure pas dans le « Manuscrit au net », a été intercalé, dans la *3ᵉ dactylographie* (NAF 16747, fᵒ 20-21) dans la conversation entre Brichot, Charlus et le narrateur (p. 394 de la présente édition, après « fit manquer le plan de la Patronne »). Cette place, qu'ont conservée les précédents éditeurs, nous paraît erronée, parce que ce fragment n'a aucun rapport avec la conversation, et surtout parce que, pendant ce temps, Morel a été entraîné à l'écart par M. Verdurin pour y recevoir des « révélations » sur le Baron (voir p. 415).

84. La « phrase du cadre » est celle de Charlus, une page et demie plus haut, commentant à propos de Morel « l'exportation d'une personnalité fascinante dans un cadre qui lui fait forcément subir une déperdition de son pouvoir transcendantal ».

85. Ce portrait caustique de M. d'Argencourt, rajouté au *Ms* sur une paperolle supplémentaire, est tout à fait dans la manière des *Mémoires* de Saint-Simon, avec sa satire des « goûts » (vrais ou faux) et des machinations. Proust va jusqu'à imiter dans la clausule la langue du mémorialiste (*dont* pour *ce dont*). Voir, sur l'important côté saint-simonien de Proust, le chapitre que nous lui consacrons dans *les Pastiches de Proust* (p. 225-318).

86. Un blanc de quelques mots a été laissé dans le *Ms*.

87. Beckmesser est un personnage de pédant et de cuistre dans les *Maîtres-Chanteurs* de Wagner.

88. Allusion au « décret de Moscou » signé dans cette ville par Napoléon Iᵉʳ le 15 octobre 1812 et qui constituait la charte organique de la Comédie-Française, réglant entre autres la discipline des sociétaires.

89. Le comte Hoyos, ambassadeur d'Autriche à Paris.

90. Citation de Tacite, *Vie d'Agricola*, chap. 3 : « un grand espace de vie mortelle ».

91. Le nom est laissé en blanc dans le manuscrit.

92. Allusion au dénouement d'*Hernani*. Après le mariage d'Hernani et de Doña Sol, quand les invités se sont retirés, retentit l'appel du cor qui force Hernani à se tuer.

93. Peintre français (1815-1879). Dans son tableau *les Romains de la décadence* (1847, Musée d'Orsay), deux philosophes sont représentés à l'arrière-plan en train de converser.

94. Charlus fait ici un jeu de mots (et son propre nom y ajoute un

raffinement) entre Charlie et le Don Carlos du drame, futur Charles Quint. La boucle onomastique étrange qui commence à la première page de *Swann* (« il me semblait que j'étais moi-même ce dont parlait l'ouvrage : une église, un quatuor, la rivalité de François Ier et de Charles Quint ») est en train de trouver son aboutissement formel : Charles Quint-Charlus-Charlie-Don Carlos (alias Charles Quint). En même temps, et Charlus ne croit pas si bien dire, au moment où les invités ont quitté l'hôtel des Verdurin, le dénouement d'*Hernani* va se rejouer, et Morel-Don Carlos, le musicien, va mettre fin au triomphe et aux tirades de Charlus-Hernani en l'« exécutant » de façon inattendue.

95. Théodore Rousseau, peintre français paysagiste (1812-1867), qui peignit surtout dans la forêt de Fontainebleau et à Barbizon. Nous ne lui connaissons pas d'écrits théoriques.

96. Déjà, dans *le Côté de Guermantes*, le héros parle d'« un duel que j'avais eu » (*Gu. II*, p. 100). Proust eut en réalité un duel le 6 février 1897 avec le journaliste Jean Lorrain qui avait insinué dans un article l'existence de rapports homosexuels entre lui et Lucien Daudet. Les témoins soulignèrent son courage dans cette circonstance, et lui-même rappela souvent dans ses lettres qu'il n'avait pas peur de se battre s'il le fallait. Nous sommes ici en présence d'une osmose partielle entre l'auteur et le héros-narrateur.

97. Dans *Guermantes I*, Charlus avait proposé, au sortir d'une matinée chez Mme de Villeparisis, de diriger la vie du héros, mais en lui demandant s'il en valait bien la peine et en ajoutant qu'il n'y trouverait lui-même que des ennuis. Il n'avait obtenu qu'un refus poli (p. 381 sqq.).

98. Voici encore une mort par prétérition, comme celles de Swann et de Cottard. Ce qui n'empêchera pas Mme de Villeparisis de reparaître vivante dans le volume suivant, dans l'épisode de Venise (*Fug.*, p. 288-297). Résurrection qui est également arrivée à Bergotte (voir note 64) et au docteur Cottard (voir note 68).

99. Le *Ms* comporte ici (*NAF* 167127, f° 63) un passage biffé sur les deux sœurs de Mme de Villeparisis, qui portent les noms de Princesse d'Hanovre (avec l'orthographe fréquente chez Saint-Simon) et Mme d'Hatzfeld. Il est fait explicitement mention d'elles dans le pastiche Goncourt du *Temps retrouvé* (*TR*, p. 80).

100. Allusion au *Michel-Ange* de Romain Rolland (1913). « Mobiliser la Villette », c'est mettre en alerte les mauvais garçons qui faisaient la réputation de ce quartier, autour de ses abattoirs. Maurice Sachs dans *le Sabbat*, a raconté l'intérêt porté par Proust, pendant la guerre à des garçons bouchers. Mais c'est plutôt dans le *Temps retrouvé* qu'apparaissent des allusions possibles à ces rencontres.

101. C'est nous qui ajoutons les parenthèses, ce fragment s'intégrant difficilement dans le contexte immédiat.

102. Lors d'une visite à l'atelier d'Elstir à Balbec, dans *JFF*, le jeune héros avait été intrigué par une aquarelle représentant une actrice

en demi-travesti et intitulé *Miss Sacripant*. Le modèle lui avait paru ressembler à Mme Swann (*JFF* 2ᵉ *p.*, p. 239-240, 251-254).

103. Ces vers sont tirés de la *Correspondance* de Madame, Duchesse d'Orléans. Traduction : « Mon cher ami de La Moussaye, ah bon Dieu, quel temps ! Landerirette, la pluie va nous faire périr. — Nos vies sont en sécurité, car nous sommes des Sodomites et le feu seul doit nous faire périr landeriri. » Proust ajoute en regard, dans le *Ms :* « Insister sur ce que l'homosexualité n'a jamais empêché la bravoure, de César à Kitchener. »

104. Quelques pages plus loin (p. 422), M. Verdurin est appelé Gustave.

105. C'est Mme de Duras qui a, un peu auparavant, engagé Morel à venir chez elle redonner le même programme que chez Mme Verdurin (voir p. 383). Proust a d'abord appelé ce personnage Mme de Canillac dans le *Ms*, mais a ensuite, à plusieurs reprises, corrigé son nom en Mme de Duras.

Après « ne lui aurait certainement pas arrachés », nous supprimons la phrase suivante, ajoutée en marge dans le manuscrit (lequel se trouve à cet endroit — NAF 16718, fᵒ 23 — constitué par une page transférée d'un état antérieur et non adaptée au nouveau contexte) : « Le sculpteur intéressé par ces larmes sourit et me montra Bobby du coin de l'œil ». En effet, le narrateur n'assiste pas à la scène, et fait son entrée avec le Baron et Brichot un peu plus tard. Bobby est un des surnoms donnés à Morel dans les manuscrits.

106. Camille Chevillard (1859-1923), chef d'orchestre des concerts Lamoureux.

107. La reine de Naples est un personnage historique, qui participa effectivement au siège de Gaète en 1861, et mourut en 1925. Voir Painter, II, p. 310-311.

On a trouvé le « modèle » de la soirée Verdurin dans un récital organisé pour le pianiste Léon Delafosse par Robert de Montesquiou chez la baronne Alphonse de Rothschild le 5 juin 1897. Montesquiou y fut insulté et se brouilla définitivement avec son protégé. Voir sur ce point Painter, *Ibid*. Sur l'humiliation du baron et sa sortie au bras de la reine, nous avons des antécédents de cette scène dans *Jean Santeuil*, lorsque Jean, après avoir été humilié par M. et Mme Marmet, se promène à l'Opéra en compagnie du roi de Portugal (Pléiade, p. 679-682), lorsque, après un autre affront, la duchesse de Réveillon lui offre son bras (p. 693), et dans divers passages où les avanies qu'il a subies sont aussitôt compensées publiquement par la faveur d'un grand personnage.

108. Nous citons ci-dessous l'explication de ce passage biblique par Jacques Nathan (*Citations, références et allusions de Marcel Proust,...* p. 186) : « *Livre de Daniel*, IX, 24 : "Soixante et dix semaines ont été fixées sur ton peuple et ta ville sainte pour faire cesser les transgressions et mettre fin aux péchés [...] Depuis le moment où la Parole a annoncé que Jérusalem sera rebâtie jusqu'à l'Oint, au Conducteur, il y aura sept semaines. Dans soixante-deux semaines, les glacis et les fossés seront

rétablis. " Il s'agit de la captivité de Babylone, et les semaines doivent être entendues comme des années. Tobit était devenu aveugle pendant la captivité de Ninive. Son fils, envoyé par son père en Médie, rencontra en voyage un inconnu qui revint avec lui et guérit Tobit. Cet inconnu était l'archange Raphaël. Alors que dans la Bible le père se nomme Tobit et le fils Tobias, Proust, suivant en cela certaines traductions françaises, les appelle tous les deux Tobie, d'où l'expression : Le " père de Tobie ". La piscine probatique est la piscine située près du temple de Jérusalem, où l'on purifiait les victimes avant de les immoler. "

109. Dans « Un amour de Swann », nous lisons que c'est le grand-père du héros qui a connu la famille des Verdurin (*Sw.*, p. 316).

110. Le blanc plus important qui suit est de nous. Rien dans le *Ms*, pas même un alinéa, n'indique ce début de la troisième grande partie de *La Prisonnière*.

111. Gaston Maspéro (1846-1916), l'égyptologue français qui fut à deux reprises directeur général des antiquités de l'Égypte et fit des découvertes retentissantes.

112. Mgr d'Hulst (1841-1896), fondateur en 1880 et recteur de l'Institut catholique de Paris.

113. Le grand reproche que Proust, comme critique, adresse à Sainte-Beuve c'est précisément son goût des indiscrétions biographiques sur les auteurs qu'il étudie (voir le *Contre Sainte-Beuve*).

114. Gaston Boissier (1823-1908), auteur des *Promenades archéologiques* (1880).

115. Allusion au début de la fable XII du livre II, « la Colombe et la Fourmi ».

116. Noter, à la clausule de cette phrase poétique, le cumul de la métaphore, de l'alexandrin blanc et du jeu des récurrences phoniques (*bas, barres, par*allèles).

117. Noter ici aussi une clausule cadencée, en trois octosyllabes blancs (sur la question des *e* caducs dans les vers blancs, voir J. Milly, *La Phrase de Proust*, p. 23-24), et comportant des jeux de récurrences phoniques (les consonnes labio-dentales *v* et *f*, les voyelles ouvertes des fins de groupes, les syllabes *for-, -reaux, d'or*). Ces faits de poétisation de la phrase proustienne, que nous avons étudiés dans l'ouvrage ci-dessus-mentionné, sont relativement moins fréquents dans *Pris.* que dans *Sw.* et *JFF*.

118. A partir de « Du reste » et jusqu'à « Ma petite Albertine, lui-dis-je avec une douceur et une tristesse profondes [...] » (p. 449), nous suivons la « 3ᵉ *dactylographie* » seule car ce passage ne figure pas, à notre connaissance, dans le *Ms*. Il s'agit probablement d'une addition tardive, puisque ni la « 1ʳᵉ *dactylographie* », ni la « 2ᵉ » ne le donnent, et que dans la « 3ᵉ » il porte une pagination « à rallonges » : fᵒˢ 507, 507 bis, 508, 508 (2) à 508 (10), 509, 509 (2) à 509 (5). L'édition de la Pléiade reprend également cette partie de la « 3ᵉ *dactylographie* », mais se réfère dans ses notes critiques à une partie du manuscrit (dont les fᵒˢ ne sont

pas indiqués) que nous n'avons pu retrouver dans les *Ms* de *Pris*. conservés à la Bibliothèque nationale.

Voici néanmoins la page du *Ms* qui, à la place de cette très longue addition, nous fait passer de « Albertine m'avait sacrifié Mlle Vinteuil » à la demande de rupture du héros (*NAF* 16718, f° 47, addition sur paperolle) : « Je voulais justement vous demander d'y venir avec moi », dis-je gauchement. — « Vous auriez pu me le demander pendant mille ans que je n'aurais pas consenti, s'écria-t-elle. Ce sont des gens qui ont toujours été contre moi, ils ont tout fait pour me contrarier. Il n'y a pas de gentillesse que je n'aie eue pour Mme Verdurin à Balbec, j'en ai été joliment récompensée. Elle me ferait demander à son lit de mort que je n'irais pas. Il y a des choses qui ne se pardonnent pas. Quant à vous c'est la première indélicatesse que vous me faites. Quand Françoise m'a dit que vous étiez sorti (elle était contente, allez, de me le dire) j'aurais mieux aimé qu'on me fende la tête par le milieu. J'ai tâché qu'on ne remarque rien, mais dans ma vie je n'ai jamais ressenti un affront pareil. J'aurais pu lui dire que ce que j'avais fait était insignifiant, mais brusquement gagné par un désir de larmes, de mélodrame et de mensonge, auquel s'ajoutaient des habiletés, au lieu de me défendre, je m'accusai : « Ma petite Albertine, lui dis-je, je pourrais vous dire que vous avez tort, que ce que j'ai fait n'est rien, mais je mentirais, c'est vous qui avez raison, avez votre grande intelligence vous avez compris que si insignifiant que cela parût, ce que j'avais fait était énorme, qu'il y a six mois, il y a trois mois quand je vous aimais encore tant jamais je n'aurais fait cela. Et cela m'amène puisque vous avez deviné ce que j'espérais vous cacher à vous dire ceci : [Ma petite Albertine, etc.] »

119. Le *Ms* et les autres éditions donnent « antérieur », qui est incompréhensible. Il semble d'après le contexte que ce soit un lapsus de Proust dans le *Ms* pour « intérieur », lui tout à fait clair.

120. Le *Ms*, altéré à cet endroit, laisse plutôt lire « œuvre » que « amour », interprété par la dactylographie et les autres éditions. Certes, notre lecture laisse subsister une difficulté de sens, car le héros ne s'est pas encore manifesté comme écrivain. Mais nous avons déjà constaté dans l'épisode des glaces d'Albertine (p. 224) qu'il tient des propos prémonitoires sur « un autre usage » du langage, plus littéraire, qu'il ignorait encore ; d'ailleurs, les premières traces de sa vocation pour les lettres apparaissent dès sa lecture des romans de Bergotte, pendant l'enfance. Si « œuvre » est bien la bonne leçon, la mise en parallèle de « ma mort » et de « mon œuvre » donne à entendre qu'Albertine endormie dans l'attitude d'un cadavre est une allégorie de la mort des velléités littéraires de son ami.

121. Lettre à Mme de Grignan du 25 octobre 1679, à propos de Charles de Sévigné et de Mlle de La Coste : « M. de Coulanges et tous mes amis de Bretagne m'en écrivent, et croient tous qu'il se mariera. Pour moi, je suis persuadée que non ; mais je lui demande pourquoi décrier sans besoin sa pauvre bête qui avait si bien fait dans les commencements ? Pourquoi troubler cette fille, qu'il n'épousera jamais ? »

122. Nous avons là une remarquable incorporation « en abyme » du

travail de l'écrivain Proust à l'intérieur du récit du narrateur, sans que cet écrivain juge bon, comme dans d'autres endroits, de se manifester comme tel, par exemple en s'adressant directement au lecteur : le héros (fictif) a écrit un texte (également fictif) sur deux autres personnages de la même fiction ; mais ce texte ne peut être, aux yeux du lecteur, qu'un fragment ou une ébauche d'*Un amour de Swann*, récit réellement écrit par Proust et placé dans le premier volume de la *Recherche*. Ce « récit relatif à Swann » est donc en même temps une fiction au second, si ce n'est au troisième degré (le héros racontant une histoire qui lui a elle-même été narrée par des tiers, puisqu'il n'était pas encore né quand Swann aimait Odette), et une indication autobiographique. Cette dernière, notons-le, évoque d'ailleurs bien la façon dont Proust rédigeait des fragments séparés, sur des thèmes distincts, et les assemblait ensuite à la manière d'une mosaïque ou des pièces d'un vêtement. Notons encore qu'il indique ici indirectement que les différents épisodes de son roman se correspondent à distance ainsi que les personnages, l'amour du héros pour Albertine étant une répétition de celui de Swann pour Odette ; il le redira en clair dans le *TR*. Sur le problème des différents « je » proustiens, voir Louis Martin-Chauffier, « Proust et le double "je" de quatre personnes », *Confluences*, « Problèmes du roman », 1943 ; et Marcel Muller, *Les Voix narratives dans « A la recherche du temps perdu »*, Droz, 1965.

123. Manufacture de faïence fine, fondée à Paris en 1740.

124. Orfèvre de la cour, au milieu du XVIIIᵉ siècle. Proust emprunte ces renseignements à l'étude des Goncourt sur l'*Art du XVIIIᵉ siècle*, qu'il utilise également dans son pastiche d'un fragment du *Journal*, au début du *TR* (*TR*, p. 73-82). Voir J. Milly, « Le pastiche Goncourt dans le *Temps retrouvé* », *Revue d'Histoire littéraire de la France*, nᵒ 5-6, 1971.

125. « Elle » renvoie à « mon intelligence ».

126. Avec « au début de cet ouvrage », cette phrase nous présente encore (voir plus haut la note 122) une superposition du héros, du narrateur et de l'écrivain. En marge du *Ms*, Proust porte lui l'indication suivante : « peut-être dire ici à la place que je me demande quel genre de réalité intellectuelle symbolise une belle phrase de Vinteuil — *elle en symbolise sûrement une pour me donner cette impression de profondeur et de vérité* — et laisser à la fin du livre que cette réalité, c'était ce genre de pensées comme la tasse de thé en éveillait » (c'est l'auteur qui souligne).

127. Le *Ms* donne « qui fait », ce qui rend la phrase inintelligible. Les noms mentionnés sont ceux de personnages de *L'Idiot* et des *Frères Karamazov*. Ce passage sur Dostoïevski reprend et développe une page du *Cahier 59* (fᵒ 71), déjà publiée à la suite de *Contre Sainte-Beuve* (Pléiade p. 644-645). Proust avait projeté, en 1921, d'écrire un article sur cet écrivain.

128. Après ces mots, Proust a laissé dans le *Ms* une page et demie en blanc pour les exemples, mais ne l'a pas complétée. Voir l'amorce de cette remarque du héros dans *JFF 2ᵉ p.*, p. 20.

129. Citation complète :

> Si le viol, le poison, le poignard, l'incendie
> N'ont pas encor brodé de leurs plaisants dessins
> Le canevas banal de nos piteux destins,
> C'est que notre âme, hélas, n'est pas assez hardie.
>
> (*Les Fleurs du Mal*, Préface.)

130. La première hypothèse a été présentée p. 484.

131. « Lui » renvoie, par anticipation, à « ce mystérieux sourire ».

132. Dans ce paragraphe, Proust anticipe sur les grands thèmes qu'il développera à la fin du *Temps retrouvé* : le Temps et la capacité de généralisation donnée par la souffrance personnelle.

133. Cette fin de phrase est un peu difficile à saisir, comme les intentions tortueuses du héros. Ne pas dévoiler à Albertine l'origine de ses informations c'est la laisser dans la crainte générale des « sources inconnues », et en revanche la laisser sans défiance sur le rôle d'indicatrice involontaire de Mme Bontemps.

134. En marge, dans le *Ms* : « dire mieux ».

135. A la suite de cette page du *Ms* (qui commence à « je sentais que ma vie avec Albertine... »), Proust a écrit, puis biffé la note suivante : « Le morceau ci-dessus qui n'est pas « écrit » est capital et *peut* être mis en face après la 1ʳᵉ ligne (après le mot vaincre). Mais ce serait peut-être mieux à un autre endroit où j'aurais besoin d'étoffer l'idée que je voudrais la quitter. » Il ajoute en marge : « Réfléchir à ce qui est barré », puis barre ces mots à leur tour. Nous constatons que plus nous avançons vers la fin de *La Prisonnière*, plus le manuscrit comporte des traces d'inachèvement.

136. Voir dans *Du côté de chez Swann*, pour le projet de vacances de Pâques à Venise, et pour les gravures et les photographies données par Swann à Combray. Depuis le début de « Combray » le héros-narrateur fait état de son désir constant d'aller à Venise, à l'art de laquelle il est initié par Swann. Ce motif revient dans *JFF* à propos de Gilberte, dont la pensée et l'amour l'en ont détourné (*JFF Iʳᵉ p.*, p. 321), à propos de Bloch, à qui il avoue son désir de ce voyage (*JFF 2ᵉ p.*, p. 117) ; dans les conversations mondaines de *SG II* (*vol. 1*, p. 301). Et nous le voyons ranimé dans *La Prisonnière* par le goût pour les robes du Vénitien Fortuny et la situation de prisonnier que le héros s'impose à lui-même pour surveiller Albertine. Ce n'est que dans *Albertine disparue* qu'il réalise enfin, en compagnie de sa mère, ce projet de voyage.

137. La Bibliothèque Ambrosienne de Milan, riche en livres d'art et en manuscrits précieux.

138. *Esther*, acte II, scène 7. Le texte de Racine a « effroi » et non « émoi ».

139. Après ce mot Proust écrit entre parenthèses sur le *Ms* : « (Meilleur adjectif, qui porte malheur »). Il songeait vraisemblablement, sans le trouver pour le moment, à l'adjectif *funeste*.

140. Le fragment qui commence ici et va jusqu'à « l'allegro de l'introduction et le finale » connaît exceptionnellement deux rédactions dans le *Ms* (ce qui montre bien que, surtout vers la fin de *Pris.*, Proust tâtonnait encore) : d'abord une première version écrite sur une page de verso (*NAF* 16718, f° 127 v°), avec en marge l'indication : « Étoffer. Ici ce n'est guère utile. Mais le morceau en lui-même est excellent. » La version nouvelle se présente sur le f° 129, avec une nouvelle remarque marginale, biffée ensuite : « Ceci peut-être mieux à un autre retour du printemps, antérieurement, là où il y aura à étoffer. Ici c'est peut-être inutile. » Proust s'est sans doute accordé un satisfecit dans la première note parce qu'il a associé la musique naturelle des roucoulements à l'objet d'art qu'est le septuor de Vinteuil et en a tiré des remarques formelles (indication de « métaphores », passage du thème aux variations) ; voir sur la signification de la musique de Vinteuil : J. Milly, *La Phrase de Proust*, pp. 57-67 et 143-198.

141. Nouvelle prémonition de la mort d'Albertine, après celles que nous avons rencontrées p. 123 et 469.

142. Nouveau présage « funèbre », à un intervalle beaucoup plus rapproché que les précédents, renforcé une page plus loin par le souvenir de l'agonie et de la mort de la grand-mère. Il y a une accélération du retour des éléments du leit-motiv de la mort, qui fait attendre comme proche.

143. Voir *Du côté de chez Swann*, p. 117 ssq.

144. Voir *Guermantes II*, chap. I.

145. En marge, dans le *Ms :* « (dire mieux) ».

146. Proust est encore emporté par l'image de la guêpe. Un autre fragment admiratif sur un avion (invention nouvelle) figure dans *SG* (*vol. 2*, p. 202).

147. Le passage qui commence par ces mots et va jusqu'à « faire les choses les plus simples en plusieurs fois » (p. 520) ne se trouve pas dans le *Ms*, mais sur une longue paperolle insérée dans la « *3ᵉ dactylographie* » (*NAF* 16747 f° 224) immédiatement après le passage sur l'aéroplane. C'est donc bien ici qu'il faut le placer et non, comme dans l'édition de la Pléiade, après le retour « très tard dans la nuit ». L'édition *NRF* 1923 a eu également du mal à organiser le texte donné par la dactylographie, elle-même fautive. Par exemple, le dactylographe, pour agencer les paragraphes d'une façon qui lui semblait satisfaisante, transforme les paroles d'Albertine « rentrons tout simplement » en « goûtons tout simplement ».

148. Proust a laissé dans le *Ms*, entre ces mots et le paragraphe suivant, huit lignes en blanc, probablement pour achever son récit ou placer un commentaire.

149. Ce revirement brutal d'Albertine (voir plus haut p. 447) illustre sa versatilité.

150. La place d'un mot est laissé en blanc dans le *Ms*.

151. Proust a laissé les deux noms de lieux en blanc dans le *Ms*. Il

fait allusion ici à un passage de *SG II* qui permet de restituer le premier, mais laisse plusieurs possibilités pour le second : « Quand Albertine trouvait plus sage de rester à Saint-Jean-de-la-Haise pour peindre, je prenais l'auto, et ce n'était pas seulement à Gourville et à Féterne, mais à Saint-Mars-le-Vieux et jusqu'à Criquetot que je pouvais aller avant de revenir la chercher (*SG*, vol. II, p. 182). »

152. *Esther*, acte I, scène 3 :

> Hélas, ignorez-vous quelles sévères lois
> Aux timides mortels cachent ici les rois ?
> Au fond de leur palais leur majesté terrible
> Affecte à leurs sujets de se rendre invisible.

153. A partir de « douceur », la fin de la phrase dans le *Ms* est illisible. Nous suivons donc la « *3ᵉ dactylographie* ».

154. Addition marginale dans le « Manuscrit au net », depuis : « Il arriverait, si nous savions mieux... »

155. Le *Ms* ne présente ici (*NAF* 16719, f⁰ 12) aucune solution de continuité, ni titre, qui sépare *La Prisonnière* de ce que les éditeurs ont appelé *Albertine disparue* ou *La Fugitive*. Sur la même ligne, « je vais vous sonner tout à l'heure » est suivi de « Mademoiselle Albertine est partie ! », première phrase du roman suivant.

Dans la « *3ᵉ dactylographie* » (*NAF* 16747, f⁰ 238), on a à cet endroit une feuille dactylographiée provenant d'un état antérieur et corrigée par Proust. Celui-ci avait d'abord écrit « Fin de la Prisonnière » après : « et à neuf heures elle est partie ». Puis il a rajouté en marge une nouvelle phrase. La « *3ᵉ dactylographie* » fournit ensuite une nouvelle copie de toute cette page, tenant compte des corrections manuscrites de Proust (f⁰ 239).

RÉSUMÉ

Vie en commun avec Albertine.

Première journée. Mes réveils (99). Le mauvais goût des chansons d'Albertine (101). Hostilité discrète de ma mère à mon mariage (103). Le sans-gêne d'Albertine et les règles imposées par Françoise (105). Les changements d'Albertine (108). Andrée chaperonne Albertine dans ses promenades (109). Je n'aime plus Albertine (111). Son usage ridicule de «c'est vrai» (111). Ma jalousie renaît au moindre prétexte (112), et voit «Gomorrhe dispersé aux quatre coins du monde» (114). Processus de la jalousie qui s'appuie sur les possibles et non sur la réalité (114). Joies de la solitude après le départ d'Albertine en promenade (116): les bruits et la température de la matinée me font goûter, comme une musique, le «chant» d'une matinée idéale, l'odeur du feu me rappelle Combray et Doncières, des femmes entrevues par la fenêtre éveillent mon désir, la soif de guérir et d'être libre sans Albertine (119). Celle-ci ne peut me causer que de la souffrance, non de la joie. Désir de partir sans elle pour Venise (119). Causes inverses de la jalousie (120).

Fin de la journée (121). La Duchesse de Guermantes vue par «les yeux de mon esprit» et par «ceux de mon corps» (122). Mes visites chez elle pour lui demander des renseignements sur les parures à offrir à Albertine. Ses robes de Fortuny (124). Son esprit et son parler «vieille France» (125). Propos sur l'Affaire Dreyfus (131), puis retour aux toilettes de la Duchesse (134). Rencontre dans la cour de M. de Charlus et de Morel allant prendre le thé chez Jupien (135). Colère de Charlus à propos de l'expression «payer le thé» (136). Billet étrange reçu d'un chasseur de club (137). Charlus et M. de Vaugoubert (137). Une jeune couturière dans le monde (140). Le Baron s'imagine futur guide conjugal de Morel et de la nièce de Jupien (141). Fourberie de Morel dans ses projets de mariage (143). L'inci-

dent des seringas au retour de chez la Duchesse (147). La
discrétion nouvelle d'Albertine (149). Les défauts d'Andrée se
sont accusés (152). Mes enquêtes soupçonneuses sur Albertine
auprès d'elle (153). Albertine, en vêtements d'intérieur, vient
me rejoindre; j'admire ces choses que je lui ai offertes (155).
Elle me fait la lecture; elle est devenue très intelligente (157).
La principale caractéristique des jeunes filles est dans leur
changement perpétuel (157). Il en est de même pour des caractères comme ceux de Morel ou du Baron (159). Les soirs où elle
ne me fait pas la lecture, Albertine me fait de la musique, ou
entame avec moi des jeux et des causeries (160). Sa vie chez
moi l'a rendue dépendante et reposante (160). Différence entre
mes deux séjours à Balbec, du point de vue de la connaissance
des jeunes filles (161). Le sommeil d'Albertine (162). Son
réveil; elle m'appelle par mon prénom (168). A la différence du
premier séjour à Balbec, je recherche auprès d'elle l'apaisement
et non plus le mystère (168). C'est ainsi que ma mère m'apaisait
lorsqu'elle m'embrassait à Combray (170). Je parle à Albertine
comme me parlait ma grand-mère; j'assume de plus en plus
l'héritage psychologique de mes parents, et surtout celui de
Tante Léonie (171). Je contemple Albertine nue (172). Nos jeux
innocents, dissimulant la possibilité d'une catastrophe (173).

Deuxième journée (175). Je m'éveille par un temps différent, un
autre climat (175), qui me détournent de mes projets de travail.
Je me demande pourquoi, récemment à Balbec, Aimé m'a
annoncé la présence d'Albertine en me disant qu'elle avait
mauvais genre (177). Des soupçons nouveaux m'assaillent, sur
ses amies de vacances (178). La jalousie porte non seulement
sur les faits, mais sur des souvenirs (180).
    La soirée (180). Elle ne sera pas apaisée par le baiser d'Al-
bertine, c'est une des soirées où elle a formé pour le lendemain
un projet qu'elle cache (181). Il s'agit d'aller faire une visite à
Mme Verdurin (181). Ces intentions cachées se devinent
d'après des rapprochements de paroles involontaires ou des
silences (182), ou en déchiffrant à rebours les paroles explicites.
Je décide d'empêcher cette visite d'Albertine (184). Je lis dans
ses regards un implacable désir de fuite. Le rôle de l'inquiétude
dans l'amour (185). Le rôle des habitudes qu'on ne peut sacrifier (191). La haine de Françoise à l'égard d'Albertine (192).
Pendant qu'Albertine **va** se **dévêtir**, je téléphone à Andrée
(193). Sentiment illusoire de possession que me donne la prononciation du nom d'Albertine (193). Après avoir demandé à
Andrée de ne pas conduire mon amie chez les Verdurin, je

renonce à ma demande et annonce que j'irai probablement aussi (195). Albertine revient dans ma chambre, je lui parle de mon appel à Andrée et elle me parle de Mme Verdurin (196). Les « feux tournants » de la jalousie. Albertine envisage d'aller demain dans un grand magasin, plutôt que chez les Verdurin (198). Elle commence de n'être plus pour moi qu'une suite de problèmes insolubles ; pourtant son temps m'appartient plus qu'à Balbec, je l'accompagne partout en promenade, notamment sur les terrains d'aviation proches de Paris (199). Je lui propose d'aller voir demain une représentation au Trocadéro (201). J'adopte à son égard la même attitude que jadis mes parents avec moi (201). Je songe un instant à rompre avec elle et à partir pour Venise (203). « Être dur et fourbe envers ce qu'on aime est si naturel » (205). J'éprouve l'angoisse des soirs de Combray où ma mère ne me donnait pas son baiser (206). Je n'obtiens d'Albertine qu'un baiser « absent » (207). Mes ruses pour la faire dormir dans ma chambre (207). Nouveau sommeil d'Albertine (208). Son réveil (210).

Troisième journée (dimanche). Je découvre à mon réveil une journée de printemps interpolée dans l'hiver (210). Les cris des marchands et des artisans (210). Françoise m'apporte *Le Figaro* (214), et m'annonce, ce qui me laisse maintenant indifférent, qu'Albertine n'ira pas chez les Verdurin, mais au Trocadéro (214). Visite d'Albertine. La prémonition de sa mort (215). Réflexions sur le sommeil et l'amnésie qui l'accompagne, sur l'effet des narcotiques (216). Rêves étranges que j'ai parfois (219). Mes Pietà (220). Retour aux cris de Paris (221). Albertine et la dégustation des glaces (223). Comparaison de la poésie de ses paroles avec celle de Céleste Albaret (226). Sortie d'Albertine, fatigue que me donne sa présence (226).

Je me rappelle d'incidents où elle a échappé à ma surveillance : un jour à Versailles elle a renvoyé mon chauffeur pendant sept heures (227). Souvenir d'une trahison de Gilberte se mêlant à celui-là (230). Retour aux bruits de Paris et au spectacle de la rue vu par ma fenêtre (232). Je demande à Françoise de m'envoyer une de ces fillettes qui font les courses pour les commerçants (234). Je lis une lettre de Maman, que le séjour prolongé d'Albertine inquiète, mais qui ne me le dit pas directement (236). Françoise introduit une petite laitière (237). Réflexions sur l'écart entre les femmes aperçues et les femmes approchées (238). Ma conversation avec la laitière (239). Tout en causant, je lis dans *Le Figaro* qu'au programme de la matinée d'aujourd'hui au Trocadéro figure l'actrice Léa, rencontrée naguère à Balbec et probablement lesbienne (240). Mes inquiétudes renaissent, d'autant plus qu'Albertine m'a parlé d'elle en termes contradictoires (241). Les faiblesses de la mémoire (242). Je congédie la petite laitière (244), pour réfléchir aux moyens d'empêcher Albertine de rejoindre Léa au Trocadéro (244). Je repasse dans ma mémoire des attitudes équivoques de mon amie (246). J'envoie Françoise au Trocadéro, porteuse d'un mot pour Albertine lui demandant de revenir (248). Décadence du parler de Françoise (251).

Un coup de téléphone de Françoise, puis un mot d'Albertine, m'annoncent le retour prochain de celle-ci (252). Je me sens alors son maître, c'est-à-dire son esclave (253). Je cesse de l'attendre impatiemment (254). Je joue au piano la Sonate de Vinteuil (255). Méditation sur sa musique, sur celle de Wagner, sur l'unité rétrospective des grandes œuvres d'art, y compris en littérature (256). J'en viens à penser au violoniste Morel et à sa duplicité à l'égard de M. de Charlus (260). Justement, je l'entends en ce moment faire une scène grossière à la nièce de Jupien : « grand pied de grue » (261). Retour d'Albertine, sa nouvelle et mystérieuse bague (263). Nous partons ensemble en promenade en voiture (264). Je désire toutes les femmes aperçues à travers la vitre (264). Albertine rectifie, sous mon influence, son jugement sur l'architecture du Trocadéro (265). Notre promenade au Bois (266). J'irai ce soir chez les Verdurin pour tâcher d'apprendre qui Albertine espérait rencontrer chez eux cet après-midi (267). Albertine me semble aussi regarder à la dérobée les midinettes (268). Nécessité pour moi d'éprouver l'attrait de nouvelles femmes, équivalente au désir de visiter de nouvelles villes (269). Spectacle émouvant de nos ombres réunies sur le sable (272). La nuit nous surprend au retour du Bois (272).

Nous dînons dans la chambre d'Albertine. Son admiration pour mon bronze de Barbedienne (273). Certains faits accessoires me font me demander si Albertine n'aurait pas formé le projet de secouer sa chaîne (275) : par exemple les paroles de son amie Gisèle, que j'ai rencontrée par hasard, me disant qu'elle voulait justement lui parler à propos de camarades communes, puis y renonçant pour prévenir mes questions (275). Chaque menteur a sa manière propre de mentir, qui néanmoins laisse dans tous les cas transparaître le mensonge (276). Les prétendues leçons de dessin d'Albertine à Balbec (278). Pour éviter une rupture d'Albertine, je songe à rompre le premier, mais plus tard, quand je serai plus calme (278). Allusion à la folie de Morel (279).

J'apprends que ce jour-là Bergotte est mort (280). Sa maladie a été entretenue et prolongée par les remèdes (280). Depuis des années il ne sortait plus de chez lui, entretenant à prix d'or des fillettes dont la présence stimulait son inspiration (281). Souffrant d'insomnies et de cauchemars dans les derniers mois, il essayait tous les traitements et usait avec excès de narcotiques (282). C'est à la suite d'un de ces abus qu'il est mort, pendant une visite à une exposition où il admirait particulièrement un petit pan de mur peint par Vermeer de Delft (285). Les obligations morales qui s'imposent à tout homme et les efforts apparemment gratuits de l'artiste dans son art rendent vraisemblable l'idée de l'immortalité (286). Albertine m'a menti au sujet de la date de cette mort (287). J'apprendrai plus tard son art de mentir avec simplicité (287). Le témoignage des sens n'est pas même un critère de vérité, des exemples de mauvaise prononciation et de mauvaise vision le prouvent : les « pistières » (288).

La soirée chez les Verdurin.

Après le dîner j'annonce à Albertine, qui refuse de m'y accompagner, que je vais soit chez Mme de Villeparisis, soit chez Mme de Guermantes, soit chez les Cambremer, et je vais chez les Verdurin (291). En sortant de chez moi je rencontre Morel éploré, regrettant sa scène de l'après-midi à la nièce de Jupien (292) ; mais ses regrets se transforment vite en rancune et en désir d'abandon. Ma journée m'a apporté le calme, et par conséquent la résolution de rompre avec Albertine, et d'autre part l'idée que l'Art se réduit à une habileté technique et ne vaut pas la peine d'un sacrifice ; mais dès cette soirée ces deux résultats de ma journée vont s'inverser (296). Sur le Quai Conti je rencontre Brichot descendant d'un omnibus et devenu presque aveugle malgré le port de lunettes ultra-perfectionnées (297). Je lui dis ma curiosité de connaître le salon où jadis Swann rencontrait Odette. La mort de Swann m'a à l'époque bouleversé. Le Destin envoie à chacun de nous une mort particulière, qui prend en charge notre dernière maladie et nos derniers moments (297). Celle de Swann est caractérisée par une annonce nécrologique particulière et par une survie plus grande que celle des autres bourgeois grâce à sa transformation par moi en personnage de roman (298). Cette disparition me rappelle les nombreuses questions que j'avais encore à lui poser (300). Brichot monte dans ma voiture et me rappelle ses souvenirs de l'ancien salon Verdurin (301).

Arrivée de M. de Charlus, suivi comme souvent d'un voyou,

et révélant la notoriété de son vice (303). Sa particularité s'étale jusque dans son physique monstrueux et dans ses propos (306). Il me parle avec éloge des toilettes de ma «cousine» Albertine, car il possède beaucoup de finesse dans ce domaine comme dans tous les arts (307). Je regrette qu'il n'ait pas écrit de livres, car il sait tout voir et tout nommer. L'excès de familiarité dans lequel il est maintenant tombé (310), ses manières conjugales, puis paternelles à l'égard de Morel (310). Il a perdu le sens des contraintes sociales jusque dans ses gestes, ses petits cris (312). Il m'assure avoir vu Morel à son réveil, mais je suis sûr qu'il l'a vu il y a une heure (313). Dans quelques semaines le Baron ouvrira par erreur une lettre de Léa à Morel, par laquelle il apprendra une liaison entre son protégé et l'actrice (315). Le trouble que lui apporte l'expression «en être» (315). Mais M. de Charlus n'étant qu'un amateur (à la différence de Bergotte), des incidents de ce genre ne peuvent lui être d'aucune utilité (316). Il me demande des nouvelles de Bloch et songe à l'inviter (317). Il n'est pas jaloux des fréquentations féminines de Morel. Il m'explique comment il a «dessaisi» la Patronne des invitations pour la soirée (320). Ses relations actuelles avec Bergotte (321). Il m'annonce, ce qui m'émeut violemment, qu'on attend la venue de Mlle Vinteuil et de son amie (323). Entrant dans la cour de l'hôtel, nous sommes rattrapés par Saniette, qui s'adresse à nous en langage archaïque (326). Dans l'antichambre, le Baron plaisante les valets de pied (327). M. Verdurin injurie Saniette (328).

Entrée au salon. L'habitude des Verdurin d'accaparer les amis de leurs fidèles, ou au contraire de les brouiller entre eux (330). Mme Verdurin est furieuse contre Charlus, qui a lancé ses propres invitations et refusé celles qu'elle proposait (331). Relations de l'Affaire Dreyfus et des modes artistiques comme les Ballets Russes avec les fluctuations de la mondanité (336). L'annonce de la mort de la Princesse Sherbatoff laisse les Verdurin indifférents (340). La Patronne se met du rhino-goménol dans le nez pour écouter la musique de Vinteuil (342). Ses regrets expéditifs à propos de la mort de Cottard (343). Les bonnes manières acquises par Morel (344). Conversations d'homosexuels (345). Mme Verdurin projette de brouiller Charlus et Morel (346). Mauvaise éducation des invités de Charlus à son égard (347). Exécution du septuor de Vinteuil (350). Nouvelle maladresse du Baron omettant de prier ses invités de remercier Mme Verdurin (370). Les conversations de «sacristie» et l'échec de Mme de Mortemart voulant inviter Morel à jouer chez elle (370). Maigres compliments du Baron à

la Patronne (378). Mme Verdurin enrôle Brichot dans la conjuration contre Charlus (384). L'universitaire me décrit l'ancien
salon Verdurin (389). Le Baron fait le commentaire du jeu de
Morel (392). Il loue Brichot qui pourtant le trahit (394); son
assistance aux cours de la Sorbonne. Il me rappelle ses avances
passées (398). La situation réelle de Mme de Villeparisis, qui
vient de mourir (398). M. de Charlus est aux petits soins pour
moi (399). Brichot lance le Baron sur le sujet de l'homosexualité, sur lequel il est intarissable, et sur l'intimité de Swann et
d'Odette (401). Morel, dûment chapitré par M. Verdurin, insulte publiquement le Baron (415). Surprenante absence de
réaction de ce dernier (423). Retour inopiné de la Reine de
Naples qui raccompagne fièrement le Baron (427), pendant que
Brichot et moi nous éclipsons. Explication de l'absence de
représailles du Baron (429). Le même soir M. et Mme Verdurin
font preuve d'une vraie générosité en faveur de Saniette ruiné et
malade (431).

Vie en commun avec Albertine (fin).

En me raccompagnant, Brichot me parle encore des goûts de
M. de Charlus (435). Arrivé devant ma porte, je contemple les
raies de lumière de la fenêtre d'Albertine (438). Je provoque
l'exaspération de celle-ci en lui disant que je reviens de chez les
Verdurin (440). Je me mets à mon tour en colère contre elle
(441). Elle me fait de nouvelles révélations sur sa vie (442). Elle
parle grossièrement d'aller se faire « casser... » (445). Je lui
demande de me quitter dès demain matin (449). Mais c'est un
bluff de ma part (452). Après de longues mises au point sur
notre séparation, je lui propose un « renouvellement de bail »
(467).

Quatrième série de journées. Je m'éveille en étudiant les conséquences possibles de mon bluff et en le comparant à un bluff
politique (469). Albertine cherche à apaiser mes soupçons
(473), mais fait l'objet de la part de Françoise de médisances
continuelles (474). Un matin je crois par erreur qu'elle s'est
enfuie (475). Je retrouve un calme précaire (477). Mes cadeaux
à Albertine (477); elle aime les robes de Fortuny et je me
renseigne à ce propos auprès de Mme de Guermantes (478).
Elle me joue au pianola de la musique, notamment de Vinteuil
(481). Je mets en rapport les impressions produites sur moi par
cette musique et d'autres impressions que j'ai éprouvées (484).
La « qualité inconnue d'un monde unique », révélée par la musi-

que, l'est aussi par la littérature. Nous avons sur ce sujet une
conversation littéraire (485). L'hypothèse matérialiste sur l'art
(491). Albertine est chez moi comme une œuvre d'art (492).
Mais elle ne perd pas son caractère énigmatique (494). Les
sommeils paisibles d'Albertine, les chants nocturnes d'oiseaux
au retour du printemps (498).

Cinquième série de journées. Retour de la belle saison (498).
J'apprends par Mme Bontemps le petit complot entre Albertine
et Andrée pour se retrouver l'automne dernier à Balbec, puis à
Paris (499). Je calcule qu'Albertine me quittera fatalement un
jour, si je ne prends pas les devants; mais je ne veux le faire
qu' «à froid» (503). Un soir de grande chaleur j'explose de
colère contre Albertine (505), puis lui fais des excuses assorties
de nouvelles accusations. Elle refuse par deux fois de me rendre
mon baiser du soir (510).

Sixième série de journées. A mon réveil je demande des nouvelles d'Albertine à Françoise (514). Nouvelle prémonition de
mort (514). L'après-midi j'emmène mon amie en promenade en
voiture à Versailles (516). Au cours du goûter elle attache ses
regards sur la pâtissière avec une insistance étrange (518). Au
retour, elle souhaite aller passer la soirée chez les Verdurin
(521), mais je la convaincs de rentrer.

Dernière matinée. Fête des sensations par un matin de printemps (522): odeurs et bruits d'automobile qui évoquent des
parties de campagne avec une inconnue; puis rêverie exaltée sur
Venise (522). C'est le moment de quitter Albertine, il ne me
reste plus qu'à choisir le jour (525). J'appelle Françoise pour
qu'elle m'achète un guide de Venise et un indicateur (526),
mais elle m'annonce alors qu'Albertine vient de s'enfuir (526).

TABLE DES MATIÈRES

Introduction   5
Annexes : Textes de Marcel Proust 43
L'accueil de la critique 55
L'établissement du texte 79
Bibliographie 83
Chronologie 87
Rappels sur Sodome et Gomorrhe II 95

LA PRISONNIÈRE 97

Notes 527
Résumé 547

PUBLICATIONS NOUVELLES

ANSELME DE CANTORBERY
Proslogion (717).

ARISTOTE
De l'âme (711).

BALZAC
Un début dans la vie (613). Le Colonel Chabert (734).

BARBEY D'AUREVILLY
Un prêtre marié (740).

BECCARIA
Des Délits et des peines (633).

CALDERON
La Vie est un songe (693).

CHATEAUBRIAND
Vie de Rancé (667).

CHRÉTIEN DE TROYES
Le Chevalier au lion (569). Lancelot ou le chevalier à la charrette (556).

CONRAD
Nostromo (560). Sous les yeux de l'Occident (602).

COUDRETTE
Le Roman de Mélusine (671).

CREBILLON
La Nuit et le moment (736).

CUVIER
Recherches sur les ossements fossiles de quadrupèdes (631).

DANTE
L'Enfer (725). Le Purgatoire (724). Le Paradis (726).

DARWIN
L'Origine des espèces (685).

DOSTOÏEVSKI
L'Eternel Mari (610). Notes d'un souterrain (683).

DUMAS
Les Bords du Rhin (592).

ECKHART
Traités et Sermons (703).

FITZGERALD
Absolution. Premier mai. Retour à Babylone (695).

FLAUBERT
Mémoires d'un fou. Novembre (581).

FROMENTIN
Une année dans le Sahel (591).

GENEVOIX
Rémi des Rauches (745).

GOETHE
Les Affinités électives (673).

GOGOL
Tarass Boulba (577). Les Ames mortes (576).

HAWTNORNE
Le Manteau de Lady Eléonore et autres contes (681).

HUME
Enquête sur les principes de la morale (654). Les Passions. Traité sur la nature humaine, livre II - Dissertation sur les passions (557). La Morale. Traité de la nature humaine, livre III (702).

JAMES
Histoires de fantômes (697).

JEAN DE LA CROIX
Poésies (719).

KAFKA
Dans la colonie pénitentiaire et autres nouvelles (564). Un Jeûneur (730).

KANT
Vers la paix perpétuelle. Que signifie s'orienter dans la pensée. Qu'est-ce que les Lumières ? (573). Anthropologie (665).

KLEIST
La Marquise d'O (586). Le Prince de Hombourg (587). Michel Kohlhaas (645).

LAXNESS
La Cloche d'Islande (659).

LOCKE
Lettre sur la tolérance et autres textes (686).

LOPE DE VEGA
Fuente Ovejuna (698).

LUTHER
Les Grands Ecrits réformateurs (661).

MALAPARTE
Sang (678).

MALTHUS
Essai sur le principe de population (708 et 722).

MARIVAUX
Les Acteurs de bonne foi. La Dispute. L'Epreuve (166). La Fausse Suivante. L'Ecole des mères. La Mère confidente (612).

MAUPASSANT
Notre cœur (650). Boule de suif (584). Pierre et Jean (627). Bel-Ami (737).

MELVILLE
Mardi (594). Omoo (590). Benito Cereno-La Veranda (603).

MICHELET
Le Peuple (691).

MORAVIA
Agostino (396). La Ciociara (535). Les Indifférents (662).

NOVALIS
Henri d'Ofterdingen (621).

NIETZSCHE
Le Livre du philosophe (660). Ecce homo – Nietzsche contre Wagner (572).

PÉREZ GALDOS
Tristana (692).

PLATON
Ménon (491). Phédon (489). Timée-Critias (618). Sophiste (687).

PLAUTE
Théâtre (600).

PREVOST
Histoire d'une grecque moderne (612).

QUESNAY
Physiocratie (655).

RABELAIS
Gargantua (751). Pantagruel (752).

RICARDO
Des principes de l'économie politique et de l'impôt (663).

RILKE
Elégies de Duino - Sonnets à Orphée (674).

ROUSSEAU
Essai sur l'origine des langues et autres textes sur la musique (682).

SÉNÈQUE
Lettres à Lucilius, 1-29 (599).

SHAKESPEARE
Henry V (658). La Tempête (668). Beaucoup de bruit pour rien (670). Roméo et Juliette (669). La Mégère apprivoisée (743). Macbeth (771).

SMITH
La Richesse des nations (626 et 598).

STAEL
De l'Allemagne (166 et 167). De la littérature (629).

STEVENSON
L'Ile au Trésor (593). Voyage avec un âne dans les Cévennes (601). Le Creux de la vague (679).

STRINDBERG
Tschandala (575). Au bord de la vaste mer (677).

TCHEKHOV
La Steppe (714).

TÉRENCE
Théâtre (609).

THACKERAY
Barry Lyndon (559). Le Livre des snobs (605).

TITE-LIVE
La Seconde Guerre Punique I (746).

TOLSTOÏ
Maître et serviteur (606).

VICO
De l'antique sagesse de l'Italie (742).

VILLIERS DE L'ISLE-ADAM
L'Eve future (704).

VILLON
Poésies (741).

WHARTON
Vieux New York (614).

WILDE
Salomé (649).

Vous trouverez chez votre libraire le catalogue complet des livres de poche
GF-Flammarion et Champs-Flammarion.

GF — TEXTE INTÉGRAL — GF

215-I-1994. — Imp. SEPC, St-Amand (Cher).
N° d'édition 14992. — Février 1984. — Printed in France.